THE INITIATION

De la même auteure chez

Luv

Teach me Love

The Boss

Secret Stepbrother

Strong Addiction

Coloc avec mon boss

Dans la collection

addictives POCHE

Nos amours contraires

ERIN GRAHAM

THE INITIATION

Luv

« Nous sommes tous un rayon de soleil pour quelqu'un,
mais on ne le sait pas toujours. »
Le Petit Prince, Saint-Exupéry

PROLOGUE

Divya
Quelque part en France, il y a cinq ans

Ma chambre s'illumine en même temps que Lochan y fait irruption, m'extirpant brutalement de mon sommeil.

– Div, réveille-toi, on y va…

Je relève une tête encore ensommeillée de mon oreiller, essayant de me cacher de la lumière agressive du plafonnier avec les mains.

– Quoi? On va où?

Mon frère ouvre mon placard, en sort mon sac de voyage et le remplit précipitamment des premiers vêtements qui lui tombent sous la main.

– Il faut qu'on parte, Div, et vite.

Je baisse mes mains et tente un focus sur lui.

– Mais pourquoi? Qu'est-ce qu'il te prend?

Il pose mon sac en soupirant, attrape un jean et un T-shirt restant sur une étagère, et vient les poser devant moi. Dans un effort visible pour calmer ses ardeurs incompréhensibles, il se gratte la tête avant de m'expliquer:

– Notre cher père… Il a compris, Div…

Cette fois, il m'agace…

– Loch, soit tu me dis clairement les choses, soit tu me laisses dormir. Qu'est-ce qu'il t'arrive?

– Il a compris, Divy! Je l'ai entendu au téléphone en début de semaine, il a un accord avec un agent pour proposer tes « services »...

Je le regarde, perdue. Soit c'est le réveil en fanfare qui ne me réussit pas, soit, et mon choix premier irait plutôt vers cette explication, il a encore trop fumé ou bu ou les deux et, cette fois, il est complètement ravagé. Il sonde mes yeux pour y voir, certainement, un néant total, aucune réaction, le vide absolu... Je ne suis déjà pas du matin, alors à... mon téléphone indique 3h18... Donc à 3h18, inutile de me demander quoi que ce soit. Il soupire encore, avant de reprendre son explication sur un ton proche de l'adulte qui essaye de parler à une enfant de 2, voire 3 ans en étant large:

– Si tu ne viens pas tout de suite avec moi, le daron va te vendre à une élite à la con en manque de bien-être, Divy!

– Oh!

Je me redresse dans le lit.

– Oui « oh »! Et je ne le laisserai pas faire, tu peux me croire...

J'ai du mal à remettre tout en place mais je commence à comprendre. Oui, je sais, parfois, je suis un boulet. J'extirpe mes jambes du lit doucement.

– Mais grouille-toi, merde! Je crois que tu ne captes pas tout, là!

Je hausse les épaules.

– Et pourquoi on n'en reparlerait pas demain? Avec lui?

– Putain, tu fais chier, faut vraiment tout te dire!

Il me tend sa main. Je la fixe un moment, sans bouger...

– Div...

Je l'interroge du regard. Il m'encourage à glisser mes doigts entre les siens. J'ai confiance en lui. Une confiance aveugle. Je lève ma main et la pose sur la sienne.

Je suis projetée dans son esprit... Tout est en ébullition, c'est le bordel là-haut mais, ça, ce n'est pas un scoop. Lochan a toujours été un peu brouillon niveau cerveau… Étant habituée à son désordre cérébral, je trouve rapidement ce qu'il tente de me faire comprendre :

Je vois de la noirceur. Pas émanant de lui, non, il est et restera, au contraire, une belle lumière qu'il faut que je suive justement car les ténèbres, je les vois ici, dans cette maison… Un sentiment désagréable de mal-être plane sur nous… OK, je lui fais confiance.

Il m'extirpe de ma transe en retirant sa paume de la mienne.

– Allez, c'est bon, ça suffit. Il faut que tu restes lucide. On y va ?

Je hoche la tête, encore embrumée, cette fois, par mon trip cerveau.

– Oui, si tu es sûr de toi…

Il attrape mes bras et me pose sur mes jambes.

– Oui, je suis sûr. Maman et moi, nous voulons pas qu'il te fasse ce qu'il lui a fait à elle. Tu veux finir aussi complètement siphonnée ?

– Oh… et maman ? On ne peut pas la laisser là !

– Elle est en sécurité là où elle est, Div, il ne peut plus l'utiliser. Toi, par contre, oui, et je ne le permettrai jamais. C'est elle qui me demande de t'emmener loin d'ici, alors tu viens avec moi. J'ai changé mes billets d'avion, nous prenons le premier vol dans quelques heures. C'est maintenant ou jamais, il est en train de cuver son cognac dans le salon, il n'entendrait pas un avion s'écraser dans le jardin. Habille-toi, je vais chercher ton bordel dans la salle de bains.

Je retire mon débardeur en continuant de le questionner pendant qu'il fait littéralement dégringoler mon petit matériel d'adolescente coquette dans un sac en plastique.

– Les États-Unis ? Tu veux m'emmener ? Mais pourquoi ? Qu'est-ce que je vais faire là-bas ? Je dois avoir 8 en anglais, je suis nulle, et puis…

Il réapparaît sur le seuil de la porte qui mène à ma salle de bains.

– Et puis quoi, encore ?

– Je ne suis pas majeure, je ne passerai jamais les douanes.

– Tu paries? Maman a signé tout ce qu'il y avait à signer.

Je boutonne mon jean.

– C'est-à-dire?

– Tes papiers sont en règle, je suis ton tuteur.

– Oh!

Il semble irrité.

– Est-ce que tu peux arrêter avec tes « oh » débiles? T'es prête?

J'attrape ma veste en jean, un sac à dos, y fourre tout mon petit univers, photos, journal intime, les deux livres que je me suis achetés hier et le foulard de maman. Il attrape ma main et me tire vers le couloir, sans attendre. Nous dévalons l'escalier et nous nous arrêtons sur la dernière marche. Je tends la tête vers le salon, notre père s'y trouve effectivement, allongé sur le canapé, les mains sur le ventre, la bouche ouverte, ronflant comme un scooter trafiqué. J'agrippe le bras de mon frère.

– Tu crois qu'il dort?

Loch se retourne vers moi, le sourcil levé ironiquement. Bon, d'accord, question quelque peu stupide. Je lui adresse un rictus désolé, il hausse les épaules et m'entraîne jusqu'à la porte d'entrée.

Un taxi est déjà devant l'allée de notre petit pavillon. Il m'ouvre la portière mais je m'arrête. Nous ne pouvons pas faire ça. Il m'interroge du regard.

– Maman. Il faut que je dise au revoir à maman. Quand reviendrons-nous?

– Div, maman sait que tu l'aimes et elle t'aime aussi, c'est pour ça qu'elle veut que tu partes. Pas besoin d'être à son chevet pour qu'elle sache que nous l'aimons. Et elle est en sécurité au centre, il ne peut plus rien tirer d'elle, par contre, il peut t'utiliser, toi. Donc, grimpe dans ce taxi, c'est un ordre de maman.

Je secoue la tête.

– Quand reviendrons-nous, Lochan?

– Je ne sais pas, quand il aura compris que tu n'es pas un objet ou quand il sera mort. Encore une fois, je te répète les propos de notre mère.

J'écarquille les yeux, prête à rétorquer, mais il me devance et lève sa main droite au niveau de son épaule.

– Il ne mourra pas tout de suite bien que franchement ça ne me dérangerait pas plus que ça... Mais pour le moment, Div, monte dans ce taxi...

– Ne dis pas des trucs pareils, Lochan !

– Oui, oui, allez, grimpe !

Je m'installe sur le siège pendant qu'il charge mon sac dans le coffre du véhicule. J'adresse un signe de tête au chauffeur, mon frère me rejoint sur la banquette et le taxi démarre. Je m'agrippe au rebord de la portière, le nez collé à la fenêtre, regardant la maison s'éloigner doucement. Je n'ai pas encore tout compris, j'ai simplement, comme d'habitude, fait confiance à Lochan. Qui dit obéir à maman. Mais est-ce qu'ils ont vraiment toute leur tête ? M'emporter dans ses bagages pour aller vivre son rêve à lui... Je me demande si je ne viens pas de commettre la plus grosse boulette de ma courte existence...

Ses doigts frôlent ma paume, ouverte sur ma cuisse. Et ce simple contact me réconforte. Sa chaleur et son aplomb me rassurent. Je dois lui donner la confiance qu'il réclame implicitement.

Je hoche la tête et baisse les yeux pour ne plus voir la maison qui, de toute manière, n'est presque plus visible à présent. Et je tremble. Il attrape mon cou et me force à me coller à lui. Je l'enlace alors qu'il embrasse mes cheveux. Confiance... OK, frérot... On va tenter ça... Je réfléchirai après...

1

Maël
L.A., Californie, aujourd'hui

« *Take a look in the mirror,*
And what do you see. »[1]

– Merci à tous d'être venus fêter avec nous cette fin de tournée… Et n'oubliez jamais… Les Dark Skeletons vous kiffent, les mecs ! Et mesdemoiselles aussi, bien sûr.

J'écoute le speech habituel de Deaclan accueilli par les ovations du public. Il m'adresse un signe du menton et c'est reparti. La dernière. J'active mes doigts sur le manche de ma basse en m'approchant de mon chanteur de pote sur le devant de la scène. Il passe sa main sur mes épaules, offrant ainsi l'image habituelle des vestiges du *line up* originel du groupe au public déchaîné. Le morceau que j'ouvre, « Decadence », est notre premier tube. Celui qui nous a amenés jusque-là… Nous sommes les seuls rescapés de sept ans de tournées, d'albums et de défonce. Le reste du groupe s'est greffé au fil des départs. Aujourd'hui, nous sommes au top, musicalement parlant, les meilleurs s'étant rués

1. « Regarde dans le miroir / et qu'y vois-tu ? », « Human », Rag'n'Bone Man. Crédits : Rory Charles Graham / Jamie Hartman / Askia Fountain.

sur les postes délaissés au fil du temps. La rançon du succès en quelque sorte. Tout le monde veut être un Skeleton. Ils ont raison, c'est le pied ! *Ahhh, ironie quand tu nous tiens !* Je ferme les yeux et laisse les derniers effets de la came m'emporter un peu plus haut, grâce au bourbon que je viens de me descendre. Je suis complètement défoncé. Tant mieux. Cette tournée commençait à me sortir par les yeux.

Deaclan entonne ses paroles pendant que je m'approche du bord de la scène. Des mains agrippent mes chevilles… Public en folie, Maël se laisse toucher. *Youpi ! Allez-y, les filles, vous n'aurez rien d'autre…* Je laisse ma basse jouer toute seule ce morceau tellement ancré en nous. Dans le coton de mon esprit, je m'envole loin d'ici, je rentre chez moi et je le laisse enfin s'apaiser. Il n'y a que là que je peux le faire… Perché comme jamais, loin du monde. Le morceau arrive à sa fin sans que je ne l'aie vu passer. Une main tire sur le bas de mon froc. Je me laisse aller sans me retenir et bascule dans le public. J'atterris sur les têtes, ma basse en vrac s'écrase, elle aussi, sur certains crânes, mais tout le monde s'en fout apparemment ! Les doigts passent sur moi, je me laisse entraîner au milieu du public, dans une indifférence la plus totale. Je n'en ai rien à foutre. C'est une attitude nulle, je le sais très bien. Ces nanas me vénèrent, elles ne se laveront pas les mains avant longtemps, vous pouvez me croire. Mais je leur donne ce qu'elles veulent, alors tout le monde est content. Je plane physiquement et psychiquement, c'est parfait. Une paire de mains attrape mon visage et le tourne assez brutalement vers le côté. Des lèvres arrivent sur les miennes.

Joue pas à ça, cocotte, je serais capable de te baiser là, tout de suite, sans sommation. Il faudra que j'essaye d'ailleurs, ça pourrait être assez drôle. Sauf que… ça fait bien longtemps que même ça, ça ne me fait plus envie… Ni chaud ni froid. Un truc parmi d'autres.

En attendant, je me contente de lui rouler la pelle tant demandée, puis d'autres mains m'attirent, autre bouche, autre pelle. Puis d'autres. Allez les minettes, servez-vous, c'est libre-service ce soir… Je suis votre petite pute… Puisque c'est tout ce qu'on me demande, non ? J'ai même la vague sensation qu'on me touche la queue ! J'éclate de rire.

– Ah ouais, on en est là ! Partouze générale, les mecs !

Je me laisse engloutir sans broncher par la marée humaine qui m'entoure. Je ne suis plus réellement porté par les bras, je descends au niveau des gens, mes pieds arrivent difficilement à retrouver le sol sous moi, je m'accroche aux épaules pour retrouver un équilibre approximatif… Deaclan me rappelle au micro.

– Maël, tu peux revenir avec nous, s'il te plaît ?

Ouais, j'aimerais assez mais, là, ça va être compliqué. Des torses, des mains, des cheveux, tout un tas de trucs se collent contre moi et me noient, je perds pied, le flot naturel qui m'entoure m'éloigne de la scène, on tire sur mon T-shirt, sur mon fute… En quelques mots, c'est la merde ! Et tout à coup, ces gens me gonflent. Je n'ai aucune idée de ce que je fous là, en réalité. Déjà dans cette fosse qui pue la sueur et, si je veux bien regarder plus largement, je peux ajouter, sur cette scène, dans ce concert, sur cette tournée, dans ce groupe, sur cette planète…

Lâchez-moi tous la grappe, bande de cons !

Je lève un bras au-dessus de ma tête, un appel au secours. Deaclan réitère son appel micro, telle une caissière de supermarché.

– Le petit Maël est attendu sur scène, le petit Maël, merci…

J'éclate de rire alors que des bras me hissent de nouveau au-dessus de la foule et me rapportent sagement vers mon point de départ. C'était moins une, j'allais passer en mode : coups de basse dans les tronches… Ma basse, d'ailleurs, elle est où, cette conne ?

Merde, ma maîtresse, rendez-moi ma maîtresse, bande d'enfoirés.

Je me retourne sur le ventre pour scruter l'endroit que je viens de quitter malgré moi mais pas de manche à l'horizon. Putain, on vient de me piquer ma gratte ! C'est pas possible, ce truc ! Je nage à contre-courant pour retourner sur les lieux du crime mais la houle des mains qui me portent est plus forte. Vous avez déjà essayé de nager contre la houle, vous ? Ben moi, je nage contre la foule... Et je perds lamentablement l'avantage. Tout à coup, j'aperçois mon instrument bien-aimé au loin... Bordel de merde !

– Putain, ma basse !

Je pose mes mains brusquement sur deux têtes devant moi, pareil pour les genoux, afin de prendre appui, et j'avance ainsi. Un mec gueule. Je lui fous mon poing dans la tronche. Un autre vire mon genou de son crâne. Coup de genou en retour. Je ne vais pas laisser partir ma basse, putain ! Les fans veulent vraiment tout prendre de nous. Nous ne sommes que des pantins. Des produits de consommation. Un peu plus et j'en gerberais tellement j'en ai plein les couilles de tout ce business.

Un coup de poing dans le menton m'aide à retrouver mes esprits. Je réponds bien évidemment mais apparemment pas sur la bonne personne qui me retourne une droite aussitôt.

Excellent, une baston !

Je me dandine entre les mains qui me soutiennent encore et retrouve le sol. J'attrape le col d'un mec, je crois que c'était lui, la droite... Ou pas ? Qu'importe, on s'en tape. J'envoie mon front cogner violemment sa tempe. Il vacille ! Top ! Son pote attrape mon cou, me force à me plier en deux et lance son genou dans mon bide. Aïe ! J'agrippe ses cheveux et lui crache à la gueule. Et voilà, mesdames, messieurs, comment débuter une baston au milieu d'un concert, ça au moins, c'est drôle !

***

– Tu trouves ça drôle?

Je ris ou je me retiens?

Première solution. Je me marre au lieu d'éclater en larmes. Assis dans le fauteuil ultra confortable de la limousine qui nous emmène au club réservé pour la soirée d'après concert, un mouchoir en papier appuyé sur le nez, j'écoute mon cher et tendre agent me passer un savon bien ordonné pour le « petit couac » de fin de concert provoqué à cause d'une « pauvre basse », selon ses mots.

– Personne ne touche à ma basse.

Il hurle.

– Elle est bousillée, de toute manière…

Deaclan ajoute :

– Tu pouvais pas la blairer, celle-là, arrête ton char, Maël!

Je me tourne vers lui, la tête toujours penchée en arrière.

– Ben en fait, après réflexion, je l'adore. Cette basse est un don de Dieu. Et je suis triste, à fond, là… Ramenez-moi à la maison, bande de cons!

Ils me matent tous. L'air désapprobateur. Petit tour d'horizon de ce qui est devenu ma famille forcée, celle que je ne porte pas dans mon cœur, celle que mon cœur supporte plutôt et de plus en plus difficilement. Deaclan, lui, ça va, c'est mon frère de conneries… Enfin, c'était avant que monsieur ne ramène une greluche qui n'a rien trouvé de mieux à faire que de lui pondre des putains de triplés. Du coup, les conneries ensemble, on oublie. En face de moi, se trouve Luis, le guitariste, arrivé l'année dernière dans le groupe. Je ne lui parle pas, à part pour le boulot, il a l'air abruti, donc j'évite. Kyle, notre batteur, lui, il est doué. Faire les rythmiques avec ce mec, c'est un pur bonheur. Mais il a une putain de grosse tête, je ne savais pas que ça pouvait exister, un truc pareil. Pourtant, un peu d'honnêteté ne fera pas de mal, pour une fois, niveau grosse tête, je me croyais champion du monde. Mais non, j'ai trouvé mon maître. Chapeau l'artiste ! D'ailleurs, en ce moment même, il ne me calcule pas. Il se recoiffe dans le reflet de la vitre en face de lui. Il est beau, le rocker gominé, tiens ! D'ailleurs, où sont passés tous les rockers de ce groupe ? Je n'en ai aucune idée. Alanguis comme des divas dans une limousine, une flûte de champ' à la main, nous sommes bien loin du « *fuck off* », cri de ralliement initial des Skeletons... Il ne manquerait plus que Deaclan lève le petit doigt en sirotant son champagne et l'image serait parfaite...

Je pose mon regard sur le dernier de la troupe, celui qui est l'instigateur de tout ce cirque, celui qui a posé nos précieux fondements dans des sièges en cuir de veau satiné d'une bagnole de bourges. Mick, notre agent. Flouze-man. Cravate et petit costard dernier cri. Celui qui me fait la morale pour une toute petite baston de rien du tout. Son regard me transperce, genre : je suis ton père, tu vas obéir et fermer ta gueule. Ben voyons. Je lui adresse le plus poliment du monde mon majeur bien dressé. Ses yeux se tournent vers le ciel d'un air épuisé.

– Ramenez-moi, bande de connards, j'ai dit !

Il secoue la tête.

– Non. Nous avons la soirée à honorer, je veux vous présenter quelqu'un, donc tu restes.

– Rien à branler.

– Putain, Maël, t'es vraiment le dernier des casse-couilles ! Tu viens, point final. Et tu bois de l'eau, au passage... uniquement de l'eau.

– Tu rêves, mon pote. Je vais m'enfiler une putain de bouteille de Jack et j'irai gerber dans les pots de fleurs. J'ai déjà prévu. Ou entre les seins d'une greluche. Au moins, elle servira à ça.

Mike se prend la tête dans les mains.

– J'en ai ras le cul de tes conneries, sérieux. Tu vas arrêter la dope une bonne fois pour toutes, tu deviens ingérable.

Je m'esclaffe.

– Sans ma dope, dugland, je n'ai pas d'inspiration. Sans inspiration, pas de nouveaux morceaux. Sans nouveaux morceaux, fini les Skeletons et tu pourras aller vendre tes costards de coincé du cul aux enchères sur eBay pour t'acheter des coquillettes. Tu veux que je te signe celui-là? Il vaudra au moins quelque chose comme ça!

Un rictus s'affiche sur son minois de faux beau gosse.

– C'est là que tu te trompes, mon grand. J'ai trouvé un compositeur. Il m'a déjà fait écouter des maquettes et ça déchire.

Je retire le mouchoir de mon nez et redresse la tête.

– QUOI? Tu as fait quoi?

Il ricane ouvertement, fier de sa nouvelle trouvaille pour me faire chier.

– Ben quoi? Tu nous as assez dit que les Skeletons te ressortaient par le cul, non? Alors je t'allège le boulot... Tu devrais être content.

Du sang coule de mon nez de nouveau et Deaclan pose brutalement un mouchoir propre sur ma narine en me forçant à pencher la tête en arrière. Ce qui ne m'empêche pas de lui dire ce que je pense.

– Non, mais sérieux? On n'a déjà plus rien d'un groupe de rock et maintenant tu nous vires l'essence même de nos compos? T'as vraiment un souci psychologique majeur, Mike. Demain je te fais interner d'urgence dans le premier hôpital psychiatrique venu et je leur demande de jeter la clé de ta cellule.

Il riposte, bien évidemment, ce mec veut toujours avoir le dernier mot.

– Celui qu'on va interner, c'est toi, ducon, si tu n'arrêtes pas tout de suite avec ta dope ! Tu t'es battu avec le public, ce soir, bordel de merde !

– Et donc ? Ça dérange qui ? Au moins, t'es sûr qu'on parlera du concert demain matin dans la presse.

– Et les plaintes du public que je vais essuyer, on en parle ?

– Non. C'est ton boulot.

– Mon boulot, c'est de faire en sorte que le groupe continue sur sa lancée et, avec un mec comme toi, c'est pas gagné.

Gros silence. Je jette un œil en biais à Deaclan qui ne cille même pas. OK, donc pas de sursaut de rock'n'roll attitude par là non plus… Luis regarde par la fenêtre… Forcément, lui, il a le rôle de plante verte, donc… Et Kyle est toujours en prise avec sa tignasse. OK, super. C'est officiel, nous sommes devenus une machine à fric sans âme. Je déteste ce groupe. Mike reprend.

– T'es tout seul, Maël. Nous voyons tous que ça va trop loin. C'est pour ton bien.

– Ouais, bien entendu.

– Sérieusement, mec, il faut que tu te reprennes. Je m'inquiète pour toi.

Oh, pauvre chaton, il joue la carte de l'intérêt pour ma petite personne… Trop mignon. Mon cul, ouais, il veut juste son putain de chèque à la fin du mois, c'est tout.

– Tu comprends, Maël ?

Je tends la main vers lui.

– Ouaip. File-moi ton portable au fait, je crois que j'ai perdu le mien dans la fosse.

Il l'extirpe de sa veste.

– Tu veux appeler qui ?

– Zoé.

– C'est qui, Zoé ?

– Ma dealeuse officielle.

Il pince les lèvres.

– Abruti !

– J't'emmerde !

Oui, je suis un connard, définitivement. Je dois être insupportable. Mais c'est pas grave. Parce que déjà je ne peux plus les blairer et qu'ensuite ils ne peuvent pas se passer de moi dans le groupe, tout autant que de Deaclan, nous sommes son essence même, donc indispensables, même si je n'écris plus les textes, ce qui est loin d'être acté, j'attends juste de redescendre de mon semi-trip pour trouver les arguments parfaits. Et enfin, ils savent tous que la seule et unique raison de ma présence ici, c'est que j'ai besoin du fric que génère ce putain de groupe de merde. Je n'ai pas besoin de faire semblant. L'histoire d'amour des musiciens avec leur groupe est terminée, depuis longtemps, tout le monde le sait. Il n'y a que moi que ça dérange au passage. C'est ça, le plus dommage.

2

Maël

« Some people got the real problems […]
I'm only human after all. »[1]

Cette chanson ne me quitte plus depuis je ne sais combien de jours. J'avale la fin de la bouteille de Jack que j'ai réussi à me dégoter dans le dos de mon agent, en faisant du gringue à la barmaid. Je me suis éclipsé de la réunion de Mike, je ne me suis pas présenté à ce type que je n'ai pas envie de connaître, il n'écrira pas nos chansons de toute manière. Ils peuvent bien décider ce qu'ils veulent, au bout du compte, il y a des choses qui ne peuvent pas arriver, un point c'est tout.

Assis sur la rambarde du toit-terrasse du club, les pieds dans le vide, j'oscille entre me pencher ou garder mon dos bien droit. Mes pieds me fascinent. Ils flottent au milieu du vide, les voitures garées en dessous semblent minuscules. Combientième étage déjà ? Douze ? Treize ? Je ne sais même plus à quoi, ni pourquoi je m'accroche.

Je balance ma bouteille dans le vide et la laisse s'écraser dans

1. « Certaines personnes ont de réels problèmes […] Je suis simplement un humain après tout. » « Human », Rag'n'Bone Man.

un bruit qui me parvient à peine, plusieurs dizaines de mètres plus bas. Les gens derrière moi discutent, rient, comme si tout tournait rond. Diams et champagne, petites discussions mondaines, les rois du monde. Et moi, je suis seul. Sur le fil. Ce fameux fil. J'ai envie de glisser. Tout serait tellement facile. Je me dis que mon dernier buvard[2] me pousse au grand n'importe quoi et que je dois me retenir de me laisser aller. Je me dis que c'est une passade, que tout va redevenir comme avant. Que quelque part le goût de tout, ça reviendra. Que le bonheur éphémère de la musique ne m'a que partiellement quitté, qu'écrire des textes me fera bientôt kiffer de nouveau, que c'est moi qui n'y mets pas du mien. Que tout le monde compte sur moi. Tout le monde compte sur Maël.

Je sors mon téléphone que j'ai retrouvé calé au fond de ma poche. Je trouve le nom de Jenny et appuie sur l'écran. Répondeur au bout de quatre sonneries. J'appelle à nouveau. Puis encore. Elle finit par décrocher.

– T'as vu l'heure qu'il est, Maël?

– Bonsoir Je... nny.

– Qu'est-ce que tu veux? T'es encore défoncé?

Je ferme les yeux. Non. Enfin si, mais non.

– C'est...

– C'est quoi?

Je ravale un sanglot.

– C'est... pas ça, Jen.

– C'est pas quoi?

– Je me sens seul. J'en ai marre.

Elle soupire.

Ouvre-moi ta porte, Jen. Juste pour cette fois. Brise ma solitude.

– Maël... Est-ce que tu pourrais... aller te coucher? Je dors, là. Et je crois que tu devrais en faire autant.

---

2. LSD.

– Oui, bien sûr. Mira est là?

– MAËL! Il est 5 h 12 du matin ici.

– C'est son anniversaire.

– Oui et ça le sera aussi pendant encore une petite vingtaine d'heures. Rappelle demain!

– Jen… Ne raccroche pas, s'il te plaît.

– Maël, oui, je vais raccrocher. J'en ai marre, figure-toi!

J'attrape ma tête de ma main libre. Tout tourne trop vite. Le monde tourne trop vite. Le sol aussi, très loin sous mes pieds, tourne trop vite. Je recule mon torse pour retrouver un équilibre précaire. Pourquoi? Très bonne question. Enfin si, pour une très bonne raison.

– C'est ma fille, bordel de merde! Je ne suis pas séparé de ma fille!

– Tu habites à l'autre bout du pays, donc si, quelque part, tu es séparé de Mira aussi. Je raccroche maintenant. Et ne rappelle pas avant une heure normale, c'est un conseil. Sinon je demande une ordonnance du juge contre ton harcèlement, Maël. Je le ferai, crois-moi.

Elle raccroche. Je hurle en balançant mon portable dans les airs. J'en peux plus. Cette fois, je me penche vers le vide. Doucement. Je laisse mon corps jouer au balancier. Un coup en avant, un coup en arrière. Ça me fout la gerbe mais c'est pas grave. En avant. En arrière. En avant. En arrière. En av… Une main m'agrippe l'épaule.

– Ah, ben non, pas en avant!

Je glousse en me retournant vers le propriétaire de ce bras qui m'empêche de rejoindre le vide. Il est flou. Focus? Non… Je ferme un œil. Puis l'autre. Mais là, je ne vois plus rien. J'suis con! Je glousse. Encore. Une vraie nana. J'ouvre un œil. Focus. Compliqué. Putain, j'en tiens une bonne. Enfin, rien de surréaliste non plus. Question d'habitude. J'arrive à discerner le type qui retient toujours mon épaule. Il tire un peu plus vers l'arrière.

– Il y a des ascenseurs si tu veux descendre.

Je le détaille quelques secondes.

– T'es qui?

– Lochan Rives.

Je plisse les yeux.

– Qui ça?

Il répond patiemment.

– Lochan Rives. Cherche pas, on ne se connaît pas. Enfin, toi, tu ne me connais pas.

– Ouais, jamais entendu parler.

– C'est bien ce que je dis. Bon, j'utilise la manière forte ou tu reviens de mon côté comme un grand garçon?

– Je veux pas les voir, tous ces faux culs.

– Quels faux culs?

– Tous, là… derrière…

Il jette un œil autour de nous.

– Il n'y a personne, mec.

Je me retourne et observe le toit-terrasse. Nous sommes effectivement seuls.

– Ils sont partis quand?

Il retient un rire.

– Pour être honnête, je viens d'arriver pour me faire un joint mais je n'ai vu absolument personne venir sur ce toit à part toi.

– Ah oui?

– Oui. Ils sont tous en dessous depuis le début.

La vache, je me tape des hallus maintenant… Va quand même falloir que je réduise un peu ma conso de… de quoi d'ailleurs, je ne sais même plus si je suis stone ou bourré ou les deux… Bordel cérébral complet. Je ne trouve qu'une chose à dire devant ce constat affligeant:

– Oh !

Il retient un rire.

– T'es un mec à « oh », toi aussi ? Putain, c'est bien ma veine !

Je ne comprends pas. Mais je m'en fous. Autre chose m'intéresse.

– T'as dit que tu avais un joint ? J'ai besoin d'un truc, là !

– OK, si tu vires tes fesses de ce rebord. Allez, mec, tout a une solution. Je te paye un joint, c'est déjà un putain de bonheur, non ? Le pétard Rives, je te jure, tu vas kiffer.

– Ah oui ?

– Oui.

– J'arrive.

Je me retourne très très maladroitement. Et manque, tout le monde l'attendait, celle-là, de me casser la gueule du mauvais côté du toit. Le côté vide pour être exact. Mais mon pote au joint me rattrape. Il passe ses bras sous mes aisselles à une vitesse hallucinante et me tire de son côté du toit. Enfin sur le toit tout court parce que là d'où il m'extirpe, ce n'est pas le toit, en réalité, c'est le vide.

Putain, je raconte n'importe quoi. Pardon.

Il me lâche sur la terre ferme et je m'écroule lamentablement. Non pas que je ne tienne plus sur mes jambes, non. Ce sont juste mes jambes qui ne tiennent plus. Parce que, moi, je vais très bien. Enfin presque. Lochy s'assied en face de moi, allume son pétard et le tend vers moi. Je l'attrape avec soulagement.

La suite de la conversation reste un flou artistique. Je ne note rien d'important à retenir, donc c'est très certainement le signe que rien ne mérite de l'être. Jusqu'aux trois bombes sexuelles qui nous rejoignent très rapidement sur ce toit. Mon nouveau pote en attrape une et lui roule une pelle digne de ce nom pendant que les deux autres me prennent d'assaut sans que je ne puisse rien y faire. Après tout, pourquoi pas ? Ça fait longtemps que je ne joue plus à ça, mais bon… La langue de l'une s'engouffre dans ma bouche pendant que la main de l'autre prend d'assaut ma braguette. Allons-y, les filles, je n'ai, de toute manière, aucune barrière, aucune armure pour m'y soustraire. Et… sait-on jamais, peut-être trouverai-je une échappatoire à cet enfer qui m'habite… Peut-être vont-elles trouver le bouton « off » de mon esprit, même si les plans à deux, à trois, à cinq, j'ai déjà testé et rien ne m'a jamais soulagé.

Je suis maintenant allongé sur le sol dur et froid, me laissant aller aux mains sur moi, j'ai l'impression qu'elles sont au moins quatre à m'entourer, des doigts courent partout sur ma peau, c'est surréaliste. Mon torse, mes cheveux, ma bite, mes cuisses, mes chevilles. Il se passe quoi au juste ? Je n'ai jamais été défoncé à ce point. J'ai l'impression de planer, que pour une fois je n'ai pas besoin de donner, que tout m'est offert sur un plateau, qu'enfin je reçois un truc gratuit, que toutes les attentions sont tournées vers moi. Même si je sais que c'est artificiel, qu'encore une fois c'est la star qu'on dorlote, pas Maël. Maël ne fait pas rêver, au contraire, Maël fait souffrir. Seul le bassiste en moi peut donner envie de le gratifier d'attentions sympas.

Mon froc quitte mes hanches, suivi par mon caleçon… à moins que je n'en porte pas, ce soir. Non, en fait, je n'ai pas de caleçon. Je n'en porte presque jamais. C'est pour cette raison qu'une vague de froid tombe sur moi, suivie de deux mains qui s'agrippent à mon membre. Je me sens durcir brutalement alors qu'une voix féminine s'exclame d'une surprise mélangée à de l'admiration, ou quelque chose comme ça. C'est l'effet Apadravya. Un piercing traverse mon gland, plaisant généralement énormément à la gent féminine. Et à moi-même, soyons honnête ! Des doigts me caressent, une langue ? Oh, putain ! Tout ça sur le toit d'un immeuble. J'ai bien fait de ne pas sauter finalement. Quitte à le faire, autant que ce soit ces nanas que je saute… Même si je n'arrive même pas à distinguer leur visage, même si je m'en fous, tout autant que de leur nom ou de leurs occupations dans la vie, je prends ce petit plaisir imprévu au planning. J'attrape le visage de celle qui me surplombe et l'embrasse furieusement alors que j'ai toujours l'impression d'avoir une tribu entière de mains sur la bite. Mais bon, après réflexion, je dois halluciner, encore une fois, car je n'ai pas la prétention d'avoir un membre permettant l'invasion de plus de deux ou trois mains. J'ai le melon, mais quand même. Alors, pour faire plus simple, je ne cherche plus à comprendre, j'emballe la nana en poussant le bassin vers ces mains qui me font un bien fou.

Mon pote, dont le nom m'échappe à l'instant, trouble le silence seulement entrecoupé de bruits de bouches et de gémissements significatifs.

– Je crois qu'on devrait bouger, les meufs. Y a trop de journalistes en bas. Je crèche à deux pas, on sera plus tranquilles.

Les nanas se relèvent, je les suis dans la position debout, difficilement, m'appuie sur leurs épaules en passant un bras autour de chacune d'elles. Incapable de marcher, ni de distinguer plus loin qu'à deux mètres devant moi. Je sais pertinemment que je ne serai pas le coup du siècle, ce soir, loin de là, mais je promets, mesdames, que je vais essayer de faire un effort. Pour votre bonne volonté clairement affichée. Une main s'occupe de remonter mon froc, le reboutonne.

Ah oui, j'avais zappé.

***

Chaudes du cul, bombes, femmes accomplies… j'adore ces trois donzelles. À peine est-on arrivés, je ne sais par quel miracle au passage, dans la chambre qui doit être celle de mon pote, qu'elles prennent tout en charge. L'une d'elles me pousse sur le lit, fait disparaître mon froc pendant que la seconde extirpe sa poitrine par-dessus son bustier et la place entre mes lèvres. Le LSD me met dans un état sensuel impressionnant, je plane à quinze mille, c'est le pied, d'autant plus que, pour une fois, c'est moi qui me fais baiser. Et proprement. Une paire de lèvres et une langue s'occupent de ma queue, des tétons se succèdent devant ma bouche pendant que mon pote allonge la troisième nana déjà nue à côté de moi et s'applique à lui lécher l'entrejambe.

Elle est mignonne, elle aussi, j'avais pas remarqué.

J'abandonne mes tétons deux secondes pour lui rouler une galoche, sentant le plaisir monter en elle alors que mon pote est toujours entre ses cuisses.

Il se relève à ce moment et attrape celle à califourchon sur mon torse. Il la pousse sur le côté, sur le ventre, enfile une capote et la prend ainsi, direct. Je tends la main vers la petite minette qu'il m'a laissée et passe l'autre entre ses jambes. La troisième délaisse ma queue, à peine quelques secondes, pour m'enfiler une capote, avant de s'empaler dessus. Je laisse échapper un juron alors qu'elle s'active comme une tigresse sur moi. J'ai la tête en vrac. La nana au bout de mes doigts et de ma langue se trémousse dans tous les sens, celle au bout de ma queue également. Le paradis. La chaleur monte en nous, mon collègue finit par achever sa proie qui s'étale sur le lit en hurlant comme une folle et en tremblant. Je ne suis pas loin non plus, j'enfile plusieurs doigts dans le paradis de la jolie rousse qui frissonne de plaisir à mes côtés, tout en maintenant d'une main celle qui me chevauche, accentuant son rythme de coups de bassin furieux. Tout le monde a l'air d'y trouver son compte. Sauf que…

Ma petite rouquine sursaute en grimaçant, attrape mon bras et, d'un geste, détache la boucle du bracelet de force entourant le poignet… que j'agite sur son intimité. Douche froide. On ne touche pas à ça, bordel de merde ! Je retire ma main de son vagin, mon poignet de ses doigts. L'affaire n'est pas bien méchante, j'ai dû l'érafler, elle voulait simplement être plus à son aise. Sauf que je suis défoncé et en plein trip pourri depuis le début du concert. Ce qui rend l'incident effroyable à mon sens. J'attache à nouveau le bracelet, en urgence, et ne calcule plus la nana, de peur de lui hurler dessus exagérément. On va essayer de ne pas passer pour un fou. Sauf que ce simple incident suffit à me faire débander. Les noirceurs reviennent, comme une douche froide, je me demande tout à coup ce que je fais dans ce plan qui, au final, ne m'intéresse pas, les nanas sont toutes des connasses, je n'ai pas besoin d'elles. Je repousse celle qui se prenait pour *rodéo girl* sur mes hanches et me lève subitement à la recherche de mes fringues. Je vire ma capote et la balance dans la pièce.

Lochan laisse en plan celle qui est encore alanguie sur le lit, pantelante, et vient me retrouver alors que j'essaye de repousser mes putains d'idées noires au fond de mon cerveau pourri, me concentrant uniquement sur mon pied qui serait censé entrer dans ce froc, logiquement, si j'arrivais à viser à peu près dans le trou. Ce qui est loin d'être le cas. Je tremble comme une feuille, en très *bad trip* finalement, même une partouze ne vient plus à bout de mes conneries. C'est de pire en pire. Je ne me sortirai jamais de toutes ces voix, ces souvenirs qui me harcèlent, ces trucs fondés ou non qui me paralysent le sens commun… Bref, on aura compris, j'en ai plus que marre. Je rechange d'avis, j'aurais mieux fait de sauter dans le vide plutôt que ces nanas.

Lochan attrape mon épaule.

– Eh, ça va, mec ?

Je ne réponds même pas. J'en suis arrivé à un point où je ne maîtrise même plus mes paroles, qui peuvent partir dans tous les sens, en cris, hurlements, voire en pleurnicheries de gonzesse. Dans le doute, je ferme ma gueule. De toute manière, il veut que je lui raconte quoi? Ça se voit que j'ai un pète au casque, non? Bienvenue dans mon enfer, mec. Au bout du compte, je ne reverrai jamais sa tronche, ni celle de ces pétasses, donc qu'est-ce qu'on s'en branle!

J'essaye de contrôler mes tremblements mais rien n'y fait. Il me faut un truc et rapidement. Le mec s'affole.

– Putain, c'est quoi ce bordel?

J'arrive à enfiler mon fute, c'est pas trop tôt. J'attrape mon T-shirt à mes pieds en manquant de me casser la gueule. Putain, mais pourquoi je me fous dans un état pareil, et surtout pourquoi maintenant? À part le putain d'anniversaire de Mira, tout est comme d'habitude dans ma putain de vie. Je ne vois pas pourquoi j'en fais tout un plat... Cependant, il faut croire que cet anniversaire pèse trop lourd sur ma conscience et que je ne peux plus gérer ça. Putain, non, je ne peux plus gérer.

Lochan me rattrape in extremis alors que ma tête plonge tout droit contre la commode devant moi, je n'ai aucun réflexe à cette heure de la nuit. Il me redresse et... me fait un câlin. Nom de Dieu, il m'a pris pour qui? Je m'extirpe mollement de son emprise mais sans résultat, il plonge mon visage dans son cou et m'immobilise ainsi. Merde. Je ne m'y attendais pas à celle-là. Je suis dans les bras d'un mec à poil... Bon, déjà, il ne bande plus, il vient de faire son affaire. Les nanas, toujours en plan sur le lit, se mettent à gémir bruyamment, elles terminent le travail entre elles, comme des grandes. Lochan se retourne pour admirer le spectacle, attend patiemment qu'elles reprennent vie pour les inviter à partir, sans me lâcher d'un millimètre. Et j'avoue, je me laisse faire. Je m'habitue à sa chaleur. Et je n'ai aucune énergie, de toute manière. Je suis toujours en pleine nébuleuse et ça me va bien. Lorsque les minettes se redressent, Lochan les invite à se barrer.

– C'était sympa, merci les filles. Habillez-vous, je vous raccompagne.

Elles acquiescent et récupèrent leurs fringues au sol. Je m'écarte des bras qui me soutiennent encore.

– Ouais, c'était cool. Désolé pour le coup de nerfs.

Ses yeux noirs se posent sur moi.

– Tu vas où ?

– Je rentre chez moi. Ça fait six mois que j'y ai pas mis les panards.

– Quelqu'un t'attend ?

Je hausse les épaules. Il croit vraiment que si quelqu'un m'y attendait je serais ici en train de ne même pas baiser dans une piaule inconnue ? Inutile de répondre à cette question stupide. Il pince les lèvres.

– Tu restes ici.

– Non, c'est bon.

En vérité, je n'aspire qu'à une chose, juste poser mon cul dans un lit et dormir. J'ai largement donné pour aujourd'hui. Il secoue la tête, ouvre un tiroir de sa commode et pose une boîte en fer dans mes mains.

– Roule-nous un truc, je raccompagne ces charmantes personnes.

Il ne me laisse pas le temps de répondre et sort de la pièce en les mettant en garde.

– Pas de bruit au rez-de-chaussée, ma sœur dort et sa chambre donne sur le salon. La première qui la réveille, je la bute.

Les gonzesses gloussent. Je m'assieds sur le lit, ouvre sa boîte à merveilles et me concentre du mieux que je peux pour rouler le bédo. Le silence de la pièce m'envahit et je me sens vide. Dans une chambre que je ne connais pas, invité par un mec que je ne connais pas plus, alors que ma queue, ma main et ma langue se trouvaient dans des nanas que je ne connaissais pas davantage il y a un quart d'heure. Mon hôte met du temps à revenir. J'ai le temps de rouler un truc à peu près potable, je trouve un cendrier et l'allume en m'adossant à la tête de lit. Je repense à la capote que la nana m'a mise, sans que je ne demande quoi que ce soit. J'ai eu du pot qu'elle y pense, elle. Elle n'aurait rien mis, je n'y aurais sans doute même pas pensé. Je suis vraiment une imposture de mec. Un pauvre type. La fumée qui entre dans mes poumons et se distille dans mon cerveau me calme un peu et diminue mes tremblements. Enfin, j'ai l'impression. Je pose le pétard dans le cendar, même plus envie de me foutre la tête en l'air, j'ai un trop-plein, là. Mon corps se recroqueville en glissant sur le matelas. Je suis fatigué. De cette nuit, de cette vie de merde, de respirer. Il faut que j'arrête de penser. Je ferme les yeux.

Je suis réveillé, ou alors je rêve, par des bras qui m'entourent. Mes joues sont humides, la couette sous mon visage, trempée. Merde. Je déraille vraiment. Des lèvres se posent sur mon épaule.

– Allez, ça va aller.

Lochan? Je sens un putain de braquemart se coller dans le bas de mon dos.

Je me redresse en sursaut.

– Putain, t'es homo ou quoi?

Il sourit mystérieusement.

– Oui, je suis homo, c'est pour ça que je viens de m'occuper proprement d'une nana qui n'a pas eu l'air de s'en plaindre. Bien vu, Sherlock!

– Ben pourquoi tu bandes, là?

Il soupire.

– Parce que tu me fais bander. D'autres questions?

C'est quoi, ce putain de mec? Je me redresse en m'écartant de lui.

– Mais, putain, t'as pas le droit de bander, merde !

Il éclate de rire.

– Maël ?

Je rugis.

– Quoi ?

– Tu veux pas arrêter de réfléchir deux minutes et fermer ta gueule. Tu sais de quoi t'as besoin ?

Je m'apprête à me lever et à me barrer de la chambre de ce mec encore plus tordu que moi.

– Non, et franchement j'en ai rien à foutre de ton avis.

Il attrape mon bras et me tire brutalement vers lui.

– T'as besoin de te taper un orgasme. Les pétasses n'ont même pas réussi à te filer ça.

Je ricane.

– Ah oui ? Et quoi ? Tu te proposes pour le job ?

– Pourquoi pas ? J'ai envie de baiser.

– Pas moi…

Un rictus amusé se dessine sur ses lèvres.

– Peut-être, mais ça va venir, crois-moi.

Il plonge sa tête sur la mienne et me roule une pelle. Merde ! Ses mains entourent mon visage avec tendresse puis descendent sur mon torse avant de déboutonner le jean que je viens de remettre. Et trouvent… une érection tout à fait correcte, ma foi… Putain, je débloque carrément, là. Sa pelle me fait bander… N'importe quoi. Il sourit, sans doute fier de sa connerie, sur mes lèvres. Je devrais partir mais l'idée fait son chemin, en définitive, et j'aime bien ce que ses doigts font naître entre mes jambes. Merde, après tout, une main reste une main, un trou reste un trou, on s'en fout si la personne est barbue ou pas, non ? En tout cas, moi, à cet instant, j'ai envie de baiser. D'une force que je n'imaginais pas possible dans mon état. Et il a raison, j'ai besoin de ça. Ça devient même une furieuse priorité au fil des secondes qui passent. J'attrape sa nuque et prends la direction des opérations. On va tester ce nouveau délire... Plus loin, toujours plus loin dans le n'importe quoi. Repousser encore et encore les limites. Jusqu'à, peut-être, trouver enfin la paix. J'empoigne sa bite alors qu'il baisse mon froc.

3

Divya

« Some people think I can solve them [...]
I'm only human after all... Don't put the blame on me... »[1]

Je ne sais pas ce que j'ai avec cette chanson mais, depuis cette nuit, elle tourne en boucle dans ma tête. Dans ce cas, pas trente-six solutions, traiter le mal par le mal... J'émerge difficilement de mon lit, ouvre mes volets pour laisser entrer les rayons d'un soleil de juin déjà bien présent. J'ai besoin d'accueillir la lumière dans la maison ce matin. Quelque chose de noir me dérange. M'oppresse. Ce n'est pas palpable mais c'est bien là. Quelque chose de... dangereux. Quelque chose que j'attendais plus ou moins. Mais, pour le moment, tout est flou et je mets si peu mes sens à l'épreuve dernièrement que je préfère attendre en ouvrant l'œil. Tout arrivera quand cela arrivera.

J'enfile mon débardeur et mon short avant de débarquer dans le salon. Lochan a fait un truc cette nuit qui laisse supposer que je pourrais tomber nez à nez avec une nana... même si j'ai entendu une petite troupe partir au petit matin, je ne sais pas...

---

1. « Certaines personnes pensent que je peux les sauver [...] Je suis simplement humain après tout... Ne me blâme pas... », « Human », Rag'n'Bone Man.

Bref. En attendant, il ne perd rien pour attendre. Je branche YouTube sur la sono. En temps normal, j'aurais simplement pris mes écouteurs mais, là, il m'a concocté une nuit d'enfer avec leur vacarme, il est 10 h 30, s'il croit qu'il va s'en sortir ainsi, c'est qu'il a définitivement trop picolé hier.

Je tourne le bouton de la sono. La basse de Rag'n'Bone Man emplit l'espace. Est-ce que ça va jusqu'à sa chambre ? Encore un peu plus fort. Yes ! La musique occupe tout mon cerveau. Elle m'englue les neurones depuis que j'ai été réveillée au milieu de la nuit, c'est terrible. Donc, c'est de sa faute à lui. Cette fois c'est bon… Je me laisse emporter dans les paroles si tristes. Désespérées…

« I'm only human after all… I'm just a man, I do what I can. »[2]

Bizarre l'ambiance, ce matin. Bref. Il va falloir que je sorte un peu plus, d'un côté mes sens deviennent à fleur de peau et, en même temps, je ne les comprends plus. Ma clairvoyance doit être entretenue correctement. Il y a un équilibre. Je ne dois pas la laisser prendre le pas sur mon esprit, donc éviter de trop la laisser s'épanouir, comme maman l'a fait, entraînée dans les frasques et la cupidité de papa, mais je ne dois pas non plus la laisser mourir en moi, sinon elle s'échappera en réflexes ingérables. Je suis en train d'emmagasiner un surplus d'énergie qui commence à saturer ma perception des choses. Bref, il va falloir que je sorte, que j'aille toucher des arbres, des gens. Je pense aller à la crèche du quartier. Les troubles des bébés ne me font pas de mal, ils sont simples. Et je les aide à supporter les petites dents qui poussent, les vilaines coliques et ça soulage tout le monde, en définitive.

En attendant, j'ai du boulot. Lochan m'a imposé des études par correspondance. Il ne veut pas que je « me mélange » pour le moment. Il est totalement parano. Déjà, il a peur que papa

2. « Je ne suis qu'un homme, je fais ce que je peux. »

nous retrouve. Il croit, enfin il dit qu'il pressent, que je le reverrai bientôt. Moi. Seule. En France. Mouais... Lochan est doué lui aussi d'une certaine forme de clairvoyance, enfin seulement quand il ne se shoote pas avec n'importe quoi. Et quand il est sobre, il pressent certaines choses.

Ensuite, il ne veut pas que les gens sachent ce que je suis. Moi, je voudrais qu'il me fasse confiance. Je sais ce que je risque, que je peux être prise pour un monstre de foire, que les gens pourraient se servir de moi ou me traiter de folle, je ne suis pas stupide. En attendant, je suis tenue d'entretenir des relations avec les gens via les réseaux sociaux, ce qui est sympa aussi, mais bon... Je lis beaucoup, partage des avis et discute avec les anciens clients de Lochy, des rockers cool et vrais. J'ai pas mal d'amies et d'amis. Je vais prendre le thé dès que je peux chez la voisine de droite et passe des soirées avec celle de gauche. Dès qu'il a le dos tourné. C'est quand même dommage qu'à 20 ans, mon frère de 26 me tyrannise comme si j'en avais 15. Résultat des courses, j'ai envie de vivre autant que j'en ai peur... J'ai l'impression qu'une part de moi n'est pas encore éclose. La Divya « socialement épanouie » n'existe pas, je ne la connais même pas. Serais-je une nana sympa? Ou timide? Ou insupportable? Aucune idée. Tout ça parce que mon frère montre des penchants surprotecteurs à la limite de l'étouffement. Mais il le fait pour mon bien, donc je prends le bon côté. Certaines personnes n'ont pas la chance d'être aimées. Moi, je suis choyée par la personne la plus adorable du monde. Que demander de plus? Rien. Je trouve le bonheur là où il est plutôt que de me plaindre des petits désagréments que la vie pose sur mon chemin.

Le jour viendra où je pourrai gérer ma vie, où Lochan trouvera sa petite femme et où tout le monde suivra sa propre route. En attendant, je bosse sur mes cours de fac par correspondance. Et d'anglais. C'est fou les progrès que l'on fait quand on n'a pas le choix. Je me perfectionne…

La chanson passe en boucle alors que j'ouvre les fenêtres de toute la maison. Je suis complètement emportée par ce morceau… Je le ressens. Quand je dis qu'il va falloir que j'expulse… Il me tord le ventre, comme un réel cri de détresse, un SOS, une ultime tentative de demander de l'aide… C'est n'importe quoi… Maintenant, un morceau vieux de plusieurs années, que je n'ai pas entendu depuis des lustres, vient me réveiller la nuit… Je crois que je ne vais pas attendre cet après-midi pour aller voir mes potes de la crèche… Ça urge, je deviens débile !

Je tourne encore le volume, un tout petit peu plus fort, en ricanant. Comme une drogue, je recharge mon besoin de la faire mienne. Je me prépare un thé, allume mon PC sur le comptoir de la cuisine et, dans un élan de grande solidarité, prépare du café et des pancakes pour mon frangin le fêtard qui sera sans nul doute mon frangin le gueulard dans quelques minutes, après avoir été mon frangin le queutard pendant une bonne partie de la nuit…

Alors, farine, œufs… C'est parti… On se déhanche, Div, laisse la musique t'emporter… Je kiffe la basse…

4

Maël

« I wouldn't wish this on just anyone
But you seem to share my impulse
I wouldn't take this from just anyone. »[1]

Merde, c'est quoi ce bordel? Je suis où? C'est quoi, ce bras? Et cette musique, putain, elle me suit, c'est pas possible! Depuis deux jours, elle hante mon cerveau... mais, là, ce n'est clairement pas dans mon cerveau que ça se passe. C'est derrière la porte. Ça y est, le moment où mes hallucinations deviennent réelles vient de se produire... Pourquoi ce vieux machin passe dans cette maison, justement quand j'y suis? Enfin, à la limite, ce point est celui, certes le plus troublant, mais le moins important pour le moment. Le bras qui barre mon torse m'inquiète beaucoup plus, à vrai dire. J'ai de vagues souvenirs mais tout se mélange. Je me suis battu pour ma basse, ça c'est sûr. Après, il y a eu ce club, le vide, l'anniversaire de Mira... Jen qui raccroche, mon téléphone, le vide, encore du vide, putain de vide dans lequel j'ai

1. « Je ne souhaiterais ça à personne / Mais tu sembles partager mon impulsion / Je ne le prendrais pas de n'importe qui », « Creatures », Shinedown. Crédits: Barry Kerch / Brent Smith / Dave Bassett / Eric Bass.

voulu m'enfuir. Mais je suis là… Je respire. Tout va bien. Enfin, on va essayer de s'en persuader. Comme chaque putain de matin depuis une éternité. On ne va pas regarder derrière, essayer de comprendre la nuit passée, mais plutôt espérer un peu mieux de la prochaine.

Je suis tout de même extrêmement curieux de savoir ce que ce bras tout poilu fait… Oh, PUTAIN ! Mais non ! Je me suis tapé un mec ! Merde ! Merde, merde, merde ! Je saute du lit en me grattant la tête… Mais non, je suis dans le pire de mes cauchemars… Je me suis tapé un putain de mec ! Il faut vraiment que j'arrête mes conneries, cette fois, c'est une certitude.

Oui, c'est bien ça, je suis à poil, lui aussi… J'ai des flashs… sa main sur ma bite… Putain, j'ai besoin d'un truc, là. Ma tête bourdonne, je suis encore dans ma descente, ça va pas du tout. J'avise un cendrier où un pétard à peine fumé traîne… Ouais, roulé comme un bleu, je confirme, cette nuit s'est bel et bien passée, il n'y a aucun doute là-dessus. Des capotes traînent par terre… Un véritable enfer. J'attrape le pétard et le rallume en cherchant mon froc… Je l'enfile en catastrophe en laissant le joint faire son job. Il est chargé, l'enfoiré. Il me faut au moins ça, remarque, pour pouvoir assimiler ma déchéance sans me tirer une balle de désespoir.

Et ce crâne qui me torture. Et cette musique qui m'envoûte, qui s'arrête et reprend au début… Et ma vessie qui va bientôt lâcher. *I'm only human*[2], ouais et l'humain a envie de pisser. Bon, alors opération : mon T-shirt… Sauf qu'il reste introuvable. Pas grave. Je ne vais pas m'éterniser pour un truc dont je n'ai rien à foutre. Plutôt toilettes. Je sors de la chambre et découvre un couloir. Je ne sais même pas où je suis. C'est pathétique. J'ouvre la porte en face de moi et, comme quoi je suis un peu médisant quand je

---

2. « Je suis simplement humain. »

dis qu'aucun Dieu n'existe, je retire ce blasphème, il y en a bien un qui existe et qui me montre le chemin en ce moment même. Le chemin des chiottes.

Alléluia ! Merci, Seigneur.

Soulagé d'un poids encore plus lourd que ma conscience et, ce n'est pas peu dire, le plus dur reste à faire. Des bruits viennent du rez-de-chaussée, couvrant partiellement la musique. Seigneur, encore un petit coup de main ? Le dernier, promis… Pourrais-je être transformé en souris, ou en mouche, en moustique, juste le temps de traverser cette maison et de me retrouver à l'extérieur ? Juste quelques minutes devraient suffire… J'attends… Une minute… Deux minutes… Pas de miracle. Donc je réitère, jamais là quand on a besoin d'un coup de main. Enfoiré. Imposteur. Bon, donc il ne me reste qu'une option… les escaliers… avoir l'air encore plus minable que ce n'est déjà le cas. Ça va être compliqué, remarque, je ne vois pas comment je pourrais avoir l'air pire que ce que je ne suis déjà. J'avance dans le couloir et trouve une salle de bains, je vais au moins me laver les dents, vu ce que je soupçonne être entré dans ma bouche cette nuit, ça ne sera pas un luxe. Même sans brosse, les doigts feront l'affaire.

Après ça, je n'ai plus d'excuse… Je dois sortir de cette baraque. Le plus vite possible.

5

Divya

« You'll be the recluse, I will defend you,
When you've used up all your chances. »[1]

Un nuage vient bloquer mon esprit. Noir. Affreusement noir. Je le sens s'approcher. Presque palpable, dans mon dos, il est là, il arrive, au rythme de cette musique qui m'asphyxie à présent. Elle prend mon esprit en otage. C'est quoi ce bordel, mes énergies sont totalement déréglées, c'est dramatique ! Mes mains tremblent sur le manche de ma poêle, mon pancake est en train de cramer mais je reste bloquée, à essayer de retrouver ma respiration… Qu'est-ce qui m'arrive à la fin ?

– Tout va bien ?

Je sursaute en criant. Ma main tressaute sur la poignée de la poêle, qui se trouve projetée sur la cafetière, le récipient explose sous le choc et, avant que je n'aie le temps de réagir, des bras me soulèvent et m'écartent des éclats de verre qui s'envolent dans tous les sens. Une brûlure me traverse l'échine. Une décharge de noirceur. C'est violent. Un éclair sombre recouvre mon esprit,

1. « Tu seras le reclus, je te défendrai / Quand tu auras usé toutes tes chances », « Creatures », Shinedown. Crédits : Barry Kerch / Brent Smith / Dave Bassett / Eric Bass.

ne cherchant qu'à pénétrer plus profondément. Je repousse les bras pour m'extraire de ce piège auquel j'aurais dû me préparer. Je recule d'un pas pour me retrouver devant un homme qui me toise, perdu, les yeux écarquillés. Je calme ma respiration qui ne ressemble plus à rien en l'examinant. J'ai la réponse à tous les signes que j'ai ignorés depuis ce matin. L'obscurité est tellement présente dans cet homme qu'elle transpire de tous ses pores. Pas besoin de lui prendre la main pour la voir.

C'est... effrayant. Et, en même temps, mon besoin de me soulager de ma noirceur se met à me rappeler à l'ordre, entrant en guerre avec mon instinct de survie. L'un me dit de toucher, l'autre me dit de m'enfuir. Je ferme les yeux un moment. Puis je vais ouvrir le robinet. Le bruit de l'eau qui coule, la texture sur mes doigts, l'écran naturel que cet élément me procure m'aident à reprendre pied. De plus, l'eau est le remède à la flamme et l'âme de cet homme est littéralement en train de brûler. Le pauvre, il doit souffrir affreusement. Mais ce n'est pas mon problème.

Div, tu ne peux pas sauver tout le monde !

Surtout pas un type que tu ne connais pas et qui sort vraisemblablement de la chambre de Lochan, ce qui signifie un débile de fêtard, un queutard de plus. Si on veut soigner son âme, on ne se noie pas dans la décadence... Je garde une main sous le jet pour me retourner et paraître, malgré tout, polie ou, au minimum, courtoise avec l'inconnu.

Il n'a pas bougé. Aussi troublé que moi, à première vue. Pas étonnant, vu ma réaction, il doit se demander si je suis tout à fait normale. De plus, il m'a touchée. Même si d'habitude je ne rayonne pas si simplement, le fait que j'ai ressenti beaucoup de choses sans les points de contact habituels laisse supposer que j'ai également dû rayonner de la même manière. Il a sûrement ressenti une chaleur saine, un petit pansement dans son immense mal-être. Il ne doit rien comprendre à cet instant, à ce qui se passe en lui. Je devrais le sortir de sa mini-transe, je ne sais pas ce que tout ça peut donner sans le cadre habituel. C'est beaucoup trop puissant, je ne maîtrise pas les énergies à ce niveau d'irradiation. Je ne suis qu'une débutante qui n'a appris que les bases de ce don. Rien de plus.

Il tend la main vers moi, perdu, les yeux flous. Je recule.

Ne me touche pas. Je ne veux pas de ta douleur. Elle va me terrasser.

J'en profite pour le détailler. Je détourne mon attention, histoire de calmer mon cœur qui bat trop fort, trop vite, trop bruyamment. Alors... ses pieds. Nus, rien à dire. Ses jambes. Normales, sous un jean, pas de quoi palabrer trois heures. Son torse. Tatoué, comme tous les potes de Lochan que j'ai eu l'occasion de croiser. Bien sculpté. Sec. Percé sur un seul téton. D'accord. Intéressant. Très... chouette. Son visage... très très... chouette. Yeux vert clair profonds, une barbe de trois jours, une oreille percée sur toute la hauteur, des cheveux châtains coupés court... Définitivement très très chouette. Bon, ne nous attardons pas dans cette zone. Ses bras. Tatoués également. Pas de grande surprise... Bon OK, d'accord, j'avoue, il est canon... Et encore, canon, c'est vite dit... Il est mortellement canon. Par contre, je ne m'explique pas pourquoi : 1/ Il est à moitié nu, 2/ Il est dans mon salon, sans Lochan, et 3/ Il a dormi avec mon frère. Mon frère se tape des mecs maintenant ? De mieux en mieux. Je ferme les yeux... Tous ces cris, hier soir, c'était... eux deux ? Un frisson me traverse. Je ne veux pas savoir... Revenons plutôt à cette étude, ma foi passionnante, de son anatomie.

Donc, ses poignets, dont l'un est toujours tendu vers moi. Il a... des bracelets en cuir qui l'enserrent beaucoup trop. Qui me dérangent énormément. Ils rayonnent noir. Un réflexe me fait tendre la main pour le toucher. Juste le cuir. Mais il est plus rapide et l'attrape avant que je ne l'atteigne... Non, pas ma main. Pas la sienne. Un spasme m'envahit.

La mort, la culpabilité, la peur, le dégoût, l'obscurité fortement ancrée, le désespoir, la tristesse, la terreur, la solitude...

Et cette musique, « *I'm just a man, I do what I can* »... Tout prend un sens trop clair. Et trop confus... Je ne suis pas préparée, il faut qu'il me lâche, maintenant... Vite...

La voix de Lochan retentit violemment dans la pièce.

– Lâche-la, putain.

Les bras de mon frère m'encerclent, il m'arrache à la poigne de son ami, je m'effondre contre son torse. Je cherche sa lumière. Je tends la paume sur laquelle il glisse ses doigts. Je lui vole un peu de chaleur. Il resserre son étreinte.

– Ça va aller, Div, tout va bien. Attends.

Je n'étais pas préparée à affronter une telle noirceur. La tête me tourne. Il me soulève et me monte dans la salle de bains. Le type nous suit apparemment. Lochan met en marche la douche et entre dans la cabine avec moi. Le rideau d'eau me ressource. Je respire, je tremble mais je reprends mes esprits. Mon frère se met à crier sur son ami, qui a l'air perdu, peut-être plus que moi.

– Tu ne touches plus jamais à ma sœur. On est d'accord? Jamais. Tu es beaucoup trop perdu pour elle, ne la touche plus jamais!

Il se contente de hocher la tête. Malgré l'eau, je sens sa tristesse, son désarroi. Ce n'est pas étonnant, si, moi, j'ai absorbé un peu de sa douleur, lui, en revanche, a puisé en moi ma lumière. C'est complètement insensé, hein? Oui, je sais, nous sommes certainement bons à enfermer dans cette famille. Entre un frangin qui repousse tout ce qu'il ressent en s'enterrant dans la débauche, une mère déjà en hôpital psychiatrique car définitivement coulée par la misère de l'âme humaine, selon ses propres dires, et moi qui fais des choses que je ne comprends même pas et que je ne maîtrise même plus à cause de mon manque de pratique, on pourrait se demander si nous tournons tout à fait rond. Mais oui. Nous avons tous en nous cette énergie qui nous vient de nos origines, elle s'exprime différemment mais elle est bien présente. Notre grand-mère était la plus sage d'entre nous : bouddhiste, elle savait canaliser les énergies, faire le bien, à un degré très puissant. On y croit ou on n'y croit pas, mais nous savons ce que, nous, nous avons au fond de nous.

Nous ne sommes pas différents des autres. Nous avons juste une perception du monde plus fine, plus poussée que certains. Tout le monde a un sixième sens. Mais peu de personnes en sont conscientes. C'est la seule différence. Il suffit pourtant de peu de choses. Voir ce qui nous entoure et le respecter. Ne pas essayer de s'imposer mais plutôt de s'adapter, de prendre conscience de soi et des autres, de l'équilibre naturel, de considérer chaque vie comme un bonheur et un don de la nature.

Chaque geste, chaque pensée, chaque acte que nous faisons a une conséquence. C'est le karma. Plus nous noircissons notre karma, plus nous coupons court à cette perception et le déséquilibre engendré nous prive de bonheur. Les gens en ont rarement conscience, ils s'empêtrent dans leurs maux, jalousent, colportent des ragots, des méchancetés… Finalement, s'éloignent de l'équilibre… Et c'est ce que cet homme, en face de nous, est en train de faire. Il a détruit son équilibre. Il y a longtemps. Très profondément. Et son karma est déréglé. Totalement noir et instable. Comme ce qui rayonne de lui. Lochan soupire et m'embrasse les cheveux.

– Ça va ?

Je hoche la tête. Il s'écarte de moi.

– Je vais raccompagner notre ami. Je reviens.

Il sort de la douche alors que je m'assois par terre, protégée par mon élément favori. Mon frère attrape une serviette, l'enroule autour de sa taille et passe une main réconfortante sur les épaules de son ami.

– Ce serait mieux que tu rentres chez toi, maintenant. Je ne te fous pas à la porte mais je crois que ce serait plus… simple.

Le type hoche la tête sans me quitter des yeux.

– Oui. Je peux te piquer ton téléphone, je dois appeler un taxi. On est où exactement?

Mon frère lui donne l'adresse. Mais le type semble embarrassé.

– Pour cette nuit, je…

Lochan éclate de rire.

– T'inquiète, t'as assuré! Pas mal, pour un novice.

Il ouvre de grands yeux.

– Mais on a fait quoi exactement?

Lochy secoue la tête.

– Je te jure, tu ne veux pas le savoir. Allez, viens, je te file mon téléphone et, pas de panique, tout va bien.

Le type me fait un signe du menton tout timide, tout mignon, et très touchant quand on sait qu'il est à mille lieues de s'embarrasser avec mon petit tracas, vu les remords qui lui détruisent l'existence. Lochan le pousse doucement vers la porte pendant que son ami hausse les épaules.

– Remarque, je m'en tape, je te reverrai jamais, donc…

Lochan se retient de rire.

– Oui, voilà, on va dire ça.

Ils disparaissent. Puis Lochan me rejoint alors que je n'ai pas bougé. Il s'accroupit devant moi et me caresse la joue.

– Ça va, Div?

– Oui. C'est qui, ton pote?

Il hausse un sourcil.

– T'es sérieuse ? Tu ne l'as pas reconnu ?

Je secoue la tête. Il éclaire ma lanterne.

– C'est le bassiste des Skeletons. Un monstre dans le monde du rock. Tout le monde connaît Maël Jones.

– Ben pas moi. Enfin, jusqu'à présent. Parce que, maintenant, je connais des choses qu'il ne sait peut-être même pas lui-même…

Mon frère se relève et attrape une serviette en riant.

– Eh attends, tu ne connais pas la meilleure ? Il croit qu'on ne se reverra jamais…

– Oui et donc ?

– Et donc son agent m'a embauché pour faire les compos de leur prochain album… Il va m'avoir tous les jours à venir sur le dos et, en plus, il ne va pas pouvoir me blairer parce que je vais lui piquer une partie de son boulot. C'est lui qui compose pour le groupe depuis toujours.

Je sors de la douche, toujours habillée, et il m'enroule dans la serviette.

– Oh…

Il acquiesce.

– Oui « oh », comme tu dis… Il vient de coucher avec son futur pire cauchemar…

Je me bouche les oreilles en lui enfonçant mon coude dans les côtes.

– Je t'en prie, Lochy !

– OK, je me tais.

Il tourne les talons pour sortir de la salle de bains. Mais j'ai encore des questions.

– Lochy, dis-moi, tu as vraiment couché avec lui ?

Il éclate de rire. Sans répondre. Forcément. Je continue malgré tout.

– Et ça t'arrive souvent de coucher avec des mecs ?

Cette fois, j'ai une réponse.

– Parfois. C'est sympa aussi. Et tu ne peux pas lui enlever ça, il est canon, ce type.

Je rougis malgré moi, juste au moment où il tourne la tête dans ma direction. Il se renfrogne.

– Div, ce mec a un avenir noir. Je l'ai pressenti dès le départ. Et je suis certain que tu l'as vu aussi. Vu ta réaction. Donc oublie… Et depuis quand tu penses aux mecs, toi?

Je soupire en le suivant dans l'escalier.

– Lochy, j'ai 20 ans, il va être temps que je sorte et que je me mélange un peu aux autres, et…

– Non, tu ne te mélanges pas. Avec personne. Et, d'abord, qu'est-ce que tu entends par « te mélanger », exactement? Et je te préviens, n'essaye même pas de répondre à cette question… dégueulasse… Ma sœur ne se mélange pas…

Il mime un frisson de dégoût. Ça lui va bien de dire ça.

– *Dixit* le mec qui se mélange avec tout ce qui bouge…

– Moi, c'est différent…

– Ben voyons… Eh bien, moi, je te dis que l'heure du mélange approche… Je ne vois pas l'avenir mais mon corps, lui, me l'explique de plus en plus souvent…

– Tais-toi, je ne veux rien savoir… et, dans tous les cas, hors de question que tu mélanges quoi que ce soit avec Maël.

Je passe devant lui alors que nous arrivons à la cuisine.

– Pourquoi, t'es jaloux? T'es amoureux de lui?

Il renâcle avant de me répondre.

– Div, on ne tombe pas amoureux après une petite baise de rien du tout… Tu vois, t'y connais rien. Tu n'es pas prête pour les mélanges, d'aucune sorte. Quand j'aurai confiance, je te ferai rencontrer des mecs, t'inquiète pas. Des mecs bien.

Je me plante devant lui, les mains sur les hanches.

– Ce n'est pas ce que tu viens de faire à l'instant? Me faire rencontrer ce type?

– N'importe quoi, Div…

– À d'autres, frangin… Je sais que tu as ressenti quelque chose de spécial. Tu l'as invité, tu l'as gardé avec toi toute la nuit, alors que tu ne l'as jamais fait jusqu'à présent. Pourquoi, si c'est pas pour le mettre sur mon chemin?

Il soupire en attrapant mes hanches pour m'asseoir sur le comptoir, je suis pieds nus. Puis il prend le balai dans le placard et s'affaire à nettoyer le sol jonché de bouts de verre.

– J'ai senti sa noirceur. Oui. Et… je sais pas… Oh, et puis, merde, j'avais fumé pas mal, je ne suis plus très sûr de ce que j'ai réellement ressenti.

– Et ce matin? Qu'est-ce que tu en penses, ce matin?

Il lève les yeux vers moi alors que je lui adresse un regard pétillant. Il se gratte la tête.

– Merde, Div… Tu me fais quoi, là? Ce mec est dangereux, tu l'as bien vu… C'était une idée de merde que j'ai eue sous emprise et, voilà, c'est tout… et oublie tout de suite tes idées farfelues, c'est une star qui couche avec tout ce qui bouge, un connard qui se prend pour la personne la plus précieuse de l'État, un pauvre type qui s'en fout plein la gueule parce que beaucoup trop penché sur son petit nombril… Il n'a rien à foutre dans nos vies et encore moins dans la tienne. Oublie, s'il te plaît.

Je saute du comptoir pour sortir de la cuisine.

– Je ne suis pas d'accord avec toi. Il est perdu, c'est tout… et je suis désolée de te contredire mais il n'est pas un connard. Et d'ailleurs tu le sais pertinemment, sinon tu ne l'aurais certainement pas emmené jusqu'à ta chambre. Et arrête de me surprotéger. Je suis une grande fille, je fais et pense ce que je veux, jusqu'à preuve du contraire…

Je pars éteindre la musique qui hurle toujours puis retourne m'enfermer dans ma chambre. Je suis épuisée par tout ça. Les échanges d'énergies sont éprouvants. Je me débarrasse de mes affaires trempées puis me glisse sous la couette. Lochan a raison. Ce mec est un danger pour moi, j'en ai vu les aspects très clairement… Mais, en même temps, il y a ce truc… que je ressens depuis qu'il est entré dans la maison, maintenant je le sais. Il est tellement noir alors que je sens une belle lumière sous tous ses nuages. Je ne sais pas ce que c'est, mais une chose est certaine, il y a trop de signes pour que je ne voie rien. Mais je ne m'en fais pas… Le destin le remettra sur ma route si nécessaire. Il n'y a qu'à attendre pour voir.

6

Maël

« L'enfer est tout entier dans ce mot: solitude. »[1]

Assis dans mon taxi, je regarde défiler les rues sans m'y intéresser. Je ne réfléchis pas davantage à mon état de fatigue, ni au flou quasiment artistique qui me brouille le cerveau. Encore moins au mec qui dormait à côté de moi tout à l'heure. Tout ça est secondaire. La seule chose qui me paraît importante à l'heure actuelle, c'est la sérénité que je ressens au fond de moi. Cet éclair qui a eu l'effet d'une bombe atomique dans mon âme. Une lueur a explosé, aveuglante, puissante, chaleureuse, brûlant tous mes maux sur son passage. Pendant quelques minutes, je me suis senti comme un nouveau-né, vierge de tout passé, neuf, innocent. Une réelle sensation de bien-être m'a envahi et c'était tellement bon que j'ai cru qu'elle m'avait administré une nouvelle drogue révolutionnaire ou quelque chose s'en rapprochant.

Je règle le taxi qui me dépose devant ma villa, grande bâtisse Art déco qui ne me correspond absolument pas, mais qui a le mérite de proposer une piscine à débordement avec vue plongeante sur L.A., piscine dans laquelle je ne mets jamais les pieds, un

1. Victor Hugo, *La Fin de Satan*, 1886.

salon immense pouvant recevoir sans problème une centaine d'invités et dans lequel je ne mets pas davantage les panards, dix chambres, une salle de muscu, une salle de musique avec piano à queue et d'autres pièces que je déserte totalement. Fut un temps, au début de la gloire, cette baraque était sans cesse remplie de gens, à tous moments de la journée, les nanas dans la piscine, les mecs dans le salon un verre à la main et des couples dans les chambres. Amis, potes, inconnus, je ne captais déjà pas grand-chose à l'époque, même si j'avais encore la folie de croire en un truc meilleur, plus tard, un jour…

Ce temps est définitivement révolu. La maison est vide, je n'invite plus personne, j'ai congédié le personnel, à part un jardinier de 60 ans et sa femme qui vivent dans une dépendance au fond de la propriété. Elle passe, de temps en temps, faire un coup de ménage bien que je ne salisse pas grand-chose, je ne suis jamais là et, lorsque parfois j'arrive à y passer plusieurs jours, je reste la majorité du temps dans ma chambre et dans le salon secondaire qui, lui, est à taille humaine. Son mari, quant à lui, ne sert plus à grand-chose, pour être honnête, mais il nettoie la piscine, taille les rosiers, et je crois qu'ils n'avaient nulle part où aller, alors… Chacun dans notre coin, nous nous sentons un peu moins seuls, j'imagine. Enfin, surtout moi.

Je dépose mon trousseau sur la console de l'entrée, vire mes pompes même pas lacées de deux coups de talon et m'empare du téléphone. Il est midi, l'heure correcte pour Mira. Je laisse sonner. Répondeur. J'insiste trois fois. Sans résultat. Habituellement, je me ruerais sur un truc à fumer ou une bouteille. Mais pas là. Je suis vidé psychologiquement. C'est une sensation étrange. Mes démons sont partis et, sans eux, alors que pourtant il serait raisonnable d'imaginer que je me sente heureux, je me sens inutile. Serein mais sans but. Une coquille vide flottant sur la vie. Rien à dire, rien à penser, juste respirer. C'est sans doute ce que font les gens normalement constitués… Ils vadrouillent de petits tracas en petits bonheurs, le cœur léger, l'âme en fête, ils calculent leur budget vacances avec les gosses, rêvent devant une villa comme la mienne, imaginent une vie merveilleuse alors qu'ils l'ont déjà sans même s'en rendre compte.

Moi, je n'ai pas l'occasion de vivre ça. Ma culpabilité est telle qu'elle monopolise mon cerveau H24, les fantômes du passé s'accrochent plus sûrement que s'ils étaient collés à la super glu et ne me laissent pas le loisir de penser à autre chose. De ce fait, ce court moment où j'en suis séparé, je me sens perdu. Je sais que cela sera de courte durée car déjà le coup de fil sans réponse à Mira me replonge dans certains aspects de ma vie. Le visage de Jenny et de fait celui de Benny viennent s'installer progressivement à leur place habituelle. En haut de la liste de mes erreurs impardonnables. Suivies de près par Mira, qui, elle, s'installe en haut de l'échelle des anges, même si, pour le coup, c'en est un qui fait souffrir. Bref, en attendant, je me sens vanné, serein. Une partition sans note. Le meilleur moment pour aller dormir, en espérant, pour une fois, pouvoir aligner quelques heures de sommeil réparateur et apaisé. De toute manière, je ne sais même pas quoi faire d'autre, donc… Je me laisse tomber sur mon lit, retire mon froc, mon T-shirt, appuie sur l'interrupteur des volets roulants qui imposent bientôt le noir absolu autour de moi et sombre dans le sommeil.

***

Une sonnerie résonne dans ma tête. Puis à nouveau, au milieu de l'obscurité, j'ai du mal à me rappeler où je suis, ma sieste a été d'une profondeur inouïe… Je n'ai même pas mémoire d'un sommeil aussi réparateur depuis que je suis arrivé à L.A. Ma main tâtonne sur ma table de chevet et saisit le combiné qui se fait entendre à nouveau. La tête encore soudée à l'oreiller, je réponds d'une voix endormie.

– Allô?

– T'es vraiment qu'un connard, Maël.

Jenny. Je me redresse d'un bond.

– Pardon?

– L'anniversaire de ta fille? Tu te souviens?

Je me gratte la tête nerveusement. Un vent de panique me prend d'assaut.

– Oui, oui, bien sûr que je me souviens, j'ai essayé d'appeler tout à l'heure mais tu ne répondais pas.

– C'est pas possible, tu es ENCORE défoncé! J'en ai marre, Maël, vraiment.

– Quoi? Mais non, je ne suis pas défoncé du tout, regarde tes appels, je t'ai appelée ce midi.

– HIER midi, Maël. C'est hier que tu m'as appelée. Je n'ai pas pu te répondre, j'étais en rendez-vous d'affaires et Mira était à l'école, mais j'ai cru stupidement que tu l'appellerais le soir… Je l'ai prévenue, elle attendait ton appel… Mais non. Tu sais ce que ça fait de coucher une gamine de 7 ans qui retient ses larmes parce qu'encore une fois son père n'est pas là pour elle? Non, évidemment, tu ne sais pas puisque JUSTEMENT tu n'es jamais là pour elle! J'en ai plein…

Je la coupe. C'est trop d'informations d'un coup.

– Attends, c'est quoi ton délire, là? Je vais l'appeler ou passe-la-moi si elle est avec toi…

– C'est trop tard, Maël. Son anniversaire, c'était hier! C'est bon, tu as imprimé, là? HIER. Espèce de toxico de merde, je t'en voudrai toute ma vie pour chaque larme que je vois couler sur sa joue par ta faute…

Je regarde autour de moi. Je ne comprends rien… J'ai juste fait une sieste.

– On est quel jour?

Elle soupire d'agacement.

– Mercredi. On est mercredi. Et il est midi.

Merde, j'ai dormi vingt-quatre heures! Impossible.

– Tu te fous de moi?

– En l'occurrence, Maël, celui qui se fout de tout le monde depuis des années, c'est toi. Pas moi.

– C'est faux! J'ai pensé à son anniversaire, tu le sais très bien.

– Oui, tu as appelé à cinq heures du matin, je m'en souviens bien. Mais quel genre de père appelle sa fille à cette heure, dis-moi?

Je passe une main dans mes cheveux et tire dessus violemment.

– J'ai appelé le midi.

– Oui, mais, encore une fois, tu es complètement à côté de la plaque! Elle a école, figure-toi. Tout le monde ne vit pas n'importe comment. Dans la vraie vie, il y a des horaires, des rythmes à respecter. Surtout pour une enfant de 7 ans.

– Oui, je sais… mais elle a reçu ma carte, non? Et l'argent?

Elle soupire une nouvelle fois. Sa voix s'apaise légèrement.

– Oui, elle les a reçus.

Une douce chaleur me réchauffe le cœur. Je n'ai pas tout merdé…

– Elle était contente?

– Oui, elle était contente. Enfin, elle aurait préféré un appel, Maël.

– Je sais mais tu lui as dit que j'avais appelé?

– Oui, mais ce n'est pas pareil. Elle t'a appelé si tu veux tout savoir. Mais tu n'as pas répondu. Ni sur ton portable, ni sur ton téléphone fixe. Tu sais, de l'argent, c'est bien mais… ce n'est pas ce qu'elle attend. Et 2000 dollars, c'est beaucoup trop. J'ai mis

1900 dollars sur son compte et je lui en ai laissé uniquement 100, pour qu'elle se fasse plaisir. Nous sommes allées hier soir au centre commercial pour faire du shopping.

– Oh!

Je me laisse aller à un sourire ému en imaginant ma fille faire ses petits achats. Je me rallonge sur mon oreiller.

– Et elle a trouvé ce qu'elle cherchait?

– Oui. Elle s'est acheté une guitare. Pour faire comme papa.

Mon cœur tressaille. Ma petite minette à moi… Jen ajoute d'une voix plus amère qui me ramène durement à la réalité:

– Elle m'a dit que tu lui apprendrais. J'ai été obligée de lui rappeler que ce ne serait pas possible. Je lui payerai des cours.

– Pourquoi ce ne serait pas possible?

– Nous habitons en Caroline du Nord, et toi, à l'autre bout du pays. Tu ne l'as quasiment jamais vue en sept ans et tu viendrais deux fois par semaine pour lui donner des cours de guitare? Tu veux faire croire ça à qui, sérieusement?

J'en ai marre qu'elle me remette tout sur le dos à chaque fois.

– Je ne viens pas parce que je ne suis pas le bienvenu à St Léon's Bay… tu le sais autant que moi. Tu refuses constamment qu'elle vienne en vacances ici. Et je t'ai proposé je ne sais combien de fois de venir t'installer sur la côte ouest, mais…

– Et pourquoi devrais-je quitter ma vie ici pour toi? Si la situation est tellement compliquée, nous savons tous pourquoi et surtout à cause de qui elle l'est. Et ce n'est pas de mon fait. Loin de là. Tout est entièrement de ta faute.

– Mais je t'aurais trouvé une maison, j'aurais tout pris en charge, tu n'avais qu'à…

– Non, Maël! Que tu veuilles ta place dans la vie de ta fille, je pouvais encore l'envisager, mais tu n'as aucune place dans la mienne. Enfin si, mais une très mauvaise. Je ne m'approcherai plus jamais de toi. Tu es toxique, Maël. Tu l'as toujours été.

– C'est faux!

– C'est tout ce qu'il y a de plus vrai! Tu l'as été pour Benny puis pour moi, et je ne parle même pas de tes parents… Tu réponds à leurs coups de fil, au moins? Depuis quand n'es-tu pas allé les voir? Tu sais que ton père est malade? Il se tape ulcère sur ulcère et ceci serait dû aux tracas, d'après son médecin… La faute à qui, d'après toi?

– Ta gueule! Je n'ai pas besoin que tu me fasses la morale! Tu viens de le dire, tu ne fais plus partie de ma vie, alors occupe-toi de ton cul!

– Tu as tout à fait raison. C'est d'ailleurs pour ça que j'ai pris hier soir la décision qui s'imposait. Pour moi. Mais surtout pour Mira.

Je n'aime pas du tout le ton de sa voix.

– J'ai accepté la demande en mariage de Tim.

Mon monde s'écroule.

– Pardon? Et Mira?

– Mira aura une figure paternelle à ses côtés. Comme c'est déjà le cas. Sauf que ce sera officiel.

– Je veux récupérer ma fille! Elle n'aura pas de second père, je suis…

– Tu n'en as que le titre, c'est tout!

– Tu m'empêches tout rapprochement avec elle!

– Tu veux que je la laisse avec un toxico?

– Je ne suis pas…

– Si, Maël, tu l'es! J'aime Mira, et si tu l'aimes autant que tu le dis, tu dois accepter qu'un autre lui offre ce que toi tu n'es pas prêt à donner… C'est ce dont elle a besoin.

– Mais… Non, je… Jenny, viens vivre à L.A… Je te donne tout, je fais virer ma paye sur ton compte directement, si tu veux, je te file même ma baraque… Mais n'éloigne plus ma fille de moi, je t'en prie…

– Non, pour la énième fois, je ne m'installerai pas en Californie pour toi. C'est toi qui es parti, je t'ai demandé de revenir, tu as toujours refusé, donc assume. Point final. Allez, je te laisse. Bonne journée.

Elle raccroche. Je balance le téléphone contre le mur en face du lit, le bruit qui suit mon geste me le confirme, j'ai réussi mon coup, il est explosé. Cela ne me calme pas du tout… La plénitude est définitivement envolée. Je suis coupable. Coupable de tout. Je ne jouerai pas les victimes, je n'en suis pas une. J'ai tout provoqué, depuis le début. Benny, Jenny, Mira, mon exil, mon incapacité à soutenir les regards de ceux que j'aime et de ceux que j'ai blessés. Tout vient de moi, je n'ai aucune excuse. Et comme les bonds dans le passé ne sont pas encore inventés, je ne peux rien y faire. Juste supporter les conséquences de mes erreurs. Et je n'y arrive plus. C'est trop puissant. La culpabilité est la pire des choses à combattre. D'ailleurs, je ne la combats plus. Je l'accepte et la laisse piétiner ma vie… Elle peut bien faire ce qu'elle veut, je n'ai plus envie de me persuader que je vaux quelque chose. C'est une hérésie. Je ne vaux rien, ne suis rien, à part une poche à piquette et un gobeur de buvards. C'est tout.

Je me lève difficilement et me traîne jusqu'au rez-de-chaussée, rejoins le bar, attrape une bouteille de Jack, fais sauter le bouchon et m'en paye une rasade. Puis une seconde. Je récupère mon matos, me roule un joint très fourni en sirotant ma liqueur au goulot. Je ne suis bon qu'à ça.

7

Lochan

« Leave a light on if you're able
'Cause we both know you're unstable
Call a doctor, say a prayer. »[1]

Mike consulte sa montre avant de tourner le visage vers la fenêtre de la voiture qui s'arrête dans la cour d'une baraque de ministre. Je reste un peu surpris. Je ne m'attendais pas à ça. On est loin du délire rock'n'roll qui va avec le personnage. Maël est vraiment une énigme. Mike sort de la voiture sans attendre. Il grimpe les trois marches du perron prestement, sonne et entre directement. Il a l'air réellement furax. Je lui emboîte le pas dans un immense hall puis dans un salon luxueux dont les baies gigantesques offrent une vue magnifique sur la ville. Il ne s'y arrête pas, traverse à grands pas la pièce pour frapper à une porte au fond de celle-ci. Personne ne répond, ce qui ne l'empêche pas, encore une fois, de s'inviter et d'ouvrir la porte.

La pièce est une sorte de petit salon confiné, assombri par

1. « Laisse une lumière allumée si tu en es capable / Car nous savons tous les deux que tu es instable / Appelle un docteur, récite une prière », « Monsters », Shinedown. Crédits : Eric Basse, Brent Smith.

d'immenses tentures tombant négligemment devant les fenêtres. L'air y est saturé de fumée de pétard. L'agent grommelle en écartant les rideaux pour ouvrir les fenêtres, éclairant un sofa dans le fond de la pièce sur lequel Maël est avachi. Inerte, il pose ses yeux sur Mike puis sur moi. Un éclair rapide de surprise semble traverser ses pupilles avant qu'il émette un ricanement désabusé. Ce sera tout pour la « surprise » de me voir débouler chez lui accompagné de Mike. Il a compris le but de ma présence et s'en fout. Sans énergie pour argumenter ou poser la moindre question. Plus je regarde ce type, moins je comprends ce qu'il est. Mi-ange mi-démon. Le mal en couche superficielle mais très importante, le bien tapi quelque part au fond.

En tout cas, troublant ou pas, une chose est absolument certaine, plus jamais il ne croisera Divya. Ce mec est dangereux pour une âme comme la sienne. Pour toutes les âmes, d'ailleurs. Avachi en face de nous, un pétard à la main, une bouteille de bourbon presque vide dans l'autre, ce n'est clairement pas le gendre idéal. Ni le pote idéal, ni le voisin idéal, ni le collaborateur idéal, ni rien d'idéal. Juste un tas gigantesque de problèmes en tout genre. Il liquide sa bouteille, la balance à travers la pièce en soupirant, se lève, et je suis surpris par la vivacité qu'il y met, il a l'air dans un état normal. Portant juste un jean pour toute fringue, il traverse la pièce puis passe entre Mike et moi. Je ne peux m'empêcher de le reluquer car, comme je l'ai affirmé à Div hier, ce mec, portant ses piercings et ses tatouages avec indolence sur un corps parfait, transpirant un charisme hors norme de type qui se fout royalement de l'image qu'il peut bien renvoyer, est juste hypnotique. Et je le confirme, j'aime le beau. Je n'y suis jamais insensible. Même si l'enveloppe est bien loin de refléter le fond de son âme, on ne peut pas non plus lui enlever ça…

Il s'arrête à mon niveau, examine quelques secondes mon

visage, y lisant certainement exactement ce que je pense de lui en ce moment, attrape mon menton et, sans que je n'appréhende quoi que ce soit, se colle et me roule une pelle au summum de la sensualité. Véridique! Puis il s'écarte, plongeant son regard vert d'eau dans le mien.

– T'es déjà en manque, chéri? C'est l'effet Apadravya, ça.

Il éclate d'un rire fatigué en quittant la pièce, me laissant face à un Mike ahuri, qui me toise de la tête aux pieds, les poings plantés sur les hanches.

– Vous vous connaissez? C'est quoi, ce bordel?

Il fronce les sourcils d'un air suspicieux. Maël repasse entre nous, une bouteille de Jack pleine dans la main.

– Ouaip, Mike, c'est quoi ce bordel? Ce cher Lochan m'a pris pour un con, hier soir… Ah non, avant-hier soir… Enfin, si c'est bien Lochan que tu t'appelles?

Il n'attend pas ma réponse et part se réinstaller dans son fauteuil. Il plante son joint au coin de ses lèvres et l'allume en tirant dessus.

– Et donc, cher Mike, que me vaut le déplaisir?

L'agent laisse tomber le sujet précédent et s'approche du bassiste.

– Nous avions une réunion, ce matin. Tu n'as pas daigné te montrer, comme à celle d'avant-hier soir au club, d'ailleurs. J'aimerais savoir comment tu espères que je fasse mon job, si tu n'es jamais là?

– Fais pas chier, Mike, ça fait six mois que je me coltine ta tronche de connard tous les jours, tu peux bien vivre deux jours sans moi, non?

L'agent s'installe dans un fauteuil et m'en désigne un autre du menton, m'invitant à l'imiter.

– Deux jours sans ta gueule? Arrête, tu me fais rêver. Sauf que c'est pas possible. Désolé pour nous deux, on est liés, mon bichon.

Maël grimace en levant sa bouteille devant lui.

– « *Je me crois en enfer, donc j'y suis...* » Merci Arthur Rimbaud pour cette vérité qui correspond tellement à la situation !

Il me fait un clin d'œil et s'envoie une rasade d'alcool. Ce mec cite Arthur Rimbaud... Définitivement étonnant... et complètement hallucinant. Je décroche, j'arrête d'essayer de comprendre ce qui justement ne peut l'être. Mike reprend.

– Déjà je voulais te présenter Lochan Rives qui, comme je te l'ai annoncé, est le compositeur que le groupe vient d'embaucher.

Il m'adresse un regard noir.

– Et je suis censé en avoir quelque chose à foutre ?

Mike soupire.

– Oui, normalement tu devrais en avoir quelque chose à foutre, si tu ne t'étais pas encore une fois cramé le cerveau avec tes merdes.

– Mes merdes et moi, on t'encule, monsieur l'agent. Je suis en repos, je me défonce la tronche si j'en ai envie. Bon, quoi d'autre ?

Le manager frotte nerveusement ses mains sur son pantalon.

– Je voulais te rappeler que la croisière Metal Rock Cruise part dans quatre jours. Et, bien entendu, je compte sur toi, en forme.

Maël ricane ironiquement.

– Génial, on va aller faire les cons sur un bateau... La vache, quel pied ! Va te faire foutre, Mike, avec tes idées à la con !

L'agent se contient visiblement pour arriver au terme de la discussion... J'admire le flegme, Mike doit avoir des origines britanniques...

– Non, je ne vais pas me faire foutre. Et tu viendras sur ce putain de rafiot. Si tu ne le fais pas pour nous, fais-le pour les Skeletons. Et, je préfère t'avertir, il y aura du beau monde de la scène metal, donc tu te tiendras à carreau pendant la semaine complète. On est bien d'accord ?

Que j'explique un peu cette histoire de croisière. La mode

actuelle est de proposer au public qui peut se le permettre une semaine complète de délire rock sur un bateau de croisière. Les billets sont hors de prix, réservés à l'élite ou à de vrais passionnés qui se saignent aux quatre veines pour passer une semaine au soleil entourés des icônes rock qui partagent le voyage avec eux. Au programme, des concerts tous les jours, des escales idylliques, le luxe, une piscine et du soleil, mais surtout des musiciens mis à disposition du public, comme de simples quidams, prêts à partager une semaine de vacances avec leurs fans… Ce concept marche vraiment bien, même si je suppose que pour les groupes, cela reste éloigné de « vacances », puisque eux bossent d'une certaine manière et sont au contact du public, sans filtre. Ce qui justement est un vrai problème pour Mike, concernant Maël plus particulièrement.

Ce mec est absolument ingérable, je commence à le comprendre. Et je vais avoir sûrement tout le loisir d'apprécier l'étendue du personnage « poète maudit » à la Jim Morrison pendant cette fameuse croisière. Mike a décidé de m'inclure au programme pour faire connaissance avec le groupe afin de mieux en cerner l'essence et éventuellement de commencer l'écriture de quelques morceaux, pour voir un peu ce qu'ils m'inspirent. Il vient de me l'apprendre et j'en suis absolument ravi. Non, c'est ironique, ça me fait royalement chier. Déjà parce que les stars borderline ne sont pas mon kif ultime et qu'ensuite je vais devoir laisser Divya seule pendant une semaine. Et ça… je ne l'ai jamais fait. Je sais qu'elle est adulte et qu'elle pourrait largement s'en tirer. Qu'elle pourrait sortir beaucoup plus aussi, sans risquer grand-chose. Mais, à mes yeux, elle est une pierre précieuse, fragile et innocente et, même sans aller fouiller dans les têtes, l'hypocrisie de la société, le nombrilisme des gens en général et le manque total d'empathie de tous risquent de la tuer. Bon, d'accord, je suis une sorte de papa poule absolument tyrannique avec elle et je m'attends à un acte de révolte de sa part à un moment ou à un autre. Je le sens très proche. Voire... à portée de bras. Genre « aujourd'hui ou demain ». C'est d'ailleurs pour ça que, si elle ne pose pas de questions, je ne lui dirai pas que Mike, qui sait que je vis avec elle, a réservé une chambre à son intention sur cette croisière. J'ai plus ou moins refusé, je ne veux pas qu'elle vienne sur ce bateau, au beau milieu de cette concentration de rockers absolument dépravés en quête de chair fraîche. Hors de question! Mais si je suis amené à lui en parler... Je préfère ne pas y penser...

Maël soupire en attrapant un paquet de feuilles à rouler ainsi qu'une clope.

– Je ne suis pas ton gosse, Mike. Je sais ce que j'ai à faire. Bon, c'est tout? Je peux comater tranquille maintenant?

L'agent hoche la tête et se lève. Je fais de même en observant notre hôte qui, lui, nous a déjà zappés, le nez dans la préparation de son joint. Sentant sans doute le poids de mon regard, il lève les yeux sur moi et, cette fois, je vois l'enfer. Le vrai. C'est évident. Il vient de tout accepter. Comme si, de toute manière, plus rien ne l'atteignait. Comme si l'avenir ne le concernait plus. Si j'ajoute à ça l'endroit où je l'ai trouvé l'autre soir au club, la force qui m'a poussé à monter sur ce toit pour le trouver au bord du gouffre et son état constant d'ébriété, la conclusion est vite faite... La vie de ce mec ne tient plus qu'à un fil... Un filament vraiment fin et fragile.

Ce n'est pas mon histoire. Ce n'est pas ma vie et je ne le connais pas. Et je n'ai rien à dire, ni aucune légitimité pour intervenir dans son existence et encore moins dans son malheur. Cependant, j'ai mes convictions et mes devoirs sur cette terre et je ne peux pas faire comme si je ne voyais rien. Je sors donc une carte de visite de ma poche et la tends à Maël. Il ricane.

– Quoi, tu veux encore du Apadravya?

Je soupire et lui explique simplement.

– Mets ça dans la poche de ton jean. Ne la jette pas avant la croisière.

Il plisse les yeux sans comprendre. Je ne peux pas lui en dire tellement plus, je fais juste ce que je dois faire, ce vers quoi je suis poussé. Parfois, un pressentiment, une force inconnue nous enjoint de faire des choses… J'ai l'impression que ma carte sur lui l'aidera. Je ne sais pas quand ni comment et encore moins pourquoi… Mais ça ne coûte rien et… et puis voilà. C'est ainsi. J'insiste en lui mettant la carte sous le nez. Il secoue la tête d'un air exaspéré mais attrape le carton sur lequel figurent mon adresse et téléphone personnel et la glisse dans la poche arrière de son jean.

– C'est bon comme ça?

Je hoche la tête.

– Parfait.

On verra si ça s'avère utile, pour être franc, je ne sais même pas à quoi cela pourrait servir… Bref… En tout cas, c'est tout ce que je pouvais faire. Je le laisse à son trip et retourne dans l'entrée où m'attend Mike. La porte se ferme derrière nous alors que nous atteignons le seuil. Cette baraque me fait froid dans le dos.

***

– Divya, il faut que je te parle.

Je préfère ne pas attendre. J'ai à peine mis le pied dans l'entrée que je me force à amorcer le sujet. Sauf que ma sœur n'est pas, comme à son habitude, dans le salon. Ni dans sa chambre. Ni dans la cuisine. Comme s'il s'agissait d'une gamine de 10 ans maximum, je panique.

Lochan, calme-toi, elle a 20 ans quand même.

J'attends vraiment le moment où elle va m'envoyer chier. En attendant, je ne baisse pas la garde… Je sais que c'est excessif mais ma sœur n'est pas la dernière pour me faire savoir quand je vais trop loin… Je pousse donc les limites volontairement.

En attendant, pas de Div dans la maison. Mais la porte-fenêtre menant dans le jardin est entrouverte. Je scrute la terrasse. Personne.

Elle me saoule !

Je traverse le jardin en direction du bosquet de séquoias qu'elle affectionne particulièrement. C'est d'ailleurs pour ces arbres que nous avons choisi cette maison, il y a trois ans. Elle est un peu chère mais mes compos rapportent bien, alors si c'est pour le bien-être de Div… Je slalome entre les arbres. Bingo. Une échelle est posée contre le tronc de l'un d'entre eux. Ma sœur est allongée sur l'une des branches, à plusieurs mètres du sol, sur le ventre, les bras entourant son perchoir. Les yeux fermés, elle récite ses phrases habituelles en caressant l'écorce tendrement.

Je ne suis qu'une énergie. Je viens de la nature et j'y retournerai. Je suis nature. Une lumière perdue. Montre-moi la route. Je ne suis qu'une énergie. Je viens de la nature…

Depuis sa rencontre avec Maël, elle tourne en boucle avec divers mantras, cherchant la connexion et le retour de son énergie. Il l'a vraiment troublée, c'est flagrant. Et je suis loin d'être persuadé qu'il y ait quoi que ce soit de bon dans tout ça. Il faut réellement que je ne me laisse pas avoir et qu'elle reste ici pendant la croisière. Je n'aime pas la savoir en besoin de lumière. C'est qu'elle a peur de perdre son équilibre. Et ce n'est pas bon signe. Elle ne m'a fait ce genre de choses que lors de notre fuite de la maison familiale. C'est-à-dire il y a cinq ans. Elle était restée une semaine dans sa transe, se levant pour chercher ses bases et ne faisant rien d'autre de la journée. C'était flippant. Mais elle a reconstitué son équilibre, en définitive. Jusqu'à hier. Hors de question qu'on reparte là-dedans.

Je l'observe, sa tête tournée vers la droite, sa joue posée sur la branche. Sereine. Je la laisse à ses occupations et pars préparer à manger. Elle rentrera quand elle aura fini.

Ce qui se produit peu de temps après. Souriante, les joues rosies par la fraîcheur de la soirée, les cheveux hirsutes, elle rayonne. Elle vient m'embrasser la joue, pique un radis que je viens de laver puis va changer la playlist que j'avais accessoirement lancée parce que, stupidement, j'avais envie d'écouter les morceaux qui s'y trouvaient. Mais apparemment elle n'a pas grand-chose à faire de ce détail sans importance. Elle choisit la sienne. Qui consiste depuis deux jours en une seule et même chanson, « Human » de Rag'n'Bone. Je ne comprends pas son délire. Et je ne supporte plus ce morceau. Il me dérange, j'y vois des choses… beurk, que je ne veux pas voir. Un truc qui m'énerve. Mais vous dire quoi… impossible. Parce que, je dois avouer, oui, j'ai un petit don mais, moi, je ne l'exploite pas et le travaille encore moins. Au contraire, je préférerais ne pas l'avoir. Voir l'avenir vers lequel les gens se dirigent, selon leur état d'esprit du moment, c'est gênant. Parce que, quand on voit le futur noir de quelqu'un, que lui dire ? Il n'a peut-être pas envie de savoir après tout… Moi, déjà, je refuse de lire le mien, alors celui des autres… Et puis, surtout, ce que je vois peut être sans réel fondement. Parce que si les personnes changent de comportement, leur destinée s'en trouve forcément modifiée, c'est logique. Imaginez un alcoolique que je rencontre ce soir. Je le verrais disparaître sous peu, ou souffrir en tout cas, avec de fortes chances qu'il soit seul car insupportable avec les autres, etc. Je le verrais par rapport à son comportement. Mais, si deux jours plus tard, ce même type se fait peur et décide de se faire soigner, alors toutes mes visions auront été fausses, car changement de donne. Donc pour résumer, je ne sers à rien. Donc autant ne pas développer ce don débile.

Oups, je respecte ce que la nature m'a donné, ce don n'est pas débile.

Bref passons. Donc c'est la raison pour laquelle je ne m'épargne pas au niveau alcool et drogues douces. Parce qu'au moins, sous emprise, je ne vois rien ou très peu. C'est une véritable oasis de sérénité que d'être stone, pour moi. Je crois que ma véritable mission dans cette vie est de servir le don de Dieu, Divya. Moi, je ne suis qu'un serviteur des énergies. Le gardien de son esprit et de sa lumière. Rien de plus. Je préfère ce rôle, je n'ai pas les épaules pour davantage. Je suis faible, ma seule force étant d'aimer ma sœur plus que tout au monde. Et cette mission, je compte la mener à bien le plus longtemps possible. Enfin, jusqu'à ce qu'elle claque la porte.

Elle revient dans la cuisine en se dandinant, comme prise d'une transe, prend les couverts et le reste, et installe le tout sur le comptoir tout en se gavant de radis. L'écuelle est vide lorsque nous passons à table.

– Tu peux m'arrêter cette musique, Div, s'il te plaît?

Elle soupire.

– Je dois te parler d'un truc, si nous pouvions éviter la transe pendant cinq minutes, ça m'arrangerait... Et puis, t'as quoi avec cette musique? C'est la première fois que je te vois réagir au son...

Elle sautille jusqu'à la chaîne et remet en route ma playlist en sourdine.

– Je ne sais pas vraiment, elle me fait du bien... enfin, pas du bien, disons qu'elle comble quelque chose. C'est comme un nouvel équilibre… Je ne comprends pas encore mais ça va venir. Je laisse juste le job se faire.

Bon… En attendant elle m'épargne une énième écoute, c'est déjà pas mal. Je lui sers la salade niçoise que je viens de préparer. Nous gardons certains plaisirs de notre pays d'origine. Bon, allez, je me lance. Souhaitez-moi bonne chance, je vois une discussion lamentable et à l'issue plus que terrifiante pour le mec surprotecteur que je suis.

– Div?

– Oui, cher frangin?

Elle me gratifie d'un beau sourire. Encourageant.

– Il va falloir que je m'absente dans quelques jours.

– Oh…

Réponse classique… qui a habituellement le don de m'agacer mais pas maintenant. Au contraire.

– Oui, « oh ». Bon, t'es d'accord?

Très subtil… Je pense que ma volonté de passer à autre chose est un peu trop flagrante… ce qui est un très mauvais calcul. Elle plisse les yeux.

Eh merde! Bien joué, dugland!

– Tu vas où?

Je hausse les épaules en attrapant le semblant de pain américain, décrété à l'unanimité comme le « moins pire » entre nous.

– Tu veux du pain?

– Oui, merci.

Elle le pose à côté de son assiette.

– Mais sinon, tu vas où?

Je me racle la gorge.

– Oh, c'est pour le boulot, pas très intéressant à mon sens.

Très compliqué de ne pas lui dire tout sans pour autant lui mentir. Je ne mens jamais et surtout pas à Div. Mais cacher très légèrement la vérité… je n'ai rien contre lorsque cela s'avère nécessaire… Elle ne lâche pas l'affaire, à mon plus grand désespoir.

– C'est-à-dire ?

Elle m'agace.

– On est vraiment obligés d'avoir cette conversation ? Je ne peux pas t'en parler… dans une bonne dizaine de jours, quand je rentrerai ? Ça peut être sympa aussi, en mode : surprise ! Devine où j'étais !?

Elle pose sa fourchette en m'adressant un rictus ironique.

– Oh, mais, oui, ça pourrait être mortel. Je t'en prie, frérot, prends-moi pour une demeurée encore un peu, j'adore tellement quand tu fais ça !

Bon, tentative lamentablement ratée. Je passe une main nerveuse dans ma tignasse.

– J'ai les cheveux trop longs, je crois que je vais aller au *barber shop*, demain…

Elle penche la tête d'un air navré. D'accord, j'abdique.

– Je vais accompagner les Dark Skeletons sur une croisière festival.

Elle se fige.

– Oh !

Que veut dire ce « oh » ? Elle aime l'idée de la croisière ou elle est juste contente pour moi ? J'ai ma réponse dans la seconde.

– Je viens avec toi ! Une croisière, Lochy ! C'est parfait pour moi, entourée d'eau, je vais pouvoir mettre mes sens au repos. On part quand ?

Et voilà… Je sors les rames.

– Mais, attends, tu n'as pas ta place là-bas, Div, c'est pour le boulot.

– Ben voyons ! Genre tu vas bosser non-stop… et, quand bien même tu bosserais, quel est le rapport avec moi ? Je n'y vais pas pour toi, figure-toi… Le temps du mélange, Lochy, le temps du mélange…

Elle prononce sa dernière phrase en chantonnant… ce qui m'agace fortement…

– C'est bien ça qui m'inquiète et d'ailleurs tu n'y vas pas pour moi, c'est clair, mais surtout tu n'y vas pas tout court. Ce n'est pas ta place !

– Pas plus qu'enfermée seule dans cette maison.

– C'est toujours mieux !

Elle repose ses couverts et se pince le nez d'agacement… Oh, merde, le volcan se réveille. Vous connaissez une Div énervée ? Non ? Je vous laisse apprécier. Elle reprend.

– Que mon énergie me pardonne pour l'usage que je vais en faire.

Elle lève la tête vers moi.

– Va chier, Lochy ! Maintenant, tu vas répondre à une seule question. Suis-je officiellement malvenue sur ce bateau ? Quelque chose me dit que j'y ai ma place, sinon tu m'aurais dit que rien n'a été prévu pour m'y accueillir. C'était la seule excuse valable que tu n'as pas énoncée… Donc y a-t-il la place pour moi dans ce périple, dans le sens logistique du terme ?

Je pince les lèvres. Ne pas mentir. Ce précepte me fait chier.

– Mike t'a officiellement invitée.

Elle s'esclaffe.

– Ah, ben voilà ! Je le savais ! Donc je viens, fin de la discussion ! Hors de question que je reste comme une chouette empaillée dans cette baraque !

– Div…

– Div ne t'écoute plus. Si tu me refuses ça, Lochy, je serai partie quand tu rentreras, je retourne en France, c'est aussi simple que ça. Et, cette fois, pas besoin d'un tuteur pour passer la douane. L'heure est venue pour moi, donc tu as ce seul et unique choix :

soit tu me laisses tracer ma propre route en restant à mes côtés, soit tu vas proprement te faire enculer… Remarque, d'après ce que j'ai compris, c'est chose faite au moins depuis avant-hier !

Je reste bouche bée.

– Div, c'est quoi ce langage ?

– Genre, ça t'étonne ! Arrête un peu, espèce d'hypocrite, je parle comme tout le monde, faut arrêter de me penser douce et frêle, Lochy, je suis normale… Merde !

Mes doigts sont en train de déchiqueter un pauvre bout de pain sans défense. Elle me tape sur les nerfs parce qu'elle a raison. *Mais, merde, non, quoi !* Je hurle.

– TRÈS BIEN, MAIS JE TE PROTÈGE QUAND MÊME ! TU M'AURAS COLLÉ À TES FESSES H24 !

– TU VIENS DE ME DIRE QUE TU ALLAIS BOSSER !

– OUI, EH BIEN, JE VIENS DE CHANGER DE PLANNING !

– ALORS, C'EST PARFAIT ! ON VA PASSER DES VACANCES ENSEMBLE, C'EST TOP !

– OUI !

– ALORS ON EST D'ACCORD !

– VOILÀ !

– ALORS TU PEUX M'EXPLIQUER POURQUOI ON CRIE COMME ÇA ?

– J'EN SAIS RIEN ! MERDE !

Elle éclate de rire. Moi aussi. Elle tend sa paume et mes doigts la chatouillent pour lui dire combien je l'aime. Elle se lève pour me faire un câlin.

– Tout va bien se passer, Lochy. Je suis une grande fille.

Je caresse son avant-bras posé sur mon torse.

– Je sais, ma belle… Laisse-moi un peu le temps de le comprendre.

– Tout le temps que tu veux… en attendant, je remets ma playlist.

– Alors là, certainement pas !

– Tu paries ?

Elle me lance un clin d'œil et se précipite dans le salon. Je lui cours après, la plaque sur le canapé et entreprends de la chatouiller dans les règles. Elle étouffe de rire en se contorsionnant dans tous les sens pour m'échapper comme lorsque nous étions gosses… Peu importe son âge, elle restera ma petite sœur à tout jamais.

8

Maël

« In another life, in another place,
Maybe you'd have found what brings some to relief. »[1]

Le buvard que j'ai pris il y a trois heures était le dernier et je le soupçonne d'être périmé, il ne me fait presque aucun effet. Ou alors serait-ce les deux bouteilles de Jack qui me rendent insensible ? Ou les pétards ? J'en sais rien. Tout ce que je constate, c'est que je suis frais comme un gardon, je pourrais aller en boîte. Je vais appeler Deaclan… Pour une fois, il va lâcher sa greluche et m'accompagner. On va baiser tout ce qui bouge, à l'ancienne… Et peut-être que je lui ferai le cul en prime… J'ai trouvé ça drôle hier… ah non, avant-hier… Ou alors ça ne s'est jamais passé ? Bon, alors, mon portable… Je me lève du sofa et m'effondre sur le tapis. Fait chier, ce tapis de merde ! Je l'ai toujours trouvé moche. Et une fois le nez dedans, je confirme, il est tout à fait hideux.

Je me redresse vivement. Merde, la maison a les murs qui flageolent. Tremblement de terre ? Tous aux abris ! Je plonge sous la table basse, les mains sur la tête. Je pioncerais bien un

1. « Dans une autre vie, dans un autre lieu / Peut-être aurais-tu trouvé ce qui te soulage », « Love can only heal », Myles Kennedy. Crédits : Myles Kennedy.

peu… Merde, le tapis sous moi est trempé… Il pleut sous ma table basse ! Il va falloir que j'en parle au jardinier centenaire… Maintenant… C'est pas normal, ce truc. Je me relève prestement. Ma tête cogne violemment la table au-dessus de moi. Merde, ça calme, j'ai envie de gerber maintenant. Pas besoin de bouger, je déteste ce tapis. Je l'arrose proprement… Et je m'effondre en pleurs. Ce n'est pas la table qui a une fuite, c'est moi. Ce sont mes yeux. C'est mon âme. Mon cœur. Ma vie. J'en peux plus… Plus rien ne m'asphyxie assez le cerveau pour me laisser croire que je m'aime un minimum… assez pour me supporter. La chaîne hurle un morceau qui fait trembler mes sens… « Love can only heal »… Myles Kennedy… L'amour ne peut que guérir… Mon cul… L'amour blesse. Profondément. Mais il est tellement sournois qu'il ne tue même pas… Tu te fais toucher, tu en prends plein la gueule et ensuite tu attends une délivrance qui n'arrive jamais. Je me lève en oubliant encore une fois cette foutue table. Cette fois, c'est moi qui gagne. Mon dos la pousse, elle bascule avec tout ce qui se trouvait posé dessus. Dont ma beuh sur laquelle se déverse maintenant le reste de ma bouteille de whisky. Ma dernière ! Coup double ! Connard ! Plus d'alcool, plus de fumette ! MERDE ! Je titube jusqu'à la chaîne qui fait jaillir la musique de tous les coins de cette foutue baraque… Mon caveau, ma dernière demeure… Pas mal pour un raté… Myles hurle ses lalalalala lalaalala tout autour de moi alors que les basses reprennent derrière le riff lancinant et la voix envoûtante. J'ai l'impression de voler, de m'approcher du ciel qui ne m'attend certainement pas… Je vais me faire refouler à l'entrée direct.

Inutile de t'envoler, pauvre con… va plutôt creuser ta tombe… Profond, bien profond, le plus près possible de l'enfer dans lequel tu moisis déjà…

OK, oui, je vais faire ça… Mais avant, quitte à crever, autant le faire avec classe… J'attrape mon téléphone, le seul qu'il me reste, que je n'ai pas encore fracassé… celui du salon… Je commande un taxi… Puis je m'allonge en l'attendant… Sur le tapis du grand salon, celui-là, je le kiffe. Il est marron foncé. Comme les yeux qui me hantent. Parce que… je sais pas pourquoi et je m'en fous… Ils me hantent, c'est tout… J'ai le droit de me bercer avec une belle image, au seuil de ma chute, prêt à faire enfin ce pas salutaire, je n'ai plus qu'une paire d'yeux pour me sourire, pour me rappeler que peut-être l'existence aurait pu être bonne. Je me sens apaisé… J'ai enfin ce courage… Un petit truc pour fêter ça et, hop, on ferme la partition. Dernière note, salut au public et majeur levé vers le ciel.

– Allez tous vous faire foutre !

On sonne à la porte. Je n'ai pas refermé le portail depuis mon arrivée, tout le monde peut venir me piquer tout et n'importe quoi, je m'en fous, c'est cadeau. Ma donation pour la postérité… Je me redresse en plusieurs étapes, je ne capte plus rien. Mes yeux se posent sur mon iPod. Je ne sais même pas ce qu'il fout là. Remarque, il est peut-être tout simplement rangé à sa place… Bref. Je branche les écouteurs et pousse à fond ma chanson du soir. En boucle. J'attrape une poignée de billets dans mon pot de secours, enfonce une casquette sur ma tête et sors rejoindre mon taxi. Direction les bas-fonds de L.A.

– Emmenez-moi chez… Zoé.

Le mec me dévisage. Quoi ? Il veut ma putain de photo, l'abruti ? Il me parle comme à un enfoiré de gosse.

– Et elle habite où, Zoé ?

– J'sais pas, c'est pas moi qui conduis, c'est ton job, dugland.

Je pose la moitié de la liasse de billets dans sa main. Une bonne arme pour lui faire accepter mon état, mes injures et peut-être ma future gerbe qui va vraisemblablement repeindre son taxi. Mais pour en revenir à sa question :

– Le quartier le plus pourri de la ville. Ensuite, on verra.

Il hoche la tête et m'ouvre une portière arrière. Parfait, on risque de bien s'entendre, mon pote. Je hausse les épaules et remonte le son de Myles… Je regarde défiler les lumières de la ville qui m'a accueilli pour toute cette chute… Je me souviens quand je suis arrivé ici… J'avais tellement d'espoirs. Je me pensais assez fort pour mettre tout mon bordel entre parenthèses. Mais j'ai eu beau fermer les yeux, boucler toutes les portes de ma mémoire, rien n'est parti. Pire, tout a pris des proportions incontrôlables. Le rêve s'est transformé en cauchemar au fil des années. Il est temps que tout ça se termine. Mon taxi passe devant la ruelle ultra glauque de Zoé.

– Arrêtez-moi là !

Il pile. Je me fracasse le front contre le siège devant moi, n'en fais pas cas et sors de la voiture. Et ce n'est qu'à ce moment que j'ai la gerbe. Je me vide dans le caniveau. Je suis poli pour une fois, j'ai évité ça à mon pote le taximan. Il peut me remercier, il ne connaît pas sa chance. Je me redresse, manque de me casser la gueule en essayant de monter sur le trottoir, retrouve un semblant d'équilibre et force mes yeux à faire leur boulot, c'est-à-dire voir des trucs. Plus particulièrement la porte de l'immeuble de ma dealeuse. Ils finissent par obtempérer. Je m'engouffre dans la cage d'escalier taguée de partout qui pue la pisse. Odeur significative qui me rappelle que je touche à mon but. Parfait…

J'ai l'impression que cet escalier comporte au bas mot dix-huit mille marches. Je n'en finis pas de monter, de glisser trois marches plus bas, de me hisser sur une nouvelle en m'accrochant à la rampe puis une autre, avant de redescendre sur le cul la totalité de l'étage que je viens de gravir. Je finis par lâcher l'affaire et hurle entre deux étages.

– ZOÉ !

Le silence me répond. Je réitère. Plus fort.

– ZOÉ ! PUTAIN DE CONNASSE, RAMÈNE TON CUL !

Elle va certainement me décalquer la tronche mais tant pis. Vu mon état, je ne sentirai rien. Une porte s'ouvre au-dessus de moi.

– Oh, putain, Maël, mon bichon ! Jimmy, viens m'aider, on a un souci !

Une voix de mec arrive jusqu'à moi.

– Quoi ?... Oh, merde ! Il fait quoi ici, cet enfoiré, il va pas crever chez moi, y a pas moyen...

Je secoue la tête mais elle ne bouge pas. J'essaye de parler.

– Nan... chez moi... buvard... Zoé...

Elle arrive à mon niveau et me caresse la joue.

– Mon bichon, tu devrais rentrer chez toi, t'as pas besoin de plus, là.

– ... File-moi un truc, qu'on en finisse !

Exploit, une phrase...

– Non, je fais pas ça, désolée.

Je pose ma main dans la sienne et la retire, lui laissant tout le blé qu'il me reste.

– Une dose.

Le mec soupire.

– Si c'est ce qu'il veut, file-lui son truc, mais il dégage et vite. Je fais pas dans le macchabée, moi. Grouille-toi, Zoé !

– Tu veux quoi, mon bichon ?

Elle me caresse toujours la joue. Je ne me souviens même plus de la question. Au lieu de répondre, je me mets à chialer en me penchant vers elle. Elle m'enveloppe de ses bras.

– Merde, mon bichon... Attends, je vais te trouver un truc. Tu es sûr que tu en veux plus ? T'as ton compte, là, Maël.

– Bordel ! Zoé !

– OK, OK. Je reviens.

Elle me repose contre le mur qui me soutient comme il peut et je me laisse choir dans la cage d'escalier. J'entends une discussion puis des bras costauds me soulèvent et me font descendre les étages. Je me débats.

– Non, putain ! Ma dose ! T'as mon fric, connard !

Le mec reste impassible.

– Panique pas, je vais te la filer ta dose, petit con, mais pas là. Si tu veux te buter, tu le fais, mais loin.

Il m'entraîne dans la rue et hèle un taxi.

– Tu vas où ? C'est quoi ton adresse ?

– J'sais pas.

– Putain ! Attends.

Il me pose contre son épaule et fouille mes poches. Il me pelote le cul, ce con. Ben, après tout, j'm'en fous.

– Ah, OK…

Il lit un bout de papier qu'il a trouvé, apparemment, dans ma poche. De sa main libre, il met dans la mienne un petit sachet.

– Prends ça. Et pour info, c'est un buvard un peu spécial… Tu devrais y trouver ton compte.

Il ouvre la porte du taxi et me pousse sur le siège, tend le papelard et des billets au chauffeur puis pose une main sur mon épaule alors que j'ouvre déjà mon sachet.

– Bon voyage, mon gars !

– Va te faire !

Il ricane et claque la porte. Je pose le buvard sur ma langue alors que mon chauffeur démarre. Quelques minutes… Ma tête me lâche. J'y arrive enfin. Une convulsion violente me plie en deux. Des trucs acides remontent au fond de ma gorge. J'étouffe ? Je bave ? Je gerbe ? Merde, je pars. Je pars…

9

Divya

« And so we take cover from the dark,
Hoping to find where we can start. »[1]

Je sursaute sur mon lit. Tous mes sens en alerte rouge me hurlent d'aller chercher la noirceur. Elle est là, à ma porte. La mort, la fin. Trop forte, trop présente, trop puissante. Elle m'étouffe. Je saute du lit et me précipite dans le salon en appelant mon frère.

– LOCHAN ! LOCHAN ! VITE !

On sonne à la porte. J'ouvre en trombe, passe devant le type sans même lui jeter un regard et me précipite sur le taxi garé devant notre allée. J'ouvre la portière et me glisse à l'intérieur. Maël. Je le savais… Je le savais. Il est allongé dans une flaque de vomi, la bave coule encore le long de ses lèvres. Je m'allonge sur lui, place mes mains sur ses joues. Je les passe sur son front. Je pose une oreille sur son torse. Il respire. Sa poitrine se gonfle assez distinctement. Mais difficilement. Il est en train de partir. Il n'y a pas une seconde à perdre. Je relève son T-shirt et place ma

1. « Et alors nous nous protégeons de l'obscurité / Espérant trouver où nous pouvons démarrer (sous-entendu, notre nouvelle vie) », « Starlight », Slash. Crédits : Saul Hudson / Myles Kennedy.

main sur son plexus. Mes doigts tracent de petits cercles précis devant solliciter un maximum sa raison. Lui faire retrouver l'envie suffisante pour revenir vers la vie.

– Maël, reviens… Je suis là, je vais t'aider.

Les battements de son cœur se font encore plus discrets. Il ne va pas me faciliter la tâche. Je sens en lui le manque d'envie de vivre. Son désespoir est profondément ancré. Sa noirceur, encore une fois… Il a besoin de plus. Je sens qu'il va puiser toute mon énergie, ma lumière et que, peut-être, cela ne sera même pas suffisant. Je pense un court instant à demander à ce taxi de nous emmener aux urgences mais il sera trop tard, de toute façon. Tout se joue maintenant. Sur les une ou deux prochaines minutes. Soit il coupe définitivement ce lien qui le relie à la vie, soit il s'y accroche. Son corps obéira à sa volonté.

Je ferme les yeux en récitant ma prière.

Ma lumière est plus forte, je protège la vie que l'on m'a confiée. Ma lumière est plus forte, je protège la vie que l'on m'a confiée.

Rien ne se passe en lui. Je ne ressens presque plus rien. Sa lumière, cette toute petite étincelle qui persiste, commence à s'éteindre.

– Non, Maël, non. Reste avec moi.

Ma lumière est plus forte, je protège la vie que l'on m'a confiée.

Je remplace mes doigts par ma paume sur sa peau et accentue mes mouvements. Avec celle restée libre, je caresse toujours son visage. Je lui transmets cette tendresse qui lui manque… Il est tellement malheureux, c'est hallucinant. Sa tristesse transpire de tous ses sens.

– Maël, retrouve ton étincelle… Elle est là, je la vois. Tout n'est pas noir sur cette terre.

Ma voix n'est plus qu'un sanglot. Je puise sa tristesse comme on écope l'eau d'une barque qui coule. Sauf qu'au lieu de la rejeter plus loin, elle s'accroche à mon âme et ternit peu à peu ma propre lumière.

Ma lumière est plus forte, je protège la vie que l'on m'a confiée.

Il ne faut pas que je perde mon propre espoir… Il va revenir. Je ferme les yeux, lui attrape la main et enlace mes doigts aux siens, paume contre paume. Une décharge d'énergie remonte le long de mon échine et rejoint nos deux points de contact. Il gémit doucement. Je repose mon oreille sur son torse en le massant plus puissamment, mon autre main essayant de fondre contre la sienne, paume à paume, doigts entrelacés plus intimement.

– ALLEZ, Maël ! Pense au lever du soleil, le matin, à une envolée d'oiseaux… Pense à ta musique… La vie est belle, Maël, tu ne l'as juste pas vu… Reviens, je t'en prie…

Mon énergie s'amenuise. Nous sommes en plein combat. Ma Lumière, son obscurité. Mon goût de la vie, son envie de mort. S'il ne se laisse pas faire, je ne vais pas pouvoir continuer longtemps. Je peux le guider mais sa volonté restera la seule juge. Je me tortille contre lui, pour entrer en lui, presse toujours son torse, plus fort, toujours plus fort.

– Maël ! Reviens ! Attrape ma lumière, je te la prête. Accroche-toi à moi, bordel ! La nature a besoin de toi. De ta lumière. Elle est belle… Je l'ai vue, Maël, elle est là… Tu as juste à la trouver. Je t'aiderai…

Je suis à bout de forces. Ma propre lumière vacille. C'est tellement triste. Je remonte un peu sur lui, pose mon visage entre son cou et le dossier de la banquette et lui parle à l'oreille.

– Reviens. Viens. Nous allons trouver ta lumière. Rien n'est jamais perdu. Reviens, je t'en prie. Je veux revoir ces beaux yeux. Fais ça pour moi, Maël…

Je lui donne mes dernières forces. Je ne peux pas plus.

– Maël, s'il te plaît.

La voix de Lochan retentit derrière moi.

– Putain, c'est quoi ce bordel?

Le type du taxi se met à gueuler.

– Je sais pas mais il a gerbé sur ma banquette, ce con! Vous allez me rembourser tout ça, c'est moi qui vous le dis!

Je me love le plus que je peux contre le musicien qui gémit à nouveau. C'est à lui de faire le travail maintenant. J'ai tout donné. J'embrasse sa joue. Peu importent les trucs peu engageants qui la recouvrent… C'est le dernier de mes soucis. Je veux qu'il sente l'amour. L'amour universel. Celui qui nous a donné vie.

– Reviens, je t'en prie.

Ma tête tourne, j'arrête de solliciter son plexus. Encore une fois je n'ai plus rien à lui transmettre. Il sait que je suis là, avec lui, c'est à lui de choisir son camp. Je passe mon bras autour de son cou pour le noyer dans ma chaleur. Celle du cœur. Celle que nous avons tous en nous. Tout le monde a le droit de recevoir cette douce sensation d'un cœur qui bat pour lui. Ce n'est pas parce que c'est lui, je ne le connais pas, c'est pour l'être humain. Comment peut-on arriver si loin? Comment peut-on souhaiter ne plus profiter de l'existence? Partir de ce monde n'est qu'une étape mais, partir sans avoir vu le beau, c'est un sacrilège. Laisser tomber le don de la vie, c'est un outrage. Il n'a pas le droit. C'est tellement triste. Mon cœur est en morceaux. Je resserre mon bras autour de lui et plonge ma tête dans son cou.

– Reviens. Il te reste l'étincelle. Je la sens. Ne l'éteins pas. Ne fais pas ça à la nature.

Il gémit plus fort.

– Oui, comme ça. C'est bien.

J'embrasse la peau de son cou qui se trouve devant mes lèvres. Tout. Je ferai tout pour qu'il comprenne qu'il est entouré d'un amour qu'il ne voit pas. Qu'il n'est pas seul.

– Je suis là, je t'aide. Je sais que tu me sens.

Il gémit encore. Plus longtemps. Sa seconde main remonte contre son flanc puis passe sur le mien. Son étincelle crépite. Faiblement mais elle rejaillit. Mon âme respire. C'est bon… Il a choisi… Le soulagement me redonne une petite part d'énergie. Son corps puise moins dans mes ressources. Il a trouvé sa propre lumière.

– Merci. Merci, Maël. Tu l'as fait tout seul, comme un grand.

Sa paume se pose sur mes reins. Ses doigts se crispent sur moi et ceux qui sont toujours entre les miens se referment doucement au départ. Puis plus fort. Je soupire en relâchant chaque muscle de mon corps. Mon cerveau marche au ralenti.

– C'est bon. Tu es là. Tu es là.

Lochan pose des doigts sur mon mollet, qui est le plus simple à atteindre depuis sa place devant la portière.

– Div, c'est bon ?

Ma voix est éraillée lorsque je la pousse au maximum pour qu'il m'entende.

– Oui. Il est là.

– OK. Maintenant lâche-le. C'est allé trop loin déjà.

Les mains autour de moi deviennent plus virulentes et me retiennent contre son corps. Je me surprends à aimer cet élan de possessivité. Je n'ai jamais été aussi proche d'un être humain qu'en ce moment. Ce transfert d'énergies nous lie dans l'instant, comme si nous ne faisions plus qu'un… Quand je dis que je ne pratique pas assez, je me sens déboussolée, épuisée, mais aussi sereine au creux de ses bras. Sans doute ce partage puissant que nous venons de vivre, enfin je suppose.

– Attends, Lochy. Quelques secondes.

Il n'est pas d'accord.

– Non, ça suffit, Divya ! C'est un ordre ! Il n'a plus besoin de toi, tu vas lui en donner trop. Reviens !

Il tire sur mon mollet sans douceur mais ni Maël, en tout cas son esprit, ni moi ne sommes d'accord. Son bras s'enroule autour de mes hanches et sa main s'agrippe à la mienne. Et j'accueille ce geste avec bonheur en me lovant encore davantage contre lui. Je n'ai plus la force d'aller ailleurs, de toute manière. Je veux qu'on me laisse m'endormir dans sa chaleur que je connais trop bien puisqu'elle est la mienne. Lochan pète un câble. Il passe son buste dans l'habitacle, retire le bras de mon dos, attrape mes hanches et m'attire contre lui. Maël retient ma main, toujours dans un état de semi-inconscience.

– Maël, lâche-la ou c'est moi qui t'envoie de l'autre côté, connard! Elle t'a déjà trop donné. C'est dangereux.

Je n'ai plus la conscience réelle de ce qui m'entoure. Sur le principe, mon frère a raison, il faut qu'il me lâche. Je desserre mes doigts à regret. Lochan en ajoute une couche.

– Putain de bassiste de mes deux, c'est dangereux, laisse-la partir!

Ses doigts relâchent enfin les miens. Puis il bascule sur le côté en toussant brièvement avant de se mettre à vomir. Lochan ne retient pas un haut-le-cœur.

– Putain! Il fait chier, ce con!

Le chauffeur de taxi y va, lui aussi, de ses commentaires alors que mon frère m'extirpe totalement du véhicule et place mes jambes autour de ses hanches, me pressant contre lui pour me donner un peu de sa chaleur. Il aboie sur le pauvre type qui se plaint en boucle de l'état de son taxi. C'est vrai qu'il est saoulant, il y a plus important...

– Si j'étais toi, je ne la ramènerais pas! Ton taxi a failli se transformer en corbillard, ducon! Et si tu me parles encore de remboursement, j'appelle les flics. Tu leur expliqueras où tu as trouvé mon pote mais surtout pourquoi tu ne l'as pas emmené aux urgences directement plutôt que de le conduire ici. T'as eu l'adresse comment, d'ailleurs ?

Mon frère ce héros ! Le type extirpe de sa poche une carte de visite de Lochan.

– On m'a donné ça.

Mon frère pince les lèvres.

– Merci pour cette pulsion incompréhensible de ce matin. Putain !

Il me presse contre lui et embrasse mes cheveux. Puis il se tourne vers le chauffeur.

– OK, toi, tu vas attraper mon pote et le porter jusqu'au salon. Moi, je ramène ma sœur et je viens t'aider. Et après, tu disparais, on ne s'est jamais vus.

Le type hoche la tête. Lochan tourne les talons et m'emmène dans la maison.

– Douche ou lit, ma belle ?

Je veux dormir. Loin de ma lumière qui s'est insinuée quasiment en totalité dans l'esprit de Maël, j'ai froid et je me sens vidée. L'eau sera pour plus tard.

– Dodo.

– Bien, madame.

Je retrouve mon lit, ma couette, il m'enroule dedans et je tombe.

10

Maël

« La nature a tout fait le mieux qu'il était possible, mais nous voulons faire encore mieux et nous gâtons tout. »[1]

Je flotte. Un monde de coton. Mon âme ne me fait plus mal. Mon esprit est apaisé. La douceur d'un oreiller sous ma tête. Une musique légère berce mon esprit. Une lumière douce. Un havre de paix accueille mon réveil. Après l'enfer, serais-je en définitive arrivé au paradis ? J'ouvre un œil sur un plafond inconnu, puis le second. Je ne suis pas au paradis. Le paradis n'a pas de plafond, à ce que je sache. Si ? Remarque, je n'en sais rien. Mais tout a l'air trop « normal » autour de moi. Je suis allongé sur un canapé. Je suis tout simplement encore vivant. Et je me demande bien par quel miracle. Il s'est passé quelque chose. Je sens autre chose en moi. Inexplicable. Ce n'est pas l'heure d'y réfléchir. Pour le moment, même si ma tête me brûle, que mon estomac se tord dans tous les sens imaginables, je me sens bien. Et cette sensation m'est tellement étrangère que j'ai envie de pleurer. Je me sens… fragile. C'est nouveau, ça aussi. Des larmes coulent d'ailleurs sur mes joues sans que je ne les contrôle. Elles ne

1. Jean-Jacques Rousseau, *Esprit, maximes et principes*, 1764.

sont pas acides ou de désespoir. Ce serait plutôt de la simple tristesse, pour tout et rien. De la fatigue. Du soulagement. Un trop-plein. Quelque chose à expulser loin de moi.

Un mouvement sur le côté me fait tourner la tête brutalement. J'essuie mes yeux en catastrophe. Lochan est paisiblement assis dans un fauteuil, penché sur la table basse entre nous. Il ne lève pas la tête en roulant son pétard mais prend la parole.

– C'est normal. Ne les cache pas.

– Quoi?

– Les larmes. Elles sont normales. Laisse-les couler. Promis, je dirai rien.

Il attrape un cendrier et s'enfonce dans son fauteuil en allumant son stick avant de continuer.

– Ce sont les larmes de Div. En lui bouffant toute son énergie comme un enfoiré d'égoïste, tu as récupéré sa peine. C'est bien fait, quelque part. Alors chiale.

Je ne capte rien. Son regard semble dur, mais surtout il ne me lâche pas. Je vais avoir besoin de quelques explications, je pense, parce que là… Je ne sais même pas pourquoi je suis ici, d'ailleurs. La dernière chose qui se rappelle à moi, c'est le tapis hideux de mon petit salon. Après ça… Le trou noir. Il va devoir me donner la clé de cette nuit, mais surtout la raison pour laquelle il prétend que j'ai piqué je ne sais pas quoi à sa sœur. Il reprend la parole.

– Un mec des urgences est passé. Tu es tiré d'affaire. Pour cette fois… Il serait intéressant que tu fasses gaffe à l'avenir. Là, tu écopes d'une bonne nuit de repos forcé et d'un état comateux… la prochaine fois… Divya ne sera pas toujours là…

C'est quoi cette histoire avec sa sœur? Il tourne en boucle, ma parole…

– Tu m'expliques?

Il tire sur son joint avant de me le tendre. Je refuse d'un geste de la tête. Je n'ai vraiment plus envie de me foutre quoi que ce soit dans la tronche. Sauf de l'eau… J'attrape une bouteille qui me semble réservée sur la table et la vide d'une traite. Il sourit, paraît satisfait puis s'adosse à nouveau dans son siège. Les yeux vers le plafond, il me répond :

– Un taxi t'a conduit jusqu'ici. Tu étais… très mal.

Le taxi… oui, peut-être… mais ça me paraît loin. Et mon état actuel est tellement différent de celui que je ressentais dans ce taxi… Un siècle me sépare de ce moment.

– J'ai dormi combien de temps ?

– Presque quatre heures.

– Et t'es là depuis le début ?

Il hoche la tête avant de me demander :

– T'as essayé d'en finir ? Réponds-moi honnêtement.

Je ne sais pas… Si, je sais. Oui. Oui, j'ai fait ça. Des larmes remontent au bord de mes yeux. Je ferme les paupières pour les refouler et repositionne mon visage vers le plafond. Oui. Je ne me souviens plus de tout, mais de mon état d'esprit, oui. J'en suis arrivé là. Au suicide. Lochan soupire.

– Je ne sais pas ce qui te mine. Je ne connais pas tes démons. Et je ne te demande rien. La seule chose que je sais, c'est que certaines énergies ont décidé de ne pas te laisser faire.

Je tourne à nouveau la tête vers lui.

– Certaines énergies ?

Il hoche la tête.

– Divya, par exemple.

– Divya ?

Je dois avoir l'air perdu.

– Ma sœur.

– Oui, je me souviens du prénom de ta sœur… Il est assez

original pour marquer les esprits.

Il s'esclaffe.

– Il signifie « don de Dieu » en Inde. Bref, peu importe. Divya t'a transmis son énergie. Un peu trop, à mon goût.

Je suis encore en plein trip, ça doit être ça. Ou alors, c'est lui qui a pris un truc. Je fronce les sourcils.

– T'as fumé combien de joints exactement ? T'es stone, tu vois des éléphants roses ?

Il retient un rire.

– Non. Enfin si, mais ça n'a rien à voir. Divya est… hypersensible à certaines choses, on va dire. Elle ressent énormément. Beaucoup plus que la majorité des gens. Beaucoup, beaucoup plus.

Je reste incrédule.

– Hypersensible… Et qu'est-ce qu'elle ressent exactement ? C'est quoi, ces conneries ?

Il fronce les yeux à son tour.

– Je te demanderai de respecter celle qui t'a sauvé d'un destin tragique. Je ne te demande pas de croire en ce que Divya fait. Je t'explique simplement.

– Alors explique mieux parce que, là, je ne comprends rien.

Il soupire en posant son pétard dans le cendrier.

– Notre grand-mère était hindoue. Elle était très orientée chakras, bouddhisme et j'en passe. Après, elle a fait sa tambouille avec tout ça et a forgé sa propre philosophie de vie. Moitié sage, moitié beaucoup moins… Un mix de respect de certaines règles et de recherche du plaisir… Bref, c'est un autre sujet. En ce qui concerne l'hypersensibilité, elle avait… des dispositions, je pense… Divya t'expliquera mieux que moi parce que, pour ma part, tous les trucs techniques me saoulent un peu. Bref, notre mère a hérité de cette sorte de don, qui n'en est pas vraiment un… Il s'agit plus de sagesse, de perception de la nature et d'une foi exacerbée. L'écoute du corps, de ses besoins, de l'énergie présente en nous et chez les autres… Je te donne tout ça en vrac, j'ai pas le courage de me lancer dans la thèse classique. Tu me suis ou je t'ai perdu ?

J'ai du mal. Il me file mal au crâne. Ou alors j'avais déjà mal à la tête avant, ce qui n'est pas impossible vu ce que je me suis mis…

– Mais… vous êtes… une sorte de secte, ou un truc comme ça ?

Il éclate de rire.

– Si tu veux le voir ainsi… Une secte familiale, alors. Je n'ai jamais rencontré d'autres personnes pour parler de ce sujet… Non… Pour nous, c'est juste une manière de voir la vie. C'est tellement ancré en nous que c'est la normalité. Bien entendu, nous sommes conscients de cette différence avec la majorité de la population. Notre mère était intervenante auprès de célébrités, c'était son métier, c'est pour dire que nous savons exactement pour qui nous pouvons passer au regard des gens. Alors qu'il n'y a rien de surréaliste, au final.

– Ben, je ne sais pas ce qu'il te faut. Tu m'as dit que ta sœur m'avait donné son énergie… Soit t'es complètement taré, soit c'est un truc surréaliste, je te confirme que ça donne cette impression.

Il secoue la tête, amusé.

– Essaye de comprendre. Considère que tu fais partie de la nature, au même titre que les animaux, les plantes, enfin tout ce qui se trouve sur cette planète. Les êtres humains se croient supérieurs parce qu'ils parlent, marchent sur leurs deux jambes et se baladent avec des biffetons dans les poches. C'est présomptueux et stupide. La petite fourmi qui se planque dans mon jardin a tout autant d'utilité que le président de ce pays. Voire plus parce que la fourmi ne tue pas ses congénères à mauvais escient. Et elle ne tente pas non plus de mettre fin à ses jours, elle. Elle fait avec ce que la nature lui a donné, sans essayer de s'opposer au cycle de la vie.

Bon, celle-là, elle est pour moi. Je soupire en triturant mes bracelets nerveusement puis me force à m'occuper les mains ailleurs. En les plongeant dans mes cheveux, par exemple. Collants et nauséabonds, au passage.

– Tu ne connais pas mes raisons, tu ne peux pas comprendre.

– Je te l'ai dit, je n'ai pas à comprendre. C'est plutôt à toi d'essayer de le faire.

– Pardon ?

– Laisse-moi finir d'abord. Donc, toi, moi, nous sommes une création de la nature. Nous faisons partie d'un ensemble dans l'Univers. Et on nous a donné un petit package à la naissance. Une pile rechargeable, notre énergie, celle qui nous permet d'agir, de vivre, bref, de l'énergie, quoi. Et six sens. Pas cinq. Six.

Moi, je reste persuadé que ce mec a fumé le joint de trop... Mais je lui laisse le bénéfice du doute... Il m'intrigue quand même. Même si je préférerais pioncer tranquille.

– Six ?

– Six. Ajoute le mental aux cinq que tu connais déjà. Un cerveau bien entraîné ressent les choses. Un mental en communion avec ce qui l'entoure apprend à lire les signes. Et je n'invente rien, beaucoup d'animaux se servent de ce sens. Les oiseaux migrent avant les grands froids, les rats quittent les navires, un chien sent le retour de son maître alors qu'il est parfois à des milliers de kilomètres. D'autres hibernent... Mais nous, les humains, nous nous croyons tellement forts et tout-puissants, nous n'écoutons que notre ego... La nature... nous l'avons oubliée depuis longtemps. Ce n'est pas un jugement. Juste une constatation. Ce n'est la faute de personne. C'est ainsi, c'est tout. Sauf qu'en définitive, lorsque le moral est bas, certains recherchent le soleil pour recharger leurs batteries. D'autres ont besoin de se promener dans la campagne… Nous avons la nature en nous. Notre corps, parfois, s'en souvient. Mais seulement lorsque nous en avons besoin. Le reste du temps, soyons honnêtes, la nature, on s'en branle.

Il lève un sourcil pour s'assurer que je le suis. Oui, je le suis bien. Difficilement, mais je suis. Sa vision est assez claire, en réalité. C'est simplement que c'est la première fois que j'entends un tel discours. Peut-être qu'il n'a pas fumé tant que ça, finalement… Enfin, ça reste quand même à prouver. Toujours allongé dans son canapé, les jambes croisées sur l'accoudoir, je l'invite à continuer d'un geste de la tête. Il ne se fait pas prier.

– Donc… Pour en revenir à Divya, et à moi, même si je suis beaucoup moins sensible à tout ça… Divya a été élevée dans le respect de toutes ces choses et dans les croyances de notre grand-mère et de notre mère. La méditation, la sensibilité des sens, toute petite, ma mère lui a appris à développer tout ça. Parce qu'elle était naturellement réceptive. On va dire que c'est un trait de famille. Nous sommes tournés vers toutes ces choses de manière innée. Divya en particulier. Et parce qu'elle est réellement consciente de ce qui échappe à la majorité d'entre nous, elle maîtrise plus ou moins pas mal de choses. Elle connaît l'énergie qui lui a été confiée à sa naissance et sait la diriger grâce à son sixième sens quand cela s'avère vraiment nécessaire. Comme ce soir. Tu étais loin de ta lumière.

Allez, je rechange d'avis… Voilà que j'ai une lumière maintenant… Et comment ça marche? J'ai les yeux qui clignotent?

– Ma lumière?

– Le goût de la vie. La joie, la reconnaissance de la vie. Le respect de ce qui t'a été confié, pour résumer. Bref, tu perdais clairement la bataille. Et ça, Divya ne peut pas le comprendre. Pour elle, c'est impensable de ne pas respecter ce que la nature nous prête. Car il s'agit d'un prêt. Pas d'un acquis. Encore cette histoire de package. On te donne à la naissance ta petite énergie, tes six sens et des molécules pour te développer. Tu les utilises pendant toute ta vie, tu crées toi-même la lumière grâce à cela, parce que normalement tu es reconnaissant de ce que l'on t'a confié… C'est cette lumière qui lie le tout. Et une fois que tu as fait le tour, ta lumière se fane, ton corps redevient molécule, ton énergie se propage dans un autre. Fin de l'histoire, ton être est mort. Enfin, recyclé plutôt. Dans autre chose. Mais toi, en faisant ta connerie, tu as voulu éteindre la lumière avant la fin de la fête… Répudier tous les dons que l'on t'a faits. Ma sœur ne conçoit pas ça. Elle pense que tu n'as pas vu ce que tu aurais dû voir.

Je me mords la lèvre en essayant d'assimiler. J'ai beau faire le malin, il a réponse à tout et son explication reste logique quelque part. Un peu difficile à envisager mais plausible si on se prend au jeu. C'est vraiment un truc bizarre, leur histoire. Je ne suis que moyennement convaincu. D'autant plus qu'étudier une théorie pareille en pleine nuit, après une presque overdose, bon, merci d'être clément, c'est un peu compliqué. Il lit en moi et m'arrête au milieu de mes pensées.

– Encore une fois je ne te demande pas d'adhérer à tout ça. Chacun est libre de faire ce qu'il veut. Mais… demande-toi juste une chose. Comment expliques-tu ton bien-être actuel? Tu devrais être au moins dans le coma au fond d'un hôpital ou carrément décédé à l'heure qu'il est. Au lieu de ça, tu es en train d'écouter un mec que tu ne connais pas t'expliquer sa vision de la vie, et je sais que tu te sens bien au fond de toi-même. Apaisé. Si ce que je dis n'a aucun sens, alors trouve une autre explication, et je serais ravi de la croire, si c'est plausible.

Il marque un point. Je me sens comme il a dit, bien. Et c'était loin d'être gagné en début de soirée. Là-dessus, je ne peux que valider. D'autant plus que comment peut-il savoir ce qui se passe en moi aussi simplement ? Il doit avoir déjà vécu cette situation. Ou alors il m'a filé une drogue puissante et, en réalité, tel que je suis là, je suis en pleine montée… Enfin, tout a l'air super réel, c'est gros comme explication. Il reprend :

– Bref. Je t'aurais bien proposé d'en parler à Divya, elle explique les choses très bien. Mais c'est évidemment hors de question.

Je le fixe, un peu déçu. Cette femme me laisse perplexe et j'aime qu'il me parle d'elle. J'ai l'impression de combler un vide dans mon esprit à chaque fois qu'il prononce son nom. Comme si elle me manquait. Que j'avais besoin d'une dose de Divya. C'est totalement incohérent. Je n'ai vu cette fille que quelques minutes l'autre jour et, ce soir, je n'ai rien vu du tout. Pourtant, une force en moi me dit que je dois la voir. Lui parler. La toucher. La rendre réelle. En attendant, ce nouveau sujet me passionne beaucoup plus que toute son histoire de secte. Enfin, Divya est réelle, elle… Tout le reste n'est que théorie. Ça me rappelle un peu un truc que j'avais lu, un jour, à l'époque où je me plongeais dans les livres pour oublier la vie… Socrate[2] qui expliquait sa philosophie à son disciple. Disciple qu'il avait, selon la tradition grecque antique bien connue, certainement enculé pour valider la bonne passation du savoir[3]. Et il se trouve que justement… Lochan s'est un peu trop pris pour Socrate, l'autre nuit, de mémoire… Bref, ils étaient fous, ces Grecs ! Lochan doit être un Grec hindo-français ou un truc dans le genre.

– Pourquoi c'est hors de question ?

---

2. Dialectiques diverses de l'œuvre de Platon.

3. Pratique à l'origine de la pédérastie. Le jeune élève se soumettait aux désirs sexuels du maître. Acte se déroulant après et pour remercier une passation de savoir.

Son visage se ferme.

– Parce que, là, elle dort déjà. La chaleur que tu ressens en toi vient d'elle. Elle t'a donné son énergie, presque toute son énergie, pour te donner la force de revenir. Et une partie de sa lumière aussi. Vous avez échangé vos forces. Elle t'a confié la sienne, celle qui est pure, et tu lui as refilé une partie de la tienne, celle qui est pourrie. Et tu as demandé beaucoup. Si je ne l'avais pas arrachée à toi, tu lui aurais fait du mal. Alors non. Ni ce soir ni demain. Je ne veux pas te voir près de ma sœur. Tu es trop cassé, tu ne lui ferais que du mal.

– Je dois bien la remercier.

– Si tu veux la remercier, comme tu dis, fais bon usage de ce qu'elle t'a donné. Parce que ta lumière n'est pas sauvée, Divya n'a rien guéri, tes problèmes et tes penchants sont toujours là, ils réapparaîtront très vite. À ce moment, tu auras deux choix. Soit te laisser envahir à nouveau, te croire égoïstement le plus malheureux du monde et, dans ce cas, le don de Div n'aura servi à rien. Soit tu te sers de l'énergie pour régler tes problèmes, ouvrir tes chakras et réaliser ce que tu es et ce que tu as vraiment. L'opportunité de vivre. Et là, tu auras une chance de guérir. À toi de savoir si tu veux vivre uniquement pour toi, tout seul dans ton coin, ou si tu préfères faire partie du monde qui t'entoure. Et connaître les bonheurs simples qui pullulent autour de toi.

– Oh.

Il éclate de rire.

– Oui, « oh »! Putain, on dirait ma sœur… Bref… Pour résumer, pas touche à ma sœur. Et je pourrais bien oublier l'amour de mes prochains quelques instants si tu venais à omettre ce mantra. Répète après moi : « Plus jamais je ne toucherai, ni n'adresserai la parole à Divya Rives. »

J'écarquille les yeux. Il a l'air sérieux.

– Tu veux vraiment que je te dise un truc pareil ? Je vais évidemment la remercier dès que je la reverrai.

– Pas besoin.

– J'ai peut-être beaucoup de défauts, mais je suis poli. Alors garde ton mantra à la con, je ne promettrai jamais une telle connerie.

Il semble ennuyé. Ses yeux me lancent une supplique.

– OK, alors juste un merci et après tu dégages… Et tu ne la touches plus.

– Mais non ! Si j'ai envie de discuter avec elle, je le ferai…

– Alors, juste tu ne la touches pas…

– Mais c'est quoi ton délire ? Je n'ai pas l'intention de toucher ta sœur, de toute manière, c'est n'importe quoi. Oublie ta connerie de phrase pourrie, je resterai à ma place, si ça peut te rassurer.

Il paraît désespéré et pas du tout rassuré. Je m'énerve.

– Quoi, c'est bien, ça : je te promets de rester à ma place, non ?

Il se lève du fauteuil.

– Ça pourrait effectivement me rassurer mais… juste une question… Sais-tu au moins où est ta place vis-à-vis d'elle ? Qui es-tu exactement pour elle ?

Euh… Je ne la connais pas, mais pourtant j'ai envie de la voir. Et, oui, j'ai envie de la toucher. Je ne me souviens même pas du son de sa voix. C'est effectivement confus.

Je mets trop de temps à répondre. Il grogne.

– Voilà le problème, justement. Putain, je vais encore devoir montrer les dents… Vous me saoulez tous ! Bon, on verra ça demain. On va se coucher.

Quoi ?

– Euh, se coucher où exactement ?

Il retient un rire en éteignant une lampe d'appoint au bout de la pièce.

– Dans mon pieu.

Euh… Pas vraiment d'accord avec son plan, là… Il est vraiment gay, en fait…

– Je crois que je vais plutôt rentrer chez moi.

– Non, tu montes.

– Mais non ! J'ai pas envie de baiser et encore moins avec toi, désolé, mais t'es vraiment pas mon type.

Cette fois, son rire fuse.

– Non, mais attends, je n'ai pas envie de baiser avec toi non plus !

Il grimace en me toisant, l'air réellement dégoûté.

– Tu as… un peu de ma sœur en toi maintenant… Beurk, ça va pas, non ! Je peux être original dans mes choix de partenaire, je te l'accorde, mais pas malsain… J'aurais l'impression de branler ma sœur… Agrrrh. Arrête avec tes conneries, ça me dégoûte.

Il est à la limite de me vexer, là !

– Hé, c'est bon, je suis pas ta sœur non plus. J'ose me croire un peu plus viril, avec tout le respect que je lui dois !

– Peut-être, mais c'est tout comme, maintenant. De ce côté, t'es tranquille, tu es classé dans la catégorie « jamais de la vie » en ce qui me concerne… Non, je me disais juste qu'il serait plus simple que tu restes là, en cas de « rechute », et c'est d'ailleurs ce qu'a conseillé le médecin. Et mon canapé est vraiment inconfortable. Et je pense que, fatigué comme je le suis, je ne vais pas bouger de la nuit. Donc, si tu veux t'allonger et profiter de la chaleur de Div en toi pour passer une vraie bonne nuit, j'accepte de partager mon lit. C'est tout. C'était totalement désintéressé. C'est toi qui vois.

Il rejoint l'escalier. Je teste le canapé en bougeant un peu… Effectivement, c'est pas le top… Je me lève et le rejoins dans l'escalier. Il bougonne.

– Par contre, je te file un caleçon et tu vas te décrasser sous une douche, tu schlingues, c'est atroce ! Je dois avoir une brosse à dents neuve quelque part, fouille.

Pour le coup, je ne peux que lui donner raison… J'acquiesce en ne me disant qu'une seule chose. Ce qui m'arrive avec cette famille est vraiment étrange. Je les connais depuis deux jours et, quoi que je fasse, ils se retrouvent sans arrêt sur mon chemin. Je ne sais pas ce que je dois en penser.

11

Maël

« I'm only human after all. »[1]

J'ouvre un œil doucement. Je suis léger. Un peu perdu mais léger. C'est tellement agréable. Un bras poilu me recouvre le torse.

Oh, putain, ça va pas recommencer !

Je jette un coup d'œil en biais vers le propriétaire du bras. Lochan est allongé à côté de moi, la bouche ouverte, plongé dans un sommeil qui a l'air bien profond. J'ai comme une impression de déjà-vu. Je dégage relativement brutalement son bras et sors du lit. Mais cette fois, je ne me pose pas de question. Je vérifie quand même si certaines parties de mon anatomie n'ont pas souffert à mon insu mais, non, tout a l'air à sa place et détendu. Enfin, normal, quoi. Tant mieux. J'ai envie de pisser. Mais je ne suis qu'en caleçon. Et… j'entends du bruit derrière la porte. Une certaine forme d'appréhension s'empare de moi. J'ai envie de descendre pour aller la voir. Et j'ai la trouille. Je ne suis pourtant pas un mec timide habituellement. Mais là… Je ne sais pas…

Déjà parce que, pour moi, même si les propos de Lochan hier semblaient totalement perdus dans la nébuleuse de mon état à

1. « Je ne suis qu'un humain après tout », « Human », Rag'n'Bone.

demi sédaté, il y a un truc avec elle. Des choses que je ne peux pas écarter. Cette musique que j'entends en moi, toujours la même, qu'elle écoutait aussi l'autre jour. Cette puissance apaisante que j'ai ressentie quand nous nous sommes touchés dans la cuisine. Ce taxi qui me ramène chez eux cette nuit. Et ce besoin que j'ai de descendre rapidement vers elle alors que je devrais être embarrassé, parce que j'ai quand même failli mourir devant leur porte cette nuit. Ce n'est pas le genre de truc qui passe incognito… C'est plutôt la lose profonde. Et pour finir, même si j'ai du mal à croire que c'est elle qui m'a refilé je ne sais quelle énergie, ou un truc psychique incompréhensible du genre, je n'ai cependant pas trouvé une autre explication que celle de son frère. Et de toute manière, je sais, au fond de moi, que nous sommes entrés en contact. J'ai cette sensation au bout des doigts, sur ma peau, dans mon cou. Si je rentre dans le jeu et les histoires de Lochan et écoute ce que je ressens, je ne sais pas en définitive si j'ai vraiment tout compris, je suis même presque certain d'avoir tout intégré de travers, mais passons, si je veux écouter et trouver les petits bonheurs autour de moi, je sais que, cette nuit, j'en ai eu un. Sa chaleur contre la mienne. Une partie d'elle contre mon épiderme et bien plus profondément en moi. Je le sais. Je le sens. D'une certaine manière, nous avons fusionné. Du coup, c'est étrange de savoir que je vais me retrouver en face d'elle, totalement sain, sous aucune emprise, après cette espèce de… rencontre? Puis-je l'appeler ainsi? On verra bien. Pour le moment, toilettes, lavage de dents… J'ai l'impression d'avoir déjà mes habitudes dans cette maison que je ne fréquente que depuis… quoi? trois jours. J'ai même ma propre brosse à dents maintenant… Si on veut du surréaliste, on n'est pas déçus, non? Ce serait pas la quatrième dimension, là?

En attendant, vu que j'ai quasiment emménagé dans la chambre de ce type, je fais comme chez moi, j'ouvre un tiroir au hasard de sa commode puis un autre et trouve un T-shirt que j'enfile. Le mien est juste à jeter, je ne peux pas remettre ce truc toxique. Je me suis vraiment montré sous mon meilleur jour, hier soir, y a pas à dire ! Je sors dans le couloir, le son qui vient d'en bas est plus clair et il me semble reconnaître les Skeletons. Cool ! Pipi, dentifrice, petit arrêt devant le miroir pour une opération de recoiffage, mes mains tremblent, je suis nerveux comme une fillette… *Super*. J'ai une sale gueule, c'est terrible. Je me demande depuis quand j'ai ces ombres impressionnantes sous les yeux et ces creux au niveau des joues. Je fais flipper, sérieux. À quel moment ai-je arrêté de me regarder dans un miroir ? J'ai l'impression de me voir réellement pour la première fois depuis… trois, quatre ans, peut-être ? Depuis le moment où j'ai arrêté de me battre contre ces souvenirs qui ne cherchaient qu'à venir me hanter. Quatre ans après, le constat est affligeant. J'ai 25 ans et je semble en avoir 30 facile. Je préfère changer de sujet. Et d'ailleurs, j'ai réellement envie de m'intéresser à un autre.

C'est avec appréhension que je franchis les marches qui me séparent d'elle. J'arrive à l'avant-dernière. Elle est assise dans le canapé où j'étais couché hier. Elle me tourne le dos, je n'ai accès qu'à l'écran de télé qui, lui, se trouve en face d'elle et donc de moi. Elle regarde effectivement un clip des Skeletons, l'un de nos premiers hits, qui date de six ans. Premier album à grand succès. J'ai l'air d'un gosse dans ce clip. Bref ce n'est pas le sujet, même si ça me plaît de la voir dodeliner de la tête sur l'une de mes compositions, en me regardant sur écran géant. Je sais maintenant qu'elle cherche à en savoir plus sur moi. C'est certain. Ce qui m'encourage davantage à l'aborder. J'observe l'arrière de sa tête, ses cheveux attachés en queue-de-cheval, presque noirs, très longs. Elle a un truc, genre bouillotte, posé contre la nuque.

Elle est malade? Merde, j'espère que ça n'a rien à voir avec moi... Je descends la dernière marche et m'apprête à l'interpeller mais elle me devance.

– Salut! Bien dormi? Tu peux m'apporter l'autre boîte de cassoulet, s'il te plaît? Elle est sur le bar.

Elle ne se retourne même pas et je suppose qu'elle croit s'adresser à Lochan. Mais c'est drôle. Donc j'obéis. Je vais jusqu'au bar et m'empare d'une boîte de huit cents grammes de cassoulet... C'est quoi ce truc? Je ne connais même pas... Et franchement, ça ne me dit rien du tout... En plus, c'est froid, tout gélatineux... Et ça sent un peu bizarre. Bon, après tout, c'est elle qui demande. Je tourne les talons pour lui apporter son truc et peux enfin la voir de profil. Elle est installée à la cool, les pieds nus sur la table du salon, en débardeur et mini-short, étalant ses jambes devant elle, des jambes fuselées tout à fait charmantes. Tout autant que sa poitrine lâchée sous son haut relativement moulant. Son profil est tout aussi séduisant. Un petit nez fin, un teint légèrement hâlé, une peau satinée et, dans son ensemble, une aura de beauté fragile et douce. Elle pianote sur son ordinateur posé sur le côté du canapé d'une main, l'autre tenant une boîte de cassoulet, la même que celle que je lui apporte, dans laquelle est plongée une fourchette. Elle attrape une canette de soda et en boit une gorgée, marquant le rythme d'un autre morceau des Skeletons qui commence à l'écran. Elle a bien programmé une playlist sur mon groupe. Top, top. Cette histoire me plaît de plus en plus.

Elle s'esclaffe en tapant quelque chose sur son ordinateur alors que j'approche du canapé. Elle relève la tête vers moi. Je m'attends à la sentir embarrassée, surprise, mais non. Elle me sourit simplement. Merveilleux sourire. Presque aussi merveilleux que son regard. Celui qui m'a accompagné hier soir. Je l'avais oublié depuis. Pardon. Comment peut-on oublier de tels yeux?

Elle penche la tête sans se départir de son charmant petit rictus.

– Hello. Ravie de te voir remis sur pied. Tu vas mieux, ce matin ?

Elle tend la main vers la boîte de cassoulet.

– Pardon, je croyais que tu étais Loch.

De sa main libre, elle retire la bouillotte de sa nuque.

– Ah, ben oui, j'avais oublié ce truc.

– Tu es… malade ?

Je lui tends sa bouffe qu'elle attrape avidement.

– Oh, non. Je n'avais pas envie de… sentir… C'est juste une poche d'eau. Ça m'aide à faire le vide parfois. Enfin bref, non, tout va bien. Enfin, tout ira encore mieux quand j'aurai fini ça. Merci pour le cassoulet.

Elle attrape la fourchette de la boîte vide qu'elle avait posée sur la table à ses pieds puis la plante dans la nouvelle. Elle s'arrête en pleine opération.

– Tu as faim ?

– Hein ?

Elle hausse les sourcils, un peu surprise. Moi, je ne capte rien d'autre qu'elle. La voir ainsi… toute détendue, simplement… là, belle et enjouée. C'est un coup de massue sur mon cerveau… Cette femme est… pour moi. À moi. C'est obligé. J'ai instantanément peur d'elle, comme un collégien, je perds tous mes moyens. Je suis complètement fasciné, tous mes sens brûlent d'une chaleur étrange, mon esprit ne cherche même pas à comprendre, j'ai envie de lui sourire comme un con, de la regarder sans bouger ni parler, juste d'être là, sentir le parfum de sa peau qui caresse mon âme, m'étourdir de la grâce naturelle de son visage, m'hypnotiser de ses formes parfaites et adorer ressentir que ce corps est, je ne sais par quel miracle, relié au mien comme une évidence. Nous parlions de surnaturel ? Je confirme : à partir de cet instant, j'y crois. Mon attirance aussi forte et subite pour elle est incroyable, on me l'aurait dit, je n'y aurais pas cru. Pourtant…

Elle penche la tête, l'air inquiète.

Non, souris, ma douce, je ne te veux que souriante.

– Tu es sûr que tu vas bien?

Sa voix est magique, pareil, j'ai l'impression que mon esprit ne connaît plus que cette tonalité. Impressionnant. C'est ce qu'on appelle un coup de foudre, non? Un truc de fou. Je suis bloqué en face d'elle, comme un pantin inarticulé. Tout en moi la connaît déjà et ça me subjugue au même titre que cela me terrorise.

En attendant, elle s'inquiète de mon manque de réponse. Elle s'apprête à se lever. Je la rassure d'un geste, m'efforçant de revenir sur terre, un court instant. Mais c'est à regret, j'étais dans une transe magnifique difficile à quitter.

– Euh… Non, ça va. Merci.

Elle retrouve son beau sourire.

– Oh. Parfait alors. Assieds-toi, je t'en prie.

Elle tapote le canapé à ses côtés. Je suis pris d'un excès de timidité. Je m'installe à quelques centimètres d'elle, cuisses serrées, mains posées sur les genoux, ne sachant que faire de mon corps qui, si je le laissais s'exprimer, irait se coller directement contre elle. Cette pression est réellement compliquée à gérer, surtout au lendemain d'un décapage cérébral aux drogues de toutes sortes. Mais c'est malgré tout moi qui dirige ma carcasse, il n'est donc absolument pas envisageable de la laisser se jeter sur elle comme un lion affamé. Pas tant que je réussirai à garder un minimum de self-control. Je reporte mon attention sur elle, même si elle n'a jamais été portée ailleurs depuis que je suis dans cette pièce. Elle jette un œil à la télé, justement un passage où je suis en plein écran, l'air méchamment rocker, maquillé, dans des fringues de bad boy, le parfait cliché poussé à son paroxysme. Elle se tourne vers moi, m'observe, puis prend un air amusé.

– Ça fait bizarre de t’avoir sur l’écran et sur mon canapé. J’aime bien ce que vous faites. C’est toi qui as écrit ces chansons ?

Je hoche la tête. Il semblerait que je ne trouve plus ma voix, ce matin. Elle reprend.

– Elles sont vraiment top. Bon, mon anglais s’est amélioré mais je ne comprends pas encore ce qu’elles racontent, votre chanteur me mène la vie dure, il prononce à peine. Mais je vais trouver ce qu’elles signifient, je ne m’avoue jamais vaincue.

Je hoche la tête. Encore. Elle plante sa fourchette dans la mixture peu engageante de sa boîte et prend une bouchée. Elle avale en regardant le clip puis reporte son attention sur moi.

– Tu connais le cassoulet ?

Je grimace.

– Non, mais je ne sais pas réellement si j’ai envie de combler cette lacune.

Elle retient un rire.

– C’est super bon, tu devrais goûter.

Je jette un œil à la boîte vide puis pose à nouveau mes yeux sur elle. Je doute franchement du bien-fondé de l’expérience proposée si aimablement.

– Ça a l’air en tout cas. Mais ça ne devrait pas se faire chauffer avant ?

Elle secoue la tête.

– Si, mais je préfère froid. Et, après cette nuit, j’ai besoin de manger. Beaucoup. Goûte, tu vas voir, tu vas tomber !

Elle plante sa fourchette dans la boîte, la ressort avec un bout de saucisse, et je ne reconnais pas le reste, et le présente devant moi. Je ferais n’importe quoi du moment qu’elle s’intéresse à moi. Même ça. Mon Dieu, je sens qu’avec cette nana je vais passer mon temps à frôler le ridicule. Voire carrément plonger en plein dedans sans aucun remords… Elle a un effet hypnotique sur moi.

J'ouvre la bouche et tente d'avaler son truc nauséabond, soyons clairs. Je n'ai absolument aucune envie de le faire entrer dans mon corps. Je suis déjà tellement désolé pour elle qu'elle l'ingère dans le sien… Petite analyse rapide de ce truc pâteux et gluant qu'elle dépose sur ma langue. C'est…

– Dégueulasse !

Je me lève en vitesse et cours jusqu'à la cuisine, trouve la poubelle et crache l'intégralité de ce que j'avais dans la bouche. Vraiment immonde ! Elle est morte de rire dans son canapé. Je reviens m'asseoir à ses côtés.

– Oh, pardon. Lochan me dit toujours que je suis folle de manger ça. Mais j'adore, ça me rappelle la France. Bon, alors, ça fait quoi d'être dans un groupe qui fait des clips et tout ça ? J'imagine que tu dois voir plein de trucs, ça doit être cool. Et t'as pas peur d'oublier des morceaux, genre tu arrives sur scène et là… rien… Moi, personnellement, je ne pourrais pas, je crois que je serais morte de peur.

Tu veux dire, morte de peur comme moi tout de suite ?

Parce que c'est tout à fait ce que je ressens. J'ai dû oublier la partition du mec normal, en ce moment même. Je ne sais même plus comment parler. Elle s'inquiète une nouvelle fois de mon mutisme. Elle plisse les yeux, pose son ragoût pour chien sur la table basse et se tourne vers moi. Mon cœur se met à battre. Elle tend une main et la pose sur ma joue.

Bon Dieu, elle veut ma mort ? Divya, ne pousse pas le bouchon, je ne répondrai bientôt plus de rien et c'est une histoire de secondes, si tu continues.

Je retiens mon souffle pour garder le peu de concentration qui reste en moi. Ses doigts sur ma peau sont… putain, ils sont…

Bon, si le parolier qui a signé plus de cinq albums complets perd ses mots, on n'est pas dans la merde, sérieux !

Ses doigts sont doux. Voilà. Ils sont doux et horriblement troublants. Pour ne citer que ces adjectifs mais je pourrais vous en sortir une trentaine dans le même genre sans l'aide d'un dico des synonymes… mais elle me coupe dans mes prospections lexicales et ce n'est pas un mal parce que ça n'a aucune espèce d'intérêt. Sa voix de sirène chatouille mes oreilles.

– Tu ne vas pas bien? Tu permets?

Je ne bouge pas un cil, concentré sur ma respiration qui s'avère de plus en plus compliquée. Sa main quitte ma joue, descend sur mon bras, ses doigts effleurant ma peau, traçant d'infimes sillons brûlants sur leur passage. C'est bon. Je ferme les yeux, emporté par cette chaleur. Elle est entêtante. Sa main saisit mon poignet. Par-dessus mon bracelet. J'ouvre les yeux brusquement. Elle me regarde avec hésitation, les dents plantées dans sa lèvre inférieure, incertaine, puis soulève mon poignet, passe sa seconde main ouverte, paume en l'air, sur mon genou. J'adore quand elle me touche.

– Laisse-moi faire, d'accord?

Je hoche la tête. Comme je l'ai expliqué précédemment, tout ce qu'elle veut me convient. Elle baisse légèrement ma main sur la sienne de manière que mes doigts frôlent sa paume. Je déglutis alors que nos regards se soudent l'un à l'autre. Juste le bout de mes doigts contre sa paume. Et ça me retourne. Je ne saurais expliquer cette chaleur qui se diffuse en moi. C'est divin. Elle nous connecte. Le sentiment qu'elle m'appartenait se modifie quelque peu en moi. Maintenant, certes, j'ai toujours autant l'impression qu'elle est à moi mais je suis certain d'une autre chose à présent. Moi aussi, je suis à elle. Totalement. Je sens qu'elle devrait arrêter. Je ne comprends pas grand-chose à tout ça mais je sens que c'est… puissant. Proche de l'ingérable. Pourtant, elle ne retire pas ma main. Au contraire. Elle se met à trembler et la dirige sans prévenir sur la sienne. Sa peau entre en contact avec la mienne. Paume contre paume. Une décharge de lumière se propage en moi. Une extase rapide, foudroyante. Un spasme la parcourt au même moment. Ses yeux roulent vers le haut, pendant que son corps vacille vers l'arrière, comme frappé violemment par une arme invisible. Merde, elle me fait un malaise. Je romps l'alchimie tellement flagrante en lâchant sa main et la rattrape alors qu'elle bascule, semi-inconsciente, vers la table basse. Je la colle à moi pour l'installer contre le dossier du canapé puis reste penché sur elle en caressant sa joue. J'abuse peut-être de la situation mais dans l'urgence ça passe. Un frisson la traverse.

– Divya, ça va?

Elle ouvre les yeux en souriant faiblement. Elle m'observe un moment, moi sur elle, mon visage à quelques centimètres du sien. J'ai…

Putain, si je m'écoutais…

Mon corps a besoin de ce contact. Mon esprit aussi. C'est trop fort. Mais non. Évidemment que non. Je me contente de continuer à caresser sa joue. Ses yeux semblent perdus. Je n'arrive pas à la décrypter. Va-t-elle bien? Ressent-elle cet élan qui me guide contre elle et m'empêche de m'éloigner maintenant que nos corps se soudent l'un à l'autre, de plus en plus intensément à chaque seconde qui passe? Sa poitrine se soulève à intervalle régulier contre mon torse. J'en apprécie chaque mouvement, chaque respiration, chaque signe de vie qu'elle émet, comme un cadeau. Je crois que je déraille complètement. Depuis quand je pense à des choses pareilles, moi? Les femmes sont toutes des connasses, non?

Apparemment non. Pas elle. Elle murmure, sans me repousser.

– Il ne faut plus qu'on fasse ça.

Je hoche la tête.

– Ta main… Je ne dois plus la prendre.

Je hoche la tête à nouveau. Il est évident que ça la perturbe autant que moi.

– D'accord.

Elle sourit en portant sa main sur ma joue. Je ferme les yeux en me concentrant sur ce nouveau contact. C'est un supplice de rester sur la retenue alors que tout nous pousse à ne pas l'être. Je ne contrôle que difficilement la situation et j'ai l'infime impression qu'elle en est au même point. *Putain, c'est quoi ce truc ?* Si je ne croyais en rien avant de la rencontrer, je commence à supposer que je me trompais. Il y a bien une force impalpable qui nous attire, nous guide l'un vers l'autre. Et c'est enivrant. Bon Dieu, ce que c'est addictif. Ses doigts caressent ma joue, remontent sur ma tempe puis suivent l'arête de mon menton, comme si elle me découvrait. C'est d'ailleurs sans doute le cas. Je la laisse prendre possession de mon visage parce que je veux qu'il soit à elle, juste pour elle, ma Divya, tellement surprenante. Ses yeux prennent une expression indéfinissable, je ne comprends toujours rien, je me laisse aller, c'est tout, je lui laisse les commandes, mon âme est à genoux devant la sienne.

Ses doigts continuent leur course sensuelle sur mon épiderme et passent très près de mes lèvres. Je tourne la tête légèrement pour les embrasser. Mes lèvres les caressent encore. J'ai envie de l'embrasser, elle. Cela devient vraiment compliqué de résister. Mais c'est elle qui décide. Elle qui détient toutes les clés et les codes. Je ne suis pas un tendre et je n'ai pas laissé mon cœur errer dans ce genre de sentiers amoureux depuis des années. Je suis comme un nouveau-né à ce niveau. Un nouveau-né qui aurait, en plus de ça, le cœur rempli d'aigreurs et de désillusions. Je suis incapable de comprendre, d'évaluer et de choisir une réaction ou une autre. Même si tout mon corps semble définitivement sûr de lui et m'exhorte à l'écouter. Le désir est tellement puissant qu'il me tord le ventre. Nous sommes si proches. Elle est si envoûtante… C'est… putain, c'est…

– Il faut que tu trouves ta propre lumière, Maël. La mienne partira à un moment ou à un autre.

Elle s'excuse presque… Ou se persuade elle-même? J'en sais rien. Mais c'est son choix, donc… Je hoche la tête, non sans regrets. Elle insiste.

– Tu as toujours trop de noirceur en toi…

Je tente un sourire, sans bouger pour autant.

– D'accord.

Ses lèvres s'entrouvrent légèrement. Ses yeux me scrutent, toujours aussi mystérieux, insondables mais, bon Dieu, vraiment magnifiques. Aucun de nous n'a envie de s'écarter, ça, je peux le sentir en elle. La chaleur qui irradie de nos corps étroitement soudés nous enveloppe et refuse de nous laisser nous échapper de cette union imprévue. Mes yeux détaillent son visage délicat. Tout est beau chez elle. Chaque trait, chaque expression, chaque grain de sa peau… Je craque. Mon corps n'en peut plus… Je ne suis qu'un être humain sans volonté, j'ai mes limites et celles-ci sont largement dépassées. Je n'aspire qu'à une chose, découvrir la douceur de ses lèvres. La faire mienne physiquement. Je l'interroge du regard. Mais je ne comprends pas la lueur de ses pupilles, enfin je ne suis pas sûr… Pour moi, elle m'appelle. Mais elle vient également de me dire l'inverse. Je lance une dernière supplique muette à ce regard, en espérant qu'elle comprenne que, si je n'ai pas de réponse claire, je ferais ce qui me tente beaucoup trop à présent.

Laisse-moi t'embrasser.

Ses yeux ne changent pas d'expression ni d'objectif. Ils me scrutent toujours aussi intensément.

Je considère que la douloureuse attente n'a que trop duré. Ma main passe derrière sa nuque doucement, chatouillant la naissance de ses cheveux. J'approche lentement d'elle, lui laissant le temps de comprendre ce que je m'apprête à faire, mais surtout de se défiler si en définitive mes intentions étaient à côté de la plaque. Elle ne bouge pas, me laisse l'approcher davantage, la lueur au fond de ses yeux s'intensifiant visiblement. Son cœur accélère ses battements contre mon torse. Nos lèvres se frôlent, je me demande si je ne vais pas faire une attaque, juste à envisager l'idée de découvrir leur douceur. Je…

– Dégage de ma sœur, ducon !

Non, je rectifie, l'attaque cardiaque, c'est maintenant. *Putain !* Je me redresse en sursaut en entendant cette voix et recule au bout du canapé. Mon cœur va sortir de ma poitrine avec ses conneries. Et je suis anéanti… A-t-on réellement le droit de nous faire un truc pareil? M'arracher à ce moment, c'est impossible ! Bordel de merde, je devrais le tuer pour ça ! Quel con ! Lochan dévale les escaliers puis fonce vers moi. Il fait le tour du sofa en pointant son index dans ma direction.

– Tu n'as pas l'air d'avoir compris. J'ai dit « pas ma sœur » !

Cette dernière se lève promptement et se rend à la cuisine sans ajouter quoi que ce soit. Ni un regard ni un mot. Elle s'échappe littéralement. Je ne calcule pas son frère et la suis du regard, elle. Inquiet. Est-elle soulagée, troublée, émue, dégoûtée comme moi? Elle se sert un verre d'eau et le boit doucement, une expression perdue sur le visage. Lochan se rappelle à moi.

– Je te préviens, si tu l'approches une seule fois pendant la croisière, je t'explose ta petite tronche de connard !

– Quoi? Divya vient avec nous en croisière?

Un sourire que je ne contrôle pas s'impose sur mon visage. Son frère lève les yeux au ciel.

– Non ! Tu ne souris pas ! Y a pas de quoi sourire ! Ce n'est même absolument pas drôle ! C'est dramatique !

Je hoche la tête. Putain oui, je souris, mon pote, t'imagines même pas comment tout sourit là-dedans, c'est un truc de malade… Ça me rend… presque heureux. Enfin, je crois, parce que ça fait bien longtemps que je ne l'ai pas été… Mais ça y ressemble en tout cas. Du coup, de vieilles habitudes reviennent en moi au pas de course.

– OK. Je vais y aller, j'ai envie d'écrire.

Il paraît décontenancé.

– Écrire quoi ? Des paroles ?

– Ouais ! Quoi d'autre ?

– Tu veux… qu'on le fasse ensemble ?

Je secoue la tête.

– Alors là tu rêves, mec. Je bosse en solo.

– On est amenés à collaborer…

Euh… Il est temps de mettre les choses au point. Ce mec est ce qu'il est, il s'est passé ce qu'il s'est passé mais, voilà, chaque chose à sa place. Il est quand même destiné à prendre ce que je préfère dans mon job, la compo… Et lui ou un autre, cela ne change rien. Je n'ai pas l'intention de laisser ma place sans me battre. D'autant plus que je suis soudainement inspiré et que je sais d'avance que ce sera mortel. Autant qu'il comprenne très clairement ma position, ça évitera de mauvaises surprises à tout le monde.

– Ce n'est pas forcément ma vision des choses. Écoute, t'as l'air cool et je te remercie pour ton hospitalité. Mais là, j'ai envie d'écrire et tout seul. Désolé si ça peut éventuellement te faire virer rapidement du groupe, mais c'est moi le compositeur des Skeletons depuis toujours. Et je compte bien garder cette place, quoi qu'en dise ce sale connard d'agent !

Il pince les lèvres et s'écarte de moi pour partir embrasser sa sœur.

– On verra bien. En attendant, tu dégages ! Salut !

Je me lève, retourne dans sa chambre pour enfiler mon jean immonde puis redescends. Je ne dis au revoir à Divya que de loin car en fin de compte je ne suis pas certain de la manière de faire… Pour en revenir à la question de Lochan, hier soir, celle à propos de ma place en ce qui concerne cette p'tite fée, je ne suis pas plus avancé. Je n'en sais rien. Mais je pense que, quelle qu'elle soit, c'est une bonne place. Et maintenant, j'ai une semaine sur un bateau, en huis clos, pour découvrir justement cette fameuse place… Si ça, c'est pas le pied le plus majestueux du siècle, alors je veux bien me faire moine ! Elle me sourit en retour sans que je ne comprenne la signification exacte de ce signe. Je m'en fiche. J'ai passé un moment génial, juste contre elle, et je compte bien remettre ça.

Je ne cherche pas de taxi. Je rentre chez moi à pied. Ce n'est pas trop loin, je prends le temps. J'essaye de me souvenir de tout ce que j'ai appris sur Divya. Ces trucs que son frère m'a dits. Mais surtout à tout ce que j'ai eu le droit de toucher. Tout ce qui, pour un trop court instant, m'a fait vibrer plus fort qu'une corde de basse… Ses yeux, ses mains, son petit nez, ses jambes, ses seins… ma gaule.

La première chose que je fais en rentrant chez moi, c'est allumer mon ordinateur. Je commande quatre cartons de douze boîtes de cassoulet de la même marque que celui qu'elle mangeait et les fais livrer pour le lendemain chez elle. Sans mot ou quoi que ce soit. Je ne veux pas forcément qu'elle sache que c'est moi. Juste qu'elle reçoive de quoi combler son appétit incompréhensible pour ce truc et peut-être qu'elle y voie un petit clin d'œil qui la fasse sourire. Ce si joli sourire.

Puis je prends une douche, retourne en ville, achète un nouveau téléphone, rentre chez moi et plonge dans mes compos. Mes idées pullulent. J'écris, je teste, je modifie. Les heures passent, un besoin de mieux se fait sentir en moi au fil des heures mais j'essaye de ne pas l'écouter. Je repense à ma fille, à son anniversaire que j'ai oublié comme un crétin, comme un père honteux qui ne mérite pas de se reproduire… Je repense à Benny parce que, depuis ce matin, je n'ai pas pris une minute pour m'excuser. J'ai un peu vécu, j'ai ressenti des choses sympas, j'ai même souri. Alors que je ne le mérite pas. Tout revient, petit à petit, et reprend sa place. Mais j'ai une arme maintenant. Une petite issue. Mon inspiration. Je n'abuse même pas du whisky que ma petite femme d'intérieur a réapprovisionné. Une demi-bouteille. Sur toute une nuit, c'est un réel miracle.

Je passe les jours qui me séparent de la croisière le nez dans les partitions et sur mon piano. Mes souvenirs affluent mais ils sont, si je puis dire, un peu moins « pires » que d'habitude. En tout cas, s'ils me tordent le cœur, j'essaye de ne pas y prêter attention. Je fais un réel effort. Vraiment. J'ai un but… la croisière. La revoir. Juste la voir.

12

Divya

« Existe-t-il vacances plus profondes que de prendre congé de soi-même ? »[1]

À peine ai-je mis le pied dans ce paquebot que mon cerveau déconnecte de ses vieilles habitudes… Déjà, tout respire la fête, l'abandon, et cette ambiance rock'n'roll me plaît beaucoup, les mecs tatoués aux cheveux longs, aux looks improbables, les femmes maquillées à outrance, tatouées et percées. La musique de fond passe un morceau que Lochan écoute souvent quand il est en pleine forme, « Mexico » d'Alestorm… Les paroles parlent de pirates qui écument les océans en buvant, en direction bien entendu du Mexique. J'aime beaucoup ce groupe parce que leurs paroles (oui, j'adore traduire les paroles des morceaux), bref, leurs paroles sont folles, ce qui montre qu'ils ne se prennent pas du tout au sérieux… Petit exemple de la chanson qui m'arrive aux oreilles à l'instant. Juste pour situer l'ambiance de ce navire…

1. Amélie Nothomb, *Le Fait du Prince*, 2008.

« While we are questing, in search for bigger thrills,
We sail across the oceans, we're drunk in many bars,
But when we sail to Mexico that's when we party hard. »[2]

Nous sommes arrivés hier à Miami, juste Lochan et moi, nous voulions visiter la ville avant l'embarquement. C'est donc simplement une fois à bord que nous sommes censés retrouver le groupe. Nous sommes accueillis par un homme à l'allure sympathique, qui serre chaleureusement la main de mon frère.

– Lochan, ravi de te voir enfin.

Il se tourne vers moi.

– Et je suppose que tu es Divya? Bienvenue à bord... Je m'appelle Mike. L'agent des Skeletons.

Il attrape ma main pour la serrer également. Tout en moi se fige, attendant la passation habituelle d'énergie... Lochan retient un geste pour retirer cette main de la mienne, comme à son habitude. Mais... rien ne se passe comme d'habitude. Aucune énergie ne passe entre nous, je lui serre la main comme tout le monde le fait, rien à noter de particulier. Je soupire en lui rendant son sourire.

– Enchantée, Mike. Oui, je suis bien Divya, merci beaucoup pour l'invitation.

– De rien, nous étions impatients de rencontrer enfin cette fameuse sœur que Lochan nous cachait. J'espère que vous passerez une bonne croisière. Excusez-moi une minute...

Il hausse la tête pour scruter un point derrière moi et nous laisse. Lochan se tourne vers moi, éberlué.

– Il n'a pas de... mais tu serres les mains, maintenant?

---

2. « Pendant que nous sommes en quête, à la recherche de plus de sensations fortes / Nous naviguons à travers les océans, nous avons bu dans de nombreux bars / Mais lorsque nous naviguons vers le Mexique, c'est pour faire la grosse fête. » Paroliers : Christopher Bowes / Lasse Lammert. Paroles de Mexico © Iron Avantgarde Publishing Gmbh.

Je lui adresse un sourire plus que ravi.

– La mer, Lochan. L'eau… Mon écran de survie…

Je sautille de joie.

– Ce seront de vraies vacances ! Pas de ressentis, je vais pouvoir agir comme tout le monde pendant une semaine, c'est génial…

D'autres personnes arrivent vers nous mais je les calcule à peine, tout en moi n'est qu'euphorie. Lochan me présente Deaclan et Luis, deux membres du groupe, et je serre d'autres mains avec le même résultat, c'est-à-dire rien. J'aime beaucoup être Divya Rives mais, pour une fois dans ma vie, je ne serai pas cette femme. Mon cerveau et mon sixième sens seront au ralenti. C'est top, je vais pouvoir me reposer vraiment. Parce que méditer, contrôler, respecter, c'est ma manière de vivre, c'est ce que je suis, et c'est de cette manière que je veux évoluer dans cette vie. Mais rien qu'une fois. Juste une… Ne penser à rien, juste profiter, tout en respectant mes limites, bien entendu, sortir de cette maison, de la retenue, et oser vivre comme les autres… C'est une expérience géniale et je compte bien en profiter… Et elle commence tout de suite…

Un mec, charmant d'aspect, fonce sur moi alors qu'une clameur s'élève dans le hall gigantesque du bateau. Le morceau « Mexico » recommence au début, beaucoup plus fort. L'homme mime une révérence.

– Tu permets, ma belle ?

Je ne comprends pas ce qu'il veut, Lochan s'interpose.

– Non, elle ne permet pas !

Je lui lance un regard assassin. S'il commence comme ça, on n'a pas fini.

– Si, si, je permets…

Le type prend ma réponse pour argent comptant, se baisse, m'attrape par les hanches et me fait grimper sur ses épaules, puis se relève et m'emporte au centre de la foule où toutes les femmes sont sur des épaules d'hommes, tout le monde saute partout, c'est du grand n'importe quoi. Une femme juchée sur un type à côté m'attrape les mains et les porte en l'air en chantant, enfin plutôt en hurlant et, encore une fois, aucune énergie ne passe, à part une profonde joie naturelle. C'est merveilleux ! Le type qui me porte s'enfonce encore plus dans la foule de metalleux surexcités, tout le monde autour de moi respire la fête et le grand laisser-aller. Mon « porteur » se met à sauter à son tour et je manque de perdre l'équilibre plus d'une fois, mais il fait attention et me rattrape systématiquement, ses bras enroulés fermement autour de mes jambes. Ça fait du bien d'être comme tout le monde. Je trouve une copine d'épaules qui me sourit avant de m'attraper à nouveau les mains. Puis le morceau se termine, tout le monde hurle, les mains en l'air, index et annulaire dressés au ciel… « *Horns Up in the Sky.* »[3] Je sens que je vais adorer cette ambiance.

Je suis bercée dans cette musique par Lochan depuis qu'il a 10 ans et, depuis qu'il compose pour les groupes, je côtoie certains musiciens en qui il a assez confiance pour me les présenter. Les membres du groupe pour lequel il travaillait avant les Skeletons sont souvent venus chez nous l'été et, même s'ils étaient déjantés, ils restaient des personnes joyeuses et adorables, leur apparence de démon contrastant totalement avec leur gros cœur de nounours. De vrais gentils. Je converse d'ailleurs encore régulièrement avec deux d'entre eux via Messenger car ils sont partis en tournée internationale depuis deux mois. Et oui, je ne suis pas totalement une pauvre chose qui ne connaît rien. Je suis également en contact avec d'autres que Lochan m'avait présentés précédemment. Pour le moment, je ne connais pas les Skeletons, il ne les connaît pas encore assez non plus. Sauf

3. Cornes dressées vers le ciel.

Maël, évidemment. Mais je crois que pour le cas de Maël, s'il avait pu éviter cette rencontre, il l'aurait fait. Il m'a rebattu les oreilles depuis l'autre jour sur le fait qu'il était dangereux, que je ne connaissais pas la vie, que j'allais faire n'importe quoi et j'en passe. C'est dingue cette étiquette qu'il me donne. Il oublie que j'ai appris à cerner les gens. Et même ici, entourée d'eau, je sais à quoi m'attendre plus ou moins, et aussi me contenir. J'ai juste envie de m'amuser sans me prendre la tête. Pour une fois. Ce n'est pas parce que mes parents m'ont appelée « don de Dieu » que je dois vivre comme une nonne. Hors de question. Je serai responsable, je respecterai les limites mais sans me priver non plus.

Mon cavalier me fait descendre de ses épaules d'un geste souple alors que le morceau est terminé et me garde dans ses bras. Son visage est souriant, lumineux.

– Merci beaucoup ! J'avais besoin en urgence d'une cavalière sous peine de me faire charrier pendant tout le séjour ! Tu t'appelles comment ?

– Divya !

– Eh bien, enchanté, Divya ! J'adore ce nom, c'est super rock ! Moi, c'est Magnus.

– Enchantée, Magnus. Tu es un fan ou un musicien ?

Il hausse les épaules.

– Un peu des deux ! Je compte bien faire tous les concerts. Sur scène ou devant la scène. Et toi ?

J'éclate de rire en montrant d'un geste mon look très peu rock'n'roll, petit short sage, débardeur tranquille et sandales.

– C'est vraiment nécessaire de préciser que je me range uniquement du côté du public ?

Il retient un rire.

– Mais oui ! Je te l'ai dit, ton nom est celui d'une star de la scène metal, au bas mot ! Je vois bien un fond de scène en lettres de feu… DIVYA… Ça péterait ! Tu devrais te lancer !

Je secoue la tête.

– N'importe quoi ! Et le fait de ne pas savoir chanter, ça rentre en ligne de compte à quel moment ?

Je nie une seconde fois d'un mouvement de tête.

– La moitié des chanteurs présents ici ont des voix dégueulasses… Non, je te dis, t'as toutes tes chances !

Je comprends que je suis toujours dans ses bras. J'ouvre la bouche pour lui demander de me poser mais il me devance.

– Eh bien, si on fêtait notre rencontre ? Je te paye une bière ? Y a un bar au pont inférieur…

J'avise Lochan à plusieurs mètres derrière lui. Son regard, qui ne nous quitte pas, m'indique clairement que si je sors de son champ de vision maintenant il retournera le bateau pour me retrouver… On va calmer le jeu, j'ai envie de faire plein de choses ici mais pas de me prendre la tête avec mon frangin. Je refuse la proposition de Magnus.

– On va attendre un peu pour ça… Je vais d'abord aller voir ma cabine et…

– Alors promets-moi que ce n'est que partie remise.

J'observe le mec qui ne me lâche décidément pas, ses bras soutenant sans faillir mon dos et mes cuisses à un bon mètre au-dessus du sol, me gardant serrée contre lui. Remarque, je ne fais aucun geste pour lui montrer que je veux descendre, mes bras sont autour de son cou. Il est pas mal du tout. Brun, les yeux sombres, un visage émacié, une fossette quand il sourit… On a vu moins avenant. Ce n'est pas le genre sur lequel je craque d'office mais, en tout cas, il semble plutôt agréable. C'est pour ça que je me sens flattée et que je hoche la tête pour accepter de prendre un verre avec lui plus tard. Il paraît satisfait.

– Yes ! Alors je te ramène au point de départ. Mais n'oublie pas ce que tu m'as promis !

– Certainement pas… Une promesse est une promesse.

– Je sens que je vais adorer cette croisière…

Il est arrivé devant Lochan et me dépose enfin sur mes pieds. Il nous adresse un petit signe de tête, tourne les talons et disparaît. Lochan croise les bras, pas du tout content.

– C'est qui, lui, Divya ?

Je m'apprête à lui répondre mais un frisson me parcourt le dos. Et ce n'est pas dû à l'air désapprobateur qu'a décidé d'arborer mon frère. Non. C'est autre chose. Je me retourne par réflexe. Maël arrive dans le hall, portant un sac de sport à l'épaule, imposant, charismatique, troublant. Il semble fatigué mais son regard s'illumine quand il croise le mien. Il tente un pas vers nous, mais le mec qui nous a accueillis, Mike, se place devant lui et semble vouloir entrer dans une grande discussion. Maël m'adresse un nouveau regard, comme si ce que lui racontait son manager l'indifférait totalement. Une connexion entre nous se crée instantanément. Je sens son envie de me toucher. Et je la partage aussitôt. Il esquisse un sourire dans ma direction puis reporte de mauvaise grâce son attention sur son agent. Je reste un moment surprise. Lui, en revanche, malgré le fait que l'on soit sur l'eau, je le ressens. Je pourrais imaginer que notre échange de lumière en soit la cause mais, habituellement, les effets des échanges persistent maximum quelques heures dans les enveloppes charnelles et, là, nous en sommes à plus de trois jours. De plus, même si nous nous trouvons sur l'eau, l'attraction reste extrêmement palpable. Il y a définitivement quelque chose de différent avec lui. Lochan soupire dans mon dos.

– Et le voilà, lui. Je crois que je vais passer une croisière en enfer. Div, tu ne parles pas avec Maël.

Je hausse les épaules.

– Je fais ce que je veux, Lochan.

– Oui mais non ! Si tu ne ressens plus les gens, c'est encore plus dangereux en définitive parce que tu ne verras pas ce qu'ils pensent. Tu vas te faire berner. Bon, Maël regarde par ici, viens, on va rejoindre nos cabines. Mike m'a donné les badges.

Je ne suis pas d'accord et je lui fais savoir alors qu'il m'entraîne vers les ascenseurs au fond du hall.

– Lochan, il est hors de question que tu me maternes de cette manière pendant toute la croisière ! Et arrête de penser que je suis aussi naïve. Si j'ai envie de parler à Maël, je parlerai à Maël !

Il soupire alors que la porte de l'ascenseur s'ouvre devant nous.

– Tu as vraiment envie de parler à ce type ? Tu as vu l'état dans lequel il est arrivé chez nous, l'autre soir ? Ce mec est…

– … Un danger, oui, je sais, mais, encore une fois, je n'ai pas besoin de toi pour savoir ce que je dois penser de lui. Et pour répondre à ta question, non, je crois que je n'ai pas envie de lui parler. Rassure-toi.

Il m'adresse un sourire surpris mais lumineux. Je grimace. Parce qu'il croit sans doute que le bassiste ne m'intéresse pas. Or, cela n'a rien à voir avec ça… Ce serait même plutôt l'inverse. Il y a quelque chose de fort. De très fort avec ce type. Trop pour que je me risque à le côtoyer sur ce bateau, avec mon sixième sens à moitié en berne. Je risquerais de perdre le fil des choses. Comme je l'ai dit, j'ai envie de m'amuser, mais je sais rester raisonnable. Quand je pense à mon état lors de notre tête-à-tête dans le salon, j'ai toutes les raisons du monde pour le fuir. J'étais prête à me lancer dans un rapprochement beaucoup plus intime. Et prête, ce n'est pas juste prête, on est même loin du compte, je le désirais ardemment. Je voulais qu'il m'embrasse. J'en crevais d'envie. Mettant tous les risques de son obscurité d'âme de côté. Cela pourrait être dangereux pour moi. Embrasser quelqu'un d'aussi noir… Qui sait ce que je pourrais ressentir, ce qui pourrait se dégager d'une telle chose ?

Lochan reprend :

– Enfin, tu dis ça, mais tu étais à deux doigts de lui rouler une pelle, l'autre jour. Et franchement, Div, j'aimerais que tu choisisses un autre mec pour ta première fois.

Je hausse les épaules.

– D'accord, sauf que ce ne serait pas ma première fois.

Il me dévisage en blêmissant.

– Comment ça ?

La porte de l'ascenseur s'ouvre devant nous. Je m'engage dans le couloir, recherchant la direction de nos chambres. Je prends sur la droite alors qu'il me colle aux fesses en réitérant sa question.

– Div, comment ça, cela n'aurait pas été ta première fois ? Div, qu'est-ce que tu as fait ?

Je soupire, amusée.

– Tu me saoules, Lochan. Non, je n'en suis plus au stade de la première fois.

– Mais quand ? Comment ? Qui a osé ?

– Tu te souviens de Maxime, notre voisin, chez papa et maman ?

– Quoi, le petit morveux, là ? Le voisin ?

– Oui, le voisin. Maxime.

Il devient écarlate.

– Ne me dis pas que ce petit connard a dépucelé ma sœur alors qu'elle n'avait même pas 15 ans ! Div, il avait presque mon âge !

J'éclate de rire.

– Mais non, il m'a embrassée, c'est tout.

Il soupire.

– Ah ! C'est tout ! Il ne t'a pas touchée, tu me le jures ?

– Non… Il m'a embrassée. Plein de fois. C'était cool !

– Mais quand ? Et où ?

– Il venait la nuit dans ma chambre… pendant les vacances scolaires.

Il s'étrangle d'indignation…

– Quoi ? Carrément chez nous ? Dans ta chambre ? Sur ton lit ?

– Ben oui, sur mon lit… Je n'avais pas non plus de coin salon dans ma chambre, je te ferais remarquer.

– Et tu m'assures qu'il ne t'a pas touchée.

– NON ! Lochan, tu me saoules. Si c'était le cas je te le dirais, mais non.

Il plisse les yeux et se plante entre moi et la porte de ma chambre que je viens d'atteindre.

– Alors pourquoi me dis-tu que tu n'en es pas à ta première fois quand je te parle de Maël ?

Je lève les yeux au ciel.

– Parce que si Maël, et je dis bien si, avait essayé quelque chose ce matin-là, ça n'aurait été qu'un baiser et rien de plus. Il n'avait pas les mains entre mes cuisses, à ce que je sache.

– Il avait plutôt pas intérêt ! Tu l'aurais repoussé s'il avait fait ça, de toute manière.

J'ai envie de le faire marcher. J'affiche un rictus énigmatique sur mes lèvres en ouvrant la porte de ma chambre à laquelle il me permet enfin d'accéder.

– Je sais pas… Peut-être que je l'aurais repoussé. Ou peut-être pas… Mais la question ne s'est pas posée, donc je suppose que tout va bien, non ?

Il s'étouffe de colère.

– Quoi ? Mais non, tout ne va pas bien, qu'insinues-tu avec ton « peut-être pas » ?

J'entre dans ma cabine.

– Div, réponds-moi, je…

Je lui claque la porte au nez. Qu'est-ce qu'il peut être fatigant quand il s'y met ! Je pose ma valise sur la moquette et admire ma chambre. Un lit immense, une baie donnant sur l'océan, une décoration sobre mais apaisante dans un camaïeu de beige et marron. C'est vraiment très joli. Je m'écroule sur le lit et enfouis mon visage dans les coussins. Je sens que je vais passer des vacances fabuleuses. Si Lochan se décide enfin à me laisser vivre un peu. De toute manière, je ne vais pas réellement lui laisser le choix.

Après avoir enfilé un bikini, mes lunettes de soleil et un paréo, je rejoins le pont extérieur, un bouquin à la main, et me trouve un transat en plein soleil. Peu de monde se trouve ici. Je suppose que les gens sont encore en train de découvrir leur cabine et de s'y installer, ou déjà occupés à danser ou à écumer le bar. Je m'allonge sur le lit de soleil en me délectant du roulis du bateau qui vient de quitter le port, du bruit discret des vagues contre la coque à des dizaines de mètres sous moi. Les rayons du soleil me caressent l'épiderme doucement, leur chaleur tiédie par le petit vent marin qui balaye mes cheveux sur mon front. Je suis bien, je ne manque pas de le constater et d'en remercier l'Univers. J'ouvre mon livre mais une onde qui commence à être familière me parcourt l'échine. Je lève les yeux pour apercevoir Maël arriver sur la terrasse. Il se dirige tout naturellement vers moi. Mon cœur se met à battre plus que de raison. C'est pas possible ! Mais pourquoi justement lui ? Le mec de mon entourage le plus tourmenté que je connaisse. Il faut forcément que ce soit lui. Pourquoi pas un Magnus, par exemple. Lui, il a l'air fou mais un gentil fou. S'il avait été trop noir, je pense que je l'aurais senti. Mais rien. Et rien non plus concernant un sursaut du cœur ou des palpitations hystériques et insupportables. Rien. Alors que là, dès que Maël me fait sentir sa présence, mon cœur fait n'importe quoi.

Je relève brusquement mon livre devant mes yeux parce que le simple fait de le regarder avancer vers moi me rend fébrile. On va essayer de ressembler à quelque chose quand il sera à mon niveau, en évitant la syncope ou la crise de tachycardie.

Respire, Div.

Bien entendu, je ne lis pas une ligne. Enfin si, je n'en lis qu'une. Encore et encore, je n'ai d'ailleurs toujours pas compris la phrase quand la cause de mon hypertension subite s'assied à califourchon sur le transat à ma gauche, à l'envers, de manière à me faire face. Il murmure presque lorsqu'il prend la parole.

– Bonjour, Div. Tu te caches ?

Je baisse mon livre pour l'observer. Mon Dieu qu'il est beau… Comment un homme à la beauté si lumineuse peut-il être aussi noir au fond de lui ? Je crois que toute ma vie je me poserai cette question. Il porte simplement un bermuda en jean et bien entendu ses traditionnels bracelets. Torse nu, pieds nus, les cheveux absolument pas coiffés, tatouages colorant sa peau sous les rayons du soleil, son piercing attirant inéluctablement mon regard. Je suis en train de craquer pour le look bad boy qui ne m'a jamais attirée auparavant. Et pourtant, j'en ai vu des mecs tatoués et percés. Tous les potes de Lochan le sont, ça ne m'a jamais parlé, mais Maël… Si j'y ajoute son regard vert d'eau, sa barbe de quelques jours et… bon, bref, ça va aller… Je crois qu'il attend une réponse de ma part. Je pose mon livre sur mes cuisses alors qu'il m'observe intensément en se mordant nerveusement la lèvre inférieure.

– Si je me cachais, je pense que j'aurais loupé mon coup puisque tu m'as trouvée !

Il penche la tête en triturant les bords du matelas du transat.

– Je crois que je te trouverai n'importe où. Tu vas bien ?

Je hoche la tête.

– Oui et toi?

J'ai envie de lui demander ce qu'il a fait pendant ces trois jours, s'il a réussi à faire un peu le ménage dans son esprit, s'il va réellement mieux. Mais je ne suis pas sa mère et c'est à lui d'en parler, s'il le souhaite.

Il baisse ses yeux sur ses doigts.

– Ça va. Un peu de mal à me remettre du goût de ton cassoulet mais sinon ça va. J'ai écrit. Pendant trois jours. C'était plutôt cool. Tu lis quoi?

Il est trop mignon, tout timide, nerveux, au moins autant que moi. C'est troublant parce que ce n'est absolument pas le genre du personnage. Il serait plutôt du style à envoyer chier tout le monde et se foutre royalement des femmes. Enfin, à les utiliser comme il se doit mais, niveau attachement, il ne transpire pas trop l'envie de se caser, c'est très clair... Voyant que je ne réponds pas, il attrape le livre sur mes cuisses pour en lire le titre. Il émet une grimace amusante qui me tire un sourire.

– C'est en français!

Il se gratte la tête.

– Oui, j'avais compris... Attends: Jules Verne. Oh, je connais, j'ai lu *Voyage au centre de la Terre*. C'est bien lui qui a écrit ça, non?

Je hoche la tête. Il lève un index.

– Ah oui, et *Vingt mille lieues sous les mers*. Je crois que c'est de lui aussi. J'ai préféré celui-là d'ailleurs... Et là, tu lis...

Il plisse les yeux avant de rire pour lui.

– Sois indulgente, je ne parle pas ta langue. Alors... Cineq sim... Merde, comment tu peux prononcer un « a » et un « i » qui se suivent? C'est débile!

J'éclate de rire.

– C'est *Cinq semaines en ballon*[4].

Je lui prononce en français. Il écoute religieusement mes paroles.

– Je n'essayerai même pas de le prononcer…

Il rigole doucement puis me regarde intensément, faisant un effort manifeste pour lier un autre contact que celui, impalpable, qui existe déjà. Pour le coup, il me fait fondre. Réellement. Il me montre sa profondeur et je le trouve touchant. Je retire mes lunettes de soleil.

– Je ne savais pas que tu lisais.

Il hausse les épaules.

– Moi non plus je ne savais pas que toi tu lisais.

Il marque une pause en plongeant ses yeux si intenses dans les miens puis reprend en se grattant la tête.

– On ne se connaît pas beaucoup, hein? C'est… étrange, tout ça…

Un silence s'installe mais il n'est pas gênant. L'énergie qui nous soude l'un à l'autre est de plus en plus présente entre nous, j'ai l'impression. Il reprend:

– Je ne lis plus. Quand je suis arrivé en Californie, j'étais un peu seul, alors j'ai acheté beaucoup de livres. Dès que je ne répétais pas, je refusais de faire la fête et je m'enfermais chez moi, une petite chambre sordide, sans télé. Et mes voisins étaient un peu… chiants. Alors je ne pouvais pas mettre de musique, ni répéter. Alors je lisais.

– Tu n'es pas originaire de Los Angeles?

– Non. Je viens de St Léon's Bay, en Caroline du Nord. Une toute petite ville sur la côte Atlantique.

– Oh! Mais c'est à l'autre bout du pays, ça!

– J'avais besoin de changer d'air. Et quoi de mieux que L.A.

---

4. Roman de Jules Verne paru en 1863.

pour tenter sa chance dans le rock, hein?

Il m'adresse un petit sourire triste.

– Mais ta famille doit te manquer, non? Tu les vois souvent?

Il hausse les épaules mais s'abstient de toute réponse. Il préfère changer de sujet.

– Et toi, alors... Pourquoi L.A.? C'est encore plus loin de chez toi que pour moi...

– J'ai suivi Lochy. C'est compliqué. Disons qu'il a voulu me protéger de la folie des grandeurs de notre père. Il a poussé ma mère qui avait les mêmes facultés que moi à les utiliser pour gagner de l'argent. Mon frère ne voulait pas qu'il fasse pareil avec moi. Alors, quand il a trouvé un boulot à Los Angeles, il a décidé de m'emmener.

Il fronce les sourcils.

– Avait? Est-ce que ta mère est...

– Oh, non, elle n'est pas partie. Enfin, son enveloppe charnelle est toujours là. Mais son esprit a lâché. Elle est allée chercher trop de noirceur. Elle a trop partagé.

– Oh. Je comprends... Enfin, je crois...

– C'est le risque. Si on donne trop, on peut se perdre. Il faut savoir équilibrer. Mais bon, elle savait ce qu'elle faisait, je pense.

Il pince les lèvres en m'examinant intensément.

– C'est pour ça que ton frère ne veut pas que je te parle?

Je m'esclaffe.

– Non, ça, c'est parce qu'il est fou, c'est un autre problème! Mais, oui, on peut dire qu'il a assez mal vécu toute cette histoire. Il me protège, c'est tout. Et il sait que si je retourne en France, chez nous, je ne pourrai pas dire non à papa s'il me demande de faire comme maman. Parce que, quelque part, si j'ai cette possibilité d'aider des gens, il faut que je m'en serve, sinon à quoi bon? L'énergie est faite pour circuler, on ne peut pas la conserver égoïstement. Mais bon, si tu veux bien, je fais une pause par rapport à tout ça, donc on en reparle à la fin de la croisière… Pour le moment, je suis en vacances énergétiques… Je ne veux pas en entendre parler…

Il paraît surpris.

– Ah oui ? Tu peux faire ça ?

– Normalement non. Mais l'eau agit comme un bouclier sur moi. Elle absorbe la plupart de mes ressentis… En gros, mon sixième sens est comme dans une prison hermétique quand j'ai de l'eau autour de moi. Et comme nous sommes sur un bateau…

Je désigne la mer derrière moi.

– J'ai pas mal d'interférences, voire une coupure quasi complète des ondes. Donc vacances.

Il part dans ses songes quelques instants puis en tire une conclusion qui semble lui plaire.

– Alors ça veut dire que si tu me touches, sur ce bateau, il n'y aura plus ce truc, là… Non pas que je veuille que tu me touches, non, enfin, même si je n'y verrais pas d'inconvénients non plus, enfin je veux dire…

J'ai envie de lui sauter dessus. Il me plaît trop. Craquant, immensément magnétique et mystérieux. J'aime qu'il aime lire. J'aime qu'il tente de me connaître, timidement. Il pourrait être au milieu de ses fans, ou avec son groupe, à briller devant des objectifs, à jouer la star qu'il est, mais non. Il vient s'asseoir avec moi et il se met à mon niveau. Il tend une main timide vers moi.

– En fait si. J'aimerais beaucoup que l'on se touche. Est-ce que tu veux bien ?

Je sais qu'avec lui je vais ressentir. Parce que c'est déjà le cas. Il est là, à côté de moi, et sa chaleur m'atteint. Donc je ne suis pas immunisée contre lui. Mais ce n'est pas comme d'habitude. Si je veux être honnête, je le ressens différemment des autres.

Là, c'est plus au niveau de ma peau, de mon cœur… Cela me touche plus personnellement. C'est étrange. Je suis très sensible à ce mec. Cependant, je suis également très attirée. Moi aussi j'ai envie de le toucher. Alors je tends ma main vers la sienne, il accueille ce geste dans un sourire même pas dissimulé.

Mes doigts arrivent au-dessus des siens. Il finit le chemin qui les sépare. Il remonte sa main doucement et ses doigts effleurent les miens légèrement. Ils se font caresses. Ils chatouillent les miens, comme des ailes de papillons, avec attention, pudeur, sensibilité. C'est divin. C'est comme s'il caressait mon âme. C'est doux, affectueux et inédit pour moi. Rien à voir avec tout ce que j'ai connu jusqu'à présent. Sa chaleur m'engourdit les sens. Ma tête s'envole doucement et j'ai l'impression d'entrer dans un monde de nuages, tout doux, irréel, réconfortant. Ses yeux me sondent, attentifs à mes réactions, pendant qu'il retient sa respiration. Sa seconde main rejoint la première et me caresse avec la même légèreté le dos de la main, puis remonte sur mon poignet, mon avant-bras. Ses doigts rejoignent l'intérieur de mon coude, là où ma peau est plus fine et plus sensible. Ils me chatouillent. C'est divin. Mais je suis hyper chatouilleuse. Je replie le bras par réflexe en riant discrètement. Il sourit aussi en s'avançant sur son siège pour arriver au niveau de mon visage. Il pose sa main sur mon transat en se penchant vers moi. Mon cœur manque tous ses battements. Il m'intimide ainsi. Il est tellement beau. Il mordille sa lèvre inférieure en respirant lourdement.

– Div…

Je déglutis en attendant la suite.

– Je sais que l'on ne se connaît pas beaucoup, mais justement j'ai envie de te découvrir… Est-ce que tu crois que…

Un bruit de foule derrière nous le fait sursauter. Les occupants de ce bateau semblent avoir découvert cet espace d'un coup, tous en même temps. Un nombre impressionnant de touristes débarquent sur le pont, appareils photos à la main, et une troupe de nanas au look « corbeau » se précipitent vers nous en poussant des cris de joie. Il grogne méchamment en les voyant arriver.

– Je suis désolé, ça fait partie du boulot… J'ai promis à Mike de faire quelques apparitions, mais surtout d'être sympa… Rien que ça, ça va me demander une énergie de dingue !

Il lève les yeux au ciel, l'air réellement exaspéré. Je retiens un rire. Il me sourit.

– Alors, tu n'oublies pas où nous en étions, hein ? On remet ça plus tard ? J'avais le droit de toucher ta main. Tu n'as… rien senti, au fait ?

– Si… mais rien de néfaste. Que de l'agréable.

Il est ravi.

– Moi aussi. Que de l'agréable… Merci, Div.

Il se lève pour aller au-devant des filles qui arrivent sur lui, à coups de « Maël, on peut faire des selfies ? », « Tu peux me signer votre dernier album ? », « Tu veux un joint ? », « Tu peux me signer les seins ? ». Il les emmène à l'écart, se prête aux selfies, signe les albums, accepte le joint et… signe le haut de la poitrine de deux filles qui se dandinent devant lui. Elles sont toutes canon, souriantes, elles le touchent, se collent à lui, arborent le même look que lui. Il sourit, les prend par la taille pour les photos, leur fait des compliments, les taquine. D'autres arrivent et rebelote. Je n'aime pas ça. Pas du tout. J'essaye de passer outre en tentant de lire. Mais mes oreilles se focalisent sur les rires et les discussions émanant de son petit groupe de fans et de lui-même. Je me sens tellement ridicule par rapport à tout ça… Je ne suis pas comme ces filles. Je suis même l'opposé. Je ne fume pas, je ne suis pas cool, je ne suis pas du genre à me jeter à la tête d'un mec pareil en relevant mon T-shirt pour qu'il signe sur mes seins, je ne suis même pas sensuelle, ni sexy… Je connais à peine ses chansons et je prends conscience que je ne lui ai même pas demandé d'autographe, annihilant totalement son côté rock star.

Je crois que je n'ai rien à faire avec un homme comme lui. S'il est attiré, c'est sans doute parce que je lui ai donné beaucoup. Et il est troublé. C'est par ma lumière qu'il est intéressé. Mais pas par moi. Moi, je lis Jules Verne, je ne sors pas beaucoup et je suis même vierge. Et en plus, il n'a aucune idée de celle que je suis. Il faut que je me reprenne. Je suis en train de croire, de plus en plus, que quelque chose grandit en moi, juste pour lui. Mais chez lui, seul son pénis doit grandir. Et encore, j'émets un doute raisonnable quant à ma capacité à me rendre assez sensuelle pour faire bander un homme. Je ne sais même pas comment on fait pour faire bander quelqu'un… Enfin si, je ne suis pas totalement naïve non plus mais, bon, de là à maîtriser le sujet autant que toutes ces nanas qui se frottent contre lui à ce moment même… y a du boulot… La catastrophe !

Une voix m'interpelle, à ma droite.

– Ah, future rock star, qu'est-ce que tu lis comme ça ?

Magnus s'approche jusqu'aux pieds de mon transat. Je pose mon livre sur ma poitrine.

– Hé, salut !

– C'est quoi cette petite tête, Divya baby ? Tu déprimais parce que tu croyais que je ne reviendrais jamais tenir notre promesse ?

Je lui souris.

– Ça se pourrait bien !

Il m'adresse un clin d'œil en me tendant la main.

– Et c'est le moment où la princesse de la scène rejoint le prince de la gratte et ils vécurent un moment heureux au bar et eurent beaucoup de bières… On est partis, baby ?

Je jette un œil à Maël, autour duquel la foule s'est encore agrandie. Il pose, entouré de plusieurs groupies, les bras autour de leurs épaules. Tout sourire. Mortellement beau dans son rôle de star adulée. Et loin de moi. Pas uniquement par la distance physique. Loin par plein de points. Je hoche la tête en posant mes lunettes de soleil sur mes yeux, pour que Magnus ne lise pas la pointe de regret qui doit certainement s'afficher au fond de mes pupilles. J'attrape sa main.

– Alors, c'est parti pour la grande aventure, baby boy !

Il me sourit, m'attire à lui, pose sa main dans le bas de mon dos et me guide jusqu'au bar.

13

Maël

« Cause the voices in my head are legendary,
But I'll never tell 'em where the bodies are buried,
Keeps them coming back every day. »[1]

Je pianote les notes ultimes de ma dernière composition sur le clavier alors que Deaclan pose mes paroles d'une voix hésitante et profonde sur la mélodie.

« My darkness and your lightness,
I read a new world on it,
Together can be unreal
Let me show how my dreams could be. »[2]

Je relève la tête dans le silence le plus total pour scruter les visages autour de moi. Le chanteur m'observe, le regard absent, troublé. Luis se gratte le menton en pinçant les lèvres. Kyle se

1. « Parce que les voix dans ma tête sont légendaires / Mais je ne leur dirai jamais où sont enterrés les corps / Ça leur évite de revenir tous les jours », « Attention Attention », Shinedown. Crédits : Brent Smith / Eric Bass.
2. « Ma noirceur et ta lumière / J'y ai lu un nouveau monde / Ensemble cela peut être irréel / Laisse-moi te montrer comment mes rêves peuvent être. »

recoiffe, avachi sur sa chaise, apparemment dubitatif. Mike se pince la base du nez en fermant les yeux. Puis il se tourne vers Lochan, resté en retrait, adossé au mur du fond de la pièce.

– Lochan, ton avis?

Le « compositeur en titre » *(quelle blague!)* des Skeletons plisse les yeux dans ma direction avant de se gratter la tête.

– Mon avis c'est que…

Soyons clairs. Ce mec, je suis censé ne rien avoir à foutre de son avis. Pour moi, il n'existe pas. Enfin, il n'a pas sa place dans le groupe. Cependant, il a, sans le vouloir, je pense, pris une place importante dans ma vie en un temps record. J'ouvre mes oreilles en grand et me pends à ses lèvres alors qu'il pèse savamment les mots qu'il s'apprête à sortir. Il reprend.

– … c'est magnifique. La rythmique est parfaite. Les paroles déchirent. La voix de Deaclan doit être travaillée un peu mais c'est évident que ce truc va tout exploser. Et j'ajoute que, de mon point de vue, le morceau doit être joué exactement comme nous venons de l'entendre. Piano et voix, rien d'autre.

Deaclan qui semble sortir de sa transe m'adresse un sourire franc.

– Je partage cet avis. Je kiffe, mec…

Kyle grogne.

– Ben voyons. Perso, je trouve que c'est de la soupe. On est loin du metal et depuis quand les Skeletons joueraient en piano-voix uniquement? Si on vous dérange, faut pas hésiter surtout… L'âme des Skeletons, c'est pas ça. L'âme du groupe, c'est…

Deaclan se retourne vivement vers lui.

– C'est quoi? Vas-y, raconte un peu? Je suis tout ouïe, mon grand… Qui de mieux qu'un mec qui ne pense qu'à son portefeuille pour nous guider vers la putain d'âme de ce groupe qui, je le rappelle, a été fondé par Maël et moi, bien avant que tu n'oses, ne serait-ce qu'en rêve, imaginer pouvoir jouer avec nous…

La gravure de mode qui nous sert de batteur grimace en envoyant un coup de coude à Luis qui n'a toujours pas bronché. Ce dernier semble enfin percuter.

– Quoi, vous voulez dire un morceau sans autre instrumentation que le piano ?

Lochan hoche la tête.

– C'est ça.

Le guitariste soupire avant de nous menacer.

– Eh bien si c'est ça, ne comptez pas sur moi pour jouer sur ce titre ! Je veux bien être sympa mais ça va cinq minutes, vos conneries.

Nous nous regardons tous, sans voix. Que dire, honnêtement ? À part que mes soupçons se confirment, il est définitivement con. Le con pas forcément méchant, non, le con dans le sens le plus noble du terme. Bête, sans cervelle, QI au ras des pâquerettes. Ses cordes de gratte sont certainement plus vibrantes que son cerveau… Personne ne relève ni ne répond d'ailleurs. Deaclan retient un rire, c'est tout. Mike se redresse sur sa chaise et rompt le silence accablant pour Luis qui ne se rend même pas compte de nos airs affligés.

– Bon… Attendez, attendez… Deaclan, Maël, refaites-la, qu'on juge un peu plus en profondeur.

Deaclan reprend le brouillon des paroles dans ses mains et se racle la gorge à mon attention. Je reprends ma composition depuis le début, comme une machine, la mélodie fait déjà partie de moi, comme une évidence, j'ai l'impression qu'elle y était depuis toujours. À mes yeux, ce morceau est le meilleur de mes écrits, aussi bien en paroles qu'en harmonie. Si je me laissais aller, je verrais bien des violons en accompagnement du piano. La voix de Deaclan s'adapte parfaitement au son de mon instrument.

Mes doigts flottent au-dessus des touches, comme lorsque j'étais enfant… C'est vraiment et, de loin, mon instrument favori. Dix ans que je n'en avais plus joué. Dix ans que je m'interdisais ce plaisir que je jugeais coupable. Et après réflexion mais surtout après cette nuit où la vie a failli m'abandonner pour de bon, j'ai eu ce besoin. J'ai déhoussé le piano qui traînait dans l'une des chambres de ma baraque et j'ai joué. Et j'ai composé. Un retour aux sources en quelque sorte. J'ai laissé le Maël d'origine reprendre ses marques en moi. Le sensible. L'inspiré. L'insouciant. Et j'avoue que le résultat surpasse largement ce que le Maël épuisé, désabusé, coupable n'a jamais fait.

– *« Pretty Fairy show me, Pretty Fairy, touch me / Your love, I promise, will be my secret. »*[3]

Tout ça, je le sais, c'est grâce à elle. Cette femme me donne des ailes. Depuis elle, *my pretty fairy*, je ne suis plus le même. Je ne connais pas exactement ce qu'elle fait, les conséquences exactes de cet échange d'énergies mais j'ai l'impression qu'une part d'elle est en moi. Que je vois à travers des yeux nouveaux. Que je ressens à travers son âme. Que je pense grâce à son esprit. C'est troublant. Au-delà de la vie qu'elle m'a redonnée, elle m'a offert une certaine paix intérieure, totalement inédite en ce qui me concerne. Mais aussi…

Je suis comme aimanté par elle. Elle occupe toute ma journée, rien qu'en pensées et, mes nuits, je n'en parle même pas. Mes divagations nocturnes la concernant sont beaucoup moins pures et à des kilomètres de la paix intérieure susmentionnée. Je ne fais pas de dessin, on aura compris. Mais de toute manière, tout ceci est sans importance. Elle est d'une autre sphère, d'un autre univers. Tellement lointaine de ma pauvre existence pathétique. Je lui ai demandé de m'attendre et elle est partie. Je ne peux

3. « P'tite fée, montre-moi, p'tite fée, touche-moi / Ton amour, je promets, sera mon secret. »

pas lui en vouloir, ces nanas s'accrochaient à moi comme des sangsues, vulgaires, inconsistantes. Que puis-je lui offrir ? À part des soirées de beuveries, quelques chansons et une exposition surmédiatique insupportable, une carrière qui ne m'éclate plus, des remords à n'en plus finir et… c'est tout.

Elle a fait ce que j'aurais fait à sa place. Elle est partie. Elle n'a pas attendu que je revienne pour essayer une nouvelle fois de l'embrasser. Pas intéressée. Tu m'étonnes ! Cependant, je ne m'avoue pas vaincu. Non pas que je sois têtu… Bon, un peu quand même, mais surtout je ne peux pas m'en empêcher. Je suis comme envoûté. C'est plus fort que moi. Elle m'attire. C'est tout ce que j'ai à en dire, je ne comprends même pas moi-même. Ça fait bien longtemps que je n'ai plus envie d'éternité avec une femme, d'ailleurs je crois que ça ne m'est jamais réellement arrivé et, depuis peu, je n'ai même plus envie de baiser du tout. Tout me paraît fade, sans utilité, je préfère ma main, largement… J'ai trop abusé, côté nanas, dans mes premières années. Tellement que j'ai réussi à m'en écœurer. Il y a encore une petite semaine, je pensais que de ce côté-là non plus, il n'y avait pas de rédemption. Trop d'abus tuent ! C'est inévitable. Trop de musique a tué ma passion, trop de compositions ont décimé ma créativité. Trop de drogues et d'alcool ont failli me liquider, littéralement. Trop de sexe a éradiqué ma libido. Trop de culpabilité a effacé mon goût de la vie. Et trop de moi m'a détruit moi-même. Je ne peux plus me voir en peinture.

Et voilà cette famille qui se pointe dans mon existence, au pire moment pour moi, alors que je jouais au funambule sur le toit d'un immeuble et, en quelques jours, je retrouve un point auquel m'accrocher. Mais surtout l'envie de m'y agripper le plus fort possible. Peut-être est-ce un signe du ciel ou cette lumière dont ils parlent, peut-être est-ce tout simplement le destin, je n'en sais foutrement rien. Mais j'ai retrouvé l'inspiration. J'ai envie de croire en la musique à nouveau. J'ai envie de retrouver mon pote Deaclan qui est en train de terminer cette chanson, avec autant de passion que moi quand je la joue, et de connaître une femme bien précise. De ressentir son épiderme contre le mien, d'entendre sa voix, de la regarder, juste avoir le droit de poser mes yeux sur elle… et plus, si affinités. J'ai envie de vivre, juste pour elle. Pour savoir au moins si je ne me suis pas trompé. Si ce lien entre nous existe réellement.

Mon chanteur termine son dernier couplet. Kyle se lève de sa chaise et shoote dedans.

– Non ! Je répète pour ceux qui n'auraient pas entendu, c'est non ! Je ne veux pas de cette daube sur mon album !

Deaclan le reprend.

– Notre album, ducon !

Le bassiste hausse les épaules sans se retourner et quitte la pièce, furieux. Luis, qui vient apparemment de comprendre que la représentation est finie, se lève à son tour.

– Et moi, je ne jouerai pas là-dessus ! Hors de question.

On lui dit que justement il n'est pas supposé *« jouer là-dessus »*.

Il disparaît également par la porte, sans manquer de la claquer. Mike soupire.

– Bon… Parfait, tout ça… On fait quoi, du coup ?

Je me lève de mon tabouret.

– On fait un album acoustique avec Deaclan et on vire ces deux têtes de gland. On revient à l'essentiel. La musique.

Mike pince les lèvres. Deaclan m'adresse un regard brillant d'envie. Je sais que lui aussi, quelque part, en a marre de ce cirque. Il ne le montre pas mais, comme moi, il a vu notre rêve musical prendre une tournure beaucoup moins intéressante au fil du temps, et tout ce qui était de la pure passion s'est transformé en machine à billets géante. Il ne crache pas dessus mais… rien n'est plus pareil.

Lochan nous coupe dans nos réflexions.

– C'est peut-être un peu radical, non?

Je hausse les épaules.

– Possible. Mais, toi-même, tu aimes ce morceau comme ça. Et j'en ai deux autres à vous présenter. Pourquoi ne pas en faire tout un album? Nous ne serions pas les premiers à le faire, franchement… Je vois bien quelques reprises aussi, enfin, bref, y a des trucs à faire.

Mike se lève à son tour en secouant la tête.

– Bon. Je vais aller leur parler. Ne mettons pas la charrue avant les bœufs, s'il vous plaît. Pour le moment, nous avons cette croisière à enflammer. Je vous veux disponibles pour les vacanciers et, demain soir, nous jouons en tête d'affiche pour la journée, donc gardons la cohésion un minimum. Et, en ce qui concerne ton morceau, il est mortel. Je valide.

Je me tourne vers Deaclan.

– Et toi? Ton avis?

– Moi? Putain, offre-moi ce cadeau et je te suis, mec. Je suis déjà fan de ce morceau.

Son téléphone se met à sonner. Il l'attrape.

– C'est Liv… Les triplés ont eu l'examen médical des 1 an aujourd'hui, je dois répondre. On se retrouve plus tard?

Il n'attend pas ma réponse et sort de la pièce. Lochan se détache du mur auquel il était collé depuis le début de la présentation.

– Moi, je trouve que c'est une bonne idée. Je me plante une balle dans le pied tout seul parce que ça signifie que vous n'allez pas avoir besoin de moi, mais merde, la vérité, c'est que c'est bien. Il y a quelques retouches à apporter, à mon sens, mais minimes. Bon, on dégage, la salle est réservée par un autre groupe après nous, on va déranger.

Je remballe mes partitions et paroles et me dirige vers la porte. Lorsque j'arrive à son niveau, il attrape mon bras.

– Je ne suis ni sourd ni aveugle, Maël. Et si je mets de côté la musicalité de tout ça, je dois t'avouer que je n'apprécie absolument pas ce que tu as écrit. Il ne faut pas être devin pour comprendre que le sujet de ton texte est ma sœur. Je te préviens encore une fois. Ne touche pas à Divya. Reste éloigné le plus possible d'elle. Tu n'es pas pour elle.

– Et sinon? Tu me fous une patate dans la gueule?

Il plonge ses yeux au fond des miens.

– Ne me pousse pas. Ma sœur est ma priorité. Je ferais n'importe quoi pour elle. Donc… Bas les pattes. Elle n'a rien à foutre avec des mecs dans ton genre. Point final.

Je pousse la porte devant nous et passe en premier.

– Il me semble qu'elle est majeure et assez grande pour faire ses propres choix.

Je claque la porte derrière moi, dans une vaine tentative de la lui foutre dans le nez mais il la retient et me rattrape.

– Elle n'a pas la perception du monde comme il est… Tu lui ferais du mal! Je te crois assez malin pour comprendre au moins ça, non?

– Il me semble au contraire que ta sœur est très clairvoyante. Tu la sous-estimes, c'est presque lui manquer de respect, au final.

– Tu ne la connais pas, bordel! Tu crois que tu la kiffes parce qu'elle t'a sauvé. Tu as un truc à elle en toi. Son énergie. Je ne comprends pas comment c'est possible, d'ailleurs, parce que d'habitude, les échanges disparaissent bien plus vite, mais sur toi… j'ai l'impression que… Et puis merde! Laisse tomber. Évite-la, c'est tout. Elle t'a sauvé, à toi de le faire, à ton tour.

Préserve-la de toi, ça sera déjà pas mal ! Elle ne connaît pas les hommes, bordel de merde !

Je secoue la tête et prends la direction de l'ascenseur. Ce mec est un connard. De quoi se mêle-t-il, putain de merde ! Je sais encore prendre soin des gens. Même si elle est… vierge ? Putain ! Je saurai rester à ma place… Enfin, je crois. Remarque, de qui ai-je pris soin dernièrement ? Pas grand monde ! La porte de l'ascenseur s'ouvre et je m'engouffre dans la cabine. J'appuie sur le bouton de l'étage de ma chambre.

Il a raison. Ça me tue de l'avouer mais il a raison, bordel de merde ! Je ne sais même pas prendre soin de moi. Comment puis-je penser que je ferai ce qu'il faut avec Divya ? C'est une pure connerie. D'ailleurs, je crois simplement que c'est cette énergie qui flotte en moi qui me fait dérailler. Ou pas. Lui n'a pas l'air de comprendre pourquoi j'ai encore un truc envers elle alors qu'il le devrait. Alors, moi… Je ne sais plus à quel saint me vouer, ça fait chier ! Remarque, ce manque de but n'est pas nouveau. Je vis en plein trou noir, sans gravité, je vais au gré du courant, à gauche, à droite et, au final, je n'arrive jamais nulle part. Depuis si longtemps que j'ai élevé cette errance inutile au niveau d'art. Et aujourd'hui, il me demande de ne pas prendre la seule voie qui, pour une fois, m'a l'air sympa. Et quand je dis sympa, c'est pour ne pas dire mortelle. D'un autre côté, il me demande de ne pas penser à moi et uniquement à moi. Ce serait peut-être une bonne chose. Peut-être. Je ne sais pas. Pour changer.

14

Divya

« Le plaisir se ramasse, la joie se cueille et le bonheur se cultive. »[1]

– Hé, Div baby, si tu ne changes pas de côté de bronzage, tu vas avoir l'air d'une escalope !

Magnus s'allonge, trempé, sur le transat à gauche du mien. Sa sœur, assise sur un autre lit de soleil, à ma droite, ricane.

– Genre le pro du bronzage ! L'écoute pas, baby, il a lui-même une peau de bébé et, s'il ne se tartine pas avec un écran total protection 350 tous les quarts d'heure, il cuit littéralement. D'où son côté cafard blanchouillet, qui lui va pas mal, cela dit… On pourrait croire que c'est un look super élaboré pour la scène mais en fait c'est une véritable chochotte…

Le « cafard » attrape une Converse à ses pieds et la balance par-dessus ma poitrine, direction la tête de sa sœur… Cette dernière la récupère et lui lance avec toute la force qu'elle semble avoir. Et moi, je suis entre les deux. J'avais prévu de lire en arrivant sur cette partie du bateau tout à l'heure mais, après ma petite entrevue avec Maël, Magnus a pris en charge mon emploi du temps. Et ce n'est pas pour me déplaire. Il m'a offert un jus de fruit

1. Bouddha.

puis sa sœur est arrivée. Une petite bombe. Elle s'appelle Beth, doit avoisiner les 25 ans et gère plus ou moins le jeune groupe que Magnus a fondé il y a deux ans. Je n'ai pas eu l'occasion de rencontrer les autres membres de Heaven and Hell mais ils m'ont officiellement conviée à leur table ce soir pour remédier au problème et j'ai dit oui. J'ai un bon feeling avec eux.

Beth baisse ses lunettes de soleil sur le bout de son nez en sifflant d'admiration.

– Oh, oh… Baby, ne te redresse pas trop vite, homme torride en vue… Attention, j'ai l'impression qu'il vient vers nous…

Magnus, allongé sur le transat, les coudes surélevant son torse, tourne la tête vers la personne qui s'approche et éclate de rire.

– T'emballe pas, sœurette, je ne pense pas que c'est vers toi qu'il se dirige.

Elle lui lance un regard noir alors que j'essaye de discerner ce fameux mec dont elle parle, mais le soleil m'éblouit et je ne sais même pas dans quelle direction regarder.

– Ne me dis pas que c'est une de tes conquêtes, Magnus, parce que je te jure que cette fois, vu le canon, je ne pourrai que te faire la gueule !

Je tourne la tête vers Magnus.

– Parce que tu es…

Le guitariste m'adresse un sourire gêné.

– Ça te poserait un problème ?

– Non, pas du tout… Mon frère couche avec des mecs lui aussi parfois. Enfin, je crois. En fait, j'en sais rien. Je crois qu'il n'est tout simplement pas trop regardant… C'est ce qui fait son charme, d'ailleurs.

Mon nouvel ami a l'air ravi.

– Ton frère. Genre, un comme toi, mais en mec ? Qui en plus ne serait pas contre un échange sympathique avec un autre mec, genre un guitariste chanteur de talent, sexy, beau et tellement intelligent? Ça peut vraiment exister, une merveille pareille?

Je m'esclaffe alors qu'une ombre me recouvre tout à coup, et la voix de mon frère justement se fait entendre au-dessus de moi, en réponse à Magnus.

– Ouais, ça existe. Et un frère qui risque de foutre des mandales au premier qui ne respectera pas sa sœur, au passage.

Il fusille Magnus du regard. Putain, il va réellement me coller aux fesses pendant toute la traversée. Ce n'était pas une simple expression. Je le calme et tente de le remettre à sa place en douceur.

– *Hello*, Lochan, fini de bosser? Je te présente Magnus et Beth… Du groupe Heaven and Hell. Tu prends un transat avec nous?

Lochy leur adresse un signe de tête froid et inamical qui m'agace aussitôt. Puis il s'adresse à moi.

– Non, c'est bon, je vais aller me poser un peu. Tu viens? Avant d'aller manger, on pourrait…

– Ah, mais non, Lochy. Je suis désolée, je mange avec Beth et Magnus, ce soir. Ça ne te dérange pas?

Il pince les lèvres, surpris, et de moins en moins amical. Mais il semble essayer de se contenir. Merci mon frère pour l'effort.

– Ai-je le choix?

Je hausse les épaules.

– Non, pas vraiment.

– Donc, fin du problème. Alors, je te laisse. Salut.

Il toise mes deux compagnons, surtout Magnus qui soutient son regard d'un air de défi, puis tourne les talons et repart d'où il est venu.

Je crois qu'il n'est vraiment mais vraiment pas content. J'ai envie d'aller le rechercher, mais si je fais ça, c'est lui qui gagne et j'ouvre les portes à son habituelle intrusion dans ma vie. Et j'ai vraiment envie qu'il me laisse respirer. Pour nous deux. Beth soupire.

– Eh ben dis donc… Il est moins sympa que son physique, ça c'est clair. Et il croit quoi ? Que mon frère va te sauter dessus ?

Je m'étire sous les rayons solaires qui me caressent avec délice.

– Laisse tomber, il est très protecteur. Il ne faut pas lui en vouloir, je suis sa petite protégée depuis toujours.

Magnus laisse tomber son dos contre son matelas.

– Franchement, moi, son côté légèrement froid ne me dérange pas. Bien au contraire. Dis-lui que, si je dois sauter sur quelqu'un de votre famille, ce n'est pas sur la personne qu'il croit.

Je lâche un petit rire.

– Je lui ferai part de ta proposition mais ne compte pas trop sur une réponse positive de sa part.

Il bâille lourdement.

– Dommage… Au fait, si tu pouvais garder cette info sur ma sexualité relativement… secrète, ça m'arrangerait. Non pas que je n'assume pas, juste que ça ne regarde personne.

– OK.

Beth se lève et me tire le bras.

– On plonge, baby ?

Je hoche la tête.

– On plonge.

Je saute de mon transat et nous nous ruons vers la piscine. Cette croisière me plaît de plus en plus… Si j'évite de penser à Maël, ce qui est très compliqué, je dois l'avouer, tout me séduit et, en particulier, ces deux potes que je perçois comme de bonnes personnes. Ils m'ont acceptée aussitôt et le courant passe. Mais aussi les passagers du navire, en général. Tous les gens que je croise sont sympas. Quant à Maël… il vaut mieux que je passe à autre chose. Moi, la petite novice en amour, en sentiments et tout ce qui s'y rapporte, je suis loin de pouvoir faire le poids. J'y pense depuis que je l'ai vu briller au milieu de ses fans. Et la conclusion est tellement limpide qu'elle ne mérite même plus de réflexion. Il est un homme. Je suis une gamine. Et une gamine, ça joue. Alors, je me fais des potes, je m'en contente et je joue et m'amuse avec eux… C'est tout ce qu'il y a à retenir. Chacun sa place. Et en ce qui concerne cette attirance, je n'ai pas d'explication. Normalement, mon énergie n'est plus en lui, nous devrions ne plus avoir ce lien entre nous. Mais pourtant… il est toujours là. Et c'est un élément différent de ce que je connais. En quelques mots, mon cœur frissonne à chaque fois qu'il est dans les parages. Et d'habitude, mon cœur ne fait pas ce genre de chose. D'habitude, mon cœur n'a aucun rôle dans les échanges d'énergies. C'est tellement étrange… Et… il a voulu m'embrasser… Frissons de mon cœur, une nouvelle fois, juste grâce à ce souvenir. Cette fois, je sais que la peur n'est pas étrangère à cette réaction… Parce que ce tombeur pourrait me manger toute crue, s'il le voulait… Et c'est évident que je souffrirais à la fin de l'histoire… Ce risque est presque palpable… Cependant… se faire embrasser par un homme aussi… sexy…

Bon, j'ai dit: on ne pense plus à Maël Jones. C'est simple comme concept, Div… Alors, on applique…

J'engage la conversation avec une femme, Roxy, je crois, qui a les cheveux bleus d'un côté et roses de l'autre… Au bout d'un petit quart d'heure, je suis invitée dans sa cabine, « un de ces jours », pour un test de coloration verte sur ma crinière… Je ne promets rien mais l'invitation est sympa. Rencontrer des gens me fait du bien. Elle me présente son mec puis ils s'éclipsent en chahutant. C'est beau l'amour. Et ça me laisse rêveuse. Beth s'approche et appuie sur ma tête pour me faire boire la tasse.

– À qui tu penses?

Je refais surface en riant.

– À rien.

Elle tord ses lèvres.

– Un rien qui te fait sourire? Mais bien sûr…

Ah oui, je souris? Je me force à reprendre une tête sérieuse.

– C'est mieux comme ça?

Elle inspecte mes traits puis s'esclaffe.

– Oui…

– Cool.

– … Si l'on évite de regarder tes yeux qui expliquent clairement qu'il y a quelqu'un qui te renverse le cerveau… C'est tellement net qu'on pourrait presque y lire le nom du responsable…

Je me renfrogne.

– Oh.

Elle éclate de rire.

– Fais pas cette tête, c'est cool, l'amour… Allez, c'est parti, Magnus vient de plonger, on va aller le faire chier un peu…

Je la suis… L'amour, elle a dit… N'importe quoi.

15

Maël

« Be strong and laugh and
Shout – shout – shout,
Shout at the devil. »[1]

– Eh, regarde, papa, ce que mon professeur m'a appris ce matin.

Mira pose ses petites mains sur le manche de sa guitare et me montre les tout premiers accords qu'elle a appris. Allongé sur le ventre, mon iPhone posé en équilibre contre un oreiller, je sirote un verre de whisky en regardant mon petit ange, ses deux couettes à moitié défaites, un sourire jusqu'aux oreilles, tirer la langue avec application, concentrée sur ses cordes. Vive Skype ! J'écrase mon joint alors qu'elle bute sur une note.

– Remonte un peu ta main, mon trésor. Elle est trop basse.

Elle hoche la tête et s'applique à nouveau.

– T'y es presque. Descends un peu maintenant. Mais vraiment de pas grand-chose et ce sera parfait.

Elle fronce les sourcils sans me jeter un œil et obéit. Aussi têtue que moi à l'époque. Elle me sort une note parfaite. Elle l'entend

1. « Soyez fort, joyeux et… / Criez – criez – criez / Crier contre le Diable », « Shout at the Devil », Mötley Crüe. Crédits : Nikki Sixx.

elle-même. Son visage se redresse vers moi, radieux.

– C'est comme ça, hein, papa ?

– C'est parfait, trésor. Continue ainsi et je te fais rentrer dans mon groupe l'année prochaine.

Elle glousse. Je m'allume une clope. Mon iPhone m'indique qu'il est bientôt à court de batterie. Normal, ça fait presque une heure que nous sommes connectés. Un pur moment. C'est rare que je puisse l'avoir aussi longtemps. Et en visio en plus, c'est Noël. Je me lève pour prendre mon chargeur.

– Attends, ma puce, j'ai plus de batterie. Laisse-moi une minute.

– Oh mais, papa, je dois y aller de toute manière. Maman m'appelle, elle n'a pas l'air contente, j'ai toujours pas pris mon bain.

– Oh. Très bien alors. Il ne faut pas énerver maman, trésor.

Elle hoche la tête alors que Jenny arrive dans mon champ de vision. Ma petite princesse m'envoie un baiser à travers l'écran, je fais de même et elle s'enfuit. Jenny s'assied à sa place, la tronche à l'envers.

– Jen...

– Maël ! Tu ne peux pas la monopoliser indéfiniment le soir. Et puis... oh, mon Dieu !

Elle affiche un air outré.

– Quoi ?

– Maël ! Tu pourrais t'habiller au moins ! Elle t'a vu comme ça ! Oh, mon Dieu !

– Mais Jen... Je suis juste torse nu ! Je sortais de la douche quand je l'ai appelée.

– Oui, torse nu, avec tes tatouages, ton piercing... Vraiment, Maël...

Elle secoue la tête de désapprobation. C'est bon, elle me saoule. Je descends de mon petit nuage en chute libre vers la dure réalité de Jen.

– Et en plus tu bois et tu fumes. Il est 21 heures, tu crois franchement que c'est une manière de vivre ? Tu devrais être habillé et, si tu veux boire un truc, un café serait plus adéquat. Et c'est quoi la suite de la soirée ? Tu vas te faire une ligne ?

– N'importe quoi ! Jen, je ne vais pas me foutre en costard pour appeler Mira. Je suis comme ça, un torse nu n'est pas indécent, même avec des tatouages, il me semble.

– Non, mais ça ne donne pas une bonne image de toi. Et des adultes, en général. Quelle image donnes-tu des adultes, mon pauvre Maël…

– C'est vraiment du grand n'importe quoi, Jen ! Il faudrait peut-être que tu penses à retirer ce putain de balai que tu te trimballes dans le cul, sérieux !

Elle pousse un cri horrifié. Puis son visage se ferme.

– Possible, mais, en attendant, moi et mon balai dans le cul, nous avons assuré depuis sept ans l'éducation de ta fille et je pense que nous avons fait du bon travail, sans toi qui faisais je ne sais quoi je ne sais où. Donc, je te demande un minimum de tenue lorsque tu lui parles en visio. Pas de torse nu, pas de cigarette et encore moins d'alcool. Essaye de passer pour un père responsable, pour une fois dans ta vie… À quel moment penses-tu arriver à le faire…

Je me pince le haut du nez en secouant ma main libre.

– C'est bon, c'est bon, je suis encore une fois la merde de l'histoire, si tu veux. N'en jette plus, j'ai compris l'idée.

Elle hoche la tête. Je profite de l'avoir en ligne pour lui exposer un projet auquel j'ai pensé il y a quelques jours.

– Dis-moi, Jen, je serai à Miami dans une semaine, à mon retour de croisière, je voudrais prendre Mira quelques jours pour lui faire visiter la Floride. T'en penses quoi ?

Elle se renfrogne franchement.

– Tu viendrais la prendre?

– Si tu pouvais l'amener à l'aéroport de Durham et nous prendrions l'avion jusqu'à Miami et...

– Ben voyons! Rien que ça!

Cette femme a pris des cours de tête de conne, c'est pas possible. En deux secondes, elle me donne envie de l'étrangler. Je reste toutefois calme car ce n'est pas en gueulant que je la ferai adhérer à mon idée.

– Il n'y a même pas trois heures de vol. Et pour la route, je te la paye, si tu veux, je...

– Non, Maël, ce n'est encore une fois pas une question d'argent. C'est pour Mira. Plus de trois heures de route et encore trois de plus d'avion. Sur un week-end de deux jours, c'est fatigant pour une enfant de 7 ans, tout en sachant que tu vas vouloir lui montrer plein de choses. Elle va rentrer fatiguée.

– Fatiguée mais heureuse, Jen. Et je me disais, je pourrais la prendre quelques jours de plus, pas juste un week-end...

– N'importe quoi. Il y a des règles pour les gens normaux, elle n'est pas en vacances, donc elle va à l'école lundi.

– Mais...

– Il n'y a pas de « mais » qui tiennent. Bon, je dois y aller. Et, à l'avenir, tâche de l'appeler plus tôt, elle n'a pas encore pris ni son bain ni son dîner, j'ai laissé faire cette fois parce qu'elle avait envie de te montrer ce qu'elle savait faire à la guitare mais, la prochaine fois, je coupe court, je te préviens. Ce n'est pas à elle de s'adapter à toi mais l'inverse. Tu ne vas pas chambouler toute sa vie comme ça. Je me tue à te le dire.

Connasse!

– On est samedi soir, Jen. Une petite entorse aux règles n'est pas non plus la mort!

– Oui, bien entendu. Écoute, merci pour tes conseils d'éducation mais, pour le moment, je pense que je préfère garder mes règles à moi. On en reparlera lorsque tu auras prouvé que tu sais élever une enfant. Enfin, si un jour ça arrive. Bonne soirée.

Elle rompt la connexion. Putain de bordel! J'attrape mon téléphone et le lance au milieu de ma chambre. J'attrape la bouteille de Jack posée au pied du lit et en descends une bonne rasade. Elle me fait chier, putain! Je sens en moi la noirceur qui reprend sa place. Peu à peu. Le bonheur de parler avec Mira est vite effacé par cette frustration de ne pouvoir rien décider pour elle. Pour une multitude de raisons. Déjà parce que Jenny fait du bon boulot avec elle, certainement beaucoup mieux que ce que je pourrais proposer. Ensuite parce que cela fait des années qu'elle me balade et que je laisse faire, juste parce que… parce que je suis toxique et que je ne veux pas faire de mal à ma fille. Et que malgré son caractère de merde, je respecte sa mère. Ensuite, mon boulot ne me permet absolument pas de m'occuper de Mira. Et si demain je devais tout arrêter pour obtenir la garde, il me faudrait retrouver un travail plus simple, avec des horaires normaux mais, le problème, c'est que je ne sais rien faire d'autre. De plus, vu que je vis en Californie, à l'autre bout du pays, si je veux avoir Mira, il faudrait que je demande la garde pleine et exclusive et donc la séparer de sa mère, et c'est impossible car cela déstabiliserait Mira. Et Jen. Ce qui serait injuste. Sans parler que, dans cette éventualité, nous reviendrions à ma raison numéro un, c'est-à-dire que je serais incapable de l'éduquer convenablement.

Donc, en toute objectivité, je n'ai pas énormément de possibilités devant moi, à part me plier aux humeurs de sa mère qui apparemment a décidé de me faire payer mon appel manqué pour l'anniversaire de la petite. Puis-je vraiment lui en vouloir? Je ne suis qu'une merde de père, absolument pas responsable, ni un exemple à suivre. Eh merde! Est-ce qu'un jour je vais trouver ma place auprès de quelqu'un ?

J'attrape ma bouteille. L'observe un moment. Puis je la repose. Il faut que j'arrête mes conneries. Plus je m'enfonce, plus je m'isole. Et plus je déprime. Appelons un chat un chat. Je suis tombé dans une spirale qui tente de me tirer vers le fond. Je dois mettre fin à tout ça. Tant que j'ai encore les idées assez claires pour le réaliser. En tout cas, ce soir, je me rends compte du côté affligeant de ma vie. Autant tenter de ne pas envenimer la situation. Foutre un coup de pied au cul de mes démons et remonter la pente.

Je me prends la tête dans les mains en soupirant. Et je fais quoi, du coup ? Si je reste là, je vais imploser. Mes poignets, sous mes bracelets, me démangent. Ils m'appellent. Merde ! J'attrape ma bouteille. Tant pis, on verra demain pour les bonnes résolutions. De toute manière, ça intéresse qui ? Que je sois une loque ou pas, il n'y a personne autour de moi pour s'en soucier. Je tourne le bouchon de mon Graal. Puis je pose la bouteille sur le lit. Duel au sommet entre elle et moi. Elle m'appelle. Me charme. L'odeur âpre vient me narguer jusque sous mon nez.

Et puis quoi ? On repart comme la semaine dernière ? Un trip qui mène à la limite ? Toujours plus près de cette putain de limite ? Sauf que là, il n'y aura pas de taxi. Pas de Divya.

Divya. Divya qui est sur ce bateau, quelque part, à qui j'ai promis de revenir pour chercher mon baiser. Divya qui ne s'intéressera jamais à une loque comme moi. Qui est beaucoup plus élevée que toute ma merde. Je referme ma bouteille. Et je fuis. Au premier sens du terme. Je fuis cette chambre et son minibar, son shit, son stock de came que j'ai eu la connerie d'apporter dans mes valises, sa solitude et moi-même. Je saute du lit, récupère mon téléphone qui par miracle n'a pas une égratignure et sors de cette pièce. Peut-être que je suis présomptueux. C'est même certain. Peut-être que je crois au père Noël en pensant que j'ai une chance, certes minuscule, mais une chance quand même de pouvoir atteindre cette nana, si je me reprends. Possible que je me prenne pour un mec bien alors que c'est tout le contraire. Mais tant pis. Si cette putain de force qui me pousse vers elle existe, alors je dois tenter. Au moins pour savoir. Au moins pour me donner un but.

***

« He'll put strength to the test,
He'll put the thrill back in bed,
Sure you've heard it all before,
He'll be the risk in the kiss,
Might be anger on your lips. »[2]

Mötley Crüe résonne dans toutes les parties communes du paquebot. Le « Shout at the devil » n'a jamais eu autant d'écho en moi. Le démon est partout. Il te suit dans tous les moments de ta vie…

Je comprends trop ce que tu voulais dire en écrivant ça, Nikky !

Les croisiéristes sont déchaînés. L'alcool circule tout comme le shit qui embaume chaque recoin de couloir, certains sont carrément en train de baiser dans les coursives, c'est n'importe quoi. Enfin, non, c'est juste rock'n'roll. Il n'y a pas si longtemps, j'aurais été le premier à partager quelques fluides avec certaines de ces charmantes demoiselles. Mais pas aujourd'hui. Cependant, si cette idée est claire pour moi, elle l'est beaucoup moins pour les fans qui me suivent depuis plusieurs années et qui ont connu le Maël bouffeur de chattes. Oui, j'avoue, je me suis amusé, pendant un

---

2. « Il mettra la force à l'épreuve / Il remettra l'excitation dans le lit / Vous l'avez certainement entendu avant / Il sera le risque dans le baiser / Il pourrait être la colère sur vos lèvres. » « Shout at the Devil », Mötley Crüe, Crédits : Nikki Sixx.

temps à me forger cette réputation précise. À l'époque, Deaclan tenait même les comptes entre lui et moi. C'était notre fil rouge pendant toute une tournée. On était presque arrivés à distribuer des flyers pour faire notre pub auprès des nanas. « Vous voulez le meilleur cunni du monde ? Maël est là ! » Mon chanteur se faisait même appeler « Deaclangue ».

On est d'accord, no comment !

Affligeant. Encore pire que moi ! Plusieurs d'entre elles avaient tout compris. Elles se faisaient lécher par nous deux, à tour de rôle, pour comparer et nous donner un avis objectif et avisé… C'était… c'était, c'est tout. Et ça n'est plus. Je vous éviterai les détails du challenge de la tournée suivante qui, lui, portait davantage sur le côté « sombre » de ces demoiselles. *Idem*, même technique, tenue des comptes, publicité, drague à outrance et un nombre incalculable de culs défoncés sans aucun ménagement… Enfin, juste le minimum syndical dont nous étions capables avec nos états d'ébriété respectifs… Deaclan est devenu « Deaclanus », cette année-là.

Toujours no comment, merci !

Donc, faites ce genre de conneries pendant plusieurs années et, ensuite, essayez de faire comprendre à celles qui les ont suivies via les réseaux sociaux qu'elles arrivent trop tard, que la fête est finie. D'après vous, elles comprennent sans broncher ? Pour une partie d'entre elles, oui, parce que, malgré tout, nos fans ne sont pas toutes des moineaux sans cervelle. Mais il y a les autres. Celles qui croient que je recherche à présent le grand amour et qu'elles auront cette chance d'être celle qui fait la différence. Celle à qui je donnerai autre chose, un truc profond et sincère, et à qui, sous le charme, éperdu d'amour, je jouerai un putain de remake de Cendrillon… Mais non, bien entendu, non… Je ne suis pas un prince en collant bleu ciel et je ne courrai pas après une nénette assez cruche pour perdre une pompe dans un escalier à la con. Mais allez leur faire comprendre ça... Impossible. Certaines de celles-là me sautent dessus alors que j'atteins difficilement le bar pour me commander une bière.

Et, je n'ai pas fait gaffe en fuyant ma chambre, mais je suis torse nu. Il fait bon, ce n'est pas le problème. Non. Le problème c'est qu'une fan à moitié saoule, par définition, se croit tout permis. Le temps de passer ma commande au barman, j'ai une langue qui se balade autour de mon téton percé.

Putain, c'est pas possible!

Je dégage la nana brutalement. Une autre prend sa place en collant ses tétons à mon torse. Je suis au beau milieu d'une attaque de zombies réclamant de la chair fraîche. Et apparemment je suis la chair fraîche réclamée. Parmi d'autres, je n'ai pas la prétention d'être le seul sex-symbol de ce rafiot. Un rapide coup d'œil autour de moi me permet d'apercevoir certains confrères, dont Deaclan, en proie au même problème. Certains se laissent faire et en profitent, titubant entre des mains expertes, et d'autres, comme Deaclan et moi, repoussent les assaillantes. Donc, un pour tous, tous pour un.

Croisière de merde!

Cette semaine va être un enfer. Mais j'y suis, j'ai signé, c'est pour en chier... Il n'empêche que si ce barman à la con ne se dépêche pas de me servir ma putain de bière, je vais être obligé de foutre des râteaux à quelques-unes et je ne suis vraiment pas d'humeur à prendre des gants ce soir. Heureusement, je me retrouve rapidement une bouteille entre les mains et arrive à m'extirper de celles entreprenantes qui m'entourent.

Je me demande quand même si je ne devrais pas abdiquer. Cela me ferait peut-être du bien. Fut un temps, ces conneries me suffisaient pour me sortir de mes pensées de merde. Mais, là, tout de suite, je n'ai vraiment pas envie. Une nana arrive, attrape ma joue en se collant à moi. Elle a l'air passablement éméchée. Elle tente de me rouler une pelle, un œil fermé, pour faire un point visuel très certainement, mais, malgré ça, elle vise ma joue. Bon, j'avoue, je tourne la tête au bon moment. Elle pousse un petit cri de frustration et recule en chancelant dangereusement. Je la rattrape par la taille au moment où ses pieds se prennent dans un tabouret derrière elle et manquent de la faire tomber. Elle en profite pour se coller. Ben voyons !

Je lève les yeux pour trouver un endroit où la poser, elle a l'air complètement stone. Je croise à ma grande surprise ceux de Lochan, assis seul à une table haute, au milieu de la pièce. Il fronce les sourcils en secouant la tête de dépit. Je juche la gonzesse sur le tabouret qui a failli avoir raison d'elle quelques secondes auparavant et la délaisse alors qu'elle semble menacer de se casser la tronche de son perchoir. Pas mon problème.

Je vais retrouver mon pote-ennemi, je ne sais pas trop comment le considérer en définitive. Mais, à part Deaclan, qui est en grande conversation avec Kyle et aux prises avec une groupie visiblement extrêmement collante, je n'ai personne à qui aller parler. Or, je ne veux surtout pas adresser la parole à Kyle, je serais capable de me défouler sur lui. Et les autres membres des groupes ne m'intéressent pas. C'est à chaque fois pareil, les discussions tournent autour de la picole, des concerts et du nombre des ventes. Sous-entendu, petite guerre puérile d'ego démesurés à coups de « j'ai plus de fans que toi », « j'ai rempli plus de salles que toi cette année », « mon groupe est plus pro que le tien » et j'en passe. Tout ça déguisé sous des paroles doucereuses et hypocrites bafouillées sous plusieurs degrés d'alcool. Pas mon trip de ce soir, c'est une certitude.

Donc j'en reviens à mon Lochan qui va certainement me menacer une énième fois de ne pas toucher à sa sœur ou me faire la morale ou un truc du genre. Mais je prends le risque. Après tout, j'ai couché avec ce mec… Certes, je n'en garde pas un souvenir impérissable, voire pas de souvenir du tout, mais, quand même, c'est quelque chose… Mon Apadravya a dû lui masser la prostate, de mémoire. À moins que ce ne soit l'inverse. Je ne sais plus. Le peu de fois que j'y repense, les images sont contradictoires. À moins que nous ayons remis le couvert plusieurs fois dans la nuit? Oh putain… Je n'ai pas envie de le savoir. Enfin, quand même, peut-être un peu. Non… En fait, non.

J'attrape un tabouret et grimpe dessus en posant mes coudes sur la table, en face de lui. Ses yeux noirs se posent sur moi puis descendent sur mon torse. Il semble passablement éméché, lui aussi. Il grimace puis détourne les yeux pour scruter la foule autour de nous, enfin une table en particulier. Celle où se trouve sa sœur que je n'avais pas vue jusqu'alors. Elle est entourée de mecs faisant partie d'un groupe, il me semble. Les Heaven, de mémoire, j'ai dû les rencontrer à un festival quelconque, il y a peu. Pas mal pour des débutants, au passage, mais totalement désorganisés. Divya rit à gorge déployée, une bière à la main, se laissant approcher de très très près par deux membres de cette clique. De mémoire, le chanteur et le batteur. Mais je ne mettrais pas ma main à couper pour cette info. Tout ce dont je suis sûr, c'est qu'un instinct que je ne comprends pas trop me dit de me lever et d'aller l'arracher des mains de ces mecs. Parce qu'ils ne sont clairement pas en état de respecter quoi que ce soit.

Lochan grogne dans sa barbe lorsqu'un type s'approche dangereusement du cou de sa sœur et l'embrasse. Je grogne également, m'apprêtant à balancer ma bouteille sur la tête du poivrot à moitié couché sur elle. Mais je n'ai aucune légitimité pour faire un truc pareil. Et puis Divya le repousse doucement et le mec obéit. Alors tout va bien. Mais pas pour son frère dont les yeux lancent des poignards à tous ces mecs. Quelque part, si j'exclus mon envie de meurtre qui doit avoisiner la sienne en termes d'intensité, je trouve la situation relativement cocasse. Et c'est moi qui ne dois pas approcher sa sœur? Personnellement, moi, je ne la partagerais pas, c'est une certitude. Et je ne la ferais certainement pas boire non plus. Moi, je lui déroulerais le tapis rouge et, même, je serais prêt à porter des collants bleu ciel. Et à rattraper sa putain de chaussure. Largement! Mais bon… « Touche pas à ma sœur », il a dit.

Mange, mon gars, c'est pire maintenant.

Remarque, je mange aussi, ce spectacle est insupportable!

J'essaye de changer de sujet de conversation, même si objectivement nous n'en avons aucun autre.

– Et sinon tu t'es pas trouvé une petite nana pour te sucer ou quatre ou cinq pour une partouze?

Il sursaute, me jette un œil hautain, puis replonge dans son observation de la table de sa sœur.

– Pourquoi? Tu voulais t'incruster? Tu peux pas te trouver un plan cul sans moi, maintenant?

Je m'esclaffe.

– Si, mais ta sœur n'est pas dispo apparemment.

Désolé, elle était trop facile. Il m'assassine du regard.

– Je devrais te foutre mon poing dans la gueule, tu le sais, ça?

Je hoche la tête en souriant, de la manière la plus agaçante possible.

– Très certainement, mais je crois que tu m'aimes trop pour ça. N'est-ce pas, futur beau-frère?

– Ta gueule. Div ne voudrait même pas s'arrêter trente secondes sur un connard de ton espèce.

Je bois une gorgée de bière.

– C'est sûr, elle a trouvé mieux à première vue. Alors, sur lequel porte ton choix ? Le petit morveux blond et totalement défoncé ? Ou sur l'espèce de corbeau de trois mètres de haut qui ne ressemble à rien et qui apparemment est tout aussi défoncé que son pote ?

Il serre les dents.

– Putain !

Ses poings se referment nerveusement sur la table.

– Déjà, tout à l'heure, elle flirtait à moitié avec le brun qui est en face d'elle.

Je jette un œil. Le mec avec qui elle est partie cet après-midi. Une jalousie amère s'empare de moi. Elle est avec lui depuis cet après-midi ?

Putain de merde !

J'essaye de tuer ce mec juste avec le regard. Mais ça ne marche pas. Douloureuse constatation, je n'ai pas de superpouvoirs. C'est vraiment con la vie. Et, à cet instant, elle devient quasiment insupportable parce que le type tend justement la main vers elle et lui caresse la joue alors qu'elle se laisse faire.

Putain, putain, putain !

Je me lève de mon tabouret, d'un bond, le faisant tomber derrière moi. Lochan sursaute et me dévisage.

– Du calme. Tu vas faire quoi, exactement ? Divya est majeure et fait ce qu'elle veut.

J'écarquille les yeux.

– T'es sérieux, là ? Tu m'as ordonné tout à l'heure de ne pas l'approcher et avec ceux-là, tu dis rien ? Mais, sérieux, t'es vraiment un mec tordu !

– Je n'ai pas dit que je validais ces mecs, loin de là. Simplement, je n'ai pas trop le choix non plus. Si je vais la trouver maintenant, elle va m'envoyer chier. Il faut que je la laisse respirer. Si je n'écoute pas ses demandes, elle va partir pour de bon et je ne pourrai plus rien faire du tout.

Nous sommes interrompus par du mouvement à la table de Divya. Elle se lève et part danser au milieu de la pièce, accompagnée de l'autre nana de la table. Lochan laisse échapper un petit soupir de soulagement. Mais déjà les mecs qui la collaient se lèvent à leur tour et viennent danser contre elle. Son frère se crispe et, je l'avoue, je fais pareil. Il éructe avec fureur.

– Bon, OK. Oublie ce que je t'ai dit tout à l'heure. Calcule ma sœur. Approche-la. Fais en sorte que ces mecs soient occupés ailleurs. Qu'ils ne l'approchent plus. Fais n'importe quoi, mais empêche-la de tomber dans les pattes de ces connards.

Je reste à le toiser, choqué par ses paroles. L'aval de ce mec est comme une délivrance. Mais il ajoute :

– Mais tu ne la touches pas plus. Juste, tu vires ces mecs. Si c'est moi qui m'en charge, je tue tout le monde.

– Super ! Et je fais ça comment ? T'as pas l'impression de me prendre pour ton larbin, là ? Règle tes problèmes tout seul, dugland, j'ai rien à gagner dans tout ça, à part des emmerdes, c'est couru d'avance.

Il se tourne vers moi et plonge ses yeux dans les miens.

– T'as la mémoire courte, Maël. Si t'es là, aujourd'hui, c'est bien parce que j'ai foutu ma putain de carte de visite dans ta poche, non ? Et aussi parce que Div a fait ce qu'il fallait. Si tu détournes ces connards d'elle, c'est juste nous rendre service. Une bonne manière de me rendre la monnaie de ma pièce. Je ne fais jamais de chantage d'habitude mais, là, y a urgence. Si elle couche avec un de ces types… Putain, elle est à moitié beurrée, bordel ! J'envisage une autre histoire pour elle ! Elle ne mérite pas de se faire trousser par un mec qui aura oublié son prénom dans une heure ! Tu peux comprendre ça ou c'est trop compliqué ?

Je lève les mains en guise d'apaisement.

– Oui, oui, OK, tu te calmes déjà. Mais je dois quand même te dire que, sans l'approcher, je ne vois pas trop comment je peux faire pour l'écarter de ces mecs de manière discrète. Ça aussi, c'est simple à comprendre, non?

Il part dans ses pensées quelques instants, sans lâcher sa sœur des yeux.

– Tu peux les occuper, eux. Faire en sorte qu'ils n'aient plus de temps pour la mater, elle. Trouve un truc, je suis sûr que t'es un putain d'expert pour faire chier ton monde quand t'es motivé. Deviens leur pote, je sais pas, moi, trouve un truc! Si je le pouvais, je le ferais mais, voilà, elle va me voir arriver à des kilomètres. Pas toi.

Alors là, y a pas moyen. Je secoue la tête vivement.

– Non, mec, certainement pas. Je ne manipule personne. J'ai déjà donné, c'est pas ma came.

Il m'adresse un regard furieux.

– Alors ne manipule pas. Mais tu crois qu'ils vont se gêner, eux?

– J'ai dit non. Je ne deviens pas le pote de ces types pour leur foutre un coup de pied au cul, derrière. Certainement pas. Et je ne les harcèle pas non plus. Rien.

Il soupire en se grattant le menton.

– OK, t'as gagné. Rapproche-toi d'elle. Et je ne te demande pas de coucher avec elle, nous sommes bien d'accord. Je t'autorise simplement à apprendre à la connaître sans risque que je te foute un coup de genou dans les parties. Mais cette menace reste totalement valable dans le cas où j'apprendrais que t'es allé trop loin. On est d'accord là-dessus? Mais surtout, fais-les chier, je ne veux plus qu'ils l'approchent. Ces mecs puent la coke à plein nez. Toi, au moins, je sais ce qui te fait tourner et, même si je suis sûr que je signe un pacte avec le diable, je préfère la savoir avec toi plutôt qu'avec eux. Alors vire ces mecs, tu as ma bénédiction. Fais ce qu'il faut, c'est tout.

Je bois ses paroles. Bien, monseigneur, tout ce que vous voudrez, monseigneur… Touchez ma bosse, mon prince… Euh non, laisse ma bosse tranquille. Il se lève dès que je hoche la tête.

– Bon, je me barre de là, sinon je fais un massacre. Et n'oublie pas. Tu ne la fous pas dans ton pieu. Jamais !

Réhochage de tête. Pour la forme. Fallait pas m'ouvrir la porte, mec. La machine Maël va foncer dans le tas et… advienne que pourra. Mais si Divya me laisse l'embrasser, pour commencer, je ne reculerai pas. Non. Parce que j'en serai tout bonnement incapable. Je promets le respect indéfectible. C'est tout. Pour le reste… Ne se prononce pas.

Je reste donc à ma table à tergiverser. Oui, je pourrais les faire chier. Oui, j'ai des idées à ne plus savoir quoi en foutre pour les pourrir et les détourner un bon moment de leurs envies de conquête de ma p'tite fée. Mais… non. Je ne peux pas faire ça. Au bout du compte, elle est majeure, comme Lochan l'a précisé, et c'est à elle de choisir en définitive ce qu'elle préfère. Ça peut être moi. Ça peut aussi être l'un d'entre eux. C'est dur à concevoir. Très dur. Mais c'est la stricte vérité et la seule voie raisonnable à prendre. Menacer, caresser dans le sens du poil pour mieux enculer derrière, j'ai donné comme je l'ai déjà dit. Et je le regrette amèrement tous les matins en me levant, lorsque je serre au maximum mes putains de bracelets qui me compressent les poignets. J'essaye d'apprendre un minimum de mes erreurs. Même si… l'idée d'éradiquer ces mecs du paysage de Divya est quand même extrêmement séduisante. Vraiment. Ils ont l'air de putain de parasites autour d'elle. De dangereux connards prêts à tout pour baiser. Un bon coup de nettoyage lui ferait le plus grand bien. Mais non. Je ne suis plus ainsi. Il faut juste que je me persuade qu'au jeu de la séduction, face à elle, je vaudrais peut-être quelque chose. Qu'elle me préférera, moi. Qu'il faut que je la laisse choisir. Sans aider le destin.

Ne fausse pas le destin, Maël. Ne joue pas avec la fatalité… Une fois, ça devrait te suffire.

Ouais. Une fois m'a suffi. Mais là, on n'est pas non plus dans les mêmes conditions. C'est, quelque part, un mal pour un bien… Bref, on verra.

16

Maël

« Do your best, do your worst, show me where it hurts,
Kill your conscience. »[1]

– Et donc, si on pouvait jarter ces deux guignols du groupe, je ne serais pas vraiment contre…

Deaclan porte sa bouteille à sa bouche en me lançant un clin d'œil. Il a fini par me rejoindre à ma table, après avoir essayé de faire comprendre à Kyle que c'était un connard fini et que son brushing était ringard. Il reprend, agacé, et relativement amoché :

– Non mais, sérieux, Skeletons ne peut objectivement pas garder un batteur qui dort avec des bigoudis ! Non, mais sans déconner, mec. Même Liv ne met pas des trucs aussi pourris…

Je m'esclaffe, à moitié avachi sur la table, anesthésié par la bonne dizaine de bières que nous nous sommes enfilées depuis qu'il m'a rejoint. Je ne l'écoute que d'une oreille, les yeux rivés sur la table des Heaven and Hell, c'est lui qui m'a rappelé leur nom tout à l'heure. La moitié des festivaliers sont partis, d'autres dorment sur des banquettes ou même par terre. Mais surtout

1. « Fais de ton mieux, fais du pire que tu peux, montre-moi où ça fait mal / Tue ta conscience », « Kill your Conscience », Shinedown.

les fans pots de glu ont disparu par la même occasion. Cette soirée a été une fête géante comme j'en ai rarement vu. Une beuverie monumentale. Les rescapés se font rares. La musique est maintenant en sourdine et seuls les plus vaillants sont encore debout. Personnellement, je ne rêve que de mon pieu, mais Divya est toujours là, à quelques mètres, relativement allumée elle aussi, toujours entourée des deux mecs super lourdauds de tout à l'heure, alors je reste. Sa chambre est au même pont que la mienne, je la suivrai donc jusqu'à être certain qu'elle se retrouve en sécurité derrière sa porte. Pas avant.

– Tu mets des bigoudis, toi ?

C'est quoi cette question ?

Je me retourne vers Deaclan qui ricane mollement en finissant sa bouteille. Il la pose maladroitement sur la table.

– Une autre ?

Je secoue la tête en bâillant.

– Ouais, non, ça ira.

Il m'assène une claque amicale dans le dos en couinant.

– Ça fait plaisir de retrouver mon pote ! Je me sentais seul dans ce groupe de merde ! Je crois que je vais arrêter, Maël. J'en ai marre de tout ça.

Je me redresse en scrutant ses yeux, pour savoir si je parle au mec bourré ou au musicien blasé.

– Déconne pas, Deac ! Si tu pars, je me tire une balle. Ou je pars aussi.

Il inspecte les bouteilles vides devant nous, à la recherche d'une éventuelle dernière gorgée de bière. Je lui file la mienne, je n'y ai pas touché. Ses yeux s'illuminent de bonheur alors qu'il l'attrape comme s'il s'agissait de la dernière bière de sa vie.

– Ben alors, on monte un groupe à deux. Ce con de Kyle pense qu'il est l'âme de Skeletons… Ben tu sais quoi ? Je lui laisse le groupe sans problème. Que le peuple s'amuse ! Moi, je ne m'amuse plus. Il pourra même venir sur scène avec ses putains de bigoudis, j'en ai plus rien à foutre. Par contre, un duo acoustique... là, ça pourrait me botter. Un truc, genre : assis sur un tabouret, à boire du bourbon, comme Jim Morrison à ses dernières heures. Chanter du blues... Yeah, mec !

Il vacille en levant les bras au ciel comme s'il venait d'avoir LA révélation. Je plisse les yeux pour l'observer. Il est complètement cuit. Je me croyais mal en point mais, à côté de lui, je suis frais et pimpant comme un jeune communiant.

– Je crois que tu devrais aller te pieuter, mec. On en reparle demain, si tu veux.

Il grimace en finissant ma bière.

– Si je me couche, je gerbe. Je vais dormir debout, je crois. Comme les éléphants. Tu savais qu'un éléphant, ça dormait debout ? Un truc de malade ! Tu savais que Liv bossait dans un zoo ? Je crois que j'ai choisi la bonne. Quoi de mieux qu'une nana qui bosse dans un zoo pour élever des triplés ?

Euh... Est-ce que je dois réellement relever cette phrase ? Non. J'oublie. Il ricane en renversant sa bière au-dessus de sa bouche grande ouverte. La fameuse dernière goutte. Faut pas gâcher. Il m'éclate quand il est ainsi ! Je passe une main dans son dos pour assurer son équilibre très précaire. Des bruits de chaises qui grincent contre le plancher se font entendre du côté de la table de Divya. Je lâche Deac pour observer de ce côté. Il s'écrase au sol en riant.

Putain !

Je quitte la table de Divya des yeux pour le relever.

– Bon, cette fois tu retournes dans ta chambre. Je dois y aller de toute manière.

Il glousse.

– Ouais, OK, mec… Quel étage déjà ?

Divya passe entre les tables vers la sortie, les bras posés sur les épaules du batteur du groupe. La bouche collée dans le cou de ma p'tite fée, une main autour de sa taille, il l'entraîne vers les ascenseurs alors qu'elle semble ne rien capter. Putain ! J'attrape Deaclan par le bras et le retiens par les hanches. Je le traîne, y a pas d'autres mots, derrière Divya et son pote plus que louche. De dos, je peux admirer la finesse du type qui a sa main posée sur son cul.

Tu vas avoir un problème, mec, c'est écrit.

Il appelle l'ascenseur puis se poste devant les portes, en attente. Divya est à moitié endormie sur son épaule, mais lui, en revanche, est loin de sommeiller. Le nez plongé dans ses cheveux, il murmure des trucs à son oreille, sans manquer de lui peloter le cul et la poitrine allègrement.

Connard de putain de fils de pute.

J'attrape le bras de Deaclan sur mon épaule.

– Désolé, mec, on va changer la donne.

Mon pote grogne puis ricane, complètement anesthésié lui aussi, laissant sa tête ballotter en arrière.

– Cool !

Je me rapproche du type, dégage Deac de mon épaule et le laisse plus ou moins retomber contre celle du mec qui n'a rien vu venir. Pris au dépourvu, il ne réagit pas aussitôt quand Deac s'accroche à son cou et l'empêche clairement de bouger.

Top, mon pote ! Je t'aime !

Je profite de ce moment d'égarement pour passer du côté de Divya. J'attrape ses hanches et la soulève comme une poupée de chiffon. Elle sursaute mollement puis m'observe un quart de seconde, le visage fermé. Ça passe ou ça casse. Un sourire lumineux étire rapidement ses lèvres.

– Maël ! Tu es là ?

Mon cœur s'affole. Elle est contente de me voir. Je la presse contre mon torse, elle enroule ses bras à mon cou et ses jambes à mes hanches. Un fourmillement s'empare de tous mes membres et ma tête ne répond plus. J'embrasse son épaule nue qu'elle cale devant mon nez. Son pote s'insurge, empêtré avec un Deaclan qui ne sait à mon avis même plus comment il s'appelle.

– Hé, mais c'est quoi, ce délire ! Bordel, Divya ! Qu'est-ce que tu fous ?

La petite nana se pelotonne davantage dans mes bras en grognant. Tout ce que j'entends, c'est :

– ... Fatiguée... Maël... dehors...

Je n'écoute plus qu'elle. Le batteur en face de moi tente clairement de réagir mais c'est le dernier de mes soucis. Je murmure à l'oreille de ma p'tite fée :

– Tu veux aller dehors ?

Elle hoche la tête.

– OK.

Je me tourne vers le type.

– Pont 5, pour mon pote. Merci, c'est cool ! Salut.

C'est ça ou je lui balance mon poing dans la tronche. Et j'ai franchement autre chose à penser. Cette petite nana toute blottie contre moi, par exemple. Je tourne les talons et abandonne mon Deaclan à ce type. Je ne me fais pas trop de soucis pour lui, il saura se défendre en cas d'attaque de mains baladeuses. Ce qui d'ailleurs ne risque pas d'arriver, je pense.

Le pont extérieur est désert. Je traverse l'espace piscine et remonte les quelques marches qui nous séparent de l'avant du pont. Une brise fraîche vient caresser nos visages et mon torse car je rappelle que je suis toujours nu à ce niveau. Le silence autour de nous, à peine troublé par le bruit des vagues contre la coque du paquebot à des dizaines de mètres en dessous, la nuit impénétrable dans laquelle nous sommes plongés, les lumières du bar derrière nous arrivant à peine à éclairer le sol où je m'aventure à tâtons, l'air humide et iodé tout autour nous emportent loin de la réalité. Je m'approche de la balustrade. Divya relève la tête qu'elle avait posée au creux de mon cou et tend son visage vers la brise. Quelques-unes de ses mèches viennent caresser le mien pendant qu'elle inspire fortement, les yeux fermés.

– Merci Maël… Ça fait du bien.

– De rien.

Non, vraiment, y a pas de quoi !

Je ne pouvais rêver d'une meilleure fin de soirée. Ou un début de matinée, pour être plus précis. Il doit être quatre heures environ. J'observe son visage caressé par le vent. Elle est vraiment jolie, c'est indéniable. Mais il y a une chose que je n'arrive pas à m'expliquer. Des filles mignonnes, j'en ai connu un sacré paquet mais aucune et, de loin, ne m'a fait un effet pareil. Je suis comme un petit garçon, presque puceau, en attente de quelques rapprochements, écoutant sagement son frère, même si je tente de me persuader de l'inverse, ne voulant que son bien, sans réellement penser au mien. Parce que, si je n'avais pensé qu'à moi, ce n'est certainement pas sur ce pont que je l'aurais emmenée. Elle est saoule, candide et sans défense. Donc rien ne m'empêcherait de faire exactement la même chose que l'autre abruti des Heaven and Hell et de la ramener dans ma chambre. Le Maël que je connais l'aurait fait. Sans hésiter. Mais pas l'espèce de machin tout nouveau et incompréhensible que je suis en ce moment. Non. À cet instant, j'ai envie de douceur. De choses réelles. De la respecter. Mon plaisir ? Je le retrouve même sans ma queue plongée au fond de son vagin. Je savoure la chaleur de son corps contre le mien. Je me délecte de l'odeur de sa peau. J'adore sentir ses mains pendre mollement sur mon dos et effleurer nonchalamment mon épiderme dès qu'elle bouge un peu. J'aime aussi l'avoir extirpée d'un plan de fin de soirée qui aurait pu fortement mal tourner, si je veux bien être réaliste. Lochan a raison, elle encourt pas mal de risques, elle qui n'a pas réellement la notion du danger qui menace les femmes sublimes comme elle.

Elle interrompt ma pensée en s'écartant de moi, ses mains se posant sur mes biceps.

– Il… Il faut que je reprenne racine…

Elle pose une main sur son front.

– Oh, mon Dieu, je crois que j'ai trop bu.

– Tu es malade ? Tu veux vomir ?

Nous rentrons dans le côté beaucoup moins sexy de la soirée. Je mentirais si je disais que j'exultais de joie à cette idée. Heureusement, elle secoue la tête.

– Non, ça va aller. J'ai juste besoin de toucher le sol… On va essayer de retrouver un peu la réalité…

– OK.

Elle décroise les jambes et, de la sentir s'éloigner, j'ai envie d'en pleurer… Mais je remonte les mains sur ses hanches pour la laisser toucher le parquet du pont. Elle reste agrippée à mes bras, en chancelant légèrement. Elle se met à rire.

– Je confirme, j'ai trop bu ! Oh, la vache, ça tourne sévère, là ! C'est super drôle ! Enfin, je crois. C'est drôle ou pas ?

C'est une question ?

– Euh, oui, tu trouves ça drôle, toi ?

Elle titube vers un transat derrière nous, sans me lâcher le bras.

– Ouais, j'aime beaucoup… Enfin, si le transat pouvait arrêter de bouger cinq minutes, ça serait parfait… Je crois que je vais essayer, je dis bien essayer, de m'y asseoir.

Je la guide comme je peux jusqu'à son point de chute. Et quand je dis chute… Elle s'affale lourdement sur le matelas. Elle se laisse aller contre le dossier en soupirant d'aise. Elle ferme les yeux puis les rouvre aussitôt.

– Non, pas une bonne idée.

Elle les écarquille avec peine.

– Ben voilà… Ce transat tourne trop…

Elle écarte les jambes pour se trouver à califourchon sur le siège, les deux pieds bien ancrés au sol.

– Voilà. C'est mieux. Je bouge plus.

Elle ferme un œil.

– Ah ben si, je bouge quand même. Merde !

Je reste à l'observer, retenant un rire, mais franchement elle est drôle, concentrée sur un point imaginaire au bout du matelas, se mordant les lèvres et plissant les yeux.

– Bon, ben ça va pas. J'ai pas assez de racines, ce soir.

Ah oui ? Concept intéressant. Rien compris mais bon. Elle tend une main vers moi.

– Maël, il va falloir que tu m'aides. Pour une fois, je vais me servir de l'énergie d'un autre. Tu veux bien ?

Euh… Elle insiste.

– Allez, fais pas ton timide… Viens là…

J'obéis. Je m'installe entre ses jambes comme elle m'enjoint de le faire en me guidant sur le matelas. Puis ses mains passent sur mes épaules et m'attirent contre elle. Elle soupire de plénitude alors que je reste aussi détendu qu'une branche d'arbre, figé entre ses doigts, la respiration coupée, le cœur aux abois et la tête en mode warning. Ses mains glissent de mes épaules vers mon torse.

– Voilà. Je savais qu'avec toi je sentirais des choses. Heureusement que tu es là.

– Ah ?

– Oui. Détends-toi, c'est bon, je te pique un peu d'énergie mais de toute manière, vu que mon mental est brouillé, je ne te ferai pas grand mal.

– Je suis extrêmement détendu.

– Oui, bien entendu… T'as peur que je te vomisse dessus ?

– C'est une éventualité à envisager ?

Elle glousse.

– Non ! Je vais bien. J'ai juste perdu un peu d'équilibre. Toi, tu en as. Alors je te le pique. Tu veux bien ?

– Je t'en prie, sers-toi… Mon équilibre est en libre-service, ce soir.

Nouveaux gloussements.

– Je ne sais pas comment vous faites, tous. Je veux dire. Même saoul, Lochan arrive à marcher. Et toi, ça va aussi ! Moi, c'est la cata !

– C'est peut-être mieux comme ça. Moins tu réagis, plus c'est mauvais signe.

– Ouais, OK, mais bon… Je veux dire…

Elle s'interrompt alors que ses doigts continuent de se promener sur mon torse. J'essaye d'en faire abstraction mais c'est relativement compliqué. Alors, si en plus aucun de nous ne parle, je sens le moment embarrassant arriver.

– Tu veux dire ?

Ses mains stoppent leur progression, l'une à la base de mon cou, l'autre sur mon téton droit.

Euh… On est obligés la pause pile à cet endroit ?

Je retiens mon souffle. Elle glousse.

– Ah ben, je sais plus ce que je veux dire. Pas grave.

Ses mains reprennent doucement leur escapade sur ma peau. Chaque cellule de mon épiderme qu'elle touche se met à me brûler affreusement. Ou divinement. Tout dépend du point de vue où l'on se place. Elle reprend la conversation. Tant mieux parce que je serais incapable de le faire de mon côté. Je vais déjà essayer de répondre, c'est mon maximum pour le moment. Mais elle ne me demande pas de participer, au final.

– Je suis une gamine. C'est navrant.

Ses doigts passent sur mes flancs. Puis sur mon ventre, en suivant la ceinture de mon bermuda. Je me crispe sous sa caresse involontairement sensuelle. J'aimerais, pour la bienséance, qu'elle remonte un peu, mais non. Elle passe et repasse le long du tissu. Légère, douce, délicieusement intrusive sans l'être réellement. Je crois que j'aime Divya saoule. Un vrai bonheur. Elle ne semble pas réaliser l'effet qu'elle produit en moi. Rêveusement, elle remonte ses mains vers le haut de mon ventre, avant de croiser les bras pour m'envelopper encore davantage contre elle.

– Je n'ai jamais touché d'homme. De ma vie entière. J'ai 20 ans et le seul mec que j'ai jamais touché, c'est mon frère, et encore c'était pour lui faire un gommage du dos parce qu'il avait décidé qu'il avait des points noirs… Complètement stupide, il n'en avait aucun. Qu'est-ce qu'il peut être abruti parfois !

Pour troubler la sensualité du moment, j'avoue, elle est relativement balaise. J'exclus de mes pensées le passage sur les soins esthétiques de Lochan pour me concentrer sur le début de sa phrase. Je déglutis.

– Et alors… Ça va, tu surmontes ?

– Quoi ? Les pseudos points noirs de Lochy ?

J'éclate de rire, dépité. Bon, il va falloir que j'aille chercher ses réponses, très bien.

– Non, sur ce point je ne me pose pas trop de questions. Je parlais de toucher un homme.

Le bout de ses doigts est maintenant revenu au niveau de ma poitrine. Juste des effleurements. Nous ne sommes plus dans le partage d'énergies. C'est une évidence. Mais c'est surtout génial. Envoûtant. Irréel. Elle se contente de répondre d'une voix fluette !

– Tu as la peau douce. J'aime beaucoup te toucher. Tu es beau, Maël.

Je relâche la tension qui tendait mes muscles depuis le début. Ce qu'elle me dit me transcende. Quitte à vivre ce moment et à la laisser découvrir un corps masculin, autant en profiter un minimum. Je pose ma tête contre son épaule, et mon dos s'affale doucement contre son corps. Elle reste concentrée sur ses gestes, les yeux suivant chaque mouvement de ses mains, sa tête se posant petit à petit contre la mienne. Sans le vouloir, elle m'allume comme une experte. Ses doigts passent et repassent sur mes tétons tendus, sur mon piercing qu'elle aime beaucoup frôler apparemment, puis descendent sur mon ventre en dessinant des arabesques, en suivant les contours de mes tatouages, jusqu'à buter sur ma ceinture, puis remontent et redescendent en empruntant systématiquement un chemin différent.

C'est la première fois qu'on prend ainsi soin de moi. Que quelqu'un prend le temps de me détailler, sans autre but que d'apprécier ce moment. Je me sens important. Considéré. Presque précieux. J'éloigne de mon esprit le fait que je suis tout le contraire en réalité et qu'elle expérimente uniquement mon corps pour ses découvertes personnelles, à la limite du scientifique en quelque sorte. Elle éveille mes sens adorablement. Je commence à bander fortement, ma respiration devient chaotique, mon corps tout entier se révolte, bercé entre le trop et le pas assez. Parce que d'habitude les effleurements mènent à quelque chose de plus… abouti. Ce qu'attend chacun de mes membres. Mais non. Rien ne vient et, le plus triste, c'est que rien ne viendra jamais. En tout cas, pas ce soir, c'est une évidence. Donc, frustration extrême et, en même temps, plaisir sincère et incommensurable de bénéficier de toute son attention. Simplement, je ne peux pas rester inerte et impassible.

Je penche la tête vers son cou et y dépose mes lèvres. Doucement. Aussi furtivement que le contact de ses doigts sur mon ventre. Je sens un frisson la traverser à ce moment précis. Je m'autorise un second baiser, plus long. Plus ouvert. Sa peau est fraîche, elle sent la rosée, la nature, la fraîcheur. Je fais remonter mes lèvres le long de son cou sans qu'elle n'essaye de s'y soustraire. Ses mains redescendent le long de ma ceinture et, cette fois, glissent timidement sous le tissu. Juste quelques centimètres. Voire des millimètres. Mais c'est suffisant pour m'allumer encore davantage. Je laisse échapper un soupir d'extase. Il va falloir que je me méfie, je serais presque capable d'éjaculer juste avec ce genre de contact. Elle a réussi à porter mon excitation à un point qui m'étonne moi-même. Mes dents mordillent doucement sa peau virginale alors que mon bras remonte par-dessus son épaule et que ma main attrape sa nuque pour attirer encore plus son cou contre moi. Elle se laisse toujours faire, ses doigts sillonnant cette petite parcelle qu'elle découvre sous mon bermuda.

Je retiens difficilement mon bassin qui ne demande qu'à se soulever pour l'encourager à descendre ses doigts un peu plus loin sur moi. Je me tortille contre le transat, commençant à avoir vraiment faim de cette femme. J'ai envie de lui montrer plus, de mettre tout mon corps à sa disposition pour son exploration sensuelle et irrésistible. Je laisse traîner ma langue sur sa peau, ressentant chacun de ses frissons, des petits tremblements qui l'animent de plus en plus au fil des minutes. Mais je m'arrête là. Elle a bu toute la nuit. Et je ne veux pas être un regret. Surtout pas. Je pourrais aisément, encore une fois, me décaler et prendre ses lèvres d'assaut. Elles sont si proches des miennes... Mais qu'y gagnerais-je? Je ne serais, dans ce cas, pas mieux que le connard qui a essayé de l'attirer dans son pieu tout à l'heure. Donc je retiens mes ardeurs, difficilement, certes, mais c'est préférable.

Je calme le jeu.

– Divya?

Elle semble dans un état second. Apaisée, sereine, sur un petit nuage. Sur le nôtre pour être précis.

– Mmm...?

– Il y a une escale demain à Cuba. Je ne voulais pas y aller mais... tu aimerais visiter La Havane? Tu voudrais qu'on y passe la journée tous les deux?

Ses mains s'échappent de mon bermuda et remontent sur mes flancs.

Je préfère... Non, je ne préfère absolument pas mais... c'est mieux quand même...

Elle pose sa joue contre mon front.

– Ça aurait été avec plaisir, mais j'ai déjà promis à Magnus de l'accompagner. Beth devait venir mais elle a des rapports à envoyer pour son boulot. Je crois que, en plus d'être le manager du groupe, elle a un job dans une agence de pub... Elle a des impératifs. Alors comme Magnus semblait déçu, j'ai accepté de l'accompagner. Mais tu peux venir, si tu veux... Nous nous retrouvons pour le petit déjeuner vers dix heures... Les autres membres du groupe doivent venir, je crois.

Toute la pression sensuelle en moi redescend en quelques secondes. Encore ces types? Putain! Ils ne lâcheront pas l'affaire. Et elle n'a pas l'air contre non plus. Je me dois de la prévenir.

– Tu sais, je ne sens pas vraiment ces types.

– Ah bon?

– Non. Cette nuit, le mec, là, il était… Il avait les mains baladeuses devant l'ascenseur… Tu ne devrais peut-être pas…

Elle glousse.

– Arrête, on dirait mon frère ! Magnus est un type bien… Alors j'ose imaginer que c'est la même chose pour les autres membres de son groupe… Et puis, s'ils étaient nuls, je mettrais fin à nos relations, voilà tout… Je suis une grande fille, tu sais… Et puis Steeve me raccompagnait juste à ma chambre. De mémoire.

– Je crois qu'il ne comptait pas s'arrêter à ta porte, Div.

– Eh bien, il l'aurait fait quand même ! Je connais les points de compréhension pour tenir n'importe qui en respect. Ne crois pas que je sois si innocente que ça… mais surtout, je t'en prie, ne te transforme pas en Lochan. Un seul spécimen me suffit amplement.

– Très bien.

Discussion impossible. Je ne veux ni la vexer ni l'énerver. Encore moins ressembler à son frère. Mais Lochan a raison, il va falloir forcer un peu les choses pour qu'ils disparaissent de l'univers de Divya, et rapidement puisqu'elle ne semble pas comprendre qu'ils ne sont pas si gentils. Elle redresse le visage vers l'horizon et s'exclame :

– Oh, regarde, le soleil va bientôt se lever… Je n'ai jamais vraiment vu un lever de soleil sur la mer. C'est magnifique !

Je me redresse légèrement pour admirer ce nouveau jour qui se lève. Une journée durant laquelle je vais devoir faire des choses qui ne me plaisent pas plus que ça. Mais c'est encore la meilleure des solutions. Plutôt que de laisser Divya avec ces mecs qui ne la respectent pas, j'en suis certain. Cette nuit en est la preuve flagrante. Mon esprit se met déjà en mode plan d'attaque. Je vais essayer de rester soft, promis, les gars.

Nous regardons le soleil se lever sur la mer devant nous.

Je suis toujours blotti contre elle, ses bras sont maintenant autour de mon cou, sa tête contre la mienne. Mes mains sont posées sur ses cuisses, mes doigts dessinant de petits motifs sur sa peau nue, sa jupe étant relevée, vu la position. Je suis bien et elle semble tout aussi détendue et à l'aise que moi. Puis elle se met à bâiller. Le soleil étant levé maintenant, montant tranquillement dans le ciel, je lui propose de la raccompagner à sa chambre. Nous nous relevons du transat, de mon côté j'y serais bien resté encore quelques minutes… ou quelques heures. Éventuellement quelques jours. Mais j'ai des choses à faire. Elle me tend la main en m'adressant un petit sourire.

– Je n'ai jamais tenu la main de personne, trop dangereux. Là, je peux… Vive l'eau !

Comment résister à un tel appel… Ma main se glisse sans attendre dans la sienne et mes doigts viennent s'emmêler aux siens. Et ne les quittent plus jusqu'à la porte de sa chambre. Je ne peux m'empêcher de l'enlacer étroitement et de déposer quelques baisers sur son front avant de la laisser partir loin de moi. Je suis méchamment mordu, j'ai l'impression. Je reste quelques instants adossé au mur à côté de sa porte, une fois qu'elle s'y est enfermée. Je replace ma gaule dans mon froc. Il va falloir que j'évacue. Mais, avant cela, j'ai deux ou trois petites choses à faire. La nuit va être courte. Mais c'est pour la bonne cause. Enfin… oui. Pour la bonne cause. Et je ne ferai rien de bien méchant, de toute manière.

Divya, Divya… Qu'est-ce que tu me fais faire…

Je remonte le couloir en sifflotant. Un petit bonheur, brut et simple, a envahi mon cerveau. Depuis que je la connais, je ressens de plus en plus ces petites joies qui égayent les cœurs des gens normaux. Et j'y prends goût. Je deviendrais même vite accro si je ne faisais pas attention. Remarque, je n'ai pas l'impression de faire réellement attention. C'est peut-être d'ailleurs trop tard. Oui, je crois, *too late*[2]. Je suis accro, *« addicted to a fairy »*[3]... Voilà, j'ai deux titres pour mes deux prochaines compositions... Je m'y mets demain.

---

2. Trop tard.
3. Accro à une fée.

17

Divya

« À qui veut fortement les choses, nul obstacle n'est invincible. »[1]

Magnus et Beth prennent d'assaut la table à laquelle je suis assise depuis dix bonnes minutes. Et, depuis tout ce temps, je reste les yeux plongés dans ma tasse de café, me demandant si j'y ai déjà mis le sucre. Je ne sais plus. Et mon cerveau refuse de coopérer. Cette cuite que je me suis prise ! Ah, je voulais vivre, eh bien, c'est fait. Première cuite. Je crois que j'aurais pu choisir d'autres expériences inédites pour commencer, plutôt que de m'envoyer cinq ou six bouteilles de bière en oubliant de manger. Remarque, j'ai passé une bonne soirée. Et une très très bonne fin de soirée. J'inspecte le bout de mes doigts. J'ai encore la sensation de sa peau imprimée sur mes mains. Et je ne parle même pas de mon cou… Je passe machinalement ma paume sur la peau qu'il a embrassée de ses lèvres envoûtantes. Je crois que je suis méchamment amoureuse. Ou alors, c'est mon cerveau encore à moitié anesthésié qui se laisse bercer par les souvenirs de cette nuit… J'aurais aimé qu'il m'embrasse. Mais en même temps… c'est tellement adorable qu'il n'ait rien

1. Jacques-Bénigne Bossuet, 3e sermon.

tenté… Ou alors c'est signe de catastrophe… Peut-être qu'il a juste voulu être gentil avec moi…

Beth pose son plateau débordant de viennoiseries en tout genre et passe une main devant mes yeux…

– Hello baby… Tu manges pas ?

Je secoue la tête avec un air de dégoût. Non, avec mon cerveau en bouillie comme il est, je ne pourrais rien avaler, à part peut-être un cassoulet froid… Mais ce n'est pas le genre de chose que l'on trouve sur le buffet… donc rien.

Beth s'esclaffe.

– T'as encore ton sourire de nana amoureuse !

Magnus ricane.

– Mais laisse-la, tu sais bien que je suis irrésistible… Elle a craqué dès qu'elle a mis le pied sur ce rafiot…

Il passe une main autour de mes épaules et embrasse mes cheveux.

– Je suis désolé, Divya baby, mais, tu sais, le fait que je kiffe plus le genre de ton frangin que le tien ne change rien à notre projet de duo scénique !

Je pouffe en me laissant aller dans ses bras. Une vague de chaleur me traverse soudainement l'échine. Et cette chaleur n'a rien à voir avec le câlin de Magnus. Je n'ai même pas besoin de relever la tête vers la porte de la salle du restaurant pour savoir qui vient d'entrer dans la pièce. Maël. Mais je lève les yeux vers lui malgré tout. Réflexe. Il est encore une fois magnifique. Magnétique. Vêtu d'un bermuda en jean élimé, d'un T-shirt noir vintage au logo « Cinderella » (un groupe sans doute, vu les motifs y figurant) devenu gris au fil du temps, des Stan Smith noires même pas lacées aux pieds, je n'ai qu'une envie, lui sauter dessus. Je ne sais pas ce que ce mec m'a fait, mais alors je peux dire une chose : il l'a fait dans les règles de l'art… Je suis totalement hypnotisée.

Beth remarque mon changement d'attitude et tourne rapidement la tête vers l'objet de ma « statufication » subite, puis se tourne à nouveau vers moi en sifflant discrètement.

– Ouh là ! Maël Jones, rien que ça ! Tu t'attaques à du lourd, baby ! Un conseil, oublie tout de suite. Ce mec est à classer dans la case des demi-dieux. Beau, craquant, charmant, ça c'est sûr ! Le mec, il te sourit mais c'est plus par habitude, tu vois ? Parce qu'en réalité il te calcule même pas parce qu'il n'a qu'à claquer des doigts pour avoir un top-modèle ou une actrice ou même une chanteuse de folie, enfin bref, oublie... Nous ne sommes pas sur la même planète que ce type... Et en plus, depuis plusieurs semaines, même peut-être quelques mois, la rumeur court qu'il ne se tape plus personne. Il se contente de picoler en soirée... Il n'est pas impossible qu'il se soit découvert homo, si tu veux mon avis... Parce qu'un mec comme ça qui ne baise pas, y a un souci. Enfin, bref, tout ça pour te dire, tu perds ton temps ! Et je peux te dire que c'est la même chose pour Deaclan, le chanteur de son groupe. Lui, il est carrément marié, aux dernières nouvelles. J'ai même entendu parler de gosses. Des jumeaux, je crois...

Magnus ricane.

– Homo ? Jones ? Arrête tes conneries ! J'y crois pas une seconde... Mais, dans le doute, je vais peut-être aller faire un tour en coulisses, ce soir, on ne sait jamais...

Je ne les écoute pas. Enfin si, mais très distraitement. Déjà parce que j'ai du mal à me concentrer, conséquences directes de mes idioties d'hier soir, et ensuite parce que, lorsque Maël a levé les yeux sur moi, j'y ai vu une lueur sombre. Rapide, certes, mais bien réelle. Est-ce parce que Magnus a toujours son bras sur mes épaules ou parce qu'il regrette de m'avoir laissée le toucher ? Magnus est gay, il n'a donc pas à être jaloux... Je suppose finalement que ce que j'ai vu en lui s'apparenterait plutôt à des regrets.

Eh merde...

Je dois donc descendre d'urgence de mon petit nuage... Pourtant, juste après cette lueur, il m'a souri et avait l'air sincère. Mais c'était certainement, comme dit Beth, du politiquement correct. Réflexe pour le public en pâmoison. Elle a raison, qui suis-je pour avoir la prétention de l'intéresser?

Je retire le bras de Magnus de mes épaules en soupirant. Le reste du groupe débarque bruyamment dans la salle et s'installe avec nous en riant et en se poussant, pour résumer, des sales gosses qui dérangent clairement la sérénité de l'endroit. Steeve s'installe en face de moi, plongeant ses yeux dans les miens.

– Ça va, miss? Ta fin de soirée s'est bien passée? Maël Jones, rien que ça? OK, je fais pas le poids, je m'incline.

Beth recrache son café.

– Quoi? T'as fini la soirée avec... avec...

Je hausse les épaules.

– Oui, bon, ça va... Il m'a juste fait prendre l'air et puis il m'a ramenée dans ma chambre...

Elle fait danser ses sourcils en attrapant une serviette en bout de table pour essuyer le café qu'elle vient d'y projeter.

– Mmm... Et... tu lui as fait visiter ta chambre?

Je rougis, rien qu'à l'idée.

– Mais non! Il n'a même pas essayé d'entrer, d'ailleurs.

Elle plisse le nez de réprobation.

– Ça, c'est pas normal... Je l'avais dit, étrange, ce mec, et absolument intouchable...

Magnus ajoute:

– Ou alors homo... Il aura certainement vu que tu traînais à mes côtés et tente d'une manière ou d'une autre d'entrer en contact avec moi… C'est une éventualité à ne pas négliger…

Steeve hausse les épaules.

– Mouais… Ben, en tout cas, Divya baby, si ce mec ne t'intéresse pas, cabine 608, note bien… Toujours dispo en ce qui me concerne.

Je lui souris et agite les mains devant moi pour éclaircir la situation.

– Je connais Maël parce que mon frère bosse avec son groupe, c'est tout. Rien de plus à dire. Et merci, Steeve, mais… non merci.

Ross, le bassiste, siffle entre ses dents.

– Ah ben ça, mon pote, c'est un râteau royal… Divya, moi aussi je suis cabine 608, si tu veux passer, je m'occupe de virer le batteur à deux balles quand tu veux…

J'éclate de rire.

– Merci mais ça ira, promis.

Il se renfrogne alors que Beth s'esclaffe.

– Et de deux râteaux, deux ! Eh, les gars, allez chercher un truc à manger au lieu de vous ridiculiser… Si vous voulez profiter de La Havane, il vaudrait mieux ne pas trop traîner, le bateau est en train d'accoster et…

Elle s'arrête en plein milieu de sa phrase, la bouche ouverte, les yeux rivés sur quelque chose ou quelqu'un derrière moi. Je me retourne en même temps que Magnus, en sachant pertinemment sur qui mes yeux vont se poser. Bingo ! Maël s'avance nonchalamment vers nous, un plateau à la main. Les cheveux en vrac, le regard vert clair toujours aussi transparent, il m'adresse un sourire charmant mais surtout charmeur, puis passe ses bras autour de moi pour poser son plateau sur la table devant mon nez. Et ce plateau contient, je vous le donne en mille, une assiette de cassoulet ! Froid qui plus est ! J'en salive d'avance.

Beth avait tort, ce mec n'est pas un demi-dieu. C'est simplement un dieu… Je lève la tête vers lui en lui adressant un sourire reconnaissant auquel il répond par un clin d'œil.

Le plateau contient également cinq verres de jus de fruits. Deux cocktails de fruits et trois jus d'orange. Il dépose les jus devant les gars et les cocktails devant Beth et moi. Puis il m'adresse un nouveau sourire.

– Offert par la maison. Bon app, Div. Salut les gars, bonne journée !

Puis il repart d'où il est venu. Je reste un moment à le regarder ou plutôt, soyons honnêtes, à baver devant sa silhouette parce que la version de dos, même si elle exclut par définition son visage magnifique, propose d'autres panoramas sur lesquels je ne cracherais pas non plus… Je ne fais pas de dessin, je suppose que c'est assez clair. Je m'installe sur mon siège pour m'attaquer à mon cassoulet, qui me fait clairement de l'œil, et me rue dessus. Je ne remarque qu'après deux bouchées que le silence règne à notre table. Je redresse la tête, la bouche pleine.

– Ben quoi ?

Beth grimace.

– Du cassoulet ? Il te fait de drôles de cadeaux, ce mec…

Je pouffe en essayant de ne pas recracher ma bouchée. J'avale rapidement.

– C'est le plus beau cadeau qu'il pouvait me faire, ce matin… Je suis une grosse fan de ce plat. Froid… J'ai des origines languedociennes.

Steeve fronce le nez en buvant son jus de fruit.

– Des origines quoi ?

Beth le renseigne, non sans le prendre clairement pour un con.

– Françaises, tête de nœud. T'as pas remarqué son accent ? Divya est française.

Le batteur lui adresse un doigt d'honneur pour toute réponse. Elle ne le considère pas une seule seconde et reporte son attention sur moi. Ou plutôt sur Magnus.

– En attendant, frangin chéri, je crois que Maël Jones n'a pas usé de subterfuge pour t'approcher, toi... Oublie cette option... Il est clair que c'est notre baby qui est visée... Félicitations, ma belle.

Elle lève son cocktail de fruits, je trinque avec elle, même si je trouve qu'elle va un peu vite en besogne. Mais je préfère manger plutôt qu'argumenter. Magnus attrape son verre et trinque aussi.

– Eh bien, laissez-moi vous dire une bonne chose. Si un jour un mec me drague à coups de cassoulet froid, je peux vous dire que j'oublie direct son nom, son téléphone, son adresse et sa tronche... Tout Maël Jones qu'il pourrait être...

Eh bien, moi, Maël Jones, ton cassoulet me plaît. Et je n'ai aucunement l'intention d'oublier quoi que ce soit... Ni ton nom, ni ta voix, ni ta peau, ni aucun trait de ton visage et encore moins la douceur de tes baisers si tendres de cette nuit. Quand bien même ils seraient les seuls auxquels j'aurais droit, ils resteront à jamais gravés dans ma peau. Toute cette partie de mon cou, que je ne laverai plus jamais, te sera éternellement dédiée. Et, petit aparté, pendant que je suis dans les choses à ne pas oublier: aller me laver les dents avant de partir en visite pour la journée.

Je termine mon assiette en laissant mon esprit divaguer entre ce pont sur lequel j'étais assise encore ce matin et ce cassoulet... Et ça me fait penser que je ne lui ai même pas demandé si les quatre cartons de cassoulet que j'ai reçus à la maison avant notre départ n'étaient pas de sa part... Remarque, je pense qu'il n'y a plus trop de doutes à ce sujet.

Magnus consulte sa montre.

– On part dans une petite demi-heure. Les gars, si vous avez besoin d'une pause pipi, c'est le moment. Divya baby, t'es toujours de la balade ?

Je hoche la tête. Même si, au fond de moi j'aurais aimé faire cette visite avec Maël également. Mais je ne romps jamais mes promesses. De ce fait, je m'essuie la bouche et me lève précipitamment.

– Je vais me laver les dents et faire un bisou à mon frère. Je reviens.

Magnus m'envoie un sourire malicieux…

– T'as besoin d'un coup de main pour le bisou au frangin ?

Je m'esclaffe.

– Non, je crois que je pourrais m'en sortir. À toute !

Il m'adresse un signe de la main et je me précipite dans le hall.

***

Après m'être lavé les dents, je laisse Lochan en plein coma au fond de son lit. Je ne sais même pas comment il a trouvé la force pour venir m'ouvrir sa porte quand j'ai frappé. Je me suis allongée avec lui pour lui faire un câlin alors qu'il était déjà rendormi, et basta. Tant mieux, j'ai sans doute évité un interrogatoire en règle. C'est presque étonnant qu'il ne s'énerve pas de manière totalement irraisonnée comme à son habitude. Mais bon, je ne vais pas aller chercher une prise de tête non plus. Il dort, au fond de son lit, au fond de sa chambre, au fond du couloir, au fond du bateau, c'est parfait.

Lorsque je rejoins les Heaven and Hell, l'ambiance a fondamentalement changé à table. Magnus est encore plus blanc que d'habitude, les poings appuyés sur son ventre. Steeve et Ross sont pliés en deux, la tête posée sur la table. Beth, elle, affiche un visage soucieux. Ce qui m'alarme également.

– Ben, les mecs, qu'est-ce qui vous arrive ?

Magnus grogne.

– C'est ce con de Steeve ! Il nous a fait fumer un truc, ce matin, je suis sûr qu'elle était périmée, ta beuh de merde, ducon !

Steeve redresse la tête.

– Pauvre tache, ça se périme pas, la beuh, en plus je l'ai achetée à mon revendeur habituel. Il a juste dit qu'elle était plus forte, c'est tout !

– Ouais, super ! Elle avait un goût de naphtaline, ta came !

Ross couine, plié en deux.

– Non, de citrouille pourrie !

Beth se retient de rire.

– Mettez-vous d'accord, citrouille ou naphtaline ? C'est pas trop pareil ! Et puis, d'abord, cette habitude du pétard à jeun est vraiment à chier, je vous avais dit d'arrêter ça !

Magnus siffle entre ses dents.

– Beth, ta gueule ! On n'a pas besoin de ta morale de bonne sœur ! Et tu te trouves drôle avec ton « à chier » ?

Je les interromps.

– Mais vous avez quoi au juste ?

Ross s'énerve tout seul.

– Je crois qu'on a une putain de chiasse ! Bordel de merde !

Un pet aussi immonde par le bruit que par l'odeur émane de Steeve. Je m'insurge en me bouchant le nez.

– Steeve ! Merde !

Il ricane.

– C'est le cas de le dire ! Putain de bordel, je crois que j'ai pas simplement pété ! Je vous laisse !

Il se lève précipitamment et se rue vers le hall. Ross se lève et lui court après.

– Eh, attends ! On a qu'une seule chiotte dans la chambre, prems !

La voix de Steeve se fait entendre au loin.

– Va chier !

– Ben oui, justement !

J'éclate d'un rire nerveux, accompagnée de Beth puis de Magnus. Mais ce dernier s'arrête en cours de ricanement.

– Putain, non, en fait, c'est tout sauf drôle ! Bordel de merde ! Je retourne à la piaule ! Divya baby, je suis désolé mais, dans l'état actuel des choses, tout ce que je pourrais faire ce matin, c'est la visite de mes chiottes. Tu m'en veux pas ?

Je hausse les épaules.

– Non, bien entendu, si tu es malade, repose-toi…

– Merci… Pardon, faut que j'y aille, là. Bise, les filles !

Je m'affale sur une chaise en face de Beth. Elle ricane encore en finissant son café. Puis soupire.

– Bon, ben nous voilà bien. Toi, seule pour La Havane et, moi, entourée de trois malades pour bosser sur mon projet promo.

– Je vais rester. Je vais te donner un coup de main avec eux si tu veux.

Elle balaye doucement l'air devant elle pour me signifier de ne pas m'en faire.

– Mais non, je les connais tous les trois, ils vont être tout simplement insupportables. Et vu leur état, je conseille de ne pas s'approcher de leurs chambres avant quelques heures. Je vais prévenir le capitaine de classer notre couloir en zone sinistrée pour la journée. Je pense d'ailleurs squatter une table au bord de la piscine pour bosser. Je crois avoir vu qu'il y avait le Wi-Fi là-bas. Ce sera très bien. Va t'éclater…

Je hausse les épaules. Aller m'aventurer dans une ville inconnue, seule, très peu pour moi. Tenter de nouvelles expériences pendant cette croisière, OK, mais pas à ce point.

– Je vais plutôt rester ici. C'est moins drôle et…

Je suis interrompue par Maël qui passe dans l'allée, s'arrête à notre niveau et pose ses mains, magnifiques au passage, sur notre table, l'air inquiet.

– J'ai vu vos potes partir en urgence, tout va bien?

Beth rougit en papillonnant légèrement des cils, puis tente de garder un air détaché alors que je serais prête à parier que son cœur est en train de danser la rumba en ce moment même. Mais elle feint assez bien une certaine indifférence lorsqu'elle lui répond. Chapeau, miss.

– Rien de grave. On va dire, pour rester poli, qu'ils se préparent à vivre une histoire d'amour magnifique avec leurs chiottes. C'est beau, l'amour.

Elle sourit en portant sa tasse à ses lèvres, sans manquer de me lancer un clin d'œil amusé. Maël affiche un air embarrassé.

– Oh.

Beth et moi hochons la tête comme un seul homme. Elle ajoute:

– C'est ça, « oh »! D'autant plus que baby devait les accompagner à La Havane et que, du coup, elle ne veut plus y aller, vu qu'elle est seule maintenant. Et que, moi, j'ai vraiment un boulot de dingue. Et je préfère rester dans les parages, je sens que je vais être relativement sollicitée… Pour mon plus grand plaisir, inutile de le préciser!

Elle grimace en reposant sa tasse. Maël se tourne vers moi.

– Div, si tu veux, mon invitation tient toujours… Je t'accompagne en ville, si tu as besoin. Et je la connais bien, je suis déjà venu quelques fois. Je peux même te faire la tournée des trucs incontournables, si ça t'intéresse.

Je secoue la tête pour décliner l'invitation, je ne veux pas qu'il ait pitié ou qu'il se sente obligé, d'autant plus que j'ai refusé hier. Si je lui demande aujourd'hui, juste parce que Magnus ne vient pas, je trouve que c'est incorrect vis-à-vis de lui et…

Beth ne s'embarrasse pas de tant de tergiversations.

– Ben voilà, problème résolu ! Tu vas l'avoir ta visite, baby… Bon, je vous laisse, vu que tout est arrangé. Je vais tenter d'aller chercher mon PC dans la chambre sans que Magnus ne me voie et ne me sollicite pour je ne sais quelle mission incongrue. Souhaitez-moi bonne chance.

Je lui adresse un petit signe de la main alors qu'elle se faufile entre les tables jusqu'à la porte. Une annonce retentit dans les haut-parleurs du bateau. Nous accostons. L'équipage nous souhaite une bonne journée. Maël lève un sourcil. Une question muette. Suis-je partante ? J'ai envie de sauter de ma chaise et de l'entraîner en courant à travers les rues sans attendre. Cependant, une certaine retenue est de mise, il me semble. Je lui souris donc avec mesure et hoche la tête.

– Alors, si ça ne chamboule pas le programme de ta journée…

– Absolument pas. Au contraire… baby.

Je m'esclaffe en attrapant la main qu'il me tend.

– Tu ne vas pas t'y mettre ! Je ne sais pas pourquoi ils m'appellent comme ça.

– Sans doute parce que c'est mignon…

Je pique mon fard en me levant.

– Ça doit être ça.

Son regard se pose sur nos mains jointes.

– J'ai juste un ou deux trucs à aller chercher dans ma chambre. Tu m'attends deux minutes ?

– Oui, sans problème.

Il me sourit.

– Bouge pas, je reviens.

Il embrasse le dos de ma main et s'éclipse. Je vais passer ma journée avec lui. Je n'arrive pas à le croire. J'ai envie de sauter de joie au milieu de la salle du restaurant. Mais encore une fois…

Retenue, Divya. On se calme.

Je ne me connaissais pas ainsi, au passage. Je confirme, je suis une vraie gamine !

18

Divya

« Notre temps est le présent, et ce présent ne finira jamais. »[1]

Après un petit quart d'heure d'attente et un petit contrôle douanier, Maël m'a entraînée dans les ruelles magnifiques de la ville. Les maisons colorées, les places entourées de monuments majestueux baignés par les rayons d'un soleil de plomb, les petits commerçants de rue… Je suis à des années-lumière de ma vie, de ma maison, c'est… parfait. J'ai l'impression de vivre pour la première fois. Et Maël n'a pas menti, il connaît le coin. Il m'explique certaines anecdotes, l'histoire de monuments, plus ou moins précisément, mais l'effort visible qu'il fait pour se souvenir des détails est adorable et absolument craquant. Personnellement, je ne suis réellement intéressée que par lui. Les monuments, OK, mais bon, voilà quoi. Avec ses lunettes de soleil, son sourire que je lui ai rarement vu auparavant et qui, ici, ne quitte pas ses lèvres, son assurance et l'attention qu'il manifeste envers moi, c'est trop pour moi. Si j'ajoute à toutes ces petites choses ce que m'a dit ce matin Beth, qui en parlait avec vénération, je crois que je suis simplement dans un monde

1. Ernest Hemingway, *Pour qui sonne le glas*, 1940.

parallèle, accompagnée de l'homme parfait et que… je n'ai rien de plus à demander. Sauf peut-être sa main dans la mienne ? Mais il ne la prend pas. Il conserve une petite distance de sécurité qui commence à m'agacer prodigieusement. Je sais que je lui ai dit hier que je pouvais le toucher uniquement parce que nous étions entourés d'eau, mais… Merde, j'en viens à regretter cette hypersensibilité sensorielle qui, pour une fois, me pourrit clairement la vie. Remarque, non, ce n'est pas nouveau qu'elle me pourrit la vie ! J'ai fui mon père à cause d'elle et je reste enfermée la quasi-majorité du temps, toujours à cause d'elle. Habituellement, je remercie la nature, ben pas là ! J'ai envie d'être une femme normale qui se balade avec une main dans la sienne.

Maël a l'air calme et lumineux aujourd'hui. Beaucoup plus que d'habitude, alors je me demande si vraiment cela provoquerait beaucoup de transferts si je collais ma paume à la sienne. Parce que si nous sommes tous les deux équilibrés dans nos lumières, les transferts ne se font pas, puisque personne n'a besoin de puiser chez l'autre. Je ne sais pas. J'hésite.

Nous arrivons sur une place, qu'il appelle « Parque central ». Un parc avec tout plein d'arbres ! Je bats des mains comme une petite fille.

– Oh, des arbres ! J'adore les arbres !

Il sourit, content de mon ravissement. Je tends mon index vers lui d'un air faussement menaçant.

– Alors, là, on arrive à mon côté un peu… bizarre. Je te préviens tout de suite, je vais te paraître complètement folle et c'est certainement un peu le cas. Mais je vais te dire, je m'en fous de sembler totalement débile, aujourd'hui. Si tu pouvais fermer les yeux quelques minutes ou… aller aux toilettes… ou… faire n'importe quoi… j'ai un truc à faire.

Il hoche la tête d'un air amusé.

– OK, fais ce que tu veux, promis, je ne me moque pas.

– Parfait.

Je m'élance et me jette sur le premier arbre venu. Cela fait deux jours ou trois, je ne sais plus depuis quand j'ai quitté L.A., que je n'ai pas touché d'arbre. L'arbre me permet de prendre racine avec le monde. Parce qu'un arbre est solide, stable, et ses racines sont le plus souvent profondément enfouies. On a dit qu'on ne jugeait pas ! D'accord ? Je sais que cela peut paraître vraiment étrange pour certains mais c'est la conviction et les valeurs dans lesquelles je suis née, elles sont ancrées dans mon patrimoine génétique depuis bien avant ma naissance, donc impossible pour moi de m'y soustraire. Je n'en ai même pas l'envie. Parce que je suis heureuse dans cette existence de partage avec la nature. Et même si comme pour toute chose j'y vois parfois des inconvénients, j'y trouve surtout la paix de l'esprit et mon équilibre. Alors voilà, je me retrouve au beau milieu de la capitale cubaine et je fais un câlin à un arbre. Sous le regard brûlant d'un homme magnifique qui m'observe sans broncher, appuyé lui-même à un autre arbre, un peu plus loin.

Je fais durer cette communion quelques minutes puis reviens vers lui, détendue et heureuse. Ses yeux restent braqués sur moi pendant que je traverse le parc pour le rejoindre. Ces yeux clairs et ensorcelants. Je n'ai pas envie de marcher vers lui, à ce moment, mais de lui foncer dessus, comme un taureau sur un matador, une mouche vers une fenêtre fermée (je n'ai jamais compris ce truc d'ailleurs), une tarte à la crème contre un visage, une balle de squash contre un mur, enfin je pourrais faire des parallèles toute la journée, si on veut, de toute manière cela n'aurait aucun intérêt puisque finalement je m'avance avec retenue jusqu'à lui. Les bras croisés sur son torse, *mon Dieu, ces bras !*, un pied posé sur le tronc derrière lui, *mon Dieu, ces pieds !*, le visage penché légèrement sur son épaule droite, *mon Dieu, ce visage!*, il attend que je le rejoigne. Ce que je fais. Avec détachement. Tranquille.

Il éclate de rire devant mon cinéma qui ne trompe personne visiblement, quitte son arbre et m'entraîne, toujours sans me toucher, *bordel de chiotte!*, jusque sur le trottoir qui entoure la place. Il désigne du menton une foule de véhicules garés en file indienne un peu plus loin.

– Ça te dit?

Je reste bouche bée.

– Oh, des vieilles voitures! Comme dans les vieux films! Des Cadillac! On peut monter dedans?

– Bien sûr, elles sont même là pour ça! Tu préfères laquelle?

J'ai le choix entre des roses, des bleues, des vertes et une magnifique décapotable bordeaux à paillettes, complètement surréaliste. Je la désigne d'office. Elle est vraiment, mais vraiment, kitch! On croirait une voiture de films des années cinquante! Maël secoue la tête de dépit, mais surtout amusé, puis va discuter avec le chauffeur quelques instants. Puis il m'ouvre galamment la portière et baisse le siège avant pour que je puisse m'installer sur les fauteuils en cuir brûlant. Je grimace en me tortillant… Je porte une jupe, donc la peau nue contre le siège… Ouille. Je me dandine.

– Ah, oui, quand même!

Il s'installe à côté de moi en riant.

– On n'a pas idée de porter une robe pour une visite touristique.

– Oui, ben moi, j'aime bien!

– Moi aussi. Allez, viens là, chochotte!

– Mais je ne suis pas une chochotte! J'aimerais bien t'y voir, toi!

Il attrape mes hanches.

– Ça ne risque pas d'arriver, je ne porte jamais de robe en public!

Je m'esclaffe alors qu'il me soulève et me pose sur ses genoux pendant que notre chauffeur démarre.

– C'est mieux comme ça ?

Il m'a coupé toute envie de parler. Un frisson quasiment fatal vient de faire trembler mon cœur. Je hoche la tête. Au maximum de mes capacités. Il me positionne face à la route et dos à lui, passe ses mains autour de ma taille et pose son menton sur mon épaule. Surréaliste… Je plane total ! Le vent dans mes cheveux et sur mon visage, dans cette bagnole qui, objectivement, ne doit certainement pas exister réellement, tellement elle semble improbable avec ses paillettes, et Maël, collé à moi, sa joue contre la mienne, c'est juste waouh, waouh, waouh ! Je me love contre lui, malgré la chaleur qui nous assomme, et nous regardons passer les rues, les monuments. La vie cubaine s'étale devant nos yeux et, moi, je me sens…

– Jackie Kennedy ! Dallas ! 1963 ! Il ne manque plus que le bibi à voilette rose bonbon !

Il s'esclaffe.

– T'as pas d'autres références, là ? Je te rappelle que son mari a été descendu ce jour-là ! Et si tu es Jackie, je suppose que je suis John…

– Ben oui, ça colle, c'est ton nom, de toute manière !

– OK, je fais arrêter la bagnole, on descend ! Tu me fous les boules, là !

Je pèse de tout mon poids sur ses genoux, l'empêchant de bouger un muscle.

– Alors là, tu rêves ! On reste ! Il faut savoir vivre dangereusement parfois ! Et moi, je suis bien, là.

Il resserre son étreinte en grognant doucement.

– Moi aussi.

Mon cœur frissonne. Encore. Enfin, pour être exact, je suis plus proche de l'éruption volcanique que du simple frisson. Je veux que ce moment ne se termine jamais. Je suis tout simplement heureuse. Vraiment.

Mais malheureusement, tout a toujours une fin. Le chauffeur s'arrête dans un bouchon impressionnant et nous explique qu'il ne pourra pas aller plus loin à cause du carnaval, que beaucoup de rues sont bloquées dans la vieille ville et que la seule déviation possible ne nous offrira pas de vue panoramique intéressante. Nous désertons donc la voiture de princesse kitchouille pour nous enfiler dans les rues devenues piétonnes pour cause de carnaval. Tout contact rompu entre nous. Retour à la case départ. Ça commence franchement à m'énerver, cette histoire. Mais bon. Voilà, quoi.

Maël s'arrête devant une boutique pour touristes.

– Oh, trop bien !

Il me fait signe de le suivre et me précède jusqu'à un rayon de casquettes. Les fameuses du Che, évidemment ! Il en pose une sur sa tête et m'adresse un sourire ravageur.

– Alors ? Ça le fait ou pas ?

Forcément que ça le fait ! Ce mec est une gravure de mode ambulante ! La perfection physique incarnée. Il pourrait porter un déguisement de clown sous acide que ça serait encore affreusement sexy. Je pince les lèvres amèrement en me disant que décidément il faut que j'arrête de me faire des films avec lui, il est définitivement trop. Trop beau, trop beau, et aussi trop beau. Et puis adorable également. N'oublions pas ce paramètre.

– T'en veux une aussi ?

Je secoue la tête.

– Non, merci. J'ai pas une tête à casquette. J'ai une queue-de-cheval.

– Ben, tu l'enlèves.

Ouais bien sûr, ainsi j'aurai l'air d'une femelle australopithèque ! J'ai déjà presque la taille, elles mesuraient en moyenne un mètre trente, je n'ai que vingt-cinq petits centimètres de plus. Oui, je suis minuscule. Et alors ? Donc, si j'ajoute à ça mes cheveux filasse genre spaghettis trop cuits, moitié raides moitié bouclés, selon le gré des divagations météorologiques et aussi de l'air marin qui n'a rien arrangé à l'histoire, il ne me manque plus que la peau de bête pendant négligemment sur les hanches, nénés à l'air, parce qu'en plus je n'ai pas plus de poitrine que la célèbre Lucy, qui arbore fièrement ses gants de toilette sur chaque représentation fidèle, et le portrait serait parfait. Bref, tout ça pour dire que :

– Non, je te jure, c'est pas pour moi. Mais, merci, c'est gentil.

Il hausse les épaules.

– OK, j'en prends deux quand même. Au cas où tu changes d'avis.

– Ça n'arrivera pas ! Garde ton argent, Maël, s'il te plaît.

Il ne m'écoute pas et se dirige vers la caisse.

– Ne t'en fais pas pour ça. De toute manière, si tu n'en veux pas, je l'offrirai à Mira.

Je stoppe net au milieu du magasin.

Qui c'est Mira ? Sa copine ?

Qui d'autre ? Ça n'est pas la factrice ou la bonne… Remarque, si, il pourrait entretenir d'excellentes relations avec le personnel de maison… Mais qui a une bonne de nos jours ? Non, ça ne tient pas debout. Je le rejoins alors qu'il a fini de payer et m'attend à la porte de la boutique. Une bonne. Il n'a pas la tête d'un mec qui a une bonne chez lui. Merde, ce truc va me pourrir la journée ! Je me connais trop. Donc, éclaircissons tout de suite la situation. Je le rejoins sur le trottoir.

– Tu as une bonne ?

Il me regarde sans comprendre.

– Une bonne ?

– Oui, une femme qui s'occupe de ton intérieur, fait le ménage, les courses, le repassage…

– C'est quoi cette question ?

Il a l'air troublé. Tu m'étonnes ! Je prends mon air le plus dégagé possible.

– Juste une question. Je ne te vois pas trop avec un tablier à fleurs et un plumeau en train de virevolter entre tes meubles en mode chasseur de poussière, c'est tout.

Il s'esclaffe.

– Non, je n'ai pas de bonne. Juste la femme de mon jardinier qui range un peu avant que je rentre de tournée. Mais ce n'est pas à proprement parler une « bonne ». C'est quoi ce terme, d'ailleurs ? C'est un peu réducteur, non ? Et super démodé !

– Une femme à tout faire, si tu préfères, un majordome au féminin, une soubrette…

– Oui, j'avais compris et, non, la réponse reste inchangée. Pas de soubrette. Et la femme de mon jardinier n'en a vraiment pas la tronche… Parce que pour moi, une soubrette, ça porte des bas qui s'arrêtent à la lisière d'une minijupe, mais aussi ça fait le ménage en talons, décolleté pigeonnant, enfin tu vois… le fantasme classique… Et… non, rien que de m'imaginer mon aide ménagère habillée ainsi, c'est un coup à me faire tomber la bite d'effroi !

Je m'esclaffe, même si je n'en ai pas réellement envie. Je suis plutôt branchée enquête sérieuse et approfondie à cet instant.

– Donc, tu as bien une aide ménagère.

Il répond sans savoir si je l'accuse ou si simplement je me renseigne.

– Oui, si on peut dire. Pourquoi ?

– Elle s'appelle comment?

Il baisse les yeux.

– Euh… Je passe pour un enculé si je te dis que je ne me rappelle jamais de son nom?

Ben oui, un peu, quand même… Mais pour les besoins de l'enquête, sa réponse suffit. Elle n'est pas Mira, puisqu'il ne se rappelle pas son prénom. *Next*. Je longe le trottoir et il me suit en posant une de ses casquettes sur sa tête (*trop beau gosse!*) et range l'autre dans son sac à dos.

– C'est pas top, j'avoue! Mais pas grave. Sinon, est-ce que tu entretiens des relations particulières avec ta factrice?

– Quoi? C'est quoi, ces questions?

– Réponds, c'est tout!

– OK… Alors je n'ai jamais vu mon facteur… ou ma factrice. Il ou elle dépose mon courrier dans ma boîte aux lettres et mon jardinier le récupère. Voilà. Satisfaite?

Je plisse les yeux.

– Jardinier qui s'appelle?

Un homme peut-il éventuellement s'appeler Mira? C'est bizarre mais, après tout, en France, j'ai entendu pire! J'avais un pote, son frère s'appelait Clintis en rapport avec Clint Eastwood… Faites le rapport, phonétiquement, ça colle. Bref. Passons sur cette anecdote douteuse et sur ce pauvre Clintis qui était, au demeurant, super sympa. Le pauvre.

– Pas plus de nom que sa femme. C'est le couple sans nom. Bon, on a fait le tour, cette fois, ou tu as besoin de savoir comment s'appelle mon esthéticienne?

Tiens, j'y avais pas pensé à celle-là? Mais attends!

– Tu as une esthéticienne? Pour quoi faire?

Il lève les yeux au ciel.

– Non, je n'ai pas d'esthéticienne, c'est sorti comme ça!

– Mais bien sûr !

Mon air inquisiteur a l'air de l'amuser, au final. Tant mieux. Il retient un rire.

– Mais non, je te promets, je n'ai pas d'esthéticienne. Qu'est-ce que tu voudrais que je foute d'une esthéticienne ? J'ai pas la phobie des points noirs dans le dos, moi, je ne m'appelle pas Lochan !

Je plisse les yeux.

– Comment sais-tu que mon frère a cette phobie ?

– Tu me l'as dit hier !

Je m'arrête au milieu du trottoir.

– Hein ? J'ai jamais dit ça !

– Si, tu l'as dit !

– Non, t'as dû rêver !

– Comment je le saurais, si tu ne l'avais pas dit ?

– Pas faux.

Il attrape mon bras pour me forcer à avancer… Nous dévions du sujet… Mais attends, il doit bien avoir une coiffeuse, non ? Ou une maquilleuse pour les shows ?

– Elle s'appelle comment ta coiffeuse ?

Cette fois, il semble excédé mais il répond quand même.

– Augusto.

– Ta coiffeuse a un nom de mec !

Il soupire.

– Oui, parce que justement c'est un mec. Contente ?

– Oui, enfin non. Et ta maquilleuse ? T'as bien une maquilleuse pour les concerts ? Ou une habilleuse ?

Habilleuse à qui il offrirait un souvenir de Cuba ? Ça colle. Genre la nana passionnée de fringues en tout genre… Sauf que, si elle l'habille, ça signifie qu'elle le voit à poil ! Ben oui ! Donc alerte rouge, s'il lui offre un truc… Merde…

Il s'arrête et me fait face.

– Bon, que cherches-tu à savoir exactement? Je n'ai pas d'habilleuse et encore moins de maquilleuse. C'est bon comme ça? Ta question. Ta vraie question.

Je hausse les épaules.

– Je fais juste la conversation, c'est tout…

J'essaye de continuer notre balade mais il me retient en ôtant ses lunettes pour me montrer l'expression plus du tout amusée de ses yeux.

– Non. Ta question, Divya.

Je soupire. J'ai honte. Je n'ai pas à tout savoir de lui, nous ne nous devons rien, donc je suis trop curieuse et c'est absolument hors sujet par rapport à la situation. Mais je pose ma question. Parce que si je ne le fais pas, je vais cogiter toute la journée et inévitablement la gâcher. Et ce n'est pas juste pour lui qui s'évertue depuis le début à être un parfait gentleman, doublé d'un guide et d'un « compagnon » adorable. Donc, je lui balance ma question.

– Qui est Mira?

Il soupire lourdement.

– C'est ça ta question.

Ses yeux couleur d'eau de lac plongent dans les miens. Il prend une grande inspiration.

– Mira, c'est ma fille.

Alors là, il me coupe les pattes. Et la respiration et la voix, enfin bref, je me statufie littéralement. Un morceau de granit figé sur le trottoir. Un maigre filet de voix transperce ma couche de pierre. Je ne sais trop comment.

– Tu es… marié?

Il retient un rire en posant ses mains sur ses hanches.

– Non. Je ne suis pas marié. J'ai simplement une fille d'une ancienne copine avec qui c'était plus ou moins sérieux.

– Et… elle est où ?

– Elle habite dans ma ville de naissance, avec sa mère, en Caroline du Nord. Maintenant, si tu as fini ton interrogatoire, on peut éventuellement profiter de La Havane encore deux bonnes heures ou alors on disserte sur des trucs dont je n'ai vraiment pas envie de parler tout de suite maintenant.

Je le dévisage quelques minutes. La noirceur reprend ses droits au fond de ses pupilles. Il est tellement transparent sur certains points et opaque sur d'autres. Troublant.

Nous reprenons notre balade alors qu'au loin, devant nous, nous commençons à percevoir une musique, des cris, une foule et une myriade de couleurs chaudes dansant sous le soleil cubain. Je murmure :

– Le carnaval !

Il hoche la tête.

– Apparemment. Tu veux qu'on change de rue ?

– Oh non, c'est cool, je n'ai jamais assisté à ce genre de manifestations.

– Cool ! Tu vas voir, c'est top ! Tu veux manger un truc ?

Il désigne du menton une petite échoppe d'où émane une odeur de nourriture. Mon ventre se met à gargouiller.

– Oui ! J'ai faim !

Il me sourit.

– Alors allons-y.

Je le suis jusqu'au petit snack dont la cuisine est ouverte directement sur le trottoir. Il a une fille. Un truc de fou… Et depuis quand ?

– Elle a quel âge ?

Il s'accoude au comptoir de l'échoppe.

– Tu veux manger quoi ?

– Tu ne réponds pas à ma question !

– Toi non plus.

Le cuisinier se tourne vers nous. Maël commande toute la carte en désignant les plats un par un.

– Comme ça, tu vas goûter à tout. Ça te va ?

– Et sa mère, elle s'appelle comment ?

Il laisse tomber sa tête en avant, excédé.

– Divyaaa…

– Mais elle a quel âge ?

Cette fois, il explose. Bien joué, Divya !

– Elle a 7 ans ! Depuis quelques jours seulement. Avant, elle en avait 6 !

– Sans déconner !

– Oui ! Et, le jour où l'on s'est rencontrés, c'était celui de son anniversaire ! Voilà, contente ? On peut changer de sujet maintenant ?

Il sort son portefeuille de son sac.

– Ah oui ? On s'est rencontrés le jour de son anniversaire ?

– C'est ce que je viens de dire, effectivement.

Il attrape plusieurs billets et les tend au vendeur.

– C'est drôle cette coïncidence !

Il fait signe au cuisinier de garder la monnaie.

– Hilarant !

– Mais, en fait, si elle habite si loin, tu ne la vois… presque jamais, si ?

Il se tourne vers moi, en furie. Je regrette aussitôt d'avoir insisté, par simple curiosité maladive. Mais j'ai envie de le comprendre. Et pour ça, il faut que je sache.

– Mais, putain, Divya, tu veux en venir où exactement ? Ce sujet ne te regarde pas, il me semble ! Occupe-toi de ta vie et je m'occupe de la mienne, on va faire comme ça ! Tout ce qui concerne Mira me regarde, moi, sa mère et personne d'autre. C'est clair ? Tu fais chier, putain !

D'accord, sujet sensible visiblement. Je m'écarte de quelques pas pour admirer les carnavaliers qui arrivent maintenant sur nous, pendant qu'il attend sa commande. C'est magnifique. Une vingtaine de danseuses, habillées de tenues de scène genre Crazy Horse, arborant des plumes chamarrées sur leurs diadèmes mais aussi sur leurs épaules, d'autres accrochées à leurs slips en paillettes (comme ma voiture « Jackie Kennedy » !), bref, tout ce petit monde danse au son des tambours, comme un ballet d'oiseaux de paradis portant des colliers de strass. Étrange comme image mais ça m'y fait penser. La foule qui les entoure et les suit dans leur traversée de la rue danse avec elles, tout le monde se bouscule gaiement, les gens chantent, sifflent, s'amusent. Mais toute cette foule… je ne suis pas vraiment habituée. Je me colle contre le mur d'une maison derrière moi pour la laisser passer.

Une femme toute en plumes s'approche de moi en secouant son popotin, faisant voler ses apparats tout autour d'elle. Je reste éberluée devant ce spectacle magique. Elle en profite, m'attrape le bras et m'emmène dans la foule avec elle. Sans rien comprendre ni contrôler, je me retrouve encerclée de plumes, de couleurs, de bras, de torses, de strass, je ne sais plus dans quel sens nous sommes, où est le devant, où est l'arrière. J'essaye de rejoindre le bord de la rue, n'importe quel bord pour être honnête, mais la foule se fait de plus en plus dense autour de moi et m'emmène toujours plus loin de Maël. Je me retourne pour braver le flux mais c'est peine perdue, la liesse populaire est plus forte que mes tentatives minables. Je commence clairement à paniquer. La chaleur m'étouffe tout à coup. Comme je suis petite, je ne vois que des torses autour de moi. Les gens parlent dans une langue que je ne connais pas, je ressens les lumières et les énergies de toutes parts, ma tête ne sait plus ce qu'il se passe et, étourdie, je me fais entraîner malgré moi, plus loin, toujours plus loin de l'endroit où j'ai laissé Maël. Mon cœur bat à tout rompre, mon sixième sens ressent trop et trop vite, je suis vraiment dans une situation délicate qui s'aggrave à chaque pas que je fais.

Quand, tout à coup, des bras puissants m'attrapent la taille et un torse se colle à mon dos. Je ressens aussitôt sa présence. Réconfortante, plus que jamais. Mon sixième sens se focalise sur lui et je reprends pied. Je me retourne contre lui et me love dans ses bras, à l'abri, encore légèrement tremblante. Il attrape mes joues et me relève la tête.

– Divya, je suis désolé. Pardonne-moi. Ne me laisse pas.

Il n'attend pas ma réponse. Ses lèvres fondent sur les miennes. Comme ça, sans préavis. Elles sont douces et fermes. Attirantes. Divinement tentantes. Il les frotte doucement contre les miennes, puis sa langue vient s'insérer doucement dans son baiser. Je l'accueille avec délice en lui ouvrant le chemin. Elle s'insinue en moi. Ses mains glissent sur ma nuque puis dans mon dos pendant que j'ose répondre à son baiser. J'enroule mes bras autour de ses hanches et me colle à lui alors qu'il plonge encore plus profondément en moi. C'est divin. Je m'abandonne à sa tendresse. Je lâche prise. J'ose y croire et lui montrer. Un flash de lumière me traverse le corps, chaud, puissant, intense. Tellement renversant que mes jambes chancellent. Son bras se resserre autour de moi pour me garder debout, mais Maël, lui, stoppe net le baiser. Ses yeux sont fiévreux, flous, passionnés quand il les pose dans les miens. Il a l'air aussi sonné que moi. Et il le confirme en murmurant :

– Waouh ! C'était quoi, ça ?

Je ne sais pas trop, en réalité. C'est mon premier vrai baiser d'adulte, le premier aussi passionné, aussi sincère. Si je suis la logique, c'est tout simplement :

– Un échange d'énergies positives ? La pureté des sentiments ? Si tu l'as senti aussi, c'est que tu y étais attentif…

Il hoche la tête.

– J'avais un peu peur que cela te fasse un truc bizarre, en effet. Tu vas bien ?

Je souris.

– D'après toi ?

Il répond timidement à mon sourire.

– Bien, j'espère. Je suis désolé, ma p'tite fée. Je ne voulais pas te parler comme ça.

– Et moi, je n'aurais pas dû te poser toutes ces questions.

Il soupire.

– Je comprends que tu veuilles savoir. Et je répondrai. Un jour. Mais ce n'est pas si simple. Les questions en amèneront d'autres et… je ne suis pas prêt à en parler.

– D'accord. Par contre…

– Oui ?

– Embrasse-moi… Enfin, si tu veux bien…

Une lueur éclatante jaillit au fond de ses prunelles. Il se penche vers moi et pose de nouveau ses lèvres soyeuses sur les miennes. Je me laisse embarquer. Les danseuses autour de nous agitent leurs plumes magiques. Les sonorités du bonheur nous emplissent les oreilles. Tout tourne et, nous, nous sommes au centre de cet univers. Notre baiser devient profond, ses bras m'encerclent et me protègent ; il sent bon, il m'embrasse comme un dieu, je me sens comme une reine, à la meilleure place du monde, tout le reste n'existe plus. Il presse son corps davantage contre le mien, je gémis doucement alors qu'il me fait sienne et que je m'abandonne à son baiser vertigineux. Nous nous laissons ensevelir par cette chaleur que je n'avais jamais ressentie avant mais qui, pour moi, s'apparente à une explosion de sentiments plutôt qu'à une quelconque manifestation d'énergies. Mais, comme je n'ai pas d'expérience, je ne peux pas réellement statuer. Et, je vais vous dire… je m'en contrefous. Seul Maël, ses bras, son torse, sa bouche, son baiser, seuls ces éléments ont une réelle importance. Le reste ? Qu'est-ce qu'on s'en fout !

Les danseurs autour de nous nous pressent toujours autant, ils veulent avancer, donc après avoir ralenti la cadence en restant statiques, plongés dans notre câlin, pendant un bon moment, nous sommes poussés malgré nous dans le sens de la marche. Maël semble métamorphosé. Radieux. Lumineux. Il attrape mes hanches, se penche et me fait grimper sur ses épaules. J'attrape sa casquette du Che, retire l'élastique de ma queue-de-cheval et l'enfonce sur ma tête. Les bras en l'air, j'accompagne les femmes échasses qui entourent le cortège alors que les mains du bourreau de mon cœur me caressent doucement les jambes. Nous nous laissons flotter jusqu'au bout de la rue, puis Maël bifurque pour sortir de la mêlée. Il me repose au sol, attrape mes joues et m'embrasse à nouveau. Un autre baiser enivrant et puissant. Puis il caresse ma joue du bout de son nez, les yeux fermés.

– Je ne me lasserai jamais de t'embrasser. Ce n'est pas moi qui le dis, c'est mon cœur, Div. Il me le crie depuis la première fois. Depuis le premier cassoulet…

J'éclate de rire. Il m'imite. Et m'embrasse encore, l'air réellement épanoui.

– Je valide les cheveux détachés. Et la casquette. Elle est à toi.

– Mais Mira ?

– J'en ai acheté une autre.

– Et toi alors ?

– Je dois en avoir quatre ou cinq chez moi…
– Oh ! Alors, depuis le début…
– Elle était pour toi… évidemment ! Alors, on se le fait ce resto gastronomique ?
Je porte la main à ma bouche.
– Oh, mais, Maël, et ta commande au snack ?
Il hausse les épaules en ouvrant son sac à dos.
– On s'en fout, on va bien en trouver un autre.
Il plonge la main au fond du sac.
– Merde, j'ai foutu où ces machins ? Je suis sûr de les avoir pris, pourtant !
– Qu'est-ce que tu cherches ?
– Ah ! Voilà ! Tiens-moi ça deux secondes !
Il jette son sac dans mes bras et enfile…
– Des mitaines ?
– Ben oui, des mitaines… Ton truc, c'est bien paumes contre paumes, non ?
J'acquiesce d'un signe de tête pendant qu'il ferme les boutons-pression des mitaines en cuir qu'il arbore maintenant aux mains.
– Bon, ben alors, problème résolu.
Il attrape son sac, l'accroche à son dos et me tend la main. Je glisse la mienne entre ses doigts. Et rien ne se passe. À part une multitude de frémissements qui partent dans tous les sens au fond de moi. Problème résolu, effectivement.
– Mais tu les avais depuis le début et tu n'as rien dit ?
– T'as pas demandé !
– Comment veux-tu que je demande un truc auquel je ne pense pas et dont je ne soupçonne même pas la présence dans ton sac ?
– C'est toi la voyante, non ? Si faut tout te dire maintenant…
Je le scrute, ébahie. Il rigole doucement puis embrasse mes doigts fermement entremêlés aux siens.

– En tout cas, une chance que je porte souvent ces trucs sur scène. En réalité, je ne m'en sépare quasiment jamais… Donc c'est cool !

Oui, c'est cool. Il s'arrête une nouvelle fois pour m'embrasser. Et je fonds encore un peu plus pour lui.

Si un jour on me demande la ville la plus romantique du monde, je sais maintenant ce que je répondrai… HAVANA !

19

Maël

« Take me to your heart,
Feel me in your bones,
Just one more night,
And I'm comin' off this
Long and winding road. »[1]

Ma p'tite fée. Sa main délicieusement ancrée dans la mienne. Ses lèvres qui réclament les miennes tous les deux mètres. Cette chaleur qui n'a rien à voir avec le soleil qui nous brûle la peau… Une chaleur qui vient de l'intérieur. Elle engourdit tout en moi. Je me sens léger, heureux. Peut-être n'y a-t-il pas que les regrets pour emplir ma vie, après tout.

Je resserre mes doigts autour de sa main alors que nous franchissons la passerelle qui mène au bateau. Une fois arrivés sous la climatisation du hall, je la fais virevolter pour la plaquer contre mon torse.

– Eh bien, chère mademoiselle Rives, j'ai été plus que ravi

1. « Prends-moi sur ton cœur / Sens-moi dans tes os / Seulement une nuit de plus / Et je me dégage de cette / Longue et sinueuse route », « Home Sweet Home », Mötley Crüe. Crédits : Nikki Sixx.

de vous faire visiter La Havane. Pensez bien au pourboire et à laisser un commentaire positif sur notre site Internet « Maël vous dévoile tout ».

Elle glousse. C'est mignon. D'habitude, quand une nana glousse, ça fait d'elle une véritable cruche. Pas Divya. Quand Divya glousse, c'est mignon. Oui, d'accord, je suis cucul, pas besoin de préciser, j'avais remarqué. Mais j'adore être cucul avec Divya qui glousse. N'en déplaise à certains.

– Je n'ai pas de monnaie pour le pourboire, je suis désolée.

– Nous pouvons aisément trouver un palliatif à ce problème, très chère demoiselle. Léguez-moi vos lèvres et je pense pouvoir oublier ce souci d'argent.

Elle sourit et se hisse sur la pointe des pieds… Je me penche pour la rejoindre à mi-chemin mais… Lochan déboule à l'autre bout du hall, le regard plongé dans un document. Pas bon. Je repousse Divya, un peu brutalement, je dois l'avouer, mais elle comprend aussitôt et s'écarte de moi. Son frangin lève les yeux des papiers qu'il consulte et nous aperçoit. En deux pas, il est déjà sur nous et examine nos têtes de premiers de la classe totalement innocents. Il plisse les yeux, inquisiteur.

– Salut… Vous étiez en ville tous les deux?

J'acquiesce. Ce qui assombrit davantage son regard. Divya se racle la gorge.

– C'était cool, il y avait le carnaval… Dommage que tu ne sois pas venu.

Il grogne, peu convaincu.

– Mouais. Dommage, effectivement… Bon, Maël, Mike te cherche pour le concert de ce soir, je crois. Divya, on dîne ensemble? On se croise depuis deux jours et ça me gonfle.

– Oui, cool. Maël, tu dînes avec nous?

Lochan répond à ma place.

– Non, il doit avoir des trucs à faire, enfin je suppose. Pas vrai, Maël ?

Il me lance un regard noir. Mais… Comment dire… Je me fous un peu de son avis.

– Non, planning totalement libre jusqu'à vingt et une heures. Après je joue. Tu viens au concert, Div ?

Elle sourit en hochant la tête.

– Si c'est une invitation, je ne peux refuser…

– C'en est une, tout ce qu'il y a de plus officiel.

Lochan grince des dents.

– Je suis désolé, Maël, mais j'ai besoin de me retrouver avec ma sœur au moins pendant le repas. Alors, si tu n'y vois pas d'inconvénient.

Évidemment, le frère possessif reprend du service. Je n'ai pas l'intention de mettre Divya dans une position délicate. J'ai envie que notre petit embryon de relation navigue dans un univers de bonheur et pas que nous soyons obligés de mener des combats inutiles. Et les frères casse-couilles, j'ai déjà donné, j'ai déjà combattu, cette fois, je ne ferai pas les mêmes erreurs. Donc, je m'incline. Pour elle. Juste pour elle.

– Ah mais oui, de toute manière j'avais loué une salle de répétition, j'ai un essai piano à faire sur des pistes enregistrées avant de partir. Pardon, Div, je ne pourrai pas manger avec vous. J'avais totalement oublié.

Ce qui n'est même pas un mensonge… J'ai réservé cette salle depuis hier, une envie furieuse de tester mon projet avec un clavier, mais je n'avais pas eu le temps de le faire avant de partir de chez moi. Elle semble déçue.

– OK, très bien. Donc, Lochan, ce sera un tête-à-tête. Content ?

Il esquisse un sourire.

– Parfait. On se retrouve dans deux heures ? J'ai un ou deux trucs à faire et j'ai croisé un autre groupe qui m'a demandé de plancher sur quelques-unes de leurs compositions… Tu vas faire quoi en attendant ?

Elle me jette un coup d'œil discret, je reste impassible, son frère ne me lâchant pas de son regard suspicieux. Elle finit par répondre.

– Je vais aller voir Beth et Magnus. Il n'était pas bien ce matin, j'espère que c'est passé.

Lochan fronce les sourcils, puis cette fois m'adresse un regard surpris. Je me contente de lui sourire. Que faire d'autre ? Même si le fait qu'elle aille les retrouver m'emmerde prodigieusement. S'il n'était pas aussi chiant avec son esprit protecteur, je proposerais à Divya d'aller faire un tour à la piscine, mais il n'apprécierait pas plus, à mon avis, donc… Il se racle la gorge.

– Très bien. Maël, je vais voir Mike, tu m'accompagnes ?

– OK.

Je coule un regard désolé à ma p'tite fée qui y répond de la même manière, puis suis son frère qui ne m'adresse pas la parole jusqu'à ce que nous retrouvions Mike. Et moi, j'ai seulement envie de l'emplafonner parce qu'il m'agace. Je ne ferai pas de mal à Divya, qu'est-ce qu'il croit ? Je suis conscient qu'elle est précieuse et fragile sur certains côtés, mais j'ai vu aujourd'hui qu'elle avait envie et besoin de vivre, ce que, lui, lui refuse. Il a sans doute fait énormément de choses pour elle et j'ai de mon côté beaucoup de casseroles qui me pendent aux fesses mais, pour ce qui est de montrer à Divya les choses qui peuvent être sympa dans la vraie vie, je crois que je peux faire le job. Mieux que lui qui se contente de s'éclater de son côté tout en lui interdisant de faire de même. Merde, elle a 20 ans, pas 12 ! Ça m'agace, ce côté militaire dont il fait preuve à son égard. D'autant plus que lui, je le répète, ne se gêne absolument pas pour se vautrer dans des plans dénués de toute morale. Bref, maintenant que Divya m'a ouvert son petit univers, je compte bien remettre un peu d'équilibre dans tout ça. Avec son accord, bien entendu, mais surtout pour son plaisir uniquement. Le mien n'est que secondaire.

***

La climatisation de la salle de répétition ne fonctionne plus. J'ai tout tenté mais elle diffuse uniquement de l'air chaud. Donc après avoir foutu un ou deux coups de lattes dans le bordel sans plus de résultat, j'ai tout débranché. Je me retrouve donc, torse nu, en sueur, parce qu'il fait vraiment chaud, devant mon piano, à tenter d'accorder un arrangement sur un des titres que j'ai pondus l'autre jour. Mon PC diffusant dans les amplis de la salle mon enregistrement sommaire des pistes guitare, basse et batterie, je joue, ajuste et recommence encore et encore pour trouver l'harmonie parfaite. Je suis une mine d'inspiration en ce moment et ça me ravit. J'ai cette impression de remonter une pente, pas à pas, celle que je dévalais depuis tant d'années. Alors ce sont juste quelques éclairs de lumière dans une obscurité qui se cache toujours en moi, mais c'est toujours ça de plus qu'avant. Aujourd'hui, j'ai eu ce flash. Cette envie de vivre qui m'a écrasé le cœur d'une force incroyable. Juste en l'embrassant. C'était magique.

Mes doigts dansent sur le clavier et je pars dans une divagation harmonique intéressante, totalement à contretemps de ma base son, mais ça rend pas mal. J'enregistre puis repars dans mes délires. Jusqu'à ce que la porte s'ouvre doucement. Ma p'tite fée apparaît sur le seuil, un verre à la main. Vêtue d'un simple bikini et d'un paréo accroché à ses hanches, elle est renversante. Elle esquisse un petit sourire sans oser rentrer.

– Je ne te dérange pas ?

Je pose mon coude sur le capot du piano et ma tête contre mon poing relevé pour l'observer. Magnifique.

– Je crois sans trop m'avancer que tu ne me dérangeras jamais, Div. Tu m'as apporté à boire ?

Franchement, si elle a pensé à m'apporter un truc à boire, c'est le pied, je me dessèche depuis une bonne heure maintenant, c'est insupportable. Elle prend une mine embarrassée.

– En fait non… J'en ai bu la moitié… Mais je peux aller te chercher…

– Non, c'est bon, je préfère que tu restes là… Viens là, ma belle.

Elle sourit, ferme la porte derrière elle et me rejoint.

– Il fait trop chaud, ici, c'est fou ! Tu vas mourir desséché, c'est terrible ! Tiens, pour le coup, j'ai pitié.

Elle pose son verre sur le bord du piano.

– Tu bois quoi ?

– De l'eau. Avec des glaçons. Enfin un seul glaçon, les autres ont fondu.

– Intéressant ! Merci !

J'attrape le verre et le vide totalement. Un seul glaçon. Mais il est de taille. Donc ça passe. Glaçon que je laisse fondre sur ma langue. Elle reprend le verre d'un air dépité.

– Eh mais ! On aurait pu partager ! Égoïste !

Je m'insurge.

– Qui n'a apporté qu'un seul verre à moitié vide sans penser à moi, pauvre musicien assoiffé enfermé dans ce débarras sordide pour le bien de l'art ?

Elle se retient de rire.

– Si je n'avais pas pensé à ce pauvre musicien, je ne serais même pas venue, je te signale.

– Pas faux. Allez, je suis bon prince, je partage.

Je pousse le glaçon entre mes dents et attrape son bras pour l'attirer sur mes genoux. J'essaye de communiquer comme je peux.

– Voilà ton glaçon.

Elle sourit et s'approche de moi puis tend sa langue pour lécher la glace entre mes dents. Ce petit bout de langue qui me cherche, clairement. Et ses yeux qui n'en disent pas moins, malgré la timidité qu'ils affichent... Son envie contenue de s'amuser réveille en moi une envie de plus. J'attrape sa nuque et pose mes lèvres sur les siennes. Je pousse le glaçon dans sa bouche et joue avec sa langue. Ses bras passent autour de mon cou et son corps vient s'imbriquer contre le mien. Son intimité se plaçant exactement là où il faut... ou pas. Putain.

Elle repousse de manière insolente le glaçon qui atterrit dans ma bouche en prenant toute la place. OK, princesse, tu veux jouer visiblement. Pas de problème. Je tends la main vers mon PC sur le piano et augmente le son des rythmiques qui jouent toujours. Un fond lancinant de basses puissantes s'empare de mon cerveau. Se découvrir, oui, mais en musique. C'est uniquement ainsi que j'envisage les vrais bons moments avec une femme. Je romps notre baiser et coince le glaçon entre mes dents de nouveau. Mes bras passent dans son dos pour la maintenir comme je le souhaite, contre moi, sa peau chaude et parfumée collée à la mienne. Puis je fais glisser ma bouche sur son menton. Elle relève légèrement le visage pour se prêter à la fraîcheur de mes lèvres. Je descends le long de sa gorge puis me dirige vers sa clavicule. Le morceau de glace lèche sa peau en disséminant sur son passage de minuscules gouttes d'eau glacée qui la font frissonner. Je suis jaloux de ce glaçon qui la découvre alors que moi-même, je ne la connais pas. Je reprends le truc en bouche et embrasse sa peau en direction de son épaule. Ses doigts se crispent dans mon dos alors qu'elle s'agite doucement contre moi. Je rentre dans sa danse langoureuse sans me faire prier. Elle resserre son étreinte et mon torse se retrouve collé à sa poitrine. Des sueurs froides coulent le long de ma colonne alors qu'une érection bien motivée commence à se dresser entre nous. Elle déglutit et vient embrasser mon cou pendant que je mordille la peau de son bras.

Je commence à avoir très chaud. Mais… je me rappelle qu'elle est inexpérimentée. Et que je l'ai embrassée pour la première fois il y a à peine quatre heures et que cette salle de répétition n'est clairement pas l'endroit romantique par excellence. Et j'ai envie de la laisser découvrir plein de choses. Qu'elle ait une réelle envie de plus, si un jour nous en arrivons là. Donc… on se calme, Maël. Le glaçon dans ma bouche devra suffire à refroidir mes ardeurs. Mais il peut servir à autre chose aussi. Je souris contre sa peau sucrée puis la prends dans mes bras avant de me lever de mon tabouret. Je la porte jusqu'au canapé en passant par la porte du local dont je pousse le verrou.

À nous deux, p'tite fée. Je l'allonge doucement sur les coussins du sofa. Elle m'observe avec appréhension. Je lui souris en serrant le bout de glace encore conséquent entre mes dents. Elle laisse échapper un frisson, le regard légèrement inquiet. J'ai raison de calmer le jeu, elle n'est clairement pas prête pour plus. Mais s'amuser… ça pourrait bien lui plaire. Je pose le glaçon à la base de son cou et le guide entre ses seins. Doucement. Pour qu'elle ait le temps de m'arrêter si c'est trop pour elle. Je tremble d'ailleurs à l'idée qu'elle le fasse parce que mon petit jeu n'arrange rien à ma gaule, ni à mon excitation qui me fait flotter dans un plaisir sensuel envoûtant. Je n'ai, moi-même, jamais pris le temps avec les femmes. C'est une première pour moi aussi, d'une certaine manière.

Elle ne bronche pas lorsque le glaçon atteint la ficelle qui retient les petits triangles posés sur ses seins. La seule réponse qu'elle s'autorise est un frisson qui la fait tressaillir. Parfait. Je dirige la glace vers l'un de ses dômes, par-dessus son maillot, alors que sa poitrine se soulève de plus en plus, sous l'effet de sa respiration saccadée. Qu'elle bloque lorsque j'atteins son téton. Je glisse autour doucement, le regardant se raidir sous la fraîcheur de mon jouet improvisé. Trop appétissant. Mes mains agrippent ses hanches alors que je lâche le morceau de glace et le laisse glisser entre ses seins. J'embrasse son téton et laisse ma langue le titiller. Elle se cambre en étouffant un gémissement. D'où la musique forte. Elle peut gémir, crier, rugir, pas de souci pour moi, ni pour les voisins. Je continue à agacer ses sens jusqu'à ce que l'une de ses mains s'accroche à mon épaule et que Divya relâche sa respiration plus que désordonnée. Elle est extrêmement réactive et c'est mortellement excitant. Il faut que je me calme. Je récupère mon glaçon, qui commence à être bien fondu, quoique utilisable, et le remonte sur son autre sein auquel j'administre le même traitement. Je remonte une main sur celui que je délaisse et mes doigts continuent de frôler doucement, aussi légèrement que je le peux, le petit bout de chair durci à l'extrême. J'ai envie de lui arracher son maillot. De prendre ses attributs divins en pleine bouche et de les lécher jusqu'à la faire hurler de plaisir. Jusqu'à ce qu'elle me supplie de la prendre. Envie de la faire vibrer plus violemment qu'une corde de basse en plein concert. Je ferme les yeux et essaye d'oublier ma gaule plaquée contre mon ventre.

Et elle ne m'aide en aucune façon. Ses gémissements s'accentuent, son corps commence à onduler… Merde. Je délaisse sa poitrine et replace ma main baladeuse sur sa hanche. Je continue mon périple en descendant vers son nombril. Sa peau est brûlante. Le glaçon commence à vraiment fondre cette fois. Donc je ne m'attarde pas. J'écarte le pan de son paréo pour découvrir son petit slip de bain, tout simple, noir et, bon Dieu, c'est sexy comme pas possible. Si ça ne tenait qu'à moi…

Maël, oublie!

Je dépose le petit morceau de glace dans le creux de l'aine et fais glisser mes mains sur l'intérieur de ses cuisses. Je relève le visage vers le sien et les pousse doucement pour l'inviter à les écarter davantage. Elle plonge son regard dans le mien en se mordant les lèvres.

Je t'en prie, fais-moi confiance!

Ma queue est aussi en attente de sa réponse que mon cerveau, tendue par l'appréhension, demandant plus… Après une courte hésitation, elle se décide à me laisser faire. Ses cuisses se détendent et s'écartent devant moi. Putain! Je ne sais même plus ce que je fais, où je vais réussir à m'arrêter, c'est n'importe quoi, Maël. Mais c'est bon. Méchamment orgasmique. Le glaçon commence à glisser sur la route qu'elle lui ouvre en écartant les cuisses, le long de la bordure de son maillot. Je le récupère avec les lèvres et pose une main légère sur le triangle noir qui me sépare de son intimité. Juste ma main. Ma paume. Je ne la bouge pas, je n'appuie pas, rien. De toute manière, si je fais quoi que ce soit de plus avec cette main, c'est mort, je lui saute dessus. Je sens juste cette petite bosse qui bat dans ma paume et mon esprit s'enflamme. Je fais remonter le glaçon le long du tissu. Ses mains plongent dans mes cheveux. Ses doigts griffent mon crâne. Elle respire bruyamment. Merde, j'en peux plus. Fait chier! J'appuie sur son bouton à travers le maillot. Puis relâche la pression. Puis encore. Ses jambes se tendent autour de moi. Je dessine de petits cercles rapides avec le bas de la main. Les lèvres toujours accrochées à ce glaçon que je balade au hasard sur sa cuisse. Je n'y suis plus, je vais exploser dans mon bermuda si elle continue. J'accélère ma main et appuie davantage. Elle redresse son buste, totalement à l'agonie.

J'attrape en urgence ma queue par-dessus le tissu de mon jean.

J'en peux plus, bordel de merde, mais qu'est-ce qu'elle me fait, putain, j'ai jamais eu envie de cracher avec si peu ! Je m'astique comme je peux, comme un débutant, dans des gestes désordonnés mais salvateurs. Je gémis, au bout de ma retenue.

– Divya... Pardon... Merde.

Elle halète lourdement, toujours tendue au maximum alors que je glisse ma main dans mon froc, pour me soulager. Mon autre main sur elle la malaxe avec fureur. Ma main sur moi tire mon membre avec frénésie. Je ne vois quasiment plus rien tellement j'ai envie de jouir, c'est un truc de malade. Elle arrive enfin. Son dos se voûte, sa tête retombe lourdement sur l'accoudoir derrière elle et elle pousse le plus beau râle que j'aie entendu de ma vie, le visage vers le ciel, les lèvres aussi tremblantes que le reste de son corps. J'active ma main sur ma bite en me délectant du spectacle. Et, bordel de merde, je me tape un orgasme ! Mon cerveau se barre dans tous les sens, mes couilles se vident avec soulagement et je crache dans ma main, dans mon bermuda, comme un gosse qui touche pour la première fois une nana. Pathétique. Mais tellement bon. Je pose ma tête sur son pubis, hors d'haleine. Un tout petit bout de glaçon reste posé contre l'élastique de son maillot. Je souffle dessus pour le faire glisser, ce qui déclenche un petit frémissement sur sa peau et un petit rire entre ses lèvres. Elle reprend son souffle doucement, je me redresse et rampe sur elle pour venir l'embrasser. J'ai l'air malin, j'ai le bermuda maculé de sperme, la main droite aussi et je suis en nage. Tu parles d'un mec qui assure ! Il va falloir que je reprenne une activité masturbatoire intense en prévision du prochain petit jeu parce que sinon je vais passer pour le dernier des crétins.

En attendant, l'expérience a eu l'air de lui plaire. Elle accueille le baiser que je lui offre en souriant, le regard brillant, apaisé et affectueux, pour ne pas supposer autre chose de plus profond.

Mais je me fais des films. On ne va pas s'enflammer.

On frappe à la porte.

– Merde, l'heure a dû passer.

Elle prend un air contrit.

– Désolée, je t'ai empêché de bosser.

Je m'esclaffe en embrassant son cou.

– Désolée ? Tu rigoles ! J'en ai absolument rien à carrer de mes partitions. Reviens tous les jours, s'il te plaît. Tu es magnifique quand tu prends ton pied.

Je l'embrasse voracement. Les coups retentissent à nouveau. J'interromps notre câlin.

– On a deux solutions. Soit j'ouvre, je casse la gueule aux connards qui réclament la salle et on continue le câlin. Soit on arrête là.

Elle sourit en penchant la tête.

– On va libérer la salle. Il fait définitivement trop chaud dans cette pièce… Et moi qui croyais qu'un glaçon avait pour but de rafraîchir…

Cette fois, c'est elle qui m'embrasse.

– … Il m'a donné super chaud ton glaçon…

Elle m'embrasse encore, en rougissant légèrement.

– … J'ai adoré ! Merci Maël.

– À ton service, ma p'tite fée. Mais ne t'y trompe pas, j'ai, moi aussi, un merci à te dire.

Elle semble mal à l'aise. Autant la détendre tout de suite, en lui expliquant que je suis au même stade qu'elle, voire pire, parce que, moi, personne ne m'a touché. Et je suis censé avoir un minimum d'expérience.

Ah, il est beau, le tombeur…

Je désigne d'un coup d'œil mon froc que je garde volontairement à quelques centimètres au-dessus de son ventre. J'explique :

– J'ai eu un petit accident de parcours. Tu me fais réellement un effet de fou, Divya.

– Oh !

Elle retient un rire, puis soupire de bien-être.

– C'est encore mieux, alors.

– Oui, si on veut… Tu pourrais me rendre un service ?

Elle hoche la tête.

– Lorsque nous sortirons de cette pièce, il y aura des gens derrière la porte. Est-ce que tu pourrais te coller devant moi, histoire de cacher le massacre ?

Elle éclate de rire.

– Tu me donnes quoi ?

– Hein ?

J'en reviens pas du toupet de cette femme ! Elle tente de garder son sérieux.

– Je veux… garder le T-shirt que tu portais aujourd'hui !

– Quoi ?

– Ton T-shirt et je cache tout ce que tu veux.

J'éclate de rire. C'est n'importe quoi.

– Ça marche. Mais je peux te demander pourquoi ?

Elle secoue la tête.

– Non. Allez, on y va !

– OK.

20

Divya

« You are so beautiful,
It should be criminal, that you could be mine. »[1]

– Et donc, je crois que je vais accepter ces trois contrats parce que, clairement, Maël fait du bon boulot dans ses compos et je ne vois pas trop pourquoi je resterais avec les Skeletons.

Je tressaille à la simple évocation de son prénom. Maël Jones. Maël Jones qui m'a enflammée il y a à peine deux heures. Assise à une table sur la terrasse du restaurant italien du bateau, je fixe depuis une bonne demi-heure le glaçon flottant dans mon verre sans réellement écouter ce que Lochy raconte. Je me redresse pour essayer de forcer mon attention sur lui.

– Oui, oui, c'est cool !

Il fronce les sourcils en portant son verre à ses lèvres.

– Quoi, qu'est-ce qui est cool ? Que les Skeletons n'aient pas besoin de moi ? C'était un gros contrat, Div, ce n'est pas à proprement parler une bonne nouvelle, figure-toi.

1. « Tu es si beau / Cela devrait être criminel que tu sois à moi », « No Matter What », Papa Roach. Crédits : David Jonathan Bendeth / Jacoby Dakota Shaddix / James Michael / Jerry Allan Jr. Horton / Tobin Joseph Esperance / Tony Palermo.

– Mais ils t'ont dit qu'ils n'avaient pas besoin de toi?

– Non, mais je m'y attends.

– Tu as signé un contrat, non?

– Oui, mais je ne vais pas jouer là-dessus. Si je ne sers à rien, inutile d'insister.

– Ah.

Je repars dans mes pensées. Je n'aime pas que mon frère soit en conflit, même minime, avec Maël. Je l'aime, il est mon frère et ce serait un réel problème si ces deux-là ne s'entendaient pas. Mais nous n'en sommes pas là. Mon frère a parfois tendance à faire preuve d'une fierté mal placée et préfère rester grand prince et envisager le pire plutôt que d'attendre qu'une mauvaise nouvelle s'abatte sur lui.

– Pour le moment, rien n'est fait, Lochy.

Il pose ses couverts dans son assiette vide alors que la mienne est encore pleine. Il s'inquiète, évidemment.

– Tout va bien, Div? Tu n'as rien mangé?

Non, je n'ai rien mangé. Je n'ai pas faim. Mon corps aspire à une autre nourriture, plus sensuelle, plus touchante, plus… waouh. Mais comment lui expliquer? C'est tout bonnement impossible, il péterait un sacré câble. D'ailleurs, en parlant de péter un câble…

– Lochy?

– Oui, ma puce?

– Il faut que je te dise. Avant de partir, j'ai envoyé mon inscription à l'école d'assistante maternelle pour la rentrée.

Il s'étouffe avec la gorgée de bière qu'il vient de boire.

– Pardon?

Je hausse les épaules.

– Tu sais bien. Je veux faire ce que j'aime. Et m'occuper des enfants, j'aime ça. Je peux les soulager…

– Mais Divya… Tu ne peux pas…

– Je ne peux pas quoi, Lochan? Vivre comme tout le monde? Gagner de l'argent? Avoir une vie sociale? Nous en avons déjà parlé, il me semble, et, même si je comprends ton appréhension, elle n'est pas justifiée. Ou plus justifiée à présent.

– Tu n'as pas besoin de gagner de l'argent, Divya, j'en gagne assez pour deux, non? Et tu veux finir comme maman?

Ça y est, il m'énerve. Mais je suis particulièrement fatiguée par ma journée et ma nuit sans sommeil de la veille. Je n'aurais pas dû engager le sujet. Mais cela fait plusieurs semaines que j'y pense et quelques jours que j'ai lancé mon inscription, je ne peux pas lui cacher un truc pareil. Et je ne peux pas non plus le laisser me dissuader.

– Tout ça n'a rien à voir avec maman! Elle s'est mise en danger pour papa, moi, je ne me mets pas en danger, et c'est ma volonté. Je n'irai pas dans les extrêmes comme elle, je contrôle mon énergie et mes limites! Il va falloir que tu me fasses confiance, Lochy! De toute manière, tu as simplement deux choix. Soit tu m'accompagnes et m'encourages, soit je me débrouille toute seule. Je suis prête à faire des consultations pour survivre, s'il le faut!

Il secoue la tête furieusement.

– Jamais de la vie! Tu restes à la maison!

– Je reste à la maison mais j'étudie comme une personne normale!

– Tu me fatigues!

– Toi aussi!

J'attrape mon verre et le vide, glaçon compris. Je le laisse fondre sur ma langue, comme celui qui s'est baladé sur ma peau tout à l'heure. Penser à ce moment merveilleux me déconnecte de la réalité et de cette conversation épuisante. Et quel moment… Mon premier orgasme provoqué par un homme… Et quel homme! Le mec le plus sexy que je n'aie jamais croisé. Le mec adulé et fantasmé par des milliers de nanas, rien que ça, avait sa main posée sur mon clitoris il n'y a même pas deux heures… Pour un début de carrière de femme accomplie, on peut dire que j'aurais pu faire pire… Et, en même temps, ce n'est pas le plus important. La seule chose qui me fait vibrer, c'est lui, parce qu'il a ce petit truc, cette ombre dans son âme qui le fait souffrir et cette lumière qui ne demande qu'à jaillir… Il a ce « plus » que les autres n'ont pas. C'est lui, Maël Jones dans son intégralité, qui me plaît. J'ai envie de le découvrir, je sais que je ne serai pas déçue.

En parlant du loup… Un frisson me traverse l'échine au moment où une ombre se pose sur notre table, mettant fin au sujet délicat en cours, ce qui est parfait. Je lève les yeux pour trouver ceux de mon amant du jour, mon tout premier… Je ne m'en remets pas ! Il est encore une fois ensorcelant, ce soir. Un jean archi moulant noir, un T-shirt noir également, épousant son torse parfait, ses merveilleuses mitaines aux mains et ses bracelets en cuir, inamovibles visiblement, toujours aux poignets, une chaîne accrochée à son jean, des rangers aux pieds. La star sombre et envoûtante dans toute sa splendeur. Qu'est-ce qu'il est kiffant, c'est un truc de malade. Ses yeux me transpercent, allumant tous mes sens en un quart de seconde. J'aperçois en flash ce regard perdu, flou, cet éclair passionnel que j'ai vu en lui lorsqu'il a joui, la tête au-dessus de mon entrejambe, les yeux rivés sur moi. Un frisson de désir me traverse alors qu'il me sourit subrepticement. Nous sommes tous les deux plongés dans le même souvenir.

Il se reprend rapidement, Lochan le détaillant d'un regard peu avenant. Ce n'est clairement pas le moment des grandes révélations en ce qui concerne notre petite journée « découverte ». Il se racle la gorge et dépose deux badges sur la table.

– Je vous ai apporté vos pass backstage.

J'en attrape un pour l'examiner.

– Parce qu'on va assister au concert depuis les coulisses?

Il hoche la tête.

– Oui, enfin, comme vous voulez, mais vous êtes plus que les bienvenus…

Le sourire « banane » que je lui adresse suffit pour toute réponse. Il semble plus que satisfait. Notre entrevue s'arrête là car deux femmes s'approchent de lui et l'accostent sans vergogne pour des photos, autographes et quelques mains baladeuses en prime. Il se prête au jeu mais attrape la main qui glisse sur son torse et la rend avec détachement à sa propriétaire. Il ne me jette pas un œil et les entraîne plus loin. Donc, étant donné que je ne suis pas une experte en ce qui concerne tous ces trucs de couples et de passion, etc., j'ai deux questions que je me garde bien de poser à Lochan mais qui me taraudent clairement.

Dans l'éventualité où nous deviendrions un couple, un vrai, aurais-je le droit d'attraper les tifs de ce genre de pétasses qui se croient tout permis et de leur faire bouffer leurs foutus portables avec leurs selfies à deux balles? Parce que, franchement, ce n'est pas l'envie qui manque, je peux l'avouer. Ce qui m'amène à la seconde question.

Serais-je, par le plus grand des hasards, une affreuse nana jalouse et possessive, insupportable et à gifler? J'avais vu un reportage, un jour, sur une fille qui se cachait dans le coffre de la voiture de son mec pour le suivre en toute discrétion… Sur le coup, j'étais pliée de rire devant le ridicule de la situation, surtout lorsque le mec avait décidé de faire ses courses et avait donc trouvé sa femme pliée en deux entre la roue de secours et un vieux sac de sport qui devait certainement puer la chaussette, vu l'aspect du truc. Le gars avait été tellement surpris qu'il en avait lâché le pack de bières qu'il venait d'acheter. Résultat: double scène de ménage au milieu d'un parking bondé parce que, déjà, la nana était clairement à la limite de la bonne santé mentale et parce qu'il avait explosé une douzaine de bières par sa faute... En définitive, il avait largué la folle sur-le-champ et était parti racheter des bières pour fêter ça. Magnifique. Et en ce qui me concerne... Serais-je capable de me planquer dans le coffre de Maël? Non, certainement pas... Enfin, ça dépend du modèle de la voiture, remarque. Si c'est un pick-up, c'est super jouable...

Lochan m'examine sans desserrer les dents pendant que je pars dans mes divagations vraiment trop précoces pour le moment. Notre couple a quoi? Cinq heures? On va essayer de prendre les choses comme elles viennent. Je dis bien « essayer ».

Je souris à Lochan en désignant les badges.

– Bon, ben, y a plus qu'à... T'as fini de manger?

Ses yeux me mitraillent.

– Il se passe quelque chose avec Maël, Div?

Là, j'ai clairement un problème. Parce que je ne mens jamais. Surtout pas à Lochy. Donc, le mieux est de ne pas répondre ou de dévier la question.

– Évidemment qu'il se passe quelque chose. Et il s'agit d'un concert. Dans trente minutes. On y va?

Je me lève, attrape les badges et m'éloigne de la table... Très belle diversion de Mlle Rives, on applaudit énergiquement... Merci, merci.

***

Il fait une chaleur de dingue en coulisses. Mon frère me présente au groupe que je ne connais pas encore vraiment et je décèle aussitôt qu'il existe deux sortes de personnes parmi les membres. Les cool: Mike que je connaissais déjà et le chanteur Deaclan, une autre bombe atomique immense, brun ténébreux, tout maigre, cheveux longs, look simple et efficace et sourire magnifique. Une aura sympathique rayonne autour de lui et il m'est aussitôt agréable. J'ajouterai bien entendu Maël dans cette catégorie des « Skeletons cool », mais il est au téléphone au fond des coulisses, donc je n'ai pas l'occasion de le croiser.

Et puis, il y a deux parfaits abrutis. Autant appeler un chat, un chat. Le batteur et le guitariste. Déjà, le second met au moins dix minutes pour comprendre que je suis la sœur de Lochan, il me demande deux fois de lui apporter du whisky « en quatrième vitesse » alors que Mike lui explique pourtant très clairement que je ne suis pas là pour ça. Et l'autre, le batteur, bougonne en me dévisageant, puis hausse la tête, se recoiffe dans le reflet de la porte vitrée derrière moi et tourne les talons. Sa coiffure est ridicule, au passage.

La foule derrière la scène commence à se faire entendre lourdement. Des cris, des pieds tapent en rythme le sol alors que la lumière s'éteint sur l'intégralité du théâtre. Les musiciens se regroupent à côté de nous, concentrés, prêts à rentrer sur scène. Les cris s'estompent, pour ne laisser entendre que ces pieds qui martèlent de plus en plus fort le plancher, synchronisés dans un même élan. C'est impressionnant. Lochan me glisse à l'oreille :

– C'est le signe de ralliement des fans des Skeletons. Ils tapent des pieds.

Je m'écarte de mon frère pour aller jouer ma curieuse, j'approche de la scène et me penche pour jeter un œil à cette foule qui se fait de plus en plus entendre, faisant monter la pression en moi, comme si j'allais moi-même faire le show. L'excitation monte et je suis terrorisée pour eux. Et en même temps impatiente.

Des mains agrippent mes hanches et un torse se penche sur mon dos.

– Tu veux monter sur scène, p'tite fée ? Si tu veux, on installe un tabouret…

Je me retourne pour scruter Maël. Il m'adresse un rictus amusé. Je me redresse et il prend son temps pour s'écarter de moi.

– Non, je crois que je suis bien là…

– Dommage…

Il passe une main discrète dans le bas de mon dos, sous mon T-shirt, et m'envoie un clin d'œil. Je fonds devant ce roi de la scène et son air décontracté alors que, moi, je suis branchée sous haute tension. Il m'impressionne, c'est fou. Je recule de quelques pas puis retourne aux côtés de Lochan. Les membres du groupe entrent sur scène, dans le noir, comme des machines, ils prennent place alors que le public accélère le rythme des acclamations.

Je discerne Maël juste en face de moi, il passe tranquillement la sangle de sa basse sur ses épaules, discute avec Deaclan. Ils se tapent dans la main, tournent le dos au public, Maël lève un bras, Deaclan fait un décompte muet en agitant son micro. Trois, deux, un… Maël baisse son bras et fait vibrer les cordes de son instrument. Les lumières éclatent, le batteur tape sur ses caisses, le guitariste suit. Le public hurle alors que le groupe entier, à l'exception du batteur, lui tourne toujours le dos. C'est la folie furieuse au premier rang, du côté des fans qui se grimpent dessus en tendant les bras pour atteindre le bord de la scène, alors que les notes hyper agressives se succèdent, chauffant l'atmosphère comme je ne l'aurais jamais cru possible.

Je concentre mon attention sur Maël, les jambes écartées, son instrument porté bas devant lui, il gratte ses cordes d'un air détaché, bougeant au rythme de la mélodie agressive et entêtante. Deaclan lève son micro, la tête penchée vers le sol, la foule s'époumone puis la musique stoppe brutalement. Le public recommence à taper sur le sol comme un seul homme, puis Deaclan, Maël et le guitariste sautent sur eux-mêmes en se retournant. Des flashs éblouissent la scène et la musique reprend. Cette fois, c'est parti ! Je suis comme une folle.

Mon homme, allez, on va dire qu'il l'est, s'approche de la scène, les nanas à ses pieds se battent presque pour toucher ses chevilles, mais il ne s'y intéresse pas, la tête penchée sur sa basse, puis il recule, se rapproche du chanteur, se positionne derrière un micro sur pied et entonne les chœurs du morceau. J'ai pleine vue sur son dos, ses muscles bandés sous son T-shirt, l'arrière de ses bras musclés s'agitant sur ses cordes, son fessier moulé dans son jean… Seigneur, c'est pour moi tout ça ?

Le rythme change, il adapte son déhanché, il devient sensuel, se replace face à la scène, la bouche entrouverte, la tête ballottant, des mèches collant à son front déjà en sueur, accentuant ses notes derrière les paroles d'un Deaclan accroupi devant le public, se laissant palper par les mains qui se tendent vers lui, en hurlant des paroles sauvages à souhait. Je dévore ce spectacle, leur musique, mais surtout Maël qui enflamme autant le public que le chanteur, provoquant des mouvements de foule impressionnants dès qu'il s'approche du bord de la scène.

Ils embrasent tout ce qui respire dans la salle. Le public, les femmes, les hommes et moi. Même Lochan a l'air pris dans le spectacle. Je me gave de la vision de ce bassiste charismatique qui bouge le bassin contre sa basse sur les chansons suivants, qui remue son cul au même rythme que Deaclan lors d'un morceau, qui adresse des doigts d'honneur au public à longueur de temps puis qui grimpe, pendant le quatrième morceau, sur un ampli au milieu de la scène. À ce moment, toutes les lumières s'éteignent sauf une braquée sur lui. Il entame un solo de basse éblouissant, ses mains portant toujours ses mitaines, ses mains qui m'ont touchée il n'y a pas longtemps malmènent les cordes sur le manche, il joue un rythme entêtant qui appelle ma poitrine à battre au diapason. Maël contrôle mon cœur, voilà, ça, c'est fait. Ses jambes fuselées écartées sensuellement, il accélère le tempo, encore puis encore, en arrivant à un rythme de folie toujours plus rapide. Deaclan s'agenouille devant lui en mimant une prière, bras en l'air, une femme du public grimpe carrément sur scène, rattrapée par le service de sécurité, c'est de la folie. Ce mec est un dieu… Puis il saute de son perchoir et la batterie reprend, suivie de la guitare puis de Deaclan.

Je suis en liquéfaction entière et parfaite, mon corps ne sait plus quoi faire pour calmer l'envie que ce musicien magique a fait gonfler en moi. J'ai envie de le toucher, de sauter sur scène et de prendre sa bouche d'assaut, de grimper sur son dos et de rester contre lui pour le sentir vibrer, pour que chacun de ses muscles frôle mon corps dès qu'il bouge. Il est tellement lumineux, c'est fou. D'autant plus que la musique est excessivement noire, le paradoxe est troublant.

Bon, évidemment, je ne bouge pas d'un millimètre et je prends mon mal en patience. À la fin du morceau, il retire son T-shirt, le roule en boule et l'envoie dans ma direction, exactement sur mes bras, puis il m'adresse un sourire rapide avant de faire sonner sa basse une nouvelle fois. J'agrippe le tissu, le porte à mon visage, hypnotisée par le spectacle des tatouages qui s'animent sous mes yeux, pendant que la foule crie encore plus fort… La peau luisante de sueur, nonchalant sur ce morceau, biceps tendus, cheveux trempés, il mime des coups de bassin puissants contre son instrument, le regard plongé dans le public. Puis il recule de deux pas et se met à courir à travers la scène et saute dans le public qui le rattrape sans problème. Je ne peux me retenir de pencher la tête pour regarder le spectacle. Il se tourne sur le dos comme s'il était dans un lit puis continue de jouer son morceau alors que les mains qui le portent le font voyager à travers la salle, au-dessus des têtes. Il finit ainsi le morceau. Puis Deaclan demande à la foule d'avoir l'extrême bonté de le ramener sur scène, ce qu'elle fait alors que le groupe commence un nouveau morceau. Son pote lui tend la main quand il arrive à son niveau, puis Maël remonte sur scène comme si de rien n'était.

Lochan m'observe en riant. Puis il se penche à mon oreille.

– Il fait ça tout le temps. C'est une bête de scène, ce mec. Au même titre que Deaclan. C'est pour ça que je veux bosser avec eux. Ce sont de vrais pros.

Pro, je ne sais pas. Mais *sex bomb*, je vote pour, sans hésitation. Mon frère jette un œil agacé au T-shirt que je tiens des deux mains contre mon cœur, comme la fan de base que je suis devenue en une demi-heure.

– Tu comptes l'encadrer en rentrant?

Je grimace en lançant négligemment le bout de tissu sur mon épaule, genre: j'm'en fous. Et le parfum de Maël m'enveloppe. Je reporte mon attention sur la scène, l'air de rien, alors que tout en moi est en ébullition. Voilà de quoi j'avais faim. De son corps éblouissant se mouvant sous mes yeux, en pleine virilité, puissant, ensorcelant, hypnotique. Je me régale et je crois que je tombe encore plus dans le piège Maël. Et si je le pouvais, je battrais des bras, non pas pour me sortir de ce tourbillon de désir, mais plutôt pour m'y enfoncer encore plus, tellement c'est grisant.

***

Le spectacle est passé à une vitesse hallucinante, me faisant oublier ma fatigue et mon habituel besoin de calme quand je suis dans cet état d'épuisement. Je me retrouve donc, une heure après la fin du concert, à la table du groupe, au bar en plein air du navire, invitée par Mike puis par Maël, dès qu'il est sorti de scène. Ce dernier n'a pas repris son T-shirt qui trône toujours sur mon épaule, pour mon plus grand plaisir. Je compte bien le ramener dans ma cabine et le ranger avec celui qu'il m'a donné en fin d'après-midi.

Les membres du groupe sont assaillis par leur public dès notre arrivée au bar et je me retrouve à discuter avec Mike et Lochan, accoudée à une table haute, une bière à la main. Cette fois, je serai raisonnable, pas plus d'une à la fois. Une main agrippe mon épaule libre. Magnus. Je lui adresse mon plus beau sourire. Il n'a pas répondu lorsque j'ai frappé à sa porte en rentrant de La Havane. J'embrasse Beth qui l'accompagne puis prends les joues de mon Magnus entre les mains.

– Fais-moi voir un peu cette tête? Toujours malade?

Il me sourit et se laisse faire alors que je l'inspecte sous toutes les coutures.

– Non, pas de doute, tu as l'air d'avoir la pêche!

Il acquiesce.

– Oui, c'est passé mais j'ai dormi toute la journée.

Beth ajoute:

– Et moi aussi, du coup, parce que la matinée a été sportive! Je t'épargne les détails!

– Oui, merci!

Magnus jette un œil aux membres du groupe qui arrivent autour de nous. Maël lui lance un regard froid puis s'accoude à notre table.

– Salut.

Je fourre une main dans la tignasse de Magnus.

– Contente que tu ailles mieux, en tout cas!

Lochan se rapproche de nous.

– Vous prendrez bien une bière?

Il désigne une de nos tables recouvertes de bouteilles fraîchement servies. Magnus hoche la tête en le remerciant et Lochan leur tend une bière à chacun alors que je leur demande :

– Vous avez assisté au concert?

– Je t'ai dit, Divya baby, que j'assisterais à tous les concerts.

– Ah oui, c'est vrai!

Je m'accoude à la petite table en les invitant à faire de même. Je me colle discrètement à Maël parce que vraiment nous sommes nombreux autour d'elle et qu'il faut se serrer pour accueillir tout le monde… C'est fou. Il soupire discrètement en avalant la moitié de sa bière puis me jette un œil amusé. J'espère que je ne le colle pas trop… Mon Dieu, c'est vraiment compliqué tout ça. Magnus reprend la conversation.

– On joue demain soir, tard dans la soirée, tu viens nous voir?

Je hoche la tête.

– Bien entendu! J'ai le droit à un backstage?

Beth me fait un clin d'œil.

– Évidemment, baby! Je te le file demain.

– Cool!

Magnus ajoute :

– D'ailleurs, je voulais te demander, on a des trucs à essayer sur certains morceaux, on a réservé une salle de répétition toute l'après-midi, est-ce que tu crois que tu pourrais passer, histoire de nous donner un avis neutre, provenant d'une oreille neuve et impartiale?

Je jette un regard discret à Maël qui ne cille pas. Je ne sais pas… A-t-il prévu de passer un peu de temps avec moi? Est-ce que nous allons nous voir tous les jours? Comment cela va-t-il se passer? Il ne m'a rien dit et, moi non plus, remarque, je n'ai rien dit à ce sujet. Pas pensé. Je scrute Lochan qui hausse les épaules.

– Je bosse demain avec les Skeletons, donc je ne pourrai pas te tenir compagnie.

Maël grogne lourdement en fronçant les sourcils. Que dois-je comprendre? Il n'est pas d'accord? D'un autre côté, si Lochan est avec son groupe pour bosser, je suppose que mon bassiste ne sera pas plus disponible. Je souris à Magnus.

– OK! Dis-moi où et quand et je serai fidèle au poste.

Il a l'air ravi.

– Génial! Je te dis ça demain matin? On se retrouve sur le pont piscine? Enfin, je ne sais pas à quelle heure, mais…

Je hoche la tête.

– J'y serai sans doute.

– Cool.

Maël s'agite à mes côtés. Il attrape une nouvelle bouteille de bière et la vide en un temps record. Puis il sort son téléphone de sa poche et pianote quelques instants avant de m'adresser un sourire charmeur. Mais… il y a un truc qui cloche. Je n'arrive pas à cerner ce sentiment presque désagréable qui m'assaille. Comme si la lumière vacillait. Et, comme sur ce bateau, la seule lumière que je perçois à peu près est celle de Maël, je suppose que ce sentiment vient de lui. Mais je ne suis pas certaine. En pleine mer, c'est un peu délicat et je ne fais pas confiance à mes ressentis. Peut-être est-ce la fatigue qui me fait divaguer.

Lochan sort son portable, le consulte et pousse un cri de frustration.

– Merde, je dois passer un coup de fil mais j'ai plus de batterie!

Il se tourne vers nous.

– Personne n'a un portable à me prêter?

Je secoue la tête. Beth, dont les yeux brillent et les joues rosissent, extirpe le sien de je ne sais où.

– Tiens, cadeau!

Elle tape son code puis mon frère s'en saisit. C'est étonnant ce besoin urgent de passer un coup de fil, à cette heure de la nuit.

– T'appelles qui, Lochy?

– Une personne que tu ne connais pas.

– D'accord, super!

Il ne m'écoute plus et s'écarte de la table. Maël en profite pour passer sa main dans le bas de mon dos, sous le tissu de mon T-shirt.

– Le spectacle t'a plu?

Je penche la tête d'un air pensif.

– Pas mal…

Il ricane.

– Ouais, OK. Je te l'accorde, j'étais pas en forme.

Puis il s'approche de mon oreille.

– J'avais quelques images en tête… Je bandais comme un malade…

Un frisson me parcourt le dos alors qu'il s'écarte de moi, son regard plongé au fond du mien. Je dois être cramoisie… Je jette un regard en coin à Beth qui sourit d'un air entendu. Le téléphone de Maël se met à sonner alors que mon frère nous rejoint. Le bras de mon musicien déserte mon dos, à ma grande déception. Je laisse échapper un bâillement. L'excitation du concert retombée, je ne sens même plus mes jambes.

– Je crois que je vais aller me coucher, je suis une loque!

Lochan hoche la tête.

– Je te raccompagne. Laisse-moi deux minutes, je termine ma bière.

Maël me jette un regard déçu. Je trouve sa main sous la table et glisse mes doigts entre les siens. Il les serre fortement. Puis son pouce s'insère entre nos paumes et caresse doucement la mienne. Rien que ce geste me fait tressaillir. Nous discutons quelques instants, Magnus et Beth nous abandonnent et retournent à la table où les attendent les Heaven, puis Lochan pose sa bouteille au centre de la table.

– C'est bon pour moi.

– OK.

Je relâche la main de Maël qui a du mal à me laisser partir et presse mes doigts qui glissent hors de son étreinte. C'est un déchirement. Si j'étais une femme, une vraie, nul doute que je lui demanderais de passer dans ma chambre. Mais je ne suis qu'une gamine qui n'y connaît rien et qui a une certaine appréhension par rapport au couple, au sexe et à cette star du rock relativement intimidante. Je préfère attendre un peu. Même si je sais pertinemment que je vais m'en mordre les doigts une bonne partie de la nuit, je préfère prendre le temps. Sans compter que Lochan n'est pas au courant, et, bon… vu l'antipathie qu'il nourrit pour Maël, la situation est dérangeante.

Je me permets quand même de déposer un baiser sur la joue du musicien alors que Lochan est déjà sur le chemin de la sortie, baiser sous lequel il gémit tristement. Et je l'abandonne. Sur le chemin vers l'ascenseur, je suis à deux doigts de faire demi-tour parce que, tout à coup, j'ai l'impression que le laisser là, au milieu de son public qu'il vient d'enflammer, c'est risqué. J'attrape le bras de Lochan en cherchant une excuse pour rebrousser chemin. Mais à ma grande surprise, Maël nous rejoint.

– Crevé aussi. Pas dormi la nuit dernière.

Je souris comme une pauvre fille lorsque nous entrons dans l'ascenseur. Cool !

21

Divya

« I want to lay you down on a bed of roses,
For tonight I sleep on a bed on nails,
I want to be just as close as the Holy Ghost is,
And lay you down on bed of roses. »[1]

Non, il ne s'est rien passé. Je suis rentrée dans ma chambre et me suis endormie, en prenant conscience que je n'avais même pas de moyen de le joindre (je n'ai pas de téléphone). Pour un petit SMS comme ça, avant de dormir. Ou pour peut-être… l'inviter dans ma chambre. Ou pas. Parce que Lochan m'a raccompagnée jusqu'à ma porte, il est resté, volontairement ou non, dans le couloir jusqu'à ce que je la ferme et voie disparaître Maël vers le fond de la coursive. Je n'ai pas vu quelle porte il ouvrait, donc impossible de le retrouver… Mais ce n'est pas plus mal, après réflexion. J'étais vraiment fatiguée. Je suis tombée comme une bûche la tête sur l'oreiller et, en moins de temps qu'il en faut pour le dire, j'étais partie. Jusqu'à dix heures ce matin. Un vrai bon sommeil qui ne m'a pas laissé le temps de penser à Maël. Non. Il a simplement pris possession de mes rêves, c'est bien mieux. Je ne les expliquerai pas, vous m'excuserez de tenter de garder une certaine intimité. Ce qui n'est pas si évident sur ce paquebot.

Après un petit déjeuner en tête à tête avec Becky, une vacancière « corbeau » avec qui j'ai partagé ma table et qui m'a fait beaucoup

---

1. « Je veux t'allonger sur un lit de roses / Pour ce soir je dors sur un lit d'épines / Je veux me trouver aussi près que l'Esprit saint / Et t'allonger sur un lit de roses. » « Bed of Roses », Jon Bon Jovi. Crédits : Jon Bon Jovi.

rire parce qu'elle est une fan énamourée de Magnus, mais extrêmement timide… La pauvre, j'ai promis de garder son secret mais elle me fait mal au cœur… Je termine mon roman, allongée au soleil sur le bord de la piscine en espérant le voir rapidement pour en parler avec lui, pour aider cette pauvre groupie désespérée. Le bateau vivant surtout la nuit, je profite d'un moment de calme au soleil, me délectant de ce cadeau souverain qui m'est offert. Jusqu'à ce que Beth et Magnus me rejoignent et s'installent auprès de moi. Ils ont des têtes à faire peur. Je pose mon livre en mettant de côté le sujet Becky, la fan cachée de Magnus, et me redresse dans mon transat.

– La nuit a été courte pour les Heaven and Hell?

Magnus grimace en s'allongeant lourdement à côté de moi.

– C'est le moins qu'on puisse dire. Bordel de chiotte!

La bonne humeur n'est clairement pas au rendez-vous. Je retire mes lunettes de soleil et interroge Beth du regard. Elle a les mêmes yeux épuisés que son frère.

– Qu'est-ce qui se passe?

Magnus grogne puis se relève prestement.

– Je préfère ne plus en parler, la nuit m'a suffi, en ce qui concerne cette blague à la con.

Il s'étire et court jusqu'à la piscine, puis se laisse tomber dedans. Je me tourne vers Beth qui le regarde plonger rêveusement.

– C'est grave?

Elle pince les lèvres en posant ses lunettes sur son nez.

– Excuse-le, on n'a pas dormi de la nuit.

– Pourquoi?

Je pourrais supposer qu'ils ont fait la fête, leur groupe étant composé de fêtards invétérés comme j'ai pu le constater le premier soir de la croisière mais, vu leurs mines défaites, ce n'est clairement pas le cas. Elle soupire en s'allongeant pour laisser le soleil la réchauffer.

– Un petit plaisantin nous a pourri nos téléphones et, non content de cet exploit, nos murs Facebook ont subi le même sort ainsi que nos Instagram et Twitter. On a passé la nuit à effacer les conneries de centaines de mecs. Un truc de malade. Et je ne sais pas si ça sera suffisant. La putain de galère !

– C'est-à-dire ?

Elle soupire d'épuisement.

– C'est-à-dire qu'à partir d'une heure du matin, environ, nous avons tous reçu des SMS à n'en plus finir, émanant de parfaits inconnus. Ça a commencé ainsi. Mais quand je te dis « des SMS », je ne te parle pas d'un ou deux, non ! Imagine plutôt des dizaines, voire plus. Un truc de malade.

– Mais pourquoi ? C'étaient des SMS de quoi ? De qui ?

– Attends, tu vas halluciner ! Des bites !

– Quoi ?

Elle retient un rire amer.

– Ouais, des photos de bites. De tous les genres. Je peux te dire que j'ai dû voir plus de queues en une nuit que je n'en verrai jamais de toute ma vie ! Des longues, des larges, des petites, des immenses, des moches, plein de moches, d'ailleurs, et quelques-unes pas mal... Il y en a même un qui avait dessiné sur son prépuce des yeux et un sourire débile... Il avait mis aussi un bouchon de coca sur le dessus pour faire un chapeau... Celle-là, j'avoue, elle était drôle ! Tu savais qu'il existait des bites en forme de fusée ? Et il y en a certains... Je me demande comment ils arrivent à marcher...

Je glousse. Elle pince les lèvres, sérieuse.

– Ouais ça, c'est le côté drôle. Enfin, ça l'était les dix premières minutes. Ensuite, c'est devenu la cata ! Parce que, vraiment, on a reçu énormément de messages et c'est horripilant à force. D'autant plus qu'on ne savait pas pourquoi on recevait ces trucs. On a essayé de demander aux expéditeurs, mais peu ont répondu. Et souvent, les réponses étaient totalement idiotes et lubriques… « Elle te plaît, ma perceuse », « File-moi ton adresse et je viens te faire danser sur ma tour Eiffel », « Je vais te fourrer avec mon rouleau à pâtisserie », enfin tu vois le genre.

– Oui mais pourquoi ils vous ont envoyé ça ?

– Il y en a eu un, un peu moins con que la moyenne, qui nous a répondu. En fait, nos numéros ont été diffusés dans plusieurs forums de gang bang et de voyeurisme avec une annonce qui disait, pour résumer, que nous cherchions des photos de bites pour monter notre prochain clip. Et tous les mecs dont le pied principal est de se faire mater ont sauté sur l'occase. Et je peux te dire qu'il y en a un sacré paquet !

Elle s'interrompt pour ricaner ironiquement.

– Comme si nous étions au niveau de faire un clip ! Putain, c'est ridicule, on est un petit groupe, on fait chier personne, je ne comprends toujours pas !

– Et, du coup, ça s'est terminé comment ?

– Ah mais attends, ça, c'est que le début ! Parce que les annonces disaient d'envoyer soit par téléphone, soit de nous taguer sur les réseaux sociaux ! Et pour être tagués, je peux te dire qu'on a été tagués ! Il y avait des bites partout à notre attention, un truc de taré ! Nous qui voulions nous faire connaître, je peux te dire qu'on a entendu parler de nous ! Le seul problème, c'est que notre nom a été cité avec des photos de pénis ! Bonjour la pub !

Je suis effarée. Je ne comprends rien… Elle finit son histoire :

– Donc, pour résumer, nous avons réussi il y a à peine une heure à faire disparaître les publications qui demandaient ces photos sur les sites. Par contre, le mec qui a fait ça s'est inscrit à l'aide de mon propre numéro de téléphone, avec le pseudo Heaven and Hell, donc impossible de savoir qui il est…

Elle secoue la tête de dépit.

– Tu sais, mon frère donne tout pour ce groupe qui joue vraiment bien. Je suis dégoûtée pour lui. Vraiment. Parce que ça fait de la mauvaise pub, c'est pas bon pour eux. C'est dégueulasse. Je savais que le monde de la scène était, comme tout le reste, pourri jusqu'à l'os, mais je ne m'attendais pas à ce que ça commence tout de suite… Nous sommes à l'étape où nous ramons pour nous faire connaître, pas du tout à celui où nous faisons des jaloux. Je ne comprends pas. Vraiment.

Je ne sais pas quoi lui dire. Je n'en ai pas l'occasion d'ailleurs. Steeve arrive en courant vers nous. Il a l'air fatigué, énervé, ou plus exactement fou de rage. Beth descend ses lunettes pour le dévisager.

– Quoi ? Qu'est-ce qui se passe encore ?

Il passe une main dans ses cheveux, perdu.

– Putain, tu vas jamais le croire.

– Pourquoi n'ai-je pas du tout envie d'entendre la suite ?

Il hausse les épaules.

– Parce que la merde continue ! Je suis allé chercher notre matériel, la gratte de Magnus et celle de Ross dans le local que l'organisation nous a alloué pour les entreposer.

– Oui et donc ?

– Et donc le local est vide, Beth. Y a plus rien. Ni les grattes… ni nos documents de scène que Magnus avait mis dans la housse de sa guitare.

Elle se fige.

– Tu veux dire… Toutes les partitions, les anciennes et les nouvelles ? Celles que vous deviez travailler aujourd'hui pour ce soir ?

– C'est ça !

– Et les instruments aussi ?

– C'est toujours ça !

Elle s'énerve, légitimement.

– Non, mais sérieux, c'est quoi ce bordel depuis hier ? Trop, c'est trop !

Magnus sort de la piscine. Il inspecte Steeve puis sa sœur avant d'attraper une serviette pour s'essuyer.

– J'aime pas vos tronches de cons, là. Y a un souci ?

Steeve hoche la tête.

– Putain ! Quoi encore ?

Beth se lève et enfile sa robe de plage.

– Habille-toi, frérot, on doit aller voir l'administration du bateau. Notre matos a disparu. C'est pas toi qui l'as pris par hasard ?

– Non, si j'avais fait ça, je n'aurais pas demandé à Steeve d'aller le chercher. Mais comment ça, ça a disparu ?

– Suis-moi, je t'explique en route. On n'a pas de temps à perdre, je la sens encore super mal cette histoire. Dis-moi, t'as une copie des partitions que t'as écrites dans l'avion ?

– Non, pourquoi ? Oh, putain, les partitions ! Ne me dis pas que…

Elle lui confirme par le regard en attrapant son sac. Il saisit son bermuda et son T-shirt sur le transat.

– Bon, ça continue ! Désolé, Divya, mais on doit te laisser.

– Je peux vous aider à quelque chose ?

Steeve ricane.

– Si tu aperçois une guitare et une basse qui se baladent, pour faire bronzette ou plonger dans la piscine, appelle-nous…

Je tente un petit sourire.

– Je n'y manquerai pas… Mais si vous avez besoin…

Magnus dépose un baiser sur mon front.

– C'est bon, baby. C'est gentil, mais profite plutôt du soleil pour nous. On se voit plus tard…

***

Je ne me retrouve seule qu'une petite demi-heure. Plongée dans mon roman que je n'arrive pas à lire, perturbée par les problèmes de mes nouveaux amis, je suis tout à coup traversée par une vague de chaleur. Je lève les yeux de mon livre pour apercevoir un dieu vivant arriver vers moi. Bermuda en jean porté bas sur les hanches, lunettes de soleil et cheveux en vrac, Maël me rejoint, sourire aux lèvres, et s'allonge sur le transat que Magnus a quitté. Je pose ma lecture sur mon ventre pour l'admirer, lui, occupation beaucoup plus intéressante que Jules Verne. Il s'installe sur le flanc, coude contre le matelas, tête posée sur son poing relevé.

– Bonjour, femme de mes rêves. Bien dormi ?

Je hoche la tête.

– Très bien et toi ?

Il esquisse une grimace.

– Si on veut. J'avais des images persistantes à l'esprit… Une sombre histoire de glaçons…

Je m'esclaffe en rougissant.

– Il faisait certainement trop chaud cette nuit !

– Possible. J'ai vu plus chaud, hier, cependant.

Il tend la main nonchalamment vers moi et caresse la mienne.

– J'ai envie de t'embrasser, p'tite fée. Je ne pense qu'à ça depuis hier…

Ses dents mordillent sa lèvre inférieure… Je ne vois pas ses yeux mais je crois que c'est préférable, je n'ai absolument pas besoin de ça, je suis déjà en pleine liquéfaction. Ses doigts effleurent le dos de ma main sensuellement. Il reprend :

– J'ai la dalle, tu veux manger avec moi, ce midi ? C'est-à-dire il y a une heure ?

Je m'esclaffe.

– Tu viens de te lever ?

Il hoche la tête.

– Oui. Et je me suis dit peut-être que tu aurais un trou dans ton planning pour m'accorder une petite heure ?

Je hausse les épaules.

– Je pense que Jules Verne ne m'en tiendra pas rigueur si je l'oublie quelques heures.

Un sourire radieux éclaire son visage. Je vais mourir.

– Alors c'est parfait… Tu préfères la brasserie ou le resto ? Tu as déjà fait l'italien, hier, il me semble ?

– Exact… mais… Lochan risque de me chercher et… Tu ne devais pas être avec eux, d'ailleurs ?

Il secoue la tête.

– Ton frère mange avec Mike ce midi et, non, je ne dois être nulle part, excepté avec toi. J'ai décommandé en me levant. De toute manière, j'avais à peu près trois heures de retard, donc… On y va ?

– Oui ! C'est toi qui choisis le resto !

– Ça marche.

Il se lève et me tend la main pour m'aider à me mettre sur les pieds. Je m'agrippe à ses doigts, il tire brusquement sur mon bras. L'élan me projette contre lui. Il accroche ma taille et penche la tête vers la mienne.

– J'ai vraiment envie de t'embrasser, p'tite fée. Ce repas va être extrêmement compliqué à gérer.

S'il savait à quel point j'en suis ! Je ne me reconnais même pas. Des pensées lubriques virevoltent dans mon cerveau déviant depuis qu'il est arrivé. Je n'ai pas envie que d'un baiser. Ni de deux. J'ai envie de le toucher, qu'il me touche, que sa main revienne sur mon bikini et peut-être même en dessous, qu'elle me déshabille, qu'il me fasse découvrir son univers passionné, que j'ai entraperçu hier. En deux mots, il est en train de me transformer en chaudasse insatiable, en manque atroce de ses mains et de ses lèvres. Pas grave, on verra pour les détails de ce que ça fait de moi après. Pour le moment, je me consume à chacune de ses apparitions et ma libido mise en berne pendant beaucoup trop longtemps est en train de rattraper le temps perdu, on dirait. J'ai presque honte des images qu'il m'inspire… Ou pas… Je lui adresse un regard provocateur.

– Eh bien, nous n'aurons qu'à faire en sorte de l'expédier rapidement…

Il déglutit en resserrant son bras contre mes hanches.

– D'accord. On mange au fast-food. Burger. Pas de service à table, pas de couverts ni d'assiette, rapide et efficace… Et après?

Je m'apprête à répondre, cherchant mes mots pour ne pas paraître totalement dépravée tout en restant relativement explicite malgré tout mais, alors que j'ouvre la bouche, il relève la tête subitement et jette un regard alentour.

– Eh merde!

Il recule de deux pas en me tenant contre lui et m'ordonne:

– Bouche ton nez!

– Quoi?

Il saute sur le côté et m'entraîne avec lui… dans la piscine. Nous effectuons un vol plané en direction de l'eau alors que je laisse échapper un cri de surprise. Et je me retrouve au fond de l'eau fraîche, avalant allègrement des gorgées d'eau chlorée, ne comprenant rien à la situation, mais morte de rire, ce qui n'arrange rien à la quantité d'eau que j'ingurgite malgré moi.

Il me tire vers la surface alors que je n'arrive plus à m'arrêter de rire, ça doit être nerveux. Je crache de l'eau par le nez, par la bouche, essaye de reprendre mon souffle entre deux éclats de rire. Nous sommes tous les deux habillés, mes lunettes sont tombées quelque part au fond, je n'ai plus qu'une seule tong, bref, situation incongrue. Je m'agrippe à lui en tentant de me calmer.

– Mais qu'est-ce qui t'a pris?

Il sourit et se penche sur mes lèvres.

– J'avais juste envie de t'embrasser. Ici, nous sommes cachés par les bords du bassin.

Je recule légèrement la tête.

– Mais tu pouvais demander, aussi!

– Pas le temps. Une urgence est une urgence!

Il fond sur moi et s'empare de mes lèvres. Ses bras m'entourent et je me laisse flotter au plus près de son torse, accueillant sa langue autoritaire contre la mienne. J'enlace son cou alors qu'il avance jusqu'à me plaquer contre le bord du bassin. Pressant son torse contre ma poitrine, il attrape mes cuisses et les noue autour de ses hanches, puis fait glisser ses mains sous mes fesses pour me maintenir contre lui. Il ne bouge plus et se contente de m'embrasser divinement. Je me demande jusqu'à quel point cet homme peut me faire monter en température, mais surtout jusqu'à quel point je peux accueillir ses attaques sensuelles avant que mon corps et mon esprit ne crament intégralement. Je pense que je ne suis pas loin de finir carbonisée entre ses doigts et sa bouche.

Ses lèvres me font perdre la tête. Mon sein se heurte à son piercing lorsque j'essaye de respirer, et l'autre, à son torse musclé… Même sans le piercing, ça marche, j'ai envie de lui comme pas possible. Appelez-moi la « pucelle salace », la « vierge lubrique », la « candide perverse », je vous l'ai dit, vingt ans de pureté virginale mélangés à Maël Jones ont eu raison de moi. Luxure, me voilà! Ça fait partie de la nature, ça aussi… L'amour, la volupté, le beau et l'écoute des sens. En tout cas, dans ma version des choses, ça l'est.

Je gémis contre sa bouche et laisse mon corps agir comme il en ressent le besoin. C'est-à-dire, en l'occurrence, projeter mon bassin contre le sien, mon entrejambe venant se coller timidement à la bosse impressionnante qui se cache sous son bermuda trempé. Je suis loin d'être sûre de moi, voire je tremble de peur d'avoir l'air ridicule. Ce qui sera le cas à un moment ou à un autre. Mais je me persuade que le ridicule ne tue pas, contrairement à une combustion excessive de l'intérieur. Il grogne en me mordant les lèvres, ses mains sur mes fesses me bloquant dans cette position, m'interdisant tout retour en arrière. Ça tombe bien, ce n'était pas vraiment l'idée. Il lance son membre par à-coups légers contre moi en me dévorant avidement. Ses baisers ont le pouvoir de me mettre en transe. Sa bouche glisse sur mon menton, dans mon cou, remonte sous mon oreille alors qu'il est hors d'haleine, son torse poussant contre ma poitrine pour essayer de respirer à peu près correctement.

– Divya, je vais faire n'importe quoi…

Je resserre mes bras autour de son cou. Il halète en remuant son corps contre le mien, c'est divin.

– Divya, il faut qu'on aille manger. On a dit « resto ».

Il dépose un baiser sur mon oreille, me rendant partiellement sourde, puis laisse tomber sa tête contre mon épaule et s'écarte de moi de quelques centimètres.

– Il faut qu'on aille manger. Nourriture. Table. Chaise. Assiette. Frites. Burgers. Ketchup.

Je me retiens de rire.

– Mayonnaise.

– Si tu y tiens vraiment, mayonnaise. Même si je préfère le ketchup.

– Alors les deux.

– Oui, mais avec plus de ketchup quand même.

– OK, si tu veux, mais il faut d'abord que j'aille me changer.

Il embrasse mon épaule.

– Tu es très belle comme ça.

– Certes, mais je suis légèrement trempée.

Il mordille ma clavicule.

– Mais j'espère bien !

Je passe une main dans ses cheveux mouillés en me laissant flotter contre lui. Il embrasse encore ma peau jusqu'à ce qu'un membre de l'équipage nous hèle depuis le bord opposé du bassin.

– Eh ! On ne se baigne pas habillés dans cette piscine !

Nous éclatons de rire. Maël redresse la tête, adresse un doigt d'honneur au préposé sans lui jeter un œil, m'offre un nouveau baiser majestueux et m'entraîne jusqu'à l'escalier. Il me laisse quelques secondes alors que je tords ma robe pour la délester d'un maximum d'eau. Il plonge deux ou trois fois au fond de la piscine, puis me rejoint avec sa pêche miraculeuse, mes tongs, (oui, j'ai perdu l'autre pendant notre câlin), mes lunettes et les siennes. Il sort à son tour de l'eau, bermuda glissant encore plus sur ses hanches, bracelets dégoulinants, Converse remplies d'eau. Il essore rapidement son short en riant.

– Bon, d'accord, passage obligé par les piaules. En avant, p'tite fée.

Nous repassons par mon transat, je récupère mon livre et mon sac et nous nous dirigeons vers le hall dans le « floc floc » significatif de Converse gorgées d'eau avançant sur du marbre. Je devrais lui dire de les enlever mais… c'est Maël. Il n'a pas conscience de tout et je crois qu'il se fout, en réalité, de ce genre de détails. Et puis, j'ai d'autres choses en tête pour le moment.

***

Il me colle contre le mur du couloir, à côté de ma porte. Ses lèvres survolent les miennes sans les toucher.

– Alors on se retrouve dans cinq minutes ? Exactement à cet endroit, tes merveilleuses lèvres toutes proches des miennes ?

Ses yeux sont flous de désirs. Ses mains enserrent mes hanches mais il prend soin de ne pas réunir nos deux corps, restés à quelques centimètres l'un de l'autre. Je déglutis alors que d'autres idées me viennent en tête, ou plutôt assiègent mon esprit depuis la piscine. Évaluation rapide de la situation. J'ai envie de lui. Je n'ai pas envie que nos corps s'éloignent l'un de l'autre. Et j'ai une frousse dingue d'oser lui signifier. Mais à choisir, je préfère tenter ce qui me tient à cœur plutôt que de rester dans cet état bancal, envie-peur. Autant aller de l'avant, j'ai 20 ans, merde !

Je sors ma carte magnétique et la glisse d'une main dans la serrure.

– Ou alors, tu m'accompagnes et je t'accompagne après ?

Je tremble comme une feuille en attendant sa réaction. Ses doigts s'enfoncent davantage sur mes hanches. Il se mordille la lèvre en scrutant mes yeux. Puis il respire fortement.

– Ce n'est pas ce que j'appellerais une bonne idée, Divya.

Je penche la tête, déçue.

– Pourquoi ?

– Parce que je risque de ne pas être un gars bien si je passe cette porte…

– Mais qui te dit que j'ai envie que tu sois un mec bien derrière cette porte ?

Il bloque sa respiration, scrute mes yeux un moment puis ferme ses paupières.

– Nous avons tout notre temps, p'tite fée.

Je ne cache pas ma déception.

– OK. Très bien. Alors dans dix minutes. Ici.

Il recule d'un pas et me regarde glisser contre le mur jusqu'à la porte que je pousse pour entrer dans ma chambre, seule, donc. Je la repousse d'un geste agacé une fois à l'intérieur. Mais elle ne se ferme pas. Au contraire, elle s'ouvre brusquement et va claquer contre le mur. Maël entre d'un pas décidé et me rejoint au milieu de la chambre après avoir refermé ma porte d'un coup de talon. Il attrape mon sac et le balance au sol, idem pour mes tongs, et il se jette sur moi. Sa bouche se colle à la mienne, sa langue m'envahit, l'un de ses bras enlace ma taille tandis que l'autre attrape mes cheveux pour contrôler les mouvements de ma tête. Il me fait reculer jusqu'au bureau sur lequel il m'installe.

Il quitte mes lèvres une demi-seconde.

– On va faire un truc. C'est toi qui me dis ce que tu veux. Je ne ferai rien d'autre que ce que tu me demandes. D'accord?

Je hoche la tête et me jette sur lui. Nous nous embrassons à en perdre haleine, ma tête s'envole dans tous les sens, mes seins me picotent lourdement, je sens son sexe pressé contre le mien, ses mains essayant de se contenir un maximum. Tout son corps est tendu contre moi, en attente des limites et des autorisations que je dois donner. J'ai envie de ne rien interdire, j'ai envie d'avoir l'amant magnifique dans son entier, mais j'ai un peu d'appréhension quand même, donc en définitive je ne dis rien. Mais lui attend clairement que je le guide vers moi. Il rompt notre baiser.

– Divya, dis-moi ce que tu veux. Enfin, si tu veux quelque chose. Je peux en rester là, si c'est ce que tu attends. Dis-moi.

Que dire… Une vague de timidité m'envahit… Et le silence dans cette pièce rend le moment tellement solennel… Cela n'arrange rien, bien au contraire… Je déglutis difficilement.

– Euh… On pourrait… mettre…

Son regard me scrute, curieux, impatient… Je me dégonfle.

– … Mettre un peu de musique ?

Il s'esclaffe, surpris. Puis il hoche la tête.

– Oui, parfait… Au contraire. T'as ton portable dans le coin ? Le mien est dans ma cabine.

– Dans mon sac.

Il s'écarte de moi, attrape l'objet de mon subterfuge pendant que j'essaye de remettre mes idées en place. Il le pose sur la station d'accueil de la sono de la cabine (oui, j'ai une cabine grand luxe, merci Mike). L'homme magnifique qui m'accompagne choisit son morceau, celui qui tombe à pic et qui ne fait qu'augmenter encore davantage la tension sensuelle qui sature l'atmosphère : « Human » de Rag'n'Bone Man. Forcément. Je valide à dix mille pour cent. Il revient vers moi alors que la musique que je considère comme celle qui lui colle à la peau enflamme un peu plus mes sens. Il se replace en face de moi, ses mains reviennent sur mes hanches, je défaille complètement, perdue entre désir incontrôlable et trouille bleue.

– Et maintenant ?

L'heure n'est plus aux subterfuges ridicules. Je l'ai invité moi-même ici, il serait grandement temps de me décider. Mon cœur tressaille devant ce contrôle qu'il me donne alors que je n'y connais rien. Qu'est-ce que je veux ? Je crois que je veux plus que tout le voir, le toucher. Je demande d'une voix presque inaudible.

– Ton bermuda.

Il m'embrasse.

– Quoi ?

Oh, je t'en prie, ne me fais pas répéter, c'est déjà une torture… Remarque, si je ne veux pas répéter, il serait intéressant que je m'exprime de manière intelligible. La musique est relativement forte, donc... Je prends mon courage et mon aplomb à deux mains et prononce plus clairement :

– Enlève ton bermuda.

Je rougis, mais je pense qu'il ne le remarque pas. Il se contente de poser une nouvelle fois ses lèvres sur les miennes en détachant sa ceinture. Le bermuda mouillé glisse le long de ses jambes dans un « floc » significatif. Je jette un œil que j'essaye discret sur... oh, mon Dieu, il ne porte pas de caleçon ! C'est là que mon cerveau crame ? Bordel de merde ! Je relève les yeux et lui rends son baiser torride. Il se rapproche de moi en se séparant de ses Converse et de son short qu'il envoie un peu plus loin en deux coups de pieds. Je passe mes mains dans son dos en me délectant de la sensation de sa peau satinée. Je me contente de suivre sa colonne vertébrale, ne descendant pas trop bas, enfin au début. Mais lorsqu'il grogne au contact de mes doigts qui se rapprochent de ses fesses, une fois, avant que je remonte dans son dos puis, encore une fois, lorsque je les fais de nouveau descendre jusqu'à ses reins, je décide de m'aventurer un peu plus bas.

Ses mains s'agitent nerveusement dans mon dos. Il n'a aucun geste déplacé. Si je veux quelque chose, il va falloir que je lui montre quoi. La peau de ses fesses est douce, je sens ses muscles bander fermement sous mes doigts. Il ôte le nœud qui retient ma robe dans mon cou puis la fait glisser doucement sur mes seins, jusqu'à mes hanches. Je porte un bikini, donc il ne dévoile rien. Ses mains effleurent mes côtes, à peine une caresse. Puis remontent. Ses lèvres parcourent avec douceur mon épaule puis descendent sur le haut de mon buste, ses doigts frôlant toujours ma peau au niveau de mes flancs, remontant sur mes bras, mes épaules.

Mes mains englobent maintenant ses fesses et l'attirent contre moi alors que j'écarte davantage les cuisses. Son pénis me paraît énorme contre mon bas de bikini. Il soupire de désir en se plaçant à l'endroit parfait entre mes cuisses. J'appuie sur ses fesses et il ne se fait pas prier. Il accentue les mouvements que je lui ordonne. Pendant ce temps, ses lèvres suivent docilement la ficelle qui retient mon haut de bikini de ma clavicule vers l'un de mes seins. Puis remontent doucement. Il me rend folle, je me sens beaucoup trop habillée par rapport à lui.

– Enlève-le.

Il redresse la tête et plonge ses yeux dans les miens, passe une main dans mon cou pour tirer sur le nœud qui retient mon maillot. Les deux triangles s'affaissent en laissant apparaître mes seins. Et maintenant je me sens trop nue devant lui. Merde, j'aurais dû réfléchir. Mais il ne baisse pas les yeux, reste plongé au fond des miens et s'occupe de dénouer l'autre cordon dans mon dos. Il tire sur l'ensemble et le jette derrière lui. Bon, ça, c'est fait ! On se calme, Divya, tout va bien. Il attrape mes joues et m'embrasse avec furie. Mes doigts se crispent sur ses fesses. Il ondule contre moi, mes tétons frottent contre les siens et c'est délicieux. Le petit bout de métal froid agace ma peau en sueur et titille mon désir qui se débrouillait déjà très bien sans ce petit détail. J'ai envie qu'il embrasse mes seins, qu'il les apaise de cette douleur excitante qui monte sans cesse et les fait durcir de plus en plus. C'est délicieux. C'est insupportable.

Ses lèvres descendent le long de mon cou puis sur mon buste, décrivent une courbe trop grande mais surtout trop longue autour de mon cou, j'ai envie de ses lèvres, plus bas. Je laisse pendre ma tête en arrière, ses mains retiennent mon dos et je me laisse aller dans ses bras alors que, cette fois, il prend la direction de l'un de mes dômes. Sa langue approche mon téton, passe doucement autour puis repart pour faire la même chose sur l'autre. Je grogne de frustration. Il laisse entendre un petit rire et répare son « oubli ». Ses lèvres se posent enfin là où je les attends. Chaudes, caressantes, moelleuses, elles flattent merveilleusement mon excitation en l'aggravant. L'une de ses mains quitte mon dos et vient titiller le sein dont sa bouche ne s'occupe pas. C'est divin. Il est doux, précis, tendre, expert.

Le désir devient insupportable. J'ai envie de le toucher. Je me redresse, respire un bon coup et glisse mes mains depuis ses fesses vers ses hanches puis ralentis mon invasion mais continue quand même vers son...

Il recule le bassin et redresse la tête. Ses yeux sont assombris de tension, ses traits tendus, il est... animal. Sexy à en crever. Il respire lourdement.

– Si tu fais ça, Divya... je ne réponds plus de rien. Je te préviens.

Alors c'est ce moment? Le grand cap où je décide si oui ou non je veux qu'il me rende femme? Suis-je persuadée de mon choix? Est-ce l'homme que je désire pour ma première fois? Celle dont je me souviendrai toute ma vie? Dois-je lui donner le rôle d'ouvrir ce nouvel univers en moi?

Pour toutes ces questions, la réponse est: oui. Il me plaît trop.

Mes mains frôlent le haut de ses cuisses jusqu'à ce que mes doigts effleurent son pénis érigé vers eux. Il grogne de soulagement en se plaquant à mon corps. Je suis un peu perdue, j'explore timidement alors qu'il reste immobile contre moi, retenant sa respiration. Mes doigts frôlent son gland, le parcourent et... bordel il est percé là aussi. Je repasse mes doigts pour confirmer que j'ai bien senti. Une barre le traverse! Je dois faire une tête pas possible parce que c'est... waouh... presque trop pour ma faible ou plutôt inexistante expérience. La vache, c'est sexy à mort, ce truc. Et un peu effrayant... Mais surtout ça me rappelle que Maël est loin d'être un jeune inexpérimenté. Contrairement à moi… Pression supplémentaire… Et tension grandissante aussi… Monsieur le roi de la « baisette »… C'est porteur de promesses, c'est certain. Mais, en attendant, est-ce que je lui fais mal si… L'une de ses mains coupe court à mes tergiversations, se pose sur la mienne et guide ma poigne, la resserre sur lui et m'invite à le caresser, ses hanches coulissent entre mes cuisses tandis qu'il pose sa main libre sur le bureau à côté de moi. Il laisse tomber son visage dans le creux de mon cou et prend le temps de ressentir, sa main toujours autour de la mienne. Son pénis me semble immense. Il est dur, vraiment dressé, chaud, et glisse tout seul entre mes doigts. Son piercing masse ma paume… Surréaliste. Ma première fois avec un mec beau comme un dieu, percé, tatoué et star mondiale de la scène… Et adorable, me traitant comme si j'étais un joyau… Je resserre un peu plus mes doigts et passe mon pouce sur son piercing une énième fois. Il pousse un petit cri avant d'écarter doucement ma main puis m'attrape par les hanches, me colle contre lui et m'emmène sur mon lit où il m'allonge délicatement. Il m'adresse un regard enflammé.

– Je peux?

Je hoche la tête. Ma décision est prise, je ne changerai plus d'avis. Il soupire de soulagement, me sourit, s'allonge sur moi en se retenant sur un coude, m'embrasse en faisant glisser ma robe encore trempée le long de mes cuisses. Ses lèvres ne quittent pas ma peau. Elles descendent sur mon ventre pendant que ma robe quitte mes chevilles. Puis ses mains reviennent sur mon bikini et tirent simultanément sur les nœuds, sur mes hanches. Le dernier morceau de tissu qui me séparait de lui vient de disparaître. Je retiens ma respiration alors qu'il se redresse et que son regard glisse le long de mon corps nu s'étalant devant lui. Il sourit.

– Tu es vraiment belle, ma p'tite fée.

Il reprend ses baisers là où il les avait arrêtés puis les dirige vers mon intimité. Il marque une pause.

– Est-ce que… Dois-je m'inquiéter pour une capote ou préfères-tu qu'on n'en reste à du… sage…

Ses yeux me disent tout son désir et il passe une main légère le long de ma fente jusqu'à mon clitoris. Une décharge de désir me parcourt le ventre.

– Salle de bains !

Il semble heureux. Il saute du lit, j'entends tout un tas de trucs tomber, une tornade dans l'espace réduit, puis il revient, lance le préservatif à côté de moi et s'installe entre mes cuisses. Ses mains glissent sous mes fesses et, sans me laisser le temps de comprendre, ses lèvres s'emparent de mon intimité. Sa langue… Mon Dieu, sa langue ! Je ne sais même pas dire ce qu'elle fait. Tout ça est nouveau et… putain ! Je me cambre lorsqu'il fait un truc, il aspire doucement mon bouton et l'embrasse comme s'il s'agissait de ma langue. Voyant que je réagis au quart de tour, il continue son baiser en écartant mes cuisses avec ses bras, s'accordant ainsi plus de liberté sur moi avec un terrain de jeu plus grand et totalement offert. Ses mains reviennent à l'intérieur de mes cuisses et les maintiennent ouvertes alors que son baiser devient endiablé. Sa langue est partout, me soulage, me titille, fait exploser tous mes nerfs les uns après les autres, mon dos est tendu au-dessus du matelas, je halète, m'agrippe à ses cheveux, le supplie d'aller encore plus vite, je suffoque totalement, comment elles font, toutes, pour respirer, bordel ? Il faut que je l'informe de mon état…

– Je crois que je vais faire un malaise !

Il éclate de rire et, sans que je comprenne, enfile des doigts en moi. Ne me demandez pas le nombre. Impossible de réfléchir davantage. Une bombe de chaleur, de lumière, de plaisir, de je ne sais pas quoi, explose au centre de mon ventre, me plaque contre le matelas, j'ai l'impression de perdre mes neurones sur l'oreiller, toute mon énergie s'expulse de partout, mes muscles tremblent : pour résumer, c'est Tchernobyl chez Divya Rives ! Et c'est merveilleux ! Incroyable !

Maël se redresse en urgence, la main sur son sexe, les yeux perdus dans le désir. D'une voix rauque, il demande :

– Divya, dis-moi vite. Tu veux de moi ?

Oui, putain, oui !

Je hoche la tête. Il attrape la capote et l'enfile comme un expert, malgré les boules de son piercing qui m'affolent un peu. Puis il s'allonge sur moi, embrasse mes seins et remonte vers mon visage.

– Mon piercing ne te fera rien, ne t'inquiète pas, fais comme si tu n'avais rien vu. Mais tu pourrais avoir un peu mal malgré tout, vu que… j'ouvre le chemin. Si je te fais mal, dis-moi… Surtout, dis-moi. D'accord ?

J'acquiesce pendant qu'il remonte encore. Son pénis arrive contre mon intimité. Il soupire, ses muscles tremblent légèrement. Je déglutis, légèrement tendue. Il caresse ma joue doucement, le visage sérieux.

– Divya ?

– Oui ?

Son ton m'inquiète. Il reprend :

– Je veux que tu saches. Je suis totalement déstabilisé par ce que tu m'offres là, en ce moment. Je te promets que je suis sincère avec toi. Merci.

Il avale sa salive alors que je le dévisage, envoyée au septième ciel par ses paroles. Il continue :

– Personne ne m'a jamais fait trembler d'une telle sorte. Je n'y comprends rien mais c'est troublant. Depuis que je t'ai rencontrée… il n'y a plus que toi dans ma tête…

Mon cœur tressaille. Orgasme cérébral. Il m'offre un baiser qui déshabille mon âme. Qui la met à nu, prête à recevoir et à se laisser submerger par tout ce qu'il pourra bien me dire ou me faire. J'enlace ses épaules et il pénètre en moi. Sans brutalité mais sans hésitation non plus. Une douleur me transperce mais elle reste supportable. Je suis encore sur sa déclaration. Il gémit en se figeant au fond de moi. Ses hanches collées à mes cuisses.

Il pose ses lèvres contre mon cou.

– Ça va ?

Je me tortille sous lui. J'ai envie qu'il me fasse oublier la petite douleur que je ressens. Qu'il m'envoie encore une fois au paradis.

– Oui, mais bouge, s'il te plaît.

Il s'amuse de mon impatience et embrasse mon menton.

– Il suffit de demander, p'tite fée.

Il recule son bassin et revient en moi. Ses gestes sont précis, sensuels, son corps devant mes yeux bouge avec fluidité, ses tatouages m'hypnotisent, son piercing brille sur sa peau, son membre visite mon intimité avec empressement. L'une de ses mains descend tranquillement sur mon clitoris et le titille fugacement alors qu'il ondule en moi. Soit c'est trop, soit pas assez. Les effleurements sur mon clitoris me donnent envie de plus. Je me tortille nerveusement, soulevant le bassin pour l'inciter à me toucher franchement. Il gémit alors que mes mouvements lui offrent de nouvelles positions en moi. Je le sens partout, entièrement, et ça me fait tourner la tête. Une nouvelle vague de chaleur tend de nouveau mes muscles. Une boule de plaisir grossit en moi, entre mes lèvres, entre lesquelles il glisse, puissant, prenant tout l'espace que je lui propose et le stimulant énergiquement.

– Bordel, Divya, tu es trop accueillante…

Il ferme les yeux, tend les muscles de sa mâchoire et accélère son rythme. Sa paume se plaque en urgence sur mon clitoris et le masse avec empressement. Le plaisir prend le contrôle de certains de mes muscles, sans pour autant m'ensevelir. Il monte, me cherche, agace mes sens, me fait perdre la raison. Je ne sens presque plus la douleur ou, en tout cas, elle passe loin derrière tout le reste.

Je halète, j'ai besoin, je veux, j'ai envie de…

– Ça va comme ça ? Dis-moi, ma puce.

Oui ça va, mais… il faut qu'il…

– Plus vite, Maël.

Il râle de bonheur et obéit à ma supplique. C'est un peu plus douloureux en définitive, mais l'extase est proche, voire très proche, voire… en plein dedans ! Une sorte de convulsion me tord en deux, encore une fois, une chaleur magnifique me traverse et je ne comprends plus rien à rien. J'explose dans tous les sens en gémissant bruyamment.

– Maël !

Il accélère encore, alors que je m'agrippe à ses épaules, en transe, toujours incandescente de partout, en plein plaisir extraordinaire. Et si je restais bloquée ainsi ? L'homme qui vient de m'envoyer en pleine extase charnelle m'y rejoint en râlant lourdement, les muscles tremblants, le regard perdu, la sueur gouttant de son front. Il est magnifique dans son orgasme. Au fond de moi, il est secoué de violents soubresauts libérateurs. Il reste figé, perché sur ses bras tendus au-dessus de moi, puis baisse la tête vers la mienne. Ses yeux me déclarent une adoration inouïe, une joie immense, une délivrance, plus que physique, morale. Nous venons de nous unir et, en plus d'avoir été un partage merveilleux, il y a autre chose. Une symbolique.

Comme si nous retrouvions ce qui est logique. Avant, nos âmes étaient bancales. Maintenant, elles se soutiennent. C'est troublant. Peut-être est-ce de l'amour. Je saute mon tour pour l'analyse.

Je passe mes bras dans son dos et l'attire contre moi. Nous nous blottissons l'un contre l'autre. Le plus beau moment de ma vie. Un moment parfait, avec mon homme imparfait qui complète mes propres imperfections, pour une union parfaite.

22

Maël

« So who's the asshole now?
Holier-than-thou, you're not,
'Cause baby's got a black soul. »[1]

Je la regarde dormir. Ses cheveux étalés autour de son visage si pur. Mes bras recouverts de signes agressifs et colorés recouvrent la peau virginale de son ventre. Après la félicité, je replonge petit à petit dans l'angoisse. Le pétard que j'ai fumé au réveil est parti bien loin, maintenant, je n'ai plus aucun neurone anesthésié et je me sens sale. Méprisable. J'aimerais que ce moment ne me laisse qu'un sentiment d'extase, comme il le devrait, mais ce n'est pas le cas. Si j'avais la conscience tranquille, tout irait bien. Mais je me suis gâché ce moment d'« après amour » tout seul, comme un con. Pourquoi je fais des trucs pareils? Très bonne question. Je suis le roi des cons. Je ne connais même pas personnellement ces types.

Remarque, elle ne m'en a pas parlé du tout, peut-être que mes petites manigances minables n'ont pas de grandes répercussions,

1. « Qui est le trou du cul maintenant? / Plus que toi-même, y a pas / Parce que bébé tu as une âme noire », « Black Soul », Shinedown. Crédits: Brent Smith / Eric Bass.

après tout. Ils ont peut-être des instrus en double dans leurs chambres. J'ai bien une basse dans la mienne.

Arrête tes conneries, Maël, forcément que tu les as fait chier!

Ils ont même certainement annulé leur répétition, sinon elle ne se serait pas endormie si paisiblement à ce moment et m'aurait dit qu'elle était attendue tout à l'heure. Divya n'est pas le genre à poser des lapins.

Putain mais qu'est-ce que je peux être con!

Je risque de la perdre avec mes conneries. Et je ne veux pas qu'elle disparaisse de ma vie, putain! Jamais. Elle est ma seule lumière. Elle m'a ramené à la vie, dans tous les sens du terme. Dans ce taxi, sa voix m'appelait, j'en rêve de cet appel, de ses pleurs contre ma joue, de ses lèvres contre ma peau. De sa main dans la mienne, de cet appui qu'elle m'a donné pour me relever. Et sur ce bateau, près d'elle, j'ai l'impression que le soleil brille enfin. Que les ténèbres sont moins opaques. J'arrive même à oublier le réflexe de me cacher derrière mes abus en tout genre devenus habituels. Tout simplement parce que j'ai mieux à faire que de me lover dans des enfers artificiels.

La panique de la perdre, déjà, me bourrine le cerveau de plus en plus fort. J'ai peur d'avoir tout gâché et je ne pourrai m'en prendre qu'à moi-même. Mon pouls se met à battre de façon déraisonnée contre mes bracelets. Je passe un doigt sous le cuir et gratte le mal à la source. Puis je resserre d'un cran les attaches. Et je prends ma p'tite fée dans mes bras pour récupérer sa douceur. Je fais glisser son corps contre le mien, enlace mes jambes aux siennes, cache ma tête dans ses cheveux sombres. Je la tourne doucement pour la mettre dos à moi et nos corps s'imbriquent comme s'ils étaient faits l'un pour l'autre. Ses fesses contre mon érection, mes bras autour de ses hanches fines, une main entre ses cuisses. Mes doigts tâtonnent entre ses plis secrets et s'insinuent dans l'humidité de son intimité. J'ai besoin de sa jouissance. De savoir qu'au moins je peux la combler sur un certain point. Même si elle se rendra vite compte que le reste est bidon, je peux lui offrir ses premières fois, ses premiers orgasmes, ses premiers plaisirs. Et essayer de me satisfaire de ce qu'elle veut bien accepter. Pour le moment. Ça me fera des souvenirs à ressasser lorsque je serai totalement imbibé à pleurer sur ce que je suis en train de détruire en cet instant même.

Mon index trouve ce qu'il cherche. Son petit bonbon, si réactif. J'embrasse son cou, laisse glisser ma langue le long de sa clavicule pendant que ma main caresse sa chair avec légèreté. Je passe mon second bras sous son autre hanche et guide ma main plus loin entre ses cuisses. J'insinue quelques doigts dans son antre. Tout est frais, propre, nous avons pris une douche avant qu'elle ne s'endorme. Je l'ai lavée. Mes doigts y vont doucement, je suppose qu'elle doit être un peu irritée, elle m'a poussé un peu plus loin que je l'aurais voulu tout à l'heure. Mon pouce prend la place de mon index alors que mes doigts vont et viennent en elle, doucement. Elle pousse de petits gémissements discrets. Je veux sentir son plaisir monter. Je me rapproche plus près et pose ma joue sur la sienne. Sa respiration s'accélère alors qu'elle lève une cuisse pour me faciliter le passage. Mes doigts vont plus loin en elle. Mon pouce dessine de petits cercles plus appuyés. J'ondule contre ses fesses. Son bassin suit mon mouvement. Nos corps bougent en parfaite harmonie. C'est délicieux. Sa poitrine se soulève plus lourdement. Pourquoi n'ai-je pas quatre mains? Elle garde les yeux fermés. Son ventre sous mon bras se durcit. Nous dansons avec le désir. L'invitons à se joindre à nous, l'appelons à prendre place dans son corps.

Ses mains empoignent mes bracelets et les serrent fortement. Mon cerveau défaille. Le bien qu'elle représente pour moi contre le mal que j'ai fait aux autres. Contact troublant. Le retour de la médaille. Mon cœur se brise, en même temps qu'il s'enflamme et me rend fou. J'accélère le rythme de mes mains, de mes ondulations, et elle me suit sur le chemin de mon enfer divin. Ses gémissements deviennent rauques. Désordonnés. Ses doigts se resserrent sur mes poignets. Ma prison se referme sur moi. Ma gorge se serre, mon âme explose. Partagé entre le bonheur de sentir son plaisir et le désastre de ma vie qui me colle à la peau. Elle lâche l'un de mes poignets et pose sa main sur ma nuque. Puis elle tourne la tête vers moi et m'embrasse avec passion. Puis tout en elle se fige, elle éclate dans un râle sensuel qui vient s'échouer au fond de ma gorge, sur des sanglots qui ne sortiront jamais. Je retire mes doigts de leur cachette et l'enlace étroitement. Je lui vole ses derniers moments de plaisir. Je caresse sa peau recouverte de frissons. Je me fonds en elle avec l'énergie du désespoir.

Mes ténèbres sont là. Bien présentes. J'embrasse son cou, sans jamais me lasser. Sa main est plongée dans mes cheveux, ses doigts massant mon cuir chevelu.

– Qu'est-ce qu'il y a, Maël?

Je ne réponds pas.

– Maël?

Ma voix est rauque. Beaucoup trop éraillée lorsque je me décide à lui répondre.

– Rien, pourquoi tu me demandes ça?

– Ton âme est noire, Maël.

– Je croyais que tu ne ressentais rien sur un bateau?

– C'est vrai. Mais toi, je te ressens. J'ai senti tes démons, hier soir, au bar. Et maintenant. Il y a quelque chose qui ne va pas. Dis-moi.

Je soupire. Je pourrais soulager ma conscience. Mais cela mettrait fin à ce moment parfait. Autant en voler encore quelques minutes.

– Je t'assure que ça va. Tu es peut-être déréglée?

Elle rigole doucement.

– Ça ne marche pas comme ça. Et je sens très clairement ta détresse. Tu regrettes?

Je resserre mes bras sur son ventre.

– Non, bien sûr que non… Au contraire, j'ai peur de te perdre.

– Mais pourquoi?

– Parce que c'est ce qui arrive toujours, non?

Elle secoue la tête.

– Non. Ça n'arrive pas toujours. Ça arrive simplement quand tout ton être veut se punir lui-même. Il te dirige vers l'obscurité sans que tu ne t'en rendes compte. Mais, souvent, il suffit juste d'en prendre conscience pour que les démons disparaissent. Parle-moi, Maël. Je peux t'aider.

– Oui, certainement. Mais mes démons te feraient du mal. Je ne veux pas que ça se passe comme ça.

Elle retire sa main de mon crâne et la pose sur le dos de la mienne.

– Donne-moi ta paume.

– Non.

– Maël?

– Non, n'insiste pas. Tu ne viendras pas dans ma tête et je ne te prendrai pas ton équilibre. Je me débrouille tout seul. Et toi, tu kiffes la vie. C'est ainsi que ça doit se passer.

– N'importe quoi! Donne-moi ta main, Maël!

– Non.

Je la lâche et m'écarte d'elle. Elle se retourne vers moi.

– Mais pourquoi? Je ne te comprends pas.

– Tu n'as pas besoin de comprendre. Je t'ai dit que je ne voulais pas évoquer certains sujets, c'est tout. Je t'en supplie, n'insiste pas.

Je me lève et récupère mon bermuda mouillé sur la moquette. Il faut que je parte et que j'essaye d'arrêter le massacre, autant que je le peux.

Elle s'assied sur le lit.

– Qu'est-ce que tu fais?

Je n'ose même pas la regarder. J'enfile mon short trempé, c'est très désagréable... Mais bon, j'ai juste le couloir à traverser pour rejoindre ma chambre.

– J'ai un truc à faire. J'avais oublié. On se voit tout à l'heure?

– Quand?

– Je ne sais pas trop... Deaclan m'a donné rendez-vous ce soir au bar du pont inférieur. On ne va pas assister aux concerts. Il m'a dit que ce bar était plutôt cool, pas trop branché metal... On devrait y être tranquilles. On s'y retrouve vers vingt heures?

Il est déjà dix-sept heures, ça va être chaud mais j'ai pas trop le choix. J'attrape mes Converse et retourne m'asseoir sur son lit. Je pose une main sur sa nuque et approche mes lèvres des siennes.

– Je suis pressé que ces trois heures passent, ma p'tite fée. Pardon si je te parais un peu brutal. Mais j'ai réellement des trucs à régler. Ne m'en veux pas.

Elle avance ses lèvres vers les miennes, sans les toucher pour autant. J'y dépose un baiser léger, une pointe ancrée dans le cœur à l'idée que ce pourrait être le dernier.

Je me relève et quitte sa chambre.

***

Une fois changé, je remonte sur le pont principal pour retrouver les Heaven and Hell. J'inspecte l'espace extérieur, personne. Enfin, personne que je cherche. Cependant d'autres me trouvent. Une troupe de nanas « corbeaux », en jean et tops noirs sous le soleil de plomb, m'accostent et me demandent le bordel classique, photos, autographes et petite discussion sur leurs morceaux préférés, les prochains, etc. Elles sont peu envahissantes et respectueuses, pas les pétasses classiques. Je ne peux donc pas les envoyer chier comme je le fais habituellement. Je prends mon mal en patience. Il me reste deux heures et demie avant de retrouver Divya et Deaclan et quatre heures et demie avant le concert des Heaven qui jouent à vingt-trois heures. Horaire de merde au passage, lorsque nous avons débuté avec les Skeletons, nous en avons bouffé des horaires improbables pendant les festivals. C'est frustrant parce que le public n'est souvent pas au rendez-vous et vous servez de bouche-trou entre les têtes d'affiche. Malheureusement, c'est le jeu.

Les filles finissent par tarir leur stock de questions et me libèrent. Je continue mon investigation. Le bar principal, personne. Les annexes, les restos, brasserie, salle de sport, salle de ciné, le théâtre, toujours pas. J'ai une illumination. J'ai leurs numéros de téléphone, forcément. Je les appelle tous. Messagerie à chaque fois. Putain ! Je m'attendais à quoi ! Avec le harcèlement qu'ils ont dû essuyer, normal qu'ils aient éteint leurs téléphones. Quel con !

Au détour d'un couloir, je me fais à nouveau prendre au piège par des groupies. Cette fois, je tombe sur un nid. Dès que je crois en avoir fini, une autre arrive avec son téléphone, prête à mitrailler. Plus qu'une heure et demie. Je remonte au pont principal et sonne à la réception. Une jolie quarantenaire me répond.

– Bonsoir. Que puis-je pour vous ?

– Bonsoir. J'aurais besoin du numéro de chambre du groupe Heaven and Hell.

Elle me coule un regard doux.

– Monsieur, je ne suis pas autorisée à donner ce genre d'informations.

– Mais ce sont des amis, ils jouent ce soir, et je dois leur donner leurs instruments et…

Elle pince les lèvres et pianote sur son PC.

– Auriez-vous un nom à me donner?

Mer-de, non!

– Euh… Je crois que l'un d'entre eux s'appelle Magnus. Et sa sœur, Jet… Ou Berthe? Oui, c'est ça… À moins que ce ne soit Stef?

La réceptionniste me fixe avec une expression professionnelle mais fermée. C'est mort. Même si je sors leurs noms maintenant avec leurs dates de naissance, et j'en passe, je ne suis plus crédible. Je lui lance un regard pitoyable, dernière tentative désespérée… Mais elle reste inflexible.

– Inutile que j'insiste, c'est ça?

Elle hoche la tête.

– Malheureusement, monsieur, j'ai bien peur que ce soit tout à fait ça…

– Très bien. Merci quand même.

– Bonne soirée, monsieur.

Oui, ben ça, c'est pas gagné! Je soupire en quittant le comptoir.

– À vous aussi.

Il me reste une option. Les salles de répétition. Il y en a au moins une dizaine. Et à peine une heure… Je descends les trois étages et frappe à toutes les portes. Bien entendu, je tombe sur les Pineapples Trees, un groupe de potes que je connais bien. Ils me tiennent le crachoir un bon quart d'heure. J'ai beau leur dire au moins dix fois que je suis pressé, ils s'en foutent. Deuxième salle, personne. Troisième, quatrième, fermées, les mecs mettent un temps fou à ouvrir. Et ce ne sont pas les potes de Divya. Trente minutes avant d'aller la retrouver. Cinquième, sixième, vides. Septième, pas le bon groupe. Huitième, vide. Neuvième… Mike et Lochan.

M.E.R.D.E!

Je referme en espérant qu'ils ne m'aient pas vu. Dommage, ce n'est pas le cas. Mike ouvre la porte à toute volée alors que je me dirige vers la dixième salle.

– Maël ! Ramène ton cul ici ! Ça te dirait de faire ton job de temps en temps ?

– Va chier, Mike, j'ai autre chose à foutre ce soir !

– Non, je ne vais pas chier, mon grand ! On a perdu une journée de travail avec tes conneries. Lochan m'a fait écouter ses compos et, si tu ne prends pas le temps de les écouter, je considère que tu les acceptes d'office et je les ajoute à l'album dès ce soir. C'est clair ?

– On ne peut pas voir ça demain, sérieux ?

– Non, j'ai dit maintenant ou c'est trop tard.

Je perds mon sang-froid.

– Mais putain, tu comprends ou pas quand je te dis que j'ai autre chose à foutre ? Demain, première heure, on écoute et je te dis !

– Ouais, et on t'attend trois heures comme ce matin ? Je ne marche pas, Maël ! Tes conneries, j'en ai plus que plein le cul ! Maintenant ou tu vas te faire foutre !

– Demande à Deaclan !

– Il a déjà dit oui, figure-toi !

– Quoi ?

Faux frère, il me plante un couteau dans le dos.

– T'as combien de titres ?

– Deux.

– Vas-y, mets en route maintenant ! Et après, t'iras sucer ton labrador !

– Mon labrador et moi, on t'emmerde !

– J'en ai rien à foutre !

Je le suis dans la salle, je ne salue même pas Lochan appuyé nonchalamment au piano. Il m'étudie longuement sans dire un mot pendant que Mike met en route la sono.

– T'as un problème, Rives?

Il pince les lèvres.

– Non, mais ça pourrait venir. T'étais où aujourd'hui?

– Quoi, t'es ma mère?

– Non, je suis son frère.

Il me coupe toute réponse. Je préfère me concentrer sur le titre qui passe. Et mon agacement redouble. C'est très bon. Original, novateur et addictif. Je ne prononce pas un mot entre la fin du premier et le début du second. Encore meilleur. Ce mec est un putain d'emmerdeur. Il ne pouvait pas nous pondre une merde sans nom? Non, faut qu'il excelle dans son art... Mais je n'ai pas le temps de faire valoir mon égocentrisme exacerbé en ce qui concerne mon métier à l'heure actuelle. Je suis déjà en retard pour mon rendez-vous avec sa sœur.

– C'est bon, on prend. Salut!

J'ouvre la porte et me tire de là, sans manquer de la claquer derrière moi violemment. Je jette un œil dans la dixième salle, vide. Bon, ben voilà, je n'ai plus d'option. Ils sont introuvables. Je remonte au pont sur lequel se trouve le bar de notre rendez-vous. Il y a un peu de monde mais c'est tout à fait gérable. Deaclan est au bar et pas de trace de Divya. J'espère que c'est juste un retard. Je n'ai pas la prétention de prédire l'avenir, comme l'autre casse-couilles de Lochan qui a lu en moi comme dans un livre ouvert, au passage, mais je sens très très mal la finalité de cette histoire. Je suis allé trop loin. J'ai merdé. Le laxatif dans le jus de fruit, ça suffisait. Après, j'aurais dû lui faire confiance. Bordel de bordel...

J'avance vers le bar. La musique R'N'B qui passait sur la piste assez animée se termine. Et j'entends les basses du nouveau morceau. Putain, encore ce morceau. « Human », de Rag'n'Bone.

Elle est là. Obligée. Je passe en revue les personnes sur la piste. Personne. Je me retourne. Elle est devant la porte. Figée. Elle ne bouge pas. Je ne peux rien faire d'autre que d'aller la rejoindre. Mon corps a besoin de fusionner avec elle. Peu importe que son frère puisse débarquer à l'improviste. Peu importe que tout le monde soit spectateur. Elle est la seule qui importe. Je me colle à elle. Mes mains passent sur ses côtes. Nous ne parlons pas. La musique, cette musique, c'est nous. C'est mon cœur qui bat pour elle. C'est mon âme qui cherche la sienne. Ce sont nos corps qui s'appellent. C'est sa lumière qui me sauve. Ce sont mes ténèbres qui me font perdre pied. C'est toutes mes conneries que je lui demande de me pardonner. Cette musique, c'est nous. *« I'm only human, I made mistakes. »*

– Divya… Je t'en prie, pardonne-moi.

Elle ne répond pas, m'adresse un regard attristé et interrogateur, pose sa main sur ma joue. Son pouce me caresse doucement. Je l'attire contre moi en fermant les yeux. Et je l'embrasse. Doucement. La culpabilité m'accable. Je lui demande pardon dans un baiser. Réclame ma rédemption. Mes doigts frôlent la peau de son cou. Ses épaules. Ses bras. Puis remontent en suivant le même chemin. Nous nous embrassons toujours. J'effleure ses joues, délicatement. Elle pose ses mains sur les miennes. Je l'enlace, m'enroule autour d'elle. J'ai la gorge serrée. Je ne veux pas la perdre. Le chanteur finit son tube *« Don't put blame on me »*.

Une main tapote l'épaule de Divya. Nous relevons la tête.

23

Divya

« *Maybe I'm foolish,*
Maybe I'm blind,
Thinking I can see through this,
And see what's behind. »[1]

Je sors de notre univers difficilement. L'univers sombre de Maël. Ses démons nous entourent. Puissants. Dévastateurs. Je ressens sa détresse sans la comprendre. J'ai l'impression qu'elle nous emmène vers la fin. La fin du nous.

Je recale mon esprit présent. Sur Beth et Magnus. Je m'écarte de Maël en constatant leurs mines défaites.

– Oh. Vous ne les avez pas retrouvés ?

Magnus serre les dents.

– Non. Que dalle. On a assiégé l'administration toute la putain de journée. Personne ne sait comment la porte du local a pu être ouverte sans être forcée. C'est un truc de fou. Bateau de merde.

Beth a l'air dépité.

1. « Peut-être suis-je stupide / Peut-être suis-je aveugle / De croire que je peux voir à travers tout ça / et voir ce qu'il y a derrière », « Human », Rag'n'Bone Man. Rory Charles Graham / Jamie Hartman / Askia Fountain.

– Ce que je ne comprends pas, c'est pourquoi nous? Merde!

Magnus s'adosse au mur.

– Et on est censés jouer dans deux heures. Sans instruments. Sans partitions. Sans avoir répété. C'est mort, il faut qu'on annule.

Maël se crispe à côté de moi.

– Il doit bien y avoir une solution. Je peux voir pour vous filer notre matos pour ce soir au moins. Ma basse est à vous si vous voulez.

Magnus se laisse glisser jusqu'au sol.

– C'est sympa mais ça ne sert à rien. On n'est pas opérationnels. Nous devions jouer plusieurs morceaux remaniés. Mais on n'a pas eu le temps de les revoir. Je ne joue pas de l'approximatif, y a pas moyen. Et les anciennes versions auxquelles nous étions habitués sont clairement en dessous. Si nous avions au moins les partitions, on pourrait s'en sortir, mais sinon… impossible. Trop dangereux.

J'attrape la main de Maël et l'embrasse pour le remercier de vouloir donner un coup de main, mais son regard vert s'est transformé en charbon et ses traits se sont durcis. Il retire sa main de la mienne et la fourre dans sa poche. Il s'éclaircit la voix. Il y a un truc qui ne tourne pas rond chez lui. Je l'examine alors qu'il reprend la parole.

– Demain est un autre jour… Vous jouez sur une autre date?

Magnus regarde devant lui, dépité. Il secoue la tête.

– Tu ne comprends pas. Je me suis endetté pour payer notre place sur scène et sur cette croisière. J'ai démissionné aussi parce que mon connard de patron ne voulait pas me filer ma semaine. Je vais même rendre mon appart pour aller vivre chez Beth, le temps de me renflouer. Cette croisière, c'était notre chance. Il y a des mecs qui sont là pour dénicher des talents. Des représentants de maisons de disques. Des agents. Qu'est-ce que tu crois qu'ils penseront quand ils verront qu'on n'est même pas assez organisés pour assurer une putain d'heure de scène? On passe pour des merdes, même si on retrouve notre matos demain, on aura planté notre image. Et je ne parle même pas des putains de photos de bites qui doivent circuler encore sur les réseaux… En une putain de journée, Heaven and Hell est mort… J'arrive pas à y croire!

Je me baisse à son niveau et lui caresse les cheveux.

– Il doit bien y avoir une solution, Magnus. Dis, je t'aiderai, n'importe quoi.

Il me sourit.

– T'es gentille, Divya baby. Si j'étais pas gay, je te demanderais en mariage tout de suite et je te traînerais à l'église dès l'aube.

Maël s'étouffe.

– Ah parce qu'en plus, t'es un putain de gay? C'est une blague?

Magnus lève les yeux vers lui.

– Quoi? Ça te pose un problème? Les Skeletons sont des putains d'homophobes?

Maël semble troublé. Il passe une main dans ses cheveux, recule de quelques pas, vraiment perdu.

– Non, non, pas de problème. Putain!

Nous l'observons tous. Ses yeux passent sur chacun d'entre nous. Je me relève et essaye de lui prendre la main.

– Maël, tu vas bien?

Il retire sa main de la mienne sans douceur.

– Non, putain, ça va pas. Putain, non… Ça va pas.

– Qu'est-ce que tu as? Maël? T'es flippant, là?

Magnus s'inquiète également.

– Il t'arrive quoi, mec? Tu veux t'asseoir?

Maël secoue la tête.

– Mais pourquoi t'es gay? Bordel de merde!

Magnus écarquille les yeux.

– C'est quoi, ton problème? Tu fais une allergie aux gays ou quoi? Eh, je suis comme tout le monde, mec! La preuve, il y a dix minutes tu ne t'en doutais même pas!

– Non, c'est clair que j'étais loin de le penser. Bordel de merde. Quel véritable connard!

Cette fois, il est vraiment bizarre. Je tente de m'approcher à nouveau mais il me repousse en tendant sa main vers moi. Ses yeux me demandent pardon. Je suis perdue. Ses ténèbres, son air désolé, ses réactions, il tourne fou. Sa voix tremble lorsqu'il m'adresse la parole.

– Je suis désolé, Divya. Je ne savais pas qu'il était gay. Tu le touchais tout le temps et…

– Et quoi? Je ne comprends pas un traître mot de ce que tu dis, Maël!

Il marque une pause. Puis reprend:

– J'étais jaloux. Je ne voulais pas que tu t'aperçoives que j'étais un pauvre type et qu'il était beaucoup plus pour toi que moi. Lui, il sourit. Il te fait rire. Il est lumineux. Pas moi, Divya. Moi, je t'apporte la pénombre. J'ai cru… Merde, j'étais jaloux. Je voulais au moins avoir une chance. C'est tout. Juste deux petits jours pour te montrer.

Il me serre le cœur. Mais je ne comprends toujours pas. Il sort une carte magnétique de sa poche et la tend à Beth.

– Cabine 520. Votre matos est là-bas. Je suis désolé.

Je regarde sans comprendre. Magnus saute sur ses jambes.

– C'est quoi, ton délire? Tu ne trouves pas qu'on nous a assez emmerdés aujourd'hui? Tu veux nous faire croire qu'il est réapparu comme par magie dans ta chambre? Sérieux, tu te trouves drôle?

Maël lui fait face. Il a l'air au bout de sa vie mais il fait face.

Et moi j'ai envie qu'il dise qu'effectivement c'était une blague de mauvais goût et qu'il s'excuse. Cependant, il ne le fait pas. Il maintient le regard de Magnus.

– Non, je ne suis pas magicien. C'est moi qui vous ai piqué vos grattes, elles sont dans ma piaule. Il vous reste moins de deux heures pour vous mettre au point. C'est le mieux que je puisse faire.

Beth semble écœurée.

– T'es sérieux ? Et t'as fait ça parce que t'avais peur que Magnus et Divya…

Il hoche la tête d'un air pitoyable.

– Je comptais vous les rendre avant, dans tous les cas…

Non, c'est pas possible ? Mon petit nuage s'écroule. Maël a fait tout ça ? Pour… putain, pour m'attirer dans ses filets comme si j'étais un vulgaire trophée ou plutôt une proie qu'il se devait d'avoir… Bordel de merde… Ma tête se met à bourdonner. Il me faut un arbre. D'urgence. Mais nous sommes un peu au milieu de la mer… Je m'écarte de la petite troupe.

Je ne suis qu'une énergie. Je viens de la nature… Je ne suis qu'une énergie. Je viens de la nature… Divya, calme-toi.

Maël s'approche de moi.

– Divya…

Je recule encore.

– Non, non, Maël, non. Pas maintenant. Je ne veux rien entendre. Occupe-toi plutôt de réparer ce qui est réparable. Je ne fais pas partie de cette catégorie. Désolée. Maintenant, Magnus, je suis navrée, je ne vais pas assister au concert. J'ai besoin d'air. Faites exploser les compteurs d'applaudissements pour moi. Pardon.

Je me faufile entre les deux frangins sans jeter un œil à Maël. Surtout sans le regarder.

***

Je n'arrive pas à comprendre. Je n'arrive pas à faire le point. Mon esprit est trop embrouillé. Assise sur le parquet du pont, face à la mer, je regarde la lune se refléter à la surface de l'immensité vers laquelle nous nous dirigeons. Tout me paraît vide. Incertain. Comme ce bateau, je suis perdue au milieu de nulle part. Et pourtant, à l'instar de ce navire qui avance malgré tout vers une destination qu'il ne connaît pas lui-même, j'avance dans ce flou que la vie m'a réservé, sans savoir où cela va me mener. Il y a quelqu'un qui dirige. Ce n'est ni moi ni ce navire. Le destin, le capitaine, peu importe le nom qu'on lui donne, connaît la finalité de tout ça. Nous ne sommes que des instruments.

J'essaye de me persuader que je ne suis qu'un élément de la nature, que je dois accepter les épreuves, les désillusions, la peine, que je dois les accueillir et les affronter, sans les rejeter, comme si demain une tempête se présentait, ce paquebot continuerait son chemin, faisant avec les éléments. Sauf si ce navire s'appelait Titanic. Alors là, nous aurions un souci. Je suis le Titanic. Tout le monde me croit insubmersible. Tout le monde croit que la sagesse, la connexion avec la nature, mon énergie, ma lumière suffiront à guider ceux qui s'y accrochent. Eh bien, grande nouvelle, ce n'est pas le cas. Je suis en train de sombrer, comme le géant des mers l'a fait avant moi. Rien de nouveau en quelque sorte. Présumer des capacités de quelqu'un ou de quelque chose mène droit à la catastrophe.

Comme j'ai présumé de celles de Maël. J'ai volontairement occulté son côté sombre, je n'ai regardé que sa lumière, en croyant en lui, en m'imaginant qu'il aurait la volonté de la faire jaillir, de se diriger vers elle. J'ai bêtement cru qu'il était bon au fond de lui. Amère méprise qui me revient en plein nez. Non seulement il n'a jamais eu l'intention de trouver la chaleur mais, en plus, il m'a retourné la tête, m'a fait perdre pied et en a profité. Mon honneur est souillé, mon amour-propre piétiné, mon cœur déchiqueté et ma lumière salie par ses ténèbres. Il s'est inséré en moi, s'est faufilé comme un expert entre mes croyances, mon manque d'expérience et ma crédulité, il est allé titiller mon cœur et, sans que je m'en rende compte, il m'a tout pris et m'a tourné le dos. Pour sa petite satisfaction personnelle. Ma virginité, mon cœur, une partie de ma lumière, mais surtout ma confiance dans le destin. Tout. Il a tout détruit.

C'est une bonne leçon. Je me suis crue plus maline que tout le monde, j'ai pensé que ma vision des choses était la bonne. Bon, ben voilà, retour de manivelle rapide et efficace, Divya. Tu n'es pas plus clairvoyante que qui que ce soit. L'être humain est complexe et pas toujours bienveillant. Et ce n'est pas un sixième sens un peu plus développé que la moyenne qui peut me préserver des erreurs. Erreur affreusement amère et douloureuse, pour le coup. Je ne suis pas près de m'en remettre parce que… j'y croyais. Je croyais en lui. Je croyais en nous. Dégoûtée. Je suis dégoûtée.

Je ferme les yeux et me laisse bercer dans l'air frais nocturne. Dans le silence réparateur. Dans le calme de la solitude. Dans la perception de l'Univers autour de moi. Aussi insupportable que soit ce pieu enfoncé dans mon cœur, ce n'est pas tellement important. Sous ces étoiles, au milieu de l'océan, je ne suis qu'une minuscule particule qui fait partie d'un tout. La face du monde ne changera pas à cause de ma peine de cœur. Le soleil se lèvera dans quelques heures, les arbres pousseront toujours, les saisons passeront, bref, qui est réellement intéressé par le déchirement de ce cœur parmi tant d'autres? Mon âme saigne, et alors? C'est insupportable, atrocement douloureux, cruel, mais insignifiant. Mon petit enfer personnel. Avec lequel je vais devoir composer.

Je crois que tout est dit. Je n'ai plus envie de communier avec quoi que ce soit. Ma gorge reste serrée et, même si je suis consciente de ce qui m'entoure et de ma faible importance à l'échelle de l'Univers, rien n'empêche mon âme de me torturer. J'ai mal. C'est tout. C'est atroce. C'est pire que tout. La seule envie qui me vient, c'est de me couler au fond de mon lit et de disparaître, d'être encore plus insignifiante dans ce monde et qu'on arrive à m'oublier. Que je puisse m'oublier moi-même. Je ne veux plus penser. À rien. Et surtout pas à Maël.

24

Divya

« Sometimes beginnings aren't so simple,
Sometimes goodbye's the only way. »[1]

Ce n'est cependant pas ce qu'a prévu le destin. Décidément, il commence à me gonfler, ce foutu destin. L'homme qui vient de me détruire est allongé devant ma porte. Une bouteille de whisky posée à côté de lui. Il semble dormir. À moins qu'il ne cuve son alcool. Je ne sais pas. Et franchement ? Je m'en fous. Enfin, j'aimerais pouvoir m'en foutre, en réalité. Mais la vision de cet homme, si beau, recroquevillé sur la moquette, comme si toute la misère du monde pesait sur ses épaules, cette vision me fend le cœur. Pour lui, déjà, parce que je sais qu'il souffre, d'une certaine manière. Mais j'ai décidé d'être égoïste et de penser uniquement à ma propre douleur. Des images me hantent, celles de son corps sur le mien, de ses lèvres proches des miennes, de ses yeux lagon dans lesquels j'ai plongé, comme s'ils représentaient le bonheur absolu. Ce qui fut vrai un court moment.

Je le pousse doucement du pied. Pas de réaction. Tant pis. Je

1. « Parfois les débuts ne sont pas aussi simples / Parfois les adieux sont le seul moyen », « Shadow of the Day », Linkin Park. Crédits : C. Bennington / Linkin Park / M. Shinoda.

tends le bras et passe ma carte dans la serrure. Puis je l'enjambe, entre dans ma chambre et referme ma porte. Il n'existe plus, point final. Je me laisse tomber sur mon lit, enfonce mon visage dans mon oreiller. Et j'attends le sommeil. Pas moyen de le trouver. Mon esprit est perturbé. Il est devant ma porte. Je ne peux pas le laisser ainsi. Tout enfoiré qu'il ait été, non, je ne peux pas. Bordel, mais est-ce qu'il s'est posé toutes ces questions, lui, quand il faisait du mal à Magnus et à son groupe, juste pour servir ses petites victoires personnelles ? Et il ne pensait certainement pas à moi non plus… non. Il aurait même certainement été fier de me voir endormie devant sa porte plutôt que désolé pour moi. Ce mec est un égocentrique qui ne se souvient même plus des noms des gens qui travaillent chez lui. Ce mec marche sans soucis en Converse trempées dans un hall qui vient d'être nettoyé. Ce mec se fout des autres. Il n'a qu'à dormir sur la moquette, bien fait ! Et j'espère qu'il aura des courbatures atroces, un début de lumbago bien aigu, un torticolis insupportable, voire une grippe à cause de la clim', une mycose à cause de l'humidité de l'air marin qui aurait provoqué des champignons sur la moquette, de l'asthme à cause des acariens et pourquoi pas non plus des furoncles… Bon, les furoncles, je ne vois pas trop pourquoi il en attraperait. À moins que ce ne soit le reflet de son âme sur sa peau… Comme les sorcières à verrues. *Vade retro*, Maël Jones ! Dégage de ma vie !

Mais avant tout, dégage de devant chez moi ! Je ne peux pas dormir en le sachant si proche. J'ouvre ma porte. Sans surprise, il est toujours là. Il est quatre heures du matin. Pas un vacancier dans le couloir, pas un bruit, bref, je suis seule face à lui. Tant qu'à faire, autant remuer le couteau dans la plaie, merci le destin, je te revaudrai ça !

Je m'accroupis derrière son dos. Il dort profondément. Son

beau visage n'a plus les traits paisibles de ces derniers jours. Mon cœur se fissure pour lui. Je sais qu'il souffre. Mais... non. J'ai trop de rancœur en moi. Je le secoue énergiquement. Pas de réaction. J'essaye vainement de le relever. Pas mieux. OK! Aux grands maux... Je cours dans ma salle de bains, vide la poubelle et la remplis d'une bonne quantité d'eau. Je reviens sur le pas de ma porte et renverse l'eau froide sur le beau au bois dormant qui se redresse d'un bond en suffoquant sous le choc.

– Putain!

Voilà qui est fait. Il lève la tête vers moi.

– Divya!

Son regard se pose sur moi avec une douceur désarmante. Mais non! Non, non, non, Maël Jones, ça ne marche plus.

– T'es au courant que tu as un lit qui t'attend quelque part sur ce bateau?

Il secoue la tête en s'essuyant le visage du revers de la main. Puis il ferme les yeux.

– Je voulais discuter.

Sa voix est pâteuse. Évidemment. Je lance un regard à la bouteille de whisky.

– Avec une bouteille de whisky dans la tronche? Je ne vois pas quelle discussion intéressante nous pourrions avoir. Et de toute manière, moi, je veux juste dormir.

Il se redresse difficilement, chancelle et se retient au mur.

– Divya, s'il te plaît. J'ai merdé, je sais, mais...

– Je n'ai pas envie de parler de ça. Écoute, j'ai déjà perdu assez de temps avec toi, en ce qui me concerne, je ne compte pas en perdre davantage. Bonne nuit.

Il retient ma porte.

– Divya!

J'ai envie qu'il parte. Je le déteste. Je l'adore. J'ai horreur de ce regard qu'il pose sur moi. J'en suis addict. Je ne suis absolument pas touchée par son air repenti. Je suis à deux doigts de vouloir lui faire un câlin. Mais, encore une fois, il m'a blessée, il n'est pas bon, il n'a rien compris à la vie et il m'a fait mal. À moi et à d'autres. Non, le bon chemin n'est pas celui qui mène vers Maël. Je n'ai pas les épaules pour ça.

– Non, Maël, non. Il n'y a rien à dire.

– Mais Divya, je sais que j'ai merdé mais c'était pour de bonnes raisons... J'ai cru que tu ne m'accorderais jamais rien et j'ai paniqué. Et j'avais peur qu'il t'emmène dans des trucs glauques aussi !

Je ricane bruyamment.

– Voyez-vous ça ! Un démon qui se la joue ange gardien ! Si tu voulais vraiment me préserver, c'est de toi qu'il fallait me protéger. Magnus est un mec bien, lui !

Il baisse la tête. Les mains appuyées sur l'embrasure de ma porte, les bras tendus le retenant certainement de tomber, il est encore une fois charismatique, ensorcelant dans sa détresse. Il m'énerve ! J'ajoute :

– Non, mais sérieusement... Comment as-tu pu t'en prendre à ces personnes que tu ne connais même pas ! Pourquoi n'es-tu pas, une seule fois, venu me voir pour me demander ou me conseiller, enfin, qu'on en discute ? Et d'autre part, je ne suis pas un objet que l'on manipule ! Je ne comprends pas, Maël, vraiment. Je ne te montrais pas des choses ? Où as-tu pu douter de moi et de ce que je ressentais ? À quel moment ? Tu crois vraiment que je suis le genre à te donner ma virginité et à aller faire je ne sais quoi avec un autre après ?

Il soupire.

– Les choses ne se sont pas passées dans cet ordre, Divya.

Je croise les bras sur ma poitrine. J'avais dit que je ne voulais pas discuter mais j'ai quand même envie de savoir.

– Et elles se sont passées comment?

Il regarde autour de lui puis me supplie du regard.

– Est-ce que je peux entrer? On est dans le couloir, je suis pas fan.

– Non. Tu ne mets plus un pied dans mon univers. Tu l'as assez pollué comme ça.

– Très bien, alors viens dans le mien. Ma chambre est juste au fond du couloir.

Je l'observe longuement. Le couloir, c'est nul, je lui accorde. Mais sa chambre? Et puis quoi encore?

– Je ne te fais certainement pas assez confiance pour m'enfermer avec toi dans une chambre. Désolée.

– Divya, j'ai des défauts mais je ne suis pas un putain de violeur!

– Non, mais un manipulateur, c'est certain. C'est le couloir ou rien.

Il hoche la tête, résigné.

– Très bien. Alors voilà ma version de l'histoire. Elle n'est pas belle, je te l'accorde. Je n'en suis pas fier. Mais justement, je ne veux plus rien te cacher.

Il m'interroge du regard. Je retiens mon souffle, m'attendant au pire, puis l'invite à continuer en haussant un sourcil.

– Le premier soir, tu étais avec ces mecs. Ils te manquaient clairement de respect de mon point de vue. Ce mec te pelotait le cul devant cet ascenseur.

– Il m'aidait à rester debout.

– Il n'avait pas besoin de te toucher les fesses! Et j'ai pensé que tu ne t'en apercevais pas… J'ai détesté ce type. Et ses potes aussi. Ce mec, Magnus… Tu es partie avec lui le premier jour à la piscine alors que je pensais que tu m'attendrais. Je l'ai pris pour un mec qui… enfin, qui te plaisait, quoi… Alors que je pensais qu'il y avait déjà un truc entre nous. Et ce truc, Divya, il me plaisait vraiment, déjà à ce moment-là. Je ne voulais pas que…

De pire en pire. Je ne sais pas si je veux en écouter davantage, après réflexion. Je le coupe.

– Et alors, Maël? Même si j'avais envie de me faire peloter le cul par Steeve et d'avoir une histoire avec Magnus, où est le problème, en définitive? Je n'ai pas le droit de faire ce que je veux, c'est ça? Sous prétexte que TOI, tu as vu un truc entre nous, alors je t'étais uniquement réservée? C'est bien ça que je dois comprendre?

Il baisse la tête, dépité.

– Je voulais juste nous laisser une chance. Mais aussi t'éloigner de ces mecs parce que, vu de ma fenêtre, ils te saoulaient pour arriver à leurs fins. Et ce n'était pas possible, Divya.

– Ah parce que je suis évidemment incapable, certainement trop cruche, pour me défendre et cerner les gens, c'est ça?

– Mais non… J'ai eu peur, c'est tout. Je voulais simplement te protéger…

– Mais je ne t'ai jamais demandé de faire un truc pareil! En plus, le lendemain, nous avons passé notre journée ensemble, il me semble, puisque…

Je m'arrête en pleine phrase. Un éclair de génie, sans doute…

– Non!

Il pince les lèvres d'un air navré.

– Maël, ne me dis pas que les problèmes intestinaux des Heaven…

Il tourne la tête, franchement honteux.

– Mais comment? Pourquoi?

– Parce que je voulais être avec toi, Divya. Pas que lui le soit. Je voulais te découvrir…

– Mais Magnus est gay!

– Je n'en avais aucune idée!

– Soit! Mais ça n'excuse en rien ce que tu as fait. Qu'as-tu fait d'ailleurs, exactement?

– Les jus de fruits, du laxatif.

Non mais je rêve. Je n'ose pas imaginer ce qui concerne le reste…

– Et le casting de bites en tout genre?

– Moi aussi.

C'est incroyable. Et la palme, on la connaît, le vol du matériel.

– Mais jusqu'où étais-tu prêt à aller?

Il tente de se défendre.

– Ils ont vu ça comme une catastrophe, mais en réalité ce n'est pas si grave, tous les groupes de rock font des trucs comme ça… C'est juste des bites, ça va sans doute faire parler d'eux et donner une image de mecs qui emmerdent la morale, c'est pas la fin du monde, crois-moi, Divya, j'ai assez fait de conneries dans le genre avec les Skeletons pour savoir que tout ce qui paraît stupide est en fait ce que recherche le public.

Je lève les yeux au ciel.

– Ben voyons! Mais t'es-tu demandé une seule seconde si ça ne les dérangeait pas, eux! Tu n'as pas à interférer dans leur promo ou leur groupe, tout simplement… Surtout pour les raisons que tu avances, c'est n'importe quoi! Tu te rends compte que je me demande sérieusement si tu n'es pas bon à enfermer? Et d'ailleurs, comment as-tu fait? Le laxatif, OK. Mais les clés du local?

– Quand on s'appelle Maël Jones et que la concierge du navire est une fan, les choses deviennent extrêmement faciles, Divya. Pareil pour l'infirmière et le fameux médoc que j'ai foutu dans les verres.

Oh mon Dieu! Ne me dites pas que…

– Tu as couché avec la concierge pour… Et l'infirmière?

Il secoue les mains en se rapprochant de moi.

– Non, non, bien sûr que non ! Un sourire, trois photos et ça suffit.

Je le repousse d'un mètre.

– Et pour les numéros de téléphone ? Comment as-tu pu les avoir ?

– J'ai des connaissances bien placées.

– C'est-à-dire ?

– Les détails ne sont pas importants, Divya. J'ai merdé, je sais. Mais je suis désolé, réellement.

– Tu es désolé d'avoir été obligé d'avouer toutes ces choses. C'est tout. Si tu avais pu les passer sous silence, tout se serait passé comme si de rien n'était, j'en suis persuadée. Mais tu prends conscience de ce que tu as fait ? Tu as failli briser leur carrière. Tu as essayé de me manipuler comme si j'étais une pauvre fille sans cervelle. Tu m'as insultée d'une force impressionnante, Maël ! Et non content de ça, tu m'as mise en porte-à-faux vis-à-vis des Heaven ! Je vais avoir l'air de quoi, moi, demain ? Quand ils vont comprendre que tout ce qui leur est arrivé est de ma faute, indirectement ?

Et tu m'as brisé le cœur en prime…

Ma première fois tellement idyllique est devenue une honte internationale pour moi. J'attrape la porte et me prépare à la claquer entre nous. Parce que tout ça… c'est un élément que je veux chasser de ma tête. Le plus vite possible. Ça ne fait jamais vraiment du bien de se faire prendre pour une conne.

– Et… je croyais que nous faisions l'amour. En définitive, je me faisais baiser. Doublement. Parce que tout ça n'a rien à voir avec les sentiments, d'après moi. Il s'agit juste d'un problème d'ego de ta part. Et aussi parce que tu m'as monté un bateau, tu m'as attirée dans tes filets de manière déloyale.

Les larmes me piquent les yeux. Je lui ai donné ma virginité. C'est pas rien… Toute ma vie je me souviendrai de ce moment d'humiliation, de ce mec qui m'a trompée et manipulée. Il m'a salie. Je ferme les yeux pour ne pas craquer. Je respire un bon coup et clos cette conversation qui me fait mal.

– Ce que tu ne savais pas et, c'est bien dommage, c'est que tu n'avais absolument pas besoin de faire tout ça. Tu m'avais déjà séduite, bien avant cette croisière. Il te suffisait d'être toi-même et ton ego aurait eu gain de cause. Pathétique ! Bonne nuit !

Je referme la porte et m'appuie contre elle un moment. Je laisse couler mes larmes cette fois. Mon doux rêve s'effondre, je sens l'univers vide autour de moi, c'est insupportable. Il frappe à ma porte. Je ne réponds pas. Ça n'a pas l'air de le déranger. Il parle à travers le bois qui nous sépare.

– Divya. Je sais que j'ai montré le contraire mais ce n'est pas une histoire d'ego. Tout en moi te réclame. Je ne t'ai pas baisée. Je t'ai fait l'amour. Ne salis pas ça. J'ai adoré chaque moment passé avec toi. J'avais l'impression que… pour une fois, j'apportais un peu de bonheur à quelqu'un. D'avoir trouvé celle qui changerait ma vie, juste par sa présence et les regards qu'elle posait sur moi. J'ai tout gâché. Et je suis tellement désolé.

Je ferme les yeux. J'aimerais tellement y croire. Mais… Non, c'est trop facile. Il reprend :

– J'ai compris que tu ne voulais plus me voir. Cette fois, je ne ferai rien pour te faire changer d'avis. Je respecte ton choix et je ne mérite pas autre chose, de toute manière. Je voulais juste… J'étais sincère, Divya. À chaque moment. Dans chaque geste. Dans chacune de mes paroles… Bonne nuit, p'tite fée. Prends soin de toi.

Il frappe contre la porte puis plus rien. J'ai du mal à recentrer mon univers. Le sol se dérobe sous moi. J'ai besoin de reprendre pied. Je suis déstabilisée, je n'arrive plus à réfléchir. Tout ce dont j'ai envie… c'est de me blottir dans des bras, au fond d'un lit, et de me cacher. Que quelqu'un caresse mon âme et la réconforte.

J'attends quelques minutes et ouvre la porte à nouveau. Personne. Il est parti. Je traverse le couloir et frappe à la porte en face de la mienne. Pas de réponse. Je frappe plus fort. Elle s'ouvre enfin. Lochan apparaît, littéralement endormi, nu, une main sur son sexe. Le fait de me voir, certainement échevelée, les yeux rouges et le teint sans doute transparent, le réveille instantanément.

– Divya, tout va bien?

Je hoche la tête, de nouveaux sanglots me secouant le corps tout entier. Il lève sa main libre vers moi.

– Attends deux minutes, Div, je suis à toi tout de suite.

Il referme la porte. Un vacarme impressionnant se fait entendre dans sa chambre. Des voix. Des grognements. Qu'est-ce qu'il fait là-dedans? J'ai rapidement ma réponse. La porte s'ouvre à nouveau et je vois non pas une, non pas deux, mais trois femmes sortir la tête basse de la chambre de mon frère. Il suit le défilé, habillé d'un short de sport cette fois et me sourit, fier de lui.

– C'est bon, tu peux entrer.

Je le dévisage, certainement d'un air ahuri. Il m'amuse en réalité… Quel dépravé! Alors que physiquement, quand vous le croisez, vous le prenez forcément pour le gendre idéal… Mon frère est un imposteur.

– C'est bon, t'es sûr?

Il hoche la tête en retenant un rire.

No comment.

Il ferme sa porte et vient s'asseoir à côté de moi sur son lit.

– Qu'est-ce qui t'arrive, Div?

Les sanglots reprennent ma gorge d'assaut. Je me penche vers lui et pose ma tête sur ses épaules. Il passe son bras autour des miennes. Je me blottis contre lui. Comme lorsque j'étais petite.

– Ça te dérange si, ce soir, on oublie les questions?

Il hoche la tête.

– De toute manière, j'ai pas forcément envie d'entrer dans un débat. Surtout vu ta tronche, ça risquerait d'être épique. J'ai une petite idée de la personne responsable de ces larmes et je pense qu'une bonne patate dans la gueule d'un certain bassiste serait fort à propos dès demain matin.

– Non, Lochan. Ne te mêle pas de ça.

– J'vais me gêner.

Je me redresse.

– Lochan, je ne veux pas que tu te mêles de mes affaires. On est bien d'accord?

Il soupire et repose ma tête contre son épaule.

– Tu m'énerves.

Je me tortille contre lui.

– Pour le moment, j'ai besoin de ta lumière. Je peux dormir avec toi?

Il soupire de nouveau et embrasse mes cheveux.

– Oui. Mais pas genre dans trois heures. C'est maintenant, j'ai eu une soirée fatigante.

Je pouffe alors qu'il se laisse tomber sur le lit. Je me glisse sous la couette. Ce n'est pas parce qu'il a toujours chaud que je dois me les geler toute la nuit. Il m'attire contre lui et me fait un câlin.

– Bonne nuit, Div.

– Bonne nuit, frangin. Dis-moi, juste une question... Les filles, là, elles dormaient au-dessus ou en dessous de la couette?

Sinon je retourne dans mon lit, c'est dégueu, ses trucs. Il ricane.

– Déjà, qui te dit qu'elles dormaient?

– Euh... Garde ça pour toi, merci...

Il ajoute :

– Sur la couette. C'est tout propre là-dessous. T'es peinarde.

– Merci. Alors bonne nuit.

– Bonne nuit.

Je ferme les yeux. Avec mon frère à mes côtés, sa chaleur et son amour inconditionnel, je me sens bien. Je retrouve un peu mes racines. Je reprends pied. Un peu. J'arrive en tout cas à m'endormir. J'ai connu meilleur sommeil, mais ça va.

25

Divya

« And the shadow of the day,
Will embrace the world in grey,
And the sun will set for you. »[1]

Nous faisons traîner notre nuit jusqu'à midi. La première fois que je me lève si tard depuis des siècles. Mais, de toute manière, je n'ai pas de but dans ma journée, donc… Pas grave. Après une douche rapide dans ma chambre, je rejoins Lochan qui décrète qu'aujourd'hui, il reprend son rôle de grand frère et ne me quitte plus. Je ne sais pas si je dois me réjouir ou pleurer. Je ne veux pas qu'il me pose de questions, je ne veux pas me forcer à parler, je ne veux pas faire semblant d'aller bien. Nous mangeons en terrasse, sous un soleil de plomb que je ne sens même pas. Pour moi, tout est gris. J'ai beau me dire qu'il ne mérite pas que je pense à lui, je ne fais que ça. Que fait-il ? Comment va-t-il ? Pourquoi m'a-t-il fait ça ? Pourquoi ai-je si mal ? Comment a-t-il fait pour rendre mon esprit tellement dépendant ?

Nous finissons de manger et Lochan me demande ce que je

1. « Et l'ombre du jour / Couvrira le monde de gris / Et le soleil se couchera pour toi », « Shadow of the Day », Linkin Park. Crédits : C. Bennington / Linkin Park / M. Shinoda.

veux faire de ma journée. La seule réponse qui me vient est :

– Retourner dormir.

Il pince les lèvres.

– Tu ne vas pas m'expliquer ?

Je secoue la tête. Je sais qu'il me dira que c'est mieux ainsi, que Maël n'est pas pour moi, que bla-bla-bla et que donc ma tristesse n'a pas lieu d'être. Ensuite, deux solutions. Soit il s'évertuera à être le frangin parfait, m'occupera l'esprit de toutes les manières possibles jusqu'à ce que je tombe de fatigue ou, il en serait capable aussi, il essayera de me trouver un mec sympa avec lequel flirter jusqu'à la fin des vacances. Un petit mec bien comme il faut, même si ça sera dur à trouver sur cette croisière d'adorateurs de la musique du diable. Mais je me méfie, il serait capable de trouver la perle rare. Mais moi, je ne veux qu'une chose. Effacer la nuit dernière, que les révélations de Maël ne soient qu'un cauchemar et qu'il arrive, là, souriant et rayonnant pour me dire que tout va bien. Qu'il m'embrasse et qu'il m'emporte avec lui. Voilà. Le reste n'a aucune importance. Sauf que cela ne risque pas d'arriver. Les seules personnes qui arrivent sont les Heaven and Hell alors que nous quittons la terrasse. Magnus se jette sur moi.

– Hé, Divya baby, comment ça va ?

Il est relativement avenant. Je le laisse m'enlacer puis embrasse Beth et les autres en me forçant à sourire. Après tout, ce n'est pas moi la plus touchée dans l'histoire.

– Et vous ?

Je désigne du regard mon frère à Magnus, pour lui signifier de ne pas trop s'étendre sur le sujet qui nous a occupés hier. Lochan n'est pas au courant et c'est très bien ainsi. La dernière chose dont j'ai besoin, c'est d'une prise de tête parce que, s'il apprend que Maël a joué les enfoirés, en plus du reste, il risquerait de comprendre comme un grand et je crois que ce serait le pompon !

Heureusement, Magnus capte mon signe pourtant peu explicite.

– Ça va... Le concert d'hier a été une réussite, on a passé une bonne soirée. Plusieurs imprésarios nous ont dit qu'ils reviendraient au concert de clôture, c'est génial.

Il affiche un sourire radieux. Je le serre contre moi parce que je suis doublement contente. Déjà parce que ce sont des personnes bien, qui méritent de réussir, et ensuite parce que les sales coups de Maël n'ont pas eu trop de répercussions négatives. C'est parfait. Si l'on pouvait oublier un peu cette histoire, ce serait le rêve. Beth m'attrape le bras.

– Avec tout ça, aujourd'hui, c'est repos des guerriers. Tu te joins à nous ? On va glander au soleil. L'occupation favorite de Steeve. Et de Ross. Et de Magnus. Et je ne suis pas contre non plus, au passage.

Elle m'adresse un clin d'œil. Je jette un regard à Lochan qui me sourit.

– Vas-y, si tu veux. J'ai du boulot avec des compos test pour un nouveau groupe, je l'avais remis à plus tard pour te tenir compagnie mais si tu as d'autres trucs à faire...

– Tu es sûr ?

– Évidemment. Je repasse dans quelques heures, si tu as besoin, je suis dans ma chambre.

Il embrasse mes cheveux et prend congé. J'adore mon frère. Heureusement qu'il est là !

Je me retrouve donc allongée sur un transat, sans vraiment avoir l'envie d'y être, à écouter les Heaven se quereller pendant un temps infini sur je ne sais quel sujet musical. Je crois percevoir un duel entre les inconditionnels du rock californien, Steeve et Beth, et les adeptes du rock d'Europe du Nord, Magnus et Ross. Comme ils sont quatre, je dois départager.

– Et toi, Divya baby ? Ton avis ?

– Euh… Déjà, c'est quoi la différence?

Steeve me toise comme si j'avais sorti une énormité.

– Sans déconner, Div? C'est quoi cette question?

– Ben quoi?

Steeve s'installe au bout de mon transat. Et s'aide de ses mains pour m'expliquer. Il lève la main droite.

– Alors, tu vois, là, il y a les États-Unis.

Il lève la seconde main au niveau de la première mais assez écartée.

– Et là, c'est l'Europe du Nord. Tu vois?

Je lève les yeux au ciel en me retenant de rire.

– Ouais, OK, merci de ce cours de géographie. Mais sinon?

– Sinon quoi?

– Ben, les différences entre les groupes?

– Ben, ils sont tous différents. Mais les Californiens sont vachement plus pointus.

Magnus s'insurge.

– N'importe quoi. Les Européens sont plus inventifs.

– Ta gueule, Magnus, t'es une quiche en culture musicale.

– Viens le dire là, ducon!

– J'arrive!

Il se lève et se jette sur son pote. Ils basculent dans la piscine, rejoints immédiatement par Ross qui soutient Magnus puis se fait couler au final par les deux. Beth les regarde rêveusement pendant que je scrute la foule autour de nous. Peut-être est-il quelque part dans le coin. Que peut-il bien faire? Est-ce qu'il pense un peu à moi?

Il n'est pas là. En tout cas, je ne le vois pas. Je soupire en reportant mon attention sur les ados de 25 ans qui s'entre-tuent dans l'eau devant nous. Beth soupire.

– Je suis désolée, Divya.

Je me tourne vers elle, surprise.

– De quoi peux-tu bien être désolée ? C'est plutôt moi qui suis navrée. Maël a clairement dépassé les bornes et c'est à cause de moi. Je ne voulais pas que ça se passe ainsi.

– Oui, enfin, tu n'as pas à te sentir coupable, baby. Tu n'y es pour rien.

– Si, quand même.

Elle retire ses lunettes de soleil et se tourne vers moi.

– Tu sais, quand tu es partie hier soir, je l'ai giflé.

– Bien fait.

– Je ne sais pas. Enfin si, c'est un connard pour tout ce qu'il a fait, tout Maël Jones qu'il est, il mériterait que nous portions plainte. Magnus a plein d'allergies, tu sais, sa peau et tout le bordel. S'il prend du paracétamol, il gonfle, par exemple. Il est allergique aux arachides, enfin rien n'est simple pour lui. Heureusement qu'il n'a pas fait de réaction allergique au laxatif que ton mec lui a servi.

– C'est pas mon mec.

– Ton ex, si tu veux. Mais peu importe. Il a agi comme un con. Mais, hier soir, il avait vraiment l'air désolé, je te promets, quand nous avons récupéré nos instruments chez lui et que nous sommes partis, il est resté planté au milieu de sa suite, seul, désolé, et il m'a fait mal au cœur. Je crois qu'il faudrait que tu parles avec lui.

– C'est déjà fait. Il n'a aucune excuse.

– Non. Mais sans doute des circonstances atténuantes.

Elle secoue la tête.

– Putain, je ne sais pas pourquoi je le défends, je déteste ce mec et tout ce qu'il nous a fait. Mais mon cœur d'artichaut me dit qu'il mérite peut-être le droit de se racheter. Je sais pas. C'est sans doute sa belle gueule qui me fait dire ça. Oublie.

Je hausse les épaules.

– Tu sais, j'ai réfléchi et je le soupçonne d'avoir voulu faire chier

Lochan en me draguant. Ils ne peuvent pas se voir, ces deux-là. Maël ne veut pas que mon frère écrive pour son groupe parce que c'était lui qui faisait toutes les compos avant. Et Lochan, eh bien, Lochan, ne veut pas que Maël m'approche parce qu'il le trouve trop sombre. Donc, entre eux deux, c'est un peu un combat de coqs constant. Quoi de mieux, dans ces conditions, pour Maël que de déflorer sa sœur?

Elle porte sa main à sa bouche, choquée.

– Parce que Jones et toi? Vous...? Et tu étais...? Oh, merde! Mais quand ça?

Je baisse la tête. Putain, je ne voulais pas en parler. Mais avec Beth, c'est différent d'avec Lochan. Et peut-être que de mettre des mots sur la situation m'aidera à passer à autre chose.

– Hier. Quelques heures à peine avant de vous retrouver au bar.

– Oh, baby, je suis vraiment désolée.

Elle approche son transat du mien et passe une main sur mon épaule. Je lui adresse un faible sourire.

– Tu sais, je suis un peu naïve, je pense. Je me suis fait avoir comme une bleue...

Elle part dans ses pensées.

– Mouais. Enfin... Tu me dis qu'ils ne s'aiment pas, ton frère et lui?

– C'est le moins qu'on puisse dire, en effet.

– C'est bizarre parce qu'ils étaient tous les deux à une table le premier soir, tu sais, quand Steeve était super lourd avec toi.

– Tu dois te tromper. Je n'ai vu personne ce soir-là. Si, Maël devant l'ascenseur, mais pas avant.

– Je peux te dire que je n'ai pas rêvé. Déjà parce que ton frère est une bombe sexuelle et que Maël en est une autre. Et je te rappelle que je suis une célibataire affamée. Donc, une table avec deux fantasmes vivants, je peux te dire que je n'aurais pas loupé ça. Et je n'étais pas assez bourrée pour ne pas les reconnaître. Contrairement à toi, au passage.

Je laisse échapper un petit sourire.

– Je t'en prie, ne me rappelle pas cette soirée, rien que d'y repenser, j'ai envie de vomir… En ce qui les concerne, ils ont dû se dire bonjour et discuter quelques minutes, par pure politesse.

– Euh, pas tout à fait. Je dirais qu'ils sont restés une bonne heure ensemble. Et ils ont trinqué quelques fois.

– Trinqué ?

– Oui, oui. Fais-moi confiance, je n'ai pas loupé une seule miette de ce qui s'est passé à cette table. Après, ton frère est parti, remplacé par Deaclan, tout aussi orgasmique, au passage. Je bénis cette soirée. Un pur régal visuel ! Dis-moi, ton frère, il est genre célibataire ?

Je m'esclaffe.

– Genre très très célibataire, même. Si tu cherches le grand amour, je ne suis pas certaine que ce soit le candidat idéal.

Magnus se pointe devant moi sans que je ne l'aie vu arriver.

– Ça tombe bien, je ne cherche pas l'homme de ma vie. Mais un bon coup d'un soir ou deux… Pourquoi pas ?

Je regarde Beth, qui toise son frère, un sourire figé sur ses lèvres. Puis mes yeux reviennent sur Magnus qui s'étonne de notre silence. Il passe une serviette dans ses cheveux trempés.

– Ben quoi ? J'ai dit une connerie ? Tu m'as bien dit qu'il s'enfilait autant les minous que les bites, ton frangin, non ?

– Oui, mais là… Ça vous arrive souvent de flasher sur le même mec, vous deux ?

Beth soupire en remettant ses lunettes sur son nez.

– Oh, ma pauvre, t'as pas idée. Magnus essaye toujours de me piquer mes plans. Et le pire, c'est qu'il y arrive relativement souvent ! Frangin, tu es une véritable plaie !

Il s'esclaffe.

– Pardon d'être un mec adorable avec une bite magique… J'ai des arguments que tu n'as pas, chère sœur. Sinon, Divya, tu passes la soirée avec nous ? On sera tranquilles, ce soir. Petite pizza en terrasse, petit tour au bar et dodo. Seul ou accompagné, selon les goûts de chacun…

Je secoue la tête.

– Merci mais je pense passer la soirée avec mon frère.

– Invite-le ! Justement !

Magnus m'adresse un sourire angélique. Beth soupire à mes côtés.

– Ben voyons ! Non mais sans blague, Divya, viens ce soir, ça te changera les idées.

Je n'ai pas envie. J'aspire plutôt à rester à me morfondre au fond de mon lit. Hier soir, je ne voulais pas l'approcher, ce lit qui me rappelle trop Maël. Mais, aujourd'hui, je ne rêve que de ça. Puisque je n'ai plus que mes souvenirs à disposition, puisque je ne peux clairement pas retourner vers un homme pareil, je tiens à me plonger dans l'odeur de l'oreiller où il a posé sa tête et passer ma soirée à m'autoriser la douceur des souvenirs. Je m'apprête à refuser mais Lochan arrive vers nous. Beth se redresse et l'interpelle dès qu'il s'assied sur le bord de mon transat.

– Pas vrai que notre Divya a besoin de se changer les idées ?

Mon frère hausse les épaules.

– Déjà, demain, le bateau fait escale au large des îles Turques-et-Caïques.

Il se penche vers moi. Et ajoute discrètement :

– Il n'y a que la nature là-bas… La plage et des arbres. Plein d'arbres.

Il me redonne le sourire. Lochan me connaît tellement bien… C'est presque troublant. Puis il reprend et parle à haute voix :

– Si ça te dit, on y va?

Je hoche la tête, ravie par l'idée. Des arbres. La terre ferme. J'en ai vraiment besoin. Je suis certaine qu'après j'irai mieux. Il répond à Beth :

– Et pour une petite soirée, pourquoi pas. Je suis partant. Les concerts de ce soir ne me disent rien.

Les sourires des deux en face de nous s'illuminent. Ça risque d'être un moment exceptionnel ! Beth et Magnus sur Lochy... Connaissant mon frère, même pas peur, il va adorer cette situation et les faire tourner en bourrique. Je me demande quand même lequel des deux il préférerait... Je ne veux pas louper ça. Et puis il faut que je me bouge !

– OK, vous avez gagné. J'en suis aussi.

Beth lève les bras en signe de victoire.

– Cool ! Alors, c'est noté ! Une bonne soirée en perspective.

26

Maël

« If only you could trade the dark for light,
It might reveal,
That there's a place inside. »[1]

Noire. Sombre. Je n'ai pas ouvert mes rideaux de la journée. J'ai mal au crâne. Je ne sais pas si c'est dû à ma culpabilité, ma putain de conscience qui me tiraille dans tous les sens, ou simplement aux buvards, à l'alcool ou aux pétards. J'en sais rien et je m'en fous. Allongé sur mon lit, je regarde le plafond depuis… je sais même pas quand. Il est sombre lui aussi. Mon pote, le plafond. J'aimerais être un plafond. C'est cool, un plafond. Peu importe ce qui se passe, ça ne bouge pas, personne ne vient le faire chier, il ne tombe pas amoureux comme un ado, ne s'effondre pas à la moindre merde et personne ne le calcule vraiment. Non, franchement, plafond, c'est le job parfait. À méditer pour une reconversion rapide et efficace. De toute manière, je n'aurai bientôt plus de job, l'autre connard écrit nos paroles, mieux que moi. Un bassiste, ça se trouve tous les jours. Et en plus, ils m'en

1. « Si seulement tu pouvais échanger l'obscurité contre la lumière / Cela pourrait révéler / Qu'il y a une place en toi », « Love Can Only Heal », Myles Kennedy. Crédits : Myles Kennedy.

voudront à mort lorsqu'ils s'apercevront que je suis trop bourré et défoncé pour jouer. C'est dans quatre jours, ou trois? Cinq? Je ne sais même pas quel putain de jour je vis.

Je ne sais même pas pourquoi je le vis, d'ailleurs, ce putain de jour anonyme. Il me fait mal, c'est tout ce que je sais. Encore des conneries de plus au palmarès de Maël Jones. Papa, maman, soyez heureux, votre fils qui vous ignore depuis sept ans est un sale connard! Une honte pour votre paroisse. Votre fils était un tueur. Un putain d'assassin. Maintenant, c'est aussi un sale con de violeur... Ouaip, parce que pour moi, si Divya avait su qui j'étais, elle n'aurait jamais voulu que je la touche. Donc en fait, le vrai Maël Jones a fait l'amour à une femme qui n'aurait pas été d'accord si elle avait été informée de l'espèce d'enculé qu'elle avait réellement en face d'elle. C'est comme de la MDMA mais en mensonge. J'ai endormi son cerveau avec tous mes faux sourires et mes allures de mec sympa. Et après j'ai profité. Donc, violeur. J'ai violé son âme! Papa, maman, vous ne perdez rien... et ce n'est pas votre faute non plus. Nooon! Je me suis fait tout seul.

Mon téléphone sonne quelque part dans ma chambre. Allez tous vous faire foutre. Ci-gît l'âme de Maël, un abruti fini qui a passé son existence à détruire ceux qui n'avaient rien demandé. Frère, potes, bébé, petite nana douce et parfaite... De toutes les manières possibles, dans tous les sens, j'ai baisé tout le monde, sans raison. Il va falloir arrêter le carnage. J'ai cette musique dans la tête, ces saloperies de paroles... « *I'm only human...* » Mais comme si c'était une excuse! Je ne veux même plus être un humain, bordel de merde! Je veux être un plafond! Un plafond qui a envie de pisser urgemment. Et ça fait au moins deux heures que c'est comme ça. Il est plus que temps.

Demi-tour sur mon lit. Putain, il bouge, ce con. Merde, je suis pas en état pour un rodéo!

Position assise. Difficile. Eh merde, reposition allongée. Salut plafond. Comment tu fais pour aller pisser, toi ?

Putain, toi, je sais pas, mais, moi, il va falloir que je lève mon cul de ce matelas.

Position assise. Stop ! On se fixe ! Pas bouger. Voilà. Maintenant… On se lève. Doucement.

C'est bon… La vache, on est en pleine tempête ou quoi ? Ça tangue grave, ce soir !

On frappe à la porte. J'ai rien entendu.

On va plutôt avancer vers les chiottes. Un pas, voilà. Puis un autre…

On frappe encore. Putain, mais ils ne voient pas que c'est compliqué, là ? Rien entendu.

J'enchaîne les pas et j'atteins les toilettes. Magnifique.

Une voix résonne derrière la porte.

– Maël, c'est Mike ! Ouvre ta porte, bordel de merde !

Eh merde ! Le casse-couilles de service.

– Va te faire enculer ! Agent de mes deux !

– Maël !

– Maël va pisser, et toi, va chier !

– Putain, ouvre cette porte, merde !

– Non ! J'ai besoin d'être seul ! Casse-toi !

– Maël, merde !

– J'ai dit… casse-toi ! Je vais bien ! Je vais aller dormir, c'est tout. Mais surtout, faut que je pisse !

– Très bien… pour aujourd'hui. Mais demain, tu sors de cette piaule ! De gré ou de force !

– Ouais, ouais.

Je lui adresse un *finger* à travers la paroi…

Va te faire, ducon.

– Bye bye, Mike chéri…

– Ouais, c'est ça !

Ben ouais, c'est ça ! Et si t'es pas content, c'est la même, dugland ! Je suis majeur, je fais encore ce que je veux. Tes ordres, tu te les fous au cul, connard ! Va retrouver Lochan et fais pas chier !

J'arrive finalement aux sacro-saintes chiottes. J'en ai presque la larme à l'œil tellement ces retrouvailles me touchent. Deux heures que je ne pense qu'à elles, ça fait quelque chose.

Je fais ma petite affaire puis tangue dangereusement en me retournant trop vite. Je m'accroche au lavabo. Et je relève la tête. Putain, c'est qui ce mec ? Je ne me reconnais pas. C'est de pire en pire. J'ai l'impression d'avoir les yeux violets. Je suis une saloperie d'alien. Je ne suis plus un humain, encore moins un plafond. Je suis un extraterrestre aux joues creuses, à l'esprit contaminé par le désespoir et aux yeux violets. La grande classe.

La seule chose qui reste encore humaine en moi, ce sont mes tifs. De beaux tifs de connard. Il faut que je les vire. Je ne veux plus être humain… Je farfouille dans ma trousse de toilette. Et trouve mon Graal. Ma tondeuse. Je vire le sabot. On va faire du « à blanc ». J'allume l'appareil et le pose sur ma tête. Au-dessus de l'oreille. Il glisse tout seul. Attiré par la broussaille capillaire que je me trimballe. Et une ligne à nue. Une… Le miroir me renvoie une image de fou. C'est certainement parce que je le suis.

Je passe la tondeuse au-dessus de mon autre oreille. Les cheveux tombent dans le lavabo. J'espérais que ça me soulagerait. Mais ce n'est pas le cas. Rien ne me soulage jamais. À part elle. Je jette mon outil à travers la pièce. J'aurais tellement aimé qu'elle m'aime. Au moins un petit peu… Suis-je méprisable à ce point ? Je ne l'ai pas trompée sur mes sentiments, je promets. J'ai été sincère. J'ai juste flippé. Flippé de ne pas être assez bien pour elle. Qu'avais-je donc comme option pour qu'elle me regarde ? Pour qu'elle s'intéresse à moi ? Elle n'avait de moi que cette image du mec qui gerbait dans un taxi… Comment rattraper ça si elle ne me donnait pas de temps pour essayer de lui montrer autre chose ?

Je m'écroule par terre, je m'allonge contre le carrelage froid. Mes yeux me brûlent. Je déteste ces putains de larmes. Mais je ne peux plus les contenir. Je croyais que… Mais putain, pourquoi j'ai joué à ça, bordel de merde ! Je ne voulais pas au début… Mais même son frère m'y a poussé… Il m'a même aidé… Quelque part, ça a diminué le côté dégueulasse de l'histoire dans mon cerveau malade. Je me suis dit, Lochan et moi, soudés pour la protéger. Mais c'est moi qui ai tout fait, au final… Je regrette chaque geste. C'était minable. Je suis minable. Ce n'est plus à prouver. J'en ai marre. Putain, c'est inimaginable comme j'en ai marre de moi. C'est de pire en pire. Elle fait bien de couper les ponts. Je suis un putain de mec toxique. Je fais des erreurs et, au lieu d'en tirer des leçons, j'en fais d'autres pour entériner définitivement le fait que je ne suis qu'un gros débile, bon uniquement à faire chier son monde. Un mec inutile. Un gros con.

27

Divya

« L'amour est une passion qui met l'âme en désordre et qui lui fait commettre les plus grandes fautes. »[1]

Le sable brûlant réchauffe mon dos et l'arrière de mes cuisses. Le ciel bleu à perte de vue, la mer devant, les arbres derrière et nous deux au milieu. Le paradis ne sera jamais aussi beau que ce moment. Lui et moi, perdus dans la nature, ou plutôt à notre place dans cette nature, l'un contre l'autre, nos âmes et nos énergies au diapason, enfin sereins et apaisés. Ses lèvres se posent sur mon cou. Cette douceur, ce frôlement léger… Ils m'ont manqué. J'attrape ses joues et l'oblige à me regarder. Les yeux verts me noient dans la passion, son désir flotte jusqu'à moi et me fait prisonnière de mes sens… Mon bassin se relève, aimanté par le sien. Il entre dans une nouvelle danse, son pénis invite mon intimité dans un slow incroyable et langoureux. Il dégage ses joues de mes mains et se penche pour dévorer l'un de mes dômes. Ses doigts me caressent les hanches, son corps parfait évolue sur moi de manière féline, souple, agile. Ses muscles roulent sous ses tatouages, son souffle se fait court… Le mien n'existe plus. Son

1. Madeleine de Scudéry, *Les Choix de pensées, De l'amour*, 1766.

membre glisse sur ma fente, me donne faim… J'ai envie de le sentir sous ma langue. Je n'en peux plus, je veux qu'il me montre tous les bonheurs du sexe. Je veux tout lui donner. Je veux tout essayer. Je sais qu'avec lui tout sera magnifique… Je passe une main entre nos ventres soudés pour sentir son envie grandissante au bout de mes doigts. Il soupire de plaisir. Je titille ses piercings qui me fascinent. Il grogne.

– Continue, ma p'tite fée…

Cette voix… elle me manque aussi. Mon autre main attrape ses cheveux et oblige sa tête à remonter jusqu'à mes lèvres. Il m'offre un baiser indécent, sensuel, orgasmique. Bien plus torride que cette plage faite pour l'amour. Je ne peux plus réfréner mon envie de lui. Son baiser me fait gémir…

– Euh, c'est bon, Divya, t'es pas toute seule, je te signale.

Hein? Qu'est-ce que mon frère vient foutre ici? Je grogne… *Casse-toi, Lochy! C'est mon moment!*

Il éclate de rire.

– Si tu pouvais arrêter tes bruits de bouche, sœurette, ça devient gênant!

J'ouvre les yeux sur la réalité! Eh merde, c'était un rêve. Et quel rêve! Pourquoi m'a-t-il réveillée, ce frère de malheur? Je lui lance un regard de tueuse et soupire en reportant mon attention sur le ciel. Et non. Pas de doute à avoir, je suis bien sur cette plage avec Lochan, rien que Lochan, encore et toujours Lochan. Avec tout le respect et l'amour que je lui dois, j'aimerais bien être avec quelqu'un d'autre en ce moment précis. J'aimerais que l'univers irréel de ma vie soit cette dimension-là, dans laquelle je viendrais d'être téléportée par mégarde et très vite, je retournerais dans l'autre dimension, réelle celle-là, celle avec Maël qui était en train de me faire l'amour. Mais malheureusement, on n'est pas dans *Star Trek*, il n'est pas Spock et je ne suis pas Uhura. Heureusement qu'il n'est pas Spock, d'ailleurs ! Merci les oreilles ridicules et les sourcils glauques ! Mais, d'un autre côté, je serais prête à passer sur ces détails si c'était pour pouvoir être avec Maël encore un peu… Mais nous sommes d'accord, c'est impossible.

Il faut que je me rende à l'évidence, la seule réalité existante, c'est celle-là… Cette île. Elle n'a rien d'un rêve. Même si elle est paradisiaque… Mais je me souviens de chaque étape de la journée qui m'a amenée ici. Le réveil de ce matin après une nuit compliquée, passée à compter les points séduction de Beth et Magnus auprès de mon frère. J'ai cru à une victoire de Magnus, honnêtement. Mais Beth a fait un retour fracassant dans le paysage lorsqu'elle a retiré sa chemise de bûcheron pour dévoiler un bustier pigeonnant incroyable qui a littéralement hypnotisé Lochan. Puis les Skeletons, sans Maël, sont venus à notre table et je n'ai plus suivi l'avancée de la compétition frère-sœur. Tout ce que je sais, c'est que personne n'a prononcé le nom de Maël, que je n'ai pas osé demander de nouvelles et que mon frère est retourné avec moi dans nos cabines sans personne à ses côtés.

Donc, ce matin a été compliqué. Le bateau a accosté au large de l'île, à notre réveil, vers treize heures, décidément je suis complètement déréglée, puis nous avons pris une navette Zodiac qui nous a déposés, entre autres touristes, sur cette plage de sable blanc. C'est presque inimaginable à quel point cet endroit est magnifique. Propice à la passion. Je me suis ruée sur les arbres, comme une toxico en manque et j'ai communié avec eux un temps infini. Ce qui m'a, partiellement, soulagée de ma douleur. Je dis bien partiellement parce qu'un arbre c'est… un arbre. Pas un amant, pas un ami, pas un homme. C'est juste un arbre. Donc son bienfait, aussi grand qu'il soit, ne compense pas ce manque en moi, qui s'est encore creusé depuis hier. J'ai besoin de Maël. De la même manière que j'ai besoin de la nature, de mon frère, de respirer et de me nourrir. Maël est mon yang. Et je suis son yin. Et parfois, c'est l'inverse. Mais peu importe qui est quoi, je prends conscience, maintenant que ça fait plus de vingt-quatre heures que je ne l'ai pas vu, qu'une fois que nous nous sommes trouvés, nous ne pouvons plus exister pleinement qu'ensemble. Enfin, moi, je ne peux plus exister sans lui. La force n'est que parce qu'il y a la faiblesse. L'ombre, parce que la lumière est proche. La tristesse, parce que la joie nous quitte... enfin, bref... Son absence me vide de pas mal de choses. Rien ne sera jamais comme l'avant-Maël. J'avais un équilibre un peu terne. Certes beau et joyeux mais sans grands frissons. J'ai connu Maël... Je ne veux pas revenir au terne. Je préfère encore souffrir et ressentir toutes sortes d'émotions que de me renfermer dans ma solitude, loin de la vie...

Passons. Pour le moment, je suis là, seule, enfin avec Lochan qui comate lui aussi, allongé sur le ventre, le menton posé sur ses avant-bras pliés, les yeux perdus vers la forêt derrière moi. Je repense à ce que m'a dit Beth, hier. J'ai un doute. Sur le bateau, je ne perçois pas les lumières de la plupart des gens et Lochan fait partie du lot. Mais ici, même si le bord de mer est proche, je suis plus réceptive. Je me tourne vers lui en m'allongeant sur le côté. Il est l'heure de discuter un peu... Ces arbres m'ont réellement fait du bien. Pas de faux-semblants avec Lochy, j'y vais cash.

– J'aime bien Maël, Lochy.

Il grimace. Puis soupire. Voilà, sujet lancé. À mes risques et périls. Il tourne la tête vers moi.

– Je sais. Mais tu ne devrais pas.

– Et pourquoi?

– Parce qu'il n'est pas celui qu'il te faut.

Je passe mes doigts sur le sable en analysant sa réponse. J'aimerais savoir ce que lui voit, ce qu'il sait et ce qu'il pressent.

– Peux-tu développer ta réponse?

Il allonge sa tête sur ses bras en m'observant.

– Maël Jones est complexe, Div. Je ne comprends même pas tout moi-même.

– C'est-à-dire?

Il soupire.

– Pourquoi tu t'entêtes avec ce type, Divya? Je ne comprends pas…

– C'est moi qui pose les questions, Lochy. Tu veux que je t'écoute et que je suive tes avis, mais tu ne développes rien! Comment veux-tu que ça fonctionne?

Il s'énerve.

– Mais qu'est-ce que tu veux que je te dise, Div? Que je le trouve vraiment trop sombre et, ça, depuis que je l'ai rencontré? Que malgré tous les « efforts » que je fais pour me brouiller le cerveau et ses ressentis qui m'emmerdent prodigieusement, je l'ai senti noir de chez noir? Qu'il est tellement obscur que je l'ai emmené chez nous le premier soir pour le rattraper de je ne sais quoi et que je l'ai gardé dans mon lit parce que j'ai senti que, s'il partait, personne ne le reverrait jamais? Eh bien voilà, c'est dit! Il est sombre. Mais ça, tu le sais aussi bien que moi, non?

Je l'examine un moment. On avance. Même si je n'aime pas ce qu'il dit parce que c'est triste et qu'effectivement j'en suis également totalement consciente. Mais Lochy dit toujours que l'avenir n'est pas figé et que tout évolue selon l'état d'esprit des gens.

– Ça, c'était au début… mais maintenant?

– Maintenant, je ne sais plus. Écoute, Div… Je ne tiens pas à parler de lui avec toi.

– Mais moi, j'y tiens, justement. Tu lui bats froid depuis le début et, en même temps, j'ai l'impression que tu l'aimes bien. Je ne comprends pas. Soit c'est un mec noir et, dans ces cas-là, on le raye de notre vie, tous les deux, soit il est autre chose et, dans ce cas, on essaye de le comprendre et on avance, d'une manière ou d'une autre. Mais pas toi d'un côté et moi de l'autre, ça n'a pas de sens!

– Je ne sais pas. Pour tout te dire, à l'arrivée sur le bateau, je l'ai trouvé beaucoup moins noir, c'est vrai. J'ai même vu des trucs sympas… Mais pas que…

– C'est-à-dire?

Il secoue la tête de découragement.

– C'est-à-dire… Putain, merde, Divya, je ne te demande pas tout ce que tu ressens chez les gens, alors lâche-moi la grappe!

– Alors là, tu rêves! Tu t'immisces dans ma vie, me donnes des conseils, voire des ordres, et ensuite tu penses que tu peux t'en tirer sans explication?

Il enfonce son front dans le sable

– Mais pourquoi t'as plus 15 ans, bordel?!

– Il va falloir t'y faire. Maintenant, déballe ton sac, frérot!

Il se redresse et se retourne pour s'asseoir, plus qu'agacé.

– Très bien? Tu veux savoir? Alors écoute, tête de pioche! Je ne le sens pas. Voilà. Oui, il est moins noir, d'accord. Mais maintenant, il s'agit d'autre chose qui ne tient plus dans les ressentis de lumière ou autre. Il s'agit de mon instinct de frère qui me prévient que ce mec ne devrait pas être là, si proche de toi… Son aura s'est éclairée, oui. Et j'en suis ravi pour lui. Mais ce n'est pas ça qui me dérange, Div… Lui, franchement, je me fous un peu de son aura.

– Je ne comprends pas, Lochan.

– Mais évidemment que tu comprends, Divya. Il s'agit de toi. De ton avenir à toi, trou du cul! C'est ton avenir à toi qui me dérange…

– Merci pour le « trou du cul ».

– De rien. C'est bon, on peut passer à autre chose, là?

Je lui lance une poignée de sable.

– Tu rigoles, j'espère! Tu parles de mon avenir et t'arrêtes là? T'en as trop dit, là!

Il plonge son regard dans l'océan.

– Laisse tomber, Divya.

– Lochan…

Il passe une main dans ses cheveux.

– Je vois bien comme il t'intéresse. Et comme lui te regarde. Et je sens qu'il va t'emmener loin. Loin de moi, Divya. Je ne peux pas supporter que tu te barres, mais surtout avec un mec pareil… Pas avec lui, je suis persuadé qu'il n'est pas pour toi. Il ne saura jamais prendre soin de toi, il a ses soucis, il n'est pas stable, il a beaucoup, beaucoup de choses à faire avant d'arriver à l'équilibre… Et j'espère pour lui qu'il y arrivera. Mais je ne veux pas que tu te perdes en lui, tu comprends? Je ne lui veux pas de mal et j'aimerais même l'aider, comme je l'ai déjà fait deux fois, mais, putain… Il risque de t'user, de te faire du mal sans même le vouloir… Regarde-toi, là… Je sais qu'il est responsable de ton air de cocker en deuil… Et putain, ça me saoule!

J'analyse cette réponse. Et, puisqu'il est lancé, continue de le questionner.

– Comment peux-tu savoir qu'il est responsable de quelque chose en ce qui me concerne?

– Je ne suis pas encore stupide, Div! Vous disparaissez à Cuba tous les deux, vous revenez et votre putain de bonheur me rayonne en pleine tronche, avec une puissance de fou, le lendemain, je ne te vois presque pas et tu débarques à quatre heures du mat dans ma piaule, triste et sombre. Et comme par hasard, le lendemain, plus de Maël! Excuse-moi, mais les conclusions sont assez simples. Tout en sachant, en plus, que…

– Que quoi ?

– Que rien. Oublie.

Je fronce les sourcils parce qu'une ombre passe clairement sur mon frère à ce moment. Un truc qu'il ne veut pas me dire.

– Que quoi, Lochan ?

– Rien. Pas important.

Il se mord la lèvre nerveusement, sans oser me regarder, toujours fasciné par la mer turquoise devant nous. Mais s'il croit qu'il va échapper à la suite de ce « que… », il rêve. Car quelque chose me dit que justement ce « que » annonce le nœud de beaucoup de choses. J'ai besoin de savoir. De manière directe ou indirecte, d'ailleurs, peu importe la manière.

– Lochan, dis-moi !

– Il va te faire mal, Divya. Je ne veux pas que tu souffres…

– Mais tu dis toi-même que l'avenir change selon l'état d'esprit des gens. Aujourd'hui, tu vois le mal mais peut-être que demain…

– Il n'y aura pas de demain. Tu ne peux pas lui pardonner ce qu'il a fait. Il le refera.

Il fronce les sourcils. Lui comme moi savons qu'il vient de m'en dire plus que ce qu'il voulait. Et ce n'est pas rien ! Je me faufile dans la brèche.

– Et qu'est-ce que je ne devrais pas lui pardonner, exactement ?

Il baisse la tête. Oh, oh… Qu'est-ce qu'il me cache ? Je reprends :

– Ça a un rapport avec votre conversation l'autre soir au bar ?

Il pince les lèvres sans répondre. Je continue à tâtons…

– Tu étais au courant de cette histoire ?

Toujours pas de réponse. Il va quand même falloir qu'il réponde parce que de l'état tranquille, triste et amorphe, je suis en train de passer en mode furie prête à tout…

– Lochan ? Tu as aidé Maël à faire ses conneries ?

Il s'entête dans son mutisme, sans m'adresser un seul regard.

Cette fois, c'est trop. J'attrape son épaule et le force à me regarder.

– Dis-moi, bordel, Lochy ! Tu as eu un rôle dans toute cette histoire ? Réponds-moi, putain !

Il baisse les yeux. Tant pis pour lui. J'attrape sa main et la serre dans la mienne sans lui demander son avis. Et je ressens sa culpabilité. Quelque chose que je n'ai jamais ressenti en lui. Lochan est un homme franc, habituellement, alors ce voile sur lui me glace le sang. Je le relâche comme s'il me brûlait.

– Tu sais ce que je vois, Lochy ?

Je suis dans une rage folle ! Je ne le laisse même pas répondre, de toute manière, il ne semble plus vouloir ouvrir la bouche, donc…

– Je vois que celui qui est à la base de tout ça, c'est toi ! Tu as joué sur tous les tableaux ! C'est bien ça ? Tu t'es servi de Maël pour éloigner les Heaven. Je ne sais pas de qui vient l'idée, à la base, mais il me semble que, dans tous les cas, tu y as adhéré et joué un rôle. C'est faux ?

Mutisme. Pas grave, je fais mes propres conclusions, tellement évidentes quand on le connaît et qu'on a compris qu'il se sent coupable vis-à-vis de Maël et moi.

– Et tu as vu plus loin que ce que Maël a vu. Parce que, toi, tu me connais. Tu savais que si j'apprenais toutes ces manigances, je ne pourrais pas l'accepter. Donc tu t'es arrangé pour qu'il fasse les choses, lui… Tu l'as peut-être aidé mais pas beaucoup. Et tu savais qu'il ne me parlerait même pas de toi lorsque je l'apprendrais parce que, au fond de lui, il ne me veut pas de mal et donc que je souffre en me brouillant avec toi. Je me trompe ?

Il paraît surpris. Il relève les yeux vers moi.

– Il ne t'a absolument pas parlé de moi ?

Je secoue la tête.

– Non.

Il ricane.

– Je pensais qu'il t'avait dit des choses, mais que tu ne voulais pas le croire et que c'était la raison pour laquelle tu ne m'en parlais pas.

– Eh bien, détrompe-toi. Il n'a rien dit. Mais il aurait dû me dire quoi, en définitive ?

Cette fois, il se décide à m'expliquer. Alléluia !

– Et puis merde. Je suis désolé, Divya. C'est mon idée. Pour tout te dire, il a refusé au début. Mais les types de l'autre groupe étaient vraiment entreprenants et ça l'a agacé, au même titre que ça me foutait les nerfs… Mais tu ne veux plus m'écouter, Divya. Même si j'étais intervenu, tu m'aurais envoyé paître ! Lui, tu l'aimais bien, alors… je me suis dit que ça ferait une surveillance plus discrète, et puis… j'avoue, je savais que si tu apprenais qu'il faisait des trucs un peu… pas trop nets, tu ne supporterais pas. J'ai juste mis cette idée dans sa tête. Et tu as fait le reste, tu t'es laissée approcher de trop près et il a plongé dans le truc. C'est tout… Après, je lui ai donné un coup de main pour les numéros de téléphone du groupe. J'ai emprunté le téléphone de Beth et j'ai récupéré tous les numéros dont il avait besoin. Mais c'est tout ce que j'ai fait !

– Mais c'est déjà beaucoup trop, Lochan ! Toi aussi, tu m'as manipulée, comme si j'étais incapable de me prendre en main et d'utiliser mon libre arbitre !

Il monte le ton.

– Tu n'avais plus ta clairvoyance ! Tu étais davantage vulnérable !

Je lui réponds plus haut.

– Mais ma clairvoyance ne me définit pas, Lochan ! J'ai un cerveau aussi, figure-toi ! Je ne suis pas un truc que tu peux diriger comme tu le souhaites ! Et oui, certainement que je partirai un jour, enfin je l'espère ! Mais, comme je te l'ai dit, soit tu l'acceptes, soit tu vas te faire foutre ! Je t'ai toujours laissé me prendre en main, je l'avoue. Au début parce que c'était ton idée et la volonté de maman, et que j'étais mineure. Ensuite parce que tu avais besoin de t'assurer que tu n'avais pas fait d'erreur en m'entraînant loin des parents. Mais maintenant je ne peux plus me laisser guider. Toi, tu sors, tu as un métier, des amis, des activités sexuelles suspectes et je te laisse tout faire. Mais moi… Je me fais quatre potes et un mec qui me plaît s'intéresse à moi et tu essayes de tout détruire? Tu trouves ça équitable? Moi, je vais te dire ce que je ressens par rapport à ça… C'est dégueulasse, égoïste et minable! Tu as autant fait de mal aux Heaven que Maël en ce qui me concerne. Et, en plus, ajoute à l'addition le mal que tu as fait à Maël… Il a dû penser que si mon frère validait, alors c'était OK… Tu l'as induit en erreur volontairement! Tu es… Tu es…

Ses yeux me supplient de le pardonner. Mais jamais il ne me dit que j'ai tort. J'aurais préféré, franchement. Mais sa culpabilité est là et c'est un fait. Il a merdé. Proprement. Encore une fois, je me prends une gifle en plein cœur.

– Tu as voulu me protéger, mais Magnus et son groupe sont des gens bien, eux. Ils n'ont pas manigancé des trucs stupides dans mon dos…

– Divya, je suis désolé… Tu ne comprends pas que j'ai peur pour toi. Je veux te protéger… Tu n'imagines pas ce que je vois dans ces filles qui se jettent au cou des mecs comme moi… Elles ont des avenirs désabusés, elles n'ont plus d'estime d'elles-mêmes, elles souffrent… Je ne veux pas que tu finisses ainsi… Et ce bassiste te fait tourner la tête…

– Lui, oui, mais ça n'a rien à voir avec son job de musicien ou sa célébrité. C'est autre chose. C'est tout ce que j'ai partagé avec lui avant même de le connaître réellement. Ce n'est pas un truc pour passer le temps, tu vois? Merde, Lochy, tu devrais pourtant le savoir, je n'ai jamais sauté au cou des musiciens que tu m'as présentés depuis des années. Je ne suis pas une pauvre nana écervelée ! Si je m'intéresse à Maël, c'est parce qu'il y a autre chose.

– Mais c'est justement ça qui me fait peur, Divya !

– Mais il va bien falloir que nous vivions nos vies, Lochy ! Toi comme moi avons besoin d'autre chose !

– Tu parles comme si vous alliez vous marier !

– Je parle comme s'il me plaisait et que j'avais envie de voir un peu plus loin ! Peut-être que je me trompe, peut-être que Maël n'est pas pour moi, je ne dis pas que je mise tout sur lui. La preuve, j'ai refusé de pardonner ! Mais en tout cas, j'ai le droit d'essayer ! J'ai le droit de vouloir avancer. Et toi aussi…

– Je ne suis pas le sujet de cette conversation, Divya.

– Si, justement. Depuis des années, tu fais tout pour oublier, pour ne pas t'attacher. Les soirées, le shit, les mecs comme les nanas qui passent… Jamais les mêmes, jamais de sérieux… Tu veux sauver quelqu'un? Sauve-toi déjà et après on en reparle.

La navette du paquebot arrive au loin, chargée de touristes. Je me lève et attrape mon sac et ma serviette. J'enfile ma robe. Il panique.

– Tu vas où ?

– Là où j'aurais dû aller bien plus tôt.

– Ne va pas le rejoindre !

Je plie tranquillement ma serviette.

– Maël a un souci avec son passé. Je ne sais pas ce que c'est. Par contre, ce que j'ai bien compris, c'est qu'il n'arrive plus à gérer certaines choses. Tu l'accuses d'être sombre mais tu l'as poussé encore plus loin dans ses ténèbres par mon biais. Je ne peux pas supporter cette idée. Alors je vais réparer tes erreurs.

– Tu lui pardonnes? Il s'est servi de toi, Divya !

– Exact. Comme tu l'as fait aussi. Tu veux que je te pardonne, non ?

Il grimace.

– Voilà. Pourquoi je pardonnerais à l'un et pas à l'autre ? Le plus coupable des deux en plus ?

– Parce que je suis ton frère...

– Justement. Tes actes sont encore pires si l'on considère ce paramètre. Donc, je te conseille fortement de m'écouter cette fois. Ne te mêle plus de ma vie amoureuse. Maël, Jack ou Jimmy, peu importe celui qui me plaît, ce sont mes histoires. En l'occurrence, ici, c'est Maël. Dans l'histoire, tu as un sacré paquet de merde au cul à nettoyer, excuse-moi l'expression. Donc adopte le profil bas et laisse-moi vivre.

Il se mord la lèvre et se laisse tomber le dos dans le sable en prenant sa tête entre les mains.

– Oui, c'est ça. T'as raison. Médite un peu... Et, un conseil, va te faire une cure d'arbres. Parce que niveau racine, t'es grave en carence, si tu veux mon avis. *Ciao* !

Je trottine jusqu'au ponton où le Zodiac est en train de se vider de touristes. Je fais quelques sourires à certains visages que je commence à connaître, puis jette mon sac dans l'embarcation et attrape la main du matelot qui m'aide à monter. J'ai envie qu'il se dépêche. J'ai un mauvais pressentiment. Maël a besoin d'aide, c'est une évidence. Je n'avais pas compris l'histoire de ce point de vue. J'avais raison sur un point. Il s'agit bien d'une histoire d'ego le concernant. Mais pas d'ego surdimensionné. Une histoire d'ego en souffrance. Voire inexistant. Il a eu peur parce qu'il ne croit pas en lui. Il a perdu l'estime de lui-même et s'est donc battu avec les seules armes qu'on lui proposait. Que Lochan lui a mises devant le nez.

Je ne l'excuse pas. Je lui en veux d'avoir été aussi stupide.

Mais je le comprends. Il n'a pas besoin que je le condamne. Je suis certaine qu'il sait très bien le faire tout seul. Maël ou un autre, on ne peut pas laisser des gens souffrir sans tenter de leur tendre au moins une main. Sans essayer de leur montrer ce qu'ils n'ont pas vu et encore moins compris. Maël Jones a laissé passer beaucoup de choses essentielles dans sa vie, à mon avis.

28

Maël

« I don't know what's worth fighting for,
Or why I have to scream,
I don't know why I instigate. »[1]

Des coups sur ma porte. Encore. J'ai déjà envoyé chier Mike je ne sais combien de fois. Deaclan aussi, de mémoire. Enfin, je ne sais plus. Ils sont plus collants qu'un froc en cuir trop petit, ces cons ! J'enfouis ma tête dans mon oreiller. J'augmente le son sur ma chaîne. « Human », encore et encore. Je l'écoute à m'en rendre zombie. Elle me fait mal et me met face à la mesquinerie qui me caractérise. Comment ai-je pu être aussi con pour recommencer mes conneries ? En définitive, je mérite tout ce qui me tombe dessus, je suis un véritable pauvre con. J'ai mal partout. Je veux mourir… Ma sieste ou ma nuit, je ne sais pas, m'a redonné mes esprits, partiellement en tout cas et c'est pire. Chaque geste est compliqué, je ne veux plus bouger. Que dalle. Pas un muscle. Pas un neurone non plus mais, ça, je le fais quand même.

On frappe encore. Bordel de merde !

---

1. « Je ne sais pas ce qui vaut la peine de combattre / Ou pourquoi je dois crier / Je ne sais pas pourquoi j'ai fait tout cela », « Breaking the Habits », Linkin Park. Crédits : Linkin Park.

– Allez vous faire foutre !

Est-ce que cette fois, c'est assez clair ? J'en doute, ils sont du genre légèrement insistant.

– Maël, c'est Divya.

Je me redresse d'un bond. Aïe, putain, mon cou. Ma tête…

– Maël ?

Putain… Divya.

– Oui, p'tite fée… Attends, j'arrive…

Je pousse sur mes bras, c'est compliqué. Je tangue dans tous les sens. J'arrive à m'asseoir. Je me tiens au chevet et me hisse sur mes jambes. Ça va. J'avance d'un pas puis de deux. Nickel, facile. Mon troisième pas. Un truc se prend dans mon pied et je m'étale de tout mon long sur la moquette.

– Merde !

– Ça va, Maël ?

– Ouais ! Attends, j'arrive…

Putain, je suis à ce point pathétique ? La chambre n'est pas si grande, en cinq enjambées, je devrais y être. Deux secondes en gros. On en est à quoi ? Deux minutes ?

Maël, reprends-toi.

Je me redresse et ordonne à mes pieds de faire leur job, point final, c'est pas négociable. J'atteins la porte. Et j'hésite. Quel spectacle vais-je lui offrir ?

– Maël ? Tout va bien ?

Je m'adosse à la porte. Je n'ose pas l'ouvrir. Me montrer tel que je suis vraiment.

– Oui.

J'ai encore cette boule dans la gorge. J'ai honte de ce qu'elle verra. Je n'ai même pas l'esprit clair, je ne suis qu'une merde, particulièrement à cet instant. Mon cœur bat à tout rompre. Je veux la voir, même si c'est pour qu'elle m'insulte et me rappelle combien j'ai été un enfoiré. C'est mieux que de l'indifférence. Mais pas comme ça.

Elle s'impatiente.

– Maël, tout va bien?

– Oui, p'tite fée. Tout va bien.

Sa voix se fait plus faible. Comme une confidence. Elle caresse mon âme.

– Tu es là? Pourquoi tu n'ouvres pas?

– Je suis là.

– Alors ouvre-moi.

– Pourquoi, p'tite fée?

– Pourquoi quoi?

– Pourquoi, toi, tu es là?

Elle laisse planer un silence, m'imposant une attente insupportable.

– Parce que j'ai envie de te voir, Maël. Laisse-moi entrer.

– Je ne suis pas visible, je porte juste un caleçon. Et tu mérites mieux, Divya.

Je ne peux pas lui ouvrir. Je suis une loque. J'ai envie de la serrer contre moi, oh, ça oui, je n'attends que ça. Qu'elle répare mon cœur. Mais c'est égoïste. Je suis toxique.

Elle me coupe dans mes pensées.

– Est-ce que tu pourrais arrêter de prendre des décisions pour moi, s'il te plaît? J'ai envie de te voir, alors ouvre-moi.

Envie, envie… Moi aussi j'ai envie de la voir. J'ai envie de me fondre en elle… De nous enduire de super glu et de nous coller la peau l'un à l'autre. Mais elle, où situe-t-elle, son envie?

– Tu as envie comment?

– C'est quoi cette question?

Je réfléchis… Je pose mon oreille contre la porte pour mieux l'entendre. Je caresse le bois verni comme si c'était elle. J'ai tellement envie de l'avoir contre moi.

– Si tu avais le choix entre manger un cassoulet froid et me voir, tu choisirais quoi?

Elle s'esclaffe.

– J'ai mangé beaucoup trop ce midi, alors, sans hésiter, te voir.

Bon, OK, mauvaise question. Je dessine l'ovale de son visage le long de la paroi qui nous sépare, imaginant son sourire. Et je souris moi-même à ce rictus imaginaire.

– Et si tu avais le choix entre toucher un arbre et me voir?

Elle laisse échapper un autre rire.

– J'ai touché un tas d'arbres il n'y a pas deux heures. Alors te voir.

Bon... Encore à côté. Elle est dure en affaires.

– Et si... Tu t'étais pris la cuite de ta vie la veille et que tu avais la dalle comme pas possible et qu'en plus tu n'avais pas vu d'arbres depuis un mois et qu'on te proposait quatre kilos de cassoulet servis au beau milieu d'une forêt de tes arbres préférés, tout en sachant que je ne me suis pas lavé depuis deux jours et que je suis encore partiellement bourré ou stone, ou les deux?

Silence. Je me fige.

– Ça dépend... Froid ou chaud le cassoulet?

– Froid.

– Ah... Laisse-moi réfléchir.

Sale peste. Elle me fait sourire malgré moi. Elle répond:

– Toi encore.

Mon cœur va exploser.

– À une condition, par contre...

– Laquelle?

– Celle de m'occuper moi-même de ta douche et qu'ensuite, que tu sois bourré ou pas, nous allions tous les deux manger du cassoulet au milieu des arbres. Je connais un bon coin, justement.

– Tu veux me laver, p'tite fée?

Je suis en train de tomber définitivement amoureux. Et d'avoir un début d'érection.

– Si un jour tu te décides à ouvrir cette porte, oui, Maël…

– Tu m'aimes bien un peu quand même, alors?

Vous connaissez plus pathétique que Maël Jones en ce moment même, vous? Pas moi. Mais ses paroles illuminent mon cœur et j'en ai tellement besoin.

– Oui. Ouvre-moi, s'il te plaît.

Je pose ma main sur la poignée. Mais je m'arrête.

– D'accord mais j'ajoute une condition à ta condition.

– Vas-y?

– Toi, tu pourras manger du cassoulet sous les arbres… Mais pas moi. Je veux un burger ou des chips, même du pop-corn, n'importe quoi, mais pas du cassoulet.

Elle s'esclaffe.

– OK comme ça. De toute manière, en ce qui concerne ce plat, je ne suis pas partageuse. J'ai mes défauts aussi!

– Ce défaut est l'une de tes plus belles qualités, je te promets.

Assez discuté. J'ouvre la porte. Elle est là, devant moi, dans une simple petite robe noire et des tongs, les cheveux en chignon flou. Ses yeux bruns, presque noirs, s'écarquillent quand elle me voit. Pas plus que les miens, je peux vous l'assurer. Elle est magnifique. Je dois être affreux et repoussant, elle est belle et attirante. Attirante comme jamais. Magnétique. Je me jette sur elle avec l'énergie du désespoir, comme un naufragé qui trouve sa bouée au milieu de l'océan. J'enlace son cou et la presse contre moi en enfouissant mon nez dans ses cheveux.

– Divya.

Une vague de soulagement apaise mon esprit et la culpabilité tourne et retourne le couteau planté dans mon cœur. Je ne mérite pas de la serrer contre moi. Je resserre mes bras, elle passe les siens autour de mes hanches en douceur.

– Divya.

J'ai peur de tomber encore plus bas dans la déchéance. De ne plus rien maîtriser. De l'emmener dans mes ténèbres. Je m'accroche à elle.

– Divya…

Les sanglots bloqués dans ma gorge choisissent ce moment pour s'échapper. Et pas qu'un peu. Je fuis des yeux comme jamais. Je la garde fermement contre moi, secoué par mes sanglots, mouillant ses cheveux, n'arrivant plus à m'arrêter, évacuant ma peur, ma douleur, juste grâce à ses bras et à sa présence ici, alors que nous sommes encore au milieu du couloir, que je me rattrape à ses épaules, à son odeur, à sa douceur.

– Merci Divya. Je te promets que… je te promets, ma p'tite fée.

Je ne sais même plus comment exprimer ma reconnaissance, mon envie d'elle, de sa présence, de la lumière de son sourire, de sa joie de vivre. Elle caresse mon dos affectueusement en me berçant.

– Maël, tout va bien. Calme-toi.

Je hoche la tête en calmant mes larmes. Cela me prend plusieurs minutes mais elle attend. Elle m'entraîne dans ma chambre lorsque mon corps se détend enfin et referme la porte derrière nous. Je la plaque contre le battant et embrasse sa peau. Toute la peau qu'elle veut bien me laisser atteindre. Je suis pris d'une furieuse envie de mélanger son corps au mien.

– J'ai besoin de toi, Divya.

Mes lèvres caressent ses joues. Remontent sur ses tempes. Ses mains restent dans mon dos. Ses doigts me massent. J'ai envie de l'embrasser. Vraiment. Mais non. Je ne lui infligerai pas ça. Je continue mon tour du monde des baisers à la place. Son front, son autre tempe, son autre joue. Son oreille. La peau délicate de son cou. Ses mains descendent sur mes reins. Le bout de ses doigts passe sous mon caleçon. S'aventure sur mes fesses. Je relève sa robe et la fais passer par sa tête avant de la jeter derrière moi. Elle se laisse faire et ses mains reprennent leur place sur mon cul. Elles m'attirent contre elle. Oh, oui, putain. Je veux sentir son corps.

Mes doigts s'activent sur son haut de bikini. Encore des nœuds. J'adore ses maillots, ils sont à chaque fois des paquets cadeaux à déballer. C'est toujours Noël avec Divya en maillot. Même l'été, en plein milieu des Caraïbes. J'ouvre mon cadeau en deux gestes. Son haut glisse le long de nos corps jusqu'à la moquette. Je plie les jambes pour dévorer sa poitrine. Je m'en gave, je la dévore, j'ai tellement besoin de tout ce qu'elle peut me donner. Sa peau frissonne, sa gorge laisse échapper des soupirs éraillés, son corps se cambre pour venir à la rencontre de ma langue. J'enroule mes bras autour de ses hanches, ma langue titille ses mamelons à tour de rôle, je ne sais pas lequel choisir. Je desserre mon étreinte pour dénouer son bikini. Il disparaît alors que j'embrasse son ventre. J'ai envie d'elle comme jamais. Furieusement. La faire mienne, la vénérer, me prosterner devant ce corps magnifique qu'elle m'offre, assouvir ces petits gémissements suppliant de plaisir. Je tombe à genoux devant elle, déjà haletant. À sa merci, totalement dévoué à ses désirs. J'enfouis mon visage contre son intimité, les mains sur ses hanches, et l'embrasse. Ma langue lèche tout ce qu'elle trouve, en urgence, sans que je ne pense à respirer. Je suis partout sur elle, je veux tout en même temps, assoiffé, en manque, dépendant de son plaisir.

Lequel monte alors que je la tiens fermement plaquée contre la porte. Son bassin tente de m'échapper mais je ne lui autorise aucun mouvement. Ses mains atterrissent sur mes épaules. Ses ongles griffent ma peau. La douleur superficielle fait écho à celle enfouie au plus profond de moi. Elle me soulage. J'aspire son bouton qui bat pour moi. Elle soupire de satisfaction. Puis encore.

– Maël…

Une de ses mains plonge dans mes cheveux, ceux épargnés, et les tire dans tous les sens.

– Maël !

J'attrape ses fesses et la pousse encore plus contre ma bouche. Jouis, ma belle, jouis…

Ma queue n'en peut plus… Je ne suis plus qu'un animal, réduit à obéir à cette pulsion ravageuse qui me terrasse le cerveau. Je grogne violemment contre sa chair humide. Elle lâche un râle puissant et libérateur. Ses deux mains attrapent mes joues alors qu'un spasme époustouflant traverse son corps et la penche vers moi.

– Oh, mon Dieu ! Maël !

Elle n'est plus que tremblements. Je me redresse contre elle, la soulève et la porte jusque sur mon lit alors qu'elle est encore en pleine extase. J'attrape une capote dans mon portefeuille, vire mon caleçon et m'allonge sur le dos, à côté d'elle. J'enfile le plastique et l'attire sur moi. J'ai envie qu'elle dirige notre plaisir. Elle mérite largement de faire de moi ce qu'elle veut. Elle hésite. J'attrape une de ses cuisses pour la passer par-dessus mon ventre. Je halète lourdement en la rassurant.

– Je te guide, p'tite fée. Tu n'auras qu'à me suivre. S'il te plaît, viens. Je vais mourir sinon.

Elle mordille sa lèvre inférieure et se laisse faire. J'attrape sa hanche et ma queue de mon autre main et la guide. Je la fais descendre doucement. Son étui m'encercle bientôt de sa chaleur. Je pourrais jouir maintenant tellement elle est bandante ainsi, tendue sur ses genoux, ses seins lourds de désir, ses yeux rivés dans les miens, son corps s'empalant sur ma queue. Jamais je n'oublierai cette image. Impossible! C'est de l'art. Lorsqu'elle est bien engagée sur moi, ma main délaisse ma bite et attrape sa seconde hanche et je la fais glisser davantage. Jusqu'à ce qu'elle soit assise sur moi complètement. Elle soupire en posant une main sur mon ventre. Je souris devant son visage détendu, totalement abandonné au plaisir.

– Ça va, p'tite fée?

Elle hoche la tête, ses dents maltraitant sa lèvre inférieure. Mon Dieu, ce qu'elle est belle. Je soulève le bassin.

Un peu plus profond, ma belle.

Elle sursaute, agréablement surprise. Je souris de nouveau.

– Laisse-toi aller, ça devrait te plaire, ma puce.

Je la frotte contre moi doucement, refrénant mes ardeurs, en la guidant dans de petits cercles autour de ma queue. Ses doigts se crispent sur mon ventre. Puis elle adopte le rythme rapidement, mes mains la guident de moins en moins, elle trouve ses propres mouvements, ceux qui suscitent de nouveaux gémissements chez elle et chez moi. C'est divin de la voir trouver son propre assouvissement, pas le mien, le sien. Elle accélère sa petite danse, se frottant allégrement contre mon ventre, se penchant en avant puis en arrière, testant chaque position. Et moi, je n'en peux clairement plus. Je soulève mes hanches, bouge avec elle, m'agrippe à ses hanches sans jamais la quitter des yeux. Elle trouve son balancement préféré, qui me fait un effet de dingue au passage. Mes mains l'accompagnent, la soutiennent et la supplient d'augmenter sa cadence. Je n'en peux plus. Elle se redresse et ses mains quittent mon ventre pour atterrir sur sa poitrine alors qu'elle halète, la tête en arrière, accélérant davantage les à-coups de son bassin contre moi. Ma queue n'en peut plus, c'est intenable! Mes mains s'agitent sur ses flancs, elle presse ses seins entre ses doigts, ouvre la bouche.

– Oh, mon Dieu !

Oui, ma belle, vas-y ! Baise-moi jusqu'au bout.

Ses muscles se raidissent, une vague de chaleur la traverse et se propage en moi, son étui se resserre autour de ma bite.

Oh, merde ! Bordel de merde.

J'accélère encore ses mouvements, me tortille sous elle alors qu'une convulsion prend possession de son corps. Elle crie d'extase, ses doigts maltraitant ses seins furieusement. Un éclair fulgurant s'abat sur mon cerveau ! Il m'achève et me carbonise les neurones. Putain ! Tout mon corps explose.

– Divya ! Putain… Oui…

J'expulse douloureusement un plaisir impressionnant. Ma peau transpire, mon sperme jaillit, mes couilles se vident, mon cerveau se barre en sucette, mes mains la griffent et mon cœur va céder, c'est certain !

Elle s'affale sur moi, en sueur. Bordel de merde ! C'était quoi ce truc ! Incroyable ! Je l'entoure de mes bras, le souffle perdu et difficile, le cœur en vrac. Notre connexion est presque surréaliste. J'embrasse ses cheveux, caresse son dos, les mains encore tremblantes de plaisir.

29

Divya

« Never mind the pain,
Cause love can only heal. »[1]

Je ne peux plus bouger. Allongée sur lui, je me love sur son torse et le laisse me bercer affectueusement. Puis il écarte les bras et les pose tendus en croix sur le matelas. La respiration toujours haletante. Je laisse mes mains longer ses biceps puis ses avant-bras et s'accrocher au cuir de ses bracelets. Ma poitrine contre la sienne, nos deux souffles tentant de trouver leur chemin, son sexe encore en moi, ma tête dans le creux de son cou. Je suis crucifiée sur la croix Maël. Je n'ai pas d'expérience mais je crois pouvoir dire que c'est le roi du sexe. Parce que, en toute bonne foi, je ne vois vraiment pas comment ça pourrait être mieux... Aller plus haut dans le plaisir serait tout simplement l'arrêt cardiaque assuré.

Nous restons sans bouger, sans parler, en nous contentant de sentir la peau de l'autre contre la nôtre. Je ne veux plus rien que cet instant. J'ai la certitude d'être là où je dois être, avec l'homme qui est pour moi, nos âmes s'équilibrant naturellement.

---

1. « Peu importe la souffrance / Car l'amour ne peut que soigner. » « Love Can Only Heal », Myles Kennedy. Crédits : Myles Kennedy.

J'embrasse la base de son cou. Je caresse le cuir de ses bracelets parce que je sens la douleur émaner de cet endroit, une chaleur douloureuse. Il soupire.

– Est-ce que tu es venue pour m'ensorceler encore plus que je ne l'étais déjà ? Et après tu vas repartir pour me punir davantage ?

– C'est ce que tu crois ? Que je veux te tourmenter ?

– Tu en aurais le droit et je te laisserais faire. Tu pourrais venir me mettre à genoux à chaque fois que tu en aurais envie et m'abandonner à mes démons juste après, que j'en garderais un plaisir malsain, je serais capable d'adorer les ténèbres que tu entretiendrais, juste parce qu'elles seraient ta volonté.

Sa résignation me brise le cœur. Je resserre mes doigts autour de ses poignets. Il gémit faiblement. Mais me laisse faire alors qu'il m'a toujours fait comprendre qu'il ne voulait pas que je touche ses bracelets. Je fais glisser mes doigts le long de ses bras et les remonte jusqu'à ses épaules, caresse sa peau douce puis les passe derrière sa nuque.

– Je ne veux pas entretenir ton obscurité, Maël. Je veux t'aider à la combattre.

Il ricane amèrement.

– Bon courage…

Je secoue la tête.

– C'est à toi que je devrais souhaiter bon courage. Je suis une adversaire redoutable. Je te conseille de t'allier à moi, ce sera plus simple.

Il baisse la tête et embrasse mes cheveux.

– Tout ce que tu veux.

– Non, Maël, c'est toi qui dois le vouloir. Pas moi.

Il soupire.

– Il y a des choses qu'on ne peut jamais réparer, ma belle. Et toute p'tite fée que tu es, tu ne pourras pas y faire grand-chose.

Je relève la tête et fixe mes yeux aux siens.

– Tu paries? On va avoir quelques petites discussions tous les deux, monsieur Jones. Je pense qu'il y a quelques éléments essentiels que vous devriez assimiler…

Il lève les yeux au ciel, amusé.

– Je serai donc ton élève? C'est ça, l'idée?

J'acquiesce.

– Mmm, c'est un peu l'idée, oui. Je propose un échange de savoirs.

Il hausse un sourcil.

– Un échange de savoirs? Tu veux apprendre à jouer de la basse?

J'éclate de rire. Puis je me tape un fard.

– Non. Je t'apprends à tordre le cou à tes démons et… tu m'apprends à…

Il rehausse son sourcil déjà levé.

Comment fait-il un truc pareil? Il est craquant avec cette nouvelle mimique que je ne lui connaissais pas…

Il sourit sincèrement.

– Ai-je raison de voir dans ce pacte un aspect sexuel non négligeable?

Je hoche la tête.

– C'est une éventualité.

Il pousse doucement son bassin contre moi et son pénis reprend une certaine vigueur dans mon corps.

– Tu veux qu'on s'y mette tout de suite?

J'éclate de rire.

– Non! Tu vas aller prendre une douche.

– Tu me laves, tu as promis.

Je repose la tête contre son torse.

– Je te lave, je l'ai promis.

– Alors ça me va.

Il m'entoure de ses bras et nous redresse.

– C'est parti.

Il se retire de moi, ôte d'une main la capote et m'emporte dans la salle de bains alors que je m'accroche à son cou. Il chancelle un peu, resserre ses bras autour de moi, rejoint la douche et fait couler l'eau puis jette le préservatif dans la poubelle. Il me pose sur le rebord du lavabo et attrape sa brosse à dents. Je passe mes doigts dans ses cheveux et sur la peau nue de son crâne. Qu'est-ce qu'il a fait? Dans quel état était-il? À quoi a-t-il réussi à résister pendant ces deux jours dans cette chambre, seul avec son pire ennemi, lui-même?

J'inspecte les dégâts sur ses beaux cheveux.

– Qu'est-ce que tu as fait, Maël?

Il baisse les yeux, honteux, sans répondre, profitant certainement de cette brosse à dents comme excuse pour garder le silence. Mais il se prête à mes mains qui inspectent son crâne.

– Où est ta tondeuse?

Il hausse les épaules en désignant le sol près des toilettes. Il crache dans le lavabo.

– Je ne suis pas certain qu'elle fonctionne encore.

Il a l'air de se foutre royalement des dégâts capillaires sur son crâne. Je l'observe se frotter les dents, le regard baissé, évitant soigneusement de se retrouver face au miroir.

– Maël, lève les yeux.

Il les lève sur moi.

– Pas vers moi. Lève-les par là.

Je désigne le miroir derrière moi. Il déglutit, se décale vers le lavabo et crache une nouvelle fois dedans, puis se rince la bouche, toujours les yeux baissés. Il se tourne vers moi et lève un regard implorant. Je l'attire face à moi. Mes yeux dans les siens. Puis je lève son menton pour qu'il se retrouve face à son reflet derrière moi.

– Regarde ce que tu t'infliges. Je suis contente que tu aies choisi tes cheveux pour te défouler plutôt qu'un trop-plein de drogue. Mais tu ne peux pas continuer comme ça, Maël. Tu as tout ce qu'il faut en toi pour effacer cette douleur. Tu n'as pas besoin de l'emmagasiner, ni de la supporter.

Son regard reste figé sur son reflet. Puis il s'embue. Des larmes s'échappent de ses yeux. Je l'attire contre moi. Ce mec va faire exploser mon cœur. Je le serre le plus fort possible alors qu'il cache son visage dans mes cheveux maintenant détachés. Je lui parle calmement.

– On va s'occuper des choses une par une. Déjà, on va essayer d'arranger ta coiffure. Donne-moi la tondeuse, s'il te plaît.

Il s'écarte de moi pour aller chercher l'engin. C'est seulement à ce moment-là que je réalise que nous sommes nus tous les deux. Et que je ne suis absolument pas dérangée par cette nudité. Déjà parce qu'il est magnifique et tellement tatoué qu'on a l'impression qu'il est habillé. De la base du cou jusque très bas sur le ventre ainsi que ses bras et toute une cuisse. Il est un régal à regarder. Ensuite, parce que j'ai l'impression de le connaître et qu'il pose sur moi un regard respectueux, légèrement coquin, et qu'enfin ça me plaît de voir qu'il n'est pas insensible à ce qu'il voit (*en d'autres termes, il bande*). Il me donne la tondeuse, je l'allume, elle semble fonctionner. Je lui prends la main et le place face à moi.

– Bon, alors… Je propose d'essayer de raser un peu plus sur les côtés et de garder les cheveux sur le haut du crâne.

Il hausse les épaules.

– Vas-y. Si c'est nul, on rase à blanc.

– Voilà.

Je m'attelle à la tâche. Les cheveux tombent par paquets sur le sol et ses yeux restent fixés sur moi tout le temps de l'opération.

En quinze minutes, j'ai terminé, c'est équilibré et franchement…

– Eh pas mal ! T'es beau gosse comme ça !

Il observe son reflet en tournant la tête à gauche puis à droite.

– Ouais ! Ça me donne une idée. Et si je me faisais un tatouage sur le côté du crâne ? Un truc en lettres gothiques. Genre : *« Only human »*. Comme ça, je nous aurais toujours sur moi…

Je retiens un petit rire.

– Si tu veux. En attendant, je crois que l'eau va être à température, là ! Ça fait une demi-heure qu'elle coule pour rien.

– Oups ! Allez, c'est parti pour le grand nettoyage… Et t'oublies rien, hein ?

Pourrait-il me lancer un regard plus lubrique que celui qu'il arbore à cet instant ? Je ne pense pas. Il attrape mes fesses et m'emporte sous l'eau chaude. Je m'attelle à ma tâche dès qu'il laisse mes pieds toucher le sol. C'est-à-dire après une multitude de baisers affamés et vertigineux. J'attrape le gel douche et le fais couler dans mes paumes. Il m'observe passer mes mains sur ses épaules puis le long de chaque bras. Faire mousser le savon sur chacun de ses doigts. Puis revenir le long de l'intérieur de ses bras. Il se retient de rire.

– Chatouilleux ?

Il tente de rester sérieux.

– Non, pas du tout…

– Ben voyons.

Je m'attarde sur la peau de ses triceps alors qu'il pince les lèvres. J'effleure à peine son épiderme, doucement, prenant un temps inutile sur cet endroit alors qu'il garde les yeux fixés sur le mur en face de lui. Puis il éclate d'un rire d'enfant en se recroquevillant.

– Mais arrête ! Je ne suis pas chatouilleux ! Je vais te dire, ce genre d'attaque n'est pas digne de toi ! Et je suis sûr que tu l'es aussi.

Il attrape mes poignets, me tourne dos à lui et me chatouille les hanches. Mon Dieu, je suis à peu près chatouilleuse de partout ! Il me fait vivre un calvaire d'au moins dix minutes. Et il me coince dans un angle de la douche, à côté du robinet, je ne peux plus m'échapper et il s'en donne à cœur joie. Je n'ai qu'une solution pour ne pas mourir littéralement de rire. Je tends ma main jusqu'au mitigeur et le tourne en position eau froide. Moi, je ne suis plus sous l'eau. Lui, en revanche… Il pousse un cri affreux en reculant, se protégeant de ses bras face à l'eau glacée.

– T'as pas le droit de faire un truc pareil ! Divya, c'est carrément sadique !

Il éteint l'eau.

– Bon, je crois que les douches avec toi sont super dangereuses. On sort de là-dedans !

Il attrape une serviette et m'y enveloppe, puis s'essuie avec une autre. Nous retournons dans la chambre et il se laisse tomber au bout du lit alors que je reste plantée devant, à l'admirer. Il me lance des regards lubriques en se tournant sur la couette, la tête au pied du lit, à quelques centimètres de moi.

– Alors, on fait quoi maintenant ? Ma douche froide forcée m'a filé la patate…

Je m'agenouille devant lui. Le visage au niveau du sien. Je caresse ses cheveux.

– On va aller voir des arbres. Et manger des burgers. J'oublie le cassoulet pour ce soir.

Il penche la tête en arrière pour m'examiner.

– Des arbres ?

Je place mon visage au-dessus du sien. J'embrasse son front.

– Oui.

J'embrasse son nez.

– Des tas d'arbres.

– OK.

Je fais planer mes lèvres jusqu'aux siennes. Et les laisse les rejoindre. À l'envers au-dessus de lui, j'ouvre ma bouche et cherche sa langue. Il attrape ma nuque. C'est sa langue qui trouve la mienne en premier. Nous nous embrassons à l'envers. Langoureusement. Passionnément. C'est troublant comme ça. Mon clitoris commence à battre entre mes cuisses. Il est en train de me pervertir au plus haut point. Dès que je le touche, j'ai envie de faire l'amour. Dès qu'il me touche, mes seins se tendent pour lui, ma culotte est bonne à tordre et mon esprit se fait des films classés X… Maël Jones est torride. Rien que de penser cette phrase, j'ai envie de tendre les doigts jusqu'à son sexe et de le prendre à pleine main. Parce que je peux voir du coin de l'œil qu'il est bien tendu, lui aussi. Mais je serais bien incapable d'un truc pareil. Déjà que prendre les commandes de nos ébats tout à l'heure m'a demandé beaucoup de concentration, que je ne regrette d'ailleurs pas une seule seconde, c'était incroyable. Mais bon, on va y aller doucement dans les prises de risque.

Il doit lire dans mes pensées et détache ses lèvres des miennes.

– Soit on s'embrasse encore comme ça et je te promets que je te fais l'amour jusqu'à demain matin sans discontinuer, soit on arrête et on va voir tes arbres.

Je m'écarte.

– Les arbres. C'est le plus urgent.

Il soupire.

– T'es sûre de ton degré d'urgence, là?

– Certaine. On verra après pour le reste.

Il retrouve un sourire.

– Tu dors avec moi, ce soir?

– Faut voir…

– Faut voir quoi?

Je me redresse.

– Quelque chose me dit que « dormir » n'est pas forcément le verbe adéquat à employer lorsque l'on passe une nuit avec toi. Je me trompe ?

Il ricane.

– Pas trop. J'ajouterai juste une nuance. Ce n'est pas le bon verbe à employer en parlant de passer notre nuit ensemble. C'est toi qui m'enflammes comme ça, p'tite fée. Ça fait quelques mois que je n'ai pas… enfin bref, alors je reformule la question : voudrais-tu passer la nuit avec moi ?

– Ça me tente bien…

– Alors c'est vendu ! Bon, on va voir ces arbres ?

– On est partis.

30

Maël

« I've found a reason for me,
To change who I used to be,
A reason to start over new,
And the reason is you. »[1]

Les navettes vers la petite île naviguent jusqu'à minuit. Après avoir pris de quoi nous faire un pique-nique digne de ce nom à la brasserie puis un court trajet en Zodiac, nous nous retrouvons sur un ponton menant à une plage magnifique. Le soleil se couche devant nos yeux, la mer est sombre autour de nous, et ma p'tite fée est entre mes bras, sereine. Je prends le temps de voir. Voir la beauté du monde duquel je m'étais exclu depuis avant-hier. Et peut-être depuis plus longtemps, beaucoup plus longtemps que ça, en réalité. Depuis Benny. Ce jour-là, le soleil s'est couché pour ne plus jamais se relever.

Mes yeux ne peuvent se détacher de l'astre qui disparaît à l'horizon. Et cette fois, je suis impatient qu'il se relève demain. C'est une première. Et ça m'étonne franchement… D'habitude les

1. « J'ai trouvé une raison / De changer qui j'étais / Une raison de commencer tout neuf / Et la raison c'est toi », « The Reason », Hoobastank. Crédits : Dan Estrin / Douglas Robb.

jours passent et je m'en fous. Mais ce soir, ça m'importe. Parce que je sais que, demain, elle sera encore là, avec moi. Enfin j'espère ! Je serais encore capable de la faire fuir tel que je me connais. Quand on est con, on l'est un peu à chaque minute, non ? Et ce n'est plus à prouver, je suis un véritable boulet…

Et pourtant, elle est là. Elle est venue me chercher dans mes retranchements. Au fond de ma chambre sans lumière. Un peu comme mon esprit au moment où elle a frappé, d'ailleurs. Et pour une fois, elle venait parce qu'elle se souciait de moi. Pas comme Mike qui flippe pour le business ou Jenny qui me demande constamment de sauver les apparences pour Mira (ce qui au passage est normal). Non, les coups de pied au cul de ces deux-là sont toujours intéressés. Je comprends leurs motivations, pas de souci là-dessus, mais ils ne sont en aucun cas concernés par mon bien-être personnel. Tout le monde s'en fout un peu, je crois, de ce que je ressens. Je croyais que c'était la norme.

Eh bien non. Divya, elle, celle qui me transporte à chaque fois plus près du bonheur, cette petite nana toute fraîche et délicieuse, elle, elle est venue voir comment j'allais, moi. Avec pour seul but mon bonheur. Rien d'autre. C'est nouveau pour moi. Je pensais n'avoir besoin de personne.

« La solitude, c'est de la souffrance multipliée par l'infini »[2], merci Honoré de Balzac pour cette vérité qui se passe de toute explication. Oui, je sais, un mec tatoué qui se fout de tout et qui cite Balzac, c'est bizarre. Mais je suis aussi compositeur et j'ai passé quelques années à lire et à retenir des phrases qui me parlaient, des sources d'inspiration… Cette phrase a inspiré l'un des titres des Skeletons… Donc on garde précieusement en tête… D'autant plus que je me sentais légèrement concerné, déjà à l'époque. Bref…

2. Honoré de Balzac, *Splendeurs et misères des courtisanes*, 1847.

Ma p'tite fée me fait traverser ce ponton et me guide à travers la plage qui s'endort jusqu'à une palmeraie silencieuse. Je reste très sceptique quant à son délire d'arbre et de nature mais l'endroit est paradisiaque, dans tous les cas, donc je la laisse mener la danse. Elle m'attire contre elle, colle sa poitrine à mon torse et m'embrasse langoureusement. Je lâche le sac de bouffe, réagissant au quart de tour à ses atouts qu'elle a l'air de mettre en avant, de mieux en mieux, pour mon plus grand plaisir. En plus d'une nana merveilleuse, Divya est en train de se transformer en fantasme ambulant. Son regard brûlant sait très bien faire passer les choses, sans filtre, et… on va dire que j'y suis très sensible. Mes mains sont déjà sur son cul, l'attirant contre une gaule qui ne demande qu'à s'épanouir librement au fond de mon bermuda. Pas de caleçon pour moi, pas d'entrave et libre cours à l'aisance. Ce sont les vacances après tout… Même pour ma bite.

À ma grande détresse, ma p'tite fée met fin à son baiser. Je grogne ouvertement de frustration.

– Ça devrait être interdit de m'allumer comme ça pour se défiler derrière.

Elle glousse en attrapant mes bras pour me diriger vers un palmier immense.

– Et ça devrait être interdit de grogner au milieu du paradis. Viens par là.

Je me laisse guider. Elle me fait asseoir, le dos contre le tronc de l'arbre, puis s'assied sur mes cuisses.

– Maintenant, tu vas rester là.

J'avoue, je ne sais pas ce qu'elle attend de moi.

– Euh… Je suis censé ressentir un truc ? Parce que, là, ton arbre ne me fait pas grand-chose, ça marche peut-être pas avec les paumés comme moi, tu sais, je suis un peu irrécupérable, il faut quand même que tu en sois consciente…

Elle s'esclaffe.

– Tu ne peux pas ressentir, Maël, c'est normal. Ça serait trop facile. Mais ce n'est pas parce que tu ne ressens pas que rien ne se passe. C'est simplement que ton corps, tes chakras, ton aura ont besoin de se rééquilibrer. On a besoin de racines, pour faire court. Pour nous ancrer dans le monde. Sinon, on ne sait plus très bien d'où on vient, qui on est... Le fait de renier nos sources nous rend plus faibles. J'ai eu du mal à me rééquilibrer lorsque j'ai quitté mes parents. Parce qu'ils étaient mes racines premières. J'ai utilisé la nature, celle qui est à la base de tout, pour me retrouver et laisser l'énergie créer une lumière forte.

Elle prend mes mains posées sur ses cuisses et les plonge dans le sable.

– Toi, Maël, si j'ai bien compris ce que j'ai senti en toi, tu as plus ou moins quitté tes parents aussi. Mais tu n'as pas trouvé de racines auxquelles te rattacher. C'est ça, ton problème. Tu es comme une barque sans amarres qui la retient au ponton. Tu te laisses porter, au gré du vent, des courants et, plus ça va, plus tu t'affaiblis. Parce que les éléments ne sont pas toujours cléments et tu en prends plein la tronche. Donc, laisse-toi faire, laisse ton âme et tes chakras retrouver la nature. Si toi, tu ne la reconnais pas, eux vont les sentir et faire le boulot pour toi.

Elle m'interpelle. Elle évoque mes parents alors que je ne me rappelle absolument pas lui en avoir parlé. Je ne parle jamais d'eux. À personne. Même à Jenny qui doit sans doute les côtoyer, je ne dis rien et ne veux rien entendre. D'ailleurs, eux-mêmes ne cherchent plus à me contacter depuis bien longtemps, vu que je n'ai plus jamais répondu à leurs appels depuis mon départ de St Léon. Et elle, Divya, que je connais depuis... une poignée de semaines à peine, me sort une vérité dont je ne suis pas fier. C'est vraiment une femme étonnante et peu commune. C'est ce qui fait partie de son charme. Entre autres. Je la laisse m'embrasser.

– On peut s'embrasser? Ça ne dérange pas mes chakras?

Elle éclate de rire.

– Oublie tes chakras! Détends-toi, c'est tout. Et comme je te l'ai dit, j'ai des choses à te dire. Enfin à te proposer.

Je lui adresse un regard lubrique.

– Continue, tu m'intéresses.

Elle m'adresse un petit sourire en penchant la tête.

– Pas ce genre de choses... Enfin, pas pour le moment.

Je simule une grande déception, laisse tomber ma tête contre l'arbre derrière moi. Je me demande d'ailleurs si ma gaule, encline à devenir aussi dure que ce tronc dans pas longtemps, est due justement à cette « super racine » et au passage de la force. Non, de l'énergie... Genre mes couilles vont se transformer en noix de coco? Non, elle est sérieuse et je la crois. Et ma gaule est simplement due à sa présence sur le haut de mes cuisses, à son décolleté sous mon nez et aux souvenirs de cet après-midi... Putain, c'était mortel!

Maël, recentre ton énergie ailleurs que sur ta queue, merci!

– Bon. Alors je t'écoute.

– Alors. Je ne t'ai pas pardonné.

Bon, fini la gaule et les noix de coco... Douche froide. Mon cerveau se met tout de suite à paniquer.

– Mais tu...

Elle pose une main sur mon cœur et reprend rapidement.

– Je ne t'ai pas pardonné parce que, toi-même, tu ne te pardonnes pas.

– Évidemment, j'ai été plus que nul et je ne suis pas fier du tout de ce que je t'ai fait... Et aux Heaven non plus, d'ailleurs.

– Nous sommes d'accord. Mais tu sais... Ta manière d'encaisser sans réagir n'est pas bonne, Maël.

– Vous avez bien tout encaissé, vous… Je ne peux pas faire genre : ouais, OK, c'était dégueulasse mais, bon, c'est passé, *next*… Non ?

– Non, bien entendu. Si tu faisais un truc pareil, cela signifierait que tu n'as pas de cœur. Mais grande nouvelle, tu en as un.

– Ah ouais ? Même si j'arrive à faire des trucs pareils ?

Elle hoche la tête.

– Eh oui, monsieur Jones.

– Cool !

Elle sourit en laissant flâner ses doigts sur mes avant-bras, l'air pensif.

– Encaisser les choses ne répare rien. De mon point de vue, il faut que tu les rééquilibres. Nous sommes d'accord que tu ne peux pas repartir en arrière et effacer ce que tu as fait. Tu restes responsable de tes actes et ils ne sont pas beaux.

– Oui merci, j'avais compris.

– Mais… Si tu veux te pardonner, nettoyer tes conneries auprès des gens qui en ont souffert et ne pas t'encombrer l'esprit avec une culpabilité excessive, il faut que tu répares, simplement. Fais ce qui te semble utile et même nécessaire.

– Et je fais ça comment ?

– Contente-toi de te mettre à leur place, trouve comment, toi, tu accepterais de pardonner et ensuite fais-le. Enfin, c'est comme ça que je ferais, moi. Après, je te dis, ce ne sont que des conseils. Tu fais ce que tu veux. Tu peux aussi rester là à te morfondre, ce qui ne sert clairement pas à grand-chose. Enfin, moi, ce que j'en dis…

Ouais, OK, c'est pas faux. Accepter mes conneries comme une fatalité, c'est un peu lâche, en fait… La vache, je suis un lâche… Les boules. Elle est très forte, elle titille clairement mon ego… Et ça marche trop bien. Surtout venant d'elle… Si je veux valoir quelque chose à ses yeux, il serait intéressant de valoir déjà quelque chose en réalité… Et c'est clair que chialer dans mon pieu sur mes bassesses n'est pas ce que j'appellerais « valoir quelque chose ». Non, si je dépense mon énergie juste pour faire des conneries et me sens désarmé dès que la connerie est faite, c'est vraiment un mauvais calcul… Je réitère, elle est balaise. Normal, c'est Divya.

Elle hausse les épaules devant mon mutisme.

– C'est toi qui décides. Mais sache que tout ça, la culpabilité, les remords… ça te détruit ton énergie. Au lieu de l'utiliser à bon escient, tu la gâches et, du coup, tout ce que tu fais derrière est déjà bancal avant même que tu ne l'aies réellement commencé. Et j'ajouterais, dans ton cas, en plus de détruire ton énergie, ça te détruit toi-même.

Elle descend ses doigts sur mes mains toujours plongées dans le sable, puis y pose ses paumes. Une douce chaleur irradie ce contact.

– Et tu sais… je suis là. Je t'aiderai à garder confiance. Le temps que tu n'aies plus besoin de guide.

Je pose mes yeux dans les siens.

– J'aurai toujours besoin de toi, Divya… J'ai l'impression que, dès que tu t'éloignes, tout est bancal. Quand je t'ai vue devant ma porte… J'étais aimanté… Je ne pouvais rien faire d'autre que de me ruer sur toi…

Elle me sourit.

– C'est un autre sujet, celui-là… Plus en rapport avec les sentiments. Et j'en suis tout aussi victime que toi… Mais dans ce domaine, je ne suis pas une experte…

Je détaille son beau visage. Ses yeux magnifiques et profonds, ses lèvres qui m'hypnotisent, son petit nez fin, cet esprit beau et pur qui se cache derrière cette magnifique parure qui rayonne à travers ses traits parfaits… Et tout ça, c'est pour moi. C'est de mon côté. Je n'ai pas à me battre pour le gagner, juste lui rendre hommage et le mériter. Vis-à-vis d'elle aussi, je dois réparer des choses. Mais pour cela, je naviguerai seul. Je compte bien passer ma vie, s'il le faut, à faire le bien, pour avoir le droit de briller à ses yeux.

– Merci, Divya. Viens là, je veux te faire un câlin…

Elle sourit et se love contre moi. Je retire mes mains du sable et l'enlace. Je plonge mon nez dans ses cheveux et la presse contre moi. Mon plus beau cadeau du ciel. Mon idéal. Cet astre dans la nuit. Je ne me suis jamais senti autant en phase avec quelqu'un et, en même temps, aussi déboussolé. C'est troublant. Elle se retourne et s'assied dos à moi en enfourchant mes cuisses, la tête posée sur mon épaule. J'annonce le retour imminent du grand cocotier…

Elle prend mes mains entre ses doigts et, cette fois, plaque ses paumes contre les miennes. Sans prévenir. Une chaleur monte le long de mes bras, m'étourdit le cerveau, me plonge dans une félicité impressionnante. Je vois la lumière en elle, je la sens en moi. Je crois que je gémis de bonheur. J'avais presque oublié cette sensation. Pour moi, Divya est une personne normale. Elle a juste des petits diamants rares et inestimables en elle.

Sa chaleur m'enivre. Je resserre mes doigts sur ses mains pour ne plus jamais sortir de ce bien-être. Puis je me souviens. Les avertissements de Lochan. Divya affaiblie la première fois qu'elle m'a touché, la faiblesse que m'a racontée Lochan après l'épisode du taxi. Sa mère qui a perdu la tête. Je retire mes mains des siennes aussitôt et l'enlace.

– Pardon, Divya, ça va ?

Elle hoche la tête.

– Tu sais quoi ?

– Non?

– Tu n'es plus aussi vide de lumière que la première fois. Et moins au fond du gouffre. C'est pas la fête non plus, mais ça va… Tu vois, ça commence déjà à changer…

– C'est uniquement grâce à toi… Depuis que je te connais, j'ai l'esprit occupé par plein de choses et j'avoue que je pense beaucoup moins à mon existence affligeante.

Elle pose ses mains sur mes bracelets…

– Ce n'est pas grâce à moi. C'est toi qui fais tout le boulot. Toi qui te laisses toucher par de nouvelles perceptions, toi qui essayes de voir autre chose. Il faut juste que tu répares tout ce qui est cassé en toi et ta lumière sera magnifique. Et nous pourrons nous tenir la main, sans mitaines, parce que, si nos lumières sont égales, tu ne risqueras plus de me piquer la mienne! Tu auras bien assez à faire avec la tienne!

– Ah oui? Ça marche comme ça?

– Oui… Tout tend toujours à l'équilibre dans l'Univers. Donc si tu mets une personne avec de la lumière et une autre qui en est dénuée en contact, forcément, à un moment donné, la grisaille du second attaquera la lumière du premier. Et pas besoin d'avoir des dons pour ça. Tu n'as jamais eu un ami super noir qui te raconte ses problèmes sans avoir envie de les résoudre? Juste pour vomir sa noirceur et se plaindre? Et toi, tu l'écoutes pendant des heures et, à force, il te fout le cafard? Et lui, en revanche, il repart de chez toi, il est content. Il a parlé et t'a piqué un peu de joie de vivre. Et toi, ben, tu finis ta journée sur le canapé en mangeant du cassoulet froid et en te disant qu'en réalité la vie est merdique…

– Oui, je connais ce genre de personnes. Il me semble même en faire partie.

– Oui, un peu, sans te manquer de respect. Mais si tu comprends un minimum tout ça, tu feras partie de ceux qui ont de l'énergie à revendre… Tu as ça en toi… Une très belle lumière… Donc, bref, tout ça pour te dire que quand tu seras équilibré, tu ne seras plus dangereux pour moi… Et donc…

– Et donc, ce sera parfait…

Elle sourit.

– Voilà. Parfait.

Je tourne la tête et la plonge dans son cou.

– Alors je vais m'atteler à cette tâche… Je ne trouverai jamais de meilleure raison que celle-là… Bon, maintenant, tu as tout dit?

– Oui… Je crois que oui, pourquoi?

– Pour ça.

Je passe un index sous son menton et tourne son visage vers moi. Les yeux fermés, je goûte ses lèvres. Leur douceur m'impressionne à chaque fois. Elle passe une main sur ma joue et se tourne davantage. J'adore l'embrasser. J'ai l'impression d'être le plus chanceux de cette planète. Surtout lorsqu'elle frémit dès que ma main se pose sur son ventre. Surtout lorsque nous partons dans notre nouvel univers, tout neuf, dans lequel je me sens déjà tellement bien. Elle pivote contre moi, nous nous enroulons l'un à l'autre, glissons sur le sable et ne faisons plus qu'un. Mon cœur fait des drôles de trucs et je suis perdu. Cette femme me chamboule à plus d'un titre. Avec elle dans ma vie, je crois que je vais avoir besoin de beaucoup, beaucoup d'arbres pour garder les pieds sur terre parce que je suis déjà en train de m'envoler.

Je reste adossé contre cet arbre un bon moment, Divya dans les bras, à réfléchir à tout ce qu'elle m'a dit, j'envisage, ébauche des idées pour les Heaven and Hell, m'offre une introspection en règle quant à beaucoup de choses de ma vie. J'évite juste Benny et mes parents. Je ne suis pas prêt. Elle, elle reste silencieuse, à regarder la lune, à me caresser les mains, les bras, à m'embrasser le cou… Nous oublions presque de manger, mais c'est un estomac sur pattes, donc elle me rappelle à l'ordre. Puis nous reprenons la dernière navette. Je me sens bien. Rien à voir avec le mec qui lui a ouvert sa porte il y a quelques heures. L'effet arbre ? L'effet Divya ? Le mélange d'un peu de tout, sans doute.

31

Divya

« I cry out to God,
Seeking only His decision,
Gabriel stands and confirms,
I've created my own prison. »[1]

Ma première nuit dans les bras d'un homme. Ça s'est pas mal passé, ma foi… Qu'est-ce que je raconte… Je suis tellement bien que je n'ai presque pas dormi. Je suis restée une bonne partie de la nuit à le regarder. Totalement hypnotisée par ce corps si grand, si solide, si serré contre le mien. Pourquoi mon cœur bat-il à ce point pour lui ? Nous sommes tellement différents. Ai-je vraiment besoin d'analyser l'histoire ? Non. Il est là, je suis heureuse, je pense que ce constat suffit amplement. Je caresse son bras posé sur ma poitrine. J'adore ses tatouages. J'adore sa sensibilité. J'adore ce qu'il cache au fond de lui. Mais ce que j'adore beaucoup moins, c'est ce qui se cache sous ce cuir. Je laisse aller mes doigts sur ce bracelet qui m'agace, il faut bien le dire. J'aimerais comprendre.

1. « Je pousse un cri vers Dieu / Recherche seulement sa décision / Gabriel se lève et confirme / Que j'ai créé ma propre prison », « My Own Prison », Creed. Crédits : Mark Tremonti / Scott Stapp.

– Tu ne lâches jamais l'affaire, pas vrai ?

Je sursaute en tournant la tête vers lui. Le visage enfoncé dans l'oreiller, ses yeux verts brillent dans la pénombre. Il me fixe, sans bouger, encore endormi. Puis me sourit. Il soupire, sans bouger son bras pour autant. Je retire mes doigts et les range sagement et légèrement honteuse sous la couette. Il reprend doucement :

– Tu as dit hier « une chose après l'autre ». Laisse-moi le temps. Et ce n'est pas si important.

Il me fait pivoter et s'installe contre mon dos en m'enlaçant.

– Nous avons tout notre temps. OK ?

Je hoche la tête. Il continue en me massant le ventre langoureusement.

– Mon emploi du temps est bien assez chargé pour aujourd'hui.

– Ah oui ?

– Mmm.

Je me tortille sous ses doigts qui commencent déjà à me faire hoqueter d'envie alors qu'ils s'aventurent uniquement autour de mon nombril. Et, moi, j'en suis déjà à les imaginer descendre ou monter, peu importe, je ne serai pas regardante. Je suis vraiment une perverse ! Il passe sa jambe non tatouée entre les miennes. Ah ! Intéressant. Je déglutis en prenant un air détaché.

– Et… Quels sont tes projets ?

Sa jambe remonte doucement entre mes cuisses.

– Oh, plein de choses. J'ai réfléchi, cette nuit.

– Ah ? Et donc ?

Ses mains dessinent de petits cercles de plus en plus larges autour de mon nombril, descendant toujours un peu plus bas. Il prend son temps et me parle d'un ton indolent.

– Il faut tout d'abord que j'aille voir Kyle. Puis Deaclan. Et Luis. Avant de réunir le groupe et Mike.

Sa cuisse bouge imperceptiblement et se rapproche de mon

entrejambe. Elle glisse d'avant en arrière, au rythme de son bassin. Il faut vraiment qu'on continue cette conversation? Oui, apparemment…

– Ensuite, si tout va bien, il faut que je discute avec tes potes.

– Mmm mmm…

– Ce qui fait, tu le comprendras, je pense, que je ne peux pas m'attarder dans une discussion avec toi… Le temps m'est compté.

Ses doigts chatouillent le bas de mon ventre.

– Oui, je comprends bien.

Je me cambre malgré moi. J'ai mal aux seins, j'ai envie qu'il les touche, ou moi au pire, enfin qu'il se passe quelque chose, quoi! Mais il n'a pas le temps, à première vue…

– Je vais aller prendre une douche…

– Oui…

Sa cuisse se plaque contre mon entrejambe. Je gémis discrètement. Enfin, j'espère que c'est discret.

– Ah, j'oubliais un truc important dans le planning…

Ses doigts titillent ma peau, c'est insupportable…

Mais active, si t'as pas le temps!

À moins que le truc important, ce ne soit moi… Oui, c'est forcément ça.

– Je dois aller trouver la réception pour qu'ils prévoient un vrai nettoyage dans ma cabine.

– Ah oui…

Sa cuisse coulisse entre les miennes.

– Enfin, tout ça, après t'avoir fait l'amour si tu me l'autorises!

– Oh, putain, oui!

Oups! J'ai réellement dit ça tout haut? Merde! Il éclate de rire. Oui, j'ai bien hurlé cette phrase. Je rougis. Merci l'obscurité de m'épargner cette honte supplémentaire. Il m'attire davantage contre lui en frottant son corps au mien avec volupté.

– J'ai l'impression que tu es d'accord avec mon planning.

Sa main plonge entre mes cuisses.

– Oui, ça me paraît pas mal, en effet.

– Pas mal?

Il tire doucement sur mes cheveux de sa main libre et dévore mon cou.

– Je t'en foutrais, des « pas mal »… On va essayer de faire mieux que ça, quand même…

– Ah oui?

– Oui. Je vise au moins le cataclysmique… Je ne suis pas trop réveillé encore.

Ses doigts s'enfilent en moi. Je pousse un petit cri de surprise. Sa cuisse ordonne à la mienne de se soulever. Il colle son pénis entre mes fesses. Je déglutis.

– Ah, ben oui, forcément.

Je dis n'importe quoi.

Divya, ferme-la, s'il te plaît. Préserve le peu de dignité qu'il te reste, pour l'amour de Dieu.

Il ricane en continuant sa dégustation de mon cou.

– Voilà. Forcément. On va dire ça.

Il me recouvre de son corps et se laisse glisser le long de ma hanche… Putain, il fait horriblement chaud dans cette chambre.

On frappe à la porte.

Non, non, noooon!

Il grogne.

– Tu attends quelqu'un?

– Non. Ce doit être une erreur.

– DIV! Ouvre, c'est Lochan!

Ah, ben non, ce n'est pas une erreur. Maël se fige sur moi, la main entre mes cuisses, ses doigts encore en moi. Il chuchote:

– Bon, là, je crois qu'on est clairement dans la merde.

Ah oui, aussi. Mon frère frappe brutalement à la porte une nouvelle fois.

– Euh… Attends. Il faut que je réponde, c'est pas normal. Il est encore tôt, d'habitude il dort à cette heure-là.

Il fait aller et venir ses doigts en moi.

– Je comprends bien.

Je me cambre en retenant un soupir de plaisir.

– C'est absolument abominable ce que tu fais, Maël!

Il sourit malicieusement.

– Oui, je sais.

Il enfonce un doigt supplémentaire dans mon intimité et son pouce vient frotter mon clitoris.

Je m'accroche à son épaule, j'ai la tête qui commence à perdre l'équilibre.

– Ma… ël… Arrête ça tout de suite…

Mon corps lui ordonne l'inverse. Je me dandine honteusement d'envie contre sa main. Mon frère commence à s'énerver.

– Divya, je sais que tu es là! Ouvre-moi, c'est urgent.

Maël accélère ses caresses et son corps ondule davantage, plus vite, plus urgemment. Sa voix est horriblement sensuelle.

– Ça a l'air urgent, on dirait. Merde! Il vaudrait mieux qu'on ouvre, non?

Je retiens un rire nerveux alors qu'il prend un téton entre ses lèvres en ondulant contre moi. Lochan, je suis vraiment, mais alors vraiment désolée, mais je crois que je ne suis pas dans ma chambre, après réflexion. Je caresse la nouvelle coupe de cheveux de Maël, qui lui va trop bien, il grogne doucement en attrapant la couette pour nous recouvrir totalement, puis écarte davantage mes cuisses avant de reprendre son occupation du moment.

Maël redresse la tête en levant les yeux au ciel. Il murmure:

– Il serait pas du genre un peu collant?

– Il est du genre super protecteur.

– Super casse-couilles, oui!

Je laisse échapper un rire que je tente d'étouffer aussitôt. Mon frère commence clairement à perdre patience.

– OK, très bien… J'appelle Maël, alors, il sait peut-être où tu es, lui… Et si c'est le cas, je risque de ne pas trouver ça très drôle, d'ailleurs.

Maël s'affole et retire la couette qui nous recouvrait en chuchotant.

– Putain, merde, merde! Mon téléphone!

Il se redresse et s'allonge sur le matelas pour attraper son jean au pied du lit. Il fouille ses poches rapidement.

– Bordel de merde! Il est pas dans mon jean, Div! Je l'ai mis où?

J'essaye de me souvenir en riant sans bruit. La situation risque d'être beaucoup moins drôle dans quelques minutes, mais c'est nerveux. Maël essaye de me raisonner.

– Div, il va nous faire chier s'il me trouve là!

– Bon, OK.

J'essaye de prendre un ton endormi.

– LOCHAN?

– T'es là, Div? Mais putain, pourquoi tu réponds pas?

– Je dormais, figure-toi.

– Ouvre-moi!

– Oui, tout de suite, attends!

Maël rampe au pied du lit, un peu dans le style d'une loutre qui glisse de la banquise vers la mer. J'éclate de rire, il se retourne en me fusillant du regard avant de retenir un rire à son tour. Il se relève, attrape ses fringues et retrouve son téléphone sur le bureau, puis les jette dans la salle de bains.

– Quoi qu'il arrive, il ne rentre pas là-dedans, OK?

J'acquiesce en essayant de reprendre mon sérieux. Il me fait un clin d'œil, m'envoie un baiser et s'enferme.

– J'arrive, Lochan.

J'attrape ma robe de la veille, ma nuisette est je ne sais trop où… C'est le bordel dans cette chambre. Mon sac est renversé par terre, mon haut de bikini accroché en équilibre sur le coin du bureau, mes tongs au milieu du couloir et mon bas de maillot… Très bonne question… Pas grave ! Je ne vais pas le faire entrer, de toute manière. Je compte bien expédier l'entrevue à la vitesse de la lumière.

J'ouvre à Lochan qui pénètre dans ma chambre d'un air excédé. Bon, ben voilà ! Ses yeux sont noirs et ses traits tirés. Il s'arrête au milieu de la pièce en l'examinant.

– Putain, il s'est passé quoi dans cette chambre ?

Je vais ouvrir les rideaux et la fenêtre par la même occasion.

– Lochan, si tu viens frapper à ma porte pour faire ton enquête et me gonfler avec tes questions, je te préviens tout de suite, tu peux repartir et…

Mes yeux se fixent derrière lui. J'ai retrouvé ma culotte de maillot. Elle pend au cadre du miroir accroché au mur. À au moins deux mètres du sol. Mais comment Maël s'y est-il pris pour… Lochan scrute mes yeux.

– Et… ?

Je hausse les épaules en réfléchissant à la manière de l'enlever avant qu'il ne se retourne. Parce que ça va bien finir par arriver, ne serait-ce que pour sortir, il va passer devant ce miroir. En attendant, j'essaye de garder son attention sur moi. Je croise les bras sur ma poitrine.

– Et rien. Bon, qu'est-ce que tu voulais ? J'irais bien me recoucher, moi.

Il se dirige vers mon lit… pour s'y asseoir, vraisemblablement. Donc il se tourne vers le miroir. Je me précipite vers ce dernier, exécute un saut de cabri digne d'une danseuse étoile à la retraite et attrape ma culotte. Nickel. J'entrouvre la porte de la salle de bains et balance le bikini avant de la refermer. Puis je m'y adosse alors que Lochan m'observe, les sourcils froncés. J'adopte un air détaché.

– Quoi?

Il pince les lèvres.

– Rien. Enfin… Bref, je ne suis pas là pour te faire une énième leçon de morale. Viens t'asseoir, s'il te plaît.

– Pourquoi?

– Divya, je sais qu'on est légèrement en froid mais, là, c'est sérieux. Viens là.

Son air est effectivement inquiétant. Je vais le rejoindre et m'installe contre la tête de lit. J'attrape l'oreiller de Maël et le serre contre ma poitrine. Tout ceci ne me plaît pas vraiment. Il soupire en passant une main dans ses cheveux. Mais reste muet. C'est quoi son délire?

– Bon, Lochy, accouche. Qu'est-ce qui se passe? T'as mis une nana enceinte?

Il paraît choqué.

– Quoi? Mais non!

– Alors t'as chopé une maladie?

– Hein? Mais je ne suis pas stupide, Divya, je me protège!

– Bon, donc tu as un mari jaloux qui t'a menacé de mort?

– N'importe quoi!

– Une nana qui te harcèle?

– Mais non!

– Alors quoi?

Il s'énerve.

– Laisse-moi parler déjà, on avancera plus vite qu'avec ton petit jeu de questions-réponses!

Pas faux. Je ferme ma bouche et attends. Il prend une grande inspiration.

– Tu sais que la clinique de maman connaît mon numéro?

Maman… Mon cœur s'arrête de battre. Il a toute mon attention. Je hoche la tête. Il reprend:

– Ils m'ont appelé.

– Et?

Il soupire.

– Et elle a eu… une crise.

Je plisse les yeux.

– Une crise? Comment ça?

– Cela fait plusieurs jours qu'elle ne parle que de toi. Elle te réclame.

– Elle me réclame?

Je suis contente quelque part que maman se souvienne qu'elle a une fille. Mais en même temps inquiète de son sursaut de souvenirs. Maman est en mode végétatif ou presque depuis que nous avons quitté la France. Nous appelons régulièrement la clinique où elle est enfermée mais, depuis cinq ans, rien n'a évolué. Ni en bien ni en mal. Alors le fait qu'elle me réclame… je ne sais pas comment je dois le prendre. Il m'explique.

– Elle est devenue hystérique une nuit et depuis elle ne prononce que ton nom. Ils la mettent sous calmants, elle est plus sereine mais elle t'appelle toujours. Il faut que nous allions la voir.

Je hoche la tête. Retourner en France. Je n'y ai pas mis les pieds depuis une éternité. J'ai envie de la voir mais dans quel état sera-t-elle? Et il y a un autre problème à tout ça.

– Et lui? Il sera là?

Mon frère hausse les épaules.

– J'ai demandé à la clinique de ne pas mentionner notre venue. Mais… s'il a un peu de cœur, il doit y aller souvent, enfin j'espère.

– Et si nous le croisions?

– Tu n'as plus 15 ans, Divya. Et je serai là.

– C'est mon père, Lochy.

– Oui, et c'est également un sacré connard. Je te rappelle qu'il s'est remarié l'année même de notre départ…

Je baisse les yeux.

– Je sais, mais je ne sais pas comment je réagirais si…

– Je serai là, Div. Je ne le laisserai pas t'approcher.

Je ferme les yeux. De toute manière, il ne me fait que moyennement peur. C'est plutôt maman qui m'inquiète.

– Et sinon tu en sais plus sur maman ? Elle est en forme ?

– Oui, à part cette crise, tout va bien. Mais… je le sens mal, Div, je ne vais pas te le cacher. Je t'ai promis il y a cinq ans que tu la reverrais. Je crois que c'est le moment.

– D'accord.

– Parfait. Je vais réserver un vol Miami-Paris. Nous partons dès que le bateau accoste. Dans deux jours. Ça te va ?

– Très bien.

Il se rapproche de moi et me prend dans ses bras. Je suis en pause. Je ne ressens rien. Mon cerveau n'assimile pas. Mon corps se laisse aller contre lui.

– Ça va aller, Divya.

– Si tu le dis.

– Je te le promets.

– D'accord.

Je ne sais plus dire que ça. Ces deux jours vont être longs, c'est une certitude.

– Et on ne peut pas partir plus tôt ?

– Nous sommes en pleine mer, c'est compliqué, et j'ai deux ou trois trucs en cours…

Je m'étrangle d'indignation.

– QUOI ? Maman a besoin de nous voir et tu as deux ou trois trucs en cours à finir avant ?

Il attrape mes épaules et plonge ses yeux dans les miens.

– Divya, je viens de te dire qu'elle va bien. Il n'y a pas d'urgence pour deux jours. Simplement, il faut que tu la voies parce que c'est le moment. Et je t'ai dit que nous sommes en pleine mer… On ne va pas se taper plus de huit cents miles sur un Zodiac ! On va attendre simplement, ne pas perdre de temps mais ne pas s'affoler non plus, d'accord ? Fais-moi confiance.

Je me jette contre lui pour me blottir dans ses bras. Il embrasse mes cheveux doucement.

– Tu es rassurée ?

– Oui. On fera comme tu penses, si tu dis que ça ira, alors ça ira.

Lochan est clairvoyant, lui aussi. Et quand il veut bien se donner la peine de se concentrer, ce qui est de plus en plus rare, il voit très clairement. Et il a cette connexion avec maman. Depuis toujours. Donc, s'il dit que nous pouvons patienter deux jours, c'est que c'est le cas.

Son aura change imperceptiblement. Collée contre lui, je ressens une sorte de colère contenue l'envahir. Je me redresse pour lui faire face.

– Quoi ?

Il serre les dents.

– Tu étais toute seule cette nuit ?

Je ne sais pas mentir à mon frère. C'est une malédiction, ce truc. J'applique donc mon droit de veto.

– Je ne vois pas en quoi ça te regarde.

– Donc la réponse est non. Sinon tu me le dirais sans problème. C'est Maël ?

– Je ne vois pas pourquoi tu dis ça.

– Tes cheveux ne sentent pas comme d'habitude. Tu sens le mec… et d'autres trucs que je m'efforce de ne pas reconnaître pour ne pas tout défoncer sur ce bateau. C'est Maël ?

– Lochan, nous en avons assez parlé, il me semble, et ma vie privée est, par définition, privée, justement. Donc pas tes affaires. Je ne parlerai certainement pas de mes activités nocturnes avec toi. Et je te rappelle que tu n'es pas vraiment en position de ramener ta tronche, en ce moment!

– Écoute-moi bien, petite sœur, tu as fait ton speech hier et tu t'es barrée. Sans écouter ce que moi j'avais à te dire. Alors je vais te le dire maintenant. Oui, j'ai été un connard. Oui, je regrette certaines choses. Mais malgré tout ce que tu me reproches à juste titre, il y a une chose, une seule, que tu dois comprendre. C'est que même si je t'énerve plus que tout, même si tu ne peux plus me voir en peinture, même si tu as envie de me tuer dès qu'on se croise, je reste ton frère. Et j'ai promis à maman de m'occuper de toi. Même si elle n'avait plus toute sa tête, ce jour-là, je lui ai promis. Et je m'y tiendrai. Donc, pour le moment, ton Maël n'est pas net, il est bancal, je ne te laisserai donc pas faire n'importe quoi. Que ça te plaise ou non!

Je croise les bras sur ma poitrine.

– Eh bien tu as raison, ça ne me plaît pas! Et puis, si tu veux arranger les choses, déjà entre nous, avant de jouer au frère protecteur et à la dévotion hors pair, je te conseille de réparer tes erreurs auprès de Magnus, déjà! Sinon je cafte tout à maman dès que je la vois!

Il écarquille les yeux.

– Div, tu as perdu dix ans en dix secondes ou quoi?

– Non! Mais je sais qu'elle ne validerait pas ton comportement si elle était au courant. Tu veux qu'on essaye?

Il reste muet. Touché! Nous avons toujours eu ce petit doute à propos de maman. Simule-t-elle pour qu'on la laisse tranquille? Par paresse? Ou a-t-elle perdu la tête, réellement? Je continue:

– Et donc, vu qu'en plus tu as fait du mal à Maël également, il va falloir que tu te rachètes auprès de lui aussi. Et pourquoi pas l'aider à se racheter lui-même, d'ailleurs? Et ensuite, seulement ensuite, nous reparlerons de son aura et de ce que tu crois voir en lui. On est bien d'accord? Tu n'es pas en position de jouer le tyran, Lochan, mets-toi bien ça dans la tête!

Il pince les lèvres. Embrasse mon front. Se relève en soupirant.

– Très bien, tête de mule. On se voit plus tard.

Il traverse la chambre. S'arrête devant la porte de la salle de bains. Plisse les yeux un moment. Mon cœur accélère. Il frappe la porte du poing.

– T'as entendu, quand tu seras présentable, bipe-moi.

Puis il sort de la chambre en grommelant.

***

Maël sort de la salle de bains et se précipite vers moi.

– Ça va, p'tite fée?

Est-ce que je vais bien? Je ne sais pas. Mon esprit est brouillé. J'ai juste besoin d'aller retrouver maman maintenant que je sais qu'elle a besoin de me voir. J'essaye de me persuader que tout va bien. Lochan avait l'air embarrassé, mais il a jugé raisonnable de finir cette croisière avant de retourner en France. Et il sait ce qu'il fait. Donc je m'en remets à sa décision, ce qui ne m'empêche pas de me faire du souci.

Maël s'assied sur le bord du lit et me prend dans ses bras. Je me love contre lui.

– Elle est vraiment malade, ta maman? Tu veux en parler?

C'est vrai qu'il ne sait pas grand-chose sur moi. Au même titre que je ne sais presque rien sur lui.

– Elle a perdu la raison. Elle a trop poussé son « don ». Parce qu'elle voulait faire plaisir à mon père. Elle est internée dans une clinique pour malades psychiatriques. Depuis six ans. Elle s'est enfermée dans le silence et dans l'inertie. Lochan et moi nourrissons un doute sur son état réel. Il n'est pas impossible qu'elle ait fait tout simplement un trop-plein d'activité et qu'elle se soit refermée volontairement pour pouvoir s'écarter du monde et de sa folie. Elle n'a jamais laissé paraître de signes dans ce sens mais… c'est un pressentiment. Elle est très forte pour brouiller les pistes.

Ses mains me caressent le dos.

– Elle a les mêmes dons que toi ?

– Oui, en un peu plus poussés. Enfin, elle maîtrise mieux.

Il embrasse mes cheveux.

– Elle te manque ? Tu n'en parles jamais ?

Je hausse les épaules.

– Oui et non. Elle est toujours en moi d'une certaine manière. Et puis elle a perdu l'esprit. Et, même si c'est de la simulation, elle n'a pas jugé bon de me faire un signe pour m'informer qu'elle était là quand même. Et puis c'est elle qui a demandé à Lochan de m'emmener à L.A. C'est donc sa décision. Ou la fatalité. Elle me manquait bien avant que je parte, elle était déjà internée. Ici ou en France, ça ne change pas grand-chose. Mais parfois… ça fait mal.

– Et ton père ?

Je m'esclaffe ironiquement.

– Monsieur Rives ? Un beau mec. Un très beau mec. Un gigolo. Il a séduit ma mère, je ne comprends d'ailleurs pas comment elle a pu tomber dans ses filets, elle aurait dû le voir arriver à des kilomètres. Mais non. Il l'a convaincue de mettre ses dons au profit de célébrités contre des sommes importantes, il l'a traitée comme un animal de cirque. Jusqu'à ce qu'elle craque. Et après, il s'est trouvé une femme riche pour survivre. Et une autre aux dernières nouvelles. Parce qu'il rechigne à bosser. Et je crois bien qu'il en est tout bonnement incapable.

– Un connard, en quelque sorte.

– Oui. Mais c'est mon père malgré tout. Lochan ne veut pas que je me retrouve face à lui parce qu'il dit que je me laisserais berner. J'ai beau lui dire que non, il ne me fait pas confiance à ce niveau. C'est pour ça qu'il m'a emmenée si loin de lui. Il ne veut pas que j'aie pitié et que je retombe dans ses pattes. Et je ne veux pas non plus. Alors nous ne l'appelons jamais. Et nous ne sommes jamais revenus en France depuis notre départ, il y a cinq ans. C'est Lochan qui s'est occupé de tout. C'est pour ça qu'il est ainsi avec moi. Il a pris l'habitude et je ne peux pas réellement lui en vouloir pour ça.

– Je comprends.

Il reste silencieux un moment. Puis il se confie comme s'il se parlait à lui-même.

– Mes parents à moi sont merveilleux. Je suis leur seul fils.

Je pose ma main sur sa cuisse. Il entrelace ses doigts aux miens.

– Mon père est pasteur à St Léon. C'est grâce à lui que je pratique le piano. Je jouais pour la messe du dimanche matin. Ce sont des gens bien. Tout le monde les adore dans ma ville. Ils sont respectables et respectés. Ils me manquent. Souvent, j'ai envie de les appeler et de leur raconter ma vie.

Je resserre mes doigts dans sa main.

– Alors pourquoi tu ne le fais pas?

Il ne répond pas. J'attends quelques instants puis lui pose une autre question.

– Tu ne veux pas en parler?

Il soupire lourdement en posant la tête contre le mur derrière nous.

– Parce que c'est compliqué. Parce qu'il y aurait trop à dire. Et parce que, au bout du compte, il n'y a rien à dire. Je suis parti, c'est tout. J'ai facilité la vie de tout le monde et basta. Expliquer, discuter, s'engueuler… Est-ce que c'est vraiment nécessaire?

– Mais… Si ce sont des gens bien comme tu dis, ils doivent avoir envie de te voir, non?

– Ils voient Mira. C'est un peu de moi d'une certaine manière. Et c'est beaucoup mieux que moi. Tu peux me croire.

– Je ne comprends pas…

Il se recroqueville contre moi, la tête sur mon épaule.

– Je sais. Et j'aimerais que tu n'en comprennes pas plus. Je voulais juste que tu saches que tu n'es pas la seule loin de tes parents et que je te comprends. Alors… si tu as besoin, surtout n'hésite pas. Je suis là, OK?

Je l'enlace.

– OK. Merci…

– C'est rien… On va avoir un truc beaucoup moins simple à gérer, je crois… Ton frère n'a pas l'air prêt à me laisser tranquille. Il va falloir que je lui présente ma manière de penser.

– Pas de combat, hein?

Il s'esclaffe.

– Non, mais pour qui tu me prends?

– Pour un type qui a tout un tas de tatouages agressifs sur sa peau…

– Ah! Tu as maté mes tatouages, alors? Lequel tu préfères? Et il n'y a pas que des machins agressifs… Attends, je crois même que je m'étais fait faire une licorne quelque part… Dans le dos, je crois…

– Une licorne?

Il me lâche et me montre son dos.

– Ouais. Avec Deadpool à califourchon dessus… Regarde le bas du dos, je crois qu'il est par là…

Il désigne le bas de son dos. Effectivement, il est bien là. Deadpool sur une licorne. J'éclate de rire.

– Mais pourquoi tu t'es fait faire un truc pareil?

Il s'allonge sur le lit et tire sur mes cuisses pour que je fasse de même. Je me laisse glisser le long de son corps parfait.

– J'avais rendez-vous pour un tatouage. Je voulais faire une énième tête de mort. J'étais un peu con à l'époque mais surtout pas très original. J'étais en route pour mon rendez-vous quand mon tatoueur m'a appelé pour le repousser de deux heures. Il y avait un ciné pas loin qui passait *Deadpool*. Et j'ai vu une licorne dans le film et voilà… Bon, j'étais un peu stone. Sur le moment, j'ai trouvé l'idée géniale.

– Et maintenant ?

– Encore plus géniale… Enfin, j'ai fait bien pire… des trucs que j'assume pas du tout…

– Quel genre ?

– Tu ne veux pas le savoir.

– Oh que si !

Il éclate de rire.

– Ben non !

Je roule sur lui.

– Si ! Allez, juste un !

Il éclate de rire et soulève son bras.

– Tu vois, là ?

Et c'est parti pour la visite guidée du corps de Maël Jones. Elle dure une bonne demi-heure. Mes doigts le parcourent, mes yeux le détaillent, puis mes lèvres l'embrassent. Puis il reprend là où nous en étions arrêtés avant l'arrivée de Lochan… Voilà, voilà…

32

Divya

« Tes yeux sont si profonds que j'y perds la mémoire. »[1]

Les Heaven and Hell jouent comme des gosses à une sorte de water-polo. Des filles sur les épaules, ils accaparent toute la piscine avec d'autres vacanciers. Beth fait partie du lot, bien entendu, juchée sur les épaules de Magnus. Ils ne cessent de se chamailler parce que son frère va toujours dans le sens inverse de celui que Beth lui montre. Parfait spectacle qui me divertit à peu près alors que maman occupe la plupart de mes pensées. Je me sens nulle et indigne d'elle. Lochan dirait que jusqu'à présent elle n'avait pas besoin de moi à ses côtés et que c'est elle qui a décidé mon éloignement. Pas besoin d'être proches physiquement pour aimer les gens. Oui, parfait, très bien mais quand même. Et puis, je me demande en plus pourquoi elle me réclame tout à coup, et ça m'angoisse. J'espère qu'elle ne souffre de rien, que tout va revenir dans l'ordre dès que je serai à son chevet.

Je ne sais même pas si je reviendrai à L.A. après cette visite. Ma place est auprès d'elle. L'appel de la famille, c'est important. Et elle me manque… J'en suis chamboulée. Alors que Maël entre

1. Louis Aragon, *Les Yeux d'Elsa*, 1942.

dans ma vie, alors que j'ai fait des demandes pour suivre un cursus universitaire qui me plaît et que j'ai l'impression qu'une nouvelle vie s'ouvre à moi… Mais à part Lochan, en cinq ans, je n'ai pas créé de vrais liens ici… Et je connais Maël depuis si peu de temps… Est-ce que tout ceci mènera quelque part? Est-il sérieux? A-t-il vraiment envie de se battre contre ses démons? Il y a trop de questions non résolues et si peu de temps écoulé entre nous. Mes études, je peux les faire en France. Lochan n'a pas besoin de moi pour vivre. Mais Maman, peut-être. Et Maël… Maël… J'en suis tombée amoureuse, c'est une certitude, et j'avoue que ça me fait peur. Il a une fille. Il ne voit plus ses parents. Et je suis persuadée que ce n'est qu'une petite partie de l'iceberg. Suis-je le Titanic ou pas, en définitive? Vais-je couler sous l'impact fracassant de cette rencontre? Lochan me met tellement en garde que ça laisse perplexe quand même. Il en est même arrivé à faire des choses dans mon dos pour m'éloigner de lui.

Bref, tout ça m'agace. Je verrai bien. Cependant, même si je décide de vivre mes derniers jours sur ce bateau du mieux possible, mon cerveau fera ce qu'il voudra, de toute manière, et je vais devoir gérer avec ça.

Beth sort de la piscine en pestant.

– Div baby, va prendre ma place, j'en ai marre de ce frère, il est nul en stratégie. Je jette l'éponge.

Elle scrute mon visage.

– Oh, mais dis donc, toi, c'est quoi cette tête? Je croyais que tout était arrangé avec ton bourreau des cœurs?

Je hausse les épaules.

– Oui, tout va très bien de ce côté, je te remercie.

Je ne lui ai pas parlé de maman. Je ne sais pas quoi dire et en plus elle ne sait pas que j'ai une hypersensibilité, donc… je n'ai pas envie de rentrer dans les détails.

Elle scrute les abords de la piscine.

– Il est où, d'ailleurs? Si tout va bien, pourquoi es-tu là à gober les mouches?

– Il avait des choses à faire.

Cela fait au moins quatre heures qu'il a quitté ma chambre et j'avoue qu'il me manque. Mais je prends mon mal en patience. Il avait l'air très motivé en partant, je suis presque impatiente de savoir ce qu'il a fait en définitive. Beth soupire, les yeux rivés vers le bar de la piscine.

– Ah, ben quand on parle du loup… Eh, il a changé de style? Sympa sa coupe, il fait… dangereux comme ça… Putain, même s'il est con, je t'envie, quand même… Oh, mais il est avec ton frère, en plus… Pour ton homme, je serais repartie dans l'eau, tu comprendras que je ne tienne pas particulièrement à me retrouver en sa compagnie. Mais pour Lochan… J'hésite, j'avoue.

La pauvre, si elle savait. Je lui ai bien entendu caché le rôle de Lochan dans l'histoire. J'attends de voir la suite des événements. Qui risque de ne pas tarder à en juger les visages déterminés des deux hommes qui arrivent vers nous. Maël me fait un clin d'œil dans le dos de mon frère mais ne s'approche pas. Lochan s'adresse directement à Beth.

– Hello. Tu peux demander à ton frère de venir deux minutes?

Beth fronce les sourcils.

– Salut. Pourquoi?

– Je préférerais ne pas expliquer la situation plusieurs fois, si possible.

Devant l'air sérieux de mon frère, Beth siffle entre ses doigts, ce qui alerte Magnus qui tourne la tête vers nous. Elle lui fait signe de nous rejoindre.

Pendant ce temps, je dévore Maël des yeux, qui m'adresse un regard lagon absolument incendiaire, les mains dans les poches de son bermuda, son T-shirt bleu ciel faisant ressortir son teint maintenant bien hâlé, mettant en valeur la luminosité vertigineuse de son regard. Lochan lui envoie un coup de coude peu amical dans les côtes.

– Quand t'auras fini ton cirque avec ma sœur, tu te rappelleras la raison de notre présence ici, tête de nœud?

Échange de regards noirs entre les deux hommes. Ils me fatiguent, ces deux-là. Maël se tourne vers Magnus qui se tient devant nous, tout dégoulinant, les bras croisés sur le torse, dévisageant mon homme. Maël se racle la gorge. Je suis au spectacle et j'espère franchement qu'il sera à la hauteur. Il prend la parole.

– Donc, oui… Alors… J'ai vu que vous étiez programmés sur la dernière plage horaire du concert de fin de croisière, demain soir.

Magnus hausse la tête.

– Et donc, tu comptes venir nous applaudir?

Maël grimace.

– Pas exactement. En fait, j'ai demandé quelques modifications dans le planning de la scène.

Beth s'emballe.

– Pardon? Mais de quel droit? Tu ne trouves pas que tu en as assez fait, sérieux? Putain, ça me…

– Vous passez à vingt heures. À la place des Skeletons.

Il coupe la chique à Beth, clairement. Magnus décroise ses bras. Beth écarquille les yeux. Personne ne parle. Maël explique:

– J'ai simplement suggéré à l'organisation de faire passer les Skeletons en fin de festival, pour la clôture. Parce que, de toute manière, notre public veillera et nous attendra jusqu'à l'heure qu'on lui dira. Et du coup, il restait le créneau de vingt heures. Il est pour vous.

Je reste bouche bée. Je considère que c'est un très beau geste. D'après ce que j'ai compris, c'est le meilleur créneau, celui où le public est forcément là, pas encore trop éméché mais bien dans l'ambiance grâce aux premiers groupes ayant déjà chauffé la salle. Mais ça n'a pas dû être simple pour persuader son groupe. J'espère qu'il ne leur a pas fait un truc dans le dos, sinon le problème reste le même. Réparer une offense en en faisant une autre…

Il reprend :

– Et Mike, notre agent… aurait sans doute besoin d'un ou deux nouveaux groupes à gérer d'ici très peu de temps. Il assistera à votre prestation. Donc… Si ça vous intéresse…

Si son agent est au courant, je suppose que le reste du groupe aussi. Beth bégaye.

– Mike… ton Mike ?

Maël confirme d'un signe de tête. Magnus prend le relais.

– Mike. Celui qui a les portes ouvertes partout… Celui qui transforme tous les groupes en stars dès qu'il signe avec eux ?

Maël se retient de rire.

– Oui, enfin, il n'a pas encore signé non plus… Mais en tout cas, il a noté votre groupe et s'est engagé à se pencher sur votre musique. C'est à vous de jouer.

Lochan prend la parole.

– Et c'est pour ça que vous allez me sortir vos culs de la piscine et m'accompagner en salle de répétition. On en a réservé une jusqu'à demain soir, dix-sept heures. Je vais vous aider à border vos morceaux.

Beth fronce les sourcils.

– Et pourquoi tu ferais ça pour nous ?

Mon frère pique son fard.

– Parce que… je n'ai pas été totalement innocent dans… enfin disons que…

Maël le coupe.

– Disons qu'il est encore plus pourri que moi dans cette histoire et qu'il a autant, voire plus, de merde que moi au cul à se faire pardonner. Alors, Beth, je t'en prie, tu m'as foutu une mandale dont je me souviens encore pour me dire ta façon de penser, je pense qu'il en mérite une également… C'est le moment…

Il fait un signe vers Beth en l'invitant du regard à se défouler. J'éclate de rire.

– N'importe quoi !

Mais Beth se dirige vers Lochan et d'un geste le pousse dans la piscine.

– Connard !

Mon frère, surpris, s'étale dans l'eau. Elle s'essuie les mains d'un air satisfait. Maël ricane, satisfait également, puis tourne la tête vers moi. Je croise les bras sur ma poitrine d'un air sérieux. Il s'arrête aussitôt de rire et adopte un air penaud en regardant ses Stan Smith. J'éclate de rire.

Lochan remonte sur le bord de la piscine. Beth, se sentant sans doute un peu coupable, lui tend une main secourable qu'il attrape en lui lançant un regard reconnaissant. Faussement reconnaissant ! Alerte rouge ! J'ai envie de prévenir Beth mais je n'en ai pas le temps. Lochan est revanchard… Trop tard ! Mon frère tire sur sa main et elle fait un vol plané jusqu'au milieu du bassin. Elle refait surface en hurlant, le rattrape avant qu'il ne sorte totalement de l'eau, s'agrippe à son dos pour le ramener dans le bassin et lui faire boire la tasse, il se défend et bla-bla-bla… Nous les observons s'entre-tuer en riant, ou pas… C'est Magnus qui les rappelle à l'ordre alors que Ross et Steeve sont déjà secs et habillés.

– Putain, elle est en train de gagner du terrain, maline la frangine ! BETH ! Quand t'auras fini de faire mumuse avec notre compositeur du jour, on pourra peut-être aller bosser, si tu le permets, bien entendu ?

Elle éclate de rire et lâche le cou de Lochan autour duquel

elle avait enroulé son bras, perchée sur son épaule, sa poitrine opulente en plein dans le nez de mon pauvre frère visiblement inspiré par la proximité des attributs de ma pote. Ses yeux brillent d'une lueur prédatrice… Elle est folle de jouer ainsi avec lui ! Il faut se méfier d'un Lochan en rut, je lui ai pourtant déjà dit ! Mon frère et sa gueule d'ange… Il m'impressionnera toujours…

***

Nous les regardons partir d'un pas excité. Maël s'installe sur un transat libre à côté de moi. Nous avons la même idée, je pense. Nos yeux suivent scrupuleusement Lochan jusqu'à ce qu'il disparaisse à l'intérieur, suivi des Heaven. Ils disparaissent tous… 3, 2, 1… Je saute de mon siège pour aller m'installer entre les jambes de Maël qui a déjà les bras grands ouverts et un sourire radieux aux lèvres. Je me blottis contre son torse, ses mains attrapent mes hanches et m'emprisonnent alors que je fonds sur ses lèvres. Sa langue retrouve la mienne, son corps est bouillant et je sens qu'il bande déjà. Ses bras se referment sur moi et nous plongeons dans notre petit univers insouciant. Il me tient tellement étroitement contre lui, je ne peux plus bouger et ne le souhaite d'ailleurs pas, mon corps se languissait tellement du sien. Et pas uniquement mon corps. C'est terrible. Comment cet homme, tellement bancal au fond de lui, peut-il m'apporter un tel équilibre ? Je ne comprends pas tout mais je m'y laisse glisser avec délectation. Il met fin à notre baiser en haletant.

– Lochan a prévu un planning de malade pour tes potes. Nous sommes tranquilles jusqu'à demain, au moins.

– L'idée vient de toi ?

Il m'adresse un sourire enjoué.

– Sans vouloir me faire briller, oui. Et j'ai même trouvé un truc top à faire avec toutes les photos de bites qu'ils ont récupérées.

Je hausse un sourcil intrigué.

– Ah oui ?

Il hoche la tête, visiblement fier de lui.

– Ouaip ! J'ai demandé à Lochan de faire une chanson qui parle de bites. Et le clip sera simple. On fera un montage photo. Ce qui leur permettra, au cas où Mike ne les signe pas, de pouvoir produire au moins un clip sans trop de frais. J'adore l'idée, je suis presque jaloux !

Je l'observe sourire de satisfaction en regardant au loin.

– Et alors, ça fait quoi de faire du bien aux gens ?

– C'est pas mal, j'avoue. J'espère juste qu'ils ne vont pas merder et qu'ils en foutront plein les oreilles à Mike. Ce serait quand même le mieux pour eux.

Il semble inquiet. Je l'observe un moment jusqu'à ce qu'il reporte son attention sur moi.

– Quoi ? J'ai dit une connerie ?

Je penche la tête, amoureusement. J'adore sa bouille lorsqu'il se demande si c'est cool ou s'il y a un problème. Remarque, j'adore chacune de ses expressions. À chaque fois, il parle à mon cœur directement, sans passer par la case cerveau.

– Non, aucune, au contraire… Mais tu as l'air d'espérer réellement pour Magnus et son groupe…

– Oui, enfin, j'ai l'impression de me voir il y a sept ans… Ils ne vont pas fermer l'œil cette nuit et demain va être insupportable pour eux… Jusqu'à 19 h 59 exactement. Et après ils vont se dire, « et puis merde, on est comme on est, s'il voit rien, l'autre con, tant pis pour lui »… et la suite logique, c'est qu'ils déchirent tout… J'en ai presque une poussée de stress pour eux.

Il me sourit. Encore. Il passe ses doigts dans mon chignon, l'air de rien, le visage détendu contre le dossier du lit de soleil. Puis il tire une de mes mèches doucement, m'obligeant à m'approcher de lui.

– Et tu sais pourquoi je stresse aussi?

Je secoue la tête.

– Non?

– Parce que j'ai pour projet de sortir le grand jeu à la plus jolie p'tite fée de cette coque de noix pour lui proposer la totale.

– La totale?

– Ouaip. Repas en amoureux, juste tous les deux… Puis petit moment sous les étoiles au milieu de la mer… puis après… si elle a aimé sa soirée… j'ai espoir de peut-être lui demander de bien vouloir passer la nuit avec moi… mais je flippe…

– Oh… Pourquoi tu flippes?

– Imagine qu'elle me dise non.

– Et ça te ferait quoi?

J'avoue, je suis un peu curieuse. Il prend un air attristé et tire encore un peu plus sur la mèche jusqu'à ce que nos lèvres s'effleurent.

– Je crois que je ne m'en remettrais jamais. Mon cœur a du mal à battre quand elle est trop loin de moi. Je ne sais pas ce qu'elle m'a fait… Je commence à croire qu'elle m'a jeté un sort. C'est terrible.

Ses yeux me lancent une supplique douloureuse.

– Je ne sais déjà pas comment je vais supporter de la savoir en France pendant plusieurs jours.

Nous restons silencieux. Je ressens la même chose, avec la nuance qui me tourne dans la tête depuis ce matin. Il devient sérieux.

– Tu me promets que tu reviens après.

Je mets un temps à répondre, tellement sa question me surprend.

J'ai l'impression qu'il lit en moi. C'est troublant. Il reprend :

– Je sais que je ne fais pas le poids face à tes parents et ton pays, Divya. Nous ne nous connaissons pas depuis longtemps. Et je fais n'importe quoi la moitié du temps. Je n'ai pas grand-chose à offrir de vraiment brillant à l'heure actuelle. Si je peux plaider malgré tout ma cause… Je bois trop, certaines fois, même beaucoup trop, cependant je ne suis pas alcoolique. J'ai juste besoin de partir quand mon cerveau ne supporte plus. Mais c'est épisodique et, jamais de la vie, une habitude. Pareil pour la drogue, j'ai toujours fait attention à ne pas prendre de trucs qui rendent accro.

Je soupire en reculant légèrement.

– Oui, je sais, ça. Je t'ai observé et j'ai bien vu que tu n'as pas de signe de manque quand tu restes sobre. Mais Maël… Ces moments où tu en as besoin, ils ne disparaîtront pas en claquant des doigts… il y aura des moments où ce sera dur et tu as vraiment beaucoup de choses à régler en toi-même. Et même si je t'ai promis de t'aider, je ne peux pas faire les choses à ta place et…

Il m'interrompt précipitamment.

– Je sais, je sais, p'tite fée, j'ai bien compris ça aussi. Et je suis déjà en train de faire pas mal de choses… Enfin, je ne veux pas te promettre des trucs qui ne sont pas sûrs encore, mais j'ai décidé que certains points de ma vie devaient changer rapidement. Je le fais pour moi et pour personne d'autre. J'attends certaines réponses, demain soir et ensuite… Si ça se passe comme je l'entends, alors… beaucoup de trucs vont changer dans ma vie. Mais crois-moi, ma puce, j'ai compris. Et je ne veux pas que nous soyons séparés. Je veux au moins qu'on essaye…

Ses yeux me supplient alors que ses doigts s'enroulent autour de la ficelle de mon bikini.

– Rouge, aujourd'hui ?

Je hoche la tête.

– Aurais-tu décidé de me faire brûler dans les flammes de ton enfer, petit diable, ou vas-tu accepter cette invitation à dîner?

Je pose doucement mes lèvres sur les siennes. Il soupire de satisfaction.

– Je prends ça pour un oui.

Son téléphone se met à vibrer dans sa poche. Je me décale.

– Réponds, ça me laisse le temps de réfléchir…

Il me lance un regard exaspéré qui m'amuse en sortant son portable.

– Jen! Ça doit être Mira, c'est un appel visio.

Je recule sur ses genoux mais il me retient.

– Reste.

– Mais si c'est ta fille…

Il plonge les yeux dans les miens d'un air déterminé.

– Divya, je te dis que, pour moi, c'est sérieux. À toi de me dire si ça l'est pour toi aussi. Si c'est le cas, je ne le cacherai pas à ma fille. Elle sait déjà si peu de choses de moi…

J'hésite un moment alors qu'il répond. Son visage s'éclaire comme je l'ai rarement vu.

– Hello, trésor, ça va?

Je suis toujours loin de lui. Pas dans le champ de la caméra. Il me jette un coup d'œil nerveux en coin pendant qu'une petite voix se fait entendre.

– Bonjour papa. J'ai appris un nouvel accord. Tu peux me dire si je le fais bien?

– Vas-y, je t'écoute.

Un bruit de guitare, pas très juste, il faut l'admettre, résonne dans les haut-parleurs. Maël singe une grimace.

– Mira, remonte ta main. Et ton petit doigt est mal placé, trésor.

Nouvel accord. Mieux. Elle recommence. Pendant ce temps, Maël me tend une main timide. Sa fille fait entendre une note qui m'a l'air sympa.

– Bravo, ma fille… C'est génial. Tu la tiens ! Recommence. Dix fois.

– OK.

La main est toujours tendue. J'ai envie. Mais si jamais… Enfin, si je ne revenais pas. Mais si je ne prends pas cette main alors qu'il semble faire tellement d'efforts… Et c'est justement la seule chose qui me fait peur chez lui, qu'il tente de faire évoluer. Qu'est-ce que je peux vouloir de plus ? Et j'ai tellement envie d'imaginer plus pour nous deux. Je prends une grande inspiration et pose ma main dans la sienne. Il soupire de soulagement et m'attire à lui. Il enroule son bras autour de ma taille puis tourne l'écran vers nous. C'est parti. Cette fois, c'est sérieux. Je m'engage. Il s'engage. Mon cœur bat à tout rompre. J'ai envie de rire, de pleurer, de partir en courant. Tout va si vite. Et en même temps… j'ai l'impression que cette croisière a duré dix mois, tellement tout a changé.

Sa fille, une délicieuse petite minette à couettes et avec les yeux aussi clairs que ceux de son père, termine ses dix notes. Elle relève la tête vers nous. Je lui souris, un peu embarrassée. Maël me présente aussitôt.

– Mira, je te présente Divya.

La petite m'offre un magnifique sourire édenté.

– Bonjour. T'es sur le bateau, toi aussi ?

– Bonjour Mira. Oui, je suis sur le bateau.

– Est-ce que tu joues dans le groupe à papa ?

Je m'esclaffe.

– Non !

– Ah bon ? Et tu fais quoi ?

– Je suis encore étudiante. Comme toi.

– Oh ! Moi je suis bientôt en vacances. Tu sais jouer de la guitare ?

– Non.

– Moi, si, tu veux que je te montre ?

Je souris alors qu'elle n'attend pas ma réponse et plonge la tête sur son instrument. Maël m'embrasse la tempe avec affection et resserre son bras autour de moi. Il murmure :

– Merci ma fée. Merci.

J'évite de l'embrasser devant sa fille. Je peux bien attendre quelques minutes. Mais c'est dur. Cette dernière termine son mini-récital. J'applaudis.

– Bravo !

Elle a l'air ravie.

– Merci… Si tu veux je t'apprendrai. Papa, est-ce que tu viens pendant les vacances ? C'est bientôt, encore une semaine et après… on pourrait se voir ?

La main de Maël cherche la mienne sur ma taille. Je lui offre et il s'y agrippe avec force.

– Il faut que je voie avec maman, trésor. Elle est là ?

La petite secoue la tête.

– Elle est partie faire pipi.

Je m'esclaffe et reprends mon sérieux. Maël derrière moi semble amusé.

– OK, trésor. Dis-lui que je l'appelle dans deux jours. Pour le moment, je ne sais pas si je vais avoir des vacances en juillet. Mais je ferai tout ce que je pourrai, Mira, je te promets.

La petite hausse la tête. Et mon cœur se fend. La main de Maël joue nerveusement avec la mienne. J'ai envie que les réponses qu'il attend demain aillent dans le bon sens. Qu'il puisse dire oui à ce petit ange tellement en attente de lui. Elle lui sourit et lui envoie un baiser entre ses petits doigts.

– Papa, il faut que j'y aille, Tim m'emmène à la piscine, il dit que je nage comme un caillou, alors maman a dit que j'allais lui montrer que c'était pas vrai !

Les doigts de Maël broient les miens.

– Vas-y, montre-lui, ma puce, que les Jones nagent mieux que des sirènes... Moi-même, on m'appelle souvent la sirène quand je suis dans l'eau.

Elle éclate de rire.

– Mais papa, tu ne peux pas être une sirène, tu es un garçon !

– C'est ce que je leur dis, mais ils s'en fichent. Je nage trop bien.

Il tourne la tête vers moi.

– Hein, que je nage super bien ?

Je me retiens de rire.

– Oui, ma sirène.

– Ah, tu vois ?

La petite rigole puis s'exclame :

– Oh, papa ! T'as coupé tes cheveux ?

– Oui. T'en penses quoi ?

– Tu es beau comme ça ! Une très jolie sirène !

Maël lui sourit, pensif.

– Merci, trésor. Je t'aime, ma belette.

– Je t'aime, papa sirène, éclate-t-elle de rire. Il faut que j'aille faire la sirène aussi... Bisous.

Elle envoie un grand nombre de bisous à son père et coupe l'appel. Maël laisse tomber son téléphone sur mes cuisses et m'attire dos à lui. Ses bras m'enlacent pendant qu'il dépose une nuée de baisers sur mon épaule puis dans mon cou.

– Maintenant, tu n'as plus le droit de refuser notre dîner.

– Je n'en ai jamais eu l'intention.

– Et pour cette nuit ? On fait cabine commune ? Notre tout premier chez-nous ? Pour deux nuits...

Ses baisers m'enflamment. Je retiens ma respiration… J'ose ou je n'ose pas ? Oh et puis… au diable la retenue débile qui fait reculer tout et tout le temps.

– Je propose que nous allions tester les cabines, avant tout choix définitif. Un « chez-nous » ne se choisit pas à la légère… Je connais ma cabine, mais…

Il est déjà debout.

– Tu ne connais pas la mienne. Enfin, quand elle est propre, et ça doit être le cas maintenant. Ne perdons pas une seconde, certaines visites peuvent s'avérer plus longues que prévu. Ne prenons pas de retard dans le planning.

Il récupère mon livre, mon sac et mon petit bazar sur mon transat et me tend la main. Je l'attrape. Je le laisse m'enlever. J'ai envie de croire que les belles histoires existent. Et que la nôtre en sera une. Malgré les démons qui restent encore entre nous. Mais peut-être sera-t-il plus fort qu'eux. Je l'espère tellement…

33

Maël

« C'est quoi l'amour?
Un sentiment sans juste milieu,
On est triste ou trop heureux,
Ça nous fait pousser des ailes,
Ou tomber dans une grande peine. »[1]

Le temps passe trop vite. Le matin est déjà là et j'ai l'impression de ne l'avoir eu pour moi que cinq minutes. Le repas d'hier était trop rapide, notre moment sous les étoiles pas assez long et notre nuit trop courte pour accueillir tout ce que j'avais envie de lui donner. Je ne l'ai pas vue assez jouir, sa peau n'a pas frissonné suffisamment, je n'ai pas eu ma dose d'elle… Je veux tout et ne rien oublier, j'ai peur qu'elle ne revienne jamais. J'en suis terrorisé. Malade d'elle. Je repousse doucement ses cheveux pour accéder à sa nuque. Si délicate et tentante. Nous nous sommes endormis il y a à peine quelques heures. Je ne peux pas la réveiller. Pourtant… j'aimerais.

À partir d'aujourd'hui, chaque moment sera le dernier. J'en suis malade. Il est déjà onze heures. Dans vingt-quatre heures…

---

1. Destroy London, *L'Amour*, 1970.

elle part pour la France. Et j'ai ce doute… cette peur qu'elle ne revienne pas, collée à l'esprit. Elle est encore là, à mes côtés mais… j'ai l'impression qu'elle ne m'appartient déjà plus. Que la nature va me la reprendre car elle est certainement chargée d'une mission plus importante que de rendre heureux Maël Jones. Et ce qui me tue encore plus, c'est que je dois aller retrouver Deaclan d'ici trente minutes pour répéter. Pourquoi ai-je pris cet engagement ? Je suis un pauvre con !

Je l'enlace une dernière fois. Elle gémit et se recroqueville dans mon cocon. Je caresse et embrasse son épaule, j'ai envie de souder mes lèvres à sa peau, de lui jeter un sort à mon tour pour qu'elle ne puisse que me revenir, d'enchaîner son âme à la mienne, de plonger en elle et de ne plus jamais refaire surface, de l'emporter dans un trou noir que j'aurais créé juste pour nous deux… Mais tout ça est impossible, n'est-ce pas ?

Je sors du lit et me plonge sous une douche avant de la retrouver à plat ventre sur le matelas. Elle s'étire mollement.

– Déjà sur le pied de guerre ?

Je saute sur le lit et la recouvre en la prenant dans mes bras. Elle sent l'amour, j'adore. J'ai posé mon empreinte sur son épiderme et je ne me lasse pas de la sentir… Ce parfum que j'adore, celui du mélange de nos désirs… Il faut que j'écrive un truc là-dessus, elle m'inspire à chaque minute. J'ai envie de la voir jouir encore. J'ai *toujours* envie de la voir jouir, pour être exact. Je glisse une main entre ses jambes. Mes doigts trouvent son jardin, déjà humide… Je grogne en prenant possession de sa chair tellement tentante. Elle émet un petit frisson de délassement en écartant les cuisses. J'enfile deux doigts en elle.

– J'ai des trucs à faire avec Deaclan… On risque de ne pas se voir beaucoup aujourd'hui.

Elle se cambre, appuyant son sublime fessier sur ma queue. J'en peux déjà plus. J'ai besoin. Envie, certes, mais le fait de savoir que les minutes s'égrènent me rend fou. Je veux profiter de chaque moment. Je glisse ma queue entre les deux dômes de son fessier. Elle ondule en adoptant mon rythme. La tête posée sur l'oreiller, les doigts crispés sur le drap sous elle, elle lutte pour garder une respiration normale mais c'est peine perdue. Elle est écrasée contre le matelas, mes mains la torturant, ma queue la narguant. Elle est condamnée. Et moi aussi. Mon désir se fait violent, il attrape mes couilles sans me laisser le choix, j'ai besoin de la posséder encore une fois. Je remonte une main entre le lit et sa poitrine. Elle n'attend que ça, gonflée et suppliante. Putain, j'aime ce corps, j'aime cette femme, je ne veux rien lâcher. Elle me fait perdre la tête.

J'ondule contre elle avec une furieuse envie de cracher cette passion qui me dévore, je suis un aliéné qui veut retourner dans son asile, le plus vite possible.

– Divya, j'ai besoin de toi…

Elle gémit sensuellement. Ses doigts se resserrent sur le tissu qui semble la maintenir dans la réalité, encore un petit moment qui ne saurait durer si elle m'y autorise. Je dévore son épaule, envoie un coup de bassin violent… Si j'osais, son petit cul… Mais je vais trop vite en besogne. Déjà, qu'elle m'accepte encore une fois serait magnifique… Son cul m'excite comme un fou. Enfermé entre ses fesses et mon ventre, je suis déjà en pleine montée, j'ai besoin, putain, besoin d'elle… Je me redresse sur mes bras pour accélérer mes va-et-vient, tout en croquant son cou. Elle pousse un cri de plaisir. Sa peau est aussi moite que la mienne. Je deviens fou, elle ne me répond pas.

– Divya…

Ma voix n'est que prière. Elle se cambre une nouvelle fois lorsque j'écarte ses cuisses, d'un geste nerveux des genoux déjà entre ses jambes.

– Moi aussi. Viens, Maël…

– Alléluia !

Je n'attends pas une seconde de plus. J'attrape une capote qui traîne sur une des tables de chevet. Je tremble d'excitation comme un camé en manque. J'arrive finalement à enfiler le bordel. J'écarte ses cuisses davantage et m'allonge entre elles, la tête entre ses jambes. Je glisse une main sur son clitoris et enfonce ma langue dans son intimité. Elle émet une sorte de cri de surprise, sans doute prise de court par le fait que, cette fois, je ne prends pas mon temps. Aujourd'hui, je m'y prends un peu plus brutalement parce que je ne me contrôle plus. Ma bestialité me rattrape et je suis aussi comme ça. Le sexe, je l'aime animal tout autant que tendre.

Ma langue va et vient en elle à une cadence infernale alors que mes doigts martyrisent son bouton battant contre eux. Elle se tord en suppliant.

– Maël ! S'il te plaît !

Elle s'agrippe à son oreiller, le visage tendu, les yeux semi-clos. Sa peau est recouverte d'un film de sueur à l'odeur divine. L'odeur du désir animal… Parfait. Je me redresse pour lécher sa colonne, en appui sur mes avant-bras. Je ne m'attarde pas. J'écarte davantage ses cuisses, jusqu'à ce que sa résistance naturelle les bloque. J'attrape ma queue et la guide jusqu'aux portes de son vagin. Ma pauvre chose n'attend que ça. Et mon cœur menace de se barrer en live si je n'obéis pas à ce corps écartelé devant moi, en attente. Divya grogne alors que je caresse sa peau brûlante avec mon gland.

– Maël !

J'arrive, p'tite fée. J'arrive…

Je m'enfonce d'une traite en elle. Son fourreau m'enserre avec chaleur. Trempé, offert, en attente.

– Putain, Divya !

J'attrape sa main et la glisse sur le bord du matelas. Enfoui au fond d'elle, j'ai déjà la tête en vrac. Elle comprend et de son autre main attrape un barreau du lit. Rien que de la voir prête, comme ça, putain ! Je pose ma main sur la sienne accrochée au barreau puis la seconde à côté et laisse aller mes pulsions bestiales. Mes démons m'emportent. Je me retire et reviens, réitère l'opération. Je l'empale littéralement sur ma bite avec fureur. Je lui jette un œil, elle semble bien. Alors on y va. Je rentre en elle avec toute ma puissance. Je passe une cuisse par-dessus la sienne pour mieux la dominer. Mon genou se cale contre le matelas. Et je la bourrine. Fort.

Putain, c'est mortel !

Elle glisse sur le matelas sous mes coups de queue qui la transpercent autant que je le peux. Je vais en elle, ressors presque et reviens, elle écarte encore plus ses cuisses, ses doigts sous ma main se resserrent sur le lit, je contracte les fesses pour la posséder encore plus fort, plus vite, plus loin… J'ai besoin de prendre le plus que je peux, de l'entendre crier, de la rendre folle comme je le suis en ce moment. Je perds la tête, j'en veux plus, toujours plus. Je halète contre elle, balance mon bassin sans douceur, à la limite de la brutalité, à bout de souffle, à bout de forces, les yeux rivés sur son visage tourné vers la fenêtre. La bouche ouverte, ses traits sont tendus, à l'affût du plaisir qui monte, ses yeux se ferment, elle est offerte, consentante et aux portes d'une extase qui la menace. J'en peux déjà plus, j'ai envie de me vider, mes couilles me font mal, j'accélère l'allure, le lit tape contre le mur, grince, je la chevauche comme un mort de faim et putain…

C'est mortel. Je transpire comme un furieux, mes cheveux se collent à mon front. J'en veux plus, toujours plus… J'accélère encore, le lit tangue, je m'en tape, je continue comme une furie…

Je la prends avec toute la sauvagerie de ma passion pour elle, avec autant de folie que celle qui fait tourner ma tête depuis que je la connais. Une brutalité de sentiments, une envie de tout lui donner, de tout lui montrer, de tout posséder. Je crie de rage en l'envahissant encore et encore, sans ne plus penser à rien d'autre qu'à cette union qui me déchire le cœur tellement elle est puissante. Je ne veux pas qu'elle parte et, encore moins, qu'elle me quitte et ne revienne jamais. Je mets toute ma rage à lui montrer ma fureur et ma terreur face à mon impuissance à ce sujet.

Elle soulève le bassin pour venir à ma rencontre.

Merde, merde…

Je perds pied. Je lâche la prise de ma seconde main sur le bois du lit et viens chatouiller son clitoris en urgence. Elle pousse un râle à faire gicler un mort !

Bordel de merde !

Elle ne respire même plus, elle gémit à la place, à chaque coup de bourrin que je lui envoie. Mes doigts tirent sur son bouton. L'attente est affreuse. Elle est divine. Mes muscles n'en peuvent plus, tendus, brûlants, je vais mourir. C'est merveilleux. Elle se met à trembler puis elle convulse en bougeant autour de moi de manière incontrôlée.

– Oh, bordel, Maël, Maël ! Oh oui !

Elle se fige, le visage tendu, la bouche ouverte, les yeux partant pour le bonheur absolu. J'envoie encore deux coups de reins et autorise mes bourses à exploser. Mon ventre est traversé par un plaisir intense qui se répand en même temps dans mon cerveau. Je me propulse en elle si fort que ma gorge émet un son que je n'ai jamais entendu. Puis encore. Je remplis le plastique avec une telle violence que j'ai presque peur de le casser (oui, je sais, je suis un chouia présomptueux mais, bon, c'est l'impression que ça fait dans le feu de l'action !).

Tous les muscles de mon corps restent paralysés sous cette déferlante d'extase qui m'assaille. Divya ne semble jamais cesser de trembler autour de moi. J'ai du mal à reprendre la perception de la réalité.

Je m'affale sur son dos dès que mes muscles lâchent. Elle est en nage, semble épuisée. J'aime la voir alanguie, plus du tout opérationnelle. J'espère juste que je n'y suis pas allé trop fort… Certes nous avons pris pas mal de plaisir depuis quelques jours, mais quand même. J'embrasse sa joue, un peu anxieux parce qu'elle ne dit rien.

– Ça va, p'tite fée ?

Elle soupire en hochant la tête.

– On peut en reparler dans… environs deux jours ? Lorsque je serai à nouveau opérationnelle pour une discussion normale ? Il faut me laisser, là… je suis morte, ailleurs, je flotte…

J'éclate de rire en l'enlaçant. Elle est parfaite. J'ai envie de… Il faut que je lui dise que…

– Je t'aime, Divya.

Je plonge mon visage dans ses cheveux en vrac, mon cœur a un dératé, je ne veux pas voir son visage, j'ai peur d'y lire de la peur, de la déception… du rejet.

Le silence se fait dans la pièce. Je n'entends plus que mon pouls pulsant dans mes oreilles. Tout devient sourd, le silence ne se brise pas, la panique m'assaille. Je ne veux pas plus. Je ne peux pas le supporter. Je me retire, le cœur gros et prêt à exploser et, cette fois, pas dans le bon sens. Je vire ma capote, enfile mon bermuda qui gît au milieu de la pièce, un T-shirt qui traîne. Elle ne bouge pas, toujours allongée sur le dos. Pas un regard, pas un son. J'ai besoin de boire, de me fumer un truc, de me vider la tête. Je quitte la chambre. J'ai peur, je me sens con, pourquoi j'ai dit ça, moi? Roi des cons, encore une fois. Sauf que maintenant que c'est dit, je ne peux pas faire semblant que je n'attendais pas la réponse. Je remonte le couloir et entre dans l'ascenseur. J'ai deux choix. Le niveau du bar ou celui des salles de répèt' où Deaclan m'attend. Dois-je fléchir à la première déconvenue? Suis-je si peu fiable que le moindre coup de vent me fait flancher? Dans ce cas, elle a raison de ne pas m'aimer. Non? J'en sais rien. À quoi bon, tout ça. Puisque mon plus bel espoir vient de se faner… J'appuie sur le bouton et regarde les portes se fermer devant moi. Ainsi soit-il.

***

Divya

« Lorsqu'un jour tu me dis "je t'aime"
Je crus voir s'entrouvrir les cieux! »[2]

La porte se referme sur lui et mon cœur explose, en pleurs. Je me noie dans ma peur. Il m'aime. Celui qui détient mon cœur, celui à qui il suffit de respirer pour me rendre heureuse, celui qui me bouleverse l'âme et maltraite ma raison, celui pour qui j'aurais tout donné pour qu'il m'aime, celui-là même vient de m'achever. Parce que je ne m'y attendais pas. Parce que je le rêvais désespérément. Parce que… c'est la plus belle chose qu'il m'ait dite. Parce que son amour me transporte si près du paradis juste avant de me précipiter en plein enfer, c'est écrit.

Que lui dire? Que je l'aime? Mais ce n'est pas si simple! À quoi bon enchaîner nos cœurs, si c'est pour les faire souffrir? Lui jurer une éternité que je ne pourrai honorer? Si maman me rappelle

2. Hélène van den Bergh, « Je t'aime », *Poésies d'amour*, 1833.

à elle, je ne pourrai pas lui refuser. Je devrai l'oublier. Nous ne pouvons autoriser nos âmes à se lier, si c'est pour les arracher l'une de l'autre dans peu de temps. Il n'a pas besoin de ça. Je m'effondre sur mon oreiller, les yeux rivés sur la baie derrière laquelle la vie continue. La mer, à perte de vue, me rappelle combien je suis perdue. Oui, je l'aime, putain, à m'en faire mal. Tout ce que je ressens depuis le début, cette douceur qui me berce dès qu'il est là, cette attente dès qu'il s'éloigne, ce cœur qui bat trop et trop vite dès qu'il pose les yeux sur moi, mon pouls qui palpite dès qu'il me consacre son regard fabuleux, mon âme qui frissonne dès qu'il me touche et cette chanson qui me transporte sans cesse… Tout ça n'a rien à voir avec ma lumière et l'énergie. Tout ça concerne l'amour… Et ça me ravage. Mais qu'attend-il de moi ? *« I'm only human after all… »* Je ne peux pas lui promettre ce que je ne suis pas capable de donner. Je pars pour retrouver ma mère, je ne sais pas ce qui m'attend, je ne peux pas… J'en crève de ne pas pouvoir, mais je ne peux pas enfoncer ce couteau dans ses plaies encore rouges de souffrance.

J'attrape mon oreiller, le plaque sur mon visage et je hurle. Plus fort que tout. Plus fort que ma rage. Plus fort que mon amour. Je t'aime, Maël Jones, bordel de merde, je t'aime tellement !

La porte de la chambre s'ouvre à la volée. Je retire l'oreiller de mon visage en sursautant.

***

Maël

« Il n'y a pas d'amour heureux, mais c'est notre amour à tous les deux. »[3]

3. Louis Aragon, « Il n'y a pas d'amour heureux », 1944.

Je ne suis pas loin de défoncer la porte. Elle ne fera pas ce qu'elle compte faire sans que je ne tente de l'en empêcher. Elle se redresse sur le lit, les yeux rouges, peut-être plus que les miens. Personnellement je suis ravagé. Je sens trop, au fond de moi, qu'elle ne reviendra pas. Mais elle se trompe, il faut qu'elle revienne. Je compte bien lui montrer. Je lève la bouteille de Jack que je viens d'acheter et que je ne peux même pas ouvrir. Je la balance sur le lit.

– Je te donne mon amour et ça ne semble pas assez. Alors voilà. Je te donne ma perversion. Fais-en ce que tu veux. Je n'ai rien d'autre. Ouvre-la et fais-la couler dans mon gosier de force, si tu veux. Mais je ne le ferai pas moi-même. Je ne veux plus de ça. Je n'ai envie que de toi, Divya. Le reste, ce sont des conneries.

Elle marque un temps de réflexion, tremblante, magnifique, les cheveux emmêlés par l'amour, nue et bronzée au milieu des draps blancs, comme une déesse pure et sensible, les yeux rouges, le visage couvert de larmes versées sur nous, sur notre histoire.

– Tu n'as jamais été aussi belle que dans le deuil de notre amour, p'tite fée. Parce que ça te fait aussi mal qu'à moi… Parce que tu m'aimes, je le sais. C'est en nous et tu pourras essayer de ne pas le voir, nous en sommes conscients tous les deux. Je ne te laisserai pas détruire notre lumière. Parce qu'il ne s'agit plus de la tienne ou de la mienne. Il s'agit de la nôtre maintenant. C'est ainsi, on n'y peut plus rien. Et tu n'as pas le droit de la prendre et de te barrer avec sans me demander mon avis.

Je reprends mon souffle, cherchant par tous les moyens les mots qu'elle attend.

– Je sais que tu as peur de ne pas revenir de là-bas. Que tu pourrais être amenée à choisir et que tu ne veux pas être déchirée entre plusieurs amours. Je sais que tu as peur que je ne change pas. Je sais lire tes pensées, moi aussi, j'ai une partie de toi au fond de mon cœur. C'est le tien. Et je comprends que tu doutes et que tu ne veuilles pas me faire de mal en me cachant certaines choses que tu ressens. Mais voilà… Trop tard, le mal est fait. J'ai perdu ma fille et mes parents en refusant d'aimer. Je ne revivrai pas la même douleur une nouvelle fois. Je ne te laisserai pas être un nouvel échec dans mes sentiments. Pas toi. On trouvera un truc. N'importe quoi. Mais tu seras à moi comme je suis à toi. Tiens-le-toi pour dit.

Elle ne répond pas. Ne bouge pas. Se mord la lèvre. J'ajoute, au bord du gouffre, les larmes aux yeux devant son mutisme qui me tue :

– Aime-moi et puis c'est tout. Pas besoin de te poser d'autres questions. On verra bien.

Elle saute du lit et se rue sur moi avant que je ne puisse réagir. Son corps nu et magnifique vient enlacer le mien. Elle attrape mes joues et m'embrasse passionnément. Je fonds contre elle, l'embrasse à en perdre haleine, laisse pleurer mes yeux, mélange ma douleur de l'aimer à la sienne, nos larmes, comme tout ce que nous sommes, s'entremêlent depuis le début. Elle plonge son visage dans mon cou, haletante.

– C'est quoi que tu ne comprends pas quand je dis de me laisser flotter, Maël Jones ?

Elle émet un petit rire, blottie contre moi.

– Tu me terrasses en me faisant l'amour comme un dieu et tu me portes le coup fatal en me donnant ton cœur en prime alors que je n'ai plus la perception de rien. Et tu reviens, plus beau que jamais, et tu broies mes dernières défenses. À quel moment as-tu pitié ? Tu m'as retourné le cœur, le cerveau et le corps. Et je ne lutte plus. D'accord. Je t'aime et puis c'est tout.

Elle m'embrasse à nouveau.

– Pour le reste, on verra.

Je hoche la tête et réclame un nouveau baiser. Encore, encore, encore, toujours plus… Je tremble de bonheur et de peur, je n'ai jamais aimé comme ça. Aussi fort, aussi entièrement. Je ne me suis jamais donné aussi éperdument. Mais je ferme les yeux et je lui donne toutes mes clés. Parce que… Parce que c'est l'évidence et le destin. C'est tout. Pour le reste, comme elle dit, on verra.

34

Maël

« Well I don't know if I'm ready,
To be the man I have to be. »[1]

Deaclan bat la dernière mesure, j'emporte les dernières notes et le silence se fait. Nous nous regardons, cherchant l'approbation de l'autre. Comme avant. Je la trouve aussitôt dans son sourire « blanc de blanc » resplendissant. Mon plus vieux pote, celui avec qui tout a commencé. J'ai cru l'avoir perdu mais, non, il est là. Il décapsule deux bières pour fêter ça avant de m'en tendre une.

– Mec, on va tout déchirer !

Il tape le goulot de sa bière contre la mienne.

– Content de te retrouver, mon pote. T'étais parti où, bon Dieu ?

Je pose mon coude sur le piano, emporté dans mes pensées.

– J'en sais foutre rien.

– Eh ben, te barre plus, t'as compris ? Je fous des billes en toi, là, n'oublie jamais que t'as plus le droit à l'erreur maintenant. J'ai trois gamines à nourrir et une tenancière de zoo plus féroce

1. « Eh bien je ne sais pas si je suis prêt / Pour être l'homme que je dois être », « With Arms Wide Open », Creed. Crédits : Mark Tremonti / Scott Stapp.

que les tigres qu'elle a en pension… On est d'accord ? Tu me fais faux bond, j'ouvre sa cage à elle et je te l'envoie.

Je m'esclaffe.

– Reçu cinq sur cinq, mec.

Je remballe les partitions.

– Il est déjà presque vingt heures, on y va ? J'ai rencard avec Divya.

– Eh… mec, tu serais pas un peu amoureux, toi ? Depuis quand t'es à l'heure aux rencards et, mieux, depuis quand tu files des rencards, exactement ? D'habitude, t'es plutôt du genre : tiens-toi prête, chérie, on sait jamais si je passe un jour…

Il s'esclaffe en me suivant hors de la pièce.

– Tu sais que tu me fais chier, Deac ? Occupe-toi de ton cul.

– Ouaip ! Et tu sais pas le mieux, dans tout ça, c'est que t'as signé pour en chier, mec… T'es pas dans la merde, je te quitte plus…

– Dieu me vienne en aide !

– Amen !

Il éclate de rire alors que nous nous rendons vers la salle de concert. Elle est bondée. Je ne retiens pas un sourire satisfait devant cette foule, au rendez-vous pour Magnus et ses potes. Deaclan avise les Skeletons installés à une table haute, avec Mike, Lochan et ma p'tite fée. Nous les rejoignons en prenant grand soin d'éviter Luis et Kyle. Surtout ce dernier. Ce type me débecte. Je vide ma bière et la pose sur le bar alors que Mike m'en propose une autre. Je l'attrape, les yeux rivés sur Divya, elle est magnifique, ce soir. Tout en noir, jean peau de serpent, bustier minuscule, ventre apparent et poitrine pigeonnante… Je ne peux m'empêcher d'aller la retrouver alors qu'elle est en grande conversation avec son frère. Pour le moment, nous avons opté pour le profil bas envers lui. Un secret dont il se doute forcément, mais je crois que personne n'a envie de mettre les pieds dans le plat, le calme apparent et hypocrite étant préférable à une explication qui risquerait de mal tourner, or c'est notre dernière soirée avant leur départ en France, j'ai franchement autre chose à foutre que de me prendre la tête avec son frangin.

Je me contente donc de lancer Lochan sur le sujet du travail qu'il a effectué avec les Heaven and Hell et de me tenir tout près d'elle. J'essaye de ne pas baver et de ne pas m'énerver lorsqu'un sale con de metalleux la mate un peu trop, et basta.

La copine de Divya se joint à nous et accapare Lochan quelques minutes, suffisamment pour que je grogne de désir à l'oreille de ma p'tite fée :

– Élue femme la plus bandante du siècle. Préviens-moi si je bave, s'il te plaît. J'ai envie de plonger ma langue entre tes seins… ou plus bas, j'hésite… Je vais me faire greffer une seconde langue, pendant que tu es en France… Ça va devenir indispensable de toute manière…

Elle s'esclaffe. Un peu trop fort. Son frère se retourne, l'œil belliqueux. Il me fatigue, ce mec… Je lève les épaules d'un air innocent.

– S'il croit que je ne vais pas te parler, il va se faire foutre !

Divya se dresse sur la pointe des pieds pour me parler à l'oreille. Parfum envoûtant, poitrine collée à mon bras… Que Dieu me vienne en aide, je vais lui sauter dessus !

– Dis-moi, il n'y a pas moyen de se trouver un coin tranquille dans les coulisses, après le concert ?

Un frisson parcourt ma colonne. Je murmure à son oreille à mon tour.

– T'es au courant que bander dans un jean comme celui que je porte, c'est l'enfer ?

Elle hoche la tête en riant.

– Oui, oui. Justement. Si tu crois que tu peux me chauffer sans répercussions, c'est que tu me connais mal… Mon minou et moi sommes particulièrement à fleur de peau ce soir…

Elle passe une main légère et discrète sur ma gaule. La p'tite fée timide est en train de se transformer en putain de bombe sexuelle ou je ne m'y connais pas… Il faut dire que je lui ai imposé un entraînement intensif depuis quelques jours. Enfin, elle n'a réellement pas eu l'air de s'en plaindre… En attendant, la petite chenille toute sage vient d'éclore de son cocon et nous offre un papillon magnifique, sensuel et atrocement sexy… Je suis fan… et je bande…

Deaclan nous rejoint.

– Eh, Divya, je sais pas ce que tu lui as fait mais surtout arrête jamais, il est à peu près normal en ce moment… Un véritable exploit.

Lochan se ramène.

– Eh oui, Divya, moi aussi j'aimerais bien savoir ce que tu ou plutôt ce qu'il t'a fait…

Elle lève les yeux au ciel pour toute réponse. Nous sommes interrompus par les lumières qui s'éteignent et les hurlements du public accueillant les Heaven and Hell sur la scène. Beth attrape Divya par les épaules, surexcitée.

– J'espère qu'ils vont assurer !

Accoudé à la table haute, j'essaye de la rassurer.

– Mais oui… Relax, j'ai confiance.

Elle me jette un regard agacé.

– Arrête, tu vas leur porter la poisse.

– Ça, c'est déjà fait, ma grande. Maintenant, je ne peux qu'être de bon augure pour eux… Tu sais, il y a un équilibre naturel qui se fait dans l'Univers et…

Je m'arrête. Qu'est-ce que je raconte exactement ? Lochan et Div me regardent, surpris, puis éclatent de rire. Ouais, OK, ils m'ont méchamment intoxiqué avec leurs conneries. Mais je ne m'en plains pas. C'est cool.

La musique démarre. Nos poulains apparaissent sous les *lights*, beaux comme des dieux, agressifs et super affûtés. Les notes sonnent, la voix de Magnus, qui assure guitare et vocales, est parfaitement atroce, juste comme il faut. Ils ont fait un bond de dingue depuis leur concert, il y a trois jours. Remarque, les conditions ne sont pas tout à fait les mêmes, c'est peut-être un peu normal. Une boule amère passe rapidement dans ma gorge mais elle ne reste pas. Parce qu'aujourd'hui je répare mon erreur, et quelque chose me dit qu'en fait ils vont s'en sortir encore mieux que si nous n'avions rien fait du tout, Lochan et moi. Et vu le niveau de leur prestation, je pense que tout ça, en réalité, est mérité. Ils sont vraiment bons et les arrangements que Lochan a réalisés avec eux claquent grave. Je jette un coup d'œil à Mike qui dodeline de la tête comme un chien à l'arrière d'une bagnole. Gagné ! Je tends un pouce en l'air à Beth qui détend ses épaules en me rendant un beau sourire.

J'ai les pieds et les mains qui me démangent. Deac me fait un clin d'œil. Une envie subite de revenir à nos débuts, plus fans que musiciens, à sauter partout dans la fosse. C'est parti ! Nous posons nos bières, j'entraîne Beth et Div et nous nous engouffrons dans la fosse, au milieu d'une foule survoltée. J'attrape ma p'tite fée et la juche sur mes épaules, Deac fait pareil avec Beth, ce qui donne des idées aux autres minettes autour de nous. Et nous passons toute l'heure en mode groupies, à hurler, à foncer dans les autres mecs… « *Horns up in the sky* »[2]. Div s'accroche à moi, nos mains enlacées fortement. Je ne pouvais pas rester loin d'elle, impossible. Je la descends de mes épaules lorsque

2. Cornes vers le ciel : main levée, index et auriculaire tendus, signe de ralliement de ce style musical.

le groupe entame une ballade plus tranquille et avance encore entre les gens. Loin de tout regard fraternel. Nous sommes en sueur, je prends ses lèvres d'assaut, mes mains glissent sur sa peau, le long de son bustier, son corps tout fin s'imbrique dans le mien, au creux de mes bras, le monde tourne autour de nous mais, nous, nous ne bougeons plus, ancrés l'un à l'autre. Je ne veux pas qu'elle parte loin de moi.

Nous finissons le concert ainsi et le début de l'autre dans la même position. Jusqu'à ce que Deac vienne me chercher parce que, mine de rien, je joue ce soir. Ah oui ? J'avais presque oublié. Je ramène ma p'tite fée en lieu sûr, loin des gros bourrins qui s'excitent devant la scène. C'est-à-dire que je l'entraîne en coulisses. Je lui trouve un bout de caisse sur lequel s'installer, l'embrasse une nouvelle fois parce que son frangin est resté côté spectateurs et pars me préparer un minimum, au moins consulter la setlist, ce que je n'ai même pas pensé à faire avant. C'est ainsi avec ce groupe. Je connais tellement tout par cœur que je monte sur scène comme si j'allais pisser. Tant que j'ai le matos avec moi, besoin de rien d'autre, c'est mécanique. Je ne juge même plus utile de me préparer. Ça devient dramatique et certainement moins bien que ce ne l'était à nos débuts. Bref, ce n'est pas le sujet. Enfin, pas encore.

Nous montons donc sur scène, Deac m'en tape cinq, nous nous retournons, j'avale la moitié de la bière qu'on m'a filée, et c'est parti… Gros cinéma, vieux riffs agressifs de basse, vocal ridicule, saut dans le public, ça, ça reste un kif malgré tout… Puis je remonte, grimpe devant la batterie de l'autre guignol à bigoudis et je tue tout le monde avec mon solo plus du tout improvisé, Deac à genoux devant moi, enfin, bref, la routine. Mon job que je n'aime plus.

Heureusement, nous faisons encore illusion. Le public est

déchaîné, c'est parfait. C'est encore la dernière chose que je respecte vraiment chez les Skeletons. Le public indéfectible. C'est d'ailleurs sur eux que nous comptons dans quelques minutes. Ah, ben non, maintenant. Le morceau se termine, c'est l'heure du break. Nous posons tous nos instruments. J'enlève mon T-shirt, la foule hurle en tendant les bras. Désolé, les filles, tout ça, maintenant, ce n'est plus pour vous. Je l'envoie en coulisses. Sur Divya, bien entendu. Elle l'attrape et plonge son nez dedans.

Et pourquoi, toi, tu me sens et, moi, je ne te sens pas ? Hors de question !

Je me précipite sur elle et lui vole un baiser. Puis deux. Puis trois. Puis…

– Eh, Maël ! J'ai besoin de toi, là !

Deac et son putain de micro ! La foule se fout de ma gueule. Mais la moitié des fans rigolerait moins si elles savaient que je roule des pelles vertigineuses à une petite nana qui clôturent définitivement les droits qu'elles s'octroient sur moi habituellement. Je retourne sur scène à regret pendant que les *roadies* y apportent un clavier électrique. Je m'y installe alors que mon chanteur fait son annonce.

– On a besoin de votre avis, les mecs. On vous a concocté un truc nouveau… Si vous aimez, faites-le savoir, pareil, si c'est de la daube… On compte sur vous.

Les *lights* se font plus douces. Deaclan attrape une gratte et s'installe sur un tabouret haut, il a fortement insisté pour ça. Le reste du groupe est en coulisses, il ne reste que nous deux. Il me tend son poing, sur lequel j'envoie le mien, et c'est parti. J'entame le morceau que nous avons travaillé toute la journée, « Pretty Fairy ». Celui-là même que j'avais écrit après l'épisode du taxi. Deac et moi sommes dans notre monde. Le public ? On s'en cogne. Concentrés sur ce nouveau challenge. Il place sa voix, me file la gaule avec ses intonations parfaites qui s'enroulent autour de mes notes et font vibrer les paroles. Ce morceau me colle des frissons, un truc de fou. La guitare complète l'ensemble, très bonne idée, Deac. Là, je prends mon pied. L'harmonie est parfaite. Au service de la musique. Je retrouve l'adrénaline de nos débuts. Deac a les yeux fermés, ressent chaque couplet, c'est vraiment l'extase.

Je pianote les dernières notes dans le silence le plus complet. Qui s'éternise. Deac a l'air stone, autant que moi, j'imagine, ce moment au sommet de la musique nous a chamboulés. Puis il lève la guitare d'un air victorieux.

– Mesdames et messieurs, mon pote de toujours, Maël Jones ! Et moi-même bien entendu…

La foule se met à hurler, applaudir, c'est de la folie. Je me lève et les salue, sous une véritable ovation. Mon chanteur me prend dans ses bras furtivement.

– C'est gagné, mec ! À nous la grande aventure, ils nous suivront !

Je hoche la tête en jetant un œil à Divya, assise, les yeux rouges, sur sa caisse. Elle paraît retournée, perdue, remuée intérieurement. Je fais un signe à Deaclan alors que le reste du groupe revient sur scène. Je me précipite sur ma petite femme.

– Ça va, p'tite fée ?

Elle hoche la tête en essuyant ses larmes avec mon T-shirt.

– C'est magnifique, Maël… C'est… C'est moi, Pretty Fairy ?

Je lui souris et l'embrasse.

– Qui d'autre ?

Elle secoue la tête, incrédule.

– Tu as écrit cette chanson pour moi ?

– Oui… Après le taxi…

– Avant cette croisière ?

Elle écarquille les yeux, effarée.

– Mais… Mais…

– Tu m'as volé mon cœur cette nuit-là, ma fée… Et tu sais quoi? Garde-le… Je te le donne…

Elle me serre si fort contre elle que j'ai l'impression de fondre. Mais encore une fois…

– Maël, s'il te plaît, ton public t'attend… Il est casse-couilles, ce soir, excusez-le…

Le public éclate de rire. Merci Deaclan, c'est discret, c'est bien. J'embrasse le front de Divya et y retourne.

35

Divya

« Les hommes sont tous frères et les frères se battent. »[1]

Lorsque Maël est sur scène, il illumine tout. Quand je dis qu'il a cette lumière magnifique en lui. Derrière son piano, il était un astre au milieu de la scène. J'en ai pris plein la vue et les oreilles. Je ne mérite même pas cet amour qu'il me porte. Je suis la femme la plus chanceuse du monde. Et peut-être la plus malheureuse aussi, ce soir. Parce que c'est le dernier sur ce bateau.

J'écoute les morceaux qui clôturent ce périple, ils sont grandioses, comme ce que j'ai vécu. Je n'aurais jamais cru que je vivrais de tels moments, que je deviendrais cette femme, totalement dépendante de Maël Jones. En parfait désaccord avec Lochan. Et… une vraie femme maintenant. Avec une véritable envie de vivre. Je ne veux plus me méfier, je veux ressentir, me prendre des chutes et des victoires. Vivre, je crois que ça s'appelle.

Maël et son groupe saluent le public, envoient leurs instruments sur la foule (sauf la batterie, bien entendu), sont acclamés… Un vrai déferlement de passion. Les gens disent au revoir au groupe et à cette croisière de folie, eux aussi. Un triomphe doux-amer.

---

1. Georges Brassens, *Journal et autres carnets inédits*, 2014.

Les *roadies* envahissent la scène et le groupe déserte les lieux. Maël discute avec Deaclan un bon moment, adossé au piano. Je reste là, à attendre, alors que les coulisses se vident peu à peu. Je suis dans mon monde, le cœur gros, voire énorme, rempli de nostalgie. Je ne vois pas passer le temps ni les gens et, lorsque Maël revient vers moi, nous ne sommes plus que tous les deux.

– Pardon, p'tite fée, il fallait que je voie deux ou trois trucs avec Deac.

Il me sort de mes rêveries.

– Hein? Oh, non, c'est bon. Je profitais des derniers moments.

J'aimerais sourire mais je n'y arrive pas. Maël plonge ses yeux dans les miens, attristé lui aussi, mais plus vaillant que moi. Un sourire se dessine sur ses lèvres.

– Il faut que je te dise. Ce morceau... ton morceau. Le public l'a très bien accueilli.

– Oui, j'ai vu... C'est cool!

– Oui mais bien plus que tu crois. En fait... Deaclan et moi, nous quittons les Skeletons.

Je reste interdite. J'ai bien entendu?

– Tu peux répéter?

Son sourire illumine son visage.

– À partir de ce soir, je suis SGF...

– SGF?

– Ouaip. Sans groupe fixe... Ça faisait partie de l'accord, pour changer les horaires de passage.

Hein?

– Quoi? Tu as quitté le groupe pour les Heaven and Hell? Mais t'es fou! Je ne te demandais pas de...

Il m'arrête en riant.

– Non, non, attends, p'tite fée. C'est ce que je voulais, de toute manière. Je me faisais chier dans ce groupe, mais Deac aussi...

Nous sommes les survivants de l'ancienne génération mais nous ne nous sentons plus en accord. Kyle, le batteur, est un connard et Luis est débile. C'est devenu un enfer depuis bien trop longtemps. Je n'ai pas signé pour ça…

– Et… tu…

– Et donc, j'ai négocié avec Kyle et Luis, ils se prennent pour l'âme du groupe, en fait, Deac et moi les dérangeons plus qu'autre chose. J'ai négocié mon départ contre le changement de planning. C'est parfait, Div… Je me sens réellement libre, tu vois?

Il m'enlace. Je reste sceptique.

– Oui, je vois bien, mais tu vas faire quoi? Et ce morceau, pourquoi, si c'est pour ne pas le jouer plus tard?

– Si, justement… On va le jouer. Deac et moi allons monter un duo. Un truc acoustique, tranquille. Tu sais, il est papa et les tournées toute l'année avec les dates imposées… c'est compliqué pour lui. Et moi, j'ai une fille que je ne peux jamais voir à cause des mêmes raisons. Alors, nous devrions pouvoir nous accorder. Faire des petits concerts sans prétention, en imposant nos dates… En gros, la liberté. Et le morceau a plu, Div… Et j'en ai au moins toute une cargaison à travailler… Et le top, c'est que Mike nous suit toujours… Il nous a même déjà parlé d'une éventuelle mini-tournée californienne à la fin de l'année… Avec les Heaven… Enfin, c'était ce matin, avant qu'il ne les écoute, mais j'ai vu son regard, il va les signer, j'en suis certain… Bref, c'est un vrai bonheur. Divya, je crois que je suis heureux…

Il m'embrasse tendrement… Ses mains parcourent mon dos langoureusement et m'emportent encore dans un univers sensuel dont je suis fan. Je dois mettre de côté mon appréhension du départ et profiter un maximum. Je me laisse fondre sous ses doigts…

Il s'écarte de mes lèvres.

– Tu voulais que je te trouve un coin tranquille en coulisses?

Et pourquoi pas sur scène directement ?

Il… est sérieux ?

– Tu déconnes ?

Il retient un rire.

– Non, pas du tout… Derrière la batterie, il y a de la place… Mon plus grand fantasme… Et le faire avec toi… Je crois sans trop m'avancer que ce serait… waouh…

Bon, j'ai voulu faire ma chaudasse, je n'ai plus qu'à assumer… Il n'attend pas ma réponse, soulève mes fesses, et je m'accroche à lui alors qu'il me dévore déjà le cou. Comme depuis le début, je ferme les yeux et le laisse m'emporter… Jusqu'à présent, je n'ai jamais été déçue… Donc…

Nous arrivons au milieu de la scène lorsque mon frère surgit de nulle part, hors de lui.

– Lâche ma sœur, espèce de connard !

Maël me dépose au sol et recule d'un pas, surpris. Lochan fonce sur lui, les yeux furibonds, le poing levé. Il tente d'attraper le cou de Maël mais je m'interpose entre les deux, repoussant Lochan.

– Arrête, Lochy ! Tu deviens fou, ma parole !

– Divya, reste en dehors de ça.

C'est un ordre. Je ne bouge pas et croise les bras sur ma poitrine.

– C'est plutôt toi qui devrais rester en dehors de ma vie privée, Lochan ! Laisse-nous tranquilles !

Il me fixe méchamment. Maël pose une main sur mon épaule et tente de me tirer vers lui, mais je me dégage. Cette histoire, c'est à moi de la gérer. Je ne veux pas que la situation s'envenime entre eux, c'est mon frère, mon problème. De plus, je connais les lueurs dans ses yeux. Il a bu. Et il a fumé. Il grogne de rage.

– Non, Divya, ça suffit maintenant… Il ne va pas te prendre ta candeur, je ne le laisserai pas faire !

J'éclate d'un rire sarcastique.

– Ma « candeur »? Mais tu t'es pris pour une ceinture de chasteté ou quoi? Lochan, je te le dis une dernière fois, laisse tomber!

– Jamais!

Il m'exaspère. Tout ce cirque a assez duré.

– C'est trop tard, de toute manière, repars te rouler un pet' et laisse-nous tranquilles!

Il stoppe net.

– Comment ça, c'est trop tard?

La fureur lui monte au nez, littéralement, je le vois changer de couleur graduellement… Il est comme un volcan prêt à exploser. J'essaye de le calmer parce que, cette fois, il me fait réellement peur. Je m'avance vers lui.

– Loch…

Il me pousse de son chemin d'un geste ferme et se rue sur Maël.

– Je vais tuer cet enculé!

Je n'ai pas le temps de le rattraper. Lochan se jette sur lui en lui attrapant la gorge. Maël ne répond pas mais ne se laisse pas faire. Il attrape ses poignets alors que Lochan le soulève du sol et le laisse mener le jeu quelques secondes. Puis Lochan le repose, le pousse violemment, puis se jette sur lui le poing en avant. Maël se retourne avant que mon frère ait le temps de comprendre. Arrivé dans son dos, Lochan s'accommode de la nouvelle position et passe son bras autour du cou de Maël en tentant de le redresser pour l'étrangler. Je hurle.

– Lochan, arrête!

Je n'ai pas le temps de les rejoindre. Maël lui envoie un coup de pompe dans le tibia suivi d'un coude dans les côtes. Un coup violent. Puis il se retourne, attrape ses cheveux et lui assène un coup de tête dans le nez. Lochan hurle en jurant et recule vivement. Il fait un pas puis deux mais il est au bout de la scène. Il se prend le pied dans un câble qui traîne et tombe à la renverse violemment. Maël tend la main pour le rattraper par la chemise mais il n'est pas assez rapide. Mon frère s'écroule de scène et tombe avec fracas sur le sol. Maël se précipite vers lui en sautant dans la fosse.

– Putain, merde !

Je rejoins le bord de la scène, tremblante. Maël est paniqué.

– Il a perdu connaissance, Divya, vite, va chercher de l'aide !

Il a les yeux rouges et ne sait plus quoi faire. Mon frère n'est pas tombé à plat, il s'est écrasé sur des amplis, la tête contre un angle, pour être précise. Sa jambe est dans une drôle de position. Je reste à intégrer ce que je vois, paralysée par la stupéfaction. Maël me crie dessus.

– Divya, s'il te plaît ! Il saigne, merde !

Il saigne ! Oui ! Je me précipite à travers les coulisses et vais chercher de l'aide dans les couloirs. Je trouve du personnel et leur explique succinctement, puis reviens auprès de mon frère. Maël l'a allongé au sol. J'attrape sa main dans la mienne. Maël s'excuse, il n'arrête pas. Mais je ne l'écoute pas, je n'ai pas le temps, il faut que je garde mon frère avec moi. J'ouvre sa chemise et me colle contre lui, une main sur son plexus.

– Lochan, reste avec moi.

Rien ne se passe. Des larmes coulent sans que je ne les retienne.

– On est en pleine mer, putain !

– Divya, je suis désolé.

Je prends le pouls de mon frère. Il est lent mais bien présent. J'essaye de me calmer. Tout va bien.

– Divya, je m'excuse, je ne voulais pas…

– Oui, Maël, attends.

Je caresse la joue de mon frère et presse ma paume contre la sienne.

– Lochy, je suis là… Reviens…

Je retrouve ma sérénité. J'arrive à le sentir. Il n'est pas en danger. Il a juste perdu connaissance.

– Ça va aller.

– Putain, je t'assure, Divya, je ne voulais pas ça… Je…

– Je sais, Maël… Mais attends… Je le ramène tranquillement. Il va bien, je le sens.

Je ne lui jette même pas un regard. Je continue à parler à mon frère.

– Ça va aller, Lochy… Reviens avec nous. Allez…

Je sais que je ne fais pas grand-chose parce que je n'ai pas de ressenti sur ce bateau ou très peu. Mais son pouls revient à la normal peu à peu. Il saigne à la tête mais pas trop. Seule sa jambe m'inquiète.

Les secours arrivent en force. Lochan ouvre les yeux. Il sursaute devant l'attroupement qui se crée autour de nous.

– Où… quoi… Divya…

Il me sourit.

– Je suis là, Lochan… Je suis là.

Il hoche la tête puis grimace de douleur…

– Ma jambe…

– Les médecins sont là, ils vont regarder ça. Tout va bien.

L'un des soignants, justement, me demande de m'écarter. Ce que je fais.

– Il a des allergies ?

– Non.

– Très bien.

Le soignant sort de la mallette qu'il a apporté une seringue et, avec une fiole de je ne sais trop quoi, injecte un produit dans le bras de mon frère.

– C'est pour calmer la douleur, monsieur.

Mon frère hoche la tête puis la laisse retomber lourdement au sol. De petites larmes brillent aux coins de ses yeux. Je reste en retrait, à regarder la troupe s'affairer sur lui, en me rongeant les ongles. Je n'écoute pas ce qu'ils disent, ils parlent technique, je sais que j'aurais un compte rendu quand cela sera nécessaire. Une infirmière bande le crâne de Lochan après avoir annoncé que c'était une blessure apparemment superficielle. Mon frère semble dans les vapes. Il se laisse faire, regarde sans voir les personnes qui s'occupent de lui, stone. Je me dis que cet état doit lui plaire, en définitive. Il a gagné un trip gratuit… On se rassure comme on peut.

L'homme qui a pris en charge la direction des opérations se lève et vient me voir.

– C'est votre mari?

– Mon frère.

– Très bien. Alors, il lui faut des radios et tout un tas d'analyses que nous ne pouvons pas effectuer à bord. Nous avons appelé les urgences côtières, il va être évacué par hélicoptère.

Mes jambes me lâchent.

– C'est si grave que ça?

– Non, ne vous inquiétez pas… Il semblerait qu'il ait la jambe cassée. Une petite semaine d'hospitalisation et un plâtre devraient le remettre sur pied. Cependant, je ne me prononce pas définitivement, comme je vous l'ai dit, il doit passer des examens. Mais ne paniquez pas. Sa vie n'est pas en danger. Je peux vous demander comment l'accident s'est produit?

– Oui… Il a reculé et s'est pris les pieds dans des câbles.

Inutile de préciser le coup de boule, qu'il méritait, au passage. Le docteur hoche la tête.

– Très bien. Nous allons l'emmener sur le pont supérieur en civière. L'hélicoptère va bientôt arriver.

– Je viens avec lui!

Il secoue la tête.

– Mademoiselle, c'est impossible. Nous allons l'hélitreuiller, nous n'avons pas la possibilité de faire atterrir l'hélicoptère sur ce bateau… Nous ne prendrons pas le risque de vous faire grimper à une échelle de corde.

Oui, non, effectivement. Mais quand même.

– Mais… il va bien?

– Oui, il va bien. Comme je vous l'ai dit, ce ne sont que des fractures. Et je lui ai administré un calmant, il risque de ne pas avoir les idées claires.

Deux personnes traversent la pièce, munies d'une civière. Mon interlocuteur m'explique:

– Nous allons l'emmener sur une zone du bateau qui n'est pas accessible au public. Vous devez donc lui dire au revoir ici. Il est tard, je vous demanderai de vous rendre à la réception dès demain matin pour les formalités administratives de l'hôpital. Nous transférerons.

– Très bien. Et où l'emmenez-vous?

– Nous vous fournirons toutes les informations nécessaires demain matin.

Les aides-soignants apposent une sorte d'attelle à Lochan qui sourit aux anges, parti au pays des arcs-en-ciel pour de bon.

– Excusez-moi, nous devons le placer sur la civière.

Je les observe faire tout un tas de manipulations puis soulever la civière. Je me précipite sur mon frère qui affiche un sourire béat… Ça a l'air d'aller pour lui… Je caresse sa joue.

– Je viens te voir dès que nous débarquons, Lochy… Demain matin.

Il tourne un visage détendu vers moi.

– OK.

Puis il ferme les yeux. J'embrasse son front. Le médecin qui m'a tout expliqué revient vers moi et me tend un flacon contenant quelques pilules.

– Ce sont des calmants. Si vous avez du mal à dormir. Mais ne vous inquiétez pas trop, il est sous surveillance maintenant, tout ira bien.

– Parfait.

Il me tend un formulaire plié en quatre.

– Ah oui, j'oubliais… Nous avons besoin des informations essentielles. Nom, prénom, numéro de chambre…

J'attrape la feuille et il me donne un stylo. Je remplis rapidement les cases et lui rends le tout. Il me salue et la civière emporte mon frère et toute la petite troupe hors de la salle. Je reste un moment à regarder la porte refermée sur le convoi et me persuade que tout ira pour le mieux. Plus de peur que de mal, si j'en crois le soignant. Le silence se fait autour de moi. Dans cette grande salle, seule à présent, une sorte d'angoisse me prend. Mais pourquoi suis-je seule ? Où est Maël ?

– Maël ?

Ma voix résonne dans l'amphithéâtre mais personne ne me répond.

– Maël ?

Je survole la salle du regard. Vide. Puis je me tourne vers la scène derrière moi.

– Maël ?

Je grimpe sur la scène.

– Tu es là ?

Je ne vois personne. J'ai un mauvais pressentiment. Je vais fouiller les coulisses à gauche. Elles sont désespérément vides. Je m'apprête à traverser la scène pour vérifier les autres coulisses, mais un mouvement attire mes yeux derrière la batterie.

– Maël ?

Je ne suis pas trop rassurée, seule dans cette pièce immense, mais qui puis-je y trouver à part Maël? Je m'avance en direction du mouvement que j'ai cru percevoir. Plus j'avance, plus j'entends une respiration affolée, voire sanglotante. Merde! Quelque chose en moi sait que c'est lui. Je promène mon regard dans tous les recoins. Et je le trouve. Recroquevillé entre l'estrade de la batterie et un ampli. Il regarde ses genoux, ses doigts grattant nerveusement sa peau sous ses bracelets.

– Maël?

Il pleure comme un enfant en se balançant d'avant en arrière… Je me précipite vers lui.

– Maël, mais qu'est-ce qui t'arrive? Tu…

Il lève la main vers moi, me faisant signe de ne pas avancer. Me coupant dans mon élan.

– Laisse-moi, Divya. Je ne veux plus que tu me touches.

Ma voix s'étrangle.

– Quoi?

Je ne comprends plus rien.

– Mais, qu'est-ce qui te prend?

Il déglutit et essuie rageusement des larmes sur sa joue.

– Va-t'en, Divya!

– Mais pourquoi?

– J'ai fait du mal à ton frère. Je ne voulais pas.

– Je sais ça, c'est lui qui s'est jeté sur toi.

– J'ai fait du mal à ton frère, Divya! Écarte-toi, oublie-moi… Je ne voulais pas, je te promets.

J'avance d'un pas, mais il tend la main à nouveau, le regard perdu devant lui.

– Non, Divya! J'ai tué ton frère.

– N'importe quoi, il a juste la jambe cassée.

– J'ai tué un frère, Divya… J'ai fait ça… Divya, je ne voulais pas, je ne suis pas méchant, je l'ai tué, Divya, il est mort... À cause de moi... J'ai tué Benny, Divya...

– Quoi? Maël, calme-toi, tu dérailles! Qui est Benny?

Il secoue la tête et éclate en sanglots, glissant à nouveau ses doigts sous le bracelet de son poignet droit.

– Je l'ai tué, Divya, je l'ai tué! Je ne voulais pas, je t'assure, je ne voulais pas... C'était nul mais pas méchant... J'ai tué Benny...

Cette fois, il me brise le cœur et, en même temps, il me fait horriblement peur. Je me précipite sur lui, il se recroqueville, se protège d'un bras en rentrant son visage entre ses épaules. Je l'attrape contre moi et le force à coller sa tête contre ma poitrine.

– Il n'est pas mort, Maël... Et ce n'est pas Benny, mais Lochan! Et il a juste la jambe cassée. Tu ne l'as pas tué. Tout va bien.

Son regard se perd sur mon visage.

– Lochan. Pas Benny, Lochan.

Je le berce, les larmes aux yeux. Lui s'est transformé en fontaine. Qui est ce Benny?

– C'est moi qui l'ai tué, Divya... J'ai fait ça.

– Non, il n'est pas mort! Maël, regarde-moi.

Je prends ses joues et le force à lever la tête vers moi.

– Lochan a juste une jambe cassée. Tu m'entends? Arrête de dire que mon frère est mort, s'il te plaît. Il est bien vivant, je viens de lui parler. Tout va bien. Enfin, ça va. Et il n'y a pas de Benny ici. D'accord?

Ses yeux verts sont presque transparents. Le blanc de ses yeux est rouge. Sa lèvre inférieure tremble. Il ne m'écoute pas. Il est ailleurs. Je reprends:

– Maël, répète après moi. Lochan est vivant, il va bien.

Il déglutit et écarquille les yeux.

– Lochan? Il va bien?

– Oui. Il a juste une jambe cassée. Il ne va pas mourir pour ça.

– Il va bien, Lochan ?

Lochan, oui, il va bien. Beaucoup mieux que lui à première vue.

– Oui, Maël, il va bien.

Il hoche la tête.

– Dis-le-moi encore. Lochan va bien ?

– Oui. Il va bien. Tout va bien, Maël.

– Je n'ai pas fait exprès, Divya. Je ne voulais pas, je te promets, je ne lui veux pas de mal. Je…

– Je sais, Maël, il était stone, c'est lui qui t'a sauté dessus. Tu t'es juste défendu. J'ai vu.

Il tente de contrôler sa respiration en grattant frénétiquement son poignet.

– Je ne voulais pas, je…

– J'ai vu… tu n'es pas fautif, Maël.

J'attrape sa main glissée sous le cuir de son bracelet et tente de la repousser.

– Arrête de faire ça, Maël.

Il pose ses yeux dans les miens en résistant. Il m'envoie tout son désespoir. Puis il se détend et me laisse retirer ses doigts de son bras. Il m'attire à lui et se blottit contre moi.

– Je ne voulais pas, Div, je te promets. Je l'aime bien, ton frère, je ne voulais pas.

– Je sais. Je sais.

Je l'enlace et il s'effondre en pleurs contre moi. Je suis désemparée. J'embrasse ses cheveux alors que ses bras me compressent, que son visage se perd contre ma peau, dans mon décolleté.

– Je suis dangereux, Divya. Je n'ai pas voulu lui faire du mal, pardonne-moi.

– Il l'a cherché, Maël… Je ne te pardonne pas parce que je n'ai rien à pardonner. Tu n'as fait que te défendre. Tu as repoussé l'affrontement et il a insisté. Calme-toi, maintenant. D'accord?

Son corps se secoue encore de plusieurs sanglots profonds. Puis il reprend son calme, peu à peu. Je caresse ses cheveux. Je suis en miettes. Enfin, mon cœur. Que cache-t-il au fond de lui pour réagir ainsi? Il déglutit.

– Je comprendrais que tu ne veuilles plus de moi, Divya, je suis désolé, j'ai tout gâché, je…

– Arrête avec ça! Je t'ai dit que ça n'était pas de ta faute…

Il hoche la tête. Nous restons sans parler, accrochés l'un à l'autre. Puis je prends la décision de le ramener dans la chambre. Je pose ma tête sur la sienne.

– On va remonter dans la cabine, Maël. Il est tard et nous sommes fatigués tous les deux.

Il hoche la tête et desserre ses bras de ma taille. Je me lève et le hisse contre moi. Nous prenons le chemin de nos cabines.

Il se laisse choir sur son matelas sans un mot. Ses yeux sont toujours humides. Je ne comprends pas cette peur qu'il a eue… Enfin, ce serait plutôt une angoisse effroyable. Il était à deux doigts de perdre la raison. Il m'inquiète réellement. Lochan aussi. Cette soirée se termine de façon atroce. Elle avait si bien commencé. Je crois que je vais avoir besoin de ces calmants finalement. Je trouve une bouteille d'eau dans le minibar et sors plusieurs cachets du flacon. Je crois que Maël en a besoin aussi. Nous allons essayer de passer une nuit réparatrice, au moins. Je l'aide à se rasseoir sur le lit et lui présente deux comprimés.

– Tiens, prends ça. Ça va te détendre.

Il ne cherche pas à comprendre. Il gobe les cachets et vide la moitié de la bouteille d'eau. Je fais de même.

Je l'aide à retirer ses fringues, je l'installe dans le lit et viens le rejoindre dès que je suis moi-même prête. Il m'attire contre lui. Ses yeux sont toujours rouges et larmoyants. Je le presse le plus que je peux contre moi. Il pose sa tête sur ma poitrine et pleure en silence. Et moi, je pleure pour lui. Sans comprendre pourquoi exactement. Mais ça ne sert à rien de poser des questions ce soir. Il est beaucoup trop à vif et moi aussi. Demain, le soleil se lèvera et peut-être avec lui certains voiles sur son passé. Peut-être. On verra bien.

36

Maël

« Immerse your soul in love. »[1]

J'ouvre douloureusement les yeux. J'ai l'impression que tout est noir autour de moi. Que la vie est repartie. Les ténèbres qui me hantent sont revenues. Benny est venu me voir… J'ai besoin d'écouter quelque chose de noir. La musique de Benny. Celle qui a toujours accompagné mon cafard. J'attrape mon téléphone et lance « Street Spirit ». Thom Yorke disait à propos de ce morceau : « Dans "Street Spirit", il s'agit de fixer le putain de diable droit dans les yeux et de savoir que, peu importe ce que vous faites, il rira le dernier. » En ce qui me concerne, le diable rit toujours… Il n'a pas fini de se fendre la poire à mon sujet, d'ailleurs, à mon humble avis. Mais je ne l'empêche pas de s'emparer de mon cerveau. Comme à chaque fois. Je ferme les yeux et me laisse emporter. Mes poignets me démangent. Je gratte. Je gratte. Je gratte. À m'en faire mal. J'essaye d'oublier le trou noir qui tourbillonne dans mon cerveau…

Une main se pose sur mon bracelet. Elle est là. Je relève les

1. « Immerge ton âme dans l'amour », « Street Spirit », Radiohead. Crédits : Thom Yorke / Radiohead.

yeux vers elle. Ma p'tite fée. J'attrape ses avant-bras et la fais glisser jusqu'à moi. Je m'accroche à elle. Je ne veux pas sombrer. Je veux revenir avec elle. Je veux revoir notre lumière. Nos peaux frottent l'une contre l'autre, sa chaleur vient réchauffer mes mains glacées. Nous nous enroulons l'un à l'autre. Mes jambes s'emmêlent aux siennes. Nos bras glissent autour de nous. Je m'encastre contre sa poitrine, la tête dans son cou, elle fait de même. Nos souffles sifflent à l'unisson. Nos pouls s'accordent à la cadence de l'autre. Nos sexes se mêlent et battent l'un contre l'autre. Nous ne bougeons plus. Nous ne formons plus qu'un. Je nous vois comme une météorite dans l'Univers, flottant au gré des courants. Liés l'un à l'autre, nos dos protégeant le cœur de notre noyau si pur. Ça y est, je déraille complètement. Je frotte ma joue contre elle, mon esprit s'envolant avec la voix de Thom Yorke sur la chanson la plus pure du monde.

– Je t'aime, Divya…

Mes larmes coulent et coulent encore. Sur son épaule, dans ses cheveux, sur sa joue. Elle me presse tellement fort dans ses bras que j'ai l'impression d'étouffer. Elle aussi va partir. En plus de tout le reste, je vais la perdre. Je n'y arriverai jamais. Je suis perdu. Définitivement perdu.

Ma voix est éraillée.

– Tu vas partir.

Je me cache dans son cou. Ma gorge se noue. Je n'y arriverai pas. C'est impossible. Elle caresse mes cheveux.

– Je ne sais pas. Il faut déjà que j'aille voir Lochan. Tu veux venir avec moi ?

Je secoue la tête. L'adversité d'un frère, je n'en veux pas, ce matin. Surtout pas ce matin. Je ne pourrais pas le supporter. Mes poignets me démangent à nouveau. Je gratte frénétiquement ma peau, elle doit saigner, elle va me lancer pendant des jours, elle va me hanter mais c'est pas grave. Divya tente de s'écarter. Je la retiens.

– Ne pars pas, p'tite fée. Pas maintenant.

– Alors arrête avec tes poignets.

Je soupire et stoppe mes gestes. Je la reprends contre moi.

– Tu veux en parler, Maël?

Je secoue la tête.

– Je ne peux pas.

– Il va pourtant bien falloir que tu m'expliques.

– Je ne peux pas.

Et c'est vrai. Je ne peux pas lui parler. Je ne peux parler à personne. Je suis tout à fait conscient que ça me soulagerait. Mais je ne peux pas. C'est tout. Elle insiste:

– Qui est Benny?

– Personne.

Ses doigts me chatouillent la nuque.

– Maël… Tu as confondu Lochan avec ce Benny, hier soir. Tu disais qu'il…

– Je sais très bien ce que je disais. Mais je ne peux pas en parler. N'insiste pas, s'il te plaît.

Mon ton est sec. Beaucoup plus que je ne le voulais.

– Pardon. C'est… trop compliqué pour l'instant. Je suis désolé.

Elle hoche la tête.

– D'accord. Nous en reparlerons un jour. Quand tu auras l'envie. Ou le besoin.

– D'accord.

Nous restons en position fœtale imbriqués un bon bout de temps. Je veux retenir le temps, je suis tellement bien ainsi. J'ai l'impression d'être à ma place. Plus que nulle part ailleurs. Pourtant, mon téléphone se met à sonner, interrompant « Street Spirit ». Me sortant de mon trip sans drogue. Je grogne en me détachant de ma p'tite fée pour attraper l'appareil, puis m'enroule immédiatement à son corps dès que je l'ai en main. Je réponds.

– Oui, allô.

– Maël, c'est Lochan.

Je me raidis.

– Ah. Tu... Tu vas bien?

Pourquoi m'appelle-t-il?

– Pour un mec plâtré de l'orteil jusqu'à la bite, ça peut aller. Mais je n'appelle pas pour ça. Divya va venir me voir, je suppose?

– Oui, évidemment.

– Elle n'a pas de téléphone, c'est pour ça que je t'appelle. Enfin, non, en fait, c'est pour te parler à toi.

– À moi? Tu ne préfères pas que je te la passe?

– Non, dis-lui que je l'embrasse. Je voulais juste te dire de venir avec elle.

– Ah? Mais... T'es sûr que...

– Certain. À tout à l'heure.

Il raccroche. Je reste bloqué sur l'écran. Divya soupire.

– C'était Lochy, c'est ça?

– Oui.

– Et il voulait?

– Que je vienne le voir avec toi.

Elle paraît peu surprise.

– Ah, OK. Tu vois, il ne t'en veut pas. Tu te fais du souci pour rien.

Je jette le téléphone sur les draps. Et me blottis dans ma position initiale.

– Possible. On verra bien.

– Voilà. On verra bien. Encore cinq minutes de câlins et après il va falloir que je me lève. J'ai un tas de choses à faire.

– OK. Cinq minutes.

– Oui. Cinq minutes.

Je ferme les yeux et tente de tatouer dans mon cerveau ce moment. Sur mon corps, la texture de sa peau. Dans mon âme, la douceur de la sienne. J'essaye. Même si ça ne sera jamais pareil loin d'elle.

37

Lochan

« On n'améliore réellement sa vie qu'en s'améliorant soi-même. »[1]

Je me laisse cajoler par la jolie petite infirmière. Très jolie petite infirmière. Elle redresse mon lit, vérifie mes pansements à la tête, sans cesser de sourire.

– Je crois que tout va bien, monsieur Rives. Vous n'avez plus besoin de moi ?

– De vous ? Mais je crois que j'aurai toujours besoin de vous. C'est possible de vous embaucher en tant qu'infirmière particulière ?

Elle rougit en riant. Rire très mignon. Très jolie demoiselle. Vraiment. Quelqu'un frappe à ma porte. Elle sursaute. Je place mon index sur ma bouche.

– Chut, on va dire qu'on n'est pas là !

Elle éclate de rire.

– Mais je ne peux pas faire ça !

La porte s'ouvre. Je laisse tomber ma tête sur l'oreiller derrière moi.

– Bonjour Divya.

La petite infirmière se faufile par la porte ouverte en m'adressant

1. Edmond Thiaudière, *La Décevance du vrai*, 1892.

un beau sourire que je lui rends. Puis je me tourne vers ma sœur. Et… Maël. Divya se rue sur moi et me prend dans ses bras.

– Comment ça va?

Je grogne.

– Ça va. Arrête, tu me fais mal.

Elle ne lâche pas prise.

– Alors là, si tu crois que tu vas échapper au câlin!

Je soupire en la laissant faire.

– Alors vas-y… Fais-moi mal, j'adore.

Elle glousse. J'adresse un regard fatigué à Maël qui se tient, embarrassé, près de la porte, adossé au mur. C'est parti pour le moment où je perds définitivement toute crédibilité.

– Ne fais pas cette gueule-là. Je suis le seul responsable de tout ça.

Il pince les lèvres en gesticulant.

– Je suis désolé.

– Putain, me fais pas répéter, c'est assez gênant comme ça. Je suis le con de l'histoire, j'ai récolté ce que je méritais, fin de l'histoire. On va pas en faire tout un plat non plus.

Divya retient un rire.

– C'est clair que pour avoir été con…

– Je te prierais de ne pas finir ta phrase, Div… On n'insulte pas un infirme…

– Mouais… Enfin, tu le mérites quand même. Ça aurait pu finir plus mal, on a de la chance.

– J'ai de la chance, tu veux dire… Et, excuse-moi, mais je vais être scotché à ce pieu je ne sais pas combien de jours, donc, niveau chance, on repassera!

– Oui, mais tu aurais pu faire mal à Maël, abruti!

Je lève les yeux au ciel.

– Oui, c'est bon, il n'y a que moi de blessé, ne t'inquiète pas, sœurette. On peut changer de sujet ou…

– Oui… Alors, cette petite infirmière ?

– Hein ? Je ne vois pas de qui tu parles.

– Mouais.

Ma sœur m'agace. C'est pas un scoop. Je l'aime à en crever mais, en même temps, elle devient de plus en plus insupportable. Elle frotte son nez contre ma joue. Bon, OK, elle est adorable aussi. J'embrasse son front. Je suis fatigué, complètement shooté aux drogues légales. Le côté sympa du truc. Je bâille outrageusement. Je m'en fous, je suis malade, on pardonne tout à un malade.

– Bon, voilà, tout va bien, je vais bien, je suis pris en charge parfaitement. Tu as apporté ma valise ?

– Oui, d'ailleurs, au passage, le bordel que tu avais mis dans ta chambre ! Tu aurais pu plier tes fringues, ça m'a pris un temps fou et…

Je la fixe, le regard vide. Elle est réellement en train de me faire la leçon, là ? Elle arrête son réquisitoire en faveur des fringues pliées en comprenant que, clairement, elle me fait chier. Maël éclate de rire depuis le fond de la pièce.

– Ah, tu vois ? T'es chiante quand tu t'y mets ! Bon, on peut parler sérieusement ou tu me fais une leçon sur le repassage, derrière ?

Elle grimace en se renfrognant. En attendant, elle se tait et me laisse parler. Je me faufile dans la brèche. Parce que, plus sérieusement, je suis vraiment fatigué.

– Bon, alors. Notre avion part ce soir.

Div m'observe avec de grands yeux.

– Tu comptes quand même aller en France ?

Mon Dieu, aidez-moi…

– Et comment veux-tu que j'aille en France, Divya ?

– Ben justement, je ne sais pas !

– On est bien d'accord. Je ne vais pas en France ! Toi, tu y vas. Avec Maël.

Ils me lancent des regards d'huîtres. C'est normal que tout m'énerve aujourd'hui ? Tout sauf cette très jolie infirmière, bien entendu. Je soupire et attrape mon téléphone.

– Quoi ? Ça pose un problème à quelqu'un ? Maël, tu as quelque chose de prévu ces prochains jours ?

Il secoue la tête en fronçant les sourcils.

– Excuse-moi, mec, mais là je pige plus rien. Hier soir, tu veux me tuer et, ce matin, tu m'envoies en France avec Divya. Désolé mais je n'ai qu'une confiance toute relative dans tes plans bizarres.

Divya s'y met aussi.

– Oui, Lochan, si c'est encore un truc tordu, je…

Je tends la main vers elle.

– Il n'y a rien de tordu. Maman doit te voir, je ne suis pas capable de partir alors que Maël le peut, lui. Et il est hors de question que tu y ailles toute seule, Divya. Je pense que tu es d'accord là-dessus.

Elle hoche la tête et tend la main vers la mienne. Je chatouille sa paume.

Je suis sérieux et en phase avec cette décision. Tout va bien.

Elle plonge son regard au fond du mien et hoche la tête. Je suis content de pouvoir échanger à nouveau avec elle de cette façon. Ça m'a manqué pendant cette semaine. Je tends les bras et l'enlace fortement.

– Fais attention à toi, sœurette. Embrasse maman pour moi.

– Elle va être déçue de ne pas te voir…

– Elle ne s'en rendra pas compte. De toute manière, je n'étais pas attendu.

– Oui, je sais, mais bon… Elle devait se douter que…

– Non, Divya, je te dis que ce n'est pas moi qui suis attendu.

C'est plus qu'évident puisqu'elle n'a demandé que sa fille. Bon, Maël, ton adresse mail, s'il te plaît, je te transfère les billets et les références des réservations. Je vais y modifier le nom.

Il s'exécute, je fais le nécessaire. J'ai peur pour ma sœur, toujours, mais il s'avère que mon obstination à vouloir la protéger est tout aussi dangereuse que sa pseudo-relation avec le bassiste. Je suis aussi toxique que lui pour ma sœur, après réflexion. La preuve. Voilà ce qui se passe quand on picole et qu'on tente de percevoir des choses. On pige tout de travers. J'ai l'air d'un con, très clairement, et j'apprécie fortement que ni l'un ni l'autre n'ait la mauvaise idée de le souligner. Non, à en voir leurs sourires niais à tous les deux, j'ai l'impression qu'ils sont déjà partis, la grande aventure continue, après la croisière dans les Caraïbes, les voilà partis en Europe. Cette fois, tous les deux ! Y a plus dégueulasse comme vie pour un jeune couple. Parce que… c'est ce qu'ils sont. Malgré mes tentatives ridicules pour les séparer, ils ont fait ce qu'ils ont voulu. Et je prédis que ce n'est qu'un début. Enfin s'il purge sa conscience, bien entendu… Ce qui est loin d'être gagné. Ce mec en a gros sur la patate. Bref, en attendant, les voilà sur le départ pour Paris. Ensemble. Et c'est moi qui leur offre cette opportunité, qui plus est. Quelle ironie du sort, non ? Un joli retour de bâton pour ma poire, en tout cas.

Je termine d'envoyer les infos à Maël lorsque la porte s'ouvre à nouveau. L'infirmière ? Je lève les yeux, un sourire séducteur aux lèvres. Qui atterrit sur… Beth et Magnus. Intéressant. Je pose mon téléphone. Beth m'embrasse et Magnus me serre la main. La minette tout à fait charmante se penche sur moi.

– Alors, comment tu vas ?

– Ça va.

Magnus reste en retrait, les mains enfoncées dans les poches de son jean, ses yeux transperçant les miens. Ces deux-là me posent clairement un problème. Ils sont frère et sœur… Je ne peux décemment pas me faire les deux mais, l'un et pas l'autre, c'est pas super pour la fratrie non plus. Et je sais que j'en ai l'air parfois mais je ne suis pas un gros connard. Je lance un coup d'œil à Div qui retient un rire.

Ah, ah, très drôle!

Beth me demande:

– Tu restes combien de temps?

– Dix jours, je crois. Ensuite, ils m'autoriseront à rentrer à L.A. Pourquoi?

Magnus prend la parole.

– Parce qu'on voulait savoir si ça t'intéresserait de bosser avec nous. On a signé avec Mike ce matin et… tu as fait du très bon boulot, on serait intéressés pour continuer avec toi, et comme tu bosses pour Mike, déjà…

– Oui, mais attendez, je vais déjà composer pour les Skeletons, Mike a déjà trouvé les remplaçants de Maël et Deaclan mais, du coup, vu que Maël se barre avec ses morceaux, il y a tout à créer pour l'album.

Magnus penche la tête en m'adressant un sourire énigmatique. J'aime beaucoup ce mec. Une gueule d'ange, mais je suis certain que c'est une sacrée salope derrière tout ça. Beth attrape ma main en suppliant.

– Allez, on ne te prendra pas beaucoup de temps…

Elle me coule un regard ravageur. Elle aussi, je l'aime beaucoup…

Putain, Lochan, refuse ce plan, tu vas te retrouver dans une merde incommensurable sinon…

Mon regard passe de l'un à l'autre. Eh merde!

– C'est bon. On va faire comme ça.

Ils sautent de joie tous les deux. Et je lève les yeux au ciel. Ma sœur se retient clairement de rire et m'embrasse.

– Bon, on va y aller, nous, on a un avion à prendre…

Non, ne me laissez pas avec les frangins terribles, je vous en prie…

Elle attrape la main du bassiste. Le geste m'étonne. Jusqu'à ce que je remarque qu'il porte des mitaines. Malin, le Maël. Il me fait un signe de tête… J'essaye de sourire, je sais très bien que je vais le revoir. Et pas qu'un peu. L'aura qu'ils dégagent tous les deux pue la guimauve. Il est temps d'enterrer la hache de guerre. Beth sort des partitions de son sac.

– Bon alors, je me suis dit que tu t'ennuierais, dix jours, c'est long, alors je t'ai apporté les partitions de nos premiers morceaux pour voir si peut-être…

Je regarde ma sœur partir en espérant avoir fait le bon choix. Puis je place ma confiance dans le destin et me penche sur ce que me montre la pulpeuse Beth. Son frère vient s'installer sur mon autre côté pour m'expliquer deux ou trois trucs. On frappe à la porte. Mon infirmière entre à nouveau. Bordel. De deux choses l'une. Soit je suis au paradis, soit en enfer… J'opterais plutôt pour la seconde. Très clairement… Je me laisse tomber sur mon oreiller. Laissez-moi tranquille. Je n'ai jamais rien fait pour mériter ça…

Help!

38

Maël

« *This machine will, will not communicate,*
These thoughts and the strain I am under. »[1]

L'avion a décollé en retard. Plus de dix heures de vol. Puis traversée de la France en train jusqu'à Arles. Il règne une ambiance particulière entre nous. Après la joie incommensurable de partir avec elle et de ne pas la regarder s'envoler loin de moi, une sorte de vertige désagréable s'est emparée de mon cerveau. Je sais pertinemment qu'elle est anxieuse, que revenir sur son passé n'est pas simple pour elle, d'autant plus que ce n'est pas forcément pour une raison sympa, puisque sa mère, qu'elle n'a pas vue depuis des années, la réclame.

Je comprends cette tension en elle. Je sais aussi que laisser son frère au fin fond d'un hôpital à Miami n'est pas évident, vu que cela fait cinq ans qu'ils ne se sont pas quittés. Cependant, Lochan n'avait vraiment pas l'air perdu, même peut-être trop entouré, quelque chose me dit que ce séjour ne sera pas la fin du monde pour lui. Pour résumer, rien de bien alarmant de ce côté.

---

1. « Cette machine ne, ne communiquera pas / Ces pensées et la tension que je subis », « Street Spirit », Radiohead.

Non, la tension de Divya, sa retenue et sa distance, je la prends, sans doute à raison, pour moi. Elle est réellement distante. Elle me tient la main mais évite mes baisers et écourte mes câlins. Je ne veux pas lui imposer de prises de tête ou autres, elle a bien assez à penser. Ce séjour est pour elle, je passe en second. Mais j'ai déjà un voile gris sur l'esprit depuis l'accident et cette distance ne fait que l'épaissir. Je ne comprends pas tout, je suis un peu perdu et au bord du précipice trop connu qui me tend les bras si souvent. Mais j'essaye de ne pas le voir. Je garde la tête hors de l'eau, j'ai jeté toutes mes drogues avant de partir et je ne demanderai certainement pas d'alcool à la femme qui est en train de nous faire visiter la chambre d'hôtes dans laquelle nous venons d'arriver. Je dois dépasser tout ça.

Je me contente donc de désigner l'endroit où le chauffeur de taxi peut déposer nos valises dans la chambre, de lui tendre quelques billets et d'écouter la présentation des lieux de notre hôtesse dont je ne comprends pas un traître mot. Elle s'adresse à Divya de toute manière.

Elle ouvre les volets pour nous faire découvrir un paysage merveilleux. Une grande terrasse en bois s'étend devant nous, surplombant un bras de vignoble cuisant sous un soleil de plomb. En contrebas, un étang aménagé, avec ponton en bois menant à une sorte de surface flottante au milieu de l'eau, recouverte d'une pergola aux draps blancs ondulant dans une légère brise. C'est juste magnifique.

– Alors, vous avez accès au vignoble. Si vous voulez goûter les raisins, vous pouvez, mais ils sont loin d'être à maturité, vous risqueriez d'être malades. Le lac, au fond, est libre d'accès également, il n'y a pas de surveillance pendant la baignade.[2]

2. Dialogues en italique en français.

Divya lui adresse un sourire. Elle continue :

– *Nos autres gîtes sont encore en travaux. Nous avons ouvert celui-ci en urgence devant l'insistance de monsieur votre frère qui ne trouvait aucune chambre à louer, ce qui n'a rien d'étonnant en pleine période touristique. Vous êtes donc les seuls dans cette partie du domaine. Si vous avez le moindre besoin, n'hésitez surtout pas, je suis là pour ça. Vous désirez dîner ici ?*

Ma p'tite fée se tourne vers moi.

– Tu préfères manger ici ou sortir un peu en ville ?

Je lui adresse un geste las. Je m'en fous.

– Comme tu préfères.

Accoudé au chambranle de la fenêtre, je me perds dans le paysage, j'aimerais être ailleurs, dans un endroit où le doute n'existe pas, où tout irait bien. Un endroit si loin de cet enfer qui m'entoure. Mais le problème n'est pas le lieu où je me situe. L'enfer est en moi. Ici, c'est le paradis. Mais pas pour moi. Divya m'observe un petit moment, mais je garde les yeux droits devant moi, vers le vignoble. Il faut que je me reprenne, je ne peux pas lui faire ça. Pas maintenant. Et même jamais. Elle m'a assez tenu la main, c'est à moi de mettre mes démons de côté pour l'aider, elle. Je devrais être heureux, je ne voulais pas la voir partir et, au final, je suis avec elle. Mais elle… elle n'est plus avec moi. Je suis encore une fois seul dans mes ténèbres.

Ma p'tite fée repart dans sa discussion avec la femme.

– *Nous mangerons ici. Il est trop tard pour faire ce que nous avions prévu, de toute manière, et le voyage a été fatigant. Que proposez-vous ?*

– *Eh bien, j'ai du cassoulet et tout un tas de terrines du terroir. Je peux vous faire un assortiment avec du pain, cornichons… Je suis désolée, comme je vous l'ai dit, je n'étais pas censée ouvrir les gîtes tout de suite, je ne suis pas encore totalement opérationnelle.*

– C'est parfait. Apportez-nous ce que vous avez, ce sera très bien. Juste les terrines. Je n'ai pas faim, je gâcherais le cassoulet. Mais ce n'est que partie remise.

– Parfait, alors. Je vous apporte ça. Je vous laisse vous installer tranquillement.

– Merci beaucoup, à plus tard.

Je ne l'entends pas partir. Je suis en pleine bataille contre moi-même. Les bras de Divya glissent doucement autour de ma taille. Elle m'enlace et pose sa tête dans mon dos. Je caresse ses avant-bras en savourant ce moment. Un peu de baume à l'âme. Je ferme les yeux, cette boule au fond de ma gorge ne me quittant plus jamais depuis l'accident de Lochan. Je me retourne vers elle et la serre dans mes bras. J'ai besoin de plus. J'ai besoin d'elle comme jamais. Je ne peux pas m'y soustraire, je l'aime comme un fou. J'embrasse son cou, je suce sa peau, mon corps l'appelant désespérément. Elle me laisse faire un court moment puis s'écarte.

– Bon… Nous sommes tout seuls sur le domaine… Et je nous ai commandé du cassoulet. Froid, bien entendu… Je sais que tu adores.

– Ah, très bien… Parfait…

Elle m'examine, l'air inquiète.

– Tout va bien, Maël? Je viens de te dire que tu allais manger du cassoulet froid.

Je force un petit sourire en m'étalant sur le lit.

– Si c'est ce que tu veux, ça me va.

Elle repose la trousse de toilette qu'elle était en train d'extirper de sa valise et vient s'asseoir auprès de moi. Elle me caresse le visage.

– Tu vas bien? Parle-moi.

– Je vais bien.

Je ferme les yeux pour me concentrer sur ses doigts le long de ma joue. Puis elle met fin à ses effleurements et attrape ma main.

– Allez, viens avec moi…

– On va où ?

– Viens, tu verras…

Je la laisse me glisser hors du lit. Elle attrape sa trousse de toilette et son téléphone et nous dirige vers la salle de bains. Elle met en route sa playlist qui commence par « Human », pour changer, cette chanson renouvelle l'atmosphère comme par magie. Puis elle allume l'eau de l'immense douche italienne et me pousse sous le jet. Elle se jette sur moi. Prend mes lèvres d'assaut. S'enroule à moi. Je prends tout en pleine tronche. Une vague d'affection, de son affection, m'inonde le cœur. Je réponds à ses mains, à ses baisers, alors que nous sommes encore habillés, dégoulinants, l'eau froide nous recouvrant, nous trempant, s'accrochant à nos fringues, collant nos cheveux, s'insérant dans nos baisers… Je prends tout et bien plus. Je déboutonne son short en urgence et le fais glisser sur ses jambes magnifiques, sa culotte en prime, au rythme de Rag'n'Bone Man qui passe en boucle. Je ne lui laisse même pas le temps d'écarter son short de ses pieds que je suis déjà à genoux devant elle. J'ai besoin de me fondre en elle, j'ai tellement besoin de son amour. De la combler. J'ai cette impression qui me colle à la peau, d'être une sombre merde qui ne lui fait aucun bien, que du mal… Je veux lui faire du bien. Je veux la sentir flotter dans la plénitude, je veux tout pour elle.

J'embrasse son jardin secret. Je le dévore.

– Divya, je t'aime… Je suis désolé. Tellement désolé.

Ma langue s'empare de son bouton et s'y enroule, je la tète avidement. Elle pose ses mains sur mes épaules.

– Maël, attends.

Je ne l'écoute pas. J'attrape ses fesses et la plonge contre ma bouche.

– Maël !

Elle recule. Je redresse la tête. Bon Dieu, c'est quoi le problème ? Elle plonge ses yeux dans les miens.

– Pourquoi es-tu désolé, exactement ?

Des larmes, encore elles, brûlent mes yeux. Je compte sur l'eau qui s'abat sur nous pour les masquer. Mais elle n'est pas dupe. Elle plie ses jambes pour se mettre à mon niveau, c'est-à-dire plus bas que terre. Enfin, c'est une image. Ses mains caressent mon visage. Ses pouces essuyant mes larmes. Je déteste chialer comme un con depuis deux jours. Je ferme les yeux et tourne la tête. Elle me rattrape.

– Maël… Tout va bien. Reste avec moi.

Je la fixe.

– Toi aussi reste avec moi, Divya. Tu n'es… Je suis désolé, je ne devrais pas te faire chier avec ça… mais j'ai fait quelque chose de mal ? Tu m'en veux pour l'accident de Lochan ? Tu ne voulais pas de moi, ici ? Je…

Elle pose sa main sur ma bouche.

– Je ne t'en veux pour rien et je suis troublée que ce soit toi, ici, plutôt que Lochan. Mais…

Ah ! Le voilà ce « mais » qui va me détruire. Ce qui me rassure, c'est que j'arrive encore à la ressentir. Je suis toujours en osmose avec elle. Je la laisse finir.

– Mais tu es particulièrement noir depuis que nous avons accosté. Je pouvais m'y faire sur le bateau, grâce à l'eau. Et sur cette île aussi parce que j'étais stable dans mon énergie. C'étaient les vacances, tout était léger. Mais ici… Je dois voir ma mère, je m'inquiète… Je suis un peu perdue. Je ne peux pas me battre contre ta noirceur en plus. C'est trop compliqué.

– Je suis désolé…

– Ne le sois pas. Tu es comme ça, je le savais avant, je l'ai toujours su. Simplement, si je me rapproche trop, je risque de sombrer. Parce que je m'en fais pour demain et que j'ai peur aussi de rencontrer mon père et de ne pas savoir lui dire non… Ça fait beaucoup pour moi. C'est moi qui suis désolée, j'aurais dû te le dire dès la sortie du bateau… Pardon, Maël… Je vois bien que tu es perdu… Mais je ne suis pas super simple à vivre, tu n'es pas le seul à devoir jongler avec les émotions. Je suis une véritable éponge…

Je m'écarte machinalement d'elle en m'asseyant contre la paroi derrière moi. J'ai du mal à me faire à tous ces trucs de passation d'énergies, d'autant plus que, sur le bateau, nous n'avions pas besoin de nous en soucier et, si on y réfléchit bien, il n'y a que là que je l'ai vraiment approchée. Elle me rattrape et grimpe sur mes cuisses, son intimité contre la mienne entravée par le jean de mon bermuda.

– Ne me fuis pas, Maël. Nous sommes sous l'eau. Tout va bien pour moi. Même très bien.

Elle retire mon T-shirt. Ses doigts naviguent sur mes épaules puis sur mon torse. Ils descendent sur mes tétons, l'une de ses mains s'accroche à mon barrel[3] et commence à jouer avec en le tournant doucement pendant que son autre main descend timidement sur mon ventre puis ouvre mon bermuda. Je n'ai, comme d'habitude, pas de caleçon. Ma bite sort donc fièrement de sa cachette dès qu'elle en a fini avec le dernier bouton de ma braguette. Ces simples gestes m'enflamment parce que Divya est relativement timide au niveau du sexe, ce qui se comprend aisément. Elle aime que je la touche, se prête avec joie à tout ce que je peux lui faire, mais, pour le moment, c'est moi qui donne et elle qui prend. Ce qui me va très bien, c'est toujours un plaisir immense de lui procurer du plaisir. Et cela me provoque de

3. Piercing droit.

putains d'orgasmes comme je n'en ai pas eu depuis des siècles, donc tout va bien pour moi de ce côté.

Mais sentir sa main s'aventurer sur ma peau… ses doigts me découvrir… c'est encore autre chose. Je rentre le ventre pour la laisser descendre plus bas, entre la jonction de nos deux corps, mon sexe contre le sien. Elle recule très légèrement. Ses doigts triturent mon piercing. Sa bouche reprend sa place sur la mienne. Et sa seconde main… Oh, putain, sa seconde main… La pulpe de ses doigts effleure mon gland. Timide. Envoûtant. Presque énervant… La première fois, je l'ai guidée. Aujourd'hui, je lui laisse les rênes. Ses doigts descendent sur mon second piercing. Je plonge ma langue au fond de sa bouche, mes mains s'agitant dans son dos. J'aime plus que tout qu'elle s'occupe de moi. Je lui offre une belle gaule, malgré la fraîcheur de l'eau qui tombe toujours sur nous. Elle titille mon dydoe et tout mon gland. Je soupire de désir dans sa bouche. Je ne sais pas quoi faire de mes mains. Mais je les garde sagement le long de sa colonne, sous son débardeur, la massant, la chatouillant… Mon bassin se soulève pour l'encourager. Sa paume arrive sans prévenir et englobe ma queue. Je hoquette de surprise contre sa langue, me figeant dans l'attente de la suite. Elle fait descendre puis remonter sa main autour de moi. J'attrape ses fesses. Mes doigts se crispent sur sa peau. Je mets fin à notre baiser pour dévorer son cou.

Elle se redresse alors que j'attire son bassin contre moi. Sa main accélère sur moi. Son pouce revient sur mon prépuce. Je relève son débardeur sous son cou et descends ma bouche sur ses seins. Mes dents grignotent ses mamelons, elle jette sa tête en arrière en gémissant. Sa poigne se resserre sur moi. Je gobe son sein durci et roule une pelle à ce petit bout de chair tendu sous ma langue. Puis je passe ma main sur son buste, l'autre sous ses reins, je la pousse en arrière, entre mes jambes écartées. Ma main parcourt sa poitrine, son ventre plat, tendu. Elle est magnifique, allongée devant moi, le débardeur relevé effrontément, le bras tendu vers ma bite, toujours au fond de sa paume. Mes doigts s'emparent de son clitoris gonflé. Elle se cambre, frottant sa fente contre mon membre qui n'attend que ça. J'ai envie de la prendre, mon esprit n'en peut plus. J'attrape ma queue et l'astique violemment.

– Divya, je suis clean... J'ai fait un test il n'y a pas longtemps et je me protège toujours et...

Elle ne redresse même pas la tête.

– Je ne prends pas la pilule.

– Je ferai attention.

Elle pousse son entrejambe contre mon bassin pour toute réponse. Je râle de satisfaction. J'enfile deux doigts en elle et je m'aperçois que j'ai encore mes mitaines, mais tant pis. Tout est lubrifié à outrance par son désir. Mortellement attirant. Je n'insiste pas. Je dirige ma queue dans son enfer enchanteur. Je ne cherche pas à faire durer. J'en suis incapable. Je transpire d'envie. Je la décale légèrement, me présente devant elle et donne un coup de bassin. Sa peau glisse contre la mienne. Sans barrière. Mon Dieu ! Je me redresse et attrape ses hanches. Je la fais coulisser autour de moi. Vite. Très vite. Adossé contre le mur, la tête vers le jet qui nous recouvre toujours, je ressens chacun de ses muscles qui m'enserrent, sa chaleur, son écrin qui m'encercle comme du velours, je suis à l'étroit, ma peau glisse contre ses chairs, c'est...

– Putain, Div...

– Maël...

Elle se cambre en se dandinant. Oh, merde ! Elle me fait perdre pied. Mes doigts s'incrustent dans sa peau pour l'empêcher de glisser. J'envoie ma bite plus profond dans cette femme parfaite, écartelée devant moi, pour moi, sensuelle à en crever. Elle se caresse les seins, les presse, les triture, la bouche entrouverte, l'eau tombant sur elle, la rendant presque irréelle. J'attrape sa main droite et l'attire contre son clitoris. Je le ferais bien moi-même mais je ne peux pas, j'ai besoin de mes deux mains pour la diriger. Je glisse juste ses doigts à elle dans sa fente, sur son petit bouton, et lui enjoins de se faire du bien. Elle reste immobile, certainement embarrassée. Je reprends ma prise sur ses hanches.

– Divya, fais-toi du bien… Vas-y, je vais jouir, là. Montre-moi comment tu fais… Je veux te voir…

Je perds tout contact avec la réalité. Les yeux rivés sur ses doigts. Qui ne bougent pas. Puis doucement, qui pressent son clitoris, puis un peu plus, en rythme avec mon attaque qui s'accélère sans que je ne le comprenne vraiment. Je râle devant le spectacle sensuel à mourir qu'elle m'offre.

– Oui, ma déesse, fais-toi plaisir, vas-y. Plus vite…

Elle accélère. Moi aussi. Elle se cambre dans tous les sens. Une sueur s'empare de mon front. Mon souffle a disparu, à la place, je frémis, je gémis, je m'étouffe.

– Plus vite, Divya, plus vite… Vas-y.

Elle crie en obéissant. Mes yeux sont perdus entre son index et son majeur, j'ai l'impression que c'est moi qu'elle touche. Son ventre se contracte. Elle halète, ondule atrocement, sa main libre s'enroule à mon mollet, je vais en elle comme un damné, mon bide me brûle, mes couilles sont dures comme du bois, il faut qu'elle…

– Seigneur, Maël !

Son dos se soulève, un spasme époustouflant la traverse, tout son corps tremble. C'est trop beau. Je l'écarte en urgence, me retire et pose ma queue sur son ventre. Je me vide sur sa peau satinée. Je cogne ma tête contre le mur derrière moi en soupirant d'extase. Mes boules se vident par saccades délicieuses, maintenant mon esprit merveilleusement engourdi.

– Putain, quel pied, p'tite fée!

C'est tout ce que j'arrive à dire. Je n'ai plus aucune force. D'une main paresseuse, j'étale ma semence sur son ventre. C'est dégueulasse mais j'adore ça... Et le jet de la douche dilue le tout et mes braves petits soldats prennent le chemin du siphon... Bye bye, les gars.

Je me contorsionne dans l'espace réduit, qui est quand même relativement grand pour une douche, et réussis à m'allonger à côté d'elle, sur la mosaïque en faïence sur laquelle elle est allongée depuis plusieurs minutes. Genoux pliés dans tous les sens, dos courbés, nous nous enlaçons. Je l'embrasse langoureusement, elle me rend mon baiser. Puis nous restons là, sous la pomme de douche qui continue de nous asperger, inlassablement. Je ne veux plus jamais en sortir puisqu'elle me permet d'être avec elle.

– On dort là, cette nuit?

Elle éclate de rire.

– Je veux un oreiller!

– Tu peux dormir sur moi, si tu veux...

– D'accord...

Je l'embrasse et me relève. Je veux bien être souple mais, plié en douze, ça ne va pas être possible.

– Il va falloir que je sorte, malheureusement... Je ne fais pas 1,50 mètre, moi...

– Dommage pour toi! Et je mesure plus que ça! Au moins 1,55 mètre. Mauvaise langue!

Je m'insurge.

– Quoi? Mauvaise langue, moi? Insulte impardonnable, mademoiselle Rives.

Elle se relève avec un air malicieux et se colle à moi.

– Tu vas mieux, on dirait?

Je hausse les épaules.

– Si je vais mieux, je suis moins noir. Et, si je suis moins noir, tu peux me toucher… Alors oui, je vais mieux, pas le choix.

– Parfait…

Nous profitons encore de quelques minutes de notre bulle aquatique, je nous débarrasse du reste de nos fringues trempées, nous nous lavons puis nous mettons fin, à regret, à ce moment magique.

***

Un panier de pique-nique nous attend sur la terrasse. Le soleil est déjà bas dans le ciel, je n'ai pas la notion de l'heure avec ce décalage horaire mais il doit être tard. J'ai super faim. Je trouve une autre paire de mitaines dans ma valise, les autres sont mortes, elles n'ont visiblement pas supporté la douche. Puis je farfouille dans le panier pendant que ma p'tite fée s'habille. Des pots en verre avec des trucs qui ressemblent à du pâté mais français, du saucisson, du vin, du fromage qui sent… vraiment fort…

– Pas de cassoulet?

Divya me rejoint en s'essuyant les cheveux. Elle s'esclaffe.

– C'était pour te faire réagir… Mais je crois que j'ai trouvé plus efficace en ce qui concerne tes réactions.

Je l'enlace par réflexe puis m'écarte d'elle par obligation.

– Donc, ce moment « mouillé » n'avait pas d'autres buts que de me faire réagir?

Elle rougit en retenant un rire.

– Quoi d'autre?

Je pince les lèvres.

– Il me semble qu'il t'a fait réagir aussi, au passage…

Elle tente de garder son sérieux en farfouillant dans le panier.

– On ne peut pas toujours éviter les dommages collatéraux…

– Sale peste !

Elle éclate de rire et se pend à mon cou. Un frisson la traverse, elle recule d'un pas. Cette fois, ça me saoule ! J'attrape le panier.

– Bon… On va prendre le problème à la base. Je suis dangereux pour toi sans eau. Donc deux solutions… Soit on vit sans se toucher, soit on vit dans la flotte. Personnellement, étant donné que la première option n'est pas envisageable… je choisis la seconde.

Elle me regarde, bouche bée. Je lui tends le panier.

– Tiens-moi ça deux minutes.

J'entre dans la chambre, attrape la couette et deux oreillers puis la rejoins sur la terrasse. Elle me regarde comme si j'étais fou. Ce qui n'est pas impossible, au passage.

– Maël, mais qu'est-ce que tu fais ?

– Je résous le problème. Suis-moi.

Je la précède sur un petit chemin bordant le vignoble, nous descendons plusieurs mètres assez abrupts puis arrivons sur le ponton. Je ne m'arrête pas, le longe jusqu'à la petite plateforme au milieu du lac, ou de l'étang, je ne connais pas trop la nuance. La grandeur peut-être… Bref, on s'en tape. Je me faufile entre les voilages aériens pour trouver un espace magique… Le teck de la plateforme est recouvert de matelas de soleil, coussins, et j'en passe. C'est simplement mon rêve. Entourés d'eau, allongés sur des coussins moelleux, sous cette pergola… Je laisse tomber la couette et les oreillers sur un matelas et me tourne vers Divya. Je prends le panier de ses mains alors qu'elle admire l'endroit. Je le pose et attrape ses joues.

– Test.

Je l'embrasse comme jamais. Elle enroule ses bras autour de mon cou et se presse contre moi. Notre baiser dure une éternité. Un infini merveilleux. Puis elle s'écarte, à bout de souffle.

– Test validé.

Elle me saute dessus sans prévenir, je chancelle et m'affale sans aucune grâce dans la couette et les coussins. Nous nous enroulons dedans, nous nous vautrons sur les matelas, sans cesser nos baisers. Je suis réellement au paradis.

39

Divya

« Days go by and life goes on, I feel I've been away too long,
What I would give to be with you, days go by and life drags on. »[1]

Des bruits de pas résonnent sur le ponton. Enroulée dans les bras de Maël, j'ouvre un œil… Il fait déjà chaud, les rayons du soleil atteignent un angle de notre petit nid tanguant doucement sur la houle naturelle de l'eau, sur laquelle nous flottons. Les voilages de la pergola virevoltent doucement sous une petite brise légère et bienvenue. Maël, quant à lui, est collé à moi, tout nu, sur la couette. Moi, je suis blottie en dessous… Je relève la tête vers les pas qui martèlent le bois du ponton. La propriétaire de l'établissement s'approche de nous, un immense plateau dans les mains. Elle est tout sourire et je perçois des odeurs divines de viennoiseries poussées vers moi par le vent léger…

J'attrape un bout de la couette et le pose rapidement sur Maël… Quelques centimètres carrés recouvrant l'essentiel. Il sursaute, un peu perdu, puis relève la tête, aperçoit notre hôte

1. « Les jours passent et la vie continue, je sens que j'ai été absente trop longtemps / Ce que je donnerais pour être avec toi, les jours passent et la vie se traîne », « Paradise », Tesla. Crédits : Frank Hannon / Jeff Keith / Brian Wheat.

et vient me rejoindre sous la couette. Je préfère. La charmante dame n'entre pas sous la pergola.

– Bonjour, je croyais vous avoir perdus… Je vous ai préparé le petit déjeuner. 8h30 comme vous l'aviez demandé.

– Bonjour… Merci.

– De rien…

Elle marque une pause.

– Le lit n'était pas confortable ? Il faisait trop chaud ? Un souci dans la chambre ?

Je m'empresse de la rassurer.

– Non, tout était parfait. Simplement, nous avions besoin… d'eau. Et votre petit coin, ici, est tellement romantique… Nous n'avons pas résisté…

– Vous avez bien fait. Vous avez bien dormi quand même ?

– Oui, c'était parfait. Merci encore. Cela ne dérange pas si…

– Oh, non, comme je vous l'ai dit, vous êtes mes premiers et seuls clients… le domaine est à vous. Je suis contente que cet endroit vous ait plu, c'est une de mes idées. Mon mari était contre, alors, au contraire, ça lui clouera le bec une bonne fois pour toutes. Bon, je vous laisse. Bon appétit. Je vous ai réservé un taxi pour Arles, vers 9h30 comme vous m'aviez demandé.

– Parfait, merci beaucoup.

– De rien, à plus tard.

Je me rallonge contre Maël dont les bras m'encerclent les hanches, et sa bouche me chatouille les côtes.

– Bonjour, p'tite fée. Bien dormi ?

– Oui et toi ?

– Mmm. J'en veux encore.

Il referme les yeux et repose sa tête sur l'oreiller. Je le pousse des deux mains.

– Mais non… Nous devons aller voir maman, un taxi arrive

dans une heure… Réveille-toi!

Il sursaute et s'assied, la tête hirsute. Il n'a pas l'air du tout réveillé.

– Une heure? Merde! Réveil d'urgence!

Il attrape le jogging coupé en bermuda totalement destroy qu'il portait hier soir, l'enfile, se lève, avance comme un zombie jusqu'aux rideaux, les écarte et… se laisse tomber dans le lac. Je me redresse pour scruter l'eau mais je n'ai pas besoin de le voir à proprement parler. Il refait surface en hurlant. J'aperçois juste sa tête.

– Putain, mais elle est gelée!

J'éclate de rire!

– Ben oui, t'es pas dans une piscine!

– Même à L.A., la mer est plus chaude!

– T'es pas à L.A. non plus!

Il replonge sous l'eau. Puis pose ses bras sur le bord de notre chambre improvisée.

– Viens là…

Je me cache sous la couette.

– Alors là, tu rêves.

– Mais viens, ça va te réveiller.

– Je suis réveillée.

– Pas assez…

Il se hisse sur le sol et se jette sur moi. Je m'accroche à ma couette.

– Non, Maël Jones, je ne veux pas! T'es tout froid, elle doit être glacée!

Il me soulève comme un vulgaire sac à patates.

– Lâche cette couette.

Je me débats.

– Non!

– Divya, lâche cette couette ou elle vient avec nous…

– Mais non, mais…

Il nous dirige vers le bord de notre plateforme.

– Lâche cette couette.

Je sais qu'il va le faire. Je le sais… Avec ou sans couette. Je préfère la lâcher… Au moins une qui sera épargnée. Il resserre ses bras autour de moi et saute dans l'eau… glacée !

Je refais surface.

– Ah mais ça va pas ! Elle est super froide !

Il est plié de rire. Son sourire, ses yeux, ses traits, tout irradie le bonheur. Alors tant pis pour le froid. Je m'accroche à son cou…

– T'es au courant que je suis nue ?

– Ah ? J'avais pas remarqué !

– Tout le monde peut me voir !

– Oui, mais il y a personne… C'est pas grave.

– Mais toi, t'as mis ton bermuda.

– Oui mais moi je suis une rock star.

J'ouvre de grands yeux.

– Le rapport ?

– Aucun… Bon, on va manger ?

– Ouais, c'est ça.

– Exactement.

Il m'aide à me hisser sur le ponton puis fait de même, va chercher le plateau, et nous déjeunons en laissant la brise nous sécher au travers des voilages. Cet endroit ne peut pas être plus romantique. Ce qui me fait du bien et détourne mon esprit de ma future visite chez maman.

Maël, les bras posés sur ses genoux relevés devant lui, découpe un bout de croissant et le tend vers moi.

– Voilà, madame, le croissant.

– Tu parles français ?

– Euh, t'as dit quoi?

J'éclate de rire.

– Ah ben non, fausse alerte. Tu parles « un peu » français?

Il porte un bout de viennoiserie à ses lèvres.

– Eh, je m'appelle Maël! C'est français, Maël! J'ai un tout petit bout de moi qui est français... Pas ma langue malheureusement... Non, elle est purement américaine, celle-là. C'est dommage, j'aurais bien aimé parler le français. Écrire une chanson dans cette langue, par exemple.

– Je peux t'apprendre, si tu veux? Et d'où te vient ton « petit bout » français?

– Le père de ma mère. Mon grand-père. Que je n'ai jamais connu. Mais il parlait votre langue avec maman quand elle était jeune, et ma pauvre mère a désespérément tenté de me l'apprendre mais, à l'époque, je m'en foutais royalement. À part trois mots qui me reviennent de temps en temps, je n'en ai aucun souvenir.

– Et Maël, c'est...

– Le prénom de mon grand-père. Maman adorait son père. Et ça veut dire « Prince »... C'est... breton? Je sais ça mais je ne sais même pas ce que ça veut dire. Ça veut dire quoi, « breton »?

– C'est une région de la France. Un peuple assez indépendant... Ils ont leur propre culture bien ancrée en eux... Très jolie, la Bretagne.

– Ah, cool!

Il me sert une tasse de café et me la présente. Et me fait la conversation. Puis il récupère notre couette, les oreillers, je range le plateau et le panier d'hier au pied du ponton, et nous remontons tranquillement jusqu'à notre chambre pendant que sa conversation dévie sur les tournées, les pays qu'il a traversés sans avoir eu le temps de les visiter, les trucs bizarres qu'il a vus dans certaines régions du monde. L'heure est passée sans que l'angoisse n'ait pris trop de place dans ma tête. Je le soupçonne d'éradiquer le silence pour justement ne pas me laisser le temps de penser. Et j'apprécie beaucoup l'attention.

***

Malheureusement, une sorte de semi-panique arrive néanmoins lorsque le taxi nous dépose devant la bâtisse où maman a élu résidence depuis des années. Elle me paraissait plus imposante à l'époque. Mais elle reste tout de même impressionnante. Maël règle le taxi et glisse ses doigts entre les miens. Il porte toujours ses mitaines, j'adore cette attention également. Mon rocker tatoué, aux fringues savamment destroy, à la coiffure improbable qui lui va très bien et qui signifie clairement qu'il n'obéit pas aux règles classiques… J'ai une nouvelle petite appréhension, tout à coup. Mine de rien, je vais présenter mon homme à ma mère… Évidemment ce n'est pas une présentation à proprement parler et il y a de grandes chances pour que la personne que nous allons rencontrer ne soit pas non plus, à proprement parler, ma mère. Son enveloppe charnelle tout au plus. Mais quand même.

Je resserre mon poing sur les doigts de Maël pendant que nous grimpons l'escalier qui mène au perron du centre. Je me souviens du hall, le secrétariat n'a pas changé, maman est toujours au second étage, le couloir que nous traversons est le même. Je suis projetée des années en arrière, avec mes yeux d'adulte. C'est étrange. Une grande chaleur m'assaille à chaque pas fait vers elle. Nous arrivons devant sa chambre, enfin l'aide-soignante qui nous accompagne appelle ça des appartements. Si elle veut. Elle se faufile par la porte pour prévenir de ma présence puis ressort.

– Mme Rives vous attend, mademoiselle.

Maël embrasse mon front avec légèreté puis me lâche la main.

Cette fois, c'est à moi. Je frotte mes mains moites entre elles. Puis je pousse la porte.

Maman est assise sur un fauteuil, les jambes repliées devant elle, dans une position d'adolescente qui regarde la lune par sa fenêtre en rêvant à un avenir parfait. En blouse à fleurs, jean un peu trop grand, pieds nus, elle ressemble à un souvenir. Presque impalpable. Une image qui a hanté mon cerveau pendant des années. Elle a les mêmes cheveux que les miens, les yeux de Lochan, son sourire charmeur.

Je m'approche avec l'envie puissante de plonger entre ses bras. Mais je me rappelle que les gestes brusques sont à proscrire. Je reste donc à moins d'un mètre d'elle, en attente d'un geste, d'un regard. Qui ne vient pas. Elle reste perdue dans sa contemplation du ciel. Une boule se forme au fond de ma gorge. Tous mes espoirs profondément enfouis depuis des années, se résumant à espérer qu'elle se cachait du monde derrière une pseudo-maladie neurologique, sont en train de s'écrouler, brique par brique. Ma foi, mon espoir, tout s'effondre devant cette femme, cette rêveuse aux pieds nus, cette étrangère que j'aime malgré tout. J'ai imaginé ces derniers jours qu'elle me sauterait au cou, qu'elle me dirait que je lui manque, que l'étincelle de vie brillerait au fond de ses yeux dès que je la reverrais. Mais rien.

Je m'agenouille devant elle, désabusée. Les larmes me brûlent les yeux. Mon cœur a envie d'arrêter ses battements, mon âme me consume l'esprit. Elle ne bouge pas. Une enveloppe vide. Voilà tout. Voilà en quoi se résument nos retrouvailles. Cinq ans pour me faire arracher le cœur. Je ne comprends pas. Lochan m'a dit qu'elle m'appelait. Mais les minutes passent. Même si j'ai l'impression que le temps s'est arrêté dans cette pièce, depuis cinq longues années. Elle ne bouge pas. Je pleure en silence. Entre nous, il y a ce mur. La vie. Je la commence, elle l'a finie depuis longtemps. Je me penche et pose ma tête contre ses mollets.

– Je t'aime, maman.

– Moi aussi, ma chérie.

Je redresse la tête. Elle n'a pas bougé. Pourtant, elle m'a parlé.

– Maman ?

Elle tend la main jusqu'à mon visage. Je l'attrape et l'embrasse.

– Maman.

Je ferme les yeux en passant ma joue sur sa paume. Sa main est presque inerte. Elle ne bouge pas. Mais elle est tendue vers moi. Je reste là, un bon moment, à la sentir contre moi. Puis j'embrasse à nouveau ses doigts. Une larme coule sur ses joues. Ses yeux ne se posent pas sur moi. Elle ouvre la bouche. Et se met à parler.

– Lochan t'aime, ma chérie. Je suis fière de vous.

Mes larmes ne s'arrêtent plus.

– Oui, maman… Je suis fière de toi, moi aussi. Tu me manques. Pardon d'être partie si loin. Pardon de t'avoir abandonnée.

– Mais je suis avec toi, Divya. Toujours. Quand tu te lèves le matin. Quand l'aube vient caresser ta journée. Quand le soir vient te dire bonne nuit. Je suis aussi dans chaque goutte de pluie sur ton visage, chaque rayon de soleil sur ta peau. Chaque larme, chaque sourire, je les partage avec toi. Je suis là… Ouvre ton cœur, ma chérie. Ce n'est pas parce que tu ne me vois pas que je ne suis pas là. J'ai été avant moi et je serai après moi aussi. Apprends à me ressentir. Et tu me trouveras. Même quand je serai partie. Apprends à me ressentir, ma chérie.

De lourds sanglots font trembler ma voix.

– Oui, maman.

Elle tourne enfin la tête vers moi. Ses yeux sont profonds, remplis d'infini. Elle penche la tête.

– Tu l'as amené avec toi.

Je renifle bruyamment.

– Qui ?

Elle ferme les yeux.

– Tu es pleine d'amour, ma chérie. Tu rayonnes. Je l'ai senti. Depuis plusieurs jours. Tu sais, une maman sait ressentir ce genre de choses. J'attendais ce moment.

– Mais de quoi parles-tu ?

Elle ouvre les yeux et me caresse les cheveux, avec ce regard qu'elle avait lorsqu'elle me berçait, petite. Ses yeux se ferment, doucement, alors qu'elle attrape ma main et la serre ainsi entre ses paumes.

– Divya… Nous ne sommes que des écorces. Et ça fait longtemps que la mienne est devenue trop petite. Je veux m'envoler maintenant. Mais pas avant d'être certaine que la noirceur est partie. Va le chercher.

– Aller chercher qui, maman ? Qui attend qui ?

Elle hausse les épaules, presse encore ma main quelques instants, puis ses bras reprennent leur position initiale autour de ses jambes.

– Ton prince aux dessins. Celui auquel tu penses en ce moment même. Va chercher le prince aux dessins.

– Qui ?

Mes yeux sont flous. Je reste là, à ses pieds, sans bouger. Elle repose ses yeux sur moi.

– Le prince aux dessins. Sur sa peau. Celui que tu aimes et qui te rend si lumineuse. Tu sais, ma fille, c'est beau l'amour. Mais je veux le voir. Je suis ta mère. Alors je veux voir celui que tu aimes.

Le prince. Des dessins. Sur la peau. Celui que j'aime.

– Maël ?

Elle hoche la tête.

– Le prince aux dessins. Celui qui est tout près de nous. Je suis

ravie que tu aies pensé à l'emmener ici. Je savais bien que quelque chose se passait.

– Tu veux voir Maël?

– Oui. C'est mon rôle de mère de m'assurer que ma fille ira bien et sera heureuse. S'il te plaît, ma puce, va le chercher.

Je le trouve dans le couloir. Il se lève précipitamment de son siège lorsqu'il me voit sortir. Il s'approche de moi et essuie mes larmes.

– Ça va, p'tite fée?

Je hoche la tête, abasourdie. Je croyais que maman avait perdu la raison, pendant tout ce temps. Mais je me suis lourdement trompée. Enfin, disons plutôt que notre pressentiment, à Lochan et à moi, était bon. Mais je ne pensais pas que sa clairvoyance était encore si puissante qu'elle me ressentait par-delà les kilomètres. L'instinct maternel, sans doute. Maman pousse le sixième sens à son paroxysme, même encore aujourd'hui. Et elle m'a eue en beauté… Elle a senti que la source de mon bonheur n'était pas loin. Donc c'est parti pour la présentation officielle.

– Elle veut te voir, je crois.

Il fronce les sourcils.

– Me voir, moi?

– Je ne peux pas t'en dire plus. Elle demande à te voir. C'est tout. C'est ma mère, elle est curieuse, elle veut te rencontrer.

Pas besoin d'épiloguer. Elle veut savoir si je suis entre de bonnes mains et donc elle veut rencontrer celui qui est le propriétaire universel de chaque battement de mon cœur. Comme toute bonne mère qui se respecte.

J'attrape sa main mais il est clairement réticent.

– Mais ce n'était pas prévu, Divya, je ne suis pas certain que rencontrer ta mère… Je suis habillé n'importe comment et je n'ai pas vraiment le look du gendre idéal…

– Je crois qu'elle s'en fiche de ça, Maël. Elle veut juste te voir.

S'il te plaît… Il n'y aura peut-être pas d'autres occasions, c'est important pour moi.

Il soupire et me laisse l'emmener. Maman n'a pas bougé quand nous entrons. J'entraîne Maël jusqu'à son fauteuil. Il bredouille :

– Bonjour, madame.

Ma mère tourne les yeux vers lui, l'inspecte un long moment. Le pauvre Maël ne sait plus trop quoi faire. Il faut dire que l'inspection est assez dérangeante… Je préfère clairement être à ma place qu'à la sienne. Puis elle se décide enfin à bouger. Elle fronce les sourcils et lui tend la main. Il se laisse prendre au piège et tend la sienne vers elle. Sans mitaines ! Il a retiré ses mitaines ! Mais non ! Je ferme les yeux au moment du contact… Puis je les ouvre à nouveau. Le regard de ma mère est flou. Celui de Maël aussi. Eh merde ! Je tire sur leurs poignets pour les détacher et lance un regard clairement réprobateur à ma mère.

– Tu n'avais pas le droit de faire ça, maman !

Maël semble étourdi, j'attrape son bras, surtout pas sa main, ça suffit comme ça, les conneries !

– Pourquoi tu as voulu le sonder, maman ? Il n'est pas bien en ce moment, il suffisait de me le demander !

– Tu ne m'aurais rien dit ! Mais je savais bien que je devais me mêler de ça !

Je lève les yeux au ciel… Je ne me souvenais plus de ce qu'avoir une mère sur le dos signifiait. Ni que Lochan tenait son côté chiant et intrusif directement d'elle.

– Mais te mêler de quoi, exactement ?

– De son problème ! Divya, il a un problème !

– Oui, je suis au courant mais j'ai confiance.

Elle pince les lèvres, soucieuse.

– Je sais. Tu l'aimes. C'est normal. Mais il va falloir qu'il résolve ses soucis, sinon…

Les doigts de Maël qui semble avoir retrouvé ses esprits se resserrent sur mon épaule.

– Divya, c'est quoi le problème?

Ma mère se tourne vers lui.

– Le problème, c'est que je veux le bien de ma fille, jeune homme.

Je reste stupéfaite. Mais oui, bien sûr, maman parle anglais, elle s'est occupée de l'aura de tellement de monde, elle a côtoyé des personnes étrangères pendant longtemps. Je sens la catastrophe arriver mais, à ce stade, je ne suis plus certaine de savoir quoi dire ou quoi faire pour calmer le jeu. Maël lui répond:

– Moi aussi, je ne veux que son bien.

Elle ricane et sans prévenir attrape le poignet droit de Maël. Il recule mais elle tient bon.

– Pour ça, il faudrait d'abord résoudre ça!

Ses doigts se resserrent sur le bracelet de mon homme. Il grimace.

– Ce sont mes affaires. Et avec tout le respect que…

– Le respect n'est pas ma préoccupation première, jeune homme. Seule ma fille m'importe. Ce que vous gardez en vous vous empêche de trouver la paix, c'est évident. Je ne veux pas que Divya soit confrontée à ça!

Elle désigne son poignet du regard. Maël tire son bras d'un coup sec et pose sa main gauche à l'endroit où les doigts de ma mère étaient posés, il y a quelques secondes.

– Maman, arrête maintenant!

– Prince aux dessins, oui, mais pas noir. Si vous aimez ma fille, nettoyez-moi ça et repartez sur une base propre. Sinon vous la rendrez malheureuse. Divya, je ne cautionnerai pas ce genre de choses.

Maël pince les lèvres. La colère qui monte en lui est presque palpable. Ma mère soutient son regard sans ciller.

– Nettoyez votre aura. Vous-même. Et ensuite, soyez heureux. Sinon, vous ne lui ferez que du mal. C'est tellement évident que je ne comprends même pas comment elle a pu ne pas voir ce point ! C'est écrit sur votre visage.

– Divya, je suis désolé pour les paroles que je vais dire mais, là, c'est trop.

Il fulmine en reprenant :

– Ça fait cinq ans que vous n'avez pas vu Divya et, ceci, juste parce que vous avez trouvé préférable de l'envoyer à l'autre bout du globe, et maintenant vous venez me dire à moi quoi faire pour la rendre heureuse ? C'est pas un peu le monde à l'envers, ça ? Je ne vous fais pas la morale, je suis dans le même cas que vous, à peu de chose près, mais en revanche je sais une chose. C'est que le jour où je retrouverai ma fille, je ne ferai pas comme si je l'avais quittée la veille. Mais surtout je m'abstiendrai de tout conseil à un inconnu que je ne connais ni d'Adam ni d'Ève. Je ne vous permets pas.

Ma mère étire ses lèvres doucement.

– Ne me permets pas, prince aux dessins. Ne me permets pas. Mais autorise-le à toi-même. Si tu aimes ma fille, résous tes problèmes. Tu sais que j'ai raison. Elle le sait aussi. Si tu ne le fais pas, tu la perdras de toute façon et vous serez malheureux. C'est la logique la plus simple. On ne peut pas être heureux dans les ténèbres. C'est une illusion.

Elle fronce les sourcils en le défiant clairement. Maël soupire, lâche un juron abominable et tourne les talons pour sortir de la pièce en claquant la porte. Maman s'avachit dans son fauteuil. Elle lève des yeux fatigués sur moi.

– Je pense qu'il a compris.

Je hausse les épaules. Je ne suis pas tout à fait certaine que le résultat sera positif, même si je suis cent pour cent d'accord avec elle. Mais je préfère ma méthode avec lui. Douce et mesurée. Pas la technique bulldozer qu'elle vient d'employer… Je m'écroule à genoux devant elle et pose ma tête sur ses cuisses. Ses mains viennent caresser mes cheveux.

– Ce garçon t'aime, ma chérie. C'est évident. Il le fera pour toi.

– Oui, ou il est probablement déjà en route pour l'aéroport. Je ne sais pas si je dois te remercier, en définitive. J'avais oublié cette fâcheuse manie que tu as…

– Quelle manie ?

– Celle d'être comme Lochan ! Insupportable !

Elle s'esclaffe.

– Je trouve que c'est plutôt un compliment. Où est-il d'ailleurs ? Il est encore loin, je le sens. Il s'est passé quelque chose, non ?

– Oui. Cet abruti s'est cassé la jambe. Mais il m'a dit de te dire qu'il t'aimait.

– Je sais ça. Mais dis-lui que je l'aime aussi.

Puis ses doigts quittent ma tête. Je sens la froideur revenir dans son corps. Je m'accroche à elle, la sentant partir. Je veux qu'elle reste avec moi. Mes yeux me piquent à nouveau. Je ne peux pas me retenir. Sa voix arrive jusqu'à moi, lointaine. Elle est déjà en chemin pour son monde à elle.

– Je suis contente de t'avoir revue, Divya. Tu es une belle jeune fille. Ma plus belle réussite.

Je pleure encore. Sa lumière s'efface. Elle devient faible.

– Divya… Je vais partir. Lochan n'a pas besoin de moi pour trouver son chemin. Et toi, tu as le prince aux dessins. Je sais qu'il fera ce qu'il faut. Vous êtes des adultes maintenant. Je peux libérer ma conscience. Lui et toi… vous êtes… un ensemble… Et moi, je vais pouvoir partir. Trouver une autre lumière.

J'attrape sa main et unis nos paumes. Elle soupire en retirant prestement la sienne de la mienne.

– *Ne me rattrape pas, Divya. Je peux partir. Laisse-moi…*

– *Mais maman…*

– *Va vivre, ma fille. Va vivre. Je suis fatiguée. Rentre chez toi.*

– *Mais…*

La lumière dans ses yeux se fane. Elle remonte ses genoux sous son menton et tourne la tête vers la fenêtre. Elle est repartie. Je reste un moment à la serrer dans mes bras, à lui lisser les cheveux, à lui raconter ma vie, mes petits soucis avec Lochan, enfin à tenter de partager ma vie avec elle. Mais elle n'est plus là. Le rideau est tombé, fin de la représentation. Mais je reste, jusqu'à ce qu'une aide-soignante vienne me déloger. Il ne me reste plus qu'à retrouver Maël.

40

Divya

« …Nous étions simplement ses messagers, ses catalyseurs biologiques. Son cœur est un mystère complet pour moi… »[1]

Je le retrouve sans trop de problèmes. Adossé à un arbre dans le parc du centre, assis, les genoux repliés, il jette un regard furieux et pensif droit devant lui, sans prendre la peine de se tourner vers moi lorsque j'arrive.

En ce qui me concerne, mon cœur saigne. Mais maman a apaisé mon âme. Quoi qu'il se passe par la suite, je sais qu'elle suit son chemin. Je suis horriblement triste car je sais qu'elle nous quittera très bientôt. En venant la voir, j'ai activé son départ. Mais c'est ce qu'elle voulait. Son regard soulagé restera en moi ainsi que son sale caractère, me rappelant que c'est ce qu'elle attendait. La mort n'est pas la fin. Juste un renouveau… Mais on n'en est pas là.

Je m'agenouille devant celui qui fait craquer mon cœur, encore une fois, parce qu'il semble perdu dans ses sentiments, dans ses convictions, au bord du gouffre. Il soupire lourdement en posant sa tête contre le tronc de l'arbre derrière lui. Je tente une note moins dramatique. Histoire de détendre l'atmosphère.

---

1. Thom Yorke, leader de Radiohead, à propos de « Street Spirit ».

– Tu y reviens?

Il me jette un regard glacial.

– Pardon?

– L'arbre derrière toi. Un besoin urgent de racines?

Il hausse les épaules en se frottant la tête énergiquement.

– J'en ai marre de vos conneries. Les racines, l'énergie et maintenant… ta mère qui s'y met! Je suis désolé mais je suis normal, moi… Tout ça… C'est trop. Pardon, mais je peux plus, là. Désolé.

Mon cœur saute un battement. Que dois-je comprendre? Je respire en tentant de rester calme. Il est troublé, c'est tout.

– Maël, c'est normal que tu…

Il tourne la tête vers moi brusquement.

– Normal? Tu peux me dire ce qu'il y a de « normal » dans ce qu'il vient de se passer? Ta mère que je ne connais pas me dit en gros ce que je dois faire de ma vie? Mais à quel moment on me laisse vivre tranquille, exactement?

J'essaye de lui attraper la main mais il la retire prestement.

– Non, Divya, non. Je ne sais pas à quoi vous jouez, toi et ta famille, mais il va falloir me larguer et passer à autre chose parce que je ne suis pas un sujet d'expérience… Gardez vos conneries pour vous et lâchez-moi!

Je suis en train de le perdre? Merde, non, c'est impossible. Je ne vais pas pouvoir tout gérer, d'autant plus qu'il se trompe…

– Ce ne sont pas des conneries, Maël. Quelque part, tu sais qu'elle dit vrai. Non? Tout ton passé, ce que tu caches sous tes bracelets, c'est la réalité et ça existe. Ça te pèse et ça te mine l'intérieur. Et tu en es pleinement conscient… Sinon, tu ne serais pas troublé.

– TROUBLÉ? Mais je ne suis pas troublé, je suis hors de moi! Il y a quoi que vous ne comprenez pas dans « occupez-vous de vos affaires »? Je ne veux pas parler de cette putain de lettre, je...

– Quelle lettre, Maël? C'est ce... Benny? Explique-moi, une bonne fois pour toutes, s'il te plaît... Que je comprenne au moins!

– Putain, merde, Divya, arrête avec ça! Je ne veux pas passer mon temps à ressasser le passé, je croyais que toi, au moins, tu l'avais compris!

Cette fois, il m'énerve... Jusqu'à quel point peut-on rester aveugle à son propre état?

– C'est pourtant ce que tu fais, Maël, depuis que je te connais et sans doute depuis très longtemps, tu ne fais QUE ça! Ressasser le passé encore et encore... Et tu veux mon avis?

Il évite mon regard.

– Surtout pas, non!

– Eh bien, je te le donne quand même... Ma mère n'a pas dit n'importe quoi, sinon tu ne serais pas en train de tout rejeter en bloc. Ce qu'elle a dit a son importance. Pourquoi ne pas écouter et prendre en compte ses conseils? Que risques-tu?

Il secoue la tête.

– Mais putain, à quel moment as-tu cru que je demandais qu'on vienne me faire chier avec... avec...

– Avec Benny?

Il m'adresse un regard noir mais ne répond pas. J'insiste.

– N'as-tu pas envie de calmer tout ce qui te fait mal, Maël? Je t'ai retrouvé au bord de la mort dans un taxi, merde! Tu trouves ça normal? Tout ça te pèse de trop, tu es en train de t'acharner à repousser quelque chose qui te tue intérieurement... Régler le problème une bonne fois pour toutes serait peut-être intéressant, tu ne crois pas?

Il ricane ironiquement...

– Régler le problème? Régler le problème, ben voyons! Heureusement que ta mère et toi êtes là, merci les filles, j'y avais pas pensé, figure-toi! Et con comme je suis, il y avait cette solution, si simple depuis tout ce temps devant mes yeux, mais je ne l'ai pas prise… J'ai préféré me morfondre pendant des années en attendant qu'une foldingue vienne me jouer un remake de *L'Exorciste* dans un centre psychiatrique miteux pour enfin me montrer le chemin pour « libérer ma conscience »…

Il marque une pause. Puis se lève.

– C'est bon. On va arrêter là. J'appelle un taxi, je fais mes valises et je prends le premier avion. Tu me suis si tu veux, je m'en tape.

Je me relève à mon tour et le rattrape… Ça ne peut pas tourner ainsi, j'ai besoin de lui dans ma vie et de plus il souffre, il a besoin de moi, lui aussi, même si en ce moment je lui fais peur… S'il part, il partira peut-être pour autre chose que juste les États-Unis. Parce que Maël est entier et que Maël a de très mauvaises méthodes pour « oublier »…

J'attrape son bras.

– Tu préfères fuir? Tu trouves que c'est une meilleure solution?

Il fait volte-face.

– Une meilleure solution que quoi? Qu'est-ce que tu proposes?

– Je ne sais pas… Je ne connais pas ton histoire mais on peut en discuter, y réfléchir et…

– Discuter? Réfléchir? Mais comment tu veux faire, Divya? Explique-moi comment une discussion pourrait changer les choses? Tu me parles de Benny? Tu veux savoir ce qu'il est?

Je hoche la tête, tétanisée par la violence de sa voix et la lueur de rage dans ses yeux. Il se rapproche de moi.

– Benny est mort. Mort, tu vois… Et grande nouvelle, c'est moi qui l'ai tué… Il est décédé, enterré, au fond d'un trou depuis des années. Il ne respire plus, n'est plus là, ne reviendra jamais et rien ne se réparera jamais… T'en penses quoi de celle-là? Alors? Ta solution? Maintenant que la discussion a eu lieu, vas-y, je suis tout ouïe.

Évidemment, je ne dis rien… J'assimile… J'essaye de… Maël ne peut pas avoir tué un homme… Ça ne colle pas. Il reste là, en face de moi, à attendre que je lui réponde, mais… j'ai le cerveau en miettes. Il se redresse et se dirige vers un taxi sur le parking.

– Bon, voilà, nous sommes bien d'accord. Mademoiselle Je-sais-tout n'a rien à dire à ça… Fin de l'histoire.

Je le rejoins alors qu'il grimpe dans le taxi. Je me glisse à ses côtés, donne l'adresse au chauffeur et me tourne vers lui.

– Oui, j'ai des choses à dire… Si ce que tu me dis est vrai, même si je pense que ce n'est pas si simple que ça et que les détails changent tout, il y a toujours une solution. S'il est décédé, tu peux en parler à sa famille, je sais pas, un truc… Il y a toujours un moyen…

Il gesticule sur la banquette du taxi.

– Il n'y a pas de pardon à demander ni de rédemption à trouver, pour la simple et bonne raison que ça fait plus de sept ans qu'il est mort ! Putain, mais tu peux comprendre ça ? Je veux bien être ouvert d'esprit, Divya, mais de là à faire revivre les morts pour qu'ils viennent m'absoudre, excuse-moi, je pense que j'ai le cerveau un peu étriqué, si tu veux, mais, non, ça ne marche pas, c'est trop gros !

– Je ne te parle pas de faire revenir les morts. Mais de trouver un moyen… Il y a toujours un moyen. Déjà, si tu as effectivement tué ce Benny, pourquoi n'es-tu pas en prison ? Il y a bien une raison pour qu'aucune justice ne t'ait déclaré coupable, non ? Et comme tu es une star, je suppose que tu n'es pas en fuite, donc c'est que, réellement, tu t'accuses d'une chose qui n'est peut-être pas aussi évidente pour les autres qu'elle ne l'est pour toi !

Il hausse les épaules en plongeant son regard à travers la fenêtre.

– Maintenant, c'est bon, ça suffit… Je ne veux pas revenir là-dessus.

Fin de la discussion ? Je m'adosse à l'autre bout de la banquette en croisant les bras sur ma poitrine.

– Très bien, si tu ne veux plus revenir là-dessus, alors tourne la page et vire la culpabilité de ta vie. Parce que malgré ce dont tu essayes de te persuader, tout est encore bien présent en toi… Je suppose que ta solution pour oublier te plaît beaucoup plus que de réellement balayer tout ça… Alors, vas-y, bourre-toi la gueule. Défonce-toi avec tout ce que tu peux trouver. Vas-y, fais-toi plaisir… Mais ce sera sans moi. Parce que je ne peux pas t'aider si toi, tu refuses d'autres solutions, et j'en ai marre de te regarder te détruire. En ce qui me concerne, j'aurais fait tout ce que je peux pour toi mais je ne peux pas faire plus à ta place. Et tu m'excuseras mais je ne suis pas en état non plus… Donc garde tes secrets qui sont en train de te tuer ou, mieux, finis-en dès ce soir, si tu veux je demande au taxi de te jeter dans un bar miteux pour que tu en finisses une bonne fois pour toutes… Puisque tu y trouves ton compte, après tout, je n'ai rien à redire… Fait chier ! Tu me fais chier. Va te faire foutre !

J'en ai marre. Cette fois, c'est trop. Il ne veut pas s'en sortir, ne veut rien lâcher, ne veut pas se donner les moyens. Il préfère l'apitoiement. Que puis-je faire contre ça ? Il a une fille, je pensais qu'il m'avait moi également, que notre histoire lui donnait envie de changer les choses mais apparemment je me suis plantée, ça ne change absolument rien.

Il tourne la tête vers moi, étonné. Puis il repart dans sa contemplation des trottoirs, sans dire un mot. Très bien. Va te faire foutre ! Mon cœur pleure ma mère, mon cœur a besoin de toi mais, toi, tu t'obstines à refuser de soulager tes maux. Très bien. Je suis vraiment trop conne de m'être éprise d'un mec pareil… Je suis à présent enchaînée à lui mais lui veut se laisser couler… C'est donc inexorable… D'une manière ou d'une autre, je coulerai avec lui… Et je n'ai pas la force, en ce moment, de garder la tête hors de l'eau pour nous deux. Ma mère avait raison d'avoir peur pour moi.

J'ai envie qu'il m'enlace. De sa douceur. Il est brutal et agressif dans ses propos depuis maman et je n'y suis pas habituée. Je n'aime pas les rapports de force. Tout tourne de travers, je ne sais plus, je suis fatiguée… Et mon allier est devenu mon ennemi. Enlisé dans ses secrets que je ne connais même pas, ses raisons totalement inconnues et incompréhensibles. Il ne peut pas avoir tué un homme. Je ne le crois pas… Tout ça me rend dingue. Quand c'est trop, c'est trop…

41

Maël

« They're just villains in my mind doin' time,
Oh no, oh no,
They're just matches burning holes in my soul. »[1]

Le taxi nous dépose devant notre chambre d'hôtes. Divya en sort en claquant la porte. Je file un tas de billets au conducteur et sors à mon tour. J'ai l'impression que le sol se dérobe sous mes pieds lorsque je les pose sur le gravier de l'allée. Le soleil brille, haut dans le ciel mais, encore une fois, un voile gris et opaque s'est intercalé entre la vie et mon esprit. Rien ne me quittera jamais. Qu'importe le nombre de pas que je fais pour avancer dans l'existence. Aucune importance que je tente désespérément de regarder vers l'avenir, que je fasse tout pour gagner ma portion de bonheur, à chaque fois, à chaque effort, tout revient comme un boomerang et détruit tout. Il n'y a aucune solution pour échapper à ses actes. Quand c'est fait, c'est fait… Elle aura beau dire ce qu'elle veut, même si je peux l'entendre quand il s'agit de petites

1. « Ce sont juste des racailles en cabane dans mon esprit / Oh non, oh non, juste des allumettes qui brûlent des trous dans mon âme », « Attention, Attention », Shinedown. Crédits : Brent Smith / Eric Bass.

erreurs comme les méfaits aux dépens des Heaven, par exemple, d'accord, quelques actions et la rédemption arrive.

Mais nous ne parlons pas de la même chose. Je parle de meurtre. Indirect, certes, mais je reste responsable du saut dans le vide de Benny, on pourra tourner le problème dans tous les sens, c'est un fait. Et racheter ça… c'est impossible. Il n'y a pas de rédemption possible. C'est mon fardeau, point barre. Je suis condamné à le porter et à l'assumer.

J'ouvre la porte de la chambre, Divya est en train de faire sa valise. J'ai envie de l'enlacer. Parce qu'elle seule arrive à me calmer. Elle adoucit ma douleur depuis le premier jour et j'ai besoin d'elle. Mais elle est aussi la source de ma douleur du jour et je lui en veux pour ça. Parce qu'elle n'est pas à ma place. Parce qu'elle ne peut pas comprendre mais fait comme si elle le pouvait. Je ne lui ai jamais demandé de me soigner, c'est elle qui l'a décidé toute seule. Elle ne veut pas comprendre que rien ne peut me soulager et qu'en plus je n'en ai pas le droit. Je n'ai pas le droit de tourner la page et d'être simplement heureux. Parce que j'ai pris la vie d'un homme et que je dois l'assumer. C'est tout.

Elle pleure en refermant sa valise. Sa voix tremble lorsque, sans même se retourner, elle me lance :

– Tu as voulu que je t'aime. Tu as tout fait pour. Tu es venu vers moi, tu as manigancé pour que moi aussi, je vienne vers toi. Et ensuite tu as tout fait pour te racheter à mes yeux… Tu m'as promis l'éternité plus d'une fois. Et aujourd'hui ? Tu m'annonces que ton éternité à toi risque de bientôt se terminer. Pourquoi m'as-tu tendu cette main pour m'emporter dans tes ténèbres ? Si tu n'avais pas foi en ton avenir, pourquoi m'y inviter ? C'est dégueulasse. Tu as réussi à ternir ma propre lumière, je ne me reconnais plus. Alors… détruis-toi, si tu veux… mais sache que chaque douleur que tu t'imposes, tu me l'imposes à moi aussi.

Tu veux nager dans la culpabilité ? Ajoute celle-là à ton palmarès. Tu as voulu que je t'aime et c'est le cas. Mon cœur t'appartient et mon âme suit la tienne. Si tu coules, je coule aussi. Par ta faute.

Elle ouvre la porte-fenêtre et disparaît. Je m'écroule sur le lit. Je pensais que tout s'arrangeait pour moi depuis cette croisière. C'est de pire en pire. Elle a raison… Et la voir dans cet état me tue… Supporter mes ténèbres, c'est une chose… Mais entrevoir les siennes, c'est insupportable. Il vaut mieux que j'arrête les frais. Je récupère mes fringues et mon bordel dans la pièce et cherche le numéro de téléphone d'une compagnie de taxi.

Je ne peux pas l'emporter avec moi dans mes tourments. Ce n'est pas juste. Et elle n'a pas à s'en mêler non plus… Je sais qu'elle est sincère et qu'elle veut réellement m'aider. Mais si tout était aussi simple qu'une conversation, ça se saurait. J'aimerais réellement qu'elle ait raison. Parler avec elle et trouver la solution. Pour elle. Pour moi. Pour nous deux. Mais elle ne se rend pas compte de la situation. Elle parle sans savoir. Peut-être que si elle comprenait, elle ne s'acharnerait pas à vouloir absolument me sauver… Peut-être que si je lui expliquais, elle me détesterait et se détacherait de moi. Peut-être que, à défaut de me sauver moi-même, je peux épargner sa lumière à elle ?

Je replace mon téléphone dans ma poche et sors de la pièce à mon tour.

42

Divya

« I'm only human, I make mistakes,
I'm only human that's all it takes to put the blame on me. »[1]

Je ne suis qu'une énergie. Je viens de la nature…

J'ai trouvé un petit bosquet au fond du jardin, derrière les vignes. Adossée à un pin qui m'a l'air centenaire, je tente de puiser sa stabilité. En vain. Mon esprit part dans tous les sens. Je n'ai plus de base, je ne comprends plus rien, plus rien ne va. Même la nature ne me soulage pas. Rien. Le vide absolu s'empare de mon esprit et un gouffre incommensurable s'ouvre sous mes pieds… Je n'ai plus rien à quoi m'accrocher. Maman ne sera bientôt plus. Lochan est loin et nos relations ne sont plus si belles qu'elles ne l'étaient. Et Maël… Maël est celui qui creuse ce gouffre.

Une ombre se pose sur moi. Je sais que c'est lui. Je ne veux même pas le voir car il me déchire le cœur. Je ne peux plus supporter de regarder la douleur en face. Pour la première fois de ma vie, j'ai envie de fuir.

Les mains fortement accrochées à mes genoux pliés en lotus,

---

1. « Je ne suis qu'un être humain, je fais des erreurs / Je ne suis qu'un être humain, voilà tout ce qu'il faut pour me rejeter la faute », « Human », Rag'n'Bone Man.

je reste immobile, à attendre que l'orage passe, qu'il reparte, qu'il m'oublie, que lui et ses ténèbres se décident à me laisser revenir vers la lumière.

Je ne suis qu'une énergie. Je viens de la nature... Rien d'autre ne compte. Je ne suis qu'une particule dans l'Univers, la douleur peut me terrasser, elle n'est rien, minuscule, dans le tumulte de la vie autour de moi.

Il jette ses bracelets entre mes jambes. Sous mon nez. Je ne veux pas savoir. Je ferme les yeux. Il ne bouge pas. Je sens sa présence. Immobile. Des volutes sombres tournent autour de nous. Je me referme. Une nouvelle épreuve que m'envoie la nature. C'est tout ce qu'il est. Je peux lui résister. Je dois le faire. Retrouver la sérénité.

Il se laisse tomber sur ses genoux. J'ouvre les paupières. Il tend ses poignets dénudés devant moi. Je referme les yeux. Ce n'est pas mon problème. Je ne veux pas me laisser détruire.

Sa voix éraillée me rappelle à l'ordre.

– Tu voulais savoir? Alors regarde. Tout est là.

Je garde les yeux fermés. Il laisse passer un silence.

– Mais regarde, putain... Ouvre les yeux, bordel de merde!

J'appuie sur ce point entre mes yeux. Mon troisième œil. Je ne veux pas imaginer. Je ne veux plus voir. Rien.

Je ne suis qu'une énergie. Je viens de la nature...

Sa voix devient suppliante.

– Divya... Tu voulais savoir. Je suis à genoux devant toi. Regarde-moi. Je suis là pour te sauver, toi. Te sauver de moi. Ouvre tes yeux.

Sa voix s'étrangle. Je soupire. Je ne peux pas l'ignorer plus longtemps. Il ouvre sa porte. Je dois le recevoir. J'ouvre les yeux. Les siens sont déjà sur moi. Rouges, larmoyants, épuisés, désarmés. Le vert de son regard est presque opalin... Je ne bouge pas, me contente de lire dans ses pupilles. Il secoue ses poignets. Je ne regarde pas. Des larmes lourdes et épaisses glissent sur ses joues et il baisse les armes. Vaincu. Il articule difficilement.

– Benny était le frère jumeau de Jenny. Il aurait été l'oncle de Mira. Et je l'ai poussé à en finir. Voilà. C'est tout. Je me dois de le porter en moi. Parce qu'il faut bien que quelqu'un le fasse.

Je ne réponds pas. Je sens son besoin de me raconter… de tout me dire. Il ouvre enfin ses vannes. Nous restons là, l'un en face de l'autre, nos yeux soudés, son cœur s'apprêtant à briser le mien encore davantage. Il déglutit alors que mon regard l'encourage à se livrer. À vider ce contentieux devenu beaucoup trop lourd à assumer. Il s'oblige à raconter. Il me narre enfin son histoire

– Je sortais avec Jenny depuis l'âge de 16 ans. Je l'aimais beaucoup, enfin comme un ado aime sa première vraie copine. Benny ne pouvait pas me voir. Il était tout le contraire de moi. Renfermé sur lui-même, droit, sérieux et il adorait sa sœur. Moi, j'étais un petit con. J'étais le fils d'un pasteur, trop gâté et en pleine rébellion. Le mec qui foutait le bordel en cours et qui fumait des joints derrière le gymnase. Je commençais à jouer de la basse et à composer à l'époque, alors j'attirais les nanas et, du coup, j'avais une grosse bande de potes qui gravitaient autour de moi.

Il essuie ses larmes et se force à continuer.

– Et Benny faisait tout pour éloigner Jenny de moi. Elle, elle l'aimait mais ne l'écoutait pas beaucoup, mais quand même… Il me faisait chier en lui retournant le cerveau. Et puis un jour, j'ai roulé une pelle à une autre nana. J'avais 17 ans, j'étais encore jeune et je voulais croquer la vie de tous les côtés. Benny nous a surpris. Il l'a évidemment dit à Jenny qui m'a bien évidemment largué. Et dans ma tête de petit con, il avait déclaré une guerre. J'ai décidé de me venger.

Il expire lourdement en fermant les yeux.

– C'était stupide. Je n'avais que ce que je méritais. Bref, encore un truc que je ne peux plus changer maintenant. Donc, j'ai décidé de lui pourrir la vie comme il le faisait pour la mienne. Ce n'était pas tant la rupture avec Jenny… C'était aussi ma réputation de branleur qui en avait pris un coup. Et, à cette époque, il n'y avait que ça qui comptait. Au lycée, si t'es pas cool, t'es rien. Et je lui en attribuais l'entière responsabilité. J'ai donc fait courir des rumeurs sur lui, j'ai tout fait pour que sa vie au bahut devienne un cauchemar. Au bout de quelques semaines, plus personne ne lui parlait, tout le monde se foutait de sa gueule constamment. Il n'était plus invité aux soirées, bref, le pestiféré par excellence. Je planquais des rats crevés dans son vestiaire, ses fringues puaient la merde, je racontais qu'il avait des maladies à la con, j'ai même fracturé la porte de la salle des profs plus d'une fois la nuit pour remplacer ses interros par des merdes sans nom, il a fini par se taper des notes catastrophiques et par être renvoyé du bahut parce que, dans l'une des copies que j'avais remplacées, j'avais insulté les profs… bref.

Il émet un rire triste.

– Au début, c'était de la vengeance. J'aurais pu m'arrêter mais j'ai continué parce que ça faisait marrer tout le monde autour de moi. Et personne ne savait que c'était moi qui m'acharnais. Personne ne cherchait réellement à savoir. Ensuite, les rumeurs se sont élargies et j'y contribuais, toujours en sous-marin. Entre-temps, je me suis remis avec Jenny. Et un soir, il prenait sa douche, j'étais dans la chambre de Jen, elle dormait, j'ai pris quelques photos de lui à poil et je les ai diffusées sur les réseaux sociaux. Je crois que ça a été la goutte d'eau.

Il ferme les yeux un moment.

– Il savait que tout venait de moi. Il n'était pas con, il lisait la haine dans mes yeux, tout autant que je lisais la sienne dans les siens. Mais c'était comme un combat sourd, nous étions face à face sans jamais nous affronter directement. Il essayait de persuader Jenny que j'étais une raclure, me faisait des coups de pute à sa manière en faisant monter ses parents dans la chambre de Jen quand nous étions… dans l'intimité… par exemple… et moi je montais tout le lycée contre lui. C'était n'importe quoi. Deux ados, quoi. Sauf qu'un jour il n'est pas venu en cours. Il s'était pendu dans le gymnase, la veille.

Il éclate en sanglots et s'effondre, la tête sur mes genoux. J'écarte les jambes et le tire jusqu'à moi. Il se laisse faire en reprenant d'une voix étouffée par ses pleurs :

– Ce jour-là, j'ai trouvé une lettre dans mon casier. Elle venait de lui. Il avait écrit simplement : « C'est de ta faute, tout est de ta faute, tu le payeras toute ta vie. » Je n'ai pas compris au début. Mais quelques heures plus tard, le dirlo du bahut est venu dans notre classe et a annoncé que nous ne le reverrions pas. Je l'ai tué, Divya. Je trouvais notre petit jeu presque drôle, tu vois ? J'étais à la bonne place, à le regarder s'effondrer alors qu'il essayait de bourrer le crâne de Jenny et de ses parents, je pensais que c'était de bonne guerre. Mais non. J'ai bousillé sa vie. Quand tu es lycéen, le lycée, c'est tout. J'ai fait de sa vie à lui un enfer. C'est moi qui ai mis cette corde autour de son cou, Divya…

Je lui caresse les cheveux alors qu'il se recroqueville contre moi, secoué de pleurs et de sanglots. Je ne sais pas quoi dire. Mais il n'a pas fini. Je le laisse vider sa conscience.

– Comme je te l'ai dit, mon père était pasteur, St Léon est une petite ville. Ma famille était très respectée, un modèle pour la communauté. Impensable d'avouer un truc pareil à qui que ce soit. J'ai donc brûlé la lettre et j'ai gardé ses derniers mots pour moi. Mais je n'ai jamais plus regardé personne en face là-bas. Son suicide a ébranlé tout le monde et j'en étais le seul responsable.

Je suis resté plusieurs mois à faire semblant, à soutenir Jenny qui n'allait vraiment pas bien, à sourire à mes parents et à faire le mec qui ne comprenait pas plus qu'eux. Mais je devenais fou. Alors je l'ai dit à Jenny. Elle m'a bien entendu traité de tous les noms et n'a plus voulu me voir. Elle m'a foutu dehors. Mais elle n'en a jamais parlé à personne. Je ne sais pas pourquoi.

Il soupire et cherche ma chaleur en se lovant contre moi. Je l'entoure de mes bras. Je suis abasourdie... Je ne sais pas quoi penser. J'ai la gorge bloquée par une boule amère, j'imagine la détresse d'un ado de 18 ans enfermé dans son secret noir et insupportable. Je l'imagine d'autant plus qu'il en est toujours au même point aujourd'hui. Il reprend son histoire :

– Et puis, un jour, j'ai compris qu'il fallait que je parte. Parce que je n'arrivais plus à regarder mon père en face. Je ne supportais plus de voir ma mère essayer de comprendre pourquoi je ne parlais plus, pourquoi je ne sortais plus, elle souffrait pour moi alors que j'étais un moins-que-rien. Et je ne voulais pas les décevoir. Leur dire que leur fils était une ordure. Leur seul fils. Fils de l'honorable et respectable pasteur Jones. Alors je suis parti. Parce que c'était la seule issue que je voyais. Quelques semaines plus tard, Jenny m'a contacté par Facebook pour m'annoncer qu'elle était enceinte. Au début, j'ai cru qu'elle mentait, je ne lui ai pas répondu. Mais quand les premières photos de Mira sont arrivées... J'ai compris que ce n'était pas une blague. Loin de là. Elle me ressemble trop. Elle m'a demandé de rentrer à St Léon plus d'une fois. À cette époque, elle était suppliante et m'a proposé de recoller les morceaux. Mais je ne pouvais pas revenir. Faire face à mes parents, c'était trop tôt. De plus, Jen m'en voulait malgré tout... Ben était son jumeau, je l'ai presque tuée elle aussi en m'acharnant sur son frère dans son dos. Elle me voulait et, en même temps, ne me voulait pas. Et j'avais une petite carrière qui commençait avec les Skeletons. Et comme j'étais devenu papa, j'avais des responsabilités, au moins financières, envers Jenny et Mira. J'ai reconnu ma fille auprès des autorités, j'ai promis à Jenny qu'elle ne manquerait de rien et j'ai repoussé mon retour. À chaque fois. Et ça fait sept ans que je repousse. Voilà. Tu sais tout.

Je l'enlace fortement. Sa douleur rayonne autour de lui comme un horrible soleil noir. Mais j'emmagasine ses rayons. Je les prends pour moi. Mes larmes coulent pour lui mais peut-être est-ce le trop-plein des siennes qui s'évacue par mes yeux. On ne peut pas vivre avec une telle douleur en soi si longtemps. C'est inhumain. Je m'éclaircis la voix.

– Maël, tu as conscience que depuis sept ans tu as les yeux rivés sur cette lettre. Tu ne peux pas continuer comme ça.

– Mais je l'ai tué, Divya… Tu ne comprends pas !

Il devient fou. Il secoue la tête, sa voix n'est plus qu'un gémissement atroce, ses poings se referment, ses yeux ne sont plus que deux fontaines. Il me brise le cœur, d'une force incroyable. Je resserre mes bras sur lui.

– Non, Maël, tu n'as tué personne. La seule chose dont tu es responsable, c'est d'avoir été un petit con. Ça, c'est clair mais c'est tout ! Tu ne lui as pas mis cette corde autour du cou. Il l'a fait tout seul. Et il a aussi joué ton jeu, il n'a pas fait de meilleurs choix que les tiens.

Il secoue encore la tête.

– Non, non, tu n'as pas entendu ce que je viens de te dire, Divya. Je l'ai poussé dans ce gymnase…

J'essaye de rester calme alors que j'ai envie de rentrer dans son cerveau et de lui faire comprendre.

– J'ai très bien compris, Maël… Mais regarde, toi, dans ton taxi, au bord de l'overdose, comment en es-tu arrivé là ?

– Ça n'a rien à voir.

– Dis-moi? Comment en es-tu arrivé à vouloir en finir?

– Je ne sais pas...

– Est-ce que c'était parce que mon frère venait pour te piquer ton job?

– Je ne sais pas. Possible que ça en fasse partie.

– Ou peut-être... tu t'es engueulé avec Mike? Ou avec la bonne sans nom?

Il émet un petit rire.

– Non. Enfin, je m'engueule toujours avec Mike. Et jamais avec Madame sans nom.

– Est-ce que tu avais eu Mira au téléphone?

– Justement non. Et c'était son anniversaire. J'ai loupé son anniversaire. Et Jen m'a fait une morale qui m'a rappelé que je n'étais qu'une merde. Mais ça n'a pas de rapport...

– Si, justement, ça en a. Imagine que tu ne te sois pas loupé cette nuit-là... Jenny aurait sans doute pensé que c'était de sa faute. Peut-être Mike ou mon frère aussi. Mais en fait, la vraie raison était ailleurs. La raison de tout ce que tu t'infliges date d'il y a au moins sept ans. Mais si tu avais succombé cette nuit-là... Chacun en aurait pris la responsabilité. À tort.

– Peut-être, mais je n'ai pas écrit de lettre, moi...

– Es-tu sûr qu'elle parlait de ça, justement? Il avait d'autres problèmes à côté sans doute... Par exemple, que lui disait Jenny quand il lui parlait de ne pas te fréquenter, ils devaient avoir des rapports tendus, non? Elle a aussi un rôle là-dedans, Maël... Et peut-être d'autres personnes... Tu n'en as pas parlé avec sa famille?

– Surtout pas! Comment voulais-tu que j'aille leur dire que j'avais tué leur fils, Div? Je ne pouvais pas m'accuser d'un truc pareil, c'est tellement affreux! Je suis mauvais au fond de moi. Regarde, Lochan... J'ai failli le tuer lui aussi... Et...

– Arrête tout de suite avec Lochan. C'est lui qui a été le gros lourdaud stupide avec son entêtement.

Sa douleur entre en moi sans que je m'y oppose. Je ne montre aucune résistance. Je sens que ça le détend. J'essaye de le calmer davantage en adoptant une voix douce. Ses pleurs se calment peu à peu. Mais, pour moi, il s'accuse d'une chose dont il n'est pas responsable. Il faut qu'il fasse ce que maman lui a dit. Qu'il aille nettoyer sa conscience auprès des personnes concernées.

– Maël… J'ai peut-être tort mais je pense qu'il faut que tu ailles parler à ses parents. Et peut-être même à Jenny. Tu ne peux pas rester comme ça, Maël… Tu ne pourras pas vivre normalement tant que tu n'auras pas évacué tout ça.

Il s'agrippe à moi comme si j'étais sa bouée dans la tempête. Je commence à avoir la tête engourdie… Je me sens fatiguée. Mais je l'écoute.

– Et si au contraire ils confirment que je suis la cause du suicide de leur fils ? Si je déterre tous ces souvenirs, ça va me tuer, p'tite fée.

– Mais ils ne sont justement pas enterrés, Maël… Ils sont encore bien vifs dans ton esprit… Tu ne perdras rien si tu vas en parler. Parce que même s'ils t'accusent eux aussi, au moins, ton secret n'en sera plus un et il t'étouffera moins. Maël, tu t'interdis de voir tes parents et Mira du même coup, à cause de ça… Tu fais des malheureux autour de toi, en prime. Il faut que tu évacues.

Il hausse les épaules.

– J'en suis incapable. Désolé, p'tite fée. Je sais que je te déçois mais je ne peux pas faire ça.

Je soupire. Encore une fois, je ne peux pas le forcer. Et je n'ai plus d'énergie. Je pose ma tête contre l'arbre. Machinalement, je caresse ses poignets, nus. Je lève le droit devant mes yeux. Il est recouvert d'un tatouage. Une écriture simple et sans fioriture trace quelques mots :

« It's your fault,
Everything is your fault,
You will pay for it all your life. »[2]

Forcément. Quoi d'autre ? Je jette un œil à son autre poignet. Une jolie police pour celui-là… En courbe et en finesse. Faisant apparaître le prénom de sa fille :

« Mira »

Je pose mes paumes sur ses deux dessins qui irradient de chaleur. Il gémit. Mais me laisse faire. Je le berce jusqu'à ne plus pouvoir supporter sa tristesse. Je n'ai plus d'énergie. Je crois que, sans m'en rendre compte, je viens de tout lui donner.

---

2. « C'est ta faute / Tout est ta faute / Tu le payeras toute ta vie. »

43

Maël

« You heard the call as you walked away,
A voice of calm from within the silence,
And for what seemed an eternity,
You're waiting, hoping it would call out again. »[1]

Comme d'habitude, être en contact avec ma p'tite fée me réchauffe le cœur et me calme. Je crois même que je me suis endormi quelques minutes. J'ai l'esprit plus léger. Je me sens soulagé de lui avoir ouvert mon passé. J'ai mal aux yeux, mal au crâne, je n'ai plus d'énergie mais le gris s'est un peu évaporé. Je prends conscience que nous n'avons pas bougé de cet endroit depuis un long moment. Nous serions mieux partout, sauf ici.

– Tu préfères le ponton ou la chambre, p'tite fée ?

Elle ne me répond pas. Ses mains sont toujours sur mes poignets. Je lui ai montré mes tatouages. J'ai fait ça. Comme quoi elle a vraiment une place spéciale. J'ai dit que j'allais partir mais j'en suis tout bonnement incapable.

1. « Tu as entendu l'appel alors que tu partais / La voix du calme depuis le silence / Et pour ce qui semblait l'éternité / Tu as attendu qu'elle t'appelle encore », « The Light », Disturbed. Crédits : Dan Donegan / David Draiman / Kevin Churko / Mike Wengren.

– Divya, je suis désolé. Je ne veux pas qu'on se prenne la tête, je trouverai une solution.

Elle ne répond toujours pas. Quelle tête de mule ! Pourtant j'avais l'impression que nous étions dans une discussion tranquille et pas dans l'affrontement. Je soulève mon avant-bras pour embrasser sa main. Mais celle-ci retombe mollement. Trop mollement. Je me redresse en panique. Elle a la tête contre le tronc d'arbre derrière elle, les yeux fermés. Inerte.

– Divya ?

Je relève sa tête qui obéit sans opposer aucune résistance et retombe sur son menton.

– Divya ?

Tout me revient. La première fois qu'elle m'a touché chez elle, le trouble qu'elle a ressenti et les avertissements de Lochan… Merde ! Et ça fait combien de temps que nous sommes collés ? Elle m'a dit hier qu'elle était trop fragile en ce moment…

– DIVYA !

Je la prends dans mes bras et cours vers le ponton. Je l'allonge sur les matelas. Et puis ? Je fais quoi maintenant ? Lochan !

J'attrape mon téléphone et l'appelle. Je suis totalement paniqué. Il faut que je me calme sinon il va me prendre la tête et c'est vraiment pas le moment… Il décroche rapidement.

– Oui, qu'est-ce que tu veux ? Comment va Divya ?

– Salut. Elle… Elle a perdu connaissance. Je fais quoi ?

Bon, loupé pour le calme apparent. Il s'écrie :

– Comment ça, perdu connaissance ? Qu'est-ce que vous avez foutu, bordel de merde ? Vous êtes où là ?

– Nous sommes au milieu d'un lac, sur un pont flottant. Mais elle ne bouge pas.

Je prends son pouls, il a l'air normal.

– Son pouls est stable.

– Ce n'est pas son pouls, le problème, abruti ! C'est sa tête… Tu es près d'un lac, tu dis ?

– Oui.

– Fous-la dans la flotte.

– Mais l'eau est froide !

– On s'en tape. Tu la fous dans la flotte, c'est tout, et tu y restes jusqu'à ce qu'elle te dise que ça suffit.

– OK. Mais si elle ne reprend pas connaissance ?

– Il vaudrait mieux pour toi qu'elle le fasse sinon t'es mort, mec, et ce n'est pas une menace, c'est une prédiction. Allez, putain, raccroche et rappelle-moi quand elle est revenue.

Il raccroche. Je saisis ma p'tite fée et saute dans l'eau. Je la laisse flotter dans mes bras. Ses yeux ne bougent pas, les paupières closes. Le temps me paraît une éternité. Je n'ose même pas trop la toucher. Si je lui prends encore de l'énergie, je ne sais pas… Putain mais je suis le roi des cons.

– P'tite fée, reviens avec moi…

Je la supplie, mon cœur ne sait plus s'il doit battre ou pas, je suis encore une fois en dessous de tout. Je ne me suis intéressé que très peu à ses trucs d'énergies… Et je me suis allègrement collé à elle alors que Lochan m'avait prévenu… Elle me l'a dit aussi… J'espère que son frère qui prétend voir des choses s'est trompé quand il a déclaré que je la briserais en prenant toute sa lumière. Putain… je la tiens à bout de bras. Mais rien ne bouge chez elle. Sa tête flotte au gré du courant, c'est tout. Et le temps passe.

– Et puis merde !

Je vire mon T-shirt et retire son débardeur. Elle m'a dit que son truc, c'étaient les vases communicants. La lumière ou l'énergie, je ne sais plus trop, va là où il y en a le moins. Or, j'en ai plus qu'elle puisque je lui ai tout pris. Je vais faire à ma sauce.

Je la fais flotter jusqu'à la berge, l'allonge sur un transat et m'allonge à côté d'elle. J'attrape sa main.

– Divya… C'est moi qui vais te donner mon énergie. Aide-moi, ma puce. Montre-moi comment faire…

Je me colle à elle. Mon torse contre sa poitrine. Je ne lâche pas ses mains. J'enroule mes jambes aux siennes. Et je pense à des trucs bien. J'essaye de me persuader que l'avenir peut être heureux. Avec elle. Avec Mira. Avec mes parents. Je nous imagine tous ensemble dans le jardin des parents. C'est, en fait, mon rêve le plus beau depuis des années. Benny oublié et Mira et moi chez mes parents. Un rêve simple. Aujourd'hui, j'ai envie qu'elle entre dans ce rêve.

Je pose ma tête dans son cou.

– Reviens à moi, p'tite fée. Je te laisse encore dix minutes pour pioncer. Si tu reviens avant, tu sais ce que je te promets ? D'aller à St Léon… Et j'irai parler à mes parents. Et ils me pardonneront. Et je pourrai voir Mira. Nous mangerons ensemble dans leur grand jardin. Maman parlera français avec toi et papa te montrera ses arbres… Il est fan de son jardin et il y a plein d'arbres. Tu verras, ça te plaira, ma fée.

J'embrasse sa joue. Elle ne bouge toujours pas. J'aurais peut-être dû la laisser dans l'eau. J'essaye de croire en mon histoire. De trouver la lumière en moi…

– Et ensuite, lorsqu'on aura fini, que ma mère t'aura saoulée avec ses vieilles histoires de Bretagne et que tu auras fait connaissance avec tous les arbres du jardin, je t'emmènerai sur la baie de St Léon. Tu verras, c'est magnifique. Les maisons sont pratiquement sur la plage à cet endroit de la côte. Tu as un petit jardin, un escalier de pierre, souvent d'à peine quelques marches, qui mène sur le sable. C'est incroyable. J'ai souvent rêvé d'en acheter une. Elles sont souvent en mauvais état mais nous pourrions remonter nos manches et la retaper… On pourrait la peindre en… rose? Jaune? C'est quoi ta couleur préférée, p'tite fée?

Je resserre mes doigts entre les siens.

– Mais si tu préfères, je pourrai aussi repeindre seul et tu lirais Jules Verne allongée au soleil? Ou tu m'apprendrais le français, comme tu veux… Tant que tu es avec moi, p'tite fée, tout me va… Reviens, s'il te plaît, Divya…

Je commence à désespérer. Je pose la tête sur son épaule.

– Allez, miss… Tu m'as redonné l'espoir, reviens le partager avec moi, je t'en prie. Et si tu veux, je te ferai livrer des cartons entiers de cassoulet, c'est bon, j'ai l'adresse du site Internet maintenant. J'ai même un compte là-bas…

Ses doigts se resserrent entre les miens.

– Divya? Tu m'entends?

Ses doigts me serrent une nouvelle fois.

– Dis-moi quoi faire… Tu veux aller dans l'eau? Dis-moi.

Elle ouvre les yeux en murmurant.

– Continue ton histoire…

J'ai une larme. Encore une décidément qui roule de ma joue jusqu'à son épaule. Je me reprends.

– OK. Donc la maison serait en bois, elles ont souvent trois ou quatre chambres… Une pour nous. Une autre pour Mira. Et, s'il est sage, une pour Lochan. On pourrait y passer nos vacances, pendant celles de Mira… Tu pourras aller te baigner quand tu veux, dès le réveil, pour voir le soleil se lever sur l'océan. Et quand je serai d'humeur sombre, je t'emmènerai au bout d'un ponton que je ferai construire exprès pour nous et je te ferai l'amour, toute la journée. On y mettra des matelas et une pergola, comme celle d'ici…

Elle tourne la tête vers moi en souriant.

– J'ai oublié de te remercier pour le cassoulet…

J'éclate de rire mais surtout de soulagement.

– De rien… Tu vas bien?

Elle hoche la tête faiblement.

– Ça va. Et toi?

– Maintenant, oui, ça va.

Je lâche ses mains et passe mes bras autour de son cou.

– Tu m'as foutu les boules, un truc de fou… Je suis désolé, je ne me suis pas rendu compte et…

– Je t'ai laissé faire. C'est de ma faute. Mais tu m'as redonné un peu de lumière avec tes rêves. Tu sais que ça peut être réel, Maël? Et je savais bien que tu avais cette envie de briller en toi. Je ne l'ai pas rêvée. Elle est bien là. Il te suffit de tendre la main…

Je hoche la tête.

– Laisse-moi y réfléchir. Tout va un peu vite, aujourd'hui…

Elle rit doucement.

– Je te l'accorde. Je propose une fin de journée dédiée au repos.

– Ça me va.

– Et au cassoulet.

– Euh…

Elle glousse.

Mon téléphone sonne sur le ponton. Je me redresse.

– Je peux te laisser? Ce doit être ton frère.

– Lochan?

– Il me semble que tu n'as qu'un seul frère, non?

– Oui, mais pourquoi il t'appellerait?

– C'est moi qui l'ai contacté… J'étais un peu paumé…

– Oh… T'es au courant qu'il va te tuer?

Je m'esclaffe.

– Seulement si tu ne revenais pas… Mais tu es là… Tu me sauves la vie encore une fois…

– Il me semble qu'on se sauve mutuellement en ce moment, non?

Je décide de laisser sonner. Je plonge mon visage dans son cou et je la dévore. Mais il insiste très lourdement et réitère son appel deux fois. Au moins. Je ne peux décemment pas le laisser sans nouvelles de sa sœur. J'abandonne mon festin.

– Garde-moi ça au chaud, je reviens.

Je trottine sur le ponton et attrape l'appareil.

– Lochan ?

– Ouais. Elle est remise sur pied ?

– Sur pied, je sais pas, mais elle a envie de cassoulet.

– Bon alors tout va bien. Tu crois qu'elle est comment niveau moral ?

– Euh… Je sais pas, pourquoi ?

– Ça s'est passé comment avec maman ?

Bonne question. Je prends conscience que je ne lui ai même pas demandé. Je suis vraiment un gros con.

– Euh…

Il soupire.

– Écoute… le centre psy vient de me contacter. Il s'est passé quelque chose après votre départ. Je m'en doutais un peu. Mais elle, je ne sais pas. J'aimerais lui parler mais je ne veux pas qu'elle soit seule… Tu te sens capable d'assurer ou il faut que je débarque avec mon plâtre et tout le bordel ?

– C'est bon, je peux gérer.

– OK. Merde pas, mec, sinon la menace court toujours. Je te bute.

– Ouais, je crois que j'avais compris le concept, merci. Mais, Lochan… Il s'est passé quoi à la clinique ?

– Maman est partie. Définitivement, cette fois.

– Oh merde ! Pardon… Toutes mes condoléances.

– Ouais, merci. Mais, tu sais, Div comme moi savons que ce n'est qu'une étape… La mort n'est pas triste et ce n'est pas une fin. Surtout pour maman qui attendait depuis longtemps. Mais je préfère qu'elle ne reste pas seule. Tu peux me la passer?

– Bien sûr.

Je retourne vers Divya qui m'observe en fronçant les sourcils. Je lui passe le téléphone et m'installe entre le dossier du transat et son dos. Je l'enlace et laisse Lochan lui annoncer la triste nouvelle.

44

Maël

« Don't be afraid, don't turn away,
You're the one who can redefine it,
Don't let hope become a memory. »[1]

Elle n'a pas pleuré. Ma p'tite fée a passé la nuit dans mes bras, après s'être entretenue une bonne heure avec son frère au téléphone et après avoir ingurgité une quantité de cassoulet que je ne divulguerais que sous la torture, par égard pour elle. Ses yeux sont restés aussi secs que le désert de Gobi. Toujours installée sur notre ponton, le clapotis de l'eau contre notre refuge paradisiaque berçant cette matinée qui annonce encore une journée sous le soleil, elle est recroquevillée dans mes bras et je la regarde dormir. Elle vient de perdre sa mère mais elle semble sereine. Je l'admire pour ça, vraiment.

Notre hôtesse nous apporte notre petit déjeuner et la réveille. Elle ouvre ses grands yeux en s'étirant entre mes bras.

– Bonjour, p'tite fée, bien dormi ?

1. « N'aie pas peur, ne t'enfuis pas / Tu es celui qui peut le redéfinir / Ne laisse pas l'espoir devenir un souvenir », « The Light », Disturbed. Crédits : Dan Donegan / David Draiman / Kevin Churko / Mike Wengren.

Elle hoche la tête, se retourne et se blottit davantage contre moi. Je relève la couette sur nous.

– Mmm, pas assez. Dodo encore.

– Vas-y, je surveille tes rêves…

Elle sourit et embrasse mon piercing.

– Merci…

Elle se rendort. Et j'adore ça. Je n'ai jamais vécu en couple. Je n'ai jamais dormi deux fois de suite avec la même personne et je n'en ai jamais eu la moindre envie. Mais avec elle… c'est différent. C'est même l'inverse. J'adore la voir se réveiller, les cheveux en vrac, les yeux encore perdus dans ses rêves et son petit corps recherchant ma chaleur. J'adore la prendre contre moi et me sentir protecteur. J'adore qu'elle recherche mes bras comme par réflexe, comme si c'était la normalité qu'elle se trouve là, contre mon torse, la tête enfouie dans mon cou. Et j'adore ces trucs qui se passent en moi quand tout cela se produit. Bref, je l'adore, elle et tout ce qu'elle représente.

Elle ne se réveille à nouveau qu'une bonne heure après.

Alors que je la nourris de viennoiseries, affalée contre moi, les pieds dans l'eau, elle retrouve peu à peu vie.

– Nous allons devoir rester plusieurs jours ici… Enfin, moi, en tout cas.

– Toi en tout cas ? Mais je reste avec toi, t'es malade ou quoi ?

Elle sourit en ouvrant la bouche pour accueillir le bout de croissant que je lui propose.

– Tu n'as pas de rendez-vous ou autres qui t'attendent à L.A. ?

– Rien d'urgent. Je vais appeler Deac et repousser, c'est tout… Quant à Mike, il bosse pour moi et pas l'inverse. Donc il fera comme je lui dis. Donc je reste. Imagine, je rentre sans toi… Ton frère me tue… Et, moi, je ne vis plus en attendant ton retour… Non, non, je reste. Je suis à ton entière disposition jusqu'à ce que tu ne puisses plus me voir en peinture.

Elle paraît contente de ma décision.

– Ce qui nous amène à plusieurs décennies, je pense…

J'embrasse sa tempe.

– C'est tout ?

Elle glousse.

– Pour commencer…

Elle part dans ses pensées en faisant glisser ses pieds à la surface de l'eau.

– Donc nous avons quelques jours avant l'incinération. Tu sais ce que j'aimerais faire ?

– Je suis tout ouïe.

– Je voudrais aller en Camargue.

– Où ça ?

Elle s'esclaffe.

– Ah mais oui… Tu ne connais pas… La Camargue, c'est merveilleux. Bon, ben raison de plus… Tu ne peux pas venir à Arles sans faire un peu de tourisme, toi qui me disais justement que, pendant tes tournées, tu n'avais le temps de rien. Bon, voilà, tu as le temps maintenant… Alors on va visiter. Je propose. Ce matin, nous allons au centre pour les formalités concernant maman… Puis je te fais une visite guidée. Qu'en penses-tu ? Tu voudrais que je te montre là où j'ai grandi ?

Elle se retourne et embrasse mon cou. Tout ce qu'elle veut du moment que cela inclut ses bras, ses lèvres et elle tout entière. Et je pense que c'est la meilleure manière de lui changer les idées. Ce serait pire de rester enfermés dans cette propriété, à attendre. Le paradis deviendrait vite un enfer.

– Sans problème. Mais tu ne préférerais pas… je sais pas, méditer pour ta mère, pleurer, aller te recueillir j'sais pas où… Toucher des arbres ? Je peux aussi te laisser faire ça et me contenter d'être là, juste pour être là…

– Non… justement. Je pense que le plus bel hommage que je puisse faire à maman est de retourner sur les lieux où elle m'emmenait. Elle adorait la Camargue. Et moi aussi.

– Bon, alors allons-y pour la Camargue!

Elle pousse un cri de joie.

– Yes! Allez, on se bouge!

***

Et c'est ainsi que je me retrouve, quatre heures après notre réveil, sur… un cheval. La bête est immense, tranquille mais pleine de nervosité… Divya devant moi semble super à l'aise, donc je fais style mais en définitive c'est loin d'être le cas. Cependant, nous longeons une plage, les sabots de nos montures plongeant dans la mer à chaque pas. C'est tellement beau que j'en oublie que le truc sur lequel je suis assis est vivant. Je me détends en admirant le paysage. Les oiseaux qui se posent sur la mer, la plage à perte de vue…

Divya fait demi-tour avec son cheval pour venir à mes côtés. Sauf que mon cheval, à moi, suit le sien. Il fait demi-tour à son tour et reste derrière elle. Nous sommes donc dans le sens inverse de la promenade. Elle refait demi-tour et mon bordel suit toujours. Pour résumer, nous faisons une sorte de ronde ridicule sur la plage. Ça se dirige comment, ce truc? En plus, c'est pas vraiment stable, je me suis vu plus à l'aise qu'en cet instant, je dois bien l'avouer! Ma p'tite fée éclate de rire.

– Mais qu'est-ce que tu fais, Maël?

– Ce que, moi, je fais? Mais c'est pas moi, c'est *Pâquerette*! C'est quoi ce nom, d'ailleurs? Il me semble un peu ridicule, non?

Elle retient un rire.

– Non, absolument pas… C'est très viril au contraire… Bon, attends. Tire sur tes rênes, il va s'arrêter.

Je m'exécute et l'animal ne bouge plus. C'est magique. Divya, cette fois, se positionne à mes côtés, pliée de rire.

– Et moi qui pensais que tous les Américains étaient des cow-boys !

– Ouais, ben pas moi ! T'as déjà vu des cow-boys à L.A. ?

– Non. C'est vrai…

J'éclate de rire.

– Bon, OK, je suis ridicule sur ce truc.

Elle tend le bras et caresse la crinière de mon étalon blanc (enfin, étalon… Je ne suis pas vraiment sûr… Un cheval de trait à la retraite me paraît plus probable, vu l'énergie toute relative dont il fait preuve depuis le début).

– Ce n'est pas un « truc ». C'est un être vivant qui te ressent. Caresse-le, montre-lui que tu le considères comme tel… Si tu restes distant et le traites comme un objet, je parie que tu te retrouves à terre avant la fin de la promenade !

– Ah oui ?

Elle hoche la tête.

– Oui !

J'obéis donc et caresse le cou de l'animal.

– Il faut que je lui parle aussi ?

Elle pouffe.

– Si tu veux mais, là, tu vas passer pour un taré.

Euh… C'est moi, le taré…

– Donc, toi, tu parles aux arbres et c'est normal mais, si moi je parle à *Pâquerette*, c'est glauque ? Ça serait intéressant qu'on discute tous les deux de la frontière entre glauque et normal…

Elle pouffe.

– Eh mais je n'ai jamais dit que je ne passais pas pour une

tarée avec mes arbres et mes lumières ! Je l'assume, c'est tout… Et je parle aux animaux aussi.

Elle se penche sur son cheval en caressant sa crinière.

– Hein, Justin, qu'on papote tous les deux… Donc, tu me disais, tu avais des soucis avec tes gosses et…

Je la dévisage en me demandant si elle n'a pas réellement un problème psychologique. Elle éclate de rire.

– Non, je ne parlais pas de ses gosses avec ce cheval…

– Ah, tu me rassures…

– Non… il n'a pas de gosses !

Elle ricane alors qu'elle me fait signe de relâcher la tension sur les rênes de mon cheval et de donner le petit coup de talons nécessaire pour repartir. Elle commente notre visite alors que nous repartons dans une sorte de champ bordé de roseaux, enfin c'est un paysage totalement différent de ceux que je connais et j'adore.

– Tu sais qu'ici il y a pas mal d'espèces en voie d'extinction qui subsistent grâce à ces lieux ? C'est aussi le seul endroit d'Europe où se reproduisent les flamants roses. J'adore cet endroit. Maman m'y emmenait souvent…

Elle observe le paysage d'un air pensif.

– Nous venions toutes les deux. Papa ne venait jamais et Lochan a laissé tomber l'affaire dès qu'il est devenu cet ado stupide qu'il est encore… Il avait d'autres priorités. Mais en attendant, si on me demande quel souvenir j'ai de ma mère, je la Camargue sans hésiter.

– Je suis impressionné. Tu prends sa disparition très bien, je veux dire…

– Que je n'ai pas pleuré ? Que je ne suis pas enroulée dans une couette au fond de mon lit à me lamenter ?

Je hausse les épaules.

– Oui, un peu… Si ça avait été ma mère, je crois que j'en serais là… Sous une couette, au fond du fond…

Elle se tourne vers moi et plonge son regard dans le mien.

– Mais c'est un peu ce que tu fais, Maël, non?

Je tire sur les rênes de *Pâquerette*, abasourdi par sa réplique.

– Non, ce n'est pas ce que je fais! Ma mère n'est pas morte, je te signale.

– Non, effectivement. Mais tu ne lui parles plus et ne la vois jamais. Quelle est la différence? Maman n'est plus de ce monde, certes. Mais elle est partout autour de nous. Elle n'a pas disparu. Mais ta mère à toi, elle est où?

Je me renfrogne.

– Changeons de sujet, s'il te plaît.

Elle hausse les épaules.

– Comme tu veux. Mais… je n'ai pas eu le temps de te donner mon point de vue là-dessus et je pense que, vu que je suis en deuil de maman, il est important que je te dise juste une chose, Maël. Une fois qu'elle sera partie, il sera trop tard. Ce n'est pas plus compliqué que ça. Je ne pense pas que tes parents méritent la punition que tu leur infliges. Et que tu t'imposes à toi-même par la même occasion. Il serait peut-être temps que tu balayes ce passé qui te plombe. Ta maison à St Léon, la plage, Mira… Tout ça, tu penses y avoir renoncé mais, en fait, c'est faux. Tu ne fais qu'y penser.

– Tu sais bien que je ne peux pas.

– Non, je ne sais pas justement. C'est toi qui t'imposes tout ça. Personne d'autre. Et même si Benny est allé dans ce gymnase par ta faute, ce dont je doute, tu ne crois pas que la punition a assez duré? Il est peut-être temps d'une vraie rédemption…

Pourquoi ai-je cru qu'elle oublierait mes confidences? Divya n'est pas le genre à lâcher prise. J'aurais dû m'y attendre. Je me concentre sur le paysage, sans lui répondre. Je n'ai pas envie, à ce moment précis, de parler de tout ça. Je suis loin de St Léon, loin de mon passé et ça me fait un bien fou. Sur un cheval, au milieu des champs, longeant un canal dans lequel des canards sauvages se baignent allégrement, j'ai simplement envie de profiter. Pas de ressasser. Est-ce vraiment trop demander?

Elle reprend cependant:

– Tout ce que je dis, Maël, c'est que grâce à tes souvenirs et à tes rêves, tu m'as donné de la lumière. Parce que ça t'en procurait à toi-même. Ce que je vois, moi, c'est que m'en parler et y penser te font du bien. Pour moi, ton chemin est dans cette direction. Je peux déjà te toucher plus facilement depuis que j'ai vu tes poignets. St Léon est peut-être un lieu de cauchemars pour toi mais c'est aussi là-bas que se trouve ton énergie. Ton équilibre. Penses-y.

– Mouais. On verra ça de retour à L.A.

– OK. Bon, on va les voir ces flamants roses? On accélère la cadence?

– Comment ça, on accélère? Genre *Pâquerette* part au galop?

Elle éclate de rire.

– Ouais, ce genre-là! Allez, cow-boy. Redresse-toi sur tes étriers, accroche-toi à ta selle…

Je m'exécute.

– Et?

Elle ricane.

– Et, c'est parti!

Elle tapote les flancs de son cheval qui part au petit trot devant moi et le mien s'adapte à l'allure. Et, contre toute attente, j'adore. Je la dépasse même à un moment, maîtrisant parfaitement mon cheval de trait-étalon… Je lui fais même un pseudo-câlin une fois revenu aux écuries et je le remercie… Voilà, voilà, je suis l'homme qui murmure à l'oreille des chevaux, appelez-moi Robert

Redford[2]. Et je suis également mais surtout l'homme qui depuis hier pense et repense à sa vie. Revenir aux racines de Divya me donne envie de retrouver les miennes. Ce n'est pas possible mais j'ai envie d'imaginer que ça l'est. Et si les frontières que j'ai construites depuis si longtemps étaient arrivées à péremption? Et si… en fait tout ce cirque ne rimait à rien en définitive? Cette p'tite fée a le véritable don de me tourmenter, c'est un fait. Cette nana est une machine à coups de pied au cul.

---

2. Référence au film *L'homme qui murmurait à l'oreille des chevaux*, réalisé par Clint Eastwood.

45

Divya

« Qui fuit la mort fuit la vie, car la mort est la vie même. »[1]

Voilà. Maman est partie. J'ai pleuré. Parce que je ne la reverrai plus et qu'il est normal de pleurer lorsque l'on perd quelqu'un. Mais ce n'est pas triste. Elle était arrivée au bout de son passage ici, elle a attendu longtemps que son heure arrive et elle est partie. Je me console en me rappelant que c'est moi qui lui ai donné la clé du départ final…

Maël me tend la main devant la portière du taxi. Depuis l'autre jour et notre visite à maman, ou depuis l'annonce de son décès, peu importe, il a été parfaitement adorable. Cela fait trois jours qu'il est là, à s'inquiéter de tout, à tout gérer… Nous avons visité le décor de mon enfance, je lui ai raconté ma vie avec maman, avec Lochan et sans mon père qui ne participait que rarement aux sorties familiales. Il a adoré Arles et, je crois, la Camargue aussi. Nous avons fait de la barque le jour de notre visite, après le cheval… J'aime définitivement être avec lui. Je sens que plein de choses sont en train de se passer dans sa tête. Il est de plus en plus lumineux. Hier, il a même oublié ses bracelets dans la

1. Vladimir Jankélévitch, *La Mort*, 1966.

chambre. C'est dire… En attendant, c'est un cercle vertueux. Plus il est détendu, plus je peux l'approcher, ce qui le détend encore plus et illumine son esprit… Et me remplit de bonheur… J'aime tellement être sa copine, ou petite amie, le terme importe peu, nous sommes l'un à l'autre, c'est de plus en plus évident et irréversible.

Il prend soin de moi comme si j'étais une princesse… Je vis un conte de fées… Hier, il m'a emmenée faire du shopping parce que nous n'avions que des fringues de plage dans nos valises et que, pour une inhumation, c'est moyen. Il m'a fait essayer des tas de tenues, puis c'est lui qui a cherché un costume… Un vrai moment de couple, non ? J'ai du mal à réaliser ce qui est en train de se créer entre nous. Mais c'est délicieux, dans tous les cas…

Donc nous voici à ce rendez-vous pour un dernier au revoir officiel à maman. Costume noir pour lui, porté sur un T-shirt de Metallica (bon, on ne peut pas lui demander l'impossible non plus !) et robe noire absolument somptueuse pour moi. Histoire de rendre hommage à cette femme qui le mérite tellement.

Papa s'étant séparé de maman, c'est Lochan et moi qui avons tout réglé pour la crémation. Et nous y voilà. Je retrouve pas mal d'anciennes têtes connues, des anciens voisins et amis qui ont gardé de bons souvenirs de ma mère. Ils me saluent tous, se souviennent de moi. Tout cela est étrange. C'est compliqué, un saut dans le passé. Je ne fais plus partie d'ici. Mon âme appartient à Los Angeles, à ma maison là-bas et sans doute à cet Américain charismatique à mes côtés qui ne comprend pas grand-chose à ce qui se dit autour de lui, mais qui me couve du regard constamment, plissant les yeux lorsque mon visage s'assombrit et me souriant dès que je m'illumine.

Nous n'avons pas de famille. Pas d'oncle, de tante, ni de grands-parents… Il est, de fait, le seul soutien pour moi, ici. Je me sens liée à lui comme jamais.

Il entre à mes côtés dans le funérarium. Je passerai sur la cérémonie que j'ai voulue simple et rapide. Pas la peine de faire de longs discours, maman savait ce qu'elle était et ce qu'elle représentait pour les gens. C'était une personne bonne qui a tout donné pour les autres et qui ensuite a décidé de se mettre en retrait. Et d'après ce qu'elle m'a dit, à notre dernière entrevue, elle attendait simplement Maël… Mon prince aux dessins. J'ai beau avoir été élevée dans cet univers quelque peu mystique, j'avoue que je suis dépassée par cette force du destin, comme si tout avait été calculé depuis toujours. Elle a un jour vidé son cerveau et nous l'avons mise dans ce centre. Lochan a décidé de m'emmener, il a fait son trou dans l'univers musical et un jour il a rencontré Maël sur un toit et a couché avec pour le garder avec nous… Ensuite, le taxi, la croisière et Cuba… Et tout ça, depuis le début, maman l'attendait. C'est un peu fou, non?

Enfin bref, insensé ou pas, nous y sommes, le cercueil de maman glisse doucement vers la flamme, une nouvelle lumière qui va dissoudre son enveloppe corporelle pour qu'elle retourne à la nature. Je presse la main de Maël parce que, en ces moments troubles, il a été mes racines. Je n'ai plus trop peur de sa noirceur car j'ai moi-même peu de lumière. J'ai besoin de revoir mon frère, de quitter ce pays qui n'est plus le mien et enfin d'avancer. Et il a fait de réels efforts pour trouver sa propre lumière et la faire grandir. Il me raconte souvent ses rêves, ce qu'il aimerait faire avec Deaclan et leur duo. Avec Mira, s'il arrivait à passer cette barrière de culpabilité qui le bride sur tellement de choses… Il me parle aussi de cette maison dans la baie de St Léon… J'aimerais trop qu'il me montre tout ça. Encore une fois, c'est une décision qu'il doit prendre mais c'est compliqué. On ne sort pas de sept ans de peur en trois jours. Bref, il apprend à voir le positif. Et j'aime ça.

Cette journée est spéciale. Je dis au revoir à maman puis nous remontons sur Paris pour prendre le vol de nuit pour Miami. Je ne sais pas quand je reviendrai en France et j'ai un peu de nostalgie. Mais j'ai besoin de revoir Lochan. Et je n'ai plus ma place ici. Maman n'y est plus. Plus rien ne m'attache à cette terre à part mes anciennes racines. Et peut-être aussi… mon père. Il se présente devant moi alors que nous sortons de la salle de crémation. Grand et imposant, il se détache au milieu de l'entrée, m'attendant très probablement. Je resserre ma main dans celle de Maël qui détecte aussitôt que quelque chose me trouble. Nous nous arrêtons devant celui que j'appelle encore papa, malgré le ressentiment qui m'habite. Il ouvre en grand ses bras, s'attendant sans doute à ce que je me précipite contre lui. Ce que je ne fais pas. Je reste à bonne distance. J'examine cet homme auquel je ressemble. Il est encore très beau pour son âge, est habillé comme un prince, dans un costume à la dernière mode. Il semble troublé.

– Divya. Ma fille.

– Papa.

– J'ai su que tu étais là quand le centre m'a alerté pour ta mère. J'ai proposé de régler les frais mais ils m'ont dit que nos enfants s'en chargeaient.

– Lochan s'est chargé du côté financier. Oui. Mais merci pour ce geste.

– Elle a été ma femme pendant des années et elle m'a fait deux beaux enfants… Ça ne s'oublie pas, ça… Et puis… elle a été malade sinon nous serions certainement toujours ensemble…

J'ai envie de vomir.

– La faute à qui ?

Il grimace.

– Ta mère a toujours fait ce qu'elle voulait. Je ne l'ai jamais forcée à quoi que ce soit.

– Ben voyons.

– Elle a été heureuse de rendre service à tous ces gens.

– Oui, sans aucun doute. Mais elle aurait été très heureuse sans ça également…

– On ne le saura jamais.

– Oui, on va dire ça.

Il marque une pause et examine Maël, qui reste figé à côté de moi, l'air peu avenant.

– Maël, je te présente mon père.

– J'avais compris.

Mon père lui tend la main.

– Oh mais vous parlez anglais?

Maël lui serre la main.

– Oui…

– Plutôt américain, vu l'accent. Div chérie, c'est donc aux États-Unis qu'il t'a emmenée?

Je me renfrogne.

– Ça ne te regarde pas.

– Je pense que si, au contraire. Ton frère m'a volé ma fille. Je pourrais le traîner en justice pour ça. Tu m'as manqué, Div chérie.

– C'est moi qui t'ai manqué ou le fric que j'aurais pu ramener à la maison en aidant des inconnus sous l'œil des caméras?

Il hausse les épaules.

– Il n'y a pas de mal à aider les gens. Foutre en l'air un tel don, c'est honteux…

Maël s'éclaircit la gorge.

– Ce qui est honteux, monsieur, c'est forcer les gens à ce qu'ils n'ont pas envie de faire. Lochan a fait ce qu'il fallait pour votre fille, elle est heureuse et épanouie.

Mon père dévisage durement Maël qui soutient son regard.

– Je vous ai déjà vu, vous. Je vous connais.

– Je ne pense pas, non.

– Si, si… Vous travaillez à la télé? Cinéma?

Mon père est un radar à fric… Depuis toujours. Présentez-lui un moyen de gagner de l'argent facile, de profiter d'un bon plan, de séduire un généreux donateur et il le sentira en moins de cinq minutes. Lui aussi a un don quelque part. Même si y a pas de quoi être fier. Je coupe court.

– Non, tu ne connais pas Maël. Bon… Nous sommes pressés.

– Vous ne voulez pas venir à la maison, Gwen serait ravie de vous voir…

– Gwen? Ta femme ne s'appelait pas Lucy à l'époque?

Il paraît embarrassé.

– Si… mais ça n'a pas marché. Mais avec Gwen, c'est différent… Son père est un haut PDG de…

Je lève les yeux au ciel. Il y a des choses qui ne changeront jamais… Il s'interrompt et porte son attention sur Maël.

– Skeletons! Vous faites partie de ce groupe mythique! Gwen, justement, est allée vous voir à Paris l'année dernière… Je l'ai accompagnée. Ça marche bien pour vous.

Je suis effarée.

– Non mais, attends, déjà, elle a quel âge, cette Gwen, pour aller voir les Skeletons en concert?

– Elle va prendre 28 ans le mois prochain, pourquoi?

– Tu en as 48!

– Et alors?

– Non, rien, laisse tomber. Bon, écoute, c'était super, merci d'être venu, nous devons y aller.

– Mais attendez, venez prendre un café à la maison, Gwen serait ravie de rencontrer son idole.

– Merci mais non merci…

Il se tourne vers Maël.

– Allez, pour le fun…

Mon homme répond :

– Vous m'excuserez mais votre fille vient de dire adieu à sa mère, je pense que le moment est mal choisi pour aller signer des autographes.

Mon père plisse les yeux. Il semble mettre toute son énergie dans sa réflexion.

– Donc, vous devez habiter L.A., c'est ça ? Puisque le groupe est originaire de là-bas… Div chérie, tu habites en Californie ? Peut-être même que Lochan travaille dans le domaine musical… non ? Il adorait cette musique à l'époque… c'est trop de coïncidences…

– Et même si c'est le cas, en quoi c'est important ?

– Je veux parler à Lochan. Il t'a retourné la tête après t'avoir kidnappée. Je n'ai rien dit à l'époque parce que je ne voulais pas vous faire de mal mais…

– Tu n'as rien dit parce que tu avais déjà une autre femme en ligne de mire et autre chose à penser que tes deux gosses. De plus, cela t'arrangeait bien que nous disparaissions. Tu étais alors totalement libre.

– Il t'a réellement retourné le cerveau ! C'est faux, j'avais des projets pour toi.

– Super… Finir comme maman ?

Il pince les lèvres. Je clôture cet échange qui me pèse. Je comprends que je n'ai pas besoin de lui. Aussi bien psychologiquement que financièrement et, encore moins, affectivement. Et je m'en réjouis. Et tout ça, ce que je suis aujourd'hui, je le dois à une seule personne, Lochan. J'ai simplement envie de le retrouver maintenant. Je n'ai plus rien à faire ici.

– De toute manière, ce n'est ni le moment ni l'endroit pour des explications. Et, non, nous n'habitons ni L.A. ni la Californie. Oublie-nous, point final. Bonne fin de journée, papa.

Maël me reprend la main et m'entraîne loin de lui.

– Tu veux en parler?

Je hausse les épaules.

– Si je te dis non, ça te choque?

Il s'esclaffe…

– Plus rien ne me choque, ma puce… plus rien ne me choque…

Nous récupérons l'urne des cendres de maman, que je tiens à ramener à Lochan. Il a toujours été proche d'elle, je considère donc que c'est à lui de choisir l'endroit où elles seront dispersées. Puis, nous rentrons chez nous.

46

Divya

« It's been a long bumpy ride sittin'back in the saddle,
It's time to get down, dirty up our knees in the battle. »[1]

Je saute au cou de mon frère… Toujours dans son lit, j'ai l'impression que cela fait une éternité que je ne l'ai pas vu et, en même temps, c'était presque hier. Il ouvre en grand ses bras et je m'y blottis. Il me berce affectueusement en me caressant les cheveux.

– Tu vas bien ? Le bassiste ne t'a pas trop embêtée ?

Je laisse aller un petit rire.

– Non, il a été parfait.

Les mains sur mes épaules, il me fait un peu reculer pour me détailler.

– C'est pourtant vrai. Tu as l'air en forme.

Il jette un œil vers Maël resté en retrait puis lui tend le poing. L'homme qui détient mon cœur s'avance et lance son poing contre le sien.

– Merci de l'avoir ramenée, mec.

1. « Ça a été un long tour chaotique assis à l'arrière sur la selle / Il est temps de descendre, se salir les genoux dans la bataille », « State of my Head », Shinedown. Crédits : Shinedown.

– Je l'ai fait pour moi.

– Putain !

Lochan grogne en reportant son attention sur moi.

– Et y avait pas moyen de le laisser là-bas, celui-là ?

Je secoue la tête.

– Non, aucun moyen. Et… je t'ai ramené l'urne de maman… Tu la libéreras où tu veux.

Il me fixe, ému.

– Tu nous as ramené maman ici ?

Je hoche la tête. Il soupire en replaçant une de mes mèches derrière mon oreille.

– Et… ces retrouvailles ? Elles se sont bien passées ? Elle était comment ?

– Elle attendait. En fait, je crois que ça faisait cinq ans qu'elle attendait.

Il fronce les sourcils.

– Elle attendait quoi ?

– Je crois qu'elle attendait Maël…

Il lance un regard au premier concerné qui a retrouvé son mur et s'y est adossé, fortement inspiré par ses chaussures… Maël refuse toujours de parler de tout ça. Depuis cette soirée où il s'est totalement ouvert, nous n'y avons plus fait d'allusions, à part ses projets un peu utopiques de visite à Mira et de remise en état de maison.

Lochan se mord la lèvre en le toisant.

– Je ne suis même pas étonné. C'est maman… Et donc ?

– Donc elle a dit ce qu'elle avait à dire. Et ensuite tu m'as appelée et elle était partie.

– Mais elle t'a dit des choses ? À toi ?

– Elle m'a dit qu'elle était fière de nous. Et que tu avais l'œil et qu'il était temps que tu t'en serves.

Il soupire.

– Oui, maman !

– Et aussi que tu devais me lâcher la grappe.

Il plisse le front.

– T'es sûre qu'elle a dit ça ?

Je m'esclaffe.

– C'était sous-entendu, je l'ai compris comme ça…

– Mouais. Permets-moi d'en douter. Et pour ton info, change de bataille, celle-ci, tu la perdras forcément. Je n'arrêterai jamais d'avoir un œil sur toi. Surtout quand on voit les potes que tu choisis, on est en droit de se méfier.

Maël relève les yeux vers lui, ne sachant pas s'il doit rire ou pleurer. Lochan soupire en se rallongeant sur son lit.

– Ouais, c'est bon… Je suis encore cloué dans cette chambre pour trois jours. Ce qui signifie que vous êtes tranquilles pendant le même laps de temps. Mais, après, je vous colle au cul. Enfin, dès que tes potes me laisseront respirer.

– Mes potes ?

– Magnus et Beth… Adorables, au demeurant… Mais je crois qu'ils me kiffent aussi… Enfin, c'est une autre histoire. Ils sont partis seulement hier.

– Oh…

Le duel Magnus versus Beth continue donc… Je sonde les yeux de mon frère par pur esprit de commérage. Mais il ne laisse rien voir. C'est Lochan. Il veut tout savoir de moi sans jamais rien donner. En attendant, il a dit… trois jours et ça… c'est du bonheur. Je me lève du bord de son lit.

– OK. Je garde ta carte bleue du coup. Comme en France. Pour l'hôtel et mes menues dépenses…

Je lui adresse un énorme sourire hypocrite… D'habitude, il me donne une somme par mois et ça suffit largement mais, pour le voyage en France, j'avais carte blanche. Maël a presque tout payé, cela dit. Nous avons fait quelques balades et il insistait à chaque fois. Mais il me plaît de ne pas mentionner ce point à Lochan. Autant qu'il flippe un peu en se croyant ruiné, les dépenses à l'étranger apparaissant dans un délai supplémentaire de plusieurs jours sur les comptes bancaires. C'est Maël qui m'a expliqué. C'est drôle. C'est surtout sa tête en ce moment même qui est hilarante. Lochan et son fric… Comme si j'étais du genre à dépenser inconsidérément. Bref.

La jolie petite infirmière que j'avais notée avant notre départ débarque dans la chambre, l'air extrêmement à l'aise. J'envoie un regard inquisiteur à mon frère qui me sourit malicieusement… Je secoue la tête d'exaspération. Il est tout bonnement impossible ! J'embrasse Lochan et tends la main à Maël qui affiche un air soucieux depuis notre départ de France. Je l'entraîne vers la sortie sans qu'il n'ouvre la bouche. Moi, je fais comme si de rien n'était.

– Il va falloir que je me trouve un petit hôtel.

J'aimerais qu'il me dise qu'il reste ou qu'il propose un truc, je n'ai pas envie qu'il parte, mais alors pas du tout. Mais il a déjà pris cinq jours pour venir en France, je ne peux pas lui demander de bousculer son emploi du temps pour moi davantage.

Il stoppe notre marche et m'attire à lui au milieu de la rue. Il laisse promener ses lèvres à quelques millimètres des miennes en murmurant :

– J'ai deux choses à te demander, p'tite fée.

Je suis encerclée par ses bras et son corps parfait, surplombée par son visage envoûtant… Je peux mourir dès maintenant, j'ai vécu le plus beau de la vie… Mais, bon, on peut attendre aussi un peu, il n'y a pas d'urgence. Je lui souris.

– Je t'écoute.

– Est-ce que tu es obligée de rester auprès de ton frère pendant ces trois jours ?

– Pourquoi ?

– C'est moi qui pose les questions, pour l'instant… Réponds-moi, c'est tout…

– Je ne pense pas que Lochan s'ennuie avec sa petite infirmière, donc, je pense que du moment que je le préviens, c'est bon.

Il grogne.

– Très bonne nouvelle. Seconde question.

– Oui ?

– Il y a deux photographes derrière les vitrines du café qui fait l'angle derrière moi. Je n'ai pas de casquette, aucun truc qui peut faire qu'ils ne m'aient pas reconnu. Je pense d'ailleurs qu'ils sont là parce que ton frère, qui bosse avec les Skeletons et autres, est enfermé là-dedans. Dans l'attente de ce genre de photos, justement. Donc, pour résumer, il y a de fortes chances pour que des objectifs soient braqués droit sur nous à la minute où je te parle. Je suis désolé, habituellement, je fais attention… Je me dissimule un minimum… J'en arrive donc à ma question. Quelle est ta position par rapport à cette situation ? Anonymat ou tu t'en fous ? Parce que si je t'embrasse maintenant, ce sera diffusé…

Je réfléchis à peine quelques secondes. Vu que je suis jalouse comme une teigne, je pense que je préfère affirmer mon existence. Si ça peut en dissuader quelques-unes… Et puis, honnêtement, je ne veux pas me cacher. Nous l'avons plus ou moins fait sur le bateau et je n'ai pas aimé. Ma réponse est donc évidente.

– Et depuis quand deux appareils photos nous empêcheraient de nous aimer ?

Il sourit.

– Très bonne réponse.

Il dépose ses lèvres sur les miennes. Ses bras m'attirent contre lui. Et je fonds comme lors du premier baiser mais du second aussi… Et de tous les autres. Il calme le jeu et picore mes lèvres.

– Bon… Alors on y va?

– Mais on va où au fait? Tu ne m'as pas dit?

– On va à Durham.

– Durham?

– Oui. Capitale de Caroline du Nord. À trois heures de route à peu près de St Léon. Nous avons un avion dans deux heures, j'ai regardé pendant que tu parlais à ton frère.

– Tu veux dire que…

Je suis sur les fesses. Et très impressionnée, réellement. Il hausse les épaules.

– Oui, c'est bon, on ne va pas en faire tout un plat… J'essaye de ne pas y penser, j'ai mal au bide depuis que je l'ai décidé quand j'ai vu ton père.

– Mon père? Quel rapport?

– Sans te manquer de respect, j'ai compris deux choses quand je l'ai vu. Premièrement, je me suis dit que j'avais de la chance d'avoir un père comme le mien… Par rapport au tien, je suis un putain de veinard.

– Y a pas de mal, remarque.

Il s'esclaffe.

– Oui… Enfin je me suis dit que le mien ne méritait pas que je l'évite. Puis je me suis dit aussi que, si j'avais été à sa place, je ne pourrais pas me regarder en peinture si ma fille était si… froide avec moi… Et j'ai compris que c'est ce qui m'attendait si je ne faisais pas quelque chose. Et je crois que j'ai envie de cette maison au bord de l'eau… Maintenant que j'ai quitté les Skeletons, je vais calmer le jeu et je vais devoir avancer. Et je crois que je deviens accro à la lumière que tu m'as forcé à voir… Alors autant foncer dans le tas et peut-être brandir l'excuse que j'ai été conseillé par une femme bizarre dans un endroit un peu glauque, si ça se passe mal… Qu'est-ce que t'en penses?

– Oh… Ça me paraît pas mal!

Il me sourit et m'embrasse à nouveau. Puis il retire ses lèvres des miennes. Je n'ai aucun point de comparaison mais je suis certaine que les baisers de Maël Jones sont hors norme. Atrocement doux. Délicieusement fermes. Sévèrement addictifs. Absolument parfaits. Définitivement troublants. J'en ai l'esprit partiellement engourdi. Il s'écarte tranquillement.

– On y va?

J'opine du chef, c'est plus simple que d'articuler une phrase.

– Parfait. Fais risette à l'objectif…

Il m'attrape la main, nous traversons le trottoir, il hèle un taxi. Il m'embrasse une nouvelle fois devant la voiture, adresse un signe de la main aux photographes et nous nous engouffrons dans le véhicule… Direction l'aéroport. C'est moi où ma vie depuis que je le connais est tout sauf calme? La semaine dernière au milieu de l'océan, hier matin à Arles, ce soir à St Léon… Et demain? Avec le décalage horaire, je perds pied. Mais c'est un bon tourbillon, celui-là… Alors je me laisse emporter.

47

Maël

« If you were ever in doubt,
Don't sell yourself short, you might be bulletproof,
Hard to move mountains when you're paralyzed,
But you gotta try. »[1]

Bon, nous y voilà… La main de ma p'tite fée fermement ancrée dans la mienne me maintient en vie. Parce que, personnellement, je me taperais bien une petite crise d'angoisse dans les règles. Depuis le décollage de l'avion à Miami, la tension monte et devient insupportable au fil des kilomètres qui diminuent entre nous et les parents de Benny. Le panneau St Léon's Bay apparaît inexorablement devant nous. J'aurais espéré que la route soit plus longue. C'est dingue comment la distance Durham-St Léon est beaucoup plus courte que dans mes souvenirs… Je ralentis l'allure de notre voiture de location sans m'en rendre compte dès que nous franchissons la limite de la ville. Tout a changé, en sept ans et, en même temps, tout est toujours pareil. Le

1. « Si jamais tu avais des doutes / Ne te vends pas au rabais, tu pourrais être à l'épreuve des balles / Difficile de bouger des montagnes quand tu es paralysé / Mais tu dois essayer », « Get Up », Shinedown. Crédits : B. Smith / E. Bass.

centre-ville, tout petit, arbore toujours les anciennes maisons victoriennes de ma jeunesse… Celle des Libstones, repeinte tous les ans dans des couleurs improbables, est en vert d'eau cette année. La bicoque délabrée de Mme Woodheart a été retapée… Elle nous courait après, armée d'un balai, quand on allait lui piquer les fraises de son potager… Le petit kiosque où j'ai roulé ma première pelle… Elle s'appelait Judith… Nous avions 13 ans… Son père nous avait surpris, j'étais allé me cacher chez Mme Woodheart qui avait encore une fois sorti son balai et m'avait poursuivi jusque chez mes parents…

Dans leur rue, je ralentis et m'arrête au milieu de la route. La maison se trouve au bout de cette route, sur ma gauche. En face, à même pas un kilomètre, celle de M. et Mme Clarck… Les parents des jumeaux, de Benny.

Ma p'tite fée me serre la main plus fort en scrutant mon regard.

– Je ne sais pas si j'en suis capable, Divya…

Elle me sourit affectueusement.

– Eh bien, fais demi-tour… Tu as trois jours. Rien ne presse.

J'appuie ma tête sur le volant, désemparé.

– J'ai déjà eu sept ans pour repousser…

Je ne sais pas quelle force me pousse à continuer vers cette solution. Peut-être est-ce sa lumière. Peut-être est-ce le fait que j'en entrevois une aussi maintenant, plus forte depuis que nous traversons ma jeunesse dans ces rues que j'ai toujours arpentées… Tout me rappelle des moments sympas. Même la petite église en contrebas de la rue qui mène chez les Clarck… Celle de mon père. Tout ressemble au bonheur… Lorsque je fais un rapide tour de mes premières dix-sept années de vie, je comprends que j'avais tout pour être heureux et qu'une seule pierre insérée dans les rouages a tout démoli. Et j'ai laissé faire… L'ado de 17 ans m'attend toujours dans ces rues, incrédule devant la tournure prise par les événements. Je crois qu'il n'a jamais accepté de me suivre et que je l'ai laissé là, quelque part entre Sweet Street et Bay Road… Perdu… C'est aussi pour lui que je fais ce pas. Pour retrouver sa candeur et son insouciance. J'ai perdu gros, le jour où je suis parti, je m'en rends compte aujourd'hui.

J'écrase les doigts de Divya entre les miens. Elle pousse un petit cri de douleur surpris, super mignon et drôle parce qu'elle essaye de ne pas hurler, par égard envers mon moment de réflexion. Je relâche ma poigne en riant… Elle récupère ses doigts. Du moins ce qu'il en reste. Je l'observe un moment… et je fais le bilan… Il y a trois semaines, je ne la connaissais pas. Je rentrais de tournée et me demandais ce que j'allais bien pouvoir faire pour m'occuper l'esprit… J'étais au quatrième dessous, sans réellement le réaliser. J'acceptais la fatalité à tout niveau… Carrière, Mira, Benny, isolement, oubli dans les drogues et l'alcool… Et me voilà au centre de mon passé alors que je m'étais juré de l'oublier… Avec cette p'tite fée qui, sans en avoir l'air, m'a foutu un coup de pied au cul magistral dont je me souviendrai toute ma vie, je pense. Je dois être maso parce que j'adore ça ! Je suis même partant pour un second round… la preuve, elle ne m'a pas forcé, je me suis foutu moi-même le cul dans cette bagnole, c'est moi qui conduis et…

– Tu es au courant que tu es arrêté au milieu de la rue, Maël ?

P'tite fée me regarde en se pinçant les lèvres d'un air embarrassé. Elle jette un coup d'œil derrière nous. Un vieux pick-up attend calmement mon bon vouloir, à l'arrêt derrière mon pare-chocs, sans broncher.

– Ah ! Il vaudrait peut-être mieux que j'avance, alors.

– Oui, ça peut être une solution, effectivement…

– Je crois que le code de la route est assez clair là-dessus, en effet…

La vraie question est… quel chemin prendre ? Demi-tour ?

Tentant. À gauche ? Trop tôt… Tout droit ?

– Et puis merde ! J'arrête de réfléchir, ça changera… On y va.

J'accélère. Tout droit.

La maison d'enfance de Jenny n'a pas changé. Je me gare juste devant… Tant qu'on y est, je ne me laisse pas de distance de sécurité. Demi-tour impossible. J'arrête la voiture et tente de trouver ma respiration. Elle s'est barrée où, cette conne ? Divya fait la seule chose utile et efficace… Elle glisse sur la banquette et prend mes genoux d'assaut. J'ai droit à un baiser ravageant tous mes neurones. Asphyxie et mise en coma artificiel des fonctions cognitives du raisonnement dans mon petit cerveau. Simplement avec un baiser. Juste ce qu'il me fallait. Elle me sourit malicieusement.

– Je crois que c'est le moment…

Je hoche la tête, elle libère mes genoux et me voilà dans l'allée. Puis sur le perron de cette maison que je connais si bien. Et mon doigt est appuyé sur la sonnette. Ma fée accrochée à mon autre main. La porte s'ouvre. Cette fois, on y est.

Mme Clarck n'a pas changé. Un petit peu vieilli quand même, mais elle reste cette petite femme un peu ronde qui passe son temps à s'affairer dans une cuisine pour apaiser les estomacs sans cesse affamés de sa famille. Une femme qui ressemble pas mal à ma mère… Elles étaient bonnes amies à l'époque, d'ailleurs. Elle écarquille les yeux et écarte les lèvres dans un « O » parfait lorsqu'elle me voit.

– Maël… Ça par exemple !

Je force un sourire.

– Madame Clarck.

Un long silence s'impose. Gênant, pesant, j'ai envie de rebrousser chemin mais la main de Divya me garde à flot. On ne pense pas à Benny… Enfin si, mais on ne fuit pas… On reste jusqu'à ce qu'elle retrouve l'usage de la parole. Ou serait-ce à moi de parler? C'est moi qui lui rends visite après tout… J'ouvre la bouche pour raconter je ne sais pas trop quoi, j'avoue, je n'ai même pas réfléchi à ce que je pouvais bien dire… Je suis venu sur un coup de tête et c'est tout… Son mari apparaît derrière elle. Un homme plutôt sage, que rien n'ébranle, qui semble être la béquille de tout le monde, il ne pleure pas, ne hurle pas, il analyse et parle uniquement lorsque c'est nécessaire.

Il pousse un cri de surprise.

– Tiens donc… Un revenant.

Il me tend la main et, comme à son habitude, retrouve ses esprits sans aucun souci et va droit au but.

– Il me semble, jeune homme, que vous avez des choses à expliquer… Jenny sait que tu es là?

Je secoue la tête.

– Elle n'a pas répondu au téléphone ni hier ni ce matin. Et c'est vous que je voulais voir en priorité.

Il fronce les sourcils.

– Et Mira?

– J'irai la voir quand je vous aurai parlé.

Mme Clarck s'écarte de la porte d'un air avenant.

– Peter, arrête un peu de harceler ce pauvre Maël… Il part sept ans et tu le reçois aussi mal que la dernière fois que tu l'as vu… Calme-toi, il risquerait de repartir pour sept autres années. On va plutôt écouter ce qu'il a à dire, ce petit. Entrez, j'ai de la citronnade au frais et… présente-nous ta compagne, Maël…

J'avance dans la maison.

– Je vous présente Divya…

– Bonjour Divya, bienvenue.

Elle nous précède dans leur véranda donnant sur le jardin parfaitement entretenu… Ces gens ne sont pas les amis de mes parents pour rien. Peter Clarck nous fait signe de nous installer dans leur salon d'hiver pendant que sa femme nous sort tout un tas de trucs à manger et à boire. Je suis tendu comme un string, perdu dans ce mélange de passé et de présent. L'odeur de leur salon, une odeur de citron, me rappelle tellement de choses. Tout ça, je l'avais oublié, involontairement ou non, mais cela me revient en pleine face brutalement et c'est très déstabilisant. J'observe les grands-parents de Mira qui, je pense, doivent me haïr profondément, du fait de mon départ sans retour alors que leur fille était enceinte de moi. Et pourtant, ils m'accueillent et déroulent le tapis rouge, biscuits et limonade, parce qu'ils sont ainsi, polis et posés. Il était inconcevable que Peter Clarck me décoche une droite à mon arrivée. Et pourtant, je crois que je l'aurais méritée.

Cependant, tout poli qu'il est, il attend difficilement que sa femme finisse son rituel d'accueil, proposant à boire, à manger, etc., à Divya et à moi. Dès qu'elle pose ses fesses dans son fauteuil, il part à l'attaque, ce qui me va bien car je ne savais pas par où commencer… Il dirige donc la conversation et je réponds. Parfait.

– Bon… Maintenant qu'on est posés… Que nous vaut l'honneur de ta visite ? Doit-on prendre des photos de l'immense star qui se souvient tout à coup qu'il a une famille dans les parages ? Et pourquoi viens-tu ici ? J'étais chez Silas il y a moins d'une heure, il n'a pas mentionné ta présence et il n'aurait certainement pas oublié de me parler d'un événement aussi important que ton retour.

– Effectivement, vous êtes les premiers que nous venons voir.

– Et pourquoi ?

Je soupire. Divya se laisse glisser contre moi sur le sofa. Sa chaleur m'apporte le soutien nécessaire.

– Je voulais vous parler de Benny.

Mme Clarck repose son verre sur la table basse devant elle, les yeux rivés sur moi, interrogateurs, cachant difficilement une souffrance à peine érodée malgré ces sept ans de deuil. Peter pose une main réconfortante sur son genou. J'ai envie de me lever et de m'enfuir en courant… De ravaler mes mots, de me fondre dans ce canapé. De chialer. De mourir. Mais non. Je ne fais rien de tout ça. Je prends une grande inspiration, je passe ma main sur celle de ma p'tite fée et je déballe devant eux ma culpabilité… Parce qu'après toute cette fuite inutile, je comprends que c'était la seule chose à faire depuis le début. Même si elle me tue, la vérité doit être dite. Je cherche un peu mes mots puis je décide de tout lâcher, sans filtre.

– Je… je suis responsable du suicide de Benny.

Sa mère porte sa main à sa bouche, les yeux déjà larmoyants. M. Clarck fronce les sourcils.

– Qu'est-ce que tu racontes?

Je baisse les yeux, incapable de les regarder en face, et je me lance.

– Je lui ai pourri la vie pendant presque une année entière. Et il m'a écrit une lettre avant… avant de… avant d'aller dans ce gymnase.

Un nouveau silence lourd… Un silence qui me tue passe dans la pièce. Mme Clarck se met à sangloter. Divya se rapproche encore de moi et pose sa main sur mon genou. Puis Peter se redresse dans son fauteuil, boit une gorgée de limonade et me questionne.

– Mon garçon… Tu fais fausse route. Le choix de Benny n'a rien à voir avec toi…

Je secoue la tête, ravalant mes larmes.

– Il m'a écrit que c'était ma faute. Que je le payerais toute ma vie. Et il… enfin il…

Je craque… Mes larmes coulent, ma gorge refuse d'émettre un

son supplémentaire. Divya me prend dans ses bras. Il se passe un temps infini, dans ce silence plus que pesant, avant que je n'arrive à relever les yeux pour les affronter. Mme Clarck regarde son mari qui me dévisage. Sans un mot. Puis il passe sa main dans ses cheveux et pose ses avant-bras sur ses genoux.

– C'est pour ça que tu es parti ? Depuis toutes ces années, tu vis avec cette culpabilité ?

Je hoche la tête, honteux.

– Seigneur !

Il se lève tranquillement et va chercher un dossier dans un placard derrière nous. Il le feuillette en se rasseyant puis jette un regard à sa femme qui hoche la tête. Il soupire lourdement avant de reprendre la parole en faisant glisser le dossier sur la table entre nous, ouvert sur un rapport hospitalier, à première vue.

– Tu n'es pas le responsable, Maël. Benny… Benny avait un gros souci identitaire depuis des années. Il était suivi mais mal par le service psychiatrique de l'hôpital de Durham.

Je redresse les yeux et parcours sans vraiment le lire le rapport qu'il a glissé devant moi.

– Non, vous ne comprenez pas… Je lui ai fait vivre un enfer. Il ne voulait pas que je voie Jenny et je me suis vengé… Il n'avait plus d'amis, plus de vie au lycée et tout était de ma faute, c'est moi qui…

– C'est toi qui rien du tout, Maël ! Il était malade depuis l'âge de 8 ans…

J'ai du mal à comprendre. Je fronce les sourcils en les regardant tour à tour. C'est Mme Clarck qui se décide à m'expliquer.

– Il était le second jumeau et il ne vivait qu'à travers sa sœur depuis toujours… Il souffrait de ne pas être en elle, de ne pas l'avoir en lui… C'est compliqué mais, pour te résumer l'histoire, et, d'après les médecins, il aurait mal vécu la séparation avec

Jenny au moment de l'accouchement. C'est un peu étrange mais c'est la seule explication que les docteurs nous ont donnée. Il a toujours été dépressif et les seuls moments où il était heureux, c'est quand il était avec sa sœur… Il vivait même dans sa chambre au début… Nous pensions que lui donner de quoi calmer ses troubles en acceptant qu'il reste à ses côtés le soulagerait… Mais ça n'a fait qu'empirer les choses. Il nous a fallu les séparer… Pour Jenny. Ton harcèlement n'a pas eu cette importance dans sa vie… Il se moquait royalement du reste du monde. Nous, il nous supportait mais, tout ce qu'il voulait, c'était sa sœur, avec lui, loin de tout le reste…

Les muscles de Divya se détendent, sa main vient me caresser les cheveux. Je ne comprends rien.

– Mais il m'a écrit une lettre et… il m'a dit que tout était de ma faute… vous devez me croire, je l'ai tué et…

Peter m'interrompt.

– Oui, évidemment que, pour lui, tout était de ta faute… mais simplement parce que tu lui volais sa sœur… rien d'autre. Et toi ou un autre, le résultat aurait été le même… Ce n'était pas toi, personnellement… C'étaient les garçons qui gravitaient autour de Jenny… À 15 ans, elle avait déjà eu un petit ami… Rhodes Goodman. Il l'a fait fuir. Il le harcelait carrément… Nous avons renforcé son traitement à la suite de ça parce qu'il était impossible qu'il empêche sa sœur de vivre… Et ça a marché… Enfin, nous l'avons cru pendant quelque temps.

J'ai du mal à assimiler.

– Mais… Jenny ne m'a jamais dit… Au contraire, elle m'a conforté dans le fait que j'étais coupable…

Notre hôtesse s'étonne.

– Jenny était au courant de cette lettre ?

Je hoche la tête.

– Oui… Je ne pouvais plus la garder pour moi. C'est pour cela que nous avons rompu…

Elle penche la tête d'un air triste.

– Mon Dieu, mais quelle tristesse ! Que de vies gâchées pour rien… Jenny ne connaissait pas vraiment les troubles de son frère… Nous ne voulions pas qu'elle se sente coupable de vivre une vie normale. Elle l'aimait tellement, elle aurait été capable de se soumettre aux besoins étouffants de Benny… La version qu'elle a toujours eue de tout ça, c'est que son frère souffrait d'un immense mal-être. Pas qu'elle en était la cause.

J'accuse le coup. J'accueille la nouvelle comme je peux. Un coup de massue ne me ferait pas autant souffrir.

Mme Clarck se lève et vient s'asseoir à mes côtés. Elle passe une main dans mon dos, les larmes aux yeux, puis m'attire contre elle.

– Maël… Je t'ai vu grandir. Je t'ai accueilli chez moi pendant ces deux années ou tu étais le petit ami de ma fille. Ta mère est une grande amie depuis très longtemps… Je t'appréciais beaucoup jusqu'à ce que tu abandonnes tes parents, Jenny et son enfant… Je t'ai maudit par la suite… Et je comprends qu'en fait… tu devais tellement souffrir… Mon Dieu, je sais que ça ne changera rien, mais je suis désolée… Vraiment. Tellement désolée. Nous aurions dû placer Benny en établissement spécialisé mais nous pensions que nous serions assez vigilants… Mais nous n'avons pas gâché que sa vie, en définitive… La tienne, celle de Jenny, celle de Mira… Et aussi tes parents… Bérénice s'est fait tellement de soucis pendant toutes ces années… Et même encore aujourd'hui… Ils ne comprennent pas ton départ… Personne ne l'a compris. Oh, Seigneur, Benny, qu'as-tu fait…

Elle fond en larmes sur mon épaule. Je la réconforte… Je commence seulement à comprendre. À avoir envie de vomir…

Une nausée monte en moi… Toute cette douleur qui revient au galop dans ma tête… Cette foutue culpabilité qui m'a pourri la vie si longtemps… Tout ça, mes sept dernières années… basées sur un mensonge résumé en trois lignes sur un bout de papier, que je me trimballe sur le bras pour ne jamais oublier… Certes, j'ai mal agi… Mais la punition a été en définitive bien plus sévère que l'acte en lui-même. Je me lève en urgence et prends la direction des toilettes. Et je vomis. Lamentablement. Je rejette l'amertume, l'écœurement, la douleur. Cette souffrance, si grande et si profonde, doit sortir de moi. Je pleure, je hurle, je me vide de tout… Mes yeux me brûlent, tout ce qui sort de mon corps m'irrite, me dégoûte… Les bras de Divya m'entourent après plusieurs minutes à régurgiter cet enfer personnel que je n'ai pas mérité. Je m'écroule dans ses bras.

J'enfouis mon visage et mes pleurs dans la poitrine de Divya… Je l'aime à en crever, elle et la lumière qu'elle m'a apportée, elle qui me montre le chemin, elle qui est… juste elle. Tout simplement. Ma force à moi pour enfin oser vivre… Elle est tout ça.

Mme Clarck s'invite dans notre refuge. Debout à la porte de ses toilettes, elle nous observe, les yeux rouges de honte, de tristesse, de souvenirs sans doute…

Peter Clarck arrive derrière elle, les mains dans les poches, peinard.

– Bon, mon garçon… OK pour tout ça… Mais regarde le bon côté des choses. Maintenant, tu es là. Tu as des parents qui t'attendent. Une fille merveilleuse. Il me semble que tu as clairement autre chose à faire que d'assiéger nos toilettes… Deby, donne une brosse à dents à ce jeune homme… Je pense que même les sales gosses tatoués se lavent les dents après avoir vomi, non ?

Divya éclate de rire et m'aide à me relever. J'essuie mes yeux, même s'ils coulent toujours. Mais, cette fois, c'est la paix qui me recouvre. Le soulagement... Les ténèbres, je les ai laissées au fond de ces chiottes. Divya actionne la chasse d'eau puis se frotte les mains d'un air satisfait.

– Bon débarras !

Elle me sourit et nous suivons Mme Clarck jusqu'à la salle de bains... J'essaye de me refaire une tête plus avenante que celle de zombie que je me tape... Je ne comprends pas encore ce qui se passe. Mais putain... Quand ça va arriver, la vache ! Je suis pressé de... de plein de choses... J'enlace ma p'tite fée comme si elle était toute cette vie que je veux maintenant étreindre et ressentir... Le soleil qui m'enveloppe enfin... La chaleur et la lumière.

Deby Clarck revient dans le couloir et annonce :

– Maël, je crois que tu devrais aller chez Silas et Bérénice. Ce soir, ce sont eux qui gardent Mira, Jenny doit se rendre à un repas avec Tim... Elle devrait rentrer de l'école dans une petite heure... Enfin, si elle ne s'arrête pas dans ce nouveau magasin, là... Le Sweetshop... Ce petit démon y passe s'acheter des bonbons presque tous les jours maintenant... Et les caries, hein, les caries... Et sa mère qui cautionne en lui donnant sa monnaie le matin... Mon Dieu, mon Dieu... Il y a des choses à revoir, ça c'est clair...

Elle continue ses palabres qui, je pense, ne me sont pas destinées directement, en débarrassant la table où nous venons de prendre un verre. Je l'embrasse, je serre la main de Peter qui me propose de revenir discuter plus tard... Et nous remontons en voiture. Je suis sur mon petit nuage, complètement paumé... Je me trompe de route... Cette route que je connais pourtant par cœur, la route de toute ma vie... Je la loupe...

Un peu comme celle que j'ai ratée, à un moment donné, il y a sept ans... Mais ce n'est pas grave, en définitive... Il y a toujours des itinéraires bis, des déviations, pour revenir sur le bon chemin... C'est juste une perte de temps. C'est tout. Et parfois, on découvre de belles choses, en prime, au détour de ce chemin. Une fée avec un regard d'ange, par exemple...

48

Divya

« Believe in me,
Help me believe in anything,
'Cause I, I wanna be someone who believes. »[1]

Il est lumineux. Même s'il peste sur son volant parce qu'il est engagé dans une quatre voies à l'extérieur de la ville et qu'il doit attendre la prochaine sortie pour faire demi-tour, il rayonne… Qu'est-ce qu'il est beau ainsi… Il me redonne un surplus de lumière, c'est fou… Je suis tellement heureuse pour lui. Enfin, je le serai lorsqu'il aura retrouvé sa route.

Nous y arrivons enfin. Une maisonnette au bout d'une impasse. À l'orée d'un bois, le chant des oiseaux en bruit de fond. Je regarde ce petit coin de paradis.

– Mais comment peut-on partir d'un endroit pareil ?

Il bougonne en retenant un rire alors qu'il coupe le contact de la voiture.

– Oui, bon, ça va, c'est bon.

---

1. « Crois en moi / Aide-moi à croire en n'importe quoi / Parce que je veux être quelqu'un qui croit », « Mr. Jones », Counting Crows. Crédits : Adam Duritz / Charles Gillingham / David Bryson / Matthew Malley / Steve Bowman.

Il lève les yeux en direction du jardin. Je fais de même. Une petite femme s'affaire près d'un massif fleuri. Elle a les cheveux relevés en chignon. Elle paraît toute frêle, avec son tablier en fleur, un énorme sécateur entre les mains.

Il s'esclaffe.

– Je devrais peut-être attendre qu'elle pose son truc... Elle serait capable de me couper les parties !

– Alors là, il faudra qu'elle me passe sur le corps avant !

– Bien motivée, elle le fera...

Il m'adresse un clin d'œil taquin et sort de la voiture, je fais de même. Il me prend la main, il tremble d'appréhension et de joie mélangées. Il n'attend pas et m'entraîne sur la petite allée de graviers qui mène au jardin. Le bruit de nos pas alerte sa mère, à une bonne dizaine de mètres de nous, qui se retourne et se fige. Plusieurs secondes. La main de Maël se crispe dans la mienne. Il s'arrête de marcher et l'appelle d'une voix enrouée.

– Maman ?

La petite femme en face de nous jette son sécateur (c'est déjà rassurant !) puis couvre sa bouche grande ouverte de ses mains.

– Oh ! Seigneur !

Ses yeux s'écarquillent. Elle s'essuie prestement les mains sur son tablier et se met à trottiner dans notre direction. Je lâche la main de Maël. C'est son moment à lui. Je reste à la place déjà privilégiée de spectatrice, c'est suffisant. Il fait quelques pas vers sa mère qui se plante devant lui, sans en croire ses yeux. Il tend les bras vers elle.

– Maman.

Elle... lui assène une gifle monumentale puis pointe son index dans sa direction.

– Ça, c'est pour te faire passer l'envie d'une nouvelle fugue, Maël Silas Jones !

Il reste interdit… puis éclate de rire. Il se retourne vers moi.

– Je t'avais dit, j'avais raison de me méfier du sécateur.

Puis il secoue la tête en prenant sa mère dans ses bras. Elle éclate en sanglots en s'accrochant à ses épaules.

– Mon Dieu, Maël… Mon fils… Enfin, tu es rentré.

Je reste à les regarder, à admirer le soleil qui se lève juste devant moi. Ce n'est plus une lumière qui s'échappe de mon dangereux démon. C'est carrément l'astre solaire. Il est brûlant, aveuglant, éblouissant. Il irradie de bonheur. C'est tellement émouvant. Il doit pleurer aussi, c'est une évidence. Je ne le vois pas, il me tourne le dos. Moi-même, je suis une véritable fontaine. Ils s'enlacent sans se lâcher, elle lui caresse le visage et le presse encore contre elle.

– Mon fils… Ce jour est béni.

Puis elle s'écarte doucement en l'examinant.

– Et qu'est-ce que tu as fait à ta peau… Tous ces tatouages… Maël… Qu'importe, tu es beau… Tu es devenu un homme magnifique.

Elle me remarque.

– Oh, et qui nous as-tu apporté ? Une petite copine ? Présente-nous, Maël, ce n'est pas correct…

Il me tend la main que j'attrape avant de me rapprocher.

– Maman, je te présente Divya, ma p'tite fée.

– Oh, enchantée… Bérénice, la maman de ce petit monstre.

Maël retient un rire. Elle s'esclaffe.

– Il doit faire au moins deux têtes de plus que moi maintenant, mais bon… Il reste un sale gosse qui a failli me faire mourir d'attente.

Elle m'enlace affectueusement.

– Bonjour, madame.

– Bérénice.

Je lui rends le sourire lumineux qu'elle m'offre.

– Bonjour Bérénice.

Elle fronce les sourcils.

– Mais dites-moi… Votre accent… Oh, mon Dieu ! Vous êtes française ?

Je hoche la tête.

– *Effectivement !*

– *Oh, mon Dieu… Je dois rêver, c'est pas possible… Mon fils qui revient… et accompagné d'une petite amie française…*

Maël, qui ne comprend pas, lève les yeux au ciel.

– Et c'est parti ! Je te l'avais dit, elle kiffe votre pays… Maman, on peut parler anglais, je comprends pas…

– Tu n'avais qu'à suivre lorsque je t'apprenais… Bon, on discutera plus tard… Lyd… Vid…

Je m'esclaffe.

– Divya.

– C'est un prénom français, ça ?

– Non, il vient d'Inde.

– Oh ! Merveilleux. C'est très joli. Bon… Maël, mon fils, tu as des comptes à nous rendre, je pense… Il va falloir que l'on ait une petite explication…

C'est officiel, j'aime sa mère. Une petite bombe de dynamisme et de bonne humeur. Elle nous attire sur la terrasse en bois et nous installe presque de force autour d'une table.

– Bon… Alors, déjà, vous restez combien de temps ? Vous ne repartez pas ce soir, j'espère… Et, Maël, il va falloir t'expliquer… Dil… Vil…

– Divya, m'man…

– Oui, Divya, vous voulez boire quelque chose ? Maël, propose quelque chose à ta petite fiancée… Tu es toujours chez toi, tu sais ? Vous dormez là, bien sûr… Et… je vais chercher ton père.

Elle disparaît par une baie vitrée de la maison… Maël me

regarde, les yeux pétillants, puis hausse les épaules.

– Elle n'a absolument pas changé…

Son sourire ne quitte plus son visage. Il attrape ma main et presse mes doigts contre ses lèvres.

– Merci, p'tite fée. Si tu savais comme je t'aime. Tout ça, c'est grâce à toi… Tu es mon miracle…

– Tu l'as fait tout seul, mon petit prince aux dessins…

Il lève les yeux vers le ciel et lui envoie un baiser de la main.

– Merci, madame Rives.

Des bruits de pas sourds se font entendre derrière nous. Nous nous retournons en même temps. Un homme en chemise décontractée, imposant, cheveux clairs, yeux vert clair, la copie conforme de mon homme mais sans les tatouages, sort par la porte-fenêtre vers laquelle s'est dirigée Bérénice il y a quelques secondes. M. Jones père, je présume. Maël se lève maladroitement de sa chaise, de nouveau tremblant.

– Papa.

Il se dirige vers lui. L'accolade virile qu'ils se font est simple mais emplie de sentiments. M. Jones essuie discrètement une petite larme, sans un mot, puis se tourne vers moi. Maël me présente, il me serre la main chaleureusement puis vient s'installer en face de nous alors que Bérénice apporte un plateau de biscuits et du thé. Ils aiment les biscuits dans cette ville. Comme je suis affamée, ça me convient très bien.

Sans attendre, Maël explique tout. Benny, la lettre, son besoin de ne pas les salir avec ce secret maudit, puis il passe rapidement sur ses années de souffrance et explique notre conversation avec les parents de Benny. Bérénice pleure, Silas pince les lèvres, lui reproche de ne pas leur avoir fait confiance. Lui assure que leur honneur passe après leur fils et enfin lui offre un sermon dans les règles (homme d'Église oblige, je suppose).

J'aime beaucoup ses parents. Ils sont vrais et pleins d'amour. Il a dû grandir dans un cocon merveilleux, protégé du mal et de la douleur. Comment a-t-il pu survivre loin de cette douceur d'âme qui, ça crève les yeux, le couve d'amour ? Mais je comprends aussi que, ayant été élevé dans l'amour de son prochain, il ait voulu préserver les siens. Nous n'avons pas les mêmes croyances mais, au bout du compte, tout tourne autour du respect et des sentiments… C'est sans doute pour ça que notre connexion est tellement forte. Sa main, dans la mienne, sous la table, me rappelle combien il est précieux pour moi et tous les sentiments puissants que nous nous portons. Et je suis heureuse de le voir retrouver sa paix.

La porte de l'entrée claque au fond de la maison.

– Mamie ? Je suis rentrée !

Maël se fige. Sa mère sourit.

– Tiens, voilà Mira !

Un petit bout de Maël féminin arrive en courant sur la terrasse.

– Mamie, j'ai faim…

Elle se fige alors que son père se retourne vers elle. Il n'a pas le temps de réagir.

– Papa ? Mon papa !

Elle est déjà en plein vol plané en direction de son père qui n'a même pas pu se lever. Elle grimpe sur ses genoux et lui caresse les joues de ses petites mains.

– C'est bien toi, mon papa sirène ?

Il s'esclaffe et l'enlace en fermant les yeux.

– Mira.

Je peux presque percevoir toute la tension s'évaporer des épaules de Maël pour faire place à la paix absolue… Le bonheur dans son état le plus brut, puissant, ravageur, assommant. Cette fois, je fonds complètement. Les petits bras s'enroulent autour de son cou, la tignasse blonde retenue par une couette fatiguée de la journée plonge contre le torse protecteur paternel, de petits sanglots secouent le petit corps frêle et tremblant.

– Mon papa… T'es là…

Il la berce, les yeux rouges, ses bras agrippés à sa taille.

– Oui, trésor… Je suis là.

Maël m'a raconté qu'il ne l'avait vue qu'à de trop rares occasions, au détour d'une tournée dans les parages, lorsque Jenny acceptait de la conduire à Durham ou parfois lorsqu'elle partait en vacances et qu'il s'arrangeait pour aller les retrouver. Mais d'après ce qu'il m'a dit, en sept ans, c'est arrivé très rarement et dans les premières années principalement. Je me demande, au passage, si, quand il allait les retrouver en vacances, ils recollaient les morceaux de leur couple ou si leur seul but était Mira et uniquement elle. Bon, je crois que ce n'est absolument pas le moment, ni le lieu pour me poser ce genre de question.

La petite s'est redressée et assise sur les genoux de son père, face à lui. Elle m'offre un joli sourire édenté.

– Oh mais je te connais… Tu es… Didi !

Je m'esclaffe.

– Oui, je suis Didi.

Bérénice frappe dans ses mains.

– Oui, Didi, c'est très bien, ça me va.

Je lui envoie un clin d'œil. Je pardonne à cette pauvre mère submergée d'émotions son oubli constant de mon prénom… Faut voir celui que je me trimballe aussi.

La petite se penche vers moi, sans lâcher son père, et me fait un bisou. Je les contemple un moment, tous les deux, gazouillant comme deux perruches, souriants et heureux. Puis Bérénice se lève, passe une main sur mon bras.

– Venez, Didi, j'ai plein de questions à vous poser sur mon

fils… Des choses qu'il ne voudrait certainement pas que je sache. Je vais préparer le souper.

Je la suis et m'installe à la table de la cuisine alors qu'elle se lance dans l'élaboration d'une salade de fruits. Je lui demande un couteau et je me mets au boulot avec elle. Elle me pose des milliers de questions dont je n'ai pas toutes les réponses.

– Vous savez, je ne le connais pas depuis longtemps.

– Ah non?

– Non. Cela ne fait même pas un mois. J'ai pourtant l'impression que nous nous connaissons depuis toujours.

Elle finit de peler une pomme.

– C'est d'ailleurs l'impression que vous donnez.

Elle pose le fruit sur sa planche à découper.

– Il m'a tellement manqué, si vous saviez.

Ses yeux s'emplissent de larmes. Je me lève par réflexe et la prends dans mes bras. Je ressens un flash de lumière, une belle énergie qui renaît. J'adore cette sensation. Elle essuie ses yeux avec le bord de son tablier puis me prend les mains. Et me fixe de ses beaux yeux bleus.

– Divya… Je ne sais pas si vous avez quelque chose à voir avec son retour. Mais je considère que oui. Je sens que vous êtes une femme bonne et sincère et que vous l'aimez de tout votre cœur. Je vous en serai éternellement reconnaissante. Considérez que vous êtes ici chez vous. Toujours la bienvenue.

Je m'accroupis pour être à son niveau.

– Il est venu parce qu'il le voulait. Je n'ai rien à voir dans tout ça.

Elle se bat contre ses larmes qui gagnent la bataille sur ses joues.

– Oui, oui… Mais il vous a attendue pour revenir, d'après ce que vous me dites. Vous avez votre version et j'ai la mienne. Restons-en là… Vous êtes malgré tout la bienvenue dans cette maison, Didi. Vous êtes chez vous!

Elle arrive à faire monter les sanglots au fond de ma gorge. Cette journée est à marquer d'une pierre blanche dans ma mémoire. Tellement forte émotionnellement… Et qui l'eut cru? C'est Maël qui me l'offre. Maël dont les rires enfantins traversent le salon pour nous arriver aux oreilles au même titre que ceux de sa fille.

Son père débarque dans la cuisine.

– Dieu nous garde, ce garçon n'a acquis aucune maturité en sept ans. Je dirais même qu'il a régressé… Ils sont en train de faire une bataille d'eau autour de tes hortensias, Bérénice.

– Quoi?

– Exactement. Donne-moi une banane, je vais l'éplucher, je n'ai aucune envie de me retrouver avec un seau d'eau sur la tête…

Bérénice se lève en s'essuyant les mains avec son torchon.

– Je vais te mettre ces garnements au coin, tu vas voir, Silas… S'ils touchent à mes hortensias…

Elle disparaît de la cuisine et Silas entame une conversation à propos de St Léon. J'adore cette famille. Lochan l'aimerait aussi sûrement…

49

Maël

H.E.U.R.E.U.X.

– Et tu seras là demain matin, papa ?

Je caresse la joue fraîche de Mira alors que ses yeux papillonnent, la tête lourdement posée sur son oreiller.

– Oui, ma puce, je serai là.

– On prendra le petit déjeuner ensemble ? Tu sais que je suis en vacances ?

– Oui, pour le petit déjeuner et, oui, je sais pour les vacances. Mais tu pars avec maman et Tim dans trois jours.

– Et tu seras là quand je reviendrai ?

– J'ai des choses à faire à Los Angeles mais je vais m'organiser, Mira. À partir de maintenant, nous nous verrons. Il faut que je parle avec maman mais nous nous verrons.

Elle bâille lourdement.

– Tu vas habiter ici ?

– Mon travail est à Los Angeles… mais laisse-moi encore un peu de temps, d'accord ?

Elle hoche la tête et s'enroule dans sa couette.

– D'accord. Je t'aime, petit papa.

– Je t'aime, trésor.

Elle garde son beau sourire en s'enfonçant dans le sommeil. Je reste à la contempler un bon moment, m'imprègne des traits de son visage, de son odeur d'enfant, de la douceur de ses cheveux... J'ai perdu tant d'années... à cause de... Je ne préfère pas y penser.

Je rejoins Divya et mes parents sur la terrasse. Nous y avons passé la fin d'après-midi et une bonne partie de la soirée. Ma p'tite fée a été parfaite. Je l'enlace et me blottis dans son dos alors qu'elle observe le jardin qui s'endort sous les derniers rayons du soleil. La tête sur son épaule, je la berce doucement.

– Tu vois les arbres au fond?

Elle lève un bras et le pose sur ma nuque.

– Oui.

– Derrière, il y a la mer... Et toutes ces maisons qui n'attendent qu'un pauvre mec pour les retaper... Viens, je t'emmène faire un tour.

Je préviens mes parents et je l'emmène à travers les arbres qui bordent le jardin familial. Elle les caresse au passage et nous arrivons sur la plage. Le soleil est en route pour sa descente du soir... Les couleurs du ciel sont inouïes et uniques, comme à chaque coucher de cet astre qui m'attire de plus en plus. La mer lèche par vaguelettes le bord du sable, la plage est déserte... Je me retrouve chez moi... Divya reste silencieuse, les yeux perdus sur l'horizon.

– Ça va, p'tite fée?

Elle sursaute et m'offre un regard radieux.

– Oh oui... Ça va tellement bien... Tu me fais visiter?

– Avec plaisir.

Je lui prends la main et l'entraîne le long de l'eau. Sur notre gauche, l'océan. Sur notre droite, ces fameuses bâtisses qui m'ont toujours fasciné, majestueuses, empreintes d'une nostalgie victorienne, silencieuses et esseulées.

– On dirait des maisons de contes de fées.

– C'est tout à fait ça… Des maisons pour les petites fées… Et j'en ai deux maintenant à accueillir…

Je m'enroule autour d'elle.

– Maintenant que tu les vois en vrai… Laquelle te ferait kiffer? Si tu entrais dans mes rêves, un peu?

Elle prend un air inspiré, amusée.

– Alors, allons visiter tout ça…

Nous passons devant la première… Rose et en très mauvais état.

– Trop… rose…

– Je suis d'accord.

Les suivantes sont habitées et franchement magnifiques. Mais elle ne s'y arrête pas. Puis elle fait une pause devant l'une d'elles, jolie mais vraiment en ruine.

– Quel dommage de laisser de telles maisons s'effriter. Oh, mais… Regarde celle-là!

La maison voisine retient toute son attention. Une immense maison, un mélange de bois et de pierre, une tourelle sur le devant, une immense terrasse en bois courant tout autour de la bâtisse. Le jardin est joli, enfin, a dû l'être à un moment car il est totalement délaissé. Il surplombe la plage, retenu par un muret de pierre haut d'un mètre maximum. Un petit escalier en pierres recouvertes d'herbe et de mousse y donne accès.

Elle pose ses mains en visière au-dessus de ses yeux.

– Mais elle a au moins… quatre étages? Ou trois? Elle est immense!

J'attrape sa main.

– Attends, on va aller la voir de plus près…

– Quoi? Mais on ne peut pas rentrer chez les gens comme ça…

– Elle semble abandonnée, tu ne penses pas?

– Oui mais elle appartient quand même à quelqu'un…

– Ah oui? Ben, ils n'avaient qu'à être là… Tant pis pour eux! Allez, p'tite fée…

Elle soupire et me laisse l'entraîner dans le jardin redevenu sauvage. Nous arrivons sur la terrasse couverte qui est, à mon grand étonnement, en parfait état. Elle s'appuie sur la rambarde.

– La vue est magnifique.

Vue sur mer… imprenable. J'adore l'étincelle de ravissement qui ne quitte pas ses yeux. J'avise une fenêtre dont la vitre est cassée. Je m'engouffre à l'intérieur. J'arrive dans une cuisine vintage, pleine de charme et… d'araignées. Derrière, un double salon immense, contenant au moins six fenêtres, parquet, murs recouverts de lambris sur leurs parties basses. Un vieux canapé et plusieurs tapis, tous poussiéreux… Extrêmement typique et…

– C'est vraiment magnifique. On se croirait dans une maison du début du XXe siècle. Elle a un côté romantique authentique…

Je sursaute… Ma p'tite fée n'a pas peur des araignées, à première vue. J'empoigne sa main et l'entraîne vers les escaliers.

– Tu t'imagines dans une baraque pareille?

– Mais qu'est-ce que tu fais?

– Tu voulais savoir le nombre d'étages… Viens, on va choisir une chambre… Pour que je puisse fantasmer sur toi dans une des baraques de mes rêves…

Elle sourit et me suit… Le premier étage ne contient pas moins de cinq chambres immenses, dont trois avec salle de bains. Nous grimpons au deuxième étage… qui n'est en fait qu'un immense espace vide. Il recouvre la totalité de la surface de la maison et, comme elle n'est pas carrée, la pièce comporte une multitude de recoins. Les murs en lambris sont peints en blanc, plusieurs grandes fenêtres laissent passer la lumière orangée du ciel. Le plafond en soupente commence haut, des poutres s'y baladent de mur en mur…

Divya est tout simplement émerveillée.

– Oh, la vache ! Si tu dois fantasmer sur moi, je veux que ce soit dans cette pièce, on dirait une chambre en haut d'une tour où une princesse serait enfermée dans l'attente de son prince…

Je m'approche d'elle…

– Un prince ?

Elle hoche la tête en souriant malicieusement…

– Oui… Un prince aux dessins, par exemple…

J'embrasse son cou. Sa peau sent le sable de cette plage. Le soleil, la mer, le sel qui colle. Elle sent les vacances et la nature.

– Oh, je vois… Et la princesse enfermée ne serait-elle pas plutôt une jolie p'tite fée avec le soleil dans le cœur ?

Elle glousse alors que je frotte ma barbe de trois jours contre sa peau fragile. Elle se tortille contre moi. Je relève sa jupe sur ses cuisses. Mes doigts s'enroulent autour du tissu fin de sa culotte. Elle me glisse entre les doigts et s'écarte.

– Pas si vite, monsieur le prince… Il me semble que nous avons un problème…

– Quel problème ?

Elle se colle à nouveau à moi.

– Il me semble me rappeler que nous avions un accord…

J'essaye de lui attraper les fesses mais elle se faufile entre mes doigts, me tourne autour et se presse contre mon dos. Elle attrape mon téléphone dans ma poche et met en route notre chanson. Est-il nécessaire de la nommer une énième fois ? En tout cas, cela ne présage que du bon. Elle pose mon portable au sol puis se redresse. Ses bras passent autour de moi et ses mains se déposent sur mon érection. Elle me masse tendrement. Putain, j'adore ça… J'enroule mes doigts autour de ses poignets.

– Quel genre d'accord ?

– Eh bien…

Ses doigts défont ma ceinture.

– Il me semble, corrige-moi, si je me trompe…

Elle fait sauter le premier bouton de mon bermuda.

– Je devais t'aider à trouver la lumière…

– Mmm.

Deuxième bouton disparu.

– Et en échange…

Même sort pour le troisième élément perturbateur. Ma queue sort de sa cachette et mon bermuda s'effondre au sol.

– Tu devais m'aider à parfaire mon expérience…

Ses doigts glissent autour de ma queue. Elle les resserre et m'astique doucement. Son pouce caresse mon gland, faisant rouler les boules de mon piercing au passage.

– Oh… Il me semble que tu as fortement progressé déjà…

Sa seconde main descend sous mes boules et les presse vigoureusement.

– Merde ! Oui… Vraiment progressé… Je confirme.

Elle embrasse mon cou.

– Possible. Mais…

Elle affirme les poignes de ses deux mains en resserrant encore ses doigts. J'accompagne ses mouvements en faisant danser mon bassin à son rythme.

– Putain, c'est bon, Divya.

– J'ai encore des choses à apprendre malgré tout.

– Mmm, tout ce que tu veux.

Elle tourne sa main autour de moi.

– Putain…

– Retourne-toi.

– À vos ordres, princesse.

Je m'exécute et elle me fait reculer contre un mur. Ses mains remontent mon T-shirt. Ses lèvres prennent possession de mes tétons. Sa langue me titille savamment. Je confirme, elle devient pro de chez pro. J'attrape ses fesses, elle repousse mes mains. À la place, elle plie les jambes et descend ses lèvres sur mon ventre.

Oh, putain, je dois m'attendre à ce que je crois que je dois m'attendre, là ?

Ma queue en frétille de joie par anticipation.

Le bout de sa langue effleure mon gland. Je bloque ma respiration. Son délicieux organe tiède et tendre découvre le mien, brûlant et déjà extrêmement tendu. Il s'enroule autour, joue avec les boules en titane sur mon gland, descend le long de ma veine dorsale puis remonte. Elle me lèche comme une putain de glace. C'est timide et, en même temps, avide. Et l'image d'elle, à genoux devant moi, les jambes légèrement écartées… Putain, j'adore. L'une de ses mains cajole mes couilles. Et l'autre me branle la base de la queue pendant qu'elle continue sa visite buccale. J'ai envie de plus mais je la laisse découvrir par elle-même. J'enroule mon poing dans ses cheveux.

Elle passe à la vitesse supérieure sans prévenir et m'enfonce dans sa bouche. Sa langue me caresse toujours, un peu plus rapidement. Mais c'est toujours atrocement doux, lent, alors que, là, j'ai envie de puissance. Je retiens mon bassin mais il s'active malgré moi contre elle. Ses doigts qui encerclent ma base se resserrent beaucoup et s'agitent en rythme avec mon bassin. Mais sa bouche reste désespérément calme et mesurée.

– Putain… Divya…

Son petit jeu commence à me monter à la tête. Et là, elle me fait un truc de fou. Sa main quitte mes boules, descend le long de sa cuisse, remonte doucement le pan de sa jupe et s'engouffre entre ses jambes. J'étouffe un cri de désir qui s'échappe tout seul. J'accélère le va-et-vient de mes hanches en tirant sur les cheveux que j'ai dans la main.

– Tu… Tu te touches là ? Putain, Div, tu fais ça ?

– Mmm mmm.

– Oh, merde. Accélère.

Elle ralentit…

– Div !

Pas de réaction. Sa langue va lentement sur moi, sa bouche se resserre légèrement mais elle garde un rythme calme. Ses doigts, en revanche, restent actifs. Ce mélange d'allures va finir par me rendre barge. Soit elle y va, soit elle y va pas ! C'est quoi, cette pipe de folie ! J'en peux déjà plus. Et cette musique qui m'ensorcelle… Je suis au paradis, en enfer ou au purgatoire ? Merde, j'en sais rien, en définitive, je ne sais plus où ni comment je vis… Tout ce dont je suis conscient, c'est de sa putain de bouche qui m'affole.

– Div, bordel, qu'est-ce que tu fous !

Pas de réponse. Pas de réaction. J'envoie ma bite au fond de sa gorge. Tant pis… Elle recule et… ralentit encore. Ma queue bat contre sa langue, mes boules durcissent, en attente de soulagement. Je deviens archi sensible à chacun de ses baisers, à ses doigts qui, eux, sont mes potes. Ma tête commence à ne plus savoir quoi faire, je suis à l'agonie. C'est bon, c'est excitant, ça m'échauffe grave. Elle se met à gémir contre mon membre. J'ai envie de la prendre, mes doigts me picotent, ma queue grossit dans l'attente, mon ventre se tend…

– Merde, bordel, Div… T'as pas le droit !

Ma seconde main se pose sur son crâne pour le maintenir et je bouge en elle plus fermement.

– Merde, Div… J'ai envie. Putain, j'ai envie… Suce-moi…

Sa langue se décide enfin. Sa bouche s'active. Merci, mon Dieu. Elle roule une pelle magistrale à ma bite. Alléluia !

– Oui, putain, p'tite fée. Continue… Sans faute pour l'instant.

Elle s'enhardit. Ma bite tape contre le fond de son palais.

Bonheur. Je la laisse me tailler sa première pipe, la meilleure que j'aurai jamais, forcément. Mais ses hésitations me font trop d'effet et j'ai envie d'elle comme jamais. Elle gémit à nouveau, je vois les muscles de son poignet s'activer, j'imagine ce qui se passe sous sa jupe… Je veux du fort et du bestial. Je l'appelle en urgence.

– Div… J'ai envie de toi, putain…

Elle lève les yeux vers moi, ma queue toujours au fond de sa gorge.

Bon Dieu !

J'attrape ses aisselles et la relève. Je fonds sur ses lèvres et lui roule une pelle désespérée.

– Je veux… Je peux?

Mes mains relèvent sa jupe. Elle attrape mes joues et me rend mon baiser, encore certainement plus furieusement que moi.

Yes !

Je pivote et la retourne contre le mur. Elle pousse un gémissement.

– Fallait pas me chauffer, p'tite fée…

Elle couine de contentement. Je trousse sa jupe et engouffre mes mains dans sa culotte, par-devant. Les deux. Je presse ma bite contre ses fesses pendant que je m'empare de son clitoris, enfonce mes doigts dans son antre complètement trempé. Un appel irrésistible. Je tire un peu sur son bassin, retire une main de sa lingerie pour l'écarter de ses fesses. Ma queue glisse entre ses dômes moelleux puis je me guide entre ses courbes et le tissu jusqu'à… trouver ma cachette magique. Je m'enfonce profondément en râlant de plaisir.

– Lève les mains contre le mur.

Elle obéit. J'appuie mon coude et mon avant-bras contre le lambris, mon torse contre son dos, penché sur elle, mes lèvres dans son cou. Je pose ma main libre sur les siennes. J'adore toucher ses mains. Nos doigts s'entrelacent. Et je la pilonne.

Encore et encore. Sa chaleur me rend fou. La joue appuyée contre le mur, elle pousse des gémissements rauques magnifiques, sa gorge tendue par sa position. Je retire ma main de sa culotte pour attraper sa hanche, elle y passe ses doigts à la place. Elle excite le salopard obscène que je suis. J'accélère mon allure, ne l'épargne pas, ma bite la dépouille, la fouille, prend toute la place, la pilonne encore et encore. Je dévore son cou. Je la mords tellement j'ai envie d'elle. Ses gémissements deviennent de petits cris sensuels. Sa peau devient moite. Son dos se contracte, se voûte, son bassin gesticule, de plus en plus affamé, je lui donne plus, encore plus. Tous mes muscles sont tendus, je fais glisser ma main des hanches jusqu'à ses doigts au fond de sa culotte et nous jouons tous les deux sur sa chair trempée. Elle roule son cul contre mon ventre, râle, tremble, transpire.

Mes couilles menacent de tout lâcher, mon cerveau dégringole, je suis en sueur, à bout de souffle, mes hanches la bourrinent de plus en plus fort, nos doigts s'incrustent les uns dans les autres. Elle lâche un soupir d'extase puis se fige, secouée par un spasme violent. Son fourreau se resserre sur moi, je pousse encore une fois et elle se laisse emporter par un orgasme qui lui fait perdre l'équilibre. Ma main la retient, je me retire précipitamment et expulse brutalement mon plaisir dans une extase ravageuse. Je me déverse contre elle, comme un malpropre, mon sperme s'étalant sur ses fringues. Je m'appuie contre mon bras sur le mur, nos corps collés, enlacés, respirant par la bouche, contre son oreille. Elle se blottit contre moi, encore engourdie par le plaisir.

J'embrasse sa nuque.

– C'est définitivement cette chambre qu'il nous faut… Je vais l'acheter.

Elle pousse un petit cri de surprise.

– Hein ?

Je ricane, sans plus de force pour autre chose.

– Mon père connaît tout le monde ici. Il va savoir me dire qui est le proprio de cette baraque. Je vais faire une proposition qu'ils ne pourront pas refuser. L'acoustique de cette chambre est très bonne, tes cris y sont merveilleux et j'ai comme l'impression qu'elle t'inspire… Et c'est un endroit classé maintenant. La première pipe de madame, absolument somptueuse au passage…

– Quoi, la chambre?

– Non, la pipe.

– Ah!

Elle éclate de rire.

– Merci…

Je l'embrasse en repositionnant sa culotte et sa jupe, quelque peu tachées.

– Désolé, j'ai fait mon cochon…

– Oh, cochon? Ça ne te ressemble tellement pas!

Je laisse échapper un ricanement.

– Je ne noterai pas l'ironie de cette phrase.

Elle se retourne, le dos contre le mur auquel je suis toujours accoudé, et passe ses mains dans mes cheveux.

– C'est préférable, en effet. Non mais tu étais sérieux pour cette maison?

– On ne peut plus sérieux.

Elle semble douter de ma bonne foi. J'ajoute:

– On viendrait pendant les vacances. Et parfois le week-end… Enfin, je viendrai, en espérant que tu acceptes de m'accompagner… Qu'est-ce que tu en dis? Tu voudrais venir ici et… faire un truc comme laisser quelques fringues… aménager un peu comme tu veux, enfin faire des trucs pour te sentir un peu chez toi…

Elle m'observe, dubitative. Doucement, mon vieux… J'ajoute en urgence:

– Attends, je ne te demande pas de vivre, genre, en couple, mariage et tout… Juste, j'aurais une maison de vacances et on y viendrait, toi et moi, et je te filerais la clé, tu vois ? Genre, tout simplement, tu fais comme chez toi… Mais rien de sérieux, pas d'obligation, juste, si tu veux, tu viens. Et tu poses un peu tes trucs à toi… chez moi… Et si tu veux, tu pourras choisir les meubles aussi, enfin juste me conseiller, tu vois, genre, bonne amie qui aide un pauvre mec… Rien de sérieux, enfin un peu quand même… ou pas ?

Elle fronce les sourcils. Je soupire.

– Bon, OK, je m'enfonce là, c'est ça ?

Elle éclate de rire.

– Disons que ce n'est pas très très clair comme idée.

Je baisse la tête de découragement.

– Je veux juste acheter une baraque et que tu t'y sentes bien, que ça te donne envie de m'accompagner quand je viendrai voir Mira. C'est tout. Je ne suis pas fou, nous nous connaissons à peine, mais j'ai envie d'essayer tous ces trucs, tu vois ? Me lever avec toi, le matin, te préparer un café et que tu me dises qu'il est dégueulasse et finalement aller acheter à vélo deux gobelets au zinc du coin pendant que tu feras… ce que tu veux. Ou alors te regarder lire, assise devant cette fenêtre là-bas, pendant que je cherche l'inspiration allongé sur le lit… Tu vois ? Ce genre de choses.

Je pose mon front contre le sien.

– Je veux juste essayer de te rendre heureuse, tu vois ?

Elle pose ses lèvres sur les miennes, amoureusement.

– Oui, je vois. Et je serai ravie, voire heureuse, même avec un café dégueulasse… Et je viendrai avec toi, à vélo…

– Encore mieux…

Nos lèvres se picorent pendant que la lumière disparaît dans la pièce. Je m'écarte d'elle à regret pour aller récupérer mon short.

– Donc considère que tu es ici chez toi… pour résumer tout ça.

– Mais tu ne l'as pas encore achetée… Si ça se trouve, elle n'est pas du tout à vendre.

– On verra bien… On rentre ?

– On rentre.

Je finis de boutonner mon bermuda et nous redescendons en jetant un œil nouveau aux pièces que nous revisitons. Cette maison est parfaite. Comme elle, comme notre couple.

50

Divya

« *Mr. Jones and me look into the future.* »[1]

– Div ! J'arrive pas à ranger mes fringues. J'en ai marre, je vais virer ce plâtre à la con !

– J'arrive !

Je traverse la maison en soupirant. Il est ainsi depuis son départ de l'hôpital. Je débarque dans sa chambre. Il est en équilibre sur une jambe, une main tenant maladroitement une pile de T-shirts. Tout va tomber d'un moment à l'autre. Et qui va se taper le repliage de sa garde-robe ? J'attrape les fringues avant le massacre.

– Au cas où tu ne l'aurais pas remarqué, je ne suis pas une infirmière nue sous ma blouse qui glousse comme une bécasse dès que tu ouvres la bouche. Et je suis encore moins à ta disposition. Le frigo est vide, dans une heure maximum tu vas couiner en te plaignant d'avoir faim et ça va me gonfler grave !

Lochan s'assied sur son lit.

– Eh, c'est bon, tu te calmes ! Et je ne te veux pas nue sous ta blouse, d'ailleurs t'as même pas de blouse, au passage !

1. « Mr. Jones et moi regardons vers l'avenir », « Mr. Jones », Counting Crows. Crédits : Adam Duritz / Charles Gillingham / David Bryson / Matthew Malley / Steve Bowman.

– Encore heureux ! Tu veux pas que je te fasse pisser dans un pistolet pendant que tu y es ?

– Mais c'est toi qui as parlé de blouse, je te signale !

– Oui et j'ai aussi parlé de me laisser tranquille et ça, en revanche, tu n'en tiens pas compte. Alors on va faire un truc. Tu t'allonges et tu ne bouges plus. Je vais faire des courses puis à manger, et après je prends une douche. Ensuite, on voit pour les fringues. On est d'accord ?

– Non, mais sérieux, Div, t'as vu comment tu me parles ?

– Et alors ? T'as vu comment t'es chiant ?

– Je suis infirme !

– Ah ? Et depuis quand infirme doit forcément être synonyme de chiant ?

– Depuis que t'es conne comme un manche ! Non, mais sérieux, Div !

– Tu me saoules ! Toi et tes T-shirts, allez vous faire foutre !

Je balance la pile de fringues dans la pièce et claque la porte. Je descends les escaliers quatre à quatre, attrape mon sac et me barre faire les courses. Je croise la voisine qui me fait de grands signes depuis son perron. Celle qui me paie le thé d'habitude… Mme Lightstone. Gentille mais un peu barbante. Et puis, franchement, c'est pas le jour. Je lui adresse un sourire forcé et traverse la rue avant qu'elle n'essaye de me parler. Ce retour à L.A. me saoule. Trois jours de retard par rapport au planning. Nous avons passé trois jours merveilleux à St Léon, je m'y suis sentie bien, tellement bien… La famille de Maël est adorable et j'y suis à ma place, avec les tartes à la myrtille de Bérénice, les rires de Mira, le jardin de Silas… les amis de la famille et j'en passe. J'adore Lochan mais la triste réalité de notre famille, maman partie, papa restant… papa… Je ne sais pas, ça crée une boule au fond de mon ventre, je me dis que nous sommes seuls au monde, que, à part mon frère, je n'ai personne avec qui partager ma vie, personne qui se soucie de nous, qui connaît nos petites manies, mon dessert préféré, etc. Ces trois jours, immergée dans un bonheur familial sans faille, m'ont fait du bien en un sens et m'ont plombé de l'autre.

Et il n'y a pas que ça… Quatre jours que je ne l'ai pas vu… Maël est parti de Miami le jour prévu, il ne pouvait plus repousser son retour, Mike le harcelait pour régler des détails importants à propos de son départ des Skeletons et il devait voir Deaclan aussi, enfin, bref, je me suis retrouvée trois jours seule dans un hôtel à attendre le bon vouloir des médecins, mais surtout la sortie de Lochan qui, lui, semblait tout à fait à son aise avec miss Seringue-en-feu. Quel changement d'ambiance ! Une vraie douche froide ! Et je me retrouve garde-malade, à devoir tout gérer et, en particulier, les jérémiades de mon frère qui n'est absolument pas habitué à être contraint par quoi que ce soit. Et j'en ai pour quatre semaines, encore.

Donc cela fait quatre jours que je n'ai pas vu Maël… Ça me tape sur le système. Et, pour couronner le tout, j'ai mes règles. Youpi. J'ai mal au ventre, j'ai envie de m'avachir dans le canapé et de ne rien foutre, mais non. Je dois faire les courses. Super. Et aussi, je ne peux pas appeler Maël parce que je n'ai pas de téléphone. Mais vu que je dois tout ranger à la maison et que je gère monsieur l'Impotent, c'est pas demain que je vais pouvoir aller m'ouvrir une ligne. Bref, tout me saoule et ce n'est pas près de s'arranger. Parce que… je ne sais même pas quand je le reverrai. On n'en a pas parlé. Je ne sais pas pourquoi, je n'ai pas osé. Je me suis dit que je ne voulais pas être un boulet.

Je traverse le parking de la supérette sous le soleil californien. C'est-à-dire que je suis en train de fondre comme un glaçon… posé sur un téton qu'on attise avec une langue divine…

Divya, ça suffit ! Va acheter tes tomates et… et quoi déjà ?

Merde, je ne sais même plus ce que je voulais cuisiner. Je vais acheter des raviolis, Lochan déteste mais c'est pas grave. La prochaine fois, il y réfléchira à deux fois avant de me prendre la tête sur une scène de théâtre et de se casser la jambe à cause de ses conneries.

J'ouvre la porte de la supérette. Un bras s'enroule autour de ma taille et me soulève. J'explose de joie. Pas besoin de me retourner. Je reconnaîtrais sa chaleur et son parfum entre tous. Il pose ses lèvres sur ma nuque.

– Où tu te sauves comme ça ?

– Maël ! Qu'est-ce…

Il me repose et je fais volte-face pour l'admirer. Il porte un bandana dans les cheveux et des lunettes d'aviateur. La rock star incognito. Je me jette sur lui.

– Tu m'as trop manqué mais comment tu savais que j'étais là ?

– Ton frère. J'ai frappé chez toi, il m'a hurlé de rentrer et m'a dit que tu t'étais barrée et que c'était tant mieux. Vous vous êtes engueulés ?

– Comme d'habitude. Rien d'alarmant. Tu as mangé ?

Il fronce les sourcils.

– Il ne m'avait pas l'air comme d'habitude, justement. Et tu as l'air légèrement sur les nerfs. Qu'est-ce qui ne va pas, Divya ?

– Je t'assure que ça va… C'est juste que… j'étais bien en vacances et tout me saoule, en fait. Je ne sais pas ce que j'ai… mais je suis très contente de te voir.

Je l'embrasse et enlace son cou. Je suis surtout heureuse qu'il se soit précipité pour me voir dès notre retour. J'avoue que ces quelques jours loin de lui m'ont fait douter. C'est certainement stupide mais je l'aime tellement, il a pris une place réellement importante dans ma vie et, loin de lui, sans nouvelles, je me sentais perdue. Je sais que ma mauvaise humeur vient de là principalement. Et aussi du fait que je ne sais pas ce qu'il compte faire, comment notre couple va évoluer, si nous allons trouver nos marques. Nous n'avions pas pensé à ça avant mais là… Il a sa carrière, certainement des tournées, moi, mon entrée à l'école d'assistante maternelle en septembre… J'ai peur que ce soit trop compliqué à gérer et de perdre de vue cette évidence qu'est notre jeune couple. Mais que surtout lui passe à autre chose.

Je resserre mes bras autour de son corps comme pour le retenir auprès de moi. Il enfouit sa tête dans mes cheveux et me berce doucement. Je laisse aller quelques larmes, je crois que je suis fatiguée, en fait. J'ai besoin qu'une nouvelle stabilité s'installe, quelque chose de rassurant qui établisse les bases de la vie qui arrive. Savoir où je vais.

– Eh, p'tite fée, qu'est-ce qui t'arrive ?

Je secoue la tête.

– Rien. Ça va passer.

Il se recule et m'observe en lissant mes cheveux avec sa paume.

– Non, il n'y a pas rien. Je n'aime pas te voir comme ça.

Il embrasse mon nez.

– Tu sais ce qu'on va faire ?

Je secoue la tête en essuyant mes larmes.

– Non.

– Nous allons prendre un truc à emporter au fast-food du coin, nous allons manger avec ton frère, puis je t'embarque. J'ai un truc à te montrer.

Je me renfrogne.

– Je n'ai pas trop envie de manger avec Lochan. Il est irritant en ce moment.

Il s'esclaffe.

– En ce qui me concerne, ton frère est toujours super casse-couilles. Mais il est ton frère, p'tite fée. Et tu as besoin de lui. Alors je préconise une réconciliation d'urgence. Bouder n'est qu'une perte de temps… Je crois que je l'ai bien compris. Si tu aimes ton frère, ne t'éloigne pas de lui, ma puce.

Je prends en compte son avis. C'est vrai que lui faire la gueule pour une pile de T-shirts est peut-être légèrement disproportionné, comme réaction.

– Tu as raison. OK pour le burger.

Il m'offre un sourire satisfait.

– Parfait ! On est partis ?

Il attrape ma main et me tend son téléphone.

– Je connais un *drive* sympa dans le coin. Appelle Lochan pour savoir ce qu'il veut… J'ai la dalle, on ne perd pas de temps.

Je lui redonne son téléphone.

– Non, c'est bon, je connais les goûts de Lochan par cœur.

– Encore mieux.

Il se dirige vers une voiture de sport absolument pas discrète.

– Ah et, au fait, garde le téléphone, c'est le tien.

– Quoi ? Mais non, je peux m'acheter mon téléphone !

– Oui mais quand ? Et moi, je veux pouvoir t'appeler tout le temps, et ce, dès maintenant. Te dire ce que je fais, que j'ai mal au ventre, que je viens de signer un contrat pour un an avec Deaclan et que je suis super content, que j'ai envie de te lécher partout, que je me suis fait super mal au petit orteil en le cognant contre le pied de mon lit ce matin, comme c'est effectivement arrivé, enfin, des trucs majeurs que je dois absolument partager avec toi… Sans parler des questions existentielles que je me pose tous les matins. Si tu es réveillée, si tu as rêvé de moi, si oui, comment, dans quelle position, ou la couleur de ta lingerie, si tu as dormi nue ou en nuisette, enfin, tu vois l'idée… Et je peux aussi t'acheter ton téléphone. Qu'est-ce qui me l'interdirait? Y a pas de règle.

Il ouvre ma portière.

– Mais si, justement... Reprends-le, Maël...

– Non. Fous-le en l'air, si tu veux. Personnellement, j'en ai déjà un. Bon, tu montes ou on reste là à cuire comme des cons?

– Bon, ben, je le garde alors. Et pour le forfait?

Je m'installe sur le siège de ce bolide de frimeur.

– Illimité sur tout. T'as beaucoup d'autres questions débiles ou on a fait le tour? J'espère que tu n'imagines même pas une seule seconde de me rembourser sur quarante mois, ou une connerie dans le genre?

Son ton est clair, il ne veut pas entendre parler d'argent. Et je n'ai pas envie de me prendre la tête pour un téléphone qui a l'air d'être primordial pour lui et qui l'est tout autant pour moi... J'aurai bien le temps de reprendre l'abonnement à mon nom plus tard.

– Non, je ne crois pas. Ça va, ton orteil?

Il grimace.

– Je crois que je vais survivre... Laisse-moi vingt-quatre heures pour statuer.

– D'accord. Je vais me mettre un rappel sur mon nouveau téléphone.

Il me sourit.

– Voilà!

Il claque la porte puis s'installe au volant, démarre et s'engouffre dans la circulation. Je l'observe, il est beau de profil. Il tourne la tête vers moi en souriant. Il est beau de face également. Il est beau tout le temps. Et il est venu me voir alors que ça fait seulement trois heures que je suis rentrée. Je suis la femme la plus chanceuse du monde.

Il me conduit jusqu'au *drive* d'un fast-food puis nous retournons à la maison. Lochan est descendu de son étage, je suppose, la porte-fenêtre est ouverte sur le jardin. J'aperçois mon frère assis sur une chaise au milieu des arbres. Il nous tourne le dos. Je fais un signe à Maël qui s'installe dans le canapé, télécommande à la main, me confirmant qu'il me laisse un moment avec lui.

Je descends l'escalier qui mène à mon petit coin arboré. Lochan, assis, ne bouge pas, même si je sais qu'il m'entend approcher. Il a l'urne de maman entre les mains. Ses yeux sont perdus dans le paysage. Je me penche sur lui, entoure son cou de mes bras et repose ma tête sur la sienne. Il a l'urne sur son genou et libère une de ses mains pour attraper mon avant-bras. Il laisse son pouce me caresser doucement la peau puis prend la parole.

– Je n'aime pas qu'on s'engueule, Div.

– Moi non plus, Lochy.

Il soupire en baissant les yeux sur la petite urne, posée sur son genou valide.

– Elle me manque, tu sais?

Je ne réponds pas. Je sais trop bien que de ne pas lui avoir dit « au revoir » est un poids pour lui. Ils étaient très proches tous les deux. Même lors des dernières années alors qu'elle était visiblement « absente », elle était avec lui. Ce sont des choses que l'on ressent. Mais, même avec ce lien, je pense qu'il aurait aimé la voir une dernière fois. Il reprend, la voix étranglée:

– Depuis que tu l'as ramenée, je me demande quel endroit pour elle? Elle appartenait à tellement de choses. La France, l'Univers. Les vivants, les morts. La forêt, la mer, la campagne… Elle aurait tout aimé… Et rien n'est assez beau non plus…

Il déglutit difficilement.

– Maintenant qu'elle n'est plus là, je me demande si j'ai fait les bons choix.

– À quel sujet?

– À ton sujet principalement… Je veux dire, je t'ai presque coupée du monde. Je suis conscient que j'ai été un boulet avec toi. Et Maël… J'ai dit que je voulais te protéger mais, en fait, je crois que c'est moi que je protégeais. Égoïstement.

Il pose l'arrière de sa tête contre ma poitrine en soupirant.

– Je crois que j'ai peur de te perdre, mon petit don de Dieu… Il va t'emporter loin de moi, c'est évident. Mais c'est normal que tu vives ta vie. Tu mérites tout ça. Mais moi? Qu'est-ce que je deviens? J'ai tout mis de côté pour être le frère parfait, pour que maman soit en paix en s'appuyant sur moi à ton sujet. Et maintenant?

Je le berce tendrement.

– Maintenant tu vas enfin vivre… Tu vas peut-être arrêter tes conneries de drogue et de partouze, et essayer d'envisager les gens comme de vraies personnes, avec des cœurs et des choses à partager autre que des fluides intimes… Tu vois le genre?

Il ricane discrètement.

– Je ne suis pas sûr! J'aime bien le « mélange de fluides intimes », comme tu dis…

– L'un n'empêche pas l'autre, frangin… Regarde-moi, je…

– STOP! Non, je ne regarde rien du tout en ce qui te concerne sur ce sujet… Pour moi, tu en es au stade bisous chastes et timides avec lui et je pense que tu vas y rester un sacré bout de temps. Laisse-moi mes illusions, s'il te plaît!

– Oh, comment tu sais qu'on en est là? T'es devin?

– Fous-toi de moi!

– Non mais sérieusement, Lochan… Tu es mon frère adoré. Je serai encore dans tes pattes un sacré bout de temps. Ne crois pas que je vais partir vivre avec Maël, ce soir, et ne jamais revenir…

– Tu me rassures…

– Rien ne presse. Simplement, je pense que tu risques de le

voir… un peu… traîner à la maison. Si vous restez en guerre constante tous les deux, ça va me poser un réel problème.

Il soupire.

– Je sais. Mais c'est plus fort que moi. Je sais bien qu'il a trouvé sa lumière et il ne me fait plus peur vis-à-vis de toi. Non, maintenant, c'est simplement que, si jamais il te rend malheureuse, je ne pourrai pas m'empêcher de lui tomber dessus. Et, du coup, je me dois de le maintenir sous pression pour qu'il n'oublie jamais que tu es une reine, Divya. Il ne doit jamais oublier ça.

Je m'esclaffe.

– Une reine ? Tu vas un peu loin, là ! Écoute, je sais m'occuper de moi. Ton rôle de maman est fini. Maintenant, tu restes mon frère et je t'aime et te veux auprès de moi comme un frère. Tu peux tenir Maël à l'œil si tu veux, mais oublie tes envies de l'émasculer… parce que, déjà, je ne suis clairement pas d'accord et…

– Je t'ai dit que tout ce qui concerne la bite de cet homme et encore plus quand tu es impliquée dans la phrase, je ne veux pas l'entendre. Ça me donne justement l'envie presque irrépressible de lui couper ce truc qui pendouille entre ses jambes… On change de sujet ! J'ai compris le message, c'est bon.

J'éclate de rire. Il reporte son attention sur l'urne.

– Bon… On la libère ? Je crois qu'ici, en fait, c'est parfait. Près de nous. Je vais acheter cette maison, de toute manière. Tu adores le jardin et, moi, le reste. Et c'est notre petit refuge. Maman ne pourra qu'adorer. T'en penses quoi ?

– Je pense qu'on n'a pas le droit de faire ça. Mais que sinon c'est le meilleur endroit, oui.

– Qui viendra vérifier ?

– Je ne sais pas.

– Voilà. Tout le monde s'en fout et ils ont bien raison. Sauf nous. Et nous avons raison aussi…

Il attrape l'urne et dévisse le couvercle doucement.

– C'est quoi ton mantra déjà, Divya ?

– *Je ne suis qu'une énergie. Je viens de la nature…*

– Voilà… parfait. *Je ne suis qu'une énergie. Je viens de la nature… Et j'y retournerai.*

Il tend l'urne devant lui et sa main sur mon avant-bras vient chercher la mienne. Je resserre mon étreinte sur son cou.

– Il faut maintenant que je te dise au revoir, maman. Merci pour avoir été une personne si exceptionnelle. Merci de m'avoir montré la voie. Merci aussi d'avoir aidé les âmes perdues à retrouver leur route. Il est temps pour toi de retourner là d'où tu viens. Tu as été une énergie magnifique, une lumière incroyable, et je suis fier d'être ton fils. Je t'aime, maman. Bonne route.

Il retourne l'urne et laisse la poussière se mélanger à la brise et se disperser entre nos arbres. Nous regardons le corps de maman s'envoler aussi léger qu'une âme dans les airs, puis se déposer dans les écorces inégales des arbres, sur la terre meuble qui les entoure, virevolter entre les branches et se perdre dans l'infini… Elle aurait aimé voir ça. Elle aurait validé ce choix. Elle le fait sans doute en ce moment même, d'ailleurs.

J'embrasse la tempe de Lochan alors que ses au revoir à maman glissent sur sa joue, sous la forme de larmes épaisses et silencieuses. Je fais de même. Ce n'est pas tant la tristesse de son départ que la douleur de savoir que, cette fois, nous ne la reverrons jamais. Notre maman a quitté cette terre. Peut-être qu'elle est déjà revenue sous une autre forme ou pas, mais sous les traits de notre maman… c'est fini.

Il vide l'urne en prenant son temps et nous observons chaque particule prendre son envol. Puis il embrasse ma main avant de s'essuyer les joues.

– Bon, on va manger ou on fait semblant? Il est là, le futur eunuque?

Je frappe son épaule.

– Si tu me parles encore du membre de Maël, je te jure que je te raconte en détail la fois où il a utilisé un…

– STOP! Tu veux vraiment que je le tue ou quoi?

J'éclate de rire en récupérant ses béquilles au sol avant de l'aider à se relever.

Maël n'a pas bougé. Avachi dans le canapé, les pieds sur la table basse, il a l'air passionné par son émission… Lochan s'installe à ses côtés.

– Bon, il paraît que j'ai pas le droit de te couper la bite. Mais tiens-toi à carreau quand même.

Mon homme semble à peine perturbé. Il tourne simplement la tête vers lui.

– Ouais. Enfin, calme-toi un peu… Déjà parce que, avant que tu n'arrives à me couper quoi que ce soit, l'eau passera sous les ponts. Et qu'ensuite je fais ce que je veux… Et, figure-toi, qu'on est au moins d'accord sur une chose… On ne touche pas à ma p'tite fée. Donc lâche-moi et regarde plutôt ce groupe, là, il ressemble à rien. On est bien d'accord que leur arrangement musical est à chier ou c'est moi qui ai un souci?

Mon frère prête l'oreille à la musique qui passe à la télé.

– Vire-moi ça, c'est de la daube sans nom… Ça me fait penser que…

Et les voilà partis à discuter musique. J'attrape les sacs du fast-food et m'installe entre eux deux. Maël me fait glisser vers lui. Lochan grimace mais se tait. Il m'envoie juste trois ou quatre frites en pleine tête en signe de protestation. On progresse!

***

– On va où ?

– On est presque arrivés.

– Oui, d'accord, mais ça ne me dit pas où on va.

– Effectivement.

Il garde le silence. Et c'est ainsi depuis qu'il m'a entraînée dans sa voiture après notre repas alors que Lochan ronflait comme une locomotive dans le canapé. Je m'esclaffe, un peu agacée.

– Et tu ne comptes pas me répondre, à première vue…

– Ta perspicacité m'avait manqué, p'tite fée. J'ai des choses à te dire et à te montrer.

– Parfait. Où ça ?

Il soupire en stationnant son bolide.

– On est arrivés. Viens.

Il m'a emmenée au port de plaisance. Une marina où des dizaines de yachts sont arrimés… Un air léger rafraîchit l'atmosphère, le clapotis des vagues contre les coques sonne comme une petite musique autour de nous. Un petit goût de vacances qui me rappelle notre croisière et notre voyage en France. Maël me prend la main, sans mitaines maintenant, il est tellement lumineux qu'il ne peut plus me faire du mal. C'est un vrai bonheur. Il me guide à travers les pontons et les yachts. Puis il s'arrête devant un énorme modèle au bout d'une allée. Il me lâche la main, monte sur le bateau et me tend la sienne.

– Maël, on ne va pas encore aller chez des gens parce que là, au cas où tu n'aurais pas remarqué, il n'a pas l'air du tout abandonné, ce yacht.

– Non, tu as raison, il ne l'est pas. C'est le mien. Enfin, je suis en train de l'acheter, mais l'ancien proprio est un pote, il me l'a déjà donné. Allez, viens !

– Tu as… un yacht.

Il grogne et attrape mon bras.

– Oui, je viens de te le dire.

– Mais pourquoi ?

– Est-ce que tu veux bien monter, je vais t'expliquer. On sera mieux à l'intérieur.

– Oui. Si tu veux.

– Je veux.

Je m'aide de sa main et monte sur le bateau. Un capitaine… (c'est comme ça qu'on dit ?) habillé tout en blanc, casquette de marin vissée sur la tête, se montre sur le pont supérieur, l'air détendu.

– Bonjour, mademoiselle. On y va, monsieur Jones ?

Je lui adresse un petit geste timide de la main pendant que Maël lui répond.

– Nous n'attendons que vous, Joey…

Le marin sourit.

– Alors, c'est parfait.

Il disparaît et les moteurs du monstre des mers sur lequel nous venons d'embarquer se mettent à faire trembler l'ensemble. Maël retire les amarres et notre embarcation glisse sur l'eau, direction l'immensité bleue devant nous. Je suis mon homme sur l'avant du bateau et nous nous installons à même le sol, le vent nous giflant les joues sous la vitesse, mon dos calé contre son torse, ses bras autour de ma taille. Je respire l'air du large, symbole de notre rencontre, de nos découvertes respectives, de la naissance de notre « nous deux ». Toutes mes angoisses, appréhensions et autres restent sur le quai, déjà loin derrière. Je flotte au milieu du paradis.

Maël me serre contre lui comme pour me dire qu'il ne voudrait jamais me perdre. J'ai tellement envie que ce soit le cas… Le bateau s'arrête au milieu de nulle part. Le pilote disparaît comme par magie. Nous sommes seuls au monde. Il reste là, un bon moment, à me tenir contre lui sans avoir besoin de troubler le silence…

Puis il prend la parole.

– Je vais passer le permis bateau… Bientôt, nous serons vraiment tous les deux, uniquement tous les deux, et nous pourrons faire l'amour sur ce pont… Parce que là, tout de suite, c'est ma seule envie…

– Cette idée me séduit particulièrement, capitaine Jones. Mais pourquoi cette envie subite de bateau ? Tu ne m'en as jamais parlé avant ? Une passion cachée peut-être ?

Il embrasse mon cou.

– C'est toi qui me séduis à chaque minute… Bon, il faut que je me calme. Viens, je te fais visiter. Et je vais t'expliquer aussi.

Il saute sur ses pieds et me tend la main que je prends pour me relever à mon tour. Il m'entraîne à l'intérieur et me fait faire une visite rapide.

– Alors. Il y a une cuisine par là-bas, un salon dans lequel nous sommes, deux chambres avec salle de bains et une cabine de pilotage. Viens, je vais te montrer ma chambre.

Il a l'air d'un gosse. Heureux comme tout. Je le suis jusqu'à sa chambre, grandiose. Il se jette sur le lit.

– Viens, p'tite fée. Tu m'as trop manqué.

Je me précipite entre ses bras. J'ai l'impression que c'est le seul endroit où je me sens vraiment heureuse. Il s'enroule autour de moi. La tête posée dans mon cou, il m'explique.

– Alors, voilà… Pendant que tu étais loin de moi, je n'ai pensé qu'à toi. Et je me suis dit… Il nous faut un endroit avec de l'eau. Parce que… on ne sait jamais. Moi, j'ai besoin de toi, même quand j'ai pas trop le moral, tu vois ? Donc, quand Deaclan m'a dit qu'il se séparait de ce yacht, je l'ai acheté. C'est tout.

– C'est tout ?

– Oui. Enfin, pas tout à fait. Je voulais aussi qu'on se mette d'accord sur… nous.

Je me fige. Comment ça?

– Sur nous?

– Oui, parce que partant du même postulat que pour l'achat de ce yacht… je pensais, au début, que nous pourrions nous voir, genre, le week-end et une ou deux fois dans la semaine. Mais après avoir passé deux jours à attendre ton retour, je suis arrivé à la conclusion suivante. C'est impossible. Enfin, pour ma part. Peut-être que pour toi…?

Je m'allonge sur le dos et embrasse le bout de son nez. Il passe une main légère sur ma poitrine, le vert de ses yeux me transperçant avec passion.

– C'est pareil pour moi. Et donc, ta solution?

– Alors, j'ai un trousseau de clés pour toi. Celle de ce bateau. Et celle de ma baraque, tu sais, celle avec les gens sans nom. Au fait, ils se prénomment Ted et Eva. Voilà, ainsi les présentations sont faites. Donc… je propose. On va simplement dire qu'on a trois baraques. Les deux miennes et la tienne. Pas qu'on vit ensemble mais, genre, on voit chaque jour selon l'humeur. Qu'est-ce que tu en penses? Tu laisses quelques affaires un peu partout et puis… on se laisse porter? Mais aussi il faudra parler avec Lochan parce que, même s'il avait l'air peinard ce midi, si tu veux que je te rejoigne chez toi certains soirs, je préférerais qu'il soit en accord avec ça. Je ne vais pas lui casser un truc à chaque fois pour avoir la paix!

Je l'enlace et roule sur lui.

– C'est parfait. Ça me va très bien.

Il est content de lui et me le montre en souriant de toutes ses dents. Avec son bandana sur le front, il a un style sale gosse qui me fait craquer. Il glisse ses mains sur mes cuisses, jusque sous mon short. Je les bloque.

– Il va falloir attendre un peu, beau gosse.

Il écarquille les yeux, horrifié.

– C'est une blague ?

Je prends un air attristé. Il fronce les sourcils.

– Serviette ou tampon ?

Je m'esclaffe.

– Quoi ?

– Tu m'as très bien compris.

Je pique un fard. C'est moi ou il est vraiment très à l'aise pour le partage d'intimité ? Remarque, c'est plutôt cool.

– Tampon.

Il laisse un rictus vicieux s'afficher sur son visage.

– Génial.

– Comment ça ?

Il attrape mes hanches et me positionne sur la bosse qui déforme son bermuda. Ses doigts m'ordonnent un mouvement très significatif sur lui en même temps qu'il active son bassin en accordant ses mouvements aux miens.

– Embrasse-moi, p'tite fée.

Je m'allonge et plonge ma langue entre ses lèvres. Mes mains trouvent appui sur ses épaules. Les siennes passent de mes hanches à mes fesses. Il unit nos deux entrejambes et accélère notre cadence. Mon Dieu, c'est renversant. Il m'excite en un temps record. Je pose mes mains sur lui et écarte davantage les cuisses pour prendre appui avec mes genoux sur le matelas. Il danse divinement sous moi. J'accélère mon bassin en gémissant. Il me suit. Ses doigts se crispent sur mes fesses à travers mon short. Il soulève nerveusement ses fesses du matelas.

– Baise-moi, Divya. Vas-y.

Sa voix est emportée. Il se mord la lèvre inférieure. Le plaisir monte en moi comme une boule qui se dilate et s'empare de tous mes organes, au passage. Je me redresse pour m'asseoir sur lui.

Il soupire lourdement.

– Oui, putain, qu'est-ce que t'es bandante, p'tite fée !

Je passe mes mains sous mon débardeur. Mes seins sont douloureux. J'ai besoin de les calmer. Il ordonne d'un ton suave :

– Oui, c'est ça, touche-toi, putain !

Il accélère nos frottements. C'est trop pour moi. L'un de mes doigts touche à peine mon téton que j'explose dans tous les sens, emportée dans l'extase. Il attrape mes hanches à nouveau et m'applique une allure effrénée. Si ça me fait mal au début, je reviens très vite à un état d'excitation puissant, je halète, en sueur, ne comprenant pas cette vague qui m'assaille de toutes parts et me fait perdre le sens de la réalité. Je m'agrippe à son torse en essayant de retarder l'issue. Il se cambre, lève les fesses et jette sa tête en arrière dans l'oreiller qui la soutient.

– Putain, Divya, bordel ! Viens !

Il fait suivre son appel par un cri sourd de jouissance et je dois dire qu'entendre ce mec jouir est une expérience incroyable. Sa voix suffit à me faire décoller. Mon corps tremble comme une feuille. Maël est secoué par de violents spasmes, je suis au bord de la convulsion. Il attrape mes mains et nous soudons nos paumes. Une énergie passe de lui à moi et inversement. Je reste dans notre paradis à nous, dans notre propre chaleur. Un jour, il a dit : « Ce n'est plus ta lumière, ni la mienne. Mais la nôtre. » Il avait tout compris, bien avant moi. Le destin a décidé depuis longtemps. Bien avant que nous ne soupçonnions l'existence de l'autre, nous étions destinés l'un à l'autre. Les contraires qui s'attirent et qui s'équilibrent en restant soudés. Le yin et le yang.

Je m'écroule sur son torse. Il me prend dans ses bras.

– Je t'aime, ma p'tite fée.

– Je t'aime, mon prince aux dessins.

Bon, ben, je crois qu'on a tout dit…

ÉPILOGUE

Divya

« On continue encore un peu ? »
Divya, alias p'tite fée

– Bon, alors, la hauteur, c'est bien, là ?

Je soupire en posant mon pinceau puis recule de quelques pas pour observer l'emplacement de l'étagère sur le mur.

– Oui mais, de toute manière, vu que tu as déjà cloué l'autre équerre, je dirais qu'on n'a pas le choix…

Je retiens un rire.

– À moins que tu ne t'essayes à l'art abstrait…

La vis coincée entre les lèvres, Maël dégaine sa perceuse, plantée dans sa poche arrière.

– Très drôle. De toute manière, t'y connais rien !

– Alors pourquoi tu me demandes ?

– Très bonne question.

– Attends, LOCHAN !

Il se retourne prestement et me parle à voix basse.

– Mais non, putain, qu'est-ce que tu fais, ton frère va me faire chier, c'est écrit !

– Ah OK ! MAGNUS !

– Mais t'es folle, ce mec ne saurait pas changer une ampoule!

– OK, OK. DEACLAN!

Il baisse les bras en me dévisageant comme si j'avais perdu l'esprit.

– Non mais tu vas ameuter toute la baraque comme ça? Appelle aussi mon père pendant que tu y es!

– Ah d'accord… SIL…

Il est déjà sur moi, une main sur ma bouche. Il retient difficilement un rire.

– Je te ferai payer ça, tu le sais?

J'éclate de rire alors qu'il resserre ses bras autour de moi et m'embrasse. Petit résumé de la situation. Maël a réellement acheté cette maison au bord de l'eau. Et il m'y a « invitée » pour l'été. Nous avons passé la première moitié du mois d'août à repeindre les différentes pièces, laissant la cuisine et le salon ainsi que notre magnifique chambre sous les toits à des entrepreneurs qui ont fait des merveilles. Nous nous sommes gardé les chambres du premier étage, en pensant, une chambre par jour, en une semaine maxi, même avec beaucoup de pauses câlins, ça passait. Bon, quinze jours après, il s'avère que ça ne passe pas du tout. Nous avons à peine attaqué trois chambres et, pour la première, nous avons oublié de remuer le pot de peinture et la moitié des pigments sont restés dans le fond du pot. Du coup, résultat atroce. À refaire. Pour la deuxième chambre, de la tapisserie était posée sur trois couches et bien collée. Allez la décoller à l'éponge humide, vous! Une semaine. Ne me demandez pas pourquoi nous n'avons pas loué une décolleuse, je n'ai pas la réponse. Et, après tout ça, il s'avère que le mur en dessous est moche et absolument pas droit, donc il faut poser une couche de fibre de je ne sais pas quoi, enfin bref, pas du tout le plan initial. La troisième chambre, ça le fait. Celle de Mira. Je viens de finir la seconde couche de beige pendant que Maël est lancé dans la pose d'étagères qui, sur les plans, rendaient bien…

Pour résumer, nous sommes nuls en bricolage. Et vous savez quoi, on s'en fout… Ça prendra le temps que ça prendra. Et c'est surtout très drôle de bricoler avec Maël. Il doit d'ailleurs trouver amusant de le faire avec moi… Bref, passons. Au pire, fin août, Maël a prévu de rappeler les entrepreneurs pour nettoyer nos catastrophes. Mais seulement en cas d'absolue nécessité. J'ai eu la bêtise de raconter ça à Lochan, en riant. Du coup, il a dû percevoir une situation d'urgence mais surtout notre extrême insouciance, donc, comme il devait venir nous rendre visite dès qu'on lui retirait son plâtre, c'est-à-dire ce week-end, il a rameuté tout le monde pour une semaine « déco en détresse ». Nous voilà donc entourés de Lochan, bien sûr, Magnus et Beth (comme c'est étonnant!), Deaclan et sa famille: Liv et les triplés. Tout ce petit monde s'affaire depuis hier dans la maison. J'ajoute à cela Bérénice en cuisine et, au jardin, Silas qui y travaille depuis deux bonnes semaines, et je dois dire qu'ils font des merveilles. Au moins, le jardin est magnifique et nous mangeons comme des princes. Le rez-de-chaussée aussi est parfait. Notre étage sous le toit également… Le premier étage… c'est autre chose.

Mais la maison est pleine de vie et, depuis leur arrivée, c'est un tourbillon de gens partout, Deaclan vole mes pinceaux, Lochan qui est encore un peu faible s'occupe de peindre les boiseries, Magnus fait… Très bonne question, à part raconter n'importe quoi, on ne sait pas trop, et Beth est affairée dans les salles de bains. Liv, elle, s'occupe des bébés et aide Bérénice en cuisine. Maël et moi sommes concentrés sur la chambre de Mira parce qu'elle est censée arriver pour quinze jours, aujourd'hui même. Donc voilà le tableau. Ah non, petit complément d'informations. Nous n'avons que quatre lits. Lochan, vu sa jambe, a été affecté d'office à la chambre vert olive sans pigments, Deaclan et sa famille dans la plus grande, celle sans tapisserie, Mira dans la sienne et nous dans la nôtre. Et Magnus et Beth se sont acheté une tente, pour dormir à la belle étoile, genre camping, parce qu'ils sont des pros, soi-disant. Sauf que ce matin, l'un des matelas gonflables a cédé, il y a donc grosse polémique sur la manière dont la prochaine nuit va se dérouler. Maël a commandé les autres lits en urgence mais ils arrivent demain.

Bref, revenons à nos moutons : l'étagère. Nous l'avons oubliée, perdus dans nos baisers. Je suis déjà en transe et je ne parle même pas de mon prince aux dessins qui frotte contre moi une érection digne de ce nom. Quand je vous dis qu'on s'en fout ! Nos priorités sont ailleurs.

Deaclan débarque dans la chambre.

– Ah, ouais, OK, je vois !

Lochan arrive, suivi de Magnus.

– Ouais ? Quoi ?

Maël explique en reprenant l'équerre. Il la pause au hasard sur le mur.

– Là, ça va ?

Deaclan éclate de rire.

– Non mais je te jure, mec, arrête le bricolage.

Mon homme s'obstine.

– Non mais, attends, je vois pas pourquoi je ne pourrais pas poser une étagère, faut arrêter de me prendre pour un con !

– Non mais, Maël, t'es un putain de musicien, basse, piano, guitare, tu déchires tout. En compo, t'es un dieu… C'est déjà pas mal, tu sais ? Parfois, il faut savoir se cantonner à ce qu'on sait faire…

– Mais c'est ça que t'as pas compris, j'ai un putain de don avec les perceuses, un truc de fou. Faut pas se fier aux tatouages…

Les trois mecs éclatent de rire. J'avoue que je me retiens. Maël hausse les épaules. Et attrape la vis qu'il avait posée par terre. Il positionne l'équerre au jugé et se prépare à la fixer en gardant son sérieux.

– Je ne vois absolument pas ce qu'il y a de drôle. Observez plutôt l'artiste !

En quelques secondes, équerre fixée au mur, étagère posée, à peu près droite, Maël dressant ses majeurs à l'attention des trois hommes restés à observer « l'artiste » en pleine création. Deaclan tord ses lèvres dans un rictus amusé.

– Ouais, OK. Tu permets ?

Il attrape la perceuse et la pose avec une certaine délicatesse sur l'œuvre magnifique. Il ne faut pas deux secondes pour que tout s'écroule sous les éclats de rire généraux. Deaclan passe devant Maël d'un air supérieur.

– T'as pas mis de chevilles ! C'est du placo !

Lochan s'offusque.

– Quoi ? T'as pas mis de chevilles ? Mais putain, sérieux, arrête de percer les murs et prends un pinceau. Je vais te la poser, ta putain d'étagère. Magnus, file-moi un coup de main.

Liv appelle son mari depuis le rez-de-chaussée.

– Deac ! Tu peux venir, les enfants ont décidé d'avoir faim en même temps, Bérénice et moi, on galère !

– J'arrive, ma puce. Désolé, les gars, ça ira ? Trois pour une étagère, ça va le faire ?

Maël réitère son doigt d'honneur. Deac va rejoindre Liv en riant. Je hausse les épaules d'un air affligé.

– Non mais, sérieux, oublier les chevilles ! On n'a pas idée.

Maël s'esclaffe.

– Et, dis donc, toi, tu veux qu'on parle du lit que tu as monté la semaine dernière ? Les pieds n'avaient pas tous la même longueur !

– Mais la notice était écrite en coréen !

– Ben moi, j'avais pas de notice du tout…

– J'ai monté le lit de notre chambre et il est parfait !

Il attrape ma taille.

– Ben maintenant que tu le dis, j'ai l'impression qu'il penche un peu du côté du pied droit.

– Hein ?

Il ricane en m'embrassant et murmure :

– Tu n'imagines même pas comme ça me saoulait de poser cette étagère ! En plus, il y en a trois autres comme ça à mettre… pas pour moi, définitivement !

Je l'observe, ébahie.

– Tu veux dire que tu as fait exprès de mal l'accrocher ?

– Ben oui, je sais quand même qu'il faut des chevilles dans le placo, je suis pas con à ce point ! Mais ça me saoulait !

Je retiens un rire mais frappe son épaule d'indignation.

– T'as pas honte ? Ils sont invités !

Il tourne la tête vers Lochan, affairé à maintenir le niveau contre le mur alors que Magnus, collé à son dos, note au crayon les repères.

– Tu crois franchement que ça les dérange ? Allez, ils ont l'air d'être super contents, au contraire.

Je regarde mieux les deux hommes. Magnus a posé la main sur la hanche de mon frère et ce dernier lui parle à l'oreille. Ils rient avec complicité.

– Non, c'est clair que ça a l'air d'aller pour eux.

Les yeux de Maël brillent de lubricité.

– Je crois qu'on dérange, en réalité… Je te propose d'aller vérifier l'horizontalité du lit… Ça ne prendra que cinq minutes, je te promets… Ou peut-être trente.

J'éclate de rire en me pendant à son cou alors qu'il me hisse dans ses bras. Beth débarque dans la pièce. Elle pose les yeux sur les poseurs d'étagères.

– À ben d'accord ! Magnus, je te signale que je t'attends depuis vingt minutes dans la salle de bains de la chambre olive douteux pour m'aider avec le calcaire de la douche !

Son frère hausse les épaules, toujours à moitié allongé sur le dos de Lochan pour faire je ne sais pas trop quoi.

– Désolé, Beth. Occupé.

Elle croise les bras, visiblement agacée.

– Et je fais comment, moi ? Avec mon calcaire ?

Il fait volte-face.

– Est-ce que tu trouves franchement que j'ai une gueule de fée du logis ? Genre : « super anticalcaire » ? Je sais pas, moi, frotte !

– Ouais, super ! Merci, les gars ! Divya baby, tu viens m'aider ?

Maël me coule un regard suppliant. Elle aussi. Une voix nous appelle depuis le rez-de-chaussée.

– Les enfants, c'est l'heure de poser les marteaux, l'apéritif est servi !

Bérénice, je t'aime.

– ON ARRIVE !

Nous nous ruons tous vers l'appel de la soirée qui débute enfin. Parce que, soyons honnêtes, les journées de dur labeur (« dur » : façon de parler !) entre amis se font toujours dans l'attente du petit verre autour du feu de camp, non ? Eh bien, pour nous, oui. Et cette soirée s'annonce parfaite. La grande table en chêne, que nous avons trouvée chez le brocanteur du coin en prévision de meubler la salle à manger, trône au milieu de la pelouse fraîchement tondue. Bérénice a disposé des bouteilles de bière dans un grand bac empli de glace au centre de la table et tout un tas d'amuse-bouches autour. Melon, tomates, chips, toasts, tartes salées et pizzas maison. Silas flambe tout un tas de mauvaises herbes et brindilles à proximité. Le soleil est encore haut dans le ciel mais commence à décliner légèrement. La mer est à quelques mètres, silencieuse…

Accoudée à la rambarde de la terrasse fraîchement repeinte par Silas, un peu en retrait, j'observe Lochan ouvrir les bières pour tout le monde, Magnus et Beth se chamailler, sans doute à propos de leur future nuit sous la tente. Deaclan arrive avec deux bébés dans les bras, suivi de Liv qui porte le dernier. Silas installe plusieurs chaises en quinconce devant son brasier afin d'éviter que les enfants ne s'en approchent, même s'ils ne marchent pas encore. Bérénice prend un des bébés des bras de Deaclan, Maël arrive avec deux guitares dans les mains. Magnus en attrape une et ils s'installent autour de la table. Deaclan commence à chanter et à danser, son petit bout de chou dans un bras, une bière dans sa main libre, les gars le rattrapent à la guitare alors que mon frère les pourvoit en boissons. Tout respire le bonheur simple. La joie sincère.

Je cherchais une famille… Je crois que j'ai encore mieux. Des gens qui se choisissent, non pas par obligation mais par affinité. Bérénice s'approche de moi.

– Il sent mauvais, ce petit… J'espère que je sais encore changer une couche.

J'éclate de rire.

– Ne comptez pas sur moi, je n'ai encore jamais fait ce genre de choses, mais l'année prochaine, promis, je serai totalement opérationnelle !

Elle rit silencieusement en se tournant vers le spectacle que je dévore des yeux.

– Cette maison retrouve sa gaieté. Il fut un temps où c'était tous les soirs la fête, ici.

– Ah ? Vous connaissiez les propriétaires ?

– Ma chère, je suis la femme du pasteur. Je connais tout le monde. Ils étaient des gens bien.

– Et que leur est-il arrivé?

– Rien. Ils étaient amoureux, ont fait beaucoup d'enfants et ont fêté la vie aussi longtemps qu'ils ont pu. Nous étions souvent invités d'ailleurs. J'ai toujours adoré cette maison. C'est tellement fou que ce soit Maël qui l'ait rachetée.

– Et ces gens, que sont-ils devenus? Ils sont…?

– Décédés? Oh, non, pensez-vous. Shirley doit avoir 90 ans et Richard, 96. Aux dernières nouvelles, ils coulent des jours heureux en Floride. Ils sont partis d'ici voilà quinze bonnes années car ils ne pouvaient plus s'occuper d'une maison si grande. Je n'aurais jamais cru qu'ils vendraient. Maël a dû trouver des arguments forts pour les persuader, j'imagine.

Elle pose sa main sur la mienne. Une douce chaleur protectrice m'envahit.

– Vous serez bien ici. Cette maison est faite pour le bonheur. Je suis ravie de voir que cela commence très bien.

Un éclat de rire général s'élève du petit groupe autour de la table. Maël et Deaclan se lancent dans une version acoustique toute personnelle d'un morceau des Skeletons. Je regarde mon homme rayonner autant que le feu derrière lui. J'aime le voir ainsi. Ça dure depuis notre retour de Miami, il y a un bon mois. Si j'osais, je dirais que je suis heureuse. Tout simplement. Sauf que…

Une voix féminine s'élève depuis le bout du jardin.

– Eh bien, bonne ambiance à ce que je vois.

Jenny. Je ne l'ai vue que par visio et encore, vite fait, j'essaye de laisser Maël tranquille lorsqu'il est avec Mira au téléphone. Elle est grande, élancée, très jolie, trop jolie, oserais-je dire, et son sourire est magnifique. Je me cramponne à la rambarde. Bérénice semble contente de la voir. Ou plutôt de voir Mira qui s'élance en trottinant vers son père. Ce dernier pose sa guitare et attrape sa fille qui lui saute dessus. Bérénice a sans doute oublié les fesses du pauvre bout de chou qu'elle tient dans les mains car elle redescend les trois marches de la terrasse et s'avance vers Jenny pour l'embrasser. Puis l'ex en titre salue tout le monde, embrasse Maël et lui touche la joue du bout des doigts d'un air tendre. C'est discret, personne ne semble le remarquer mais, moi, si.

Je la tue maintenant ou je tente l'air dégagé de circonstance ?

Mon prince lui sourit d'un air embarrassé et bouge la tête pour l'écarter de ses doigts avant de répondre aux trucs qu'elle a l'air de lui dire. C'est bon, soirée gâchée. Beth m'apporte une bière et s'accoude à côté de moi. Elle boit une gorgée de sa bouteille.

– Une ex de sept ans, Divya baby. Sept ans. OK ?

Je trinque avec elle et porte le goulot de ma bière à ma bouche.

– Une ex. La mère de sa gosse.

– Une ex.

– Maman de Mira.

Elle se redresse.

– Une ex.

J'entends Silas proposer à Jenny une bière qu'elle ne refuse absolument pas. Heureusement que la bouteille contre laquelle mes doigts se resserrent est en verre. N'importe quelle autre matière aurait explosé sous la pression rageuse que j'applique à ma poigne. Liv, un bébé et une bière à la main, monte à son tour sur la terrasse et s'adosse à la rambarde en me regardant.

– Une ex.

Beth ajoute :

– Sept ans.

La voix de la fameuse ex de sept ans se fait entendre.

– Et on peut voir la chambre de Mira ?

Liv hausse les épaules.

– Une ex curieuse.

Maël hoche la tête et lui propose de le suivre alors que Mira, qui n'a pas encore vu sa chambre, sautille devant eux. Ils passent devant nous, Maël me fait un clin d'œil, tout sourire, puis ouvre la porte de la maison et laisse passer Jenny devant lui et… il la suit. Je couine lamentablement.

– Une ex de sept ans, maman de sa fille dans la maison avec lui.

Beth soupire.

– Une ex.

Liv soupire.

– Sept ans.

Ouais, OK. Si on pouvait changer de disque, les filles.

***

Maël

« Bon encore un peu et après c'est bon ! »

Maël, alias le prince aux dessins

(Oui, je sais, ça fait présomptueux, pour toute réclamation, merci de vous adresser à l'auteur directement.)

– Oh, regarde, maman, j'ai un grand lit pour moi toute seule !

Mira se rue sur le lit que sa grand-mère lui a préparé cet après-midi. J'explique à Jenny :

– Il reste quelques étagères à poser et je crois qu'on sera bon.

Elle inspecte la pièce puis m'inspecte… moi.

– Tu n'es plus toxico ?

Mira ouvre le coffre à jouets en poussant de grands cris de joie. Je reporte mon attention sur sa mère.

– Je ne l'ai jamais été.

Elle hausse un sourcil soupçonneux.

– Ce n'est pourtant pas ce que tu laissais paraître.

J'avale une gorgée de bière.

– Quand on veut tuer son chien, on dit qu'il a la rage. Ou on oublie de lui dire que ce dont il s'accuse est un tissu de conneries.

Elle baisse les yeux sur ses pompes.

– C'est vieux tout ça, Maël.

– Il me semble, à moi, que c'est très frais, au contraire. Si ma mémoire est bonne, j'ai été traité de « toxique pour tout le monde », il y a un petit mois. Alors que je n'allais pas vraiment bien. Et je ne te crois pas assez stupide pour ne pas l'avoir remarqué.

– Je voulais te faire réagir.

Je m'esclaffe alors que Mira manque de tomber la tête la première dans le coffre, trop occupée à découvrir les jouets que Divya lui a trouvés. Puis je plonge mes yeux dans ceux de Jenny.

– Tu voulais me faire payer parce que j'étais parti.

– Tu es parti parce que je t'ai viré.

– Tu m'as viré et après tu m'as rappelé. Plusieurs fois. Pendant plusieurs années.

– J'ai eu des scrupules.

– Mouais. Ou alors, plus simplement, tu as pensé à l'époque que m'imaginer coupable envers Benny me rendrait vulnérable et que tu pourrais, du coup, passer ta douleur sur moi sans que je n'ose me rebeller. Sauf que tu es allée trop loin…

– N'importe quoi.

– Pourquoi tu ne m'as pas dit qu'il était malade?

– Je ne savais pas à l'époque qu'il souffrait de troubles de l'identification.

– Mais tu savais qu'il avait un problème psychologique. Si j'avais su, rien que ça, ça aurait été différent. Je serais peut-être allé voir tes parents pour en savoir plus. Mais au lieu de ça, tu n'as rien dit. Manque de pot, au lieu de m'aplatir devant toi pour me faire pardonner, je me suis barré. J'ai tout rejeté en bloc, toi y compris. Et quelque part, c'est pas plus mal. Même si j'ai failli y passer avec tes conneries.

Elle hausse les épaules en regardant Mira foutre un beau bordel dans la chambre.

– J'avais besoin d'en vouloir à quelqu'un. Je pensais que...

– Que je t'aimais assez pour supporter d'être ton punching-ball... Mais non.

Elle soupire.

– C'est pas ça...

– Écoute, en fait, je m'en fous. Aujourd'hui je suis là, en forme, et je compte bien faire valoir mes droits auprès de Mira. C'est tout ce qu'il y a à retenir. On en parlera plus tard. Mais... mets-toi bien dans la tête que je suis tatoué, je bois l'apéro comme tout le monde, j'ai une copine qui sera présente souvent et je compte bien faire comprendre à Mira ce qu'elle représente pour moi. Tes morales, regards condescendants et autres, tu peux te les garder. J'ai des droits et tu n'as aucune raison de les discuter. Je ferai ce qu'il faut pour ma fille et à ma façon. Qu'elle te plaise ou non, si elle convient à Mira, à Divya et à moi, c'est le principal. Le reste, ton avis, je m'en cogne. Tu as tellement abusé pendant des années à me foutre plus bas que terre juste par vengeance mesquine que tu n'as plus voix au chapitre en ce qui me concerne. On est d'accord?

– J'ai élevé Mira seule.

– Parce que tu as tout fait pour que je ne revienne pas. Mais je suis revenu quand même. Dommage pour toi. Et si c'est trop, je peux aussi demander la garde pleine de mon côté.

Elle prend un air outré.

– Non!

– Nous sommes d'accord. Mira est bien ici, c'est tout ce que je vois. Tu fais du bon boulot. Mais ce n'est pas pour ça que je ne peux en faire autant. Même si ça ne rentre pas forcément dans tes critères.

Elle tord ses lèvres dans tous les sens.

– Très bien. J'ai enregistré le message.

– Parfait. Mira, tu viens? On descend.

Ma fille arrive en sautillant et me prend la main. Je l'emmène dehors, suivi de Jen qui traîne les pieds. Maman attrape Mira dès qu'elle nous voit.

– Tu as faim, Mira? Viens, je vais te faire un sandwich.

Je les regarde partir vers la cuisine. Jenny l'embrasse, me fait un petit signe et retourne vers le portail. Bon débarras. Je vais chercher une nouvelle bière et m'installe à côté de Lochan qui observe Beth et Magnus assis en face de lui. Ils se querellent encore et toujours à propos de ce matelas crevé.

– Non, Magnus, je ne dors pas par terre.

– Ben, moi non plus.

Je m'esclaffe.

– Il y a toujours la solution canapé, j'ai déjà proposé…

Beth hausse les épaules.

– C'est gentil, Maël, mais le problème n'est pas là, nous voulons tous les deux dormir sous la tente. Mais je suis plus vieille, c'est moi qui décide.

Magnus porte sa bière à la bouche.

– Dans tes rêves! C'est moi, le mâle dominant!

Elle s'étouffe.

– Mâle dominant? Mon cul! J'adore camper, je dors sous la tente!

– Alors ça, rien n'est moins sûr, bichette!

– Ne m'appelle pas « bichette »!

Lochan ricane tout seul et se penche vers moi.

– Écoute un peu, celle-là.

Il se redresse et s'éclaircit la voix.

– J'ai un lit *king size* et je suis tout seul dans ma chambre. Ma jambe va bien, j'ai pas besoin de tout cet espace. J'ai une place dispo, si vous voulez.

Le frère et la sœur s'arrêtent dans leur engueulade. Beth prend un air détaché.

– OK, ça me va. Magnus, garde la tente.

Le frangin réagit, sans surprise.

– Non mais j'insiste, tu es la plus vieille, après tout...

– Justement, je vais avoir mal au dos...

– Mais non, tu es en pleine forme.

– On la joue à pierre, papier, ciseaux?

– Non, plutôt jonglage de bouteilles vides.

– Genre, tu gagnes toujours à ça!

Ils s'écartent de la table en continuant leur guéguerre. Lochan semble très amusé.

– Tu sais que c'est un peu sadique, ce que tu leur fais?

Il hausse les épaules.

– C'est pas méchant.

– Non mais... tu as l'air de passer des bons moments avec eux, il y a quelque chose qui m'échappe.

– Ils sont différents tous les deux. Mais oui, je les aime bien. Le vrai souci, c'est que déjà ils sont frère et sœur, et donc c'est chaud de céder à l'un sans vexer l'autre ou foutre la merde dans la fratrie.

– Et par pure curiosité, tu choisirais qui?

Il soupire.

– Franchement? J'en sais rien. Je les aime beaucoup tous les deux. Je viens de te le dire.

Je le dévisage un moment, surpris. Il capte mon regard.

– Quoi ?

– T'es vraiment bi, en fait !

Il hausse les épaules.

– Et alors ? Un être humain, c'est un être humain. Ils ont tous droit à l'amour ou au désir, tout au moins. Pourquoi je devrais trier ? Tout me va tant que c'est beau et bon. J'accepte la nature dans toute sa splendeur.

Ah... Donc s'il est vraiment bi, ça veut dire que, malgré ce dont j'essaye de me persuader depuis le début, il s'est éventuellement passé un truc durant la première nuit que j'ai passée chez lui. Parce que plus j'y pense, plus je doute...

Il s'esclaffe en observant ma tête.

– Ne me dis pas que tu repenses encore à cette vieille histoire ?

– Vieille, vieille, tout est relatif... Un mois ou deux, c'est pas vieux pour moi. Et disons que j'aimerais bien savoir si je suis encore puceau au niveau d'une certaine partie de mon anatomie.

Il m'adresse un sourire ambigu. Ce qui signifie ?

– D'après toi ?

– Mec, si j'en avais ne serait-ce que le quart d'une idée, je ne m'abaisserais pas à revenir te parler de cet épisode obscur de ma vie.

– « Obscur ». Le mot est bien choisi. J'ai beaucoup apprécié ton côté obscur, comme tu l'appelles.

Je me fige, abasourdi. Est-ce qu'il insinue qu'effectivement il a... enfin je lui ai permis de... Il éclate de rire.

– Putain, mais tu cours comme un lapereau ! Allez, c'est bon, on s'en fout de toute manière. Ce dont on ne se souvient pas n'est jamais arrivé, c'est ce qu'il faut se dire.

– Ouais... On va dire ça... Mais franchement, je ne vois pas ce que ça te coûterait de me raconter, une bonne fois pour toutes...

– Sois un mec parfait avec ma sœur pendant au moins une

bonne vingtaine d'années et on en reparle…

L'enfoiré !

– Putain, vingt ans avant de connaître le fin mot de l'histoire ! T'es dur…

– Possible… Bon, en parlant de ma sœur, elle s'est barrée en faisant à moitié la tronche sur la plage. Enfin, je dis ça, je dis rien…

– Quoi ? Et c'est maintenant que tu me le dis ? T'es con ou quoi ?

– Et toi, c'est maintenant que tu t'en inquiètes ? T'es vraiment un trou du cul !

Je me lève et l'abandonne sans l'écouter. Je me précipite sur la plage tombant peu à peu dans l'obscurité, le soleil se couchant à l'horizon. Ma p'tite fée est là, assise sur le sable, seule. Elle paraît toute petite face à l'immensité de la nature sauvage qui l'entoure. Je m'approche et m'assieds derrière elle. Je passe mes jambes de chaque côté des siennes.

– Bonsoir, ma petite peintre en bâtiment. Mira a adoré sa chambre. Et les jouets que tu lui as dénichés sont tous sortis au milieu de la pièce.

Elle force sa voix à être enjouée.

– Cool ! Parfait.

Je pose mon menton sur son épaule.

– Qu'est-ce qui ne va pas, ma p'tite fée ?

– Rien, tout va bien.

Je tourne son visage vers le mien.

– Tout ne va pas bien. Dis-moi.

Elle soulève ses épaules et les baisse lourdement.

– Laisse tomber, je suis nulle.

– Tu m'expliques ?

Elle baisse la tête vers le sable et y dessine des petites arabesques. Elle me laisse mariner un certain temps puis se décide à parler.

– Elle est la maman de Mira. Et elle est jolie. Alors je suis jalouse. Voilà.

Pardon?

– Tu parles de Jenny, là?

Elle hoche la tête. Je l'enlace en retenant un rire.

– Bon. Nous voilà bien dans la merde. J'imagine que si je te dis que c'est n'importe quoi, que je me fiche d'elle, qu'il n'y a que toi qui comptes et tout le bordel, tu ne vas pas m'écouter et, même si j'y passe la nuit, la première chose que tu me diras demain matin sera un truc du genre: « Non mais, tu sais, si tu veux, je m'efface et je vous laisse vivre en couple avec votre fille. » Faux?

Elle s'esclaffe tristement.

– Oui, c'est possible, effectivement.

– Bon, alors on va faire autrement. Oui, tu as raison d'être jalouse.

Elle redresse la tête. Je continue:

– Parce que c'est vrai que, avec toi, je ne suis pas très démonstratif…

– Si, mais…

– Ensuite, c'est vrai, qu'est-ce que tu aurais de plus qu'elle? Toi, tu m'as apporté la lumière et le bonheur en si peu de temps alors que, elle, ça fait sept ans qu'elle me pourrit la vie. C'est vrai que le choix est vraiment difficile…

– Non mais…

– Et si on parle en matière de connivence, y a pas photo non plus. Elle, c'est une espèce de nana qui a peur d'un tatouage, qui ne va nulle part sans pincer les lèvres et le cul pour paraître la plus coincée possible alors qu'elle n'a même pas besoin de se forcer, elle est tellement vieux jeu que même mes parents sont plus jeunes qu'elle. Toi, en revanche, tu adores mes tatouages et ils t'excitent. Ne dis pas le contraire, je le sais. Tout simplement parce que tu me le dis, tu me le montres. Mais aussi, tu te touches quand tu me suces… Non mais attends… C'est quand même vachement plus fun… Trop, peut-être. Je crois que je m'éclaterais beaucoup plus avec une nana comme elle qui doit se marrer… quoi… une fois par an à Noël et encore.

Elle se détend.

– Mais non, mais…

– Ah, j'oubliais, élément troublant qui peut effectivement poser le doute… Je ne lui ai donné aucune clé, je n'ai pas couru chez elle quand je suis revenu ici après sept putains d'années de manque insurmontable d'elle… En revanche, je n'ai pas pu attendre plus de trois pauvres heures après quatre jours loin de toi quand tu es rentrée à L.A. et je t'ai filé toutes mes clés, un moyen de te joindre à tout moment, et j'ai même accepté de faire ami-ami avec un mec qui est de loin celui qui m'a fait le plus chier depuis des années, juste pour te faire plaisir. Mais tu as raison de douter, moi, le premier, je crois que je me traiterais de salaud et que je me foutrais des mandales pour être un aussi ignoble connard sans cœur, irrespectueux et fourbe, jouant double jeu sans se cacher, flirtant ouvertement avec miss Congélateur tout en couchant éhontément et frénétiquement avec une p'tite fée parfaite… Sans parler du fait que je bande dès que je te vois… Absolument pas une preuve de quoi que ce soit, ça non plus… Quelle espèce de connard je suis ! T'as raison, fais-moi une scène. Vas-y, elle est justifiée, je t'écoute.

– Mais non… C'est pas ça…

Je me penche vers elle alors qu'elle tente de garder son sérieux.

– Alors c'est quoi, p'tite fée ?

Elle éclate de rire.

– C'est que je suis vraiment ridicule. Pardon, Maël, d'avoir douté.

Je l'enlace en regardant les derniers rayons du soleil qui disparaissent peu à peu.

– Je t'aime, p'tite fée. Je te le dis à toi. Je le dis à Mira. Je l'ai dit à mes parents. Et c'est tout. Vous prenez bien trop de place en moi pour que j'accorde quoi que ce soit à qui que ce soit d'autre. Jenny ne fait pas partie de ma vie, même avec une enfant, elle ne m'a pas donné envie de revenir alors que toi… juste parce que tu es toi, tu m'as donné tous les courages. Il n'y a vraiment aucune comparaison possible. Oublie Jenny, s'il te plaît, elle est juste la mère de Mira, mon ex et, si justement elle l'est, c'est qu'il y a de bonnes raisons, OK?

Elle hoche la tête.

– OK.

Elle reste songeuse. Je pose mes lèvres contre sa tempe.

– D'autres soucis, p'tite fée?

– Non. Je me demande simplement, maintenant que nous avons la maison de conte de fées, comment va finir l'histoire?

– Je ne sais pas… « Et ils vécurent heureux et eurent beaucoup d'enfants »? Tu crois que ça irait ce genre de choses?

Elle secoue la tête.

– Non. Passé d'âge. Qu'est-ce que tu dirais de: « Et elle fit ses études, elle trouva un boulot et, lui, creva les charts grâce à son album duo avec Deaclan. »

– Ah, oui, pas mal… Mais il faudrait ajouter: « … Et ils s'aimèrent toute leur vie, avec ou sans enfants, avec ou sans mariage, parce qu'ils ne sont que nature, des petites particules au milieu d'un grand tout et que leur amour n'importe qu'eux et ce qu'ils en font, après tout… Ce sont leur histoire à eux deux, alors tant qu'ils baisent autant qu'ils peuvent, tout va bien pour eux. »

Elle rigole.

– Ouais mais, là, c'est un peu long. Et si on disait tout simplement: « Et ils s'aimèrent. C'est tout. Le reste importe peu. »

J'attrape ses joues et la force à se retourner vers moi. Je lui offre le baiser le plus doux dont je suis capable. Nous fondons tous les deux l'un pour l'autre. Puis je scrute ses beaux yeux pour y trouver l'amour. Je ne dois pas chercher trop loin. Tout est là, offert. Et je prends tout.

– Oui, la vraie fin, celle qui est parfaite, c'est celle-là : « Et le prince aux dessins embrassa sa p'tite fée magnifique sur la plage et ils s'aimèrent. C'est tout. Le reste importe peu. »

***

Erin

« Et le prince aux dessins embrassa la p'tite fée sur la plage et ils s'aimèrent. C'est tout. Le reste importe si peu… »

« They're only humans, after all… »

Fin

NOTE DE DIVYA

J'ai conscience que peut-être vous ne croirez pas à toutes ces histoires de lumière et d'énergie. Que les avis seront certainement partagés. Notre sixième sens existe-t-il réellement?

Chacun son avis et sa conviction. Mais ce n'est pas important, en définitive. Le but de la vie est d'être heureux, tout simplement. Qu'importe que vous ayez besoin de ressentir la nature ou les gens ou rien du tout tant que vous trouvez votre chemin. Le mien se dessine dans la lumière au milieu de la nature… Et pourquoi pas? Connaissons-nous suffisamment l'Univers pour réfuter n'importe quelle théorie? Quoi que nous en pensions, au bout du compte, c'est la nature qui nous a créés. Et si elle a eu assez de magie pour créer la vie, pourquoi la vie ne s'en remettrait pas à elle pour s'épanouir? Je pense que nous pouvons faire confiance et nous en remettre à elle pour trouver la paix et le bonheur…

Si vous traversez un moment compliqué et que vous ne savez plus à quel saint vous vouez, faites-le pour moi… Allez toucher un arbre. Oubliez tout le reste. Et laissez-vous convaincre. Et si on vous pose des questions, dites que c'est Divya qui l'a dit!

Je vous embrasse et vous souhaite le meilleur…

NOTE DE MAËL

La dépression n'est autre que le manque de lumière. À tous ceux qui comme moi s'y sont laissé sombrer, je n'ai qu'une chose à dire : il existe toujours une lumière. Un avenir qui brille, un destin qui triomphe, même si l'on n'y croit plus. Pleurez si vous en avez envie. Hurlez, criez au diable d'aller se faire foutre… mais ne perdez pas de vue la beauté de la vie… Parce que partout où il y a l'ombre, il y a aussi la lumière. Le mal existe grâce au bien, la haine pour contrer l'amour, et la tristesse pour calmer la joie…

J'ai trouvé ma fée. Cela aurait pu être un ami, la famille, une passion, une musique, un lieu… Divya ajouterait : un arbre, un cassoulet… Il y a toujours quelque chose qui nous attend. Il suffit parfois d'ouvrir les yeux…

Prenez soin de vous, construisez votre destin, rien n'est jamais écrit… Et *rock on, motherfucker.*

PLAYLIST

« Human », Rag'n'Bone Man
« Creatures », Shinedown
« Monsters », Shinedown
« Love Can Only Heal », Myles Kennedy
« Starlight Slash », Feat Myles Kennedy
« Mexico », Alestorm
« Attention Attention », Shinedown
« Shout at the Devil », Mötley Crüe
« Kill your Conscience », Shinedown
« Home Sweet Home », Mötley Crüe
« No Matter What », Papa Roach
« Black Soul », Shinedown
« Shadow of the Day », Linkin park
« Breaking the Habits », Linkin Park
« The Reason », Hoobastank
« With Arms Wide Open », Creed
« Street Spirit », Radiohead
« Paradise », Tesla
« The Light », Disturbed
« State of my Head », Shinedown
« Get Up », Shinedown
« Mr. Jones », Counting Crows

REMERCIEMENTS

Maël et Divya m'ont emportée dans un nouveau monde. Je n'étais pas adepte de cette foi qui fait vivre notre p'tite fée en entamant ce livre. Mais au fil des lignes et des chapitres, j'ai fait mes recherches, mes propres analyses, mes conclusions.

Je suis allée faire une séance de reiki… pour « aligner mes chakras ». C'était au départ de la pure investigation. Mais le résultat m'a bluffée et j'en suis ressortie différente. Cela m'a confortée dans cette idée que Divya, au final, n'est pas surnaturelle. Elle perçoit juste des choses sur lesquelles, peut-être, dans l'immense bazar qu'est la vie, nous devrions nous arrêter un peu plus longuement.

Je suis allée toucher des arbres. Je me suis allongée dans l'herbe. J'ai mis mes pieds dans l'eau… J'ai écouté le silence. Ce livre a été pour moi une croisière vers l'apaisement et la découverte, une fuite loin de mes démons… Je l'ai débuté avec Maël et l'ai fini avec Divya… J'espère qu'il vous a plu…

Je remercie toutes les personnes qui m'ont épaulée pour ce roman, par leurs conseils, leur disponibilité, leur gentillesse et leur patience. Dans le désordre mais surtout en bordel… : Sonia Grandadam, les arbres, Nini Coquillat, le soleil, Luisa C., les oiseaux, Sonia Noé, Ra Thomas, Lisa Mars, la musique, mon mari, ma tribu, les papillons, mes parents et madame Reiki…

Message tout particulier à ma petite maman, en ces temps compliqués, j'ai juste envie de te dire que je t'aime.

Merci aux éditions Addictives pour leur soutien sur ce roman.

Je vous embrasse,

Erin

Extrait

TEACH ME AGAIN
IMPOSSIBLE DESIRE

Nina Loren

PROLOGUE

Amelia

J'accélère le pas, puisant dans mes dernières réserves d'énergie. Mon cœur bat avec une telle force que ça en devient presque douloureux. Je veux sortir. Je veux sentir l'air frais sur mon visage et voir l'éclat du jour. Je vais de plus en plus vite puis tourne à l'angle du mur qui mène au hall. Lorsque j'émerge dans la pièce lumineuse, il est là, devant moi. Ma respiration se bloque et mon cœur se serre. Chad, debout, éclairé tel un ange vengeur par les rayons solaires qui inondent l'espace. Lorsqu'il lève le bras, je vois l'arme qu'il tient se braquer sur moi.

– Désolé, Boucle d'or.

Je n'entends pas le coup de feu partir, mais la douleur atroce qui brûle ma poitrine est sans équivoque. Le souffle coupé, je tombe à genoux. Mon regard se pose sur les vitres en face de moi. Alors c'est fini ? Maintenant ? Comme ça ?

Ma vision se fait de plus en plus floue, puis je me perds dans une immensité éblouissante. Là, sur le sol glacial, je m'écroule.

Plus rien n'a de sens, à présent.

Plus rien.

1

Amelia
18 décembre

– D'après vous, qu'est-ce qui vous empêche d'aller bien ?

– Vous plaisantez ?

Le Dr Pearson ne cille pas face à mon incrédulité.

– Absolument pas. J'aimerais vraiment entendre votre ressenti là-dessus.

Ce n'est pas comme si elle n'était au courant de rien. Non, elle connaît mon histoire, elle sait quel calvaire j'ai subi. Elle le fait exprès, bien entendu. Si je suis habituée, depuis quatre ans, à faire face à ses questions absurdes, je reste encore très sensible quand elle m'interroge sur de telles évidences.

– Mon ressenti ?

– Oui.

– Vous voulez savoir comment je me sens ? tempêté-je. Je crois que vous savez très…

– J'aimerais surtout savoir ce qui, selon vous, vous oblige à être malheureuse, me coupe-t-elle.

– Je ne suis pas *malheureuse*. J'ai tout ce qu'il me faut, réponds-je, sur la défensive.

– C'est-à-dire ?

– Ma famille, et un boulot que j'apprécie.

– Et l'amour ?

– Tous les gens qui m'entourent m'en donnent suffisamment.

– Je ne parlais pas de ça. Ne faites pas comme si vous ne compreniez pas ma question.

Oh, je sais très bien de quoi vous voulez parler.

Oui. L'amour. Le vrai. Celui qui vous met des papillons dans l'estomac et qui vous serre le cœur. Celui que je n'ai pas connu depuis des années, car la vérité est là : Je n'ai eu aucune relation d'aucune sorte avec un homme depuis… l'incident. Je n'ai aucune confiance en eux, c'est un fait.

Ma psy ne me laisse pas le temps de répondre et enchaîne.

– Qu'est-ce qui s'est réellement passé vendredi soir, avec… Matthew ? C'est ça ?

– Je ne sais pas…

– Je pense que vous le savez très bien.

Je déteste sa façon de me mettre au pied du mur.

– J'ai paniqué, avoué-je, presque honteuse.

– Pour quelles raisons ?

– Parce que je me suis comportée comme une idiote et qu'il n'a pas apprécié mon attitude. Il s'est quelque peu énervé et j'ai pris peur.

– Vous avez eu peur de lui ?

– C'est à peu près ce que je viens de dire, non ? m'agacé-je bêtement.

Mon docteur se redresse sur son siège. Elle croise les doigts devant elle, les coudes appuyés sur son bureau. Son regard se fait plus intense.

– Je pense que vous n'êtes pas réellement honnête avec vous-même. Qu'est-ce qui vous a réellement effrayée, ce soir-là ?

J'ai la bouche sèche et les mains moites car je n'arrive pas à formuler ce qui m'a troublée, le week-end dernier.

– Laissez-moi émettre une hypothèse, si vous le voulez bien, reprend-elle. Peut-être que ce qui vous a fait le plus peur, lors de cette soirée, c'étaient vos émotions. Je ne parle pas de cette crainte que vous avez des hommes, non. Je pense que vous étiez attirée par Matthew, mais vous n'avez pas réussi à gérer ces sensations, celles que vous avez volontairement mises de côté depuis bien longtemps. Vous avez préféré vous fermer et refuser ce qu'il aurait pu vous offrir. Qu'en pensez-vous ?

Mes yeux se ferment lentement. Je me revois devant lui. Il était attirant, ça, il n'y a pas de doute. De beaux yeux presque noirs, des cheveux bruns, des épaules larges et, surtout, des muscles fins qui se dessinaient sous son Henley gris à manches longues.

Lorsque mes paupières se relèvent, ma psy attend toujours une réponse de ma part. La seule que je peux lui donner est un hochement de tête.

– Ce qui me ramène à ma première question : « Qu'est-ce qui vous empêche d'aller bien ? »

Il me faut un certain temps avant d'accepter ma propre vérité.

– Moi, soufflé-je.

L'honnêteté brutale fait toujours mal.

Depuis quatre ans, je suis passée par un tas d'étapes qui ressemblent à celles que l'on vit lors d'un deuil : le choc, la culpabilité, la colère, la dépression et l'acceptation. Je n'arrive cependant pas à gravir la dernière marche : celle de la reconstruction. Parce que je n'oublie pas. Je n'oublierai jamais ce qu'*il* m'a fait. Les marques sur mon corps sont là pour me le rappeler et les souvenirs ressurgissent trop souvent.

– Chad ne peut plus vous faire de mal, désormais. Vous en êtes consciente ?

– Je sais, balbutié-je en me frottant les yeux.

– En êtes-vous réellement convaincue ?

– Qu'est-ce que ça change, en fin de compte ? dis-je, partagée entre la colère et le chagrin.

Le Dr Pearson ne me répond pas, mais son regard empli d'empathie en dit long. Un silence s'installe, assez lourd pour me mettre mal à l'aise. En supposant que je raisonne comme une personne sensée, alors, oui, Chad ne peut plus m'atteindre. Physiquement, tout du moins. Mais quand il s'agit de lui, je perds tout discernement. L'emprise qu'il a sur mon esprit est toujours présente. Il a tout fait pour laisser sa marque sur moi et j'ai beau frotter, ça ne part pas.

– Peut-être que si vous vous en convainquiez réellement, vous ne chercheriez pas inlassablement le vice dans le regard de tous les hommes qui croisent votre chemin ?

– Peut-être bien. Ou peut-être que c'est dans leur nature ?

– Tous les hommes ne sont pas des monstres, affirme ma psy avec conviction. La relation que vous avez avec Alec et Sean vous le prouve.

– C'est différent, dis-je en essuyant mes yeux brillants des larmes que j'essaye vainement de contenir.

– En quoi est-ce différent ?

– Ils sont gays.

Ma psy reste impassible et semble attendre que je développe mon point de vue.

– Ils ne me feront jamais de mal, expliqué-je.

– Vous pensez réellement que c'est leur sexualité qui implique qu'ils ne vous feront jamais de mal ?

Je mordille ma lèvre inférieure nerveusement. Une douleur lancinante apparaît sous mes tempes.

Je ne vais pas passer à côté de la migraine, c'est sûr.

– Pourquoi vous me dites ça ?

– Parce que je pense que vous ne faites pas le bon raisonnement. Ce n'est pas leur orientation sexuelle qui entre en jeu, mais leurs personnalités. Ce sont tout simplement des gens bien qui ne se comportent pas comme des prédateurs avec les femmes. Et c'est le cas de beaucoup d'hommes, fort heureusement.

J'acquiesce silencieusement.

– Pour guérir, vous allez devoir accorder votre confiance à nouveau. Ce garçon que vous avez rencontré n'était sûrement pas l'homme de votre vie, mais il aurait pu vous apporter quelque chose.

– Vous voulez parler de sexe ?

Un air légèrement amusé s'imprime sur le visage du doc devant la panique qui doit se lire sur le mien.

– Pas obligatoirement. Je parle surtout de vous autoriser à oublier, même si c'est juste autour d'un verre et que ça ne dure qu'une heure. Le sexe, c'est une autre étape et ça tourne autour d'autres problématiques, dans votre cas. Acceptez de vous ouvrir et, surtout, acceptez vos sentiments. Si un homme vous attire, ne fuyez pas. J'ai même envie de vous dire que si vous avez envie de vous lier avec quelqu'un juste pour une nuit, n'hésitez pas, développe-t-elle avec conviction.

– Donc, vous êtes en train de me dire que je devrais avoir des relations sexuelles.

– Je dis simplement que vous devriez vous laisser aller et retirer cette armure que vous portez sans arrêt.

– C'est plus facile à dire qu'à faire, marmonné-je, chamboulée.

Ma psy m'adresse un sourire indulgent.

– Vous en êtes parfaitement capable.

Des larmes de frustration et de douleur roulent sur mes joues.

– Amelia, vous venez me voir depuis longtemps, maintenant. Je vous connais, et je n'insinue absolument pas que vous faites exprès d'être sans arrêt sur la défensive. Ce que vous avez vécu n'est pas anodin. Vous avez de vraies raisons d'avoir peur des hommes. J'essaye simplement de vous persuader de puiser dans d'autres ressources que l'autodéfense pour guérir. Je ne peux pas faire le travail à votre place, hélas. Il faut que vous acceptiez de lâcher ma main, ou celle d'Alec, et que vous trouviez vos marques. Mais si, chaque fois qu'une situation inhabituelle se pointe à votre porte, vous fuyez, vous ne pourrez jamais avancer, je vous assure. Ce n'est pas la première fois que je vous le dis : si vous faites cette démarche, le reste de vos problèmes s'évaporera, tout comme les cauchemars. Vous avez cette force en vous, il ne vous manque que la volonté de faire le premier pas.

***

Il est près de dix-neuf heures lorsque je sors de mon rendez-vous. Un vent léger souffle sur Vancouver et quelques gouttes de pluie s'écrasent sur mes épaules. La fraîcheur de la nuit est apaisante, surtout après cette séance, qui m'a complètement retournée. Ma psy a raison sur toute la ligne, *comme d'habitude*. Je m'impose des barrières toute seule. Cette peur qui m'oppresse sans arrêt m'empêche d'aller vraiment de l'avant et m'a paralysée lorsque ce Matthew aux beaux yeux s'est approché pour me proposer de boire un verre.

C'était vendredi dernier. Avec Alec et Sean, nous étions sortis pour continuer de fêter, entre adultes, cette fois, les 13 ans d'Helena, pendant que ma fille achevait sa fructueuse journée d'anniversaire en passant la nuit chez sa meilleure amie. Malgré mes 30 ans, je suis déjà maman d'une jeune adolescente pleine de vie. Son père n'est autre qu'Alec. C'était un accident de jeunesse, survenu après une soirée de déprime, lors de laquelle mon meilleur ami et moi-même avons fini par coucher ensemble, sous les effets de notre mal de vivre et d'un très, très gros excès de tequila. Nous avions 17 ans tous les deux. La vie nous joue parfois des tours et cette erreur due à un manque de maturité a bouleversé la nôtre. Puis Alec s'est marié avec Sean, l'homme de sa vie, le mec le plus honnête et le plus aimant qui soit. Tous les quatre, nous formons une famille atypique mais unie.

Pourtant, ce n'est pas cette réalité qui m'oblige à suivre une thérapie. Non. L'*incident*, comme je m'oblige à l'appeler pour essayer d'oublier son horreur, s'est déroulé en novembre, il y a quatre ans. Il a marqué mon corps et mon âme au fer rouge. Je m'en souviens comme si c'était hier. Les cauchemars qui hantent mes nuits depuis des années sont là pour garder ma mémoire intacte. Mais je m'accroche, et je n'ai jamais autant voulu que ça change.

2

Matthew
Quinze jours plus tôt

– Ça te tente, un dernier verre chez moi ?

Jackpot !

– Pourquoi pas.

Voilà comment terminer la soirée d'une manière agréable : dans le lit d'une femme sexy. Faith est du genre tape-à-l'œil : pulpeuse et habillée pour attirer l'attention sur sa poitrine plus qu'opulente. Elle n'est pas vraiment mon type, mais quand il s'agit de dénicher une fille pour s'envoyer en l'air, on fait moins la fine bouche que pour trouver la mère de ses futurs enfants.

Ouais, en parlant de ça…

Pour l'heure, je vais apprécier au plus haut point de me faire cette nana. J'imagine que l'alcool que j'ai sifflé pendant la soirée a bien fait son boulot pour que je m'embarque dans une connerie pareille.

Encore. Tu t'arrêtes quand, d'ailleurs ?

C'est une connerie car, comme d'habitude, je vais m'éclipser comme un crevard au petit matin, sans un mot.

Un mot ? Pour dire quoi, au juste ? J'ai joui, c'était cool ?

Et ajouter mon nom à la liste des enfoirés affectifs. De toute façon, c'est trop tard pour faire marche arrière, maintenant. Je suis carrément en manque et j'ai vraiment besoin d'une fille pour cette nuit. Et, comme je l'ai bien expliqué à la bimbo à côté de moi, durant notre (pas si) longue conversation préliminaire, je veux juste m'amuser.

– J'habite à deux rues d'ici, on y va à pied ?

– Comme tu veux.

Faith commence à avancer et je la suis, les mains dans les poches et les yeux rivés sur le bas de son dos.

– Tu es flic, alors ?

– Ouais.

– Ça veut dire que tu possèdes tout l'attirail, chez toi ?

– C'est-à-dire ?

– La plaque, le flingue, les menottes... dit-elle d'un air profondément aguicheur.

Eh merde, c'est reparti... Faut vraiment que j'arrête de parler de mon travail, ça me fout toujours dedans. Je ne suis pas un milliardaire adepte du sado-maso, putain !

– Pas chez moi, mais oui.

– Intéressant.

Non pas que l'idée de la menotter pour la sauter me déplaise, mais quand viendra le moment où elle me demandera de lui fouetter les fesses (et ça m'est déjà arrivé trop souvent), je risque de coincer un peu. Ce n'est pas mon truc. Tout simplement.

Nous continuons à marcher avant d'arriver devant un petit immeuble.

– Mon appart est au dernier étage. Suis-moi.

– Après toi.

Que je puisse encore mater ce cul magnifique.

Lorsque j'arrive devant la porte de chez elle, je suis décontenancé par les noms qui y figurent.

– Euh... rassure-moi, on sera seuls chez toi ?

Mouais, « rassure-moi » ? À d'autres. Tu ne dirais pas non à une paire de seins en plus, avoue !

– Oui, pourquoi ?

Je lui montre du doigt la petite plaque dorée avec son nom et celui d'une certaine Cassandra.

– Oh, ça ! C'est ma coloc, mais elle est dans sa famille, ce week-end.

J'entre. Elle m'invite à patienter avant de disparaître dans un couloir. J'enlève ma veste et m'effondre sur le canapé en l'attendant. Ma nuque se cale sur le dossier et je fixe le plafond. Ma tête tourne légèrement sous l'effet de l'alcool.

Je me demande vraiment pourquoi je continue à me comporter de la sorte. Je m'amuse beaucoup moins qu'avant à ce petit jeu et, en toute franchise, je m'ennuie presque. Tout va se passer de la même manière que les autres fois. Je vais me la faire, proprement (manquerait plus que je me traîne une réputation de mauvais coup), profiter pendant un court instant, m'endormir dans un lit qui n'est pas le mien et me barrer le plus discrètement possible le lendemain. Et recommencer le week-end suivant. Tout ça parce que le sexe, c'est facile. Comme je suis loin d'être repoussant, j'ai l'embarras du choix. Il suffit que je trouve une fille qui me fasse bander et le tour est joué.

addictives

Romans déjà parus

Rose Becker

Le Bébé, mon milliardaire et moi (aussi en poche)
Torride, sexy & dangereux
Forever You – saisons 1 et 2
Dangerous

Phoebe Campbell
Lui résister... ou pas – l'intégrale
You Again
Single Daddy. Try Me if You Can

Mia Carre
Bad for You
Teach Me Everything
Charmant connard !

Mélodie Chavin
Campus Rules
Fucking Wedding

Sonia Eska
Ne me tente pas

Emma Green
Toi + Moi : L'un contre l'autre (aussi en poche)
Toi + Moi : Envers et contre tout (aussi en poche)
Toi + Moi : Seuls contre tous (aussi en poche)
Call Me Baby – volumes 1 et 2
Call Me Bitch
Love Me if You Can
Kiss Me if You Can
Bliss. Le faux journal d'une vraie romantique – volumes 1 et 2
Jeux interdits
Jeux insolents
Jeux imprudents
Une toute dernière fois
Fallait pas me chercher ! – volumes 1 et 2
Corps impatients (aussi en poche)
Cœurs insoumis (aussi en poche)
Âmes indociles (aussi en poche)
Cent facettes de Mr Diamonds – l'intégrale
Bliss. Le faux journal d'une vraie romantique – l'intégrale

(Im)parfait
Love Me if You Can – l'intégrale
Kiss Me if You Can – l'intégrale
It's Raining Love !
The Boy Next Room
Call Me Baby – l'intégrale
Call Me Bitch – l'intégrale
PS : Oublie-moi !
Fallait pas me chercher ! – l'intégrale
Recherche coloc : emmerdeurs, râleurs, lovers… s'abstenir !
10 bonnes raisons de te détester !
Just 17
Love & Lies on Campus
Bien plus forte que toi !
If You Wanna Be My Lover…
The Boy on Fire

Megan Harold
Breaking the Rules
Initiation with My Boss

Ludivine Hart
Arrogant & Tattooed

Amy Hopper
Gone Boy
Le Coloc

Julie Huleux
Alpha Player

Charlie Lazlo
Mon insupportable boss

Sienna Lloyd
Mords-moi !

Caroline Mongas
Mariage forcé. Un contrat indécent

June Moore
Étreinte – volumes 1 à 3

Zoé Murat
Stepbrother Love
Boss Me Around

Clara Oz
Arrogant

Gaëlle Sage
Kiss, Kill & Ride
Lost Rider

Ana Scott
Dark Ride
Last Ride
Vicious Ride
The Dominant
Evil Ride
Sensual Stepbrother
Un enfoiré mais un coup d'enfer !
Say Yes to the Boss

Camilla Simon
Le voisin parfait est un enfoiré
Initiation with My Enemy
Le mec parfait est un inconnu… ou presque !

Ève Souliac
Sexy Mistake

Liv Stone
Love Lessons

Lisa Swann
Adore-moi ! – l'intégrale

Louise Valmont
Toi & moi, c'est compliqué !
Campus Initiation
Mon insupportable voisin !

Chloe Wilkox
Extreme Lover – l'intégrale
Immoral
Dominant Boss. Apprends-moi
The Virgin's Price

Romans déjà parus

Ana K. Anderson
Indompté
Scottish Bastard

Sophie Auger
Be with Me

Sonia Birdy
L'Initiation
Touchdown. Campus Star

Laura Black
Dark Initiation
Games of Desire
H.A.R.D. Hot, Arrogant, Rebelle, Déterminé
Sulfurous Bad Boy

Margot D. Bortoli
Too Young

Juliette Brunel
Delicious

Anne Cantore
Promets-moi. Louise et Marco

Sarina Cassint
Avec toi… peut-être
Insolent Boss

Mary Ann Davis
Coach Me Love

Nora Davy
Don't Resist

Sarah Dheilm
Hot Reward

Gwen Delmas
Noël, toi & moi
Sex Friends. Pas de contraintes, que du plaisir !

Eugénie Dielens
Imprévisible Boss

Cléa Dorian & Ninon Vars
Dark Love

Laurie Eschard
Love Naked

Lil Evans
Savage Rider
Crash & Burn
Boss Affair

Lou Garance
Can You Keep a Secret?
Foutu coloc !

Alexandra Gonzalez
Shades of You

Erin Graham
Teach Me Love
The Boss
Secret Stepbrother
Strong Addiction
Coloc avec mon boss
The Initiation

Joh Harper
Crazy Love
Broken but Alive

Marie Hayle
Under Control
Lover Next Door

Ellie Jade
About Last Night

Emma S. James
Under the Rain

Iris Julliard
Catch & Shoot

Lucie F. June
Fight with Darkness

Sara June
Rider in the Dark
Sexy Wild Rider

Lena Jung
Mon coloc, mes désirs & moi

Emily Jurius
Love to Hate You

Allie Krown
High School Challenge

Antinea Kane
In Love with My Enemy

Marion Laurent
Mr Alpha

Pauline Libersart
Tiger. Entre ses griffes

Nina Loren
Breaking the Ice
Teach Me Again. Impossible Desire

Ella Lores
Mariée par accident à un connard arrogant rencontré la veille…
My Best Enemy

Jessica Lumbroso
Emma X. Secrète et insoumise

Lili Malone
Coloc avec un inconnu

Mila Marelli
Dark Man in Love
Crazy Wedding

Mag Maury
Fast Games
No Love, No Limits
My Hipster Christmas

Alix Parks
Never Kiss the Boss

Jeanne Pears
Insupportable coloc
Colocs & Sex Friends
H.O.T. Hypnotique, Obstiné, Ténébreux
The Most Insolent Man

Alexia Perkins
Arrogant Fake Lover

Sophie S. Pierucci
L'Inconnu de l'ascenseur & Moi (aussi en poche)
My Stepbrother. L'initiation

Silvia Reed
Darkest. La dernière heure
Too Close

Anita Rigins
No Rules
My Rules

Avril Rose
Coffee, Sex & Law

Jana Rouze
Effet de vague – saisons 1, 2 et 3

Wendy Roy
Une seule fois (ou presque)

Ana Scott
À corps brisés

Léana Soal
Fight & Hope

Cara Solak
Perfect Obsession

Izia Soley
Fauve

Liv Stone
Initie-moi. Mes jours contre tes nuits

Lena K. Summers
Perfect Bad Boy
Donovan, roi des connards

Kaly Swann
Austin. Breathe with Me

Lily Tortay
Dance for Me

Flore Valier
Ta peau contre la mienne

Anna Wendell
Arrogant Bad Boy
Apprends-moi le désir
Colosse. Le maître du jeu

Mina Zadig
Just Sex & Tattoos
Arrogant Highlander

New adult addictives

Romans déjà parus

Sonia Birdy
California High School

Sianna Milano
High School Initiation

Isla A. Rowley
Toxic Games

addictives POCHE

Romans déjà parus

Rose Becker
Le Bébé, mon milliardaire et moi (aussi en grand format)

Marjorie Burbaud
The Campus Teacher

Phoebe Campbell
Tes ordres sont mes désirs

Olivia Dean
À lui, corps et âme – volumes 1 et 2

Lou Everly
Bad Boy Crush

Erin Graham
Nos amours contraires

Emma Green
Seuls contre tous (aussi en grand format sous le titre *Toi + Moi : Seuls contre tous*)
L'un contre l'autre (aussi en grand format sous le titre *Toi + Moi : L'un contre l'autre*)
Envers et contre tout (aussi en grand format sous le titre *Toi + Moi : Envers et contre tout*)
Corps impatients (aussi en grand format)
Coeurs insoumis (aussi en grand format)
Âmes indociles (aussi en grand format)

Megan Harold
Sublime-moi !

Charlie Lazlo
Kiss Me I'm Famous

Jeanne Pears
Jamais avec mon coloc !

Sophie S. Pierucci
L'Inconnu de l'ascenseur & Moi (aussi en grand format)
Deep & Dark

Lise Robin
Forbidden Stepbrother

Alexane Tolley
The Boss Rules

Chloe Wilkox
Your Game, My Rules

Say Yes to the Boss
Ana Scott

Embrasser mon boss ?
Certainement pas !
À 27 ans, Mona Vargas est encore célibataire, au grand désespoir de sa mère. Chaque dimanche, c'est le même refrain: cette dernière cherche à lui coller un mec dans les pattes ! Alors quand son boss, Hugo Capelli, aussi horripilant que sexy, lui demande de jouer sa fausse fiancée et de l'accompagner à la garden-party organisée par son ex, elle décide d'accepter. À une condition: qu'il consente lui aussi à se faire passer pour son petit ami auprès de sa famille. Avec lui, pas d'ambiguïté, puisqu'ils n'ont rien en commun ! Il est aussi sûr de lui, arrogant et égocentré qu'elle est désintéressée et dévouée. Et de toute façon, c'est son patron !
Rien en commun ? Peut-être… Mais ne dit-on pas que les contraires s'attirent ? Entre fausse relation et vrais sentiments, il n'y a qu'un pas…

Auteure : Erin Graham
Edisource – Éditions Addictives
100, rue Petit, 75019 Paris
Imprimé par FINIDR – Lipova cp. 1965 – 73701 Cesky Tesin,
République tchèque
Dépôt légal : avril 2022 – Achevé d'imprimer : mars 2022
ISBN : 978-2-37126-480-9
Réf. contrat : ZVYA_001